# La edad de la punzada

ALFAGUARA

La edad de la punzada
© 2012, Xavier Velasco
© De esta edición:
Santillana Ediciones Generales, S. A. de C. V., 2012
Av. Río Mixcoac 274, Col. Acacias
México, 03240, D.F. Teléfono 5420 7530
**www.alfaguara.com/mx**

ISBN: 978-607-11-1698-7

Primera edición: febrero de 2012

© Diseño de cubierta: Everardo Monteagudo

© Pintura: Enrique Criach, *Niño con afgano*

Impreso en México

# Xavier Velasco

# La edad de la punzada

# Índice

**III**

# I

Benditos sean los ladrones que me
robaron mis máscaras.
GIBRÁN JALIL GIBRÁN, *El loco*

# 1. ¿Yo campeón?

Octubre 31. No ha dado el mediodía y sospecho que ya es noche de brujas. Vamos todos en una doble fila, escaleras arriba hacia el Salón de Actos. Somos casi doscientos, repartidos en cuatro salones. En el B, que es el mío, soy el cuarenta y nueve de la lista. Es decir, el penúltimo. Sólo que hoy no serán los maestros titulares, sino el director de la secundaria —decimos que es el *Bóxer*, por esa jeta chata de perro asqueado y bravo— quien nos pasará al frente, de uno en uno, para entregarnos El Boletín: esa triste libreta que apenas con dos meses en el segundo año ya habla tan mal de mí. Tampoco va a llamarnos por orden alfabético, si como es la costumbre en estas solemnísimas ocasiones, comenzará por los peores alumnos, de forma que al final los mejores reciban un aplauso. Cuando menos así lo explica él, pero yo estoy tan cerca de saber la verdad que me crece el vacío en el estómago no bien el Bóxer hace su espeluznante entrada y alza la voz delante del rebaño:

—¿Sagrado Corazón de Jesús…?

—En vos confío.

—¿San Juan Bautista de La Salle…?

—Ruega por nosotros.

—¿Viva Jesús en nuestros corazones…?

—Para siempre.

—Sentados.

En momentos como éste, los rezos de rigor suenan como las órdenes al pelotón de fusilamiento. Yo apenas si los oigo, algo me dice ya que mis nervios de punta son los del infeliz que está solo entre paredón y pelotón. Hago cuentas: de las once materias debo de haber tronado cinco, cuando menos. Podrían ser hasta siete, justo los días que faltan para que cumpla los catorce años.

La primera quincena troné una, la segunda tres y la tercera cinco. No sé qué está pasando, nunca antes reprobé tantas materias en tan poco tiempo. Es como si cayera en espiral hacia el fondo de un remolino hambriento. No logro controlarlo, está dentro de mí, me digo de repente y ya sé que de nada serviría inventarme una excusa con esos argumentos. ¡Mamá! ¡Papá! ¡Ya no sé qué me pasa! ¡No soy yo, se los juro! Y lo peor es que es cierto, pero Alicia y Xavier no están para saberlo. Según calculo, éste es el resultado de una caída tan larga que empezó cuando entré a primero de secundaria, hace catorce meses, y no se ha detenido, ni se va a detener si no ocurre un milagro de aquí a mi cumpleaños. Ahora mismo no temo reprobar seis o siete materias, sino que esa desgracia tenga que suceder a sólo siete días de que el milagro cruce las puertas de mi casa. Un milagro rodante con las llantas de taco, salpicaderas altas y motor Honda a cuatro tiempos de noventa gloriosos centímetros cúbicos.

Es cierto que las motos son emocionantes y a mí me encantaría echar carreras y caballitos con ella, pero lo que yo busco, lo que más me interesa y a nadie se lo puedo confesar, es que esa moto roja me consiga una novia. Si yo tuviera novia, estudiaría con gusto. Pasaría las materias. Soportaría fumarme estas seis horas diarias de mierda tras las bardas malditas del Instiputo Simón Bolívar, un purgatorio sólo para varones divididos en dos grandes manadas: los bravucones y los lambiscones. Unos y otros listos para reírse juntos y contentos a costillas de alumnos como yo, que estoy a unos instantes de formar fila entre la escoria de la escoria escolar y ser oficialmente un inadaptado.

Cuando escucho mi nombre de los labios del Bóxer, es como si me dieran con un marro en la sien. Había contado con ser el sexto, hasta con suerte el décimo de atrás para adelante, no puede ser que me llame primero. ¿Qué está diciendo el Bóxer? ¿Yo? ¿Por qué yo? ¿Cómo yo? *Yo* tengo once materias reprobadas? Todavía no atino a darme cuenta del efecto que tiene mi cara de sorpresa sobre la multitud, y en especial esa pregunta: ¿Yo? Resuenan ya risas y risotadas y el Bóxer las detiene con una mano en alto, pero no porque haya pensado en rescatarme sino porque es su turno para hacerlos reír.

—¡Felicidades! —alza los brazos, hace una mueca de falsa alegría—. ¡Acabas de romper el récord de esta escuela!

—¡No puede ser, profesor! ¡Tiene que haber una equivocación! —insisto, entre la carcajada general.

—Ahora sí reprobaste de todas, todas. Eres el peor alumno de esta escuela, y de la historia entera de esta escuela —lo está gozando tanto que se levanta: —Por favor, un aplauso para su compañero.

Y aquí están aplaudiendo, los doscientos. Camino tembloroso de mi silla a la mesa del director, perseguido por aplausos y risas. Una vez que me entrega el boletín, recobra su mirada de pocas pulgas y esa nariz de perro huelefeo que hoy me dedica el más sincero de sus ascos. ¿Qué diría el pinche Bóxer si supiera que mi mayor aflicción no es preguntarme cómo pude haber hecho para reprobar Ética, Inglés o Educación Física, ni saber que ahora soy tan famoso que ya ni en el recreo van a dejarme en paz, sino nomás temerme que a mi moto le están saliendo alitas? ¿Me la van a quitar sin habérmela dado, tan siquiera? La hilera se ha hecho larga y culebrea ya por los pasillos del Salón de Actos, una vez que todos los reprobados estamos de pie y comienza don Bóxer con los aplicados: esos alumnos raros que no saben lo que es tronar una materia, ni creen que exista vida más allá de un examen extraordinario. Hace un año, yo era casi uno de ellos. Reprobaba de pronto una materia o dos, no parecía demasiado difícil salvarlas todas en la misma quincena, ni desde luego terminar el semestre sin un solo promedio reprobado.

Aquí, en el Instiputo, ser de los reprobados tiene un precio especial. Además de regaños y castigos en la casa, soporta uno el desprecio de los más aplicados, que en mi caso es la gran mayoría, gracias a un reglamento que da y quita *minutos* al salón. En su oficina, el Bóxer guarda la lista oficial donde están los *minutos* de cada grupo de la secundaria. Si el alumno González no guarda estricta disciplina mientras formamos filas, el Bóxer nos lo anuncia en el megáfono: Diez *minutos* menos a

Tercero B, por González que está platicando. Cuando el salón junta trescientos sesenta *minutos*, tiene derecho a un día de paseo por un horrible club deportivo al que nos llevan en un par de autobuses, lejísimos. Y eso sucedería la semana próxima, sumando los *minutos* obtenidos por cada alumno que se fue sin tronar, pero no va a pasar porque ya el Bóxer saca la cuenta de todas las materias reprobadas y le quita al salón tantos *minutos* que el día de paseo queda otra vez bien lejos. Agradezcan a sus compañeros irregulares que se van a quedar sin salir, siembra cizaña el Bóxer, como esperando que a los reprobados nos queme la vergüenza y andemos quince días con la cabeza gacha y nunca más volvamos a reprobar. Sí, cómo no, pendejo, rujo entre dientes y me encierro en mí mismo para no escuchar más los comentarios. ¿Por mi culpa no vamos a salir? ¡Pues me alegro!, le gusta decir a Alicia, generalmente cuando está enojada, y eso es lo que yo opino en este momento. Me alegro, que se jodan. Para que sigan riéndose de mi desgracia.

¿Qué es lo peor que le puede pasar a quien ya le pasó lo que, según creía él, era lo peor que podía pasarle? Es casi mediodía y ya camino a solas por el patio, como todos los días, sólo que ahora empeñado en dar con un rincón donde no haga reír a nadie más. ¿Creen acaso que porque yo repruebo más que nadie no puedo darme cuenta de cuán pendejos son? ¿Alguien me vio estudiar, tomar algún apunte, atender a una clase o siquiera entregar una tarea? ¿Y si les confesara que el consuelo por ser el peor alumno de esta escuela está en que eso comprueba que no somos iguales? ¿Ah, verdad, putos?

Desaparezco al fondo de la cancha de fut, no nada más porque es el único rincón vacío del Instiputo, también porque detrás está la calle. Y mejor, la avenida. Puedo cerrar los ojos y escaparme un ratito con la imaginación. Me agarro la muñeca derecha con tres dedos de la mano izquierda: se me acelera el pulso siempre que oigo rugir una moto. Pensándolo otra vez, todavía no me pasa lo peor-peor que podía sucederme. ¿O es que seré tan bruto de ir a entregarles a Alicia y Xavier el boletín con todas las materias reprobadas, a una semana de que sea mi cumpleaños?

Ya en el salón, abundan los chistosos. Es como si se hubieran puesto de acuerdo y se turnaran para remedarme. *¿¡Yo-oooo!?*, exageran y festejan, aun los que tienen cinco y seis reprobadas, pero yo los ignoro porque estoy concentrado en inventarme un plan. ¡De ninguna manera!, me ordeno, imitando de dientes para adentro la gravedad del Bóxer, no voy a permitir que la noticia aterrice en Calle Once número uno antes que esas dos llantas de motocross. Si hasta el Bóxer opina que soy lo peor entre lo peor, qué tanto más abajo puedo caer, me burlo ya de mí, sin afligirme mucho porque a cada minuto me importa menos lo que está aquí pasando. Antes, cuando veía que otros caían en desgracia delante de todos, me preguntaba qué tanto sentirían. ¿Llorarían por días y noches sin final? ¿Estarían temiéndose que sus papás los iban a encerrar en un internado?

No sé bien qué se siente reprobar las once, tal vez porque no acabo de creérmelo, o porque pienso que fue un accidente. Algo que me pasó, no sé por qué ni cómo. Algo que no me importa. No es que no me proponga mejorar, pero yo cómo le hago si mi cabeza está en otra parte. De niño era posible controlarlo, aunque fuera nomás por el miedo a terminar en un pinche internado. Pero ahora me da igual, o por lo menos ya no siento ese miedo. Quiero decir que ya hace como un año que a mi miedo lo tengo entretenido en otros asuntos. Nunca antes tuve tantos secretos, menos tan vergonzosos. Ser descubierto en uno solo de ellos me da más miedo que reprobar el año. ¿Qué haría en un hospicio? Escaparme, ¿qué más? ¿Pero cómo me escapo de ser el niño mimado, calentón y cursi de Calle Once número uno? Me digo: reprobando once materias, y vuelve la aflicción. ¿Cómo le voy a hacer para evitar que las huellas del Bóxer lleguen hasta mi casa de aquí a una semana?

—Quítale la bocina al teléfono —se acerca a aconsejarme Cagarcía y de paso me dice, en voz bajísima, que él no aplaudió en mi contra y que ese pinche Bóxer va a tener que pagármela.

—¿Y si son dos teléfonos?

—¿Dos extensiones? —piensa, se hace el sabihondo.

—¿Pues tú qué crees, pendejo? A los dos se las quitas y ya.

—¿Y cómo voy a hacer para que no hagan caso cuando oigan ¿bueno?, ¿bueno?, soy el Bóxer, llamo del Instiputo…

—Le quitas el audífono, o lo dejas ahí y aíslas el contacto con periódico. ¿Ya me entendiste? ¡Burro pero mañoso, chingao!

—¿Tú cuántas reprobaste?

—Cinco. No te asustes, campeón. Tu récord no peligra.

—¿Qué te van a decir en tu casa?

—Nada. Yo también voy a operar el teléfono.

—¿Hasta cuándo?

—No sé. Hasta que se me pierda el boletín —sonríe y hace que me gane la risa. Le digo Cagarcía porque es igual que yo: todo le sale mal. Pero sigue sonriendo, como si se esmerara delante de un espejo en plantar esa jeta de diablo vacilón. Pela los ojos, alza las cejas, se rasca la barbilla, me da más risa y me tapo la cara para que no se entere el profesor de Inglés, que es además nuestro titular y lleva todo el día echándome unos ojos de reproche que cualquiera diría que maté a mi mamá y me la comí.

Tampoco Cagarcía le cae bien. Es uno de esos maestros amigables que te dan en la madre sin dejar de sonreír. Un día te pasa al frente a contar chistes, al siguiente vas a la dirección con una doble nota en disciplina. Se apellida De la Peña; Cagarcía y yo le decimos *Melaordeñas*. Es como el jefe de los boy scouts y está siempre rodeado de lambisconcitos. ¿Cómo voy a explicar en mi casa que reprobé hasta Inglés, que es lo único que se supone que sé, si las clases que tomo en el Instiputo apenas pasan de pollito-chicken y gallina-hen? ¿Esperaba el pendejo Melaordeñas que me pusiera a conjugarle verbos por escrito, en presente, de uno en uno? ¿Que copiara en dos tintas sus fucking examples?

Según Cagarcía, todo eso demuestra que Melaordeñas la agarró en mi contra. Pero a ver, digo, ¿quién no va a aprovechar para agarrarla en contra del pinche peor alumno de la escuela? Entreabro el portafolios, meto la mano izquierda y alcanzo el boletín, aunque no deje de mover el brazo para que piensen que sigo buscando. Me asomo y lo abro en la página de las calificaciones. Once números negros entre el cero y el cinco, encerrados en once círculos rojos. Se me hace que por fin averigüé qué es lo que pasa cuando pasa lo peor. Pasa que no lo crees. No puede ser, te dices. ¿Yo? ¿Cómo yo? ¿Qué tiene de gracioso que el acusado se defienda diciendo que a lo mejor hay una equivocación? ¿Si lo digo en inglés me la dejan en diez reprobaditas?

Dan las dos de la tarde y es como si cruzara una frontera. Por más que poquito antes de la hora de la salida Melaordeñas jodiera con que no se les olvide traer mañana el boletín firmado, ¿eh?, y mirara hacia mí justo en ese momento, agarro el portafolios y me lanzo al pasillo sin pensar un instante más en el mañana, porque para mí el día sólo empieza cuando logro salir del Instiputo y cruzo la avenida, ya instalado en un mundo diferente donde todavía soy el que era ayer y voy a cumplir años y sueño en ir volando por las calles de Club de Golf México en una moto roja con las llantas de taco y una guapa en la parte trasera del asiento.

Estoy parado enfrente del Instiputo, llevándome el carajo todavía, pero mi primer mérito como buen mentiroso consiste en esperar a mi mamá con la cara de mustio en su sitio. Ni triste ni contento, sólo despreocupado. Como si en vez de volver fatigado de otra mañana negra en esa escuela ojeta, con mi desgracia oculta en el portafolios, viniera de la playa cargando unos esquís. Veo un trozo del coche y ya la reconozco. Me levanto, correteo a abrir la puerta y cerrarla bien pronto, no sea que a algún idiota se le ocurra gritar un chiste malo sobre mi nuevo récord de once tronadas. Ya adentro la saludo, le doy su beso, suelto el aire y termino de transformarme en yo, ahora que el coche avanza y deja atrás el mundo en blanco y negro del que por hoy no quiero saber más.

Odio esta hora del día, por más que sea gloriosa. No soporto el calor de la calle, ni el coche, ni el camino, ni la estación de radio, ni la sopa que luego me quemará la boca, mientras voy figurándome qué jodidos le voy a inventar a Alicia, hoy que viene de tan bonito humor, si me pregunta por el boletín. No me lo han dado, claro. ¿Una semana entera voy a decir lo mismo? Sólo si me preguntan. De la tarde a la noche, y mañana temprano, con Xavier, haré milagros para que el tema de la conversación no se cargue ni un poco hacia la escuela. Llevo años preguntándome cómo pueden creerme cuando les digo que se me olvida entregarles las calificaciones. ¿Será que ellos también se olvidan de eso, o que tampoco quieren acordarse? Por si las moscas, hablo como perico, y de paso me entero de que Alicia va a salir en la tarde. Tengo que ir a Polanco, me comenta y me invita a acompañarla, pero le digo que necesito estudiar porque pasado mañana va a haber examen. Sirve que así la ayudo a convencerse de que las calificaciones no están listas. Según Xavier, eso es matar dos pájaros de una pedrada.

¿Vas a tener examen el día de muertos?, alza las cejas y me mira profundo, pero está jugando. Por fin se le acabó de pasar el coraje por las tronadas de hace quince días. Tengo uno al día siguiente, abro los párpados como un boy scout previsor, y otros dos al siguiente del siguiente. Serán unas tres horas, entre que se va y vuelve. Tiempo más que bastante para experimentar con el teléfono. ¿Bueno, bueno?, ¿quién habla? No se oye, señor Bóxer. ¿Ya se quitó el bozal?

## 2. Engaño colorido

El engaño es tan grande que no hay manera de entrar en la casa sin acabar topándose con él. Es un engaño caro, además, y puede que ahí empiece la falsedad. Cada vez que hago cuentas, me asombra que el pintor haya cobrado lo que podría costar un coche nuevo a cambio de contar puras mentiras obvias, empezando por ese perro afgano entre apuesto y sarnoso que no termina de parecerse al mío.

¿Ése es Tazi?, preguntan mis amigos o mis primos cuando miran el cuadro y no se explican cómo es que tiene el cuerpo tan pelón, cuando en la realidad es todo melena. Mire, señora, es un perro muy guapo, si lo pongo tal cual se come al niño, nos explicó el pintor alguna vez, y yo lo cuento así para hacerlos reír. Y eso no es todo..., sigo como para que nadie ponga en duda que nada hay de verdad en ese cuadro (y no soy, por lo tanto, el niño bobo que está allí retratado). ¿Qué habría dicho Alicia si un día me hubiera visto echado sobre el pasto con el pantalón blanco? ¿Y si me descubría jugando a la pelota en el jardín con mis zapatos nuevos de gamuza? Claro que eso jamás habría pasado, porque ya ni me acuerdo de la última vez que jugué a la pelota en mi casa. Para pintar el cuadro, hubo que inflar aquel balón viejísimo que dormía en lo más recóndito del clóset. Y en cuanto a lo demás, también es todo falso. En realidad posé sobre mi cama, ya después el pintor se sacó de la manga un árbol y un paisaje de cartón para acabar de colorear el cuento. La única verdad de esa pintura es que el pintor y yo cometimos un fraude. Ese perro con sarna y ese escuincle mamón jamás han existido, que yo sepa.

Me ha costado trabajo desbaratar el cuento que se inventó el pintor y me hace ver como a un niño mimado, tanto que a veces temo que haga lo que haga nunca voy a acabar de desmentirlo. Odio tener trece años y echar a la basura las mañanas en una escuela donde no hay mujeres. Odio mi bicicleta de panadero. Odio tener vecinas que me gustan (Corina y Mariluchi, por ejemplo, aunque una sea burlona y la otra cursilona) y no atreverme a hablarles ni para decir hola. Odio que mis amigos de la calle me traten todavía como si fuera el escuincle putito de la pintura. Pero eso es lo que soy, seguramente, aunque ya haya pasado un año y medio desde que estoy pintado junto a Tazi y ya casi no juegue con juguetes y me gusten las niñas más que nunca (y que nada, y que nadie).

La verdad es que todo es diferente, aunque el retrato diga lo contrario. A veces se me ocurre que hace más bien que mal tenerlo ahí. No creo que a mis papás les gustara enterarse de las cosas que ahora le divierten al niño, empezando por el penúltimo cajón de la cómoda. Oficialmente, es el Compartimento de Experimentación. Uno de esas gavetas gigantescas donde podrían caber cuarenta pantalones y quedaría espacio para un abrigo, pero en vez de eso está lleno de tubos de ensayo con polvos y substancias, además de matraces, frascos, botes, un microscopio, dos mecheros y la rana en formol que venía con el Juego de Biología. Me había pasado años suplicando que me compraran el Juego de Química y hasta los doce lo conseguí. Ya me lo habrían quitado si supieran que lo uso para preparar pociones mágicas que agujeran la ropa del enemigo y una mezcla de polvo de clorato de potasio con azufre y carbón vegetal que cuando salga bien se llamará pólvora.

Hasta ahora, mis cohetones no han conseguido más que soltar algunas humaredas amarillas, pero ése no es el único material explosivo que tengo en el Compartimento de Experimentación, donde reina el desorden no por casualidad, ni porque soy así, ni porque mi recámara es de por sí una especie de zona de desastre bajo control materno, sino para desanimar a los curiosos. ¿Qué podría perdérsele a mis padres, y menos todavía a las muchachas, entre tantos frasquitos y frascotes de vidrio? Son mis experimentos secretos, les anuncio, esperando que en esos momentos no me vean a mí, sino al niño del cuadro que es mimado y bobalicón y juega a ser científico y por supuesto nunca se le ocurriría esconder hasta abajo del cajón toda una colección de hojas y recortes con viejas encueradas.

Fulanito trae viejas encueradas, chismeaba alguien, en sexto de primaria, y uno salía volando a mendigar boleto para la función. Pero ahora es otra cosa. Nadie sabe que tengo una colección, lo último que quisiera en esta vida sería hacerme la fama de caliente. No sé por qué, pero desde hace un tiempo me enamoro seguido y cada día más fuerte: quién va a querer ser novia de un degenerado. Si pudiera elegir, echaría esas fotos a la basura, pero temo que el morbo sea más fuerte que yo. Puedo pasarme horas contemplando sus piernas, revisando pezón por pezón, contándoles los pliegues de la piel, mirándolas torcerse sobre la cama si les digo en secreto mamacita sabrosa, mira cómo me pones.

Cada vez que me da por comprar una revista, el plan me toma toda una semana. Es como una cosquilla que se va haciendo grande, y ese puro quehacer me entretiene bastante para ya no pensar en otra cosa. Podría comprarla al salir de la escuela, poco antes de que llegue por mí Alicia, pero me arriesgo a que alguien me descubra y vaya con el chisme, porque la mía es una escuela de chismosos. El Instiputo, claro. Además, necesito presupuesto. Entre el lunes y el viernes, voy robándome moneditas de la cocina. El sábado en la tarde, cuando Alicia y Xavier se van al cine, me escurro por la puerta que da al campo y salgo dando pasos querendones hacia el centro de Tlalpan, en busca de algún puesto de periódicos donde pueda atreverme a pedir la revista.

De repente me tardo un siglo en decidirme, y una vez que la pido siento que se me quema la cara de vergüenza y el corazón galopa como un elefante. Hojeo la revista en algún callejón, me la escondo debajo del suéter y me escurro de vuelta hacia la casa, esquivando a los veinte o treinta niños que a esas horas están jugando en la calle. Misión cumplida, digo resoplando, igual que un boy scout que recién hizo su buena obra del día, y me encierro en mi cuarto a darle el visto bueno a la compra.

Ya sé que afuera hay niños jugando a la pelota y el sol sigue allá arriba esplendoroso, pero ninguno sabe de la brisa que en momentos como éstos entra por la ventana y me lleva volando a visitar lugares mágicos y secretos donde no cabe un niño de pantalones blancos cargando su pelota recién inflada. Ni modo, sólo queda seguir con el engaño. Nadie sabe quién soy: qué placer. Qué vergüenza. Qué descanso.

## 3. Chicas estratosféricas

Entre mi casa y el Triangulito, la calle de San Pedro completa, no debe de haber más de ochenta metros. Desde la jardinera, en la terraza encima del garage, puedo ver hasta San Buenaventura, un poco más allá del Triangulito. La casa es de dos pisos, pero arriba no hay más que tres recámaras y un par de baños. Subiendo la escalera, a mano izquierda está mi recámara. En medio, el escritorio donde hago la tarea, una televisión y un sofá de cuero donde todos los días se me quitan las ganas de hacer la tarea. A la derecha, al fondo del pasillo, cruzando la mesita del teléfono está la recámara de Alicia y Xavier. Según él, las paredes de concreto hacen un poco sorda la casa. Cuando quiero estar solo, puedo cerrar la puerta de mi cuarto o ir a encerrarme en la última recámara, que está aislada del resto de la casa, más allá de la sala y el desayunador y la sala de música, que es adonde aterrizan mis amigos cuando Alicia y Xavier van al cine, a una cena, a una boda, y como de costumbre estoy castigado.

Rara vez nos llamamos. Siempre es más divertido ir reclutándonos de casa en casa. Cuando vienen por mí, sigo en las mismas: refundido por malas calificaciones. Se supone que tengo que estudiar, así que voy y me encierro en mi cuarto y me dedico toda la tarde a entretenerme de cualquier manera. No digo que sea el peor año de mi vida, pero es como vivir amarrado. Casi todas las cosas que uno de nuestra edad quisiera hacer no puedo ni soñarlas sin sentirme ese niño ingenuote que temo que las niñas puedan descubrir. Y ése es el gran problema: las niñas. Las que ya no son niñas (pero tampoco rucas de dieciocho años que cualquier día se fajan a un señor) tienen doce o trece años y quieren un vejete de dieciséis. Si las busco más chicas, les tengo que llegar con muñeca y paleta. Pero yo creo que hasta ésas me intimidan.

¿De qué les voy a hablar?, me torturo pensando si acaso en un banquete de bodas Alicia va por mí, me agarra descuidado y me sienta entre dos desconocidas. Y si es nada más una, peor. Necesito salir corriendo de ahí, y lo hago en cuanto puedo, agotado de no decirle nada y contestar sí o no a lo que me pregunta. ¿Cómo te llamas? No. Fin de la historia. ¿Qué más debo decir para que entiendan que me cagan esas citas forzadas? Ponen música horrenda, me visten de payaso, me hacen peinarme como un pendejito, me están viendo desde su pinche mesa y esperan que yo le hable a esa niña vestida de señora como si ya anduviéramos dando vueltas en moto. No soporto la idea de que estén ahí enfrente los papás y los tíos y los güeyes a los que llamas tíos viendo si bailas bien o mal con su pollita. Si pudiera elegir, preferiría robármelas antes que soportar el suplicio de bailar una cumbia, cuando no sé ni de qué hablar con ellas. Cada vez que me obligan a estar en una de esas pendejas fiestas, sólo pienso en volver al Triangulito, o hasta a misa, el domingo a las once, donde puedo pasarme tres cuartos de hora mirando a las vecinas persignarse —atrás, con mis amigos, recargados todos en la pared— mientras Xavier y Alicia rezan allá adelante. En los últimos meses, me paso media misa imaginando como será llegar aquí en mi moto y estacionarla afuera, detrasito del segundo escalón. ¿Me hablarían las niñas, a la salida? Ya sé que ahora soy como un fantasma, y que si me recuerdan será por el afgano galanazo y no por esa bici de panadero que odio desde la tarde bochornosa en que a media carrera se me atoró un pedal y fui a dar de cabeza al pavimento.

Fue hace algo más de un año. Abrí los ojos a medio San Pedro, sangrando de los brazos, las rodillas, la frente, pero nada más digno de terror que ver a Mariluchi sentada frente a mí en las escaleritas de su casa, rodeada de muñecas, mirándome en perfecto silencio, yo no sé si apiadada o asustada o nomás aguantándose el carcajadón. Por culpa de esa bici panadera tuve que ir a cagarla delante de la puerta de su casa. Nada más levantarme del pavimento, alcé la bicicleta, me monté en ella y me escurrí a mi casa, como si andar sangrando fuera lo más normal. Y peor: como si nada. Como si no supiera que esa niña de larga melena rubia con la que no había cruzado ni el saludo quedaba para siempre en la estratósfera.

Por alguna razón que no entiendo ni imagino que pueda un día entender, desde ahora sé que Mariluchi y yo nunca vamos a hablarnos. Una razón ridícula que a lo mejor ni existe, pero a mi edad eso de agarrar novia sólo le pasa a aquellos atrevidos que no le tienen miedo al ridículo. Y el asunto es que yo he hecho tantos ridículos que últimamente ya les tengo pavor. En todo caso, lo único que pido es que no haya mujeres presentes. Como lo saben todos en el Instiputo, me da igual el prestigio entre los de mi sexo. No sé pegarle a la pera de espiro, ni atrapar con los brazos un balón ovalado, ni alzar uno redondo con los pies. ¿Qué tanto más se puede uno quemar entre quienes ya opinan que es un animal raro? Lo único que me asusta es que esa fama pueda un día llegar a las pocas mujeres que, aunque no se den cuenta, me rodean.

¿Cómo explico que me haya roto la madre en las meras narices de la vecina y ella no se dignara abrir la boca? ¿O que el pasado Sábado de Gloria nos hayamos bañado a cubetazos con Corina, que vive aquí a una cuadra y tiene unas piernotas y es de lo más simpática y desde entonces jamás ha vuelto a hablarnos? Ninguno lo decimos, pero no tener niñas entre nosotros es una maldición insoportable. Aunque igual no es lo peor que te puede pasar, me consuelo, como sería conseguirte una novia y que los envidiosos te agarren de puerquito. Basta con que se pare un coche lleno de niñas de catorce y quince años y te pregunten por una calle, para que uno de los gañanes de San Pedro grite un *cógetelas* y te las espante. Puede que sea esa la razón por la que Mariluchi no nos dirige ni la mirada. Sus papás nos detestan, pensarán que queremos cogernos a sus hijas. Las más chicas se llaman Marilí, Marisol y Marisusy. O sea que el hermano ya no pudo evitar que de la Calle Once a San Buenaventura todo el mundo lo llame Maripepe. La mamá, como Mariluchi, es muda. Nunca se mete a defender al hijo, pero nos mira feo cuando lo molestamos. Siempre está en la ventana, o en la puerta, o en las escaleritas, bien al tanto de todo, y lo peor es que tengo mala suerte con ella porque ya van tres veces que me atrapa diciendo chingados y pendejos. Hace como que no oye, pero me echa unos ojos de nunca-seré-tu-suegra que han terminado por hacerme reír. Todo lo que le quita a uno prestigio con los maricuchos se lo da entre nosotros: una pandilla torpe a la que nadie quiere y en la que sólo se hacen méritos así, haciéndonos odiar. Me ha costado trabajo tener un gang, y ahora me da más miedo decepcionarlos que ganarme esta fama de escuincle insolente que pide a gritos una moto roja. Ya quiero ver la cara que va a hacer la mamá de Mariluchi cuando me mire echar un caballito delante de las puertas de su convento. Broooom, broooom, rujo hasta en sueños, y todavía despierto me miro ir y venir entre la Calle Once y la Veintiséis con una chica intrépida pescada de mí. Con permiso, putitos, va a pasar su papá.

# 4. Mataminutos

Ocho de la mañana y seis minutos. Todavía no ocupo mi pupitre cuando ya Melaordeñas se me deja caer como aguilita. ¿Tu boletín? Para aquellos que no miraron bien la cara de pendejo que puse ayer, aquí les va una nueva. Idéntica, yo creo, porque más ha tardado el *Cachetes de Yoyo* (así también le dicen a Melaordeñas) en plantárseme enfrente que cinco o seis ojetes en reírse y un par en remedarme. ¡¿Yooooo, profesooooor?!, repiten a mi lado, sin que yo los atienda porque ya Melaordeñas me está enviando para la dirección.

—¿Ya ves, güey? —alcanza a comentarme Cagarcía, mientras cierro con llave mi portafolios. —Te lo dije, Campeón. Se pusieron de acuerdo. Chingo a mi puta madre si me equivoco.

—Salúdamela mucho —le sonrío de lado, ya en camino a la puerta. No me van a doblar, me voy diciendo, y hasta me felicito porque ayer descubrí que el teléfono pierde mucho peso si le quitas audífono y bocina, así que en lugar de eso forré las terminales con cinta de aislar y funciona maravillosamente. Es decir, no funciona. Maravillosamente.

Voy por el patio temblando de frío, miro hacia atrás, arriba, y encuentro a Melaordeñas vigilándome tras la puerta entreabierta del salón. Tiene que estar seguro de que no me desvío del camino a la horca. Me digo que si acaso logro llegar con vida a la hora del recreo, Cagarcía va a enterarse de que el campeón de las materias reprobadas está sacando diez en telefonía. Cuando por fin estoy delante del Bóxer, me sorprende que no pida otra cosa que el nombre de mi madre y el teléfono de mi casa. Me aplico a lo primero muy despacio, mientras busco la forma de evitar lo segundo. Faltan seis días para mi cumpleaños, no puedo darle el número desde hoy. Soy lo peor,

¿no es verdad? ¿Quién va a esperar que no diga mentiras? Sin pensármelo más, apunto el número que hasta hace un par de años fue el de Celita, abuela y abogada de las causas difíciles, y desde entonces se quedó sin dueño. Cuando estoy en apuros y me piden mis datos, doy el único número donde ya sé que nadie va a contestar. Mientras tanto, me ordena que espere. No en su oficina, ni en su puerta, ni con su secretaria, sino abajo. En el patio. En posición de firmes, en donde él pueda verme. Y no nada más él, cualquiera que se asome desde cualquier salón, si pasarán las horas bajo el sol y yo seguiré firme mirando hacia adelante, donde no tengo más que dos panorámicas: abajo, el pasillo que lleva a la tiendita, sembrado de escusados y meaderos, y arriba la oficina del Bóxer, la puerta abierta y él sentado de perfil. ¿Quién imaginaría que el peor de los alumnos del Instiputo se siente a salvo en esta situación? ¿Quién diría que el zorro que operó el teléfono de su casa es el burro que reprobó taller de electricidad? Según mis cuentas, y eso que reprobé Matemáticas, lo peor que me podría pasar, si no consiguen llamar a mi casa, sería pasarme un total de 24 horas en el patio, repartidas en cuatro días de joda, y a lo mejor perderme tantas clases que otra vez tronaría las once materias. Pues sí, pero con moto, me sonrío. Esa no me la va a quitar el Instiputo.

—Pareces presidiario, pinche Campeón —opina el Jacomeco, cuya mayor virtud por el momento es dirigirle todavía la palabra al hazmerreír de segundo de secundaria. Y de toda la escuela, si para eso me paso entre ocho y dos parado a medio patio.

—¿Parece? Que te cuente los deditos que tiene… —se ríe por los ojos Cagarcía, como siempre que va a tatemar a alguien.

—¿Se fueron a robar? —al Jacomeco se le encienden los ojos, y un instante después planta cara de llévenme, amiguitos.

—Pregúntale al Campeón. Se chingó una cartera de una tienda carísima y ni yo me di cuenta.

—¿Ya ves, Campeón? —me palmea la espalda el Jacomeco. —¿Qué tal si le contamos a nuestro amigo el Bóxer cuáles son las materias en las que sacas diez?

—Sus defraudados padres sólo le dieron mimos, lujos y buena educación —la voz de Cagarcía, gangosa de repente, se distorsiona entre sus palmas enconchadas. —Pero los delincuentes como él egresan solamente de la Escuela del Crimen y el Vicio…

—¡A ver esa cartera! —flaco, largo, sonriente, ojos saltones y nariz de pico, el Jacomeco te hace reír diga lo que diga, y aunque se esté callado.

—Pídesela al Marqués de Cagarcía —me emparejo, me voy torciendo de la risa, quién diría que tengo once reprobadas.

—Me la dio nada más para que no lo fueran a apañar en su casa —ya enseña la cartera por la que al menos a él nadie le pide cuentas.

—¿Qué dijiste en tu casa? —al Jacomeco no le impresiona tanto enterarse que me robé una cartera, como que Cagarcía la saque tan campante.

—Que me la dio mi vieja —y se muy pone serio, como dando por hecho que le estamos creyendo.

—¿Quién es tu vieja? —el Jacomeco tiene otra virtud: es uno de esos ingenuazos felices que cree lo que le cuentan nomás por divertirse.

—Tu mamá, Jacomeco. ¿No te ha contado? —Cagarcía vuelve a las risotadas. Quien nos viera diría que nos dieron un premio en la escuela.

—No te metas con doña Jacomeca —me interrumpo, bajo la voz de pronto, nada más escuchar el timbre del final del recreo. Todo el mundo a formarse, y yo a pararme enfrente de los meaderos.

—Veinte minutos menos a Segundo B, por Jácome y García que están platicando —gruñe el Bóxer a través del megáfono. Veinticuatro horas por sesenta minutos, mil cuatrocientos cuarenta, menos cuatro por los cuarenta y cinco del recreo, que serían ciento ochenta: me quedan mil doscientos sesenta minutos en el patio. Es lo que me está haciendo pagar el Bóxer. Y todavía es poco, si calculamos que una sola hora de ir y venir en moto por toda la colonia Club de Golf México vale por cien de sus paseos de mierda. Sigue siendo una ganga, me consuelo pensando por ahí de la una, mareado por el sol y con la boca seca, pero igual con la vista clavada en mi reloj. Si no sucede nada en los cincuenta y cinco minutos que vienen, estaré un día más cerca del cumpleaños más esperado de mi vida. Y cuando pega el viento sobre el patio, lo celebro cerrando bien fuerte los párpados y jugando a que no soy un alumno castigado, sino ese solitario pandillero que va volando por la carretera con su chamarra negra y su máquina roja.

—¿Te gustó el sándwich de hoy? —dispara Alicia, recién trepo a su coche, convertido otra vez a la inocencia.

—Estaba rico —suelto, como un acto reflejo, sin entusiasmo. Ni modo de contarle que pasé la mañana castigado en el patio y los muy muertos de hambre me rompieron las chapas del portafolios y se tragaron todo mi lunch. Fueron varios, seguro.

—A ver, ¿de qué era el sándwich?

—Ya no me acuerdo.

—Mejor dime que no te gustó.

—Sí me gustó, pero ya no me acuerdo.

—Yo creía que te gustaba el paté.

—Ya me acordé. Sí es cierto. Estaba delicioso. ¿Me haces otro mañana?

—¿Siempre sí, entonces?

—Ándale, ya va a ser mi cumpleaños.

—Hablando del cumpleaños, ¿tienes mucha tarea?

—No. Bueno, sí. No mucha. Un poquito, nomás.

—Ojalá. Eso dices y luego te reprueban. Si te apuras a hacerla, podemos ir por el regalo que te va a dar mi mamá. Tienes que acompañarme, para que te lo pruebes.

—¿Qué me va a dar un traje?

—Ella quería que fuera sorpresa, pero ni modo. Ya dijo tu papá que no te va a dejar subir en esa moto sin un casco. Terminas tu tarea y vamos a buscarlo —habla y la miro tieso, con los ojos de seguro saltados y las entrañas vueltas al revés. ¿Y que pasa si ya compraron el casco y se enteran de las once tronadas antes de que la moto entre en la casa? ¿Quién diría que el castigado del patio va a estar de aquí a una hora probándose su nuevo casco de carreras? ¿Qué obtenemos sumando un niño mimado y un alumno problema? Un pandillero en moto, claro está, diría el profesor de Matemáticas para explicar la fórmula que convierte a los burros en rebeldes, pero no dice nada porque nadie, ni Cagarcía ni el Jacomeco saben que estoy esperando una moto. Les contaría, tal vez, si tuvieran hermanas. Hay días en que pienso que la única razón para seguir teniendo amigos es que no tengo ni una sola amiga.

¿Cómo le digo a Alicia que ni siquiera sé si dejaron tarea y de todas maneras no sabría cómo hacerla porque me pasé el día paradote en el patio? No es que yo me proponga ser mentiroso, sino que a estas alturas casi cualquier verdad puede hacerme pedazos los catorce años antes de que los cumpla. Por eso a Alicia le hablo todo el tiempo de música, películas y programas de tele, y hasta en esos momentos estoy pendiente de que no se me salga nada relacionado con el tema escolar. Censuro las palabras *escuela*, *profesor*, *boletín* y otras por el estilo antes de pronunciarlas, y si ya lo hice digo entonces por cierto, ya no me acordaba, y de la nada empiezo a hablarle de otra cosa, no sea que ella me gane y pregunte, *por cierto*, qué pasó con las calificaciones.

Maripepe tiene una ponymatic roja y un casco de burbuja con la bandera americana. No falta quien le pegue un zape sobre el casco cada vez que se para o se arranca. Su mamá lo vigila para que no se aleje más de una cuadra y media. Cuando viene el empleado de la tienda y pregunta si quiero un casco de burbuja o completo, no lo dudo un instante. Completo, por supuesto, como los que usan en la fórmula uno. Y ahí está, rojo y blanco, para andarlo cargando por la vida igual que el héroe intrépido de la película. O el villano, que me sale mejor. ¿Qué opinaría Alicia si supiera que me dejo comprar un casco y una moto cuando sé que tengo once reprobadas? Por eso necesito que no me haga preguntas sobre el Instiputo, para que por lo menos no me pueda decir que le conté mentiras. Es que se me olvidó, le explicaré, como lo he hecho desde el primer cero en conducta. ¿Quién no quiere olvidarse de las malas noticias?

En lugar de envolverlo, el empleado le ha puesto un moño enorme encima, y yo se lo agradezco porque así hoy en la noche y mañana en la mañana voy a poder ponérmelo para cerrar los ojos y ver el mundo igual que una película desde mi nuevo casco de corredor. Ir volando por San Buenaventura, con una guapa atrás, y hacer correr al Bóxer y al *Cachetes de Yoyo*, y reírme con ella y pedirles expúlsenme, acúsenme, repruébenme, que de todas maneras yo los tengo expulsados de mi mundo.

Hasta hoy, solamente han podido joderme una cuarta parte del día. Que tampoco es gran cosa, con todas las materias reprobadas. No me molesta que Cagarcía y el Jacomeco sigan llamándome Campeón, como todos, porque si aguanto de aquí a mi cumpleaños voy a ser un campeón motorizado. Hoy, desde mediodía, me puse a hacer lo único que me tranquiliza cuando estoy ahí parado y el tiempo se hace lento: contar minutos. Restar los que han pasado de trescientos sesenta del horario de clases, calcular porcentajes, imaginar que corro en un maratón y a cada hora que pasa el público me aclama y yo saludo alzando los dos brazos, como el Campeón que tanto dicen que soy.

Una de las razones por las que casi nadie sabe de la moto es que ya van tres veces que lo cuento y ninguno me cree. ¿A quién que tenga mis calificaciones van a darle cualquier cosa mejor que unos buenos cuerazos, por huevón, desmadroso y además embustero? ¿Y qué más que una Honda de noventa centímetros cúbicos me puede rescatar de esa fama de mierda? Me pongo el casco nuevo, cierro los ojos y miro una película en blanco y negro donde el Bóxer es jefe de policía y habla por radio enfrente de un micrófono:

—Atención, todas las unidades a la caza de una ambulancia roja de dos ruedas que va camino a Club de Golf México. Atención, atención, mensaje urgente, no permitan que llegue a su destino.

# 5. Pueblo bicicletero

Si otros pueblos se forman alrededor de un lago o a la orilla del río, el nuestro le da vuelta a un campo de golf, a lo largo y curveado de San Buenaventura. Como los dientes chuecos de un peine retorcido, o como las patitas de un zancudo aplastado, a San Buenaventura le salen callejones casi siempre empinados y torcidos. No es el caso de la Once y San Pedro, que son planas y rectas y hacen un perfecto ángulo de noventa grados. Cada domingo, los creyentes del pueblo se encuentran en la misa de once o la de siete. Pero mi gang no se lleva con nadie, más que nada porque muy pocos de ellos serían amigos de uno de nosotros. Y de todos menos. Es como si ese solo rincón de la colonia fuera el refugio de los indeseables. En un pueblo mamón como Club de Golf México, la calle de San Pedro es lo más parecido a un barrio bajo, donde abundan las vecinas chismosas y los niños que juegan en la calle. Y si ya en la colonia nuestra calle no tiene la mejor de las famas, peor es la que tenemos mis amigos y yo entre las viejas vecinderas de San Pedro.

Hay de famas a famas, eso sí. La mejor es de Alejo, que pasa fácilmente por niño bueno, saluda a las señoras y hasta el año pasado tenía novia. A Frank, en cambio, lo persigue la peor de las reputaciones. Lo menos que se cuenta de sus hazañas es que se pasa el día gritando palabrotas y le divierte golpear a los niños. Es dos años más grande que yo, mide más de uno ochenta y está bien mamado. Cuando vamos al campo a jugar beisbol, Frank se ensaña con *Pipe*, un vecino muy ñoño, barrigón y con la voz de pito que al pitcher Frank le gusta remedar antes de dispararle cada nueva pelota. Órale, marranito mantecoso, le pega el grito, cagado de risa. La única vez que Pipe le anotó un hit, Frank fue por él a la primera base y le surtió una dosis extra de patadas, cocos y soplamocos. Para que aprendas, pinche gordo jijo de la manteca, lo oyó gritar el *Pipe*, todo él hecho bolita sobre la tierra, chillando ya no juego y probando un día más la suerte negra de vivir en San Pedro y haber caído de la gracia de Frank.

A él sí que le he contado de la moto. No acaba de creerme pero ya me advirtió, con un abrazo corto y una sonrisota, que si me compran moto y no se la presto, me va a romper la madre y se la llevará de todos modos. No es que no sea broma, porque Frank es mi amigo y ni modo de no prestarle mi moto, pero tampoco deja de ser cierto. Aunque lo peor no es que él se enoje y te patee, sino que ya por eso nadie te hable. Basta con que ese güey te deje de pelar para que te conviertas en apestado. Alejo, que en esos casos es el único amigable, lo más que hace es buscarte en secreto y pedirte perdón por no saludarte: tú ya sabes cómo es el pinche Frank. Pero así como es fiero con quienes lo traicionan, Frank es divertidísimo cuando encuentra chistoso lo que le dices. Debe de ser por eso que entré en el gang: a Frank le hacen reír mis pendejadas. Y a Alejo no se diga: en vez de carcajearse como todo el mundo, se ríe para adentro, como si fuera a ahogarse, y eso ya de por sí provoca risa. Tiene mi edad, Alejo, aunque él sí que es un buen estudiante. Otra de las razones que le han dado prestigio entre las señoras es que todas las tardes llega a San Pedro cargado de accesorios deportivos. Manoplas de beisbol. Balón de americano. Raqueta, red, pelotas de tenis.

Un muchacho muy sano, opina Alicia desde el primer día que esperó, con el coche parado frente a la Calle Nueve, a que acabara de jugarse el punto. ¡Hola, señora!, le sonrió Alejo con su cara de bueno mientras dejaba caer la red al piso. Pero de todos modos le hace muy poca gracia que cada vez que puedo me escurra hacia la calle. Quisiera todavía traerme junto a ella, comprarme unos cuentitos y tenerme esperando a la entrada del salón de belleza. Ella piensa que yo salgo a la calle sólo por mis vecinos, y puede que sea cierto, pero nada me gusta más que las vecinas. Aunque no me hablen, ni se sepan mi nombre, ni volteen a ver mi bicicleta de panadero. De repente se acercan a acariciar a Tazi, sobre todo si está recién bañado y parece que flota al caminar. Además, es un perro arrogante y misterioso: eso seguro que lo hace atractivo. Cuando estoy castigado, que es casi siempre, mi único paseo por las calles dura veinte minutos: los suficientes para pasear a Tazi. Odio tener que meterme a estudiar cuando apenas empieza la tarde y sé de todos modos que no voy ni a agarrar un pinche libro y se me irán las horas jugando con las cosas de mi laboratorio. O pensando en mujeres, o leyendo, o cualquier cosa menos estudiar, revisar mis apuntes ni hacer una tarea. Es como si tuviera un freno adentro: cada vez que me digo que tengo que estudiar para poder salir y hacer lo que yo quiera con mis tardes, una fuerza invisible me paraliza. Puede que sea pura debilidad, hay días en que la sola idea de llamar a la casa del Jacomeco para saber cuáles son las tareas ya de por sí me deja congelado. Y si le llamo hablamos de todo menos de la tarea. Hasta cuando me dice todo lo que hay que hacer, cuelgo y nomás no lo hago. Ni siquiera lo apunto. O lo empiezo y jamás lo termino. Es como si mi vida fuera rodando por una barranca, ya no quiero pararme sino llegar al fondo. Pero tampoco es algo que piense todo el tiempo. Cuando Alicia se va la tarde entera, salgo a la calle en busca de mis amigos, siempre con la esperanza de hacer alguna amiga, por difícil que suene.

Debe de haber docenas de niñas de trece años de aquí a la Veintiséis, pero de todos modos ninguna nos saluda. Para que eso pasara, tendríamos que llevarnos con los galancitos de la colonia, para quienes la diversión en esta vida consiste en mamonear de fiesta en fiesta. Los típicos que nunca se despeinan. Para ellos y sus novias no estamos en el mapa. Y cómo, pues, si somos de distintos planetas. De repente saludan a Harry, porque es socio del club, o a Fabio, que se esfuerza por hablar en su idioma, pero a Alejo y a Frank nunca los pelan, y a mí ni hablar. Qué bueno, porque nos cagan la madre. Como ya dijo Frank, lo que nos gusta de ellos son sus viejas, lo demás vale pito. Algunos hasta cantan o tocan la guitarra allá en la iglesia, y no voy a negar que me da cierta envidia pensar en los ensayos con esas mamacitas del grupo musical, pero también me puedo imaginar cuánto me joderían Fabio, Harry, Alejo y

Frank si me vieran cantando cuan-do-sien-tas-que-tu-her-ma-no-ne-ce-si-ta-de-tu-a-mor...

Harry vive delante del Triangulito, Frank al lado de Fabio y Fabio justo enfrente de mi casa. Todas las tardes vienen a buscarme, y si les digo que voy mal en la escuela me lo cantan a coro, pero creo que Alicia jamás los oye. Por si las moscas, me defiendo escupiéndoles a través de la reja del garage. Casi siempre acabamos gargajeados todos: ellos porque yo tengo muy buena puntería, yo porque Harry es nada menos que el Guillermo Tell de los gargajos. Dice Xavier que tengo el raro talento de hacerme amigo de la peor escoria de cada colegio, y eso que no conoce a Cagarcía, ni al Jacomeco. No sé por qué se me hace que si ellos se toparan con mis vecinos se harían amigos inmediatamente. Lo que los profesores dicen del Jacomeco, Cagarcía y yo es lo mismo que opinan de Frank las viejas vecinderas de San Pedro, además de la tribu de los maricuchos. Me hago amigo de los que nadie quiere, y por lo visto nada nos divierte tanto como saber que se habla mal de nosotros. Competimos por eso, de repente, más todavía si vamos a algún lado en el coche de alguno de los grandes y hay oportunidad de comportarnos peor de lo que pensamos que se imaginan. Soy malo en los deportes, pero destaco en los torneos de osadía. Si se ofrece quebrar una ventana, lo más aconsejable es recurrir a mí, que busco ser querido por los que nadie quiere y haría lo que fuera por impresionarlos. ¿A quién hay que matar?, les pregunto de pronto muy sonriente porque sé que no puedo reprobar ese examen.

Willowbrook Library
11838 S. Wilmington Ave.
Los Angeles, CA 90059-3016
Phone: (323) 564-5698

Title: La edad de la punzada
Item ID: 0112405060727
Date charged: 10/17/2013,12:38
Date due: 11/7/2013,23:59

Total checkouts for session:1
Total checkouts:1

Renew your items online.     Log in
to:     www.colapublib.org

# 6. Catorce velas y un pésame

¿Cómo te fue en tus clases?, me ha preguntado Alicia en la hora catorce de mi cumpleaños número catorce. A su lado, en el asiento delantero del coche, Celita me contempla con una angustia que no quiero descifrar. Me había hecho el propósito de enseñarles el boletín mañana por la noche, o pasado mañana muy temprano. ¿Pero hoy, aquí, ahorita, luego de tantos días de aguantar el solazo de las ocho a las dos? Puede que esté bromeando, después de todo es día de mi cumpleaños. Muy bien, respondo, haciendo un gran esfuerzo porque me vean contento y despreocupado mientras le doy un beso a Celita y acomodo detrás el portafolios.

¿No pasó nada raro?, insiste, con el gesto tan serio que me siento un idiota cuando digo que no, ¿por qué? Como que últimamente la caras de inocente me están saliendo mal. Y la prueba es que nunca antes de hoy me habían dado una cachetada en mi cumpleaños. ¡Por mentiroso, hipócrita!, alcanza a reprocharme, pero en un parpadeo Celita abre su puerta. ¡Aquí me bajo!, gruñe, al niño no le pegas delante de mí. Cuando menos lo pienso, ya somos dos los hijos regañados. Resignada a leerme la cartilla en voz baja, me anuncia Alicia que vamos a ir a comer y en la noche va a haber cena y pastel, pero sólo porque es ya demasiado tarde para cancelar. Ni le pregunto a qué hora le llamaron. Eran más de las doce cuando al Bóxer se le ocurrió buscar mi número en el puto registro de inscripción, apenas creo que la hayan encontrado todavía en la casa. Lo que me arde es pensar que hasta ayer el teléfono estuvo operado, no sé por qué lo tuve que recomponer. Y esa moto la vamos a regresar, sentencia, pero algo en su mirada, o el tono de su voz, o ese dedo fantoche con el que me apuntó para hacerse la estricta, me dice que no es cierto. ¿Se regresan las motos, además? ¿Cuándo ha visto una moto con reversa? ¿O sea ya llegó y está en la casa? Nomás vamos llegando al restorán, Celita se me acerca, me cierra un ojo y se disculpa por no traer mi regalo. Te lo doy en la noche, promete, y a mí se me hace raro que me hable de un regalo que ya todos sabemos que es un casco y sólo sirve para andar en moto. Alicia apenas me habla. Van tres veces que lee las calificaciones, ya está que le sale humo por los ojos. ¡Qué bruto!, dice y dice, meneando la cabeza.

No sé qué habría hecho sin Celita: nada más esta tregua forzada es un lindo regalo de cumpleaños. Para cuando termine, ya se le habrá pasado el berrinche a mi madre. Pensándolo otra vez, puede que no resulte tan mala idea dar las peores noticias en tu cumpleaños. Llevas una ventaja. En el peor de los casos, tienes un argumento a tu favor. Hoy no es así que digas el mejor de los días, pero tampoco está para llorar. Y eso es mucho, con tantas reprobadas y una llamada de la dirección.

Tendría yo que estar afligidísimo, no solamente porque lo más posible es que me quede sin moto; también porque ya Alicia me advirtió que pasado mañana tiene una cita con el pinche Bóxer. Se va a caer el mundo, ya lo sé, pero como que hasta eso me da igual. Fallé con el teléfono, es mi culpa. Once tronadas pasan, pero un error como ése me convierte en un bestia de catorce años. Me pasé la comida regañándome solo y ahora sigo en la clase de piano. No logro concentrarme, voy a acabar por ser el peor alumno en la historia de la Sala Chopin. Tiene algo de gracioso, o de extraño, o de absurdo que Alicia esté allá afuera y yo aquí adentro. No te imaginas que la vida siga después de que te pasa lo que más temías. Cae como una sorpresa que no te despellejen. Y yo digo que si compraron un piano y me mandaron a tomar clases, y me siguen trayendo aunque sea lo peor de lo peor, también podrían dejarme conservar la moto, pero si se lo pido a mi mamá me va a dar el segundo soplamocos del día.

El asiento trasero es gran consuelo. Celita se ha ocupado de distraer a Alicia, mientras yo me concentro en resignarme a jugar en los días que vienen con el casco de la que nunca fue ni será mi moto. ¿Qué es ahora lo peor que puede pasarme? ¿Reprobar año? ¿Vivir de aquí al final de la secundaria igual que un presidiario? Una vez que cruzamos la caseta del Club, antes de que aparezca el Triangulito, voy hundiéndome a lo ancho del asiento. No quiero que me vean, pero al pasar escucho las voces de Frank, Alejo y Harry. Gritan mi nombre, aunque yo me hago el sordo. Le hablan al niño, avisa Celita. Déjalos, ruge Alicia, está castigado. Es su cumpleaños, hija, alcanzo a oír, de repente entre sueños porque detrás de reja, garage y jardín, entre el hall y la sala, está esperándome La Salvación. Puedo soportar todos los castigos, gritos y soplamocos del universo, si se me hace el milagro de andar siquiera media hora a la semana en ese animalón de color rojo.

Vamos a devolverla, me desconsuela Alicia, pero en el fondo sé que no se atreve a tanto. Xavier, que está en la casa y viene a recibirnos, empieza por decirme yo nada más te advier- to que no vas ni a encender esa moto mientras no saques buenas calificaciones. ¿Quiere decir entonces que mis sacrificios no fueron en vano, como sería el caso de mis padres, según mis profesores? En todo caso, ya hay invitados presentes. No Alejo, Frank o Harry, sino los amiguitos que Alicia me heredó. Hijos de sus amigas a los que cada día veo menos. Efrén, Javier, Ro- berto. Pero esta noche sí que quiero verlos. A ellos y al pastel de fresas con betún, las catorce velitas y mi nombre en el centro. ¿Cómo es que tengo fiesta en el día más terrible de mi vida escolar? Alicia se ha rendido y ya me da un abrazo junto a Xa- vier, que me repite cuál es el requisito para que yo disfrute del regalo, pero también me invita a montarme en él. Por su parte, Celita ya me dio mi casco y yo le arranco el moño mientras dejo escapar la primera sonrisa de este día. ¡Aunque usted no lo crea!, celebro bien quedito y aun así las palabras resuenan hacia den- tro del casco, mientras alzo una pierna, pescado del manubrio, y me acomodo encima de mi máquina. Apenas puedo creer que hace unas pocas horas estaba castigado a medio patio, y hasta diría que nunca sucedió porque esas cosas no le pasan a un corredor de motos como el que estoy mirando en el retrovisor. Si el Bóxer, Melaordeñas y todo el Instiputo pudieran verme aquí, así, ahorita mismo, sabrían que no soy el bueno para nada que creyeron, y que a partir de hoy no volverán a ver al niño bobo de antes, y a mí tampoco porque voy a ir tan rápido que con trabajos me verán el polvo. Según el instructivo, ciento veinte kilómetros por hora.

Puta madre, Dios mío, pienso una y otra vez mientras miro las fresas y el betún aterrizando en mitad de la mesa, soy capaz de estudiar con tal de que me dejen manejar esa moto. Siempre que estoy contento pienso que puedo hacerlo, y en un descuido hasta parece fácil, pero al día siguiente regresa el remolino y me arrastra hacia el mar de la pasividad. No es algo que disfrute, pero por más que intento no logro que el cerebro me obedezca. Como si fuéramos dos y no uno, carajo. El niño de mamá y el joven maleante. Solamente si logro que gane el bueno voy a poder comprarle su juguete al malo. ¿Pero quién no se siente niño bueno cuando toca apagar las velas del pastel? En un descuido podría hasta creerme que detrás del aplauso de Alicia y Xavier no se esconden dos miras de escopeta. Como ella dice, me traen en salsa. O como opina él, les llené de piedritas el calcetín. Pero se ven contentos, por ahora. Luego les tocará meterse en su papel y ponerme en la madre por huevón, mentiroso y mal hijo. Llegará la hora de que todos se larguen y nos quedemos a mirarnos las jetas. Ellos, que me consienten como a nadie, y yo, que oficialmente soy lo peor de lo peor. Por eso digo, mejor que me regañen. Que se pongan a mano de una vez y luego negociamos esa motocicleta. Hago la cuenta y faltan treinta y seis horas para que Alicia me haga picadillo. Va a aprovechar la cita de pasado mañana con el Bóxer para ver de una vez al Cachetes de Yoyo. Nunca en mi vida, desde que era un niñito, me ha hecho gracia que se junten mis mundos. En la escuela soy uno, con mis amigos otro y en mi casa el que creen Xavier y Alicia. De aquí a treintaiséis horas voy a quedar expuesto a la vista de todos, como una rana en el laboratorio. Su hijo es lo peor, señora. Expúlselo, profesor. No puede haber futuro más indignante que imaginar a Alicia jugando en el equipo del Instiputo, bailando las canciones que le toquen el Bóxer y su banda de aguafiestas. ¿Y por qué tengo yo que estar pensando en ellos justo cuando la voz de mi mamá se destaca en el coro que dice que éstas son Las Mañanitas y happy birthday to me?

Canta muy bien Alicia, tanto que en cada fiesta me avergüenza. Según cuenta Celita, ganó varios concursos de aficionados. Baila, además, como profesional. No hay boda, graduación o celebración equis donde no se levante a bailar con Xavier y se les junte un círculo de admiradores. Lo peor es cuando sacan un pañuelo y lo meten al baile, como otro personaje. Van y vienen, se abrazan, dan vuelta, se acomodan y empiezan otra vez. Cambian de ritmo y baile como si todo fuera parte de un gran show, y yo corro a esconderme y preguntarme cuándo y cómo aprendieron esas coreografías, si nunca los he visto ensayar en la casa. No sé por qué me siento tan extraño cada vez que los veo cantar y bailar y divertirse como endemoniados con una música así de aburrida. Pena, complejos, celos, grima, yo que voy a saber. Siempre que está enojada, o sea cada día más seguido, Alicia usa palabras que la ayudan a gruñir, como grima, desgracia, ingratitud, grosero, malagradecido. Grrr, grrr, grrr. Te echa encima sus ojos azul tóxico y con ellos te tuerce o te endereza, según sea el latido del corajón. Tiene olfato, memoria, instinto cazador. ¿Por qué es mi madre entonces, y no la del famoso Pancho Pantera?

Nos llevamos muy mal, últimamente, aunque en las treguas somos adorables. Pobre Xavier, sufre para aguantarnos, aunque lo divertimos. Si salimos de viaje, no lo dejamos descansar un minuto, por eso cuando puede se nos pierde y regresa al hotel, en busca de esa siesta que Alicia y yo pensamos que es un crimen. Tal vez si ella no fuera tan orgullosa, ni yo tan mentiroso, ni ella tan posesiva, ni yo tan respondón, ni ella mi celadora y yo su fugitivo, la tregua se haría larga y yo terminaría pasando las materias, o a lo mejor sería peor el remedio y acabaría de veras como malviviente. Siempre que le entra la onda regañona me habla como si ya me hubiera convertido en lo que ella más teme en esta vida, que es volver a aguantar en su casa la compañía de uno como mi tío Alfredo.

Fueron a su manera inseparables, igual que esas parejas de comediantes que en nada se parecen y por todo pelean. Según cuenta Celita, mi tío Alfredo era a los catorce años nada menos que un crápula consumado. O sea que no tengo que explicar por qué desde muy niño lo he admirado en secreto. Era el que sonsacaba a mi mamá para dejar la escuela y largarse de pinta, y el que después le rogaba a Celita que los cuerazos de ella se los diera a él. Un caballero, pues, y además un tipazo, pero Alicia no quiere otro como él, mucho menos en el pellejo de su único hijo. Y ése es otro problema, yo no tengo la culpa de que al hijo obediente no lo hayan engendrado. Pero la de mi tío no es una marca fácil de romper, si me pasé la infancia rogándole a Celita que contara de nuevo, y de nuevo, y una vez más la historia de cuando su hijo Alfredo le vendió al peluquero las sillas de la sala de su casa. ¿Me atrevería yo a tanto? Creo que no, por supuesto, pero el juego es que piensen que sí. No Alicia ni Xavier, ni el Bóxer y los suyos, pero sí los demás. Amigos y enemigos de la escuela y la calle de San Pedro, que es donde más se ofrece impresionar. ¿Habría sido tan rebelde Alfredito si le hubieran dado una moto a los catorce? ¿Se habría enamorado, a lo mejor? Cada vez que lo veo, en casa de Celita, pregunta qué tal ando con el box y qué dicen las viejas. ¡Alfredo!, lo regaña Celita, te he dicho que no le hables así al niño… Y qué bueno porque detestaría tener que contestarle que de box no sé nada y las mujeres no me dicen ni pío.

Sé que me falta todo para conseguirlo, pero yo me he empeñado en ser peligroso. Hace unos pocos sábados, cuando aún no habían llegado los castigos a partirle su madre a los permisos, me invitaron al cine Alejo, Frank y su hermano Rogelio, que tiene dieciocho años, va a la universidad y se consigue novias de lo más mamacitas. Íbamos en su coche, que es un Opel viejísimo de color hueso donde pasamos puros momentos memorables. Nada hay más divertido que ver a Frank aventando la lámina del Opelazo por el centro de Tlalpan. En realidad, el coche es de los dos. Si cooperas para la gasolina o les invitas unos pastelitos, te dejan manejarlo por el Club. Aunque eso sí, cada que te equivocas Frank te suelta un sopapo en la cabeza. ¡Míralo, güey! ¡Abusado, pendejo! ¡No traes vacas, cabrón!

Íbamos pues a bordo del Opelazo cuando Roger y Frank nos avisaron del cambio de planes. No iríamos nosotros cuatro solos, sino con tres amigos de Rogelio que ya nos esperaban en el billar. ¿Billar? Carambola a tres bandas. ¿Nunca has jugado, escuincle?, me pendejeó el Erni, uno de los tres galancitos baratos que ya estaban ahí cuando llegamos. Y sí, fui tan escuincle que terminé pagándoles el billar y los tacos, pero no me importó porque había logrado hacer diez carambolas, aunque ninguna fuera a tres bandas. ¿Qué opinaría Alicia si supiera que estuve en un billar? ¿No dicen que es allí donde se hacen las malas amistades, se traman los asaltos y luego se reparten los botines? Desde entonces no paro de pedir que vayamos de vuelta a ese lugar que nos ha hecho sentir tan peligrosos. ¿Cómo van a pensar que soy un niño bobo si cada vez que puedo exijo que vayamos al billar, ándale, pinche Frank, no seas putito? ¡A huevo!, me respaldan los demás, pero hasta hoy no hemos regresado. Mira, pendejo, me ordenó Frank en cuanto vio la moto, haciéndose el gracioso a través de la reja del garage, ve y dile a tu mamá que digo yo que nos suelte las llaves de esa chingadera porque vamos al Bicho a hacer carambolas.

Vamos a hacer leyenda, le prometo por sexta o séptima vez y él repite que no hay en todo el Club una moto como ésta. No va a haber ni siquiera que romperle la jeta a un vecinito para ser los villanos de la colonia. Dice Alicia que mis amigos del Club no me convienen, pero hay que ver a quién le convengo yo, que cuando estoy con ellos no bailo ni canto, pero me esmero en ser una calamidad, y si es hora de hacerse el inocente planto esos ojos diáfanos de ángel pintado al óleo con afgano y pelota que de tantas catástrofes me han rescatado. Cada vez que me siento amenazado, me transformo en el niño del retrato. Pantalón claro, cuello de tortuga, zapatos de gamuza, fleco rubio. Sólo faltan las alas, ladies & gentlemen.

## 7. La ruta de la vergüenza

El lugar más nefasto del Instiputo no es el Salón de Actos, ni la oficina del Bóxer, ni esos tubos idiotas donde los bravucones juegan espiro, sino los lavaderos de esta vecindad: el jodido salón de profesores. Ahí es donde se encuentran y echan pestes de los que menos quieren. Desde que el Bóxer me puso de moda, soy una estrella en el salón de profesores. De pronto, cuando alguna casualidad nos deja solos, se me acerca Miranda (mi titular del año pasado, que hoy cada dos semanas me truena en Biología) para contarme que hablan mal de mí hasta los que nunca me han dado clase. ¿Ves por qué yo te traje tan cortito?, me susurra al final, como si él fuera un cura y yo un alma perdida. Después se va meneando la cabeza, no nada más por mí, que no tengo remedio, sino porque la otra mitad de la culpa se la endilga en silencio a Melaordeñas. Hace un año, cuando empecé a querer descarrilarme, el profesor Miranda me pidió que escribiera y firmara un compromiso de buena conducta, antes de perdonarme la última chingadera. Nunca dijo que fuera mi amigo, ni me pasó a contar chistes al frente, ni me llevó a un campamento de mierda para luego ponerme en las garras del Bóxer. El profesor Miranda jamás le dejó al Bóxer nada que no pudiera arreglar él, y ahora se entera de mi senda del mal gracias a la bocota de Melaordeñas, que habla un inglés más pinche que el mío y viene y se da el gusto de reprobarme.

¡Eres mi vergüenza!, me recrimina Alicia en voz bajita, mientras me da un pellizco en el brazo derecho y clava sus ojazos adentro de mi cráneo. Para mi mala suerte, las citas con el Bóxer y Melaordeñas se alargaron hasta la hora del recreo, así que de una vez Alicia se ha lanzado a cazar profesores por el patio, y ahora escucha las quejas del de Educación Física. Un cabrón mentiroso que le habla de memoria porque él no ha visto nada de lo que está contando: para eso está el salón de profesores. Apático. Abúlico. Rebelde. Chistosito. Tramposo. Respondón. Indisciplinado. Ingrato. Indigno. ¿Cómo sabe todo eso el pendejete que una hora por semana nos pide que corramos y hagamos lagartijas y sentadillas? A Alicia no le importa, ella lo escucha igual y le pide disculpas como si fueran suyos los pecados. ¿Qué esperan que prometa, con una chingada? Mejor dile a tu madre que no siga tirando en saco roto el dinero que gasta en tu educación y te consiga chamba recogiendo basura, remata el mamarracho y a Alicia se le cae la cara de vergüenza. O por lo menos eso es lo que le dice al Campeón Nacional de Sentadillas. ¿Ya oíste al profesor, Xavier (pellizco)? ¿Cómo no voy a oírlo, se me ocurre, si ya estoy que lo mando a hacer cien lagartijas encima de la puta que lo parió? ¿Y cómo es que mi madre es la fiscal y no mi defensora? ¿Por qué si me defiendo dice que soy un cínico, y si el cabrón le miente me echa en cara que soy un mentiroso? ¿Tan malo soy que tienen que juntarse todos en mi contra?

¡Órale, basurero, a trabajar!, se burlan Cagarcía y el Jacomeco, mientras me echan basura a mi lugar, según ellos para que me vaya entrenando. Hace un rato, cuando les conté el chisme, estaba afligidísimo. Apostaría a que Alicia me va a cobrar bien caro el detallito ese de la basura. Es orgullosa, odia pedir disculpas y más aún en mi nombre. En vez de despedirse me dijo vas a ver cómo te va a ir, me tienes ardiendo el alma, te me vas despidiendo de esa moto. Según el Jacomeco eso lo dicen todas, ya luego se les va bajando el corajazo. Yo, por ejemplo, me he puesto tan de buenas que me da risa que me digan basurero, y hasta coopero con un par de ocurrencias. Por más que Alicia quiera despellejarme, ya no me queda mucho pellejo disponible. Además, faltan unos cuantos días para que nos entreguen de nuevo el boletín y no creo reprobar menos de tres materias. O sea que al final van a ser como seis, y eso con mucha suerte porque hasta ahora sigo sin hacer las tareas. Es como si me hubiera pegado un maxivirus y estuviera esperando a curarme solo. Como si no supiéramos que a estas alturas la única medicina eficaz es la que está guardada en el garage.

Por las tardes, encerrado en mi casa, y en las mañanas en el Instiputo no hago más que pasarme la película del primer día encima de esa moto. Y cuando me va mal, ya sea porque Alicia me regaña o el Bóxer me castiga o le sumo enemigos a mi lista, me consuelo pensando que estamos en los últimos momentos de una época que ya pasó de moda: cuando en el Club yo no era más que un moco que iba y venía como un fantasma idiotamente enamorado sobre su bicicleta de panadero. Y hoy soy el basurero, pero eso no lo saben en el Club. Ni todavía han visto el casco rojo y blanco de corredor de coches que en un descuido irá y vendrá volando por San Buenaventura.

—Coronel Bóxer, hay malas noticias: el enemigo se nos escapó.

—¿Cómo es posible, cabo Melaordeñas?

—Lo siento, coronel, pero es un enemigo veloz y escurridizo que huye a ciento veinte kilómetros por hora.

Cuando por fin vuelvo de mi película, me he olvidado de temas secundarios como el próximo examen y las nuevas tareas. Por algo estoy cursando la *secundaria:* como que siempre hay cosas más urgentes. El amor, por ejemplo. Hasta ahora, los momentos que más se le han parecido los pasé al fin del curso pasado. Temporada de exámenes, dos semanas dichosas en el Instiputo. O mejor, al salir del Instiputo. Es verdad que ya desde la mañana se levanta uno con el corazón saltando porque le espera un día maravilloso, pero eso no comienza a suceder hasta el fin del examen, por ahí de las nueve de la mañana, cuando ya no hay más clases y uno puede largarse a estudiar en su casa, y en vez de eso la mayoría vamos a dar a Plaza Universidad, que está a sólo una cuadra del Instiputo y en los días de exámenes se llena de uniformes conocidos. Asunción, Miguel Ángel, Montaignac, Escuela Mexicana-Americana: los vestiditos son inconfundibles y ellas son cientos, quién sabrá si no miles, recorriendo pasillos, tiendas y escaleras, sonriendo y secreteándose, inundando las mesas del Vips entre meseras que pagan sus pecados sirviendo nada más que café americano por propinas de a peso, y eso muy pocas veces porque la mayoría con trabajos se puede pagar un café.

Fue en una de esas mesas que vimos a *Chacal*. El Jacomeco dice que él la vio primero, pero ni él ni yo le quitamos los ojos de encima desde que entramos hasta que nos sentamos, hora y media después de habernos anotado en la lista de espera. Es un lujo tener mesa en el Vips de Plaza Universidad a las once de la mañana, en tiempo de exámenes. Ves a los uniformes ir y venir adentro y afuera, mientras tus compañeros de salón andan por los pasillos sin quién les haga caso. No digo que a nosotros nos pelaran, pero aquella mañana Chacal sí que me vio, y el Jacomeco jura que a él también. No sabíamos su nombre, después la bautizamos gracias a una historieta de *Fantomas* que el Jacomeco traía en su portafolios, donde se usaba un nombre clave así. *Operación Chacal*, la llamaríamos, pero en aquel momento, once quince en el Vips, no sabíamos ni eso. Discutíamos sobre la mejor manera de acercarnos a ella, cuando la vimos ir con sus amigas camino a la salida. Vámonos, resolvió raudamente el Jacomeco. No hemos pedido nada todavía, se quejó Cagarcía. Mejor, así nos sale todo gratis, le sonreí, ya también levantándome. Si dejamos la mesa por seguirlas van a pensar que somos unos pendejos, rezongó inútilmente Cagarcía mientras el Jacomeco daba un paso adelante, giraba la cabeza y disparaba: No mames, Cagarcía, es al revés, ¿a poco crees que están aquí por el café? A huevo, me le uní, y nosotros también vinimos a ligar, no a tomar juntos un puticafé. Ándale ya, lo apuró el Jacomeco, no seas puto y levántate. Para cuando salimos, ya se habían esfumado. ¿Y la mesa? Bien, gracias, imbéciles, iba refunfuñando Cagarcía mientras el Jacomeco y yo peinábamos pasillo por pasillo, los cuellos estirados y los cráneos girando como periscopios.

La encontramos en Sears. ¿Ya vieron a su vieja, perdedores?, anunció Cagarcía torciéndose de risa porque ellas y nosotros íbamos en las mismas escaleras eléctricas, sólo que en direcciones opuestas. Sin pensárnoslo más, el Jacomeco y yo nos soltamos corriendo escaleras abajo, y de vuelta hacia arriba en la misma carrera. Ya los vieron, babosos, chilló atrás Cagarcía, todavía sin acabar de entender la decisión que el Jacomeco y yo tomamos, nada más la volvimos a encontrar. Ir detrás de ella, punto. Primero muy atrás, a veinte o treinta metros. Necesitábamos esa distancia ya no para evitar que nos descubriera, lo cual había pasado desde el Vips, sino para planear el operativo. *Chacal* podía no ser el nombre más bonito pero sí el más seguro. ¿Cómo iba a imaginarse la dueña de esa linda melena castaña que en los próximos meses, tal vez años, dos perfectos extraños la llamarían *Chacal?*

Una vez bautizado el operativo, y con él la persona, el Jacomeco y yo procedimos a acortar las distancias, tanto que nada más de atravesar el Sanborns quedamos atrasito, como sus guardaespaldas. ¿Quién iba a hablarle, el Jacomeco o yo? Imposible ponernos de acuerdo en ese tema, entre otras cosas porque ninguno se atrevía. Decidimos seguirlas por las calles igual que por las tiendas. Eran tres, muy bonitas y de uniforme verde, pero a nosotros nos gustaba Chacal. Un par de horas más tarde, ya cerca de las dos, terminó la persecución en la calle de Adolfo Prieto, frente a una casa verde como su uniforme. La guarida de Chacal, dedujimos, y desde ese momento fue como si los dos ya tuviéramos novia. ¿Dónde se había quedado Cagarcía? Tenía que estar mentándonos la madre. Y peor se iba a poner cuando supiera el plan del día siguiente.

No habían dado las nueve de la mañana cuando ya iba con el Jacomeco por la banqueta de Universidad, camino de la Escuela Mexicana-Americana. La idea de pasarnos toda la mañana buscándola entre tiendas, mesas y pasillos nos parecía de pesadilla vil, peor todavía si la comparábamos con la gloria de haberla seguido hasta su casa, los dos muertos de pánico pero igual bien sonrientes, para que en vez de putos pensaran ellas que éramos cínicos. Descarados. ¿Simpáticos, quizás? Los uniformes verdes empezaron a salir por ahí de las nueve y veinticinco; no habían dado las diez y el Jacomeco me pegó en el brazo, después en las costillas, sin mirarme siquiera. Mira, idiota… Chacal. No mames, ¿dónde? Allá atrás, a un ladito del arbolote. Ya la vi, trae una diadema. A huevo, güey, si se la puse yo en la mañanita, después que nos bañamos. ¿No de casualidad es la misma diadema que le puse en la noche a tu mamá, cabrón? Cállate, que ya vienen, no digas groserías.

En total nos pasamos dos semanas siguiéndola, sin decirle siquiera hola o adiós. Luego, en las vacaciones, estuve un par de veces de visita en la casa del Jacomeco, que también tiene bici de panadero, y en ella nos lanzamos a investigar la misteriosa vida de la familia Chacal. Fue su cartero quien nos dio el apellido, que no era muy común, así que en dos minutos encontramos los datos en el directorio. Dos llamadas más tarde (la primera colgamos, apenas contestaron) ya sabíamos su nombre, luego de preguntar por "la señorita". Pero igual nada de eso fue suficiente para al fin dirigirle la palabra. Tampoco funcionó la estrategia suicida de chocar en la bici los dos, enfrente de ella: una jalada idiota del Jacomeco que bien sabía yo que no iba a funcionar. ¿Quién te sientes, pendejo, Jesucristo?, le reclamé tirado en el pavimento, limpiándome la sangre de la boca luego de que Chacal nos observó con esa compasión indiferente que una vez le había visto a Mariluchi, para acabar de ponerme en la madre.

Ahora que acaba el año y tengo catorce años, de pronto se me acerca el Jacomeco y susurra Chacal a un lado de mi oído, como ya recordándome que de aquí a unas semanas será tiempo de exámenes semestrales y volveremos a ir detrás de ella. Esta vez sí que va a ser diferente, se pitorrea de mí Cagarcía, deja nomás que sepa que te hiciste campeón de materias tronadas y licenciado en recoger basura. ¿Qué, vas a ir de chismoso?, lo amenazo. Yo no, da un paso atrás, sonríe, alza las manos, pero hay como quinientos güeyes que le podrían contar. ¿Ya ves, por ser Campeón?, me palmea la espalda el Jacomeco, ¡la afición se le entrega, señoras y señores! ¿Ya le viste los ojos de drogadicto?, se agacha Cagarcía y me señala, pero tampoco a él me digno responderle porque igual me entretengo imaginando el día que me aparezca frente a la Mexicana-Americana, me quite el casco, me recargue en la moto y vea venir a Vicky, que es como el Jacomeco y yo supimos que se llama la bonita que vive en Adolfo Prieto. Finalmente, quién quiere ser campeón de lo que sea. Lo que a mí se me antoja es ser el chico malo de la moto roja, y para eso ya tengo lo más difícil. En mis ensueños, traigo un pantalón negro y una chamarra de cuero, con su correspondiente calavera detrás. La clase de fulano con el que nunca viajaría Mariluchi, pero las otras sí. Y las otras son tantas en mi cabeza que me paso mañana, tarde y noche flotando dentro de una gran burbuja donde me veo cruzando la Calle Trece, luego la Diecisiete, la Veintidós, la Veintiséis, preguntándome cuál de todas las guapas va a pedirme primero que le dé una vuelta. ¿Cómo te llamas?, la intimidaré, y un instante más tarde la tendré entre mis brazos. ¿Dónde vives? ¿En qué colegio vas? ¿Cuántos hermanos tienes? ¿Qué música te gusta? Hace más de dos años que sueño con hacerle esas preguntas a una desconocida, pero no en una boda ni un bautizo, con los papás encima y vestidos de niños pendejitos, sino en algún lugar de San Buenaventura, donde soy el terror de galancitos ñoños y ñoras argüenderas. ¿Cómo le va, Campeón?, se arrima a interrogarme el Jacomeco mientras me acerca un lápiz en lugar de micrófono. ¡Ya se quedó pendejo, amigos radioescuchas!, se le suma de un grito Cagarcía. ¿Qué dicen?, les sonrío, bostezando con esa descarada placidez de la que Melaordeñas tanto le chismeó a Alicia. Nadie diría, me divierto pensando, que tamaño huevón viene de andar en moto con una princesa.

## 8. Steve McQueen va a misa

Ayer fue sábado, pero no cualquier sábado. Podría olvidarlos todos por acordarme de éste. No es que esperara nada, y hasta al contrario. Dos días antes, en la noche del jueves, Xavier y Alicia habían unido fuerzas para ponerme una chinga tan grande que ya veía venir una cagada de fin de semana. Me preocupaba poco que la moto siguiera parada en el garage, siempre que ningún otro la moviera de ahí. Andaba calladito. Si quería que no me cagotearan más, tenía que hacerme poco más que invisible. Me iba, pues, escurriendo de la vista de Xavier, entre el garage y el cuarto de lavado, cuando lo vi venir cargando El Instructivo. Ándale, me animó, como si me estuviera invitando a cumplir con una obligación desagradable, vamos a echar a andar esa cochina moto, no se vaya a oxidar por falta de uso. Voy por el casco, dije, y allí mismo empezó Una Nueva Era.

No tuve mucho tiempo para correrla. Algo más de una hora, después de los tres cuartos que nos tardamos en ahogar el motor, desahogarlo, volverlo a ahogar y en un golpe de suerte arrancarlo, brooooom, brooooom, entérense vecinos, llegó el azote de San Buenaventura. Azotes voy a darle a tu chingada madre si no me la prestas, celebraría más tarde Frank, que no llegó a la hora del estrenón. Metí tercera y cuarta ya al final, cuando volvía de la Veintiséis, con el visor arriba para sentir el viento pegándome en la cara y acabar de creerme que esta vez no era un sueño. De regreso en la casa, me miré en el espejo: pelos de punta, ojos inyectados, mejillas empapadas, todo por las mejores razones del mundo. ¡Pero vas a estudiar!, sentenció Alicia a la hora de la merienda, mientras yo me aguantaba la tentación de preguntar si al día siguiente me darían permiso de ir a misa en mi moto, luego de tanto haberlo imaginado.

Y aquí vengo otra vez, con el visor arriba y los ojos llorosos. Son apenas las diez y media, hará quince minutos que Xavier me volvió a soltar la llave. Once en punto te quiero ver en misa, alzó el dedo, mientras iba cerrando la puerta del garage y me veía arrancar hacia San Pedro. ¡Cuidado con los topes!, me advirtió todavía, cuando ya iba yo en busca del primero de ellos, ansioso por saltarlo y volar y caer igual que en las películas. Hace años que vi una, en la televisión, donde a un preso lo persiguen los nazis y él se vale de una zanja gigante para saltar en moto por sobre la alambrada. Cuando supe que habían filmado esa escena sin la ayuda de un doble porque el actor así lo había querido, me dije que algún día, cuando tuviera edad, manejaría como Steve McQueen. Así que hoy he empezado por correr de la Once a la Veintiséis saltando cada tope como si atrás de mí viniera la Gestapo.

No es que vaya muy rápido, pero me gusta acelerar en el tope. Soy todavía torpe con las velocidades, quiero meter segunda y me voy hasta cuarta, no sé siquiera bien cuál es cual. San Buenaventura es lo más parecido que conozco a una montaña rusa romántica, vas volando entre cuestas, curvas, precipicios y topes, y cuando menos piensas ha empezado el desfile de vecinitas que van a pie a la iglesia desde sus casas. Qué delicia mirarlas de espaldas y de frente, sin que ellas se den cuenta porque vienes corriendo y traes el casco puesto y eres Steve McQueen y hay nazis que podrían alcanzarte. Qué ganas de invitarlas a subir, pero qué miedo que te digan que no. Anoche lo leí de la primera a la última página y en ningún lado dice el instructivo cómo hacer para no bajarse de esta moto con la cara de estúpido puesta, o cómo te la puedes quitar siempre que quieras verte como Steve McQueen. Cuando han dado las once y me cruzo en un tope con Alicia y Xavier, que ya van en el coche camino de la iglesia, siento un bulto saltar en el estómago. Doy dos vueltas entre la Trece y la Quince, ni modo de llegar junto con mis papás. Me detengo a lo lejos, los miro entrar, suspiro y acelero. Nunca pensé que un día tendría tantas ganas de ir a misa.

No sé si a las señoras les haga sentir bien cargar un bolso, pero a mí el casco me hace entrar en el papel. No puedes tener moto y caerle bien a todos, menos si te recargas al estilo padrote con la suela apoyada en la pared, como si esto fuera un billar y no una iglesia. Lo siento, pues, no puedo ni evitarlo. Hace diez días tenía a doscientos borregos burlándose de mí por órdenes del Bóxer y ahora soy el mamón de la moto roja. No es que sea tan mamón, pero igual me divierte que lo puedan pensar. Es mucho mejor eso a que se rían de ti. Van a quererte nomás por la moto, me dijo Alejo ayer, y yo digo que no sería un mal comienzo. Cuando traía la bici de panadero no me querían ni para hacer mandados.

Harry ha llegado tarde a hacerme compañía. No te pares así, que pareces pendejo, me regaña y se ríe, muy quedito. Estate quieto, imbécil, que allá están mis papás, reviro por lo bajo y me uno a la oración en la última línea, y la vida del mundo futuro, amén. De rato en rato Alicia me echa ojos de pistola si me ve platicando o sin rezar, así que voy de pandillero a monaguillo según la miro girar la cabeza. Un trabajo difícil para quien como yo está ocupadísimo. Tengo ojos y cabeza en seis o siete partes a un mismo tiempo. Puedo mirar la moto estacionada afuera tanto como a cada una de las pollitas que me han hecho volar semana tras semana en esta iglesia, sabiendo de antemano que el dueño de una bici de panadero es pariente cercano del Hombre Invisible, y me voy preguntando si por casualidad alguna de ellas querría dar un bonito paseo por la montaña rusa de San Buenaventura.

Harry no para de burlarse de mí. No te jorobes, dice, cierra la boca, párate como hombre, sin siquiera tomarse la molestia de bajar el volumen, y entonces yo tampoco me contengo. Métete un dedo, güey, le ordeno y de inmediato siento varias miradas encima. Una señora, tres señores y dos de las pollitas que dentro de un minuto van a cantar a coro de-qué-co-lor-es-la-piel-de-Dios. ¡Oye, no seas grosero!, se escandaliza Harry, al mismo tiempo que se aguanta la risa. Me quedo congelado, pero ya se me asoma una mueca insolente que a partir de este día será el mejor escudo de mi timidez. "Sí, ¿y?", canta mi jeta. Total, de todas formas nunca he cabido en el disfraz de pinche monaguillo. Por lo pronto, puedo ir tachando de mi lista a dos niñas cantoras. Y en realidad las he tachado a todas, porque me da terror tener que hablar con ellas. Es mucho más sencillo sentirse pandillero, aunque no haya pandilla y una sola mujer pueda hacerme temblar de puro abrir la boca o mirarme a los ojos.

¿Te sientes galancito, pendejo?, murmura Harry, ahora sí en voz bajísima, nada más me descubre periscopeando hacia la zona de las guapas. Siéntate en un camote, le respondo y a los dos se nos sale la carcajada. Peor todavía, ya nos cachó Xavier y hace la seña de que me esté quieto. Una vez congelado en mi rincón, me pregunto qué tiene que ver un galancito con un pandillero. Mis amigos y yo hablamos pestes de los galancitos pero daríamos todo por ser algo así. O por tener su suerte, si es que es cosa de suerte. Supongo que esos güeyes no se dicen lo que nosotros a la hora de la misa, pero entonces tampoco se divertirán mucho. Además se ven bien. Traen melena, ropa bien combinada, de repente hasta el coche del papá. Y yo que tengo moto no me imagino una mejor combinación que la de una chamarra de piel negra con una calavera cosida detrás. Todavía no la tengo, pero no hay día en que no piense en ella. ¿Yo, galancito? Nunca. No está en mi sangre. Aun así, me sigo preguntando si habrá alguna vecina que se interese en ser la novia de un proyecto de rufián. Una que no se ría junto a Harry cuando me vea con la chamarra puesta.

¿Y cómo iba yo a ser un galancito, si hasta verme al espejo me intimida, empezando por ese corte de pelo? En mis sueños, los pandilleros son siempre greñudos, y a mí los pelos no consiguen taparme ni un pedazo de oreja. Según dice Xavier, si me dejo crecer la melena van a empezar a gustarme los hombres. ¿Cómo le explico que funciona al revés? ¿Quién va a querer ser novia de un esclavo del casquete al que su papacito lo lleva al peluquero? Pero la realidad es todavía peor, porque a mí el peluquero no me espera, sino que va a la casa a joderme la vida. Cada catorce días, el verdugo de mi personalidad llega a las nueve y media de la mañana a asegurarse de que jamás uno de mis cabellos logre treparse sobre una oreja. Pienso en los galancitos con las orejas cubiertas de pelo y me temo que estoy totalmente perdido, cuando la voz del cura me recuerda que puedo ir en paz, y mejor todavía, volar en santa paz por San Buenaventura con los ojos de todos encima de mí.

Alto ahí, voy muy rápido. ¿Cómo saltarme los gloriosos instantes de la salida, cuando llega Xavier y me advierte que me quiere en la casa a las dos y media? ¿Es decir que en las próximas tres horas va a haber montaña rusa en San Buenaventura? Vámonos, sonríe Harry, que me están esperando todas mis viejas. Y a mí me está esperando tu mamá, masculló más para calmar los nervios que con ganas de hacerlo reír, a lo cual me responde con una patadita en la espinilla que de repente duele como martillazo, pero aun así no puedo sobarme ni quejarme porque ya se me acercan unos cuantos de los que hasta el domingo pasado me creían transparente y ahora me preguntan qué motor tiene, cuánto jala, qué gasolina usa, desde cuándo la tengo, y yo podría traer el tobillo en pedazos que no los dejaría darse cuenta. Me monto en el asiento, hago girar la llave, levanto el ahogador, abro la válvula y dejo ir el pedal de arriba abajo rogando al cielo que al jodido motor no se le ocurra ahogarse con todo y mi prestigio.

Enciende a la primera y ya se escuchan los acelerones. Hay personas y coches por todas partes y yo voy empujando mi caballo despacio, como si cualquier cosa, que es lo que en mis zapatos haría Steve McQueen, aunque en el fondo espero que de la nada venga una pollita y le arrebate su lugar a Harry. Finalmente salimos en un solo arrancón, rumbo a la Veintiséis, pero en un par de cuadras damos la vuelta en U porque las guapas van todas de espaldas y lo que quiero es verlas de frente. En tres vueltas relámpago ya sabemos que ésta es la hora ideal de la semana para dar con la madre de tus hijos. Tu papá hacía lo mismo en los burdeles, me provoca Harry. Chismes de tu mamá, le sigo el juego ya llegando a San Pedro, donde Frank nos espera parado a media calle.

Sácate a la chingada, pinche Harry, ordena Frank y toma su lugar. Acelera, cabrón, me grita en el oído, no me hagas esperar o te reviento el culo de un patín. Así nos entendemos, más todavía si andamos de buenas. ¡Ve nada más qué viejas!, celebra y me da zapes en el casco, temblando de la risa no porque sea chistoso sino porque nunca antes, me sospecho, nos habíamos divertido como ahora, brincando tope a tope y haciéndonos notar a cualquier precio por las diez, quince, veinte mamacitas que todavía desfilan por San Buenaventura. Me carcajeo nada más de pensar en todos los domingos que nos faltan, y sábados, y viernes, y hasta martes o miércoles o jueves, si es que algún día paro de reprobar materias. Estamos al principio de unos tiempos tan buenos que nunca nada va a poder comparárseles, o por lo menos eso nos decimos. ¡A huevo!, gritoneamos a coro, fingiendo que nos vale madre si nos oyen, cuando en la realidad eso es lo que buscamos. Por más que se nos caigan los calzones ante cada beldad que se aparece, Frank y yo comprendemos que los únicos dos papeles disponibles son los que ya teníamos. Apestados sociales compitiendo por ser El Gran Gañán. Eso, en motocicleta, tiene que ser un tremendo espectáculo, así que tras tres vueltas a la colonia Frank me recuerda que es su turno de hacer leyenda a solas en Club de Golf México.

¿Sabes manejar moto de velocidades?, alcanzo a preguntarle, rodeados de vecinos de entre diez y doce años que me suplican que les dé una vuelta. ¿Y tú qué crees, pendejo?, le juega al indignado y arranca en una llanta, no sé bien si a propósito, pero en un rato voy a averiguarlo. Ese güey nunca ha andado en una moto, se carcajea Alejo junto a Harry. Pasan cinco minutos y reaparece Frank en San Buenaventura, ya con cara de choque, confundido entre el clutch, el freno delantero y el acelerador. Llegando al Triangulito, se levanta de nuevo la rueda de adelante, Frank pierde el equilibrio y un instante más tarde está en el pavimento, con el brazo sangrando, el pantalón rasgado y mi palanca de clutch torcida.

¡Te advertí que no hicieras caballitos, imbécil!, grito mientras levanto la moto del asfalto y él me mienta la madre por prestarle esa mierda de aparato. ¿O sea que no sabías andar en moto?, me desengaño, masticando el coraje. ¡Claro que no, pendejo!, me regaña con toda la razón porque las motos no son para prestarse, aunque desde ahora sé que acabaré prestándosela a todos mis amigos, y hasta algunos de los que desde ayer me tratan como amigo. Mientras eso sucede, me aplico a dominar palancas y pedales. Con un poco de práctica, voy a poder hacer los caballitos que dejen patitiesas a Mariluchi y su señora madre. Apuesto a que prefiere oírme proferir chingados y pendejos a soportar los ecos de mis acelerones. Cada vez que se escucha mi motor, siento que las señoras de San Pedro aprietan el culito de emoción.

¡Ten cuidado, que hay niños!, me alertan al pasar, y yo les echo encima una de esas miradas insolentes diseñadas específicamente para hacerlas sentirse bisabuelas. ¿Entenderán quizás que a mi edad, en mi caso, con ese maquinón entre las piernas, no me queda el papel de boy scout? Al contrario, más bien. Soy su calamidad y ellas la mía. Si la mamá de Harry o la de Frank me ven con simpatía y hasta me invitan a cenar en su casa, la mayoría cuenta pestes de mí. Se ha ido corriendo el chisme de que cuando me enojo con mis vecinos saco un rifle de municiones y les disparo desde mi azotea. Y eso sí que no es cierto, me quejo y hago reír a todos, porque para empezar el rifle tira diábolos, no municiones. El caso es que según Roger y Frank las pinches viejas me odian y en lugar de llamarme por mi nombre ya me apodan el *Francotirador*. ¿Se imaginan, las sonsas, el favor que me hacen? Me he pasado la vida persiguiendo el respeto de los de mi edad y ellas me están cubriendo de prestigio. Brooom, brooom, debe de ser la una y media de la tarde cuando me sale el primer caballito. Ódienme, por favor, grita alguien muy adentro, listo para reírse de su rabia. Agárrense, murmuro, que el Francotirador anda quemando llanta por San Pedro. No hay que ser adivino para saber que de aquí a quince días van a extrañar mi bici de panadero.

## II

Let me forget about today until tomorrow.
BOB DYLAN, *Mr. Tambourine Man*

## 9. Escupitajo al espejo

Comulgo casi todas las semanas, aunque igual paso meses sin confesarme, y cuando lo hago digo puras mentiras. Pecados de cajón, siempre los mismos. Hace como cuatro años que no le tengo miedo al infierno, y menos todavía desde que paso en él seis horas diarias, poniendo lo mejor de mis capacidades en reprobar materias espectacularmente —siete a medio noviembre, diez a final de mes—, tras lo cual Cagarcía y el Jacomeco analizan los números de mi boletín y juran que en boliche me iría mejor. Imagínate, dice Cagarcía, y de corrido lee mis calificaciones, cuatro, cinco, cinco, dos, cuatro, cero, uno, seis, cuatro, uno, uno: treinta y tres puntos, señoras y señores. Y yo me río con ganas porque eso sucedió quince días atrás y ahora, a pocos días de la Navidad, me he anotado la impresionante suma de tres materias reprobadas. Tres, he dicho, nomás. En diciembre del año pasado se habría armado un dramón en mi casa, y ahora hasta Melaordeñas me felicitó. ¡Vaya!, enarcó las cejas, vas mejorando. Sonó un poco a ironía, tanto así que se rieron sus lambiscones, pero a mí me dio igual porque estoy tan contento que me pasan de noche esas mamadas. Y más que eso, me alegra que hoy sea el último día de clases. Tres semanas enteras fuera del Instiputo son el mejor regalo que me pueden dar. ¿Saben por qué sonrío, bola de ojetes? Porque no voy a verlos de aquí hasta el año que entra. Porque pronto la vida va a volverse posadas y desmadres y mañanas y tardes y hasta noches dando vueltas por San Buenaventura, y en esa confusión ya habrá alguna vecina que quiera corretear en moto a Santa Claus. ¿Ah, verdad, putos?

Cuesta trabajo creerlo, pero Alicia y Xavier también me felicitan. Sin ironía, aparte. Les parece importante que yo haya reprobado nada más tres materias. Salgo de vacaciones al momento de haber recuperado mis derechos como hijo único (siempre el mejor y el peor al mismo tiempo). Yo sabía, me repito, que a partir de esa moto mi vida iba a ser otra. No dejen de estudiar en vacaciones, aconsejaron Melaordeñas, el Bóxer y otros dos por ahí, acuérdense que a la mitad de enero tendremos los exámenes semestrales. ¿Y cómo olvidar eso?, comentó el Jacomeco, que tiene un nuevo plan para poner en práctica otra vez la Operación Chacal, mientras yo me chamusco los sesos pensando en cómo hacer para viajar en moto desde Club de Golf México hasta las puertas de la Escuela Mexicana-Americana sin que Alicia se tenga que enterar. ¿Son diez, quince kilómetros? Demasiado para un jinete sin licencia y un caballo sin placas de circulación. Xavier sería capaz de quitarme la moto si lo llega a saber, y yo puedo vivir sin Chacal pero no con la bici del panadero. Y es más, si de aquí a enero no tengo cómo sustituir a Chacal, será porque soy un estupidazo.

No quiero ser galán, aun si me la paso pendiente del espejo. Tengo cara de niño y este corte de pelo soldadesco no ayuda. Tampoco es que me lo hayan dicho ya, pero se me ven grandes las orejas. La boca y la nariz me han crecido de más. En lugar de bigote me brotan unas púas tan vergonzosas como las espinillas que compiten con ellas por hacerme la vida miserable. Tengo, además, el pelo más rebelde que un búfalo con riendas, así que siempre estoy despeinado y me asquea la idea de engominarme como padrote. Traigo los ojos rojos el día completo, seguido se me olvida cerrar la boca y el colmo es la ortodoncia que se asoma. Cada uno de mis dientes luce su propia faja de metal y un alambre los comunica a todos. Si se me ocurre comer tacos de pollo, traeré atorados ahí diez gramos de pechuga y otros tantos de pierna. Y si voy y me lavo los dientes, empiezan a brillar de un modo repugnante. ¿Quién va a querer ser novia de un hocicón así?, me quejo de repente y me prometo no enseñar más los dientes al hablar, y menos las encías, qué pinche asco. Trato de decir algo con los labios encima de los colmillos y me veo ridículo como un monaguillo metido a pandillero. Si algo he aprendido de la timidez, es que cuando uno teme que va a hacer el ridículo es porque ya empezó y no va a detenerse. Xavier insiste en que no dejo de crecer, pero lo que yo veo es que todo me está creciendo disparejo. Si pudiera, andaría día y noche con el casco puesto.

Paso ratos larguísimos enfrente del espejo. Es como si yo fuera dos personas, el que pienso que soy y el que tengo ahí enfrente, que no sé ni quién es. Y como que no logro que se pongan de acuerdo. Por supuesto que yo me siento mejor que él, lástima que sea él a quien la gente mira en mi lugar. ¿Qué me ves, hocicón?, me da por regañarlo. Detesto que sea débil y lo deje ver. Es por tu puta culpa que no me respetan, lo apabullo y entonces él se mete corriendo a la recámara y un minuto más tarde ya está de vuelta con el casco encima. Qué descanso saberse persona otra vez.

Xavier dice que un hombre no se pone fijador. ¿Y la goma que él usa no es fijador? Claro que no, es goma de tragacanto, me aclara muy despacio, como si fuera obvio y la etiqueta de mi nuevo spray dijera mentiras. Vas a parecer loca, intenta hacerme burla pero yo le respondo cantándole el remate del comercial: *Vi-va-The-Dry-Look... de-Gi-llette*. Yo no sé si me sirva mucho para peinarme, ni qué pueda quedar del peinado cuando me quite el casco, aunque el olor me gusta. Xavier puede prohibirme que el pelo se me suba en las orejas, pero no que me ponga *The Dry Look* cada vez que me planto frente al espejo ya bañado, vestido y desayunado, listo para bajar corriendo por la moto. Y de repente es como si ese aroma de señor (supongo que tuvieron que esmerarse para que nadie se sintiera señora) me diera la licencia para salir a San Buenaventura con una nueva personalidad. ¿O sea que las señoras de San Pedro me toman por loco? No han visto nada, le presumo a Frank, que alza uno de los puños, aúlla y ladra: ¡A huevo!

De todos mis amigos, sólo Alejo desprecia la moto. Puede ser peligrosa, nos aconseja pero yo lo interrumpo: ¡No seas puto, Alejito! Mátense, pues, idiotas, alza los hombros, pero Frank entra al quite: ¡Cállese, pinche abuelo senil! Harry, en cambio, no duerme por pensar en motos. Se conoce las marcas, los datos técnicos, los nombres de las piezas del motor, por eso opina que es muy injusto que yo tenga una moto y él no. Le gusta que vayamos al campo, más allá de la Calle Veintiséis, y a mí no solamente me aburre y me fatiga y me madrea eso de andar saltando entre surcos y piedras, sino que mi interés, tanto como el de Frank, está muy ocupado en otras maravillas de la naturaleza, generalmente ocultas a lo largo de veintitantas calles listas para explorarse: una sola sonrisa de cualquiera de ellas vale más que un trofeo de motocross. ¿Para qué mierda crees que tu moto tiene llantas de taco?, se desespera Harry porque ya sabe que según Frank y yo lo único importante es ganarnos la fama de intrépidos salvajes. Cada vez que nos acercamos al Triangulito, aceleramos todo lo posible para que nadie dude que el peligro nos pela los dientes, entre otras cosas. Frank casi siempre gana porque se atreve a hacer las suertes más estúpidas, dicen Alejo y Harry. La diferencia es que yo me la juego y él juega a suicidarse (así nos lo decimos, ya medio mamoneando para ver si se espantan).

Hasta donde recuerdo, desde los siete, ocho años ya me gustaba jugar a eso. Disfrutaba asustar a los demás niños cada vez que corría por la banqueta, como si fuera a cruzarme la calle justo cuando venía un coche atrás. Luego aprendí a torear coches y camionetas, usando casi siempre el suéter de capote. Nada más me escuchaban imitar con los labios el chillido de la corneta, me abrían unos ojos de terror que eran siempre el mejor de los aplausos. Ahora ya no se asustan con las faenas, a menos que me vean hincármele un camión en el pavimento, que hasta hoy es la suerte que mejor me sale. ¡Olé, matador!, alza los brazos Frank, pero ya Harry mueve la cabeza y le dice a su hermano Jack: This guy's an idiot. Son gringos, claro, y van en el Colegio Americano, pero se han adaptado tan bien que son los números uno y tres de los escupidores de San Pedro. Lo digo yo, que soy el dos del ranking. Harry es capaz de dispararte un gargajo directo a la pupila a tres o cuatro metros de distancia, y si le atina a un ojo no le cuesta trabajo estampártelo dentro de la boca. No es que yo sea tan torpe, si en la última guerrita le colgué a Alejo cuatro aretes de flema. ¿Será que Harry entrena o es un don natural?

Cuando tenía la bici, jugábamos a darle vueltas al Triangulito, tirándonos gargajos al rebasarnos, pero ya con la moto no hago esas cosas. No delante de todos, por lo menos. Basta con que me mire con Harry, a la mitad de alguna discusión, de un cierto modo que los dos entendemos, para que uno declare la guerra al otro con un asquerosísimo carraspeo, signo de que el gargajo será espeso y mucoso (para mayor deshonra del gargajeado). Si los dos carraspeamos, la guerra es inminente. Y lo peor no es saber que por cada uno de tus gallos en el pecho o la espalda de Harry, él va a estamparte dos a media jeta, sino encima aguantar sus risotadas. Yo no sé cómo puede fabricar más gargajos mientras se está burlando de ti. Las pocas veces que hemos hecho equipo fuimos demoledores. Un pelotón de dos arrasando con un paredón del ancho de la calle de San Pedro: nuestra cancha de tenis, que igual sirve para otros deportes en los que rara vez meto las manos.

Xavier nos hizo socios del Club Alemán, pero ni modo de que vaya solo. No me gusta el deporte, además. En una de éstas no es tan extraño que yo repruebe Educación Física. Lo que más detestaba de la bicicleta era tener que echarme las subidas empujándola, con el sol y el sudor y la hueva de ver pasar los coches donde seguro habría alguna niña que me viera y dijera pobrecito, ya le robaron la canasta del pan. Si jugamos al beis, no le atino a la bola con el bat, y para cuando agarro una pelota ya todos anotaron su carrera. Si es fut, meto los goles en mi portería. Y si es americano, soy tan malo para atrapar un pase como para mandarlo, y de correr ni hablemos. Como le digo a Frank, si esperas que yo corra, vas a tener que echarme a una de dos: la policía detrás o tu mamá encuerada por delante.

Tampoco soy muy bueno para pelear, y en realidad soy pésimo, pero cuando no queda otra opción ahí está el judo. Los dos años de clases que me dieron de niño sirven para aplicar una llave primero, y después una inmovilización. Ahí empieza el problema, ya lo tengo en el piso quietecito, pero no quedan manos para putearlo. Y eso es lo que me está pasando ahora con el Cuco. Ya lo inmovilicé, pero sigue insultándome y si lo suelto va a partirme la madre. Vive cerca del centro de Tlalpan, aunque viene seguido por el Club. Lo conozco desde que estábamos en la primaria. Le encantaba madrearse, por eso lo expulsaron del colegio. Y ahora está enojado porque no quise prestarle mi moto. Tan enojado que cometió el error de refundirme un dedo en la boca para tratar de lastimarme el cachete, y ya se lo pesqué entre cuatro muelas. Se lo estoy machacando y lo escucho chillar como cochino. Se retuerce, también, y yo lo muerdo con todas mis fuerzas, como si en este instante decidiera quedarme con el dedo. Cuando por fin lo suelto, tiene la cara empapada de lágrimas, pero viene otra vez detrás de mí. Este dedo, amenaza, me lo vas a pagar, así que una vez más lo tiro al piso, lo inmovilizo y él se retuerce como lombriz remojada en alcohol. Desesperado, me pone la otra mano en el pecho y yo le cargo el cuerpo sobre la muñeca. Otra vez grita, chilla, berrea y yo no acabo de creérmelo porque soy una bestia para esto de los golpes y le estoy reventando la madre al Cuco. Luego de unos minutos de torcerle en distintos grados la muñeca, siento manos que me alzan del piso: dos señores que se han bajado de sus coches para separarnos. Camino hacia mi moto y miro atrás: ya levantan al Cuco y lo dejan caer sobre el cofre de un coche, chillando ya no tanto por el índice izquierdo machacado como por la muñeca tantas veces torcida en tan pocos minutos. Cuando arranco el motor, me alcanza la cosquilla de ir contarle a Frank, y a Alejo, y a Fabio, y a Harry, y a quien quiera escucharme, que dejé manco al Cuco por estarme chingando. Sigo siendo muy malo para pelear, por eso necesito que medio Club se entere de lo que hice. Eso le pasa al Cuco, me digo ya en la noche, a punto de dormirme, por meterse con un francotirador.

## 10. Mina la Vitamina

Apenas iba la mitad de las vacaciones cuando hubo que llevar la moto a servicio. Para colmo, también los del taller tienen sus días libres, así que todavía van a tardarse una semana más. En el primer domingo del año voy a misa en el coche con Alicia y Xavier, escondido detrás todo el camino. Luego de haber llegado siete veces en dos veloces ruedas, no puedes aceptar que te miren de vuelta como niño pendejo, ¿verdad? Cuando acaba la misa me regreso con Fabio, caminando. ¿Ya dos meses con moto y todavía sin vieja?, me viene ladillando de la iglesia a San Pedro, ¿qué dicen tus papás de que eres puto? Y yo no digo nada porque vengo pensando precisamente en eso. No es que pueda jurarlo, pero tengo la idea de que hace rato una voz de mujer me llamó. Salíamos de la iglesia cuando la escuché: ¡Oye! Y yo me hice el sordito porque detrás de mí venía Alicia y a mi derecha Fabio. Si de verdad una mujer me hablaba, no podía permitir que se enteraran ellos, pero igual de regreso en San Pedro ya me había arrepentido. La vi bien, de reojo. Tenía el pelo largo, agitaba una mano esperando que yo volteara a verla, pero en vez de eso me escurrí hacia la calle y di vuelta a la izquierda, camino de la Quince.

Nunca la había visto, según yo, y eso quiere decir que vive de la iglesia para allá, entre la Dieciséis y la Veintiséis. Estoy echado a medio Triangulito, contando chistes con Fabio y Harry, cuando miro a lo lejos un par de bicicletas. ¿No fue acaso una de ésas la que me llamó? Necesito una bici, me digo, y no puede ser la del panadero. Me levanto, camino por San Pedro estirando el pescuezo y veo venir a un vecinito nuevo en su bici amarilla. Tendrá once, doce años. Me acerco y le suplico que me la preste. Se resiste con éxito hasta que se me ocurre ofrecerle una vuelta conmigo en la moto, en cuanto me la den. Hecho el trato, me escurro por la Once. No quiero que me vean, necesito estar solo para ir a hacer lo que tengo que hacer. Voy entonces y vengo por San Buenaventura. Nada. Pregunto la hora: ya son las dos y cuarto. Hace quince minutos que tendría que estar de regreso en mi casa y nomás no la encuentro. Vengo de vuelta por la Calle Doce cuando el tiempo se para y el aire se me va: ¡Oye!

Con las piernas temblando y las manos mojadas al instante, pedaleo hacia ella y me detengo. ¿Cuándo me das una vuelta en tu moto?, me sonríe, me sonroja, me pone en guardia contra mí mismo. Nada más que la saque del taller, le digo haciendo un gesto de fastidio que espero me haga ver interesante. ¿Y cuándo vas a ir a sacarla del taller?, me acorrala otra vez y yo, antes de trabarme, le prometo lo mismo que al dueño de la bici. Claro que sí, cuando me la regresen. Afortunadamente, traigo encima *The Dry Look* y no se me han parado los pelos, por eso me pregunta mi nombre y logro sonreír apenas se lo digo. Yo soy Mina, me da la mano como una girl scout, pero inmediatamente se despide con los deditos bailando en el aire y deja en mi cabeza los ecos de su nombre resonando como una conspiración de campanas. in-am-in-am-in-am-in-am.

Cuando doy media vuelta, descubro que a cincuenta metros de nosotros están Alicia y Xavier en el coche. Vienen apenas, no me han visto bien, así que pedaleo con todas mis fuerzas, mientras por el espejo alcanzo a ver la bici de Mina de camino a la curva que lleva a la Trece. ¿Qué esperas?, me regaña Xavier, ¡son casi dos y media! Voy, devuelvo la bici, le prometo otra vez su vuelta al dueño y me subo en el coche de Xavier sin darme casi cuenta de nada porque sigo flotando como si esa tal Mina todavía me llamara. ¿Con quién estabas?, me escudriña Alicia. Con nadie, me hago el loco, es que me preguntaron por una calle.

Detesto los domingos por lo cerca que están de los lunes. Cuando vamos al cine, a media tarde, ya estoy atormentándome con que al día siguiente voy a ir a dar de vuelta al Instiputo. Pero hoy es otra cosa porque del Instiputo ni quién se pinche acuerde. De las dos veinticinco para acá, mi cabeza se resiste a moverse del próximo domingo. Me da igual si mañana los maestros deciden dedicar la semana completa a repasar nuestros conocimientos antes de que comiencen los exámenes, de todas formas yo no voy a poder repasar otra cosa que cuatro letras, M-I-N-A. Podría gastarme tres mañanas enteras sólo en imaginar las carotas de Fabio y Harry cuando me vean pasar con una como Mina pescada de mí. Alicia y Xavier tienen que preguntarse cómo es que de repente vengo tan simpático y de pronto ya estoy otra vez en la luna. Déjalo, dice Alicia en estos casos, está en la edad de la punzada. Cómo me gustaría que opinara lo mismo cada vez que repruebo un montón de materias.

Puede que la tal Mina no sea tan deslumbrante como Chacal, que es una muñequita de ojos verdes, pero tiene tres grandes ventajas. Una es que cuando menos Mina me habla, otra es que vive cerca y la tercera que le gusta mi moto. A ella, además, no tengo que peleármela con el Jacomeco. Para cuando Frank, Alejo, Fabio y Harry se enteren, voy a traerla dando vueltas conmigo. No paro de pensarlo ni en el cine, tanto que hago la cuenta de las horas que faltan para que sea domingo y nos veamos en misa. Ciento sesenta y cuatro, me repito, y no sé ni qué pasa en la película porque sigo en la luna y ahí estoy bien. Y nadie más lo sabe, pienso otra vez, y otra, como un gato que se relame los bigotes porque todavía no acaba de creerse que lo han dejado solo en la alacena. Slurp, sonrío a solas en la penumbra de la función de cine de las seis, tengo un secreto que se llama Mina.

—¿De qué tanto te ríes? —Alicia me ha atrapado de los huevos, no sé si se dé cuenta.

—De la película —le contesto de golpe y de golpe me arrepiento.

—¿Y la película qué tiene de chistoso? —de repente me gustaría que lo sospechara, aunque de todas formas no pienso permitirlo.

—Es que me estaba acordando de un chiste —ésa no falla.

—Ya te pusiste rojo —ésa tampoco falla, siempre que me la suelta me sonroja más.

—¿Rojo yo? ¿Cómo crees? ¿Y además cómo sabes, si está bien oscuro? —me voy tranquilizando, por más que sea adivina no va a poder leerme el pensamiento.

—No te hagas, estás rojo como manzana. Y ya déjame ver la película.

—Yo soy de las manzanas amarillas —me lanzo a la ofensiva.

—¿Ya te callas, Xavier? —me echa ojos de pistola. Tiene razón, tan oscuro no está.

—Tú eres la que está hablando —me le pongo al brinco. Eso le pasa por andar espiándome.

—Soy tu madre, tarugo, baboso —ya me aplica un pellizco, para bien de todos.

Siempre que me arrincona con preguntas metiches, no queda otra que hacerla enojar, aunque sea para cambiar de tema. Ni modo que le cuente que estoy pensando en conseguirle nuera. Hasta hoy en la mañana, todavía me preocupaba de recordar que faltan nada más ocho días para el primer examen semestral y yo ni apuntes tengo. Puede que lo que más me preocupara fuera saber que del lunes al sábado Alicia va a obligarme a estudiar y no voy a asomar la nariz a la calle, y ahora ya me da igual porque sé que de todas maneras voy a seguir de vacaciones en la luna.

Hora tras hora, entre el cine y mi cama, no hago más que inventarme la película de lo que va a pasar el próximo domingo, cuando venga en la moto con Mina la Vecina agarrada de mí. Primero de los hombros, luego de la cintura, para que cuando al fin pasemos por San Pedro, Fabio se quede tieso y Alejo y Frank se caguen y Harry haga berrinche porque ahora va a andar menos en mi moto. Hace como tres años Alejo tenía novia, pero ya desde entonces no hay una que nos pele.

—Déjame que lo piense… no sé qué decirte.

—Sólo dime que sí.

—Está bien: sí. Acepto ser tu novia.

Pasa de medianoche, hace una hora que Alicia y Xavier ofrecen un concierto de ronquidos y yo sigo con mis escenas de amor. Me descuido un instante y ya me veo planeando cómo van a llamarse nuestros hijitos. Lo peor es que me acuerdo poco de su cara. No es que no me gustara, pero estaba nervioso. Concentrado en tratar de no trabarme, ni tartamudear, ni meter una pata, que es lo que me sucede cuando Alicia se empeña en convertirme en el galán de la boda y me sienta con alguna niña. Qué aburrido, ¿verdad?, es lo más que comento. ¿Por qué no me platicas?, me propuso una, la última vez. ¿Y de qué te platico?, le hice cara de fuchi, con tanto éxito que ya no volvió a hablarme el resto de la noche. Pero con Mina no iba a pasarme eso, y ahora menos, porque la próxima vez no va a encontrarme en una bici prestada.

Ciento cuarenta y nueve, me levanto pensando al día siguiente, Alicia ya enojada porque es tarde y en lugar de ir corriendo a bañarme sigo mirando al suelo, sentadotenlacamacarambadeveras. Estos días vamos a aprovecharlos para hacer un repaso de todo el semestre, nos anunciará el Bóxer, de salón en salón, y yo estaré pensando ciento cuarenta y seis, ciento cuarenta y cinco, ciento cuarenta y cuatro, materia tras materia, y de repente ciento cuarenta y dos: la hora de salida, y qué me va a importar que tenga que encerrarme toda la puta tarde en mi recámara, haciendo cualquier cosa menos leer el libro abierto que tendré frente a mí, como el gran camuflaje de mis pensamientos: ciento treinta y seis, ciento treinta y cinco.

Cuando llega la hora de merendar, Xavier y Alicia se entretienen hablando de la pandillita de lambiscones, que es como llama él a los subdirectores mamones del banco que cada día le encajan más corajes, pero yo ni me entero porque estoy congelado frente a la gelatina y hace rato que no hago más que ver el reloj:

—Y ahora sí, señoras y señores, nos hemos puesto a ciento treinta y seis horas de las heroicas once de la mañana del glorioso domingo que viene… —narra un comentarista emocionado la llegada del segundero al número doce, como en una carrera de fórmula uno.

—¡Acábate esa gelatina, por Dios! —se desespera Alicia de verme como un zombi.

—Y de paso también cierra la boca —la sigue ahora Xavier, como de mal humor.

—¿Y la gelatina qué? ¿Me la voy a meter por la nariz? —vuelvo en mí con un chiste de esos que no les gustan.

—Hazte el gracioso, estúpido —lo dicho, se enojó.

—Baboso, idiota —rabia Alicia, a su lado. Antes de que terminen de encarrilarse juntos en mi contra, me trago en dos bocados la gelatina y de un tirón me empujo la malteada.

—Tengo que ir a estudiar —me levanto de un salto.

—Despídete siquiera, majadero —yo no sé qué les hice, pero no hay tiempo para averiguarlo porque haciendo las cuentas descubro que mañana en la mañana, a la hora de la primera clase, ya sólo faltarán ciento veintitrés horas.

## 11. Biología apasionante

No importa en qué colegio ni a qué edad, todos los distraídos compartimos un mismo enemigo: el profesor de Matemáticas. Por más que sea simpático, o hasta buena persona, su destino es hacernos padecer. Y uno, aunque nunca se lo haya propuesto, está allí para distraer a quien pueda, y si luego resulta que fuimos más los que no entendimos, saldremos del examen con la tranquilidad que da reprobar en manada. Eso lo sabe Alicia, y le fastidia tanto que cada medio año encuentra la manera de evitar a tiempo la pesadilla de temer que engendró a un hijo tarado. Lo dice así: ¿Pero cómo es posible? ¡Ni que fueras tarado, caramba! Unas semanas antes de los semestrales, llega a mi casa un nuevo profesor de Matemáticas y se pasa entre diez y quince clases de una hora poniéndome al corriente con sus ciencias ocultas.

Esta vez no fue lejos a buscarlo. Una de esas mañanas negras en que iba de visita al Instiputo y salía echando chispas en mi contra, Alicia se encontró al maestro Magallón. Es decir, *El Temible Mamallón*. Un señor extrañísimo con voz de catarriento, complexión de hipopótamo y muy poquitas pulgas. Parecería que siempre está enojado, nunca nos ve de frente, como si diera clases a las puras paredes. Eso sí, cuando habla con tu mamá se pone suavecito para hacerle creer que es una persona. Pero en clase está tenso, a la primera que haces te saca y te reprueba. Usted nada más dígame cuándo puede empezar, profesor, le sonrió muy amable mi mamá, como pidiendo que la disculpara por la clase de vago que trajo al mundo, y ocho días más tarde ya teníamos en casa al gordo Mamallón.

La gran idea de Alicia me salvó por los pelos. Hasta ese día, mi promedio en la clase de Mamallón estaba por debajo del uno. Ni con un diez en el examen semestral iba a salvarme de acabar reprobado, pero he aquí que al principio de la penúltima quincena, señoras y señores, entró en escena SuperMamallón e hizo suyo el control de las acciones. A + B - C = 10 en las dos quincenas que faltaban. Pero ni así he logrado que mi promedio llegue hasta el tres. Voy a necesitar un diez en el examen para acabar con seis en el semestre. Lo peor es que eso no es lo más dramático, sino que ya hice cuentas y tengo ocho promedios reprobados. Dos con menos de dos, o sea irrescatables. Así dicen aquí en el Instiputo. Si entregas los trabajos atrasados, te ayudo a *rescatar* la materia.

En la última de sus clases a domicilio, al gordo Mamallón le entró lo paternal. Me confesó que estaba satisfecho con mi buena reacción y me ofreció su ayuda en un futuro. Si tienes un problema, aunque sea personal, o inclusive sexual, puedes contar con toda mi colaboración, por supuesto de un modo desinteresado, y ojalá esta actitud tan positiva hacia el conocimiento de los números te haga más fácil no solamente el próximo semestre, sino la vida en su totalidad, que es para lo que sirven las matemáticas. Dijo también que había hablado de mí con otros profesores y todos coincidían: lo mío es pura falta de voluntad. ¿Qué quieres que te explique, pinche gordo? ¿Que tengo toda esa voluntad invertida en resolver mis problemas sexuales? Al final, me conformo con pasar Matemáticas. Alicia me ha heredado ese complejo, ni cómo defenderme cuando dice que nada más los verdaderos burros reprueban Matemáticas. Tanto ella como yo nos consolamos en la fe de que soy un burro pasajero. Su hijo es muy distraído, señora: esa queja de mierda me ha perseguido desde la preprimaria. En todo caso, tendrían que informarle que sólo me concentro en los asuntos que me interesan, como es el caso de las mujeres.

Las hay buenas y malas, pero a veces las malas están lo suficientemente buenas para que uno se olvide de los temas románticos. Las miro casi siempre en puestos de periódicos, y las que más me ponen a temblar no son ya tanto las de las revistas como las de los libros. En la portada traen a una encuerada y adentro puras letras que son como las postas de un cartucho de escopeta. Historias cachondísimas, donde los personajes usan ciertas palabras que sonarían ridículas si no estuviera uno tan caliente. "Abre ya esa rajada palpitante, mi puta santa", releo tantas veces que esas ocho palabras vienen ya tras de mí y no van a dejarme nomás porque en mi puñetera compañía quedan dos o tres buenas intenciones, muy flacas si me empeño en compararlas con las piernas que se alzan dentro de mi cabeza cuando uno de esos libros calenturientos cae en mis manos y me atrapa en sus redes con todo y mis propósitos de enmienda.

Algunos lunes, convenzo a Alicia de que me deje ir solo al dentista. Que es una joda, claro, pero también una gran aventura. Me paso cuando menos un par de horas recorriendo los puestos de periódicos, en busca de esos libros cogelones que no cualquiera vende, y en Tlalpan menos. Ya conozco los puestos, el chiste es recorrerlos y decidir qué libro se le antoja a uno más. ¿Buscas los de Walt Disney?, me pregunta la dueña de un puesto del Zócalo y yo clavo los ojos en el suelo para preguntarle por la segunda parte de *Memorias de una pulga*.

El chiste es que me miren con ojos de rareza, como no dando crédito al degenerado que está detrás del niño bueno de la fachada. Por unos pocos días, escondo el libro en el Compartimento de Experimentación, y ya que lo he leído varias veces encuentro alguna forma interesante de deshacerme de él, como sería echarlo en el buzón de los maricuchos, la oficina del Bóxer, el portafolios del Cachetes de Yoyo o la mochila de un lambisconcito. Luego me siento a ver desde un lugar seguro cómo reaccionan cuando encuentran el libro y leen un par de líneas, o párrafos, o páginas. No importa dónde lo abras, si es de los que me gustan puedes jurar que encontrarás a los personajes desnudos y cogiendo como locos. A veces, cuando el libro cae en manos de algún caliente respetado, esperamos a que se vaya el profesor y nos lo lee en voz alta sobre el escritorio. Aplaudimos de pronto, si la escena se pasa de cachonda, o usan unas palabras muy depravadas, o el que lee se emociona y le echa ganas a la narración. Y yo me quedo atrás, con un cuaderno abierto para que piensen que hago tareas atrasadas. Si ya tengo la fama de reprobar materias al mayoreo, no quiero imaginar la cara que pondría mi mamá cuando el Bóxer le diera la noticia. Para colmo, señora, su hijito es un caliente y un puñetero. Nada más de pensar en cómo adornaría las palabras para decirlo de un modo decente, se me sube el calor hasta los ojos, junto con el color que siempre me delata frente a Alicia. Le diría tal vez lo mismo que opinó cuando el hermano del Jacomeco fue a dar a su oficina con todo y sus revistas de encueradas. Me temo que su hijo, señora, está teniendo un despertar sexual desordenado. O mejor: una pubertad desordenada en lo tocante a la cuestión biológico-moral, usted me entiende.

—¿Mi hijo, profesor? ¡Ay, qué vergüenza, no puede ser!

—Mire usted los recortes que ha pegado al final de este cuaderno.

—¿Le pido un favorcito, profesor? Expúlselo. Yo de todas maneras voy a tener que hablar con mi marido para que él diga dónde vamos a internarlo.

Por eso digo, de esto Alicia no puede enterarse. Ya de por sí Xavier le saca el tema cada que puede. Es natural, le explica, tu hijo está descubriendo las cosas de la vida. ¡Sí, tú!, se indigna Alicia, ¡a los catorce años! Luego los dos se ríen, cada uno del otro porque a Alicia no le cabe en el coco que a su niño le vengan esos antojos. Le parece ridículo que a Xavier se le ocurra que a lo mejor en un colegio mixto me iría menos mal. ¿Y qué hago yo? Si le digo que sí, Alicia va a saber que pienso en lo que pienso, y eso sí ni pensarlo. Y si digo que no, me refunden aquí hasta los dieciocho años. Por eso me hago el sordo siempre que hablan de niñas. Me pregunto si Xavier se imagina qué es lo que me interesa en este mundo.

—Yo a tu edad a toda hora pensaba en muchachas —tira el anzuelo como si cualquier cosa, camino al Instiputo.

—Acuérdate, mañana vamos a ir por la moto —faltan cincuenta horas para que vea a Mina, me gustaría contarle.

—No te hagas menso, estoy hablando de muchachas. ¿Qué crees que nunca tuve catorce años? —ni modo de explicarle que la moto y las chicas forman parte del mismo tema, carajo.

—Ya llegamos. No se te olvide lo de mañana —me escurro velozmente, mientras él deja ir una risotada.

## 12. Viva *The Dry Look*

Historia. Matemáticas. Geografía. Inglés. Biología. Taller. Cada uno va anotando en su cuaderno el orden de los próximos exámenes, pero a mí ya me basta con saber que entre lunes y martes sólo voy a sufrir por la Geografía, y eso nomás si de verdad estudio. No digo que no quiera, pero no tengo apuntes y el libro lo perdí. Ha habido dos repasos, mientras yo iba a pasar lista en la luna. Pero en Historia, Inglés y Matemáticas no puedo reprobar. Con suerte, Biología va a ser la primera.

—¿Y el casco? —el cronómetro marca 23 horas antes de mi primera cita con Mina cuando Xavier me llama desde el garage.

—¿Para qué el casco? —vuelvo a la realidad. ¿Es lo que me imagino?

—Te vas a traer la moto por delante de mí, con mucho cuidado —no ha acabado de hablar cuando ya voy corriendo por el casco. ¿Querrá hacerme una prueba de manejo? ¿Va a dejarme ir en moto al Instiputo?

Nada más de pensarlo, me regreso a soñar. Ya me veo llegando al colegio de Mina a las dos de la tarde, o al de Chacal, pero jamás al mío. ¿Cuántos minutos duraría viva mi moto, si la dejara a la entrada del patio? La encontraría escupida, rayada, orinada, pateada, pintada, descompuesta. Y a lo mejor por eso es que tampoco quiero hacerle mucho ruido al asunto ése del colegio mixto. Hasta hoy, por lo menos, el Club y el Instiputo están desconectados entre sí. ¿Y quién me dice que en un colegio mixto no voy a reprobar un madral de materias y las niñas no van a reírse de mí? ¿Y si alguna resulta mi vecina? ¿Qué opinarían las señoras de San Pedro si se enteraran de que el Francotirador es el burro más burro de su escuela, y que hasta el director se ríe de él? Ya sé que en esta escuela mi vida es asquerosa, pero quién me asegura que no puede irme peor en otra parte. Una de las razones por las que igual soporto lo que me pasa en el Instiputo es que al menos no hay niñas presentes. Puedo hacerme el idiota cuando doscientos hombres se burlan de mí, con tal de que no se aparezca una mujer, porque entonces se viene el mundo abajo.

Por ahora soy un héroe. Hace rato que cruzo calles y avenidas por delante del Ford de mi papá. De repente me alcanza en el semáforo y me regaña. ¿No te he dicho que enciendas la direccional? Perdón, me arrepiento desde lo hondo del casco, es que estaba nervioso. ¡Arranca ya!, me grita y atrás de él hay tres claxons que suenan. ¿Puedo dar una vuelta ahorita que lleguemos?, le suplico en el último semáforo. Tienes hasta las tres, me advierte, y yo calculo que para esos momentos ya estaremos a sólo veinte horas de la meta. ¿Y si me la encontrara de una vez? Por lo pronto, me desvío del camino para no pasar ahora por San Pedro. Necesito andar solo, por si se me aparece Mina la Vecina.

—¿No quedamos que estabas castigado? ¿De qué tienes examen el lunes? —Alicia está furiosa, seguro hoy en la tarde me van a encerrar.

—Historia, ya te dije. Y después Matemáticas —arrastro las palabras, como quejándome.

—Pues más a mi favor, tendrías que estar repasando desde temprano. Me guardas esa moto hasta que pasen los exámenes semestrales —que se me hace que ya se peleó con Xavier.

—¿Hasta que pasen ellos… o los pase yo? —un chistecito malo no le hace daño a nadie.

—Ándale, otra de ésas y te volteo la boca pa la nuca —puede que no esté al fin tan enojada.

—Eso te sacas por andarlo consintiendo —peligro: están a punto de pelearse.

—¿Tú qué te metes? —alza la voz Alicia, pero igual se le escapa una sonrisa.

—¿Te lavaste las manos? —me inspecciona Xavier y yo respiro porque hoy menos que nunca me conviene que mis papás se den un agarrón. Necesito que vayan juntos al cine y me dejen aquí castigadito. Si se tardan tres horas, me quedan dos para andar en la moto y una más para que se enfríe el motor. Ya conozco a Xavier, cada vez que me dejan dizque estudiando llega del cine y toca con los dedos el mofle de la moto y la parte trasera de la televisión. Si los encuentra fríos, hace como que cree que estuve estudiando. Si no, como dice él, entonces sí ya tengo para componerme.

Ay de mí, me repiten, poco menos que a coro, si se me ocurre echar a andar ese aparato mientras ellos están en el cine, y yo, que estoy a dieciocho horas de la hora cero, entiendo que hay momentos en que hasta el más desobligado de los hijos se calla y obedece. ¿Con qué cara le iba a decir a Mina que mi papá me castigó la moto? Cuando se van, me escapo caminando, y a los cinco minutos ya Fabio, Frank y Harry me señalan y dicen puto-puto-puto. Ni hablar, digo, se joden, no me voy a arriesgar a que me agarren. Pero lo cierto es que alguien dentro de mí siente cosquillas por arriesgarse, y al final lo va a hacer porque el poco respeto que se ha ganado es nada más que por imprudente. No ha pasado media hora desde que Alicia y Xavier salieron de la casa y ya he dado tres vueltas entre San Pedro y la Calle Veintiséis.

—¿Siempre manejas así de rápido?

—¿Quieres que vaya un poco más despacio?

—No, a mí me gusta así. A menos que planees darme un beso.

Anochece. Ya es hora de guardar la moto, no sin antes rociarle agua al escape. Lástima que no pude manejar de noche. Como que sabe más la aventura, y uno encima se inventa mejores películas. En la mía van seis o siete veces que me detengo para besuquearnos. Son siete y veinticinco cuando apago la moto y ya casi las nueve cuando Alicia y Xavier entran por el garage. Estoy en mi recámara rodeado de cuadernos, libros y papeles, y la televisión tan fría como el mofle de mi caballo de acero.

—¿Y cuántos años tienes?

—Catorce. ¿Tú?

—Trece, pero en una semana cumplo los catorce.

—¿Eres Acuario? ¡Yo soy Escorpión!

—¿Verdad que hacemos muy buena pareja?

Me he pasado la noche haciendo los papeles de los dos, como si fuera una radionovela. No sé si eso me calma los nervios o acaba de ponérmelos de punta, pero al fin no dormí más de tres horas. Las diez de la mañana: a sesenta minutos de la hora cero, me planto ante el espejo de mi baño (la puerta bien cerrada, como si en realidad hiciera otra cosa), con el cepillo en una mano y el *The Dry Look* en la otra. Según Xavier y Alicia, estudié ayer hasta la medianoche. Ya vete a descansar, me insistió ella, pasadas las once. ¿Dormiste bien?, me preguntó él en el desayuno. ¿Puedo sacar la moto para ir a misa?, les pedí muy quedito, tanto que Xavier me hizo repetirlo. No te hagas, sonrió Alicia, sarcástica, ya sabes que a tu padre lo haces como quieres. ¿Y a la madre qué tal?, contraatacó Xavier, nomás eso faltaba, y ya sabes que tienes que estar aquí a las dos en punto, no quiero tener que ir a buscarte en el coche.

¡Oye!, resuena el grito al salir de la iglesia, igual que la semana pasada, pero otra vez tengo muy cerca a Alicia y no queda otra que hacerse el sordo. Arranqué rapidísimo, como si me vinieran persiguiendo. ¡Oye!, escucho de nuevo, al pasar de regreso frente a la iglesia, y alcanzo a ver en el retrovisor una manita que me hace la seña: párate ahí, detente, no te vayas. ¡Adiós!, alza la mano Alicia desde la ventanilla, nada más nos cruzamos en un tope y ellos quedan al fin más allá de la acción. ¿Ya me das una vuelta?, me ruega, no sé bien si indignada o divertida, una mujer completamente diferente a la que llevo una semana imaginando. Pero me gusta igual, así que le aseguro que no la había escuchado y la invito a subirse ahorita mismo, con la esperanza de que no se figure que es mi primera vez y no sé de qué hablarle y ya hasta voy más rápido para así no tener que abrir la boca. Pero ella hace preguntas y eso me tranquiliza. Tiene también catorce y va en el Queen Elizabeth. ¿Desde la preprimaria?, me emociono, y ella responde que desde el kínder. ¿O sea que alguna vez fuimos compañeritos? ¿Iríamos en grupos diferentes? Cuando por fin nos ven Frank y Fabio, venimos platicando sobre el Queen Elizabeth. Miro por el espejo: se quedaron helados, ni siquiera alcanzaron a gritarme algo. Y es lo que van a hacer la próxima vez. ¡Ya cógetela, güey! ¡Cuéntale cuando eras puto! Quería que me vieran, pero va a ser mejor si no vuelvo a pasar con ella por San Pedro, calculo y le pregunto dónde vive. Entre la iglesia y la Dieciséis, me explica velozmente porque ya tiene prisa por decirme algo más: ¿Se la puedo prestar, para que dé una vuelta? No sé por qué me siento afortunado cuando la miro irse con mi moto, parado en la banqueta de San Buenaventura y otra vez inventando radionovelas.

—¿Me llevas al colegio mañana en la mañana?

—¿No prefieres que nos vayamos de pinta?

—Yo voy adonde sea, con tal de que estés tú.

Cuando Mina regresa son ya casi las dos. Hasta mañana, sonríe, y se va caminando por San Buenaventura. No lo puedo creer: es mujer y hace medio minuto estaba conmigo. Seguro se me nota la sorpresa porque apenas me ven, Jack y Harry se ponen a chiflar la Marcha Nupcial. ¡Ay, sí, ya tengo vieja!, grita Fabio desde medio San Pedro y yo le hago la seña de que se calle, aunque en el fondo quiero que siga gritando. Se siente bien que te jodan con eso. Que se enteren por fin que no soy el zopenco que pensaban. Que se acuerden que hay dos clases de adolescentes, y yo soy de los que hablan con mujeres. Hasta mañana, dijo, y para entonces ya empezaba a extrañarla.

Entro a la casa y suena el teléfono. Pregunta el Jacomeco si tengo los apuntes de Historia. ¿Apuntes yo? ¿Con quién cree que está hablando? Pero Historia sí sé, le presumo, y además tengo siete de promedio. ¿Nos vemos a las nueve entonces, nueve y media? Va a esperarme en el Vips, para agarrar mesa. De todos modos, profetiza, tarde o temprano va a llegar Chacal. Podemos ofrecerle que comparta la mesa con nosotros, si cuando llegue ya tenemos una. No lo desilusiono porque ya tengo a Alicia detrasito de mí y ni modo que me ponga a explicarle por qué no voy a ir al Vips mañana ni quiero saber nada de esa niña babosa que nunca nos ha hablado y de seguro ya nos tiene miedo, o cree que los babosos somos nosotros. No fue Chacal la que me dijo hasta mañana, ni me lo va a decir porque ya tengo novia, me gustaría embarrarle en la jeta al Jacomeco, si no hubiera estos pájaros sobre el alambre. Claro que sí, le digo en voz bien alta, yo llevo desde el viernes estudiando del libro y los apuntes. Sí, cómo no, huevón, se burla y yo me apuro a colgar la bocina. Hasta mañana, me despido y suspiro, con una sonrisota que delata lo poco que me importa que mañana comiencen los exámenes y en otros quince días lo más posible sea que se me acabe el mundo, con todo y moto. ¿Y si ya tengo novia para entonces? Siempre que pienso en eso, me imagino que en cuanto tienes novia se arreglan solos todos los problemas, por eso igual supongo que tu destino entero se va al infierno si te dice que no.

—Perdóname, pero es que no eres mi tipo.

—¿Aunque esté enamorado de ti?

—¿Y tú no te das cuenta que estoy enamorada de tu moto?

"Hasta mañana" es hoy, me digo al fin después de pasar una tarde y una noche perdido entre películas y radionovelas. Son ya las ocho y cuarto de la mañana. Melaordeñas acaba de advertirnos que al que vea copiando del libro o el cuaderno le va a plantar un cero automático. ¿Ya ves?, le susurro en la oreja al Jacomeco, eso es lo bueno de no tener cuaderno ni libro. Cagarcía nos oye y se ríe como rata. Vamos, Campeón, queremos ver un cero bien redondo. Lo que no les he dicho es que el libro de Historia lo perdí luego de haberlo leído tres veces completito. Es una de las pocas distracciones que te quedan a la mitad de una clase aburrida, y de ésas hay docenas por semana.

Cuando llega el examen, me da por hacer cálculos. En media hora puedo estar en la calle. Antes que el Jacomeco y Cagarcía, para que cuando salgan me crean en el Vips. Vuelo por las preguntas y escribo las respuestas como si fueran datos personales. Puede que en una o dos la haya cagado, pero de cualquier forma no podría sacar menos de nueve. Con siete de promedio, terminaría en ocho. Si logro sacar diez en Matemáticas, serían dos materias aprobadas. Más Inglés y Español. Con otras tres que pase, ya no reprobaría más de cuatro, aunque lo ideal sería reprobar dos.

Voy haciendo estas cuentas en el trolebús, celebrando que son las nueve y diez y ya casi llegamos a la parada del camión a Tlalpan. El camino es larguísimo, pero se me hace corto nada más de ir pensando en Mina la Vecina. Cuando llego a la casa sumerjo la cabeza en el lavabo, hago milagros con la pistola de aire, me rocío una capa de *The Dry Look* y me echo a andar con Tazi por la Once, sigilosos los dos para que no nos vean desde San Pedro. Son ya casi las once cuando pasamos frente a la iglesia y el corazón redobla nada más de pensar que cualquier casa aquí podría ser la suya. En estas situaciones, mi estrategia consiste en dar por hecho que el enemigo ya te descubrió y hace rato te está vigilando. No volteo a los lados, qué tal que me la encuentro en una ventana y se le ocurre que la vine a espiar. Miro hacia el pavimento o hacia adelante, como buscando algo que está muy lejos. Es como si estuviera en una película: pienso más en el público que en mí. Soy un actor, un héroe, un gran cantante bajo los reflectores.

—¡Oye! —la veo y no la creo. Quién sabe cuánto tiempo llevaba recargada en esa puerta.

—Hola. No te había visto. ¿Vives aquí? —me esmero tanto en parecer casual que de pronto no sé si parezco pendejo.

—¡No, qué va, aquí trabajo! —me hace burla, se ríe, se sonroja.

—¿En serio ésta es tu casa? —miro de arriba abajo la fachada.

—¿En serio éste es tu perro? —se acerca a Tazi, le da un par de cariños, le rasca la cabeza.

—¿De qué tuviste examen? —cuando menos lo pienso, le estoy haciendo plática.

—De Geografía, ¿y tú? —no sé si ya se vio el volcán gigantesco que tiene a la derecha de la nariz, con un tapón de pus en la punta.

—De Historia —no se ha quitado el uniforme guinda, qué ganas de ir un día a recogerla en la puerta del Queen Elizabeth School.

—¿Y qué tal? —por los ojos que me echa, juraría que ha visto mi boletín y ya sabe que soy lo que soy.

—No sé. Yo creo que bien, ¿y tú?

Y así seguimos, de las once a la una. Mientras, medio Club pasa por su puerta. Cuando vuelvo a San Pedro ya todos se enteraron. ¿Qué hacías en la puerta de Mina la Cochina?, pregunta Frank y Alejo se retuerce de risa. Se supone que tengo que indignarme, pero sería mucho revelar. Lo único que tendría que suponerse es que esos chistes no me hacen efecto porque a mí esa persona no me interesa. De otro modo me agarrarían de puerquito. Ya me voy, les informo, caminando en reversa porque quiero enterarme si por casualidad aparece a lo lejos el coche de Alicia y tengo que correr a meterme en la casa. ¿Y por qué no mejor te quedas a contarnos de qué color son los calzones de Mina?, grita Harry, pero yo me hago el sordo, aunque igual enchuequé un segundo los dedos para pintarle claramente sus mocos. ¡Tragas, güey!, rumia Fabio y yo sigo avanzando hacia mi puerta. La una y media, Alicia ya no tarda. Puedo hasta repasar un par de operaciones de Matemáticas, para que cuando Alicia entre en mi recámara me vea entretenido con papeles repletos de numeritos.

*Hasta mañana*, me volvió a decir hoy. Por más que intento entrar en las ecuaciones, no logro hacer más cálculos que los indispensables para tener presente ya no tanto la hora en que vivo, como las que me faltan para volver a verla. Es una gran ventaja que Alicia nunca esté en la casa en las mañanas. Toma clases de yoga, va a nadar, va de compras. Ya en la tarde se queda, aunque no siempre. De pronto la acompaño, pero no esta semana porque estoy en exámenes. Cero clases de piano, nada de distracciones. Ella cree que si estudio de verdad voy a pasarlas todas y yo no me he atrevido a confesarle que tengo dos materias impasables. ¡A comer y a estudiar, ándale!, me advierte en cuanto llega. ¿De qué tienes examen? ¡Matemáticas! ¡Pobre de ti, ahí donde repruebes!

## 13. El tambor y la pólvora

Cuando hayan terminado los exámenes, los doce grupos de la secundaria tendrán que comenzar con la tabla gimnástica. Una tortura, hasta donde me acuerdo. Tenías que tirarte a mover brazos y piernas como manecillas sobre el cemento candente del patio. Una hora cada vez. Cinco días por semana. Tres meses. El día del evento, aparecían entre las gradas las hermanitas de los compañeros y a mí me avergonzaba que me vieran sudado, jodido y confundido entre la manada, todos de shorts y camisetas blancos, mientras los de la banda de guerra llegaban de uniforme azul marino, con gorras y galones, y se iban a parar en la sombrita, desde donde seguían con su escándalo para que los de blanco se revolcaran sobre el pavimento. Ese día de las madres, el del curso pasado, decidí entrar en la banda de guerra.

El teniente Porfirio es un viejo gruñón, pero al cabo de un tiempo te encariñas con él. Cada vez que me sacan del salón porque hay ensayo de la banda de guerra, es como si me rescatara un pelotón suicida del cuartel general de la Gestapo. Una vez que me dieron baquetas y tambor, cierro los ojos y me miro entrando en una ciudad donde las multitudes nos reciben con abrazos y flores. Pero yo me concentro en la misión que me trajo hasta aquí, que consiste en marcar el paso de la tropa con ardor, precisión y constancia. No es un trabajo fácil, me felicito. Si en la calle divago sin parar, el tambor no me da esas libertades. Tengo que concentrarme, para evitar que el teniente Porfirio me plante un baquetazo a media pierna. Aunque también hay días en que le sale lo paternal y en vez de practicar recibimos consejos. Miren, muchachos, uno nunca sabe cuándo van a pedirle que vaya a algún desfile a tocar el tambor o la corneta, y le van a pagar su dinerito. Tra tra, tarará, tarará. Tra tra, tarará, tarará. Somos quince tambores y armamos un ruidero infernal en el rincón más apartado del Instiputo, junto a la puerta que da a la avenida. No puedo ver la calle, pero escucho camiones y carros todo el tiempo, con suerte alguna plática de dos mujeres que van por la banqueta sin concebir que al otro lado de ese portón tan feo hay un tamborilero imaginándolas. A veces, cuando toca dar los tamborazos, me figuro que afuera estará una mujer dando un brinco del susto, de modo que la falda se le alza por los aires. Desde que estoy en la banda de guerra, no tengo que esperar hasta los semestrales para probar qué tanto el aire de allá afuera se respira mejor que el del Instiputo.

Alicia se pregunta por qué me gustan tanto las historias de cárceles. Siempre que encuentro alguna en el librero, me paso horas y horas sin salir de ella. ¿Y por qué iba a ser, pues, si para ser prisión al Instiputo sólo le faltan camas? Si Papillón se ha hecho fama de duro y hasta los carceleros le llaman hombre-fuga, yo de este cuchitril me fugo a toda hora. Martes y jueves toco la pianica en el grupo del profesor de música. Él la llama *melódica* y se queja porque no avanzo suficiente. ¿A poco no practicas?, se extraña, y yo digo que sí pero es mentira. Más allá de la clase de música, puedo vivir muy bien sin tocar la pianica.

No me disgustaría poder pedir prestado un tambor y ensayar en mi casa todo el fin de semana, pero ya el director nos lo advirtió: por razones de mera urbanidad, ningún tambor está autorizado para dejar la escuela. Es el jefe del Bóxer: el director de todo el Instiputo. Sabe quién soy, está al tanto del récord y sin embargo nunca me ha regañado. Échele ganas, dice, yo sé que usted puede. Claro que sí, señor Gómez Novoa, le contesto muy serio, con la vergüenza de saber todo lo que él me sabe y nunca me reclama. Por eso de Novoa nadie se queja. Y del Bóxer ni modo de quejarse, pero yo no he olvidado esa tarde de Halloween en que el directorcito se convirtió en payaso y me usó para hacer reír a su rebaño. El día que yo decida quejarme del Bóxer, juro que va a enterarse todo el Instiputo. Y se van a reír tanto de él como entonces se rieron de mí, aunque esta vez no sea por lambiscones. ¿Cuándo será "esta vez"? No sé. No me imagino. Pero prisa no hay. El Bóxer tiene todos mis datos personales archivados en su oficinita, aunque de qué le sirve si no se ha dado cuenta del más revelador: nací en medio del signo de Escorpión. No puedo convivir con quien quiso pisarme, y si un día lo consigue nos vamos a ir juntitos al panteón.

Cada vez que lo veo en su balcón, dando y arrebatando los *minutos*, me digo que mi única ventaja es que soy poca cosa desde sus ojos de perro rabioso. No tiene mucho tiempo para pensar en mí, y a mí me sobran horas para entretenerme calculando cómo y dónde se le pueden regresar las mordidas. Si, como él dijo, yo soy el peor alumno en la historia de esta escuela, debió pensarlo bien antes de convertirme en su enemigo. Por ahora tiene suerte: fui a ver la lista de calificaciones, saqué diez en la prueba de Matemáticas, más nueve en Geografía, pero también un siete en Biología que promediando se convierte en cuatro. Y lo mismo sucede con Física y Taller de Electricidad: nunca hice las tareas, no hay forma de pasar. O sea que el resultado es espectacular: apenas tres materias reprobadas, ni un solo examen por debajo del siete.

Su compañero quiere tapar el pozo después del niño ahogado, menea la cabeza el Cachetes de Yoyo y levanta el dedito, como un tío juicioso. Ay, sí, pinche mamón, comenta Cagarcía en voz bajita. Igual que yo, reprobó tres materias, pero lo que en mi casa es motivo de fiesta en la suya es aceite para la guillotina. Y todo porque el Bóxer le invalidó un examen injustamente. Ahora que le entregó su boletín, no se perdió el gustazo de echarse un nuevo chiste. ¡Ya huele a pólvora!, ladró mientras hacía la mueca de ventilarse la narizota. ¡Huy, sí, ya huele a pólvora en tu culo, pendejo!, rumia desconsolado Cagarcía mientras el Jacomeco se pregunta si dos pinches materias tronadas apestan mucho a pólvora o es nomás un eructo de la mala suerte. El peor alumno, sentencia Melaordeñas, no es el que no puede sino el que no quiere estudiar.

Cuando por fin me atrevo a sacarlo del portafolios más pateado del salón, el boletín hace fruncir el ceño a Alicia y le saca la risa a Xavier. Una vez que terminan de ponerse de acuerdo y yo explico que dos de las materias estaban ya perdidas y en la otra me quedé a medio punto del seis, sopla una brisa fresca entre la sala y el desayunador. De once a tres materias, ya calcula Xavier, el problema se redujo a menos del veintiocho por ciento. Felicidades, hijo, me da una palmadita. Ojalá que la próxima vez que me llamen ya no sea para darme más quejas, me hace un cariño Alicia en la cabeza y por unos momentos me figuro que el próximo semestre voy a estar entre los mejores del salón. Sí, cómo no, huevón, se carcajea mi ángel de la guarda, que me conoce y puede leerme el pensamiento. En realidad, lo único que me entusiasma es saber que la moto ya no está castigada y voy a ir a buscar a Mina la Vecina. ¿Será que desde el día del examen de Matemáticas todo en mi vida se ha ido enderezando? Hago unos cuantos cálculos y me corrijo: la buena suerte tiene que venir de cuando Mina y yo nos conocimos.

Me gustaría contar que desde entonces me la he pasado visitando su casa, pero lo único cierto es que no he regresado y no sé ni por qué. Cuando voy, llego en moto, le toco el timbre, sale y se va conmigo, pero en un rato me la pide prestada y me quedo chiflando como pendejo. Fue Harry quien lo dijo, el primer día que me encontró esperando a Mina en la banqueta. Deja nomás que pase y la bajo a putazos, se hace el gracioso ahora que me ha vuelto a encontrar, pero al fin sí la para y le dice que ya tenemos que irnos. Yo no me meto mucho, porque estaba aburrido de esperarla y Harry insiste en que tenemos prisa, pero al final se la vuelvo a dejar. Perdona, pero soy un caballero, le explico mientras Mina desaparece por San Buenaventura. No me digas, se burla, ¿ya es tu vieja?

Ni modo que le mienta que sí. Estaría sacando boleto para que me jodieran mañana, tarde y noche. No me preocupa tanto que me ladillen Harry, Frank o Alejo, sino el coro de escuincles de San Pedro. Da igual si tienen siete años o doce, todos chingan parejo si se huelen que tienes una novia. Puedes cachetear a uno y hasta a tres, pero son más de veinte. Y a las niñas ni modo de madrearlas. Ayer, cuando acababa de arreglar la moto, la hermanita de Harry me embarró un trozo de caca de perro en el pantalón. Para que se vomite tu novia, dijo. ¿Y qué podía yo hacer? ¿Patearla? ¿Embarrarle mi ropa en la suya? ¿Gargajearla, siquiera? No queda más que hacerme el sorprendido cada vez que alguien me pregunta por Mina. No la he visto, me hago el olvidadizo, pero como ellos sí que me apañaron paseándola en la moto, nada más ven que salgo a la calle y les da por gritar. Vino a buscarte Mina la Cochina, se carcajea Memito, que tiene ocho años y es el peor de todos. Ve-ní-a-en-cue-ra-di-ta, ve-ní-a-en-cue-ra-di-ta, lo siguen Panochillo y Fernaco, pero yo me hago el sordo. Hay días en que logro agarrar a uno y le pongo un cocazo espectacular, pero en esto de Mina prefiero que no sepan que me afecta. Se supone que no es un tema importante, y si ellos me ladillan es para que les pruebe lo contrario, me digo cada vez, buscando la manera de que no se me noten estas insoportables ganas de castrarlos. Afortunadamente, de aquí a casa de Mina hay mucha distancia. Veinte minutos, si te vas a pie, pero no más de tres en la moto. ¿Por qué entonces no voy a visitarla? No sé. Algo me frena.

—A las viejas les da hueva esperar —opina Fabio, como si me estuviera aconsejando, camino de la cena de cumpleaños de Alejo —si no te lanzas pronto, se van con otro güey.

—¡Ya llegó el Minimino! —alza las manos el fantoche del Erni, que por suerte ya no vive en el Club, pero sigue viniendo a las fiestas.

—¡Chumino, animal del demonio! —me da la bienvenida Alejo, carcajeándose, aunque ya resignado a ser nuestro puerquito las semanas que vienen. Nada más aparezca su mamá para darnos atole y tamalitos, Frank, Harry, Fabio y yo no vamos a olvidar ni una palabra. Lo tratan como niño, y además su papá lo llama Mi Güerito.

—¡Adivina por qué le dicen Condomina! —ahí está otra vez el Erni, que no me baja de escuincle baboso pero le sobra tiempo para fijarse en mí. Por más que Frank lo abrace y diga que es su hermano, a mí ese bicho nunca va a simpatizarme.

—¿Ya sabías que Mina fue mi vieja, güey? —se aparece Jonás, que a veces es chistoso, sólo que cada día se vuelve más mamón. Ahora ya solamente nos saluda cuando no hay otros galancitos cerca.

—¡Niños, a merendar! —nos llama la mamá de Alejo, que ahora mismo nos tira paraditas porque la remedamos en secreto.

—¡Te lo advierto, pendejo! —me amenaza entre dientes el *Güerito*, pero los dos sabemos lo bueno que es para aguantar la vara. Muy rara vez se enoja, casi siempre le gana la risa. ¿Será por eso que lo quieren las señoras?

—¿Te le vas a lanzar? —se arrima Frank, cuando nadie nos oye.

—¿Qué? —me hago el distraído, sorbo un poco de atole, suelto el vapor, hago señas de que está muy caliente.

—¿Te le vas a lanzar a Mina la Cochina? —va subiendo el volumen, esta conversación no me conviene.

—No sé. Depende —lo miro fijamente, fingiendo seriedad.

—¿De qué depende, güey? ¿Vas a esperar hasta que se te quite lo puto? —ahora nos oyen Fabio, Harry y no sé quién más.

—Depende de tu madre, que se pone celosa. Ya ves cómo es la pinche ruca ésa —listo, ya se están riendo. Frank me deja ir un zape que apenas esquivo.

—¿Es en serio, Francisco? ¿Está como celosa la señora? —las palabras de Alejo salen torcidas por sus risotadas, que son pegajosísimas.

—Tú cállate, Güerito Nalgasmiadas —Frank alza más la voz, como si los papás de Alejo no estuvieran a unos pasitos de nosotros.

—¡Shhht! —se pone pálido, estira el cuello, mira hacia la cocina, regaña a Frank en voz tan bajita que nomás se le entiende el final —¡...no mames ya, carajo!

A nadie más que a Alejo se le ocurre invitarnos a cenar en su casa, en su cumpleaños. Me dan calambres sólo de imaginar que las cosas que dicen aquí pudieran escupirlas en mi casa, con Alicia y Xavier a un ladito. Mis cenas de cumpleaños son como de mentiras: sólo van los amigos que hace un siglo dejaron de ser mis amigos, porque los de ahora saben demasiado. Y eso que en realidad casi no saben nada, pero se lo imaginan porque me ven pasar sólo una vez con Mina, y las siguientes cinco ya nada más a ella con mi moto. Es mi culpa, me digo, por no declarármele, pero tampoco sé por dónde empezaría. Dejo pasar cada nueva semana con el pretexto de que lo único que falta es una buena oportunidad. Y no es cierto, porque hace pocos días que se nos descompuso la moto en el campo y yo no abrí la boca ni para hacerle plática. Eran casi las siete, ya estaba oscureciendo, qué más podía pedir.

Tampoco era tan fácil, luego de la función de hace un par de semanas. Venía yo con Tazi, ya cerca de la iglesia, cuando vi a dos mujeres paradas de manos con el uniforme del Queen Elizabeth. Estaban sobre el pasto, varias casas más allá de la iglesia, con las faldas colgando hasta los hombros. Nada menos que Mina y su amiga Alma Rosa. De cabeza, en calzones y a medio San Buenaventura. No supe ni qué hacer, pero mientras pensaba me hice chiquito detrás de un coche y agarré a Tazi con los dos brazos. Lo envolví con mi cuerpo, en realidad, pero es la única forma que conozco de esconder a un afgano. No sé ni cuántos coches habrán pasado mientras las dos daban el espectáculo, pero sí que Alma Rosa está muy gorda y Mina usa calzones de abuelita.

Claro que no es lo mismo ver las cosas derechas que de cabeza. Podría apostar a que incluso esos pinches calzonzotes se le ven más bonitos cuando se para sobre esas piernotas que desde entonces no me dejan dormir. Y si me duermo, tanto sueño con ellas que en un rato despierto con las patas temblando, unas veces de alivio porque había soñado que me decía que no, otras de decepción porque le daba un beso en cada pierna y en ese inoportuno momento despertaba, carajo.

El domingo pasado, un amigo de Mina nos invitó a pasar la tarde en el Club. Lo conozco, por cierto. Estaba en mi salón, en primer año. Ahora ya no lo veo, pero seguro que él a mí sí. En un descuido, puede contarle a Mina cosas que nadie sabe fuera del Instiputo. Peor si no estoy ahí para impedirlo. Por eso hice el esfuerzo de convencer a Alicia y Xavier. Solamente un domingo, les rogué, y el próximo vamos adonde quieran. Apenas aceptaron, salí corriendo a apagar el incendio. Hola,

Xavier, dijo mi ex compañero. Hola, Emilio, le di la mano muy amable. Como si hubiera un pacto entre los dos para dejar afuera al Instiputo y jugar a que somos amiguitos. Y qué bueno, porque al lado de Emilio están Igor, Hernán, el Pambazo y otros mamones más que hasta hace media hora ni me saludaban, aunque igual sigo sin saberme sus nombres. Me caen mal, pa qué quiero enterarme.

Los mamones tienen una ventaja: casi todos estudian en escuelas mixtas. Hablan con las mujeres igual que yo con Alejo y Frank, y no hablarían conmigo si no tuviera moto. Ya habíamos comido en la fuente de sodas y estábamos un poco aburridos de la función de cine para niños cuando Mina por fin se me acercó. ¿Y qué tal si nos vamos de una vez por la moto?, me preguntó al oído y yo me imaginé pasando junto a ella el resto de la tarde. Diez minutos después, ya estábamos afuera de mi casa, sólo que acompañados por Emilio, Hernán y tres pendejos más a los que nunca creí que acabaría prestándoles mi moto. Ahora que lo masco, tienen que haber pensado que soy un idiotaza. No hablé, casi. Dejé que ellos contaran los chistes, y hasta que le lanzaran los perros a Mina en mi carota. Era como si todos hablaran otro idioma y yo estuviera en medio sin entender. Exactamente el mundo que Frank, Alejo y yo más detestamos. Y lo peor fue tenerlos a una cuadra, mirándome de lejos junto a esos mamonazos de los que nunca hablamos nada bueno porque estamos de acuerdo en que son cagantes.

—Vámonos, pinche Alejo, aquí apesta —escupe Frank en cuanto me ve cerca, en voz bien alta para que nadie me hable.

—Córrele ya con Mina la Cochina, antes de que el Pambazo te la gane —se burla Harry, pero ya Frank se empeña en librarlos de mi asquerosa compañía.

—¿No les dije que aquí huele a mierda, carajo? —lo grita de perfil, a unos cuantos centímetros de mi oreja derecha, y lo peor es que no es lo que más me preocupa.

—¿No tendrás por ahí unos apuntes de Biología, aunque sean de tu escuela? —alcanzo a suplicarle a Alejo, que mira a Frank como si fuera su papá y luego se hace el loco para no contestarme.

—Yo tampoco los tengo —se ríe Cagarcía en el teléfono —y el Jacomeco los perdió anteayer.

—¿Entonces qué, repruebo? —a diez días del último examen semestral, hemos desembarcado en otra quincena siniestra. Según mis cuentas, llevo ya seis voladas. Siete, con Biología. Además de eso me quedé sin amigos y me huelo que Mina nunca va a ser mi novia. De aquí a unos pocos días voy a estar encerrado otra vez en mi casa con todo y moto. Castigado. Jodido. Regañado. Y el colmo: enamorado. Reprobado en la escuela y en la vida. Y no puedo evitarlo. ¿Quién va a creerme que es más fuerte que yo? Como si hubiera un tobogán en espiral y yo fuera cayendo de cabeza, sin meter ni las manos o preocuparme ya dónde voy a acabar. Hay ratos en que crees que no soportas otra vuelta más, y otros donde lo único que esperas es seguir resbalando para que no te alcance la vergüenza.

—¿Es cierto que en tu escuela te dicen Mino? —me pregunta una tarde Mina la Muy Ladina, delante de Alma Rosa, bien risueñas las dos, y yo digo no es cierto, cómo crees, ¿quién te contó eso?, aunque ya sé que fue el pinche Tlacuache, que es el nombre de Emilio en el Instiputo. ¿Quién otro que él me ha dicho a medio patio adiós Mino, hola Mino, qué cuenta Mina, Mino?

Mi suerte anda tan mal que ayer volvió a escupirme el Cuco desde un coche. Es la segunda vez, ya le anda por vengarse. Me lo estampó en la cara, entre la Dieciséis y la Dieciocho, cuando yo iba con Tazi, haciéndome ilusiones de toparme al regreso con Mina la Divina. Si un ojete del calibre del Cuco llegaba a vernos juntos, no iba a desperdiciar el chance de humillarme frente a una mujer, iba yo calculando cuando vi que venía una moto. La gordita Alma Rosa tiene que ser la única mujer con moto en todo el Club, y atrás de ella iba Mina, levantando una mano para decirme hola de pasadita. Pero no me importó. A correr, eso fue lo que pensé, no fuera a ser que el Cuco volviera a aparecerse y me agarrara hablando con Mina, pero pasó al revés: para cuando Alma Rosa y Mina regresaron, ya tenía yo al Cuco inmovilizado. El show duró una hora, más o menos, y para mi desgracia Mina lo vio enterito. Me da vergüenza pelear de este modo. Preferiría noquearlo de un solo golpe. O dos, o tres, o veinte, pero no revolcarnos en el pavimento y terminar manchado de su sangre después de machacarle el dedo con las muelas, qué pinche asco.

No me gusta la sangre. Mina se encabronó porque la dejé hablando a media calle, pero me daba todo tanta vergüenza que igual cerré la puerta del garage y no pensé más que en lavarme la cara, cambiarme de camisa y explicarle a su suegra, que estaría mucho más enojada, cómo es que me tardé dos horas en volver si me estaba esperando para hacer la tarea. Lo bueno de la sangre es que se pinta sola para cambiarle el tema a tu mamá. ¡Qué te pasó!, me dijo en la escalera, espeluznada, y al minuto ya me quería limpiar la jeta con alcohol. No es mi sangre, mamá, me defendía yo. Pues entonces qué bueno que no te dejaste, se iba tranquilizando. Lo que Alicia no sabe es que había dos mujeres presentes, y eso para mí es una fuente de energía. Se me ocurre que en una escuela mixta no tendría otra salida que romperme la madre con todo el mundo, para no chamuscarme con las compañeritas. Y sin embargo me queda la impresión de que con Mina me quemé espantosísimo. No sabía qué hacer, tenía ganas de echarme a correr. Me hacían sentir mal los ojos de burlita de Alma Rosa, como si ya supiera mis secretos y le hicieran cosquillas en la boca. Nada más de pensar en todo lo que pudo contarle el Tlacuache me dan ganas de volverme invisible, como cuando tenía mi bicicleta de panadero.

¿Qué le habrá dicho? ¿Que tengo dos amigos y un montón de enemigos? ¿Que soy burro y ridículo? ¿Que hasta los profesores se ríen de mí? ¿Y no les dijo el cuento de que me dicen Mino para que así pensaran que me paso la vida hablando de ella como un pendejito? No sé qué hacer, y eso es mala señal porque entonces ya sé que voy a terminar haciendo cualquier cosa, de seguro la más estúpida de todas.

## 14. Temporada de rabia

Sábados o domingos, después del desayuno, Xavier saca del clóset el rifle de diábolos. En teoría, yo solamente lo uso junto a él y nada más para matar lagartijas. No entiendo qué de malo le han hecho los reptiles y de bueno los pájaros para que les perdone la vida. Nada más lagartijas, me advierte y hasta se pone serio, no quiero un día enterarme que andas matando a los pajaritos. Cuando llego a ser yo quien se pone serio, lo que en realidad pasa es que estoy que me sale espuma por la boca, así que del coraje declaro a mis vecinos lagartijas. Pero de eso Xavier ni idea tiene. Llegué a matar algunas, al principio, pero desde que vi a una sangrar del ojo y agonizar hasta el día siguiente, decidí que los únicos reptiles que merecen sangrar caminan en dos patas y me desafían.

Además de los diábolos y el rifle, tengo la gasolina de la moto. Le caben veinte litros al tambo, y si se me termina le saco cuatro o cinco al coche de Alicia. Las primeras dos veces le das unos tragotes y sientes como ganas de vomitar, pero luego le vas agarrando la maña. Me gusta que me vean ordeñándole el coche a mi mamá, esas cosas ayudan a que te respeten. Pero cuando el respeto no es suficiente y ya ni con el rifle me dejan de joder, agarro dos botellas de Coca-Cola llenas de gasolina, las tapo con un trozo de estopa remojada, enciendo un cerillito y las echo a volar desde mi azotea. Hay que hacerlo de noche, para que todos miren el fuego extenderse, luego de que escucharon el botellazo y los vidrios saltando como esquirlas. Echo, pues, dos bombitas y se vacía la calle; entonces saco el rifle de regreso y le tiro al primero que se asoma. ¡Te voy a dejar tuerto, hijo de la chingada!, les grito de repente, pero sólo yo sé que estoy hablando en serio. Estoy emputadísimo y ya no me doy cuenta si los que corren son vecinitos o compañeros del Instiputo. Con trabajos aguanto las ganas de marcarle la cara para siempre al próximo valiente que se atreva a cruzar la calle de San Pedro.

No sé que es lo que pasa. Se me sube la rabia y cuando menos pienso ya me salen llamitas por la nariz. Allá en el Instiputo no hay gasolina ni rifle de diábolos, aunque el laboratorio y el taller están repletos de armas de combate. Si me gana la furia, puedo pasarme toda una clase limando un pedacito de metal. Órale pues, le grité hace unos días a un lamehuevos de Melaordeñas, voy a dejarte una marca en la jeta, para que me recuerdes cada vez que te mires al espejo. Si supieran las ganas que me dan, no volverían a meterse conmigo. No soy cobarde porque le tenga miedo a que me peguen, sino porque me asusto de mí mismo. Los odio demasiado, no sé ni qué sería capaz de hacerles. Las dos veces que tuve al Cuco en el suelo, berreando por su dedo y su manita, tuve que resistir la tentación de seguir apretando, hasta el final. Quebrarle la muñeca, arrancarle un dedo. Me da terror pensar que cualquier día de estos no voy a controlarme, y hay ratos en que es todo lo que quiero. Mutilar a uno de ellos, fastidiarle la vida a los catorce años, para que veamos todos de lo que soy capaz.

8 + 5 + 5 + 7 = veinticinco materias reprobadas son demasiadas para cuatro quincenas. Soy otra vez el paria que era en noviembre, aunque hay algunos pocos que me pelean el primer lugar. Cagarcía, por ejemplo, cada día está más cerca de mis hazañas. Nos hicimos amigos porque él traía el libro de Drácula y yo el de Frankenstein, pero lo que realmente nos une es el odio. Aborrecemos todo lo que huela a Instiputo. Empezando por Sucres, que está sentado siempre hasta adelante y es el más repugnante de los lambiscones. Al final de la clase, cuando ya el profesor se pone el saco y agarra el portafolios para salir, Sucres corre a alcanzarlo y sacudirle el polvo de gis. Permítame, señor, le dice el comemierda mientras le va palmeando los hombros y la espalda. Si a los seres humanos se nos diera permiso de matar una vez a una persona, le digo a Cagarcía una tarde en el patio, tú y yo nos pelearíamos por el gusto de acuchillar a Sucres.

No estamos juntos por casualidad: Mamallón nos corrió de la clase de Matemáticas y andamos escondiéndonos de las autoridades instiputas. ¿Sabes qué?, se me queda mirando Cagarcía, a mi déjame al Bóxer y tú te encargas de ensartar a Sucres. Puesto así, reflexiono, preferiría ser yo quien se encargara de piquetear al Bóxer. Cuando al fin suena el timbre que marca el fin de la penúltima clase, nos escurrimos del salón vacío donde habíamos conseguido guarecernos, celebrando que nadie nos apañó.

—¿Qué traes ahí escondido, pinche rata? —me mira divertido, seguramente vio que antes de salirnos estiré una garrita cerca del pizarrón.

—Traigo tus nalgas, güey —en vez de abrir la mano donde tengo los gises que me llevé, le disparo uno de ellos a la cara y le atino entre el ojo y la oreja.

—¡Órale, pinche estúpido! —se sacude, se agacha, se encuclilla.

—¿Te lastimé? Perdón… —me acerco y ya muy tarde le descubro la risa. Me acaba de estampar un gargajo en el pecho y ya junto saliva para devolvérselo. El patio está vacío, desde aquí puede verse la cabeza del Bóxer detrás de su escritorio. Y él también nos vería, si estirara el pescuezo. Tú te lo pierdes, chato, pienso mientras ayudo a Cagarcía a barnizar de escupitajos el barandal de la escalera. Segundo B está en el piso de en medio, casi toda la escuela va a tener que pasar por estas escaleras de aquí a un rato, calculo de repente. Espérate, detengo a Cagarcía, saco uno de los gises que ya traigo en la bolsa del pantalón y dibujo una cara de perro chato en la pared. Como no estoy seguro de que no tenga cara de cochino, le escribo abajo BOXER.

—Dame uno de esos gises —exige Cagarcía, y en cuanto se lo paso corre escribir debajo, entre paréntesis, el apellido del director.

—¿Ah, sí? —me animo y me regreso a completar el mensaje: PUTO. Doy dos pasos atrás: se ve precioso.

—¡Córrele, imbécil! —tose, pela los ojos, se ahoga de la risa Cagarcía, y cuando menos piensa ya lo rebaso. La puerta del salón está abierta, no ha llegado el siguiente profesor. Nadie va a darse cuenta que venimos directo de la escalera, porque además ninguno se imagina la bomba que acabamos de dejar ahí. Tic-tac, tic-tac, tic-tac, me río solo.

—Adivina qué hicimos Cagarcía y yo… —creo que lo mejor de este atentado es cuando se lo cuento al Jacomeco, que se caga de risa y no lo cree.

—¿Rayaron la pared de la escalera? —se agarra la cabeza, delante de otros tres que ya pelan oreja, pero yo estoy demasiado orgulloso de nuestra hazaña para pensar que un chisme de este tamaño va a tardar más de cinco minutos en llegar hasta Sucres y sus iguales. Allá lejos, el profesor de Geografía explica no sé qué de unas coordenadas y yo me felicito porque pienso que al fin me he ganado un pedazo de respeto. ¿Se darán cuenta así de que yo soy el mejor candidato para llevar a cabo una misión suicida?

Son ya casi las dos cuando entra Melaordeñas al salón, con cara de pujido, y pregunta si alguno de casualidad sabe quién pudo haber escrito ciertas majaderías contra el profesor Bóxer que aparecieron en las escaleras. Todavía no acabo de sacudirme por la pregunta cuando ya la respuesta me hace lo que los diábolos a las lagartijas. Como plomo me cae oír el coro de quince o veinte comemierdas cantando mi apellido, como si hasta lo hubieran ensayado. Por una vez, yo soy la respuesta correcta. Me escapo del salón, antes que a Melaordeñas se le ocurra interrogarme. Pasillos y escaleras están llenos de alumnos, nadie se forma en fila para salir. Rebaso como puedo, hasta que doy la vuelta y me topo con puras caras quietas. La mayoría incrédulos, unos pocos sonrientes. ¿Quién hizo eso?, repiten, mientras un mozo puja por desaparecer con agua y jabón la huella de nuestro acto terrorista.

—Yo no fui —le repito a Cagarcía, un par de horas después, en el teléfono.

—Yo tampoco. No hay pruebas —lo escucho tan tranquilo que eso me da confianza. No mucha, porque como que ya me percaté del peso y el tamaño de la mamada que fuimos a hacer.

—¿Y si nos crucifican? ¿Tú te vas a callar? —no queremos decirlo, pero estamos cagados de miedo.

—Yo soy como los muertos: descanso en paz y no me estén chingando. ¿Y tu, putito? —francamente, no me imagino a Cagarcía traicionándome.

—Yo, putito, nunca he agarrado un gis —le hablo despacio, como si lo tuviera todo bajo control.

—¿Y cómo sabes que lo pintaron con gis?

La mañana siguiente me da por sospechar que no estamos en peligro, sino en la olla. Nada más pongo un pie en el salón, Melaordeñas me echa ojos de escopeta. Amaneció mamón, me temo. Te está esperando el director, anuncia en voz bien alta aunque estemos a metro y medio de distancia y me pide que vaya con mis cosas. ¿O sea que me van a expulsar? Hay, en la mera puerta del salón, un lambisconcito de tercero con un mensaje para el Cachetes de Yoyo: viene comisionado para llevarme, junto con Cagarcía, a la oficina del director. ¿Son los únicos dos, no necesitas más?, se hace el gracioso Melaordeñas y allá adelante Sucres se retuerce de risa. Je, je, je, pendejete, salgo diciendo en una vocecita que nadie escucha, pero ya el gesto es típico de esos forajidos que suben a la horca hablando solos. Bola de putos, pienso. Esta vez no me van a ver haciendo mi gustada carita de sorpresa. Ya no estoy sorprendido, estoy encabronado. Voy a negarlo todo, no hay otra forma de librar la expulsión. ¿Qué le diría al Bóxer, si confesara lo que le escribí? ¿Perdón? ¿Me equivoqué? ¿No quise decir puto, sino hijo de puta? ¿Dónde está la vacuna que va a librarme de la rabia del Bóxer? No sé ni de qué me hablan, repite Cagarcía, cabizbajo, cruzando con nosotros el patio de camino a la cueva de don Bóxer.

—Sepárense, señores —gruñe el perrote chato. Antes de decidirse cómo acomodarnos, se encierra en su oficina con Cagarcía. Diez minutos más tarde, sale él y entro yo.

—No sé ni de qué me habla, profesor —lo único que sé es que no voy a cansarme primero.

—Tu amiguito me acaba de contar que tú lo hiciste todo, empezando por la caricatura —¿y qué dijiste, puto? Ya engañé a este baboso, ¿no?

—Yo no sé hacer caricaturas, profesor —miro al piso, de ahí no va a sacarme.

—Ya veo que eres cínico, además de vándalo. Vamos a ver si así te pones de valiente cuando tengas delante a mi invitada de lujo —yo en su lugar no sonreiría tanto, qué tal que se le sale la espuma.

—No entiendo de qué me habla, profesor —si es posible salvarme, tiene que ser con esta estrategia. Por más que me repite la truculenta historia del gis y la escalera, yo insisto en que no entiendo, ni sé, ni me preocupa.

—No te hagas el estúpido, por favor. Ve a pararte allá abajo, en el patio, y dile a tu secuaz que se quede aquí arriba —él tampoco me mira, yo diría que está aguantándose las ganas de, como dice Alicia, voltearme la boca pa la nuca.

¡Ni me hables!, gruñe Alicia en voz bajita. Recién llegó y me dice que no puede creerlo, pero me ve tan feo que me temo que no puede dudarlo. No nací ayer, me calla, echando lumbre por los ojos, y entonces sí que me hago el sorprendido porque ése fue el arreglo al que llegamos Cagarcía y yo, con unas cuantas señas y papelitos lanzados a escondidas del Bóxer mientras llegaban nuestras mamás. Cuando entro con Alicia a la oficina, Cagarcía cierra un ojo y levanta el pulgar, discretamente. Yo me paso dos dedos por los labios, y entonces Cagarcía responde desde afuera con otra V, y luego cuatro dedos, y al fin uno. Somos cuatro, repite con los labios. Cuatro personas. Stop. Un solo Bóxer. Stop. Victoria. Stop.

Por desgracia, señora, ya está borrada la caligrafía, pero yo le aseguro que estos dos muchachos son los autores de la grosería. Me insultaron, señora, por escrito y delante de toda la escuela. ¿Fuiste tú?, me fulmina Alicia con la mirada, ¡dime la verdad! Claro que no, mamá, se me ocurrió contar que lo había hecho por hacerme el chistoso con mis compañeros. ¿Y que te he dicho yo, que seas el payaso del salón? ¡Nunca pensé que me iban a creer!, frunzo el ceño como un serafín calumniado y me da por pensar que mi madre podría estarse pasando ahora mismo a mi equipo. Lo dijo Cagarcía: somos cuatro. No sabe si creerme, pero está acostumbrada a recibir las quejas de allá para acá, nunca al revés. Después de media hora de discusión, salimos aparentemente muy de acuerdo en mi inocencia, pero en cuanto bajamos al patio me tritura los brazos a pellizcos. ¡Siempre eres mi vergüenza!, remata y me amenaza. Yo no sé qué castigo te pongan aquí, pero ya vas a ver cómo te va a ir con tu papá y conmigo. Ojalá que te expulsen, por idiota. Estúpido. Baboso. Es el colmo, carambadeverascontigoxavier. Y de una vez te digo, voy a hablar con tu padre para que venda o devuelva o regale esa moto, pero ya te lo digo: no soy tu burla.

—¡Mamá, yo no he hecho nada! ¡Soy inocente! —todo iba bien hasta que sacó el tema de la moto.

—¡Cállate ya, pedazo de bruto! —me pellizca otra vez, está que lanza humo por las orejas —¡Y a ver quién va a creerte que eres inocente! ¡Delincuente, es lo que eres! ¡Majadero! ¡Maleante! ¡Mal hijo!

—¡Ay, sí! ¿Y a ti qué te hecho? —me quejo, lloriqueando.

—¿Qué me has hecho, tarugo? ¡Amargarme la vida, fíjate! ¿O crees que me divierte que me hagan venir para decirme que andas pintando las paredes, con groserías, aparte? Yo nada más te digo: te expulsan y te vas a un internado. O te vas de la casa de una vez. Lo que no sirve, vámonos, a la calle —lo bueno de que esté furiosa ahorita es que en la tarde ya la agarro relajada. Aquí, además, tiene que hablar quedito. Si me va a regañar, mejor que sea en la escuela y no en la casa. De todos modos, estas cosas suceden siempre que se me junta la escuela con la casa.

Hago cuentas y salgo ganando. Si alguna vez el Bóxer me puso en ridículo enfrente de doscientos compañeros, yo le he llamado Bóxer delante de seiscientos. Calculo que serían cuatrocientos los que alcanzaron a leer el letrero, pero seguro hasta en primaria se enteraron. Si antes del día de hoy los doscientos alumnos de segundo me veían pasar y decían mira, allá va el campeón de las reprobadas, ahora ya todos ven pasar al director y dicen mira, ahí viene el Bóxer Puto. Y tanto le dolió, al muy estúpido, que mandó borrar todo antes de por lo menos tomarle una foto.

A la hora del recreo, se acerca el Jacomeco y me dice que el mozo limpió mal el letrero. Las tres palabras siguen ahí, con la caricatura. Un poco tenues, pero puedes leerlas, opina Cagarcía, que ya fue y vino del lugar de los hechos y cree que es facilísimo reconocer la letra de los dos. ¿Cómo es que el Bóxer dice que ya no quedan huellas del letrero? ¿Le dio vergüenza que Alicia lo viera, o no se le ha ocurrido verificar el trabajo del mozo? Les pido que me esperen, voy a darme una vuelta por las escaleras, a ver qué se me ocurre, mientras tanto. Ya en el trecho que sube del descanso al segundo piso, me acerco y se me paran los pelos. Se nota mucho, claro. En especial mi letra, que es tan fea. Con eso tendría el Bóxer para expulsarme. No lo pienso dos veces: corro hasta el tercer piso, me escurro por la puerta del primer salón, entro y cojo dos gises. ¿Quién va a quejarse, pienso, de que otro haya tachado lo que quedaba del homenaje al Bóxer?

Voy por las escaleras todavía vacías con la prisa y el miedo confundidos, pero más vale jugármela ahora y no esperar a que algún lambiscón vaya y le diga al Bóxer que la prueba está viva. Afortunadamente, dejamos el letrero en un ángulo ciego. No hay nadie alrededor, aunque igual me recargo en la pared y voy tachando todo muy discretamente. Es menos fácil de lo que esperaba, pero en pocos minutos cada palabra está cubierta de gis. En la caricatura hay curvas y rayones que ya la hacen confusa. Doy tres pasos atrás: aprobado.

—Fui a lavarme las manos, nadie me vio —intento convencer a Cagarcía, que opina que jamás debí pintarrajear otra vez la escalera.

—Ahora que lo pienso, no deberían verme hablando contigo —me da la espalda ya, como en una película de espías.

—¿Sabes cuántos pudieron haber tachado lo que tú y yo pintamos? —doy la vuelta y le busco la cara.

—¿Has oído decir que el criminal siempre regresa al lugar del crimen? —vuelve la vista arriba, en un punto intermedio entre las nubes y la Dirección.

—Cualquiera que le tenga cariño al pinche Bóxer puede ir y tachar todo lo que escribimos. ¿Te imaginas qué tantos lambiscones por metro cuadrado hay nada más en nuestro salón? Si el Bóxer ve que ya tacharon todo, puede pensar que fue uno de los mozos, pero le gustaría más imaginarse que fueron los alumnos, que lo defienden porque lo estiman mucho —¿cómo le explico lo tranquilo que me siento desde que terminé de lavarme las manos?

—¿Te cae de madres? —se le escapa una sonrisa.

—No me digas que no te imaginas a Sucres tachando puto y Bóxer con cuatro gises. El Bóxer va a jodernos por el chiste de ayer, no por la buena obra de hoy. Pero le faltan pruebas, ahora sí —el timbre del recreo suena justo cuando estiraba los dedos a unos pocos centímetros de su jeta para hacerle otra V de la victoria.

—O sea que si vienen y me preguntan, yo vi a Sucres pintarrajeando la escalera, a la hora del recreo —Cagarcía tiene un par de huecos entre los dientes que lo hacen sonreír, como diría Alicia, igual que los maleantes.

—¡Qué curioso! Yo también vi que estaba Sucres en la escalera, con varios gises, hasta pensé que el Bóxer lo había mandado —hablamos por lo bajo, en un rincón del patio, mientras cada uno de los doce grupos se va marcando el paso a su salón, bajo la vigilancia del Bóxer.

—Ya veo que estuvieron poniéndose de acuerdo... —nos lanza una sonrisa forzada, luego de recibirnos de vuelta en su oficina —como los delincuentes. Que es el caso de ustedes. Inadaptados. Vándalos. Ingratos. Lo siento por sus padres, eso sí. Qué tristeza tener un hijo hampón.

—No, profesor... —chilla apenas mi voz, pero él alza la suya y me corta el aliento.

—Por esta vez, señores. Por esta vez, ¿me escuchan?, se me van a ir tres días a sus casas, para que reflexionen y decidan si todavía quieren seguir estudiando, ¿verdad? No estoy de acuerdo con esta medida, pero como tampoco tengo pruebas fehacientes de que ustedes me insultaron de la manera más cobarde posible, me voy a conformar con expulsarlos nada más tres diítas. Una ganga, ¿verdad?

—No, profesor —muge Cagarcía, pero el Bóxer está desatado.

—Si quieren un consejo, recuerden que esto no es más que una probada de lo que viene. Una sola fallita y ya saben: se me van para siempre. Si no los corro ahora es solamente en consideración a sus padres, que por lo visto no se han enterado de la clase de gente que tienen en su casa. Pero yo no me engaño, ni me dejo engañar. Sé muy bien lo que hicieron, lo que no entiendo es qué hacen en esta escuela. Por lo pronto, se me van a ir a sus casas lunes, martes y miércoles de la semana próxima. Mi secretaria les va dar una carta, para que cuando vuelvan a clases el jueves me la entreguen firmada por sus papás.

—No es justo, profesor —repelo todavía, ya no esperando que me quite el castigo sino nomás cumpliendo con mi papel. Se supone que esto es un atropello.

—¡Pues claro que no es justo! Si lo fuera, ninguno de ustedes dos volvería a poner un pie en la escuela. Fuera de aquí, señores. Recojan esa carta y desaparezcan. No quiero verlos de aquí al próximo jueves.

No hablamos más. Acabamos de recibir la peor noticia de la quincena y la mejor del año. Alicia va a encargarse de que estos tres días, más sábado y domingo, los pase maldiciendo mi suerte, pero eso es preferible a que invierta las próximas semanas averiguando en cuál escuela militarizada me reciben para salvar el curso. O repetirlo, ya qué más daría. Cuando la secretaria nos entrega las cartas de expulsión temporal, damos la media vuelta y desaparecemos de la escena con la cabeza gacha, uno por delante del otro, como formando fila. Bajamos la escalera de metal hasta el patio y seguimos camino al campo de fut, como si entre los dos viniéramos cargando un ataúd. Seguimos hasta el fondo del terregal, en el rincón opuesto al que ocupa el ensayo de la banda de guerra. No me han visto, están por terminar. Y ya no van a verme porque nos escondimos tras un árbol que se encima en la barda. Uno de esos rarísimos rincones donde es posible estar a salvo de los sucres, melaordeñas y bóxers de este pueblo de mierda que es el Instiputo. Si el director se lleva de esta historia el consuelo de haberse dado cuenta de la clase de gentuza que soy, yo también aprendí que en esta escuela tengo una colección inmensa de enemigos.

Lo bueno de ser dos, se me ocurre de pronto, es que el Bóxer no sabe quién hizo qué. Yo nada más quería que dijera

Bóxer, pero el apellidito me desafió. Observo de reojo a Cagarcía, que todavía mueve la cabeza, y me dan ganas de reprochárselo, pero entonces diría que apodo y apellido no parecían tan graves, hasta que escribí puto y nos hundimos. Aunque tampoco andamos tan hundidos. Tendríamos que estar celebrando, alcanzo murmurar, midiendo su reacción, pero él sigue meneando la cabeza. De repente se le escapa una risa, voltea a verme y se tapa la cara. No deja de reírse y ya voy yo tras él. Nos reímos igual que un par de imbéciles, Cagarcía pegándose en la rodilla y yo chillando de las carcajadas.

    ¿De qué chingaos se ríen?, dirían, si nos vieran. Puede que nos riamos no sólo de nuestra buena fortuna, porque el Bóxer tendría que habernos expulsado para siempre, sino de que nadie se va a enterar. Si supieran que estamos carcajeándonos, dirían que nacimos para criminales, y ya sólo pensarlo me saca la risa. Nos salvamos, resuella Cagarcía, insultamos al Bóxer y seguimos vivos. Bóxer puto, gritamos, esperando que los tambores de la banda de guerra se basten solos para protegernos. Nada me da más risa que estar riéndome. Van a mediomatarnos en nuestras casas, escupe Cagarcía, con hipo de la risa, vamos a reprobar un montón de materias y nos van a volver a mediomatar, ¿de qué mierda nos reímos? ¿De eso mismo, quizás?

    Son las dos de la tarde con cinco minutos, hace diez que el portón de la calle está abierto y yo no salgo porque sigo riéndome y sólo me detengo para hacer otro chiste del Bóxer. Miro pasar a un par de lamehuevos de Melaordeñas, que ya nos vieron y ahora se dicen cosas, meneando las cabezas. ¿Qué esperaban, putitos, se burla Cagarcía, mirarnos lloriqueando? Para cuando volvamos, ya hasta el Bóxer se va a haber enterado de que estábamos riéndonos el mero día de expulsión, me aflijo dos instantes, hasta que Cagarcía frunce el ceño. ¿Y las pruebas?, se extraña. Un segundo después ya volvemos a reírnos como idiotas, pero son dos y cuarto y es hora de subir al patíbulo. Una cosa es librarme de las fauces del Bóxer y otra fumarme cinco días seguidos los humores de Alicia y Xavier. Estos son los momentos, le digo a Cagarcía, ya con la risa bien apagada, en que me gustaría largarme de mi casa.

—¿Y si nos vamos, güey? —no está muy convencido.

—¿Cuanto dinero traes? ¿Sabes robar, siquiera? —pongo cara de gángster, pero tampoco soy muy convincente.

—En lugar de pintarlo en la pared, tendríamos que haberle robado la cartera —se rinde Cagarcía y agacha la cabeza porque ya es hora.

—Suerte, imbécil —me levanto y le doy una palmada.

—Suerte, pendejo —se va yendo, sin ver más hacia atrás y arrastrando los pies como si los trajera encadenados.

Me asomo a la avenida: no ha llegado Alicia. Respiro hondo. Más vale que me apure a cruzar el camellón y no la haga esperar ni un jodido segundo. Acuérdate, me digo, tú no hiciste ni madres. ¿Y por qué entonces, me interrumpo, te expulsaron tres días? A Alicia no le sirve la explicación de que me tienen mala voluntad, porque para ella la famita de vago pesa más que las pruebas de la fechoría. Soy su vergüenza, va a decirme otra vez. Veo venir el coche: aprieto las mandíbulas, cierro los párpados y me animo en secreto. Suerte, pendejo.

## 15. Diez en Pornografía

Roger tiene cuatro años más que yo, Frank dos. Como hermano mayor, Roger es quien maneja el Opelazo, pero si no lo usa se lo deja a Frank. Es decir, nos lo deja. Si alguien tiene dinero para gasolina —o, como yo, tiene un tambo repleto y el tanque de su madre, por si falta— el mundo se convierte en parque de diversiones. Está el cine. El boliche. El billar. Y a veces lo mejor es el camino. Frank maneja como uno de esos camioneros que además de aventar la defensa a quien se deja, los va insultando a gritos destemplados. ¡Quítate de ahí, imbécil, o te parto la madre, hijo de la chingada! Pero como no es uno quien insulta, sino los cinco o seis que venimos adentro, cada uno asomado por alguna ventana, nos divierte decir que el Opelazo siembra el terror dondequiera que va. ¿Qué me ves, pinche panzón de mierda? ¡Mocos, vieja mamona! ¡Cierra el hocico, barboncito culero! La regla es muy sencilla: cuanto más inocente y amable se vea la persona, peores insultos hay que dedicarle. No siempre sale bien, y no todos nos siguen el juego, así que a veces hay que ayudarse con un paquete de huevos.

No sean malvados, se queja Alejo cuando tiramos huevos desde su cochecito, pero en el Opelazo bien que se carcajea. Y más se ríe cuando Roger o Frank aceptan darme clases de manejo. Es como un boy scout con malas amistades. Vive tres cuadras más allá de San Pedro y ninguno se cansa de ir a buscarlo. Tampoco de joderlo, aunque él aguanta y además festeja. Como todos nosotros, es un timidazo. No acabo de explicarme cómo le hizo para ya tener novia a los 13 años, tal vez porque tampoco me imagino qué tendría que hacer yo para que Mina fuera mi novia. Más que el mejor amigo de todos, Alejo es nuestro amigo favorito. El único que ni cuando se enoja deja de ser chistoso. Es buen hijo, buen estudiante y buen amigo, pero tiene un defecto que Frank y yo compartimos con él: las mujeres nos rompen la madre. La diferencia es que a Frank le gusta la tragedia, a mí el drama y a Alejo el erotismo. Claro que el erotismo nos interesa a todos, pero a Alejo le encanta hablar del tema. Sobre todo de putas: ninguno las ha visto pero todos sabemos algo de ellas y la conversación no acaba nunca. Mejor dicho, siempre termina en una sesión de chistes.

Xavier puede pasarse horas contando chistes. Durante todo ese tiempo Alicia se sonroja, se deshace de risa o lo regaña: hoy vas a irte a dormir en la casa del perro. Y yo, que estoy arriba, me río solo y me los voy aprendiendo. O sea que de putas no sé nada, pero tengo un catálogo de chistes para todos los gustos. No sé por qué el que cuenta los chistes de sexo ya nada más por eso parece un sexperto. Y como Alejo es un buen estudiante, todo lo que ha aprendido lo ha sacado de libros y enciclopedias médicas, por eso nos da clases de enfermedades venéreas. Tanto ha hablado de la Flor de Vietnam que ya dudo que exista, y si existe no creo que sea cierto eso de que el pirrín se abre como lechuga y echa pus como un tubo de Colgate.

Alejo tenía una camioneta a medio destrozar que no podía sacar del Club, pero como es buen chico le dieron un Renault con el que va al colegio y los entrenamientos de americano. Por eso atrás, en la ventana derecha, trae pegada una calcomanía de su equipo, los *Pumitas*. Cierta vez, de regreso del cine, se me ocurrió borrarle un par de letras con una moneda: la M y la I. Desde entonces, decimos que es el carro oficial de las putas. Algunos sábados, si no estoy castigado, Xavier y Alicia me dejan ir al cine o a una fiesta, y eso incluye pasarnos una hora dando vueltas por calles misteriosas en busca de las míticas putas. Nunca las encontramos, pero tampoco nos cansamos de buscarlas. ¡Mira, cabrón: tu madre!, grita Frank, apunta a la banqueta con la izquierda y te suelta un madrazo con la derecha. En las fiestas, en cambio, perdemos la gracia. Hacemos el ridículo tan seguido que parece a propósito, pero es que somos torpes y burlones: la clase de pandilla que nunca agarra vieja, y si una incauta llega a caer con uno, los otros se pelean por espantarla. La última vez, ya estaba yo bailando con una pelirroja cuando Alejo pasó a mi ladito. Te estás moviendo como pendejo, me dijo, y a partir de ese instante me trabé. Ahorita vengo, sonrió un rato más tarde la pelirroja. Ya vámonos, imbécil, vino a buscarme Harry diez minutos después, ¿qué no ves que tu vieja está con otro güey?

Y sin embargo me gustan las fiestas, aunque nunca me encuentre a Mina la Vecina. Para quien vive preso en una *escuela secundaria para varones*, que es tal como se anuncia el Instiputo, las fiestas son la gran ventana al mundo. Ya sé que soy un moco y casi todas ahí me quedan grandes, pero con tres que haya tengo bastante para entretenerme. Me paso un par de horas esperando el momento de acercármeles, hasta que llega Frank y me enseña cuál es la que le gusta, y entonces voy corriendo a sacarla a bailar. De todos modos siempre acabamos solos. Para cuando volvemos, que es tardísimo, Xavier y Alicia ya me están esperando para anunciar que puedo ir olvidándome del permiso del sábado siguiente, y a mí ya me da igual porque sé que de todas maneras ahí viene el boletín con un nuevo catálogo de reprobadas.

Desde que me expulsaron tres días del Instiputo, ya me he ido acostumbrando a vivir castigado. Que tampoco es tan malo, a la mera hora. Todos los viernes, Alicia y Xavier van a cenar a casa de mi abuelo, y algunos sábados tienen bodas o fiestas y yo me quedo solo con la casa. Desde la tarde llegan Frank, Alejo, Fabio, Harry, y a veces alguien más. Ponemos música, nos disfrazamos, nos damos karatazos y nos correteamos con las luces apagadas, hasta que alguien rompe algo y yo me doy de topes porque ahora sí mis padres me van a ahorcar. Diles que no sean putos, sugiere Frank, y yo le grito lárgate, carajo, lárguense todos que ya llegaron. Mientras Xavier y Alicia salen del coche, arriba de ellos, en la azotea, esperan mis amigos a que acaben de entrar para bajarse todos por el árbol y correr a escurrirse hacia sus casas.

Ya está dormido, dice en secreto Alicia, para no despertarme. Y yo por fin me duermo muy contento porque sólo me faltan catorce horas para llegar a la tarde del sábado. Son de menos tres horas en lo que van y vuelven del cine, así que tendré dos para sacar la moto sin que se enteren. Uno siempre se aterra imaginando lo que van a hacerle si reprueba o lo expulsan, y ellos no tienen tanta imaginación. Se les acaba el repertorio de castigos, y hasta a veces les da por ofrecerte una oportunidad. Como que se dan cuenta que no puedes pasarte la vida castigado, qué tal que te acostumbras.

Todas las tardes, por ahí de las tres y media, suena el timbre y se escuchan risotadas afuera. Son mis amigos, vienen a sonsacarme y yo otra vez les salgo con que estoy castigado. Se supone que tengo que estudiar, aunque de todas formas jamás estudie, ni haga las tareas, ni me entere qué pasa con las materias. ¿Y tus apuntes?, pregunta un profesor. Los dejé en mi casa, me defiendo. ¿Y tus apuntes?, se le ocurre a Alicia. Los dejé en el colegio, le aseguro. Ni modo de contarles que nunca han existido. Cada vez que repruebo una materia que ya había reprobado, pienso que es una herida más y más profunda que cualquier día empieza a gangrenarse. Después de seis quincenas reprobadas al hilo, nadie espera que pases la materia. Es más, están seguros de que vas a acabar repitiendo segundo en otra escuela (ni modo que en la misma, después de lo que le hice al puto Bóxer).

Todavía no logro imaginarme qué tal me iría si repruebo un curso, pero los profesores sí que se lo figuran. El Cachetes de Yoyo me tiene el ojo encima, y si puede hace chistes a mis costillas. Nos aborrece, a mí y a Cagarcía. Por eso nos aplica los castigos más estúpidos, como escribir cien veces la frase del día. Cada mañana, llega y la apunta arriba, a la derecha del pizarrón. "Nunca segundas partes fueron buenas", decía aquella vez, y terminé escribiéndola ya no cien veces sino mil quinientas, durante una semana de ponerme castigo sobre castigo y traerme junto a él por todo el edificio, de salón en salón, hasta que terminé las mil quinientas líneas. Que te sirva de experiencia, me dio una palmadita, como para que no se me olvidara que él es un profesor alivianado que quiere ser amigo de sus alumnos. De experiencia me va a servir tu puta madre, rumié entonces, de vuelta en mi pupitre, decidido a no hacer lo que me ordenaran, y aun así tampoco reprobar el curso. Lo único que no puedo evitar es que cada quincena se me junten de seis a diez tronadas. Una cosa es que pase lista en las clases y otra que mi cabeza esté presente. Divago todo el tiempo en las mañanas y me paso las tardes inventándome formas de entretenerme.

Nadie quiere creer que terminé primero de secundaria sin reprobar materias. Y ahora, al fin del segundo, sé que van a ser tres. Matemáticamente no podía pasarlas, trataré de explicarles a mis papás cuando llegue la hora de cagar piedras. Mientras eso sucede, la vida dio otra vuelta espectacular. Contra todo pronóstico, señoras y señores, Xavier nos ha traído a California. Llevaba una semana tomando un seminario en San José, lo alcanzamos después en San Francisco. Es como si de pronto el universo entero se hubiera borrado y ya no hubiera más que Union Square, Fisherman's Wharf y China Town. Caminar cuatro cuadras solo por Market lo cura a uno de cien materias reprobadas y otras tantas mordidas de bóxer rabioso. Xavier y Alicia tienen un desayuno con no sé quién del Bank of America, y yo me quedo solo entre calles y tiendas, con el diablo metido en la cabeza porque Market está lleno de tentaciones, empezando por la repisa de Woolworth donde se venden el *Playboy* y el *Penthouse*. Me he pasado tres noches planeándolo. Traigo conmigo la llave del cuarto, son tres cuadras del Woolworth al Hilton. Ni modo que me lleven a la cárcel por eso.

Hace casi una hora que vigilo. El empleado me da muy mala espina. No sé por qué sospecho que si llego con dos revistas de encueradas no va a querer vendérmelas y hasta va a preguntarme si my father knows. Cuando llegué había en su lugar una señora, pero me dio vergüenza y esperé demasiado. Igual que ayer, delante del strip club que está a una cuadra del hotel. Le dije a Alicia que iba por una Coca-Cola y me planté a unos pasos de la cortina, esperando a que alguien la descorriera para entrar o salir, y entonces ver un poco de la encuerada que bailaba adentro, pero falló tres veces la sincronía y terminé corriendo de regreso al hotel. ¿Y la Coca?, se extrañó Alicia. ¿Cual Coca? Ah, sí, me la acabé, que diga, voy por ella, me atoré una vez más y regresé a la calle, sólo para volver a fallar. Por eso ahora me niego a reprobar también como pornógrafo.

Ya vuelve la señora. En lo que se acomoda detrás de la caja, tres clientes se le forman en fila. Necesito que no haya testigos, ya bastante difícil va ser verle la cara. Por lo pronto, traigo el *Playboy* y el *Penthouse* metidos entre el *Time* y el *Sports Illustrated*. Son minutos eternos pero valen un diez en Pornografía. Cada vez que me acerco a la caja, llega un nuevo cliente a formarse y yo me pongo a hojear el *Sports Illustrated*, mientras acabo de meter la reversa y me alejo otra vez de esa caja de mierda.

—Are you taking *both* magazines? —lo dice tan quedito y yo estoy tan nervioso que no le entiendo nada.

—Yes, lady —le contesto a su mismo volumen, lo que importa es que vea que soy un depravado con buena educación.

—Are you taking *both* magazines *with you?* —insiste, parece que está sorda. Y ahora ya hay un señor detrás de mí. Muy tarde me arrepiento de haber soltado el *Time* y el *Sports Illustrated.*

—Yes, please —le hablo un poco más fuerte, pensando que seguro tengo la cara color de manzana porque ya se me queman las mejillas.

—Want a bag? —tampoco entiendo bien, con estos nervios, pero digo que sí con la cabeza y ella saca una bolsa de plástico donde echa los dos cuerpos del delito.

—Thank you very much, lady —me agarro de la bolsa como de un salvavidas, sin mirar más allá de mis zapatos.

No me atrevo a ir al Hilton cargando dos revistas enteritas que luego no tendría dónde esconder, por eso hago una escala en el baño del Woolworth. Necesito arrancar las hojas buenas y tirar las demás al basurero, si pretendo pasar el examen final de Pornografía, que consiste en guardar tan bien las encueradas que no me las descubran ni los aduaneros. Al principio me apuro, pero cuando ya tengo separadas todas las hojas llenas de mamacitas me da por revisarlas con un poco de calma. Una materia tan complicada como Pornografía necesita de muchas horas en el laboratorio, y ya mismo me lanzo a empezar una práctica cuando una sombra me congela el brazo. Hay un viejo pelón que me mira por la rendija de la puerta. ¿El gerente, tal vez? ¿Un encargado de seguridad? No me he robado nada, me repito, enconchado, mientras busco la forma de subirme los pantalones sin que el pinche fisgón me pueda ver. Meto en la bolsa las hojas buenas, abro la puerta y salgo disparado, sin verle ni la jeta al viejo pelón que murmura wait, wait, come on, my friend. Cruzo la tienda entera, salgo a Market, miro atrás y allá viene el depravado, así que ahora sí corro como si me acabara de robar las revistas. Llego hasta Union Square y me detengo al fin cuando veo los dragones, en la entrada de China Town. Echo ojo: ya no hay nadie. Sin pensármelo más, todavía cagado de pavor, salgo corriendo rumbo al hotel. Necesito dejar esas encueradas para sacar mi diez del día de hoy.

Tu papá se quedó con sus gringos, me anuncia Alicia, a las puertas del Woolworth donde me habían dejado. Quiere que de una vez vayamos a buscarme ropa, ya Xavier va a alcanzarnos en la tienda. ¿Cuándo?, me desespero porque si algo me aburre es que Alicia me agarre de modelo. Ella puede pasarse cuatro horas en un solo probador, pero yo no soporto más de quince minutos sin quejarme. Pues te aguantas, sentencia, y ya en la tienda viene y se me aparece con cinco pantalones. No los que a mí me gustan, por supuesto. El trato es que me pruebo los que ella quiera si me deja escoger uno de los míos. O dos, o hasta tres, o algo muy especial, como aquellos zapatos de charol en azul, blanco y rojo que tantas vaciladas me han costado entre los pordioseros del Instiputo. ¿En qué conjunto tocas?, me preguntó una vez el As de las Lagartijas, para deleite de la bola de ojetes. Ja, ja, ja, en qué conjunto, ¡bravo señor!, se arrastró Sucres, cómo voy a olvidarlo. ¿No había para hombre?, se le unió Monterrubio. Sí había, le expliqué, pero por un error se los puso tu madre hoy en la mañana. Y ahora no voy a darles ese chance, ya le dije a Xavier que necesito una chamarra de cuero. Negra, para la moto. Una donde más tarde pueda coserse un parche de calavera.

Cuando llega Xavier me dice ven, quiero que veas algo que te va a gustar. Yo le explico que Alicia todavía me va a traer unas camisas, pero él me agarra el brazo: te conviene, yo le explico a tu madre en cuanto regresemos. Que tampoco es tan lejos como temí, sólo hay que ir del departamento de jóvenes al de señores y toparse de pronto con La Chamarra. Toda negra, de cuero, con cierres a los lados y en las mangas y uno grande en el centro, diagonal. Xavier dice que es de motociclista, pero yo opinaría que es de pandillero. Solamente le falta la calavera. ¿Me la vas a comprar?, le chillo como un perro regañado. Póntela de una vez, me sonríe con ojos de entusiasmo, como si la chamarra fuera a ser para él, deja que te la vea tu mamá.

Es la primera vez que no regreso con un solo juguete, y sin embargo creo que nunca había estado así de emocionado al fin de un viaje. Sobre todo después de que los de la aduana se pasaron de mano en mano mis siete discos llenos de encueradas y me los devolvieron sin abrirlos. ¡Diez en pornografía!, me animaba en silencio, de regreso a la casa en el coche de René Farrera: un lambiscón del banco que bien podría ser papá de Sucres. Siempre va por nosotros al aeropuerto, pero a mí me cae mal porque es un pendejete y se le nota. Me cagaría, además, que mi papá tuviera que ir al aeropuerto a hacerla de chofer de la familia de su jefe. Apuesto a que su esposa lo regaña, ya no seas lameculos, pinche René, aunque con mis papás es encantadora. O sea lameculos, igual que su marido. ¿No pasan a tomarse una copita?, los compromete Alicia y yo aprovecho para entrar corriendo, sacar los discos nuevos y rescatar de allí esas treinta y siete hojas deliciosas. Nada más de pensar en lo que habría pasado si alguno de la aduana las descubría, siento un hueco mojado en el esternón, como cuando la moto se te barre delante de un camión atravesado en medio de la calle. Qué miedo y qué emoción, me río solo enfrente del espejo, con la chamarra puesta sobre una camiseta que dice *California is for lovers*.

¿Y ese reloj?, pregunta Xavier luego, mientras desempacamos las maletas. ¿Ya no te acuerdas dónde me lo encontré?, abro los ojos grandes, haciéndome el incrédulo. ¡Ay, sí, claro, en el lobby, y no lo devolviste!, me recrimina Alicia, que lo recuerda todo, bueno o malo. Es un reloj naranja, con las dos manecillas en forma de hueso por encima de la figura de Snoopy. ¡Miren lo que me acabo de encontrar!, les conté ya en el taxi, camino al aeropuerto. Nunca voy a poder legalizar mi colección de viejas encueradas, pero el reloj de Snoopy ni modo de esconderlo. Ya lo había guardado por tres días, luego de que una tarde me despedí de Alicia en una tienda y lo vi en la muñeca de un maniquí. Bajé a ver los relojes y ahí estaba: carísimo. ¿Con qué cara les iba a pedir eso, si en dos semanas más voy a haber reprobado no sé cuántas materias, y en una de éstas el año completo? Regresé a visitar al maniquí, como quien se le acerca a un viejo amigo. What time is it, excuse me? Al salir de la tienda, con el reloj adentro del puño apretado, volví a probar el hoyo mojadito en la panza. Qué horror y qué placer. Aunque al final lo más emocionante no es el reloj, ni las hojas, ni la chamarra, ni la cortina del strip club que se me abrió por fin en la última tarde para mostrarme esas súper nalgotas que todavía siguen bailando en mi cabeza, sino ver al rufián en el espejo y saber que ha sacado dieces en Contrabando, Pornografía y Saqueo, todo en un mismo viaje. ¡Debiste haber devuelto ese reloj!, insiste Alicia cuando me lo ve puesto, y yo me quedo con las ganas de explicarle que de todas maneras a ningún maniquí le importa qué hora es.

## 16. Uñas amigas

La distancia entre el viento soplando en Union Square y el solazo en el patio del Instiputo es tan exagerada que ni siquiera me molesto en calcularla. En mi cabeza sigo en Chinatown: *California is for lovers.* La última semana de clases se va sin que me entere porque cuando uno tiene tanta música nueva y todas esas chicas en pelota no sobra tiempo para mucho más, y menos si es algo del Instiputo. Nos quedan dos semanas para exámenes, pero ni un solo día más de clases. Me pregunto por qué hace cinco meses yo salía del examen para ir a ver a Mina, y hace un año nos íbamos a seguir a Chacal, y ahora no sé ni adónde puedo ir a lucir mi chamarra de pandillero porque no estoy seguro de que no me la va a quitar el Gamborindo, que es el amigo rudo del Jacomeco. Lo trata como mierda, pero él lo admira. Un día, hace ya meses, descubrí que para seguir siendo amigo del Jacomeco, tenía yo también que soportar insultos y patadas del Gamborindo, así que terminé mal con el Jacomeco, y de paso con su torturador.

Yo que tú me cuidaba de ese güey, se ríe Cagarcía, meneando la cabeza, a la salida del primer examen. No quiero ni contarle que hoy en la mañana se acercó el Jacomeco a enseñarme unos chacos. A la salida vamos a hacerte una demostración —dijo *vamos,* no *voy,* estoy seguro de eso— completamente gratis. ¿Por qué quieren madrearte?, pregunta Cagarcía desde el día en que habló con el Jacomeco y se enteró de que éramos enemigos. Yo qué voy a saber, le repito. Nos peleamos por una estupidez. Alguna vez me dio por inventarle apodos al Gamborindo, y claro: el Jacomeco ya se los fue a contar. Hice chistes, también, y hasta versitos. No me imagino al bruto del Jacomeco manejando unos chacos, pero sí al Gamborindo. Ya en la calle, le pido a Cagarcía que me acompañe al supermercado. No se va a arrepentir, le prometo. ¿El Aurrerá que está al lado de Plaza?, me sonríe, como diciendo sé de qué pie cojeas. No éste, lo contradigo, el que está allá adelante, más cerca de tu casa. ¿Y qué no un Aurrerá es igual a otro? ¿No será que le tienes miedo al Jacomeco? Claro que no es igual, este Aurrerá está lleno de gente de nuestra edad, el otro está vacío, le explico a medias y me mira raro. ¿Y?, se cruza de brazos. ¡Y!, me burlo, ¿cómo y? En éste hay demasiada vigilancia, en el otro seguro va a haber puras señoras. ¿Vamos a ir de rateros?, se le ilumina el ojo más abierto, mientras el otro apenas si se asoma, detrás de una perrilla que lo hace ver siniestro. Tiene cara de malo, Cagarcía. O es tal vez que le gusta plantar esa jeta. No lo envidio: era amigo del Jacomeco y mío y hoy tiene que elegir entre la compañía del ladrón y la del pandillero.

Cagarcía tampoco soporta al Gamborindo. Jura que trata mal al Jacomeco porque en el fondo lo que quiere es cogérselo. Yo conozco a ese güey, me cuenta. Eran vecinos, hace no mucho tiempo. Una vez lo invitó a dormir en su casa y a media noche se le encueró en su cuarto. Desde entonces no se hablan. Cagarcía salió corriendo hasta la calle y el Gamborindo no volvió ni a mirarlo. Así que ya lo sabes: ¿Quieres tragar camote? ¡Pregunta hoy mismo por el Gamborindo!, canturrea, imitando la voz de un locutor de radio. ¡Pero si al Jacomeco le gustan las mujeres!, repelé todavía. Claro, y al Gamborindo ya le gustó el culito del Jacomeco. ¿Ya entendiste por qué lo trae a chingadazos? Ahora imagínate quién va a acabar ganando, alza las cejas al final Cagarcía, y hasta ahora me doy cuenta que tiene cara como de viejito. Peor con esa perrilla, que lo hace ver igual que un hechicero tuerto. No sé si esté inventando, pero ya le creí. Me asegura que el Gamborindo tiene diecisiete años, pero ya van dos cursos que reprueba. ¿Y su novia?, pego el brinco de pronto, pues si de algo hace alarde el Gamborindo es de la carta que le escribió a su novia, donde se le declara y ella pone su firma. Puro cuento, se burla, él escribió y firmó solo esa carta para que no se le haga la famita. Pregúntale si quieres a Monterrubio cómo le gustan las puñetas al Gamborindo.

¿Monterrubio?, me asombro mientras ato cabitos y creo entender por qué todos los amiguitos del Gamborindo tienen tres o cuatro años menos que él. Va muy mal en tercero de secundaria, según el Jacomeco. En una de éstas reprueba el año y acaba con nosotros el siguiente, intenta darme el susto Cagarcía, pero hace unos instantes que hice cambio oficial de preocupación. ¿Qué tal le quedarían a la moto esos dos reflejantes autoadheribles que están en el tercer pasillo del súper? Según yo, el ladrón debe ser lo bastante discreto para que ni su mismo compañero se dé cuenta de lo que acaba de clavarse, así que al fin me esfuerzo por estirar la plática, mientras los reflejantes autoadheribles se deslizan bajo la manga izquierda de mi chamarra. ¡Y tú crees que nos van a dar la reinscripción!, me burlo por mi lado, pero él lleva la mano y contraataca. No te preocupes, aunque te quedes en el Instiputo vas a entrar a segundo, no a tercero: siento decirte que no vas a alcanzar al Gamborindo, Campeón, me palmea la espalda. ¿Y tú sí?, le disparo a matar, con tres dedos de la mano derecha ocupados en atrapar una brújula automotriz, qué se me hace que extrañas al vecino, me carcajeo con un poco de esfuerzo, porque igual me imagino que cuando los empleados ven a un cliente cagado de la risa no les cabe en el coco que sea caco.

Robar es cosa seria, me repito, aunque no estoy seguro de que mi moto se vea bien con una brújula a medio manubrio. Pero es muy tarde para arrepentirme. ¡Ya vámonos!, me desespero frente a Cagarcía, que está entretenidísimo en el departamento de Papelería. Aquí vengo, se acerca, con ojos de espantado, y ya hasta dudo que no me haya cachado agarrando la brújula. Cuando cruzo las cajas, dos metros por delante de él, lo que más me preocupa es que se burle de mi torpeza y opine que no soy profesional. Te falta mucho, chavo, imagino que dice para templar los nervios en la hora cero, a pocos pasos de las puertas del súper, cuando una mano fuerte me pesca del brazo.

Trato de sacudirme, un poco por instinto, pero ya el delicioso boquete en el estómago se me ha vuelto un inmenso cráter congelado y la mitad del cuerpo no obedece, comenzando por estas piernas blandas que se aflojan aún más en cuanto la otra mano me agarra el cinturón y me alza unos centímetros del piso. ¡Camínale!, me ordena, y empuja de regreso por las cajas. Vamos por el pasillo, trotando casi. A mi lado, otro empleado viene jaloneando a Cagarcía, que trae cara de muerto y ganas de llorar.

Salimos por un hueco de dos por cuatro, que en vez de puerta tiene algo así como persianas de hule transparente. Pásale tú primero, me refunde el empleado en un cuartito donde no hay nada más que una mesa vacía. Camisa, pantalones, zapatos, calcetines: todo sobre la mesa, incluyendo la brújula y los reflejantes. ¡Vístete ya!, me ordena con un gesto de desprecio, como si le diera asco tener que dirigirse a un raterillo. Cuando salgo, veo que Cagarcía ya viene de otro cuarto. Le encontraron un juego de plumiles de colores. O sea que no sólo somos aficionados, sino además estúpidos. Todo el mundo se entera de nuestros robos, menos nosotros mismos que somos cómplices.

Los tenemos filmados, nos dice el comandante, y yo no sé si creerle pero de todos modos se me quiebra la voz a la hora de rogarle que no llame a la patrulla, como ya amenazaron sus achichincles. Te vas a ir preso, chavo, me prometió uno de ellos y el otro dijo a huevo, por pinche delincuente. ¡Yo no soy delincuente!, le grité. ¿Ah, no?, se rió el tercero y los demás soltaron la carcajada. ¿Para qué querías la brújula?, menea la cabeza el comandante —canoso, muy delgado, con algunas arrugas—. ¿Y a ti qué?, mira ya a Cagarcía, ¿tus papás no te dan para plumiles? ¿Van a escuela oficial o particular? ¿Saben que mi deber es consignarlos a las autoridades correspondientes?

Tengo la espalda empapada en sudor, aunque en el fondo pienso que va a dejarnos ir. Ya sé que eso es lo que nos merecemos, me hago el arrepentido, pero le pido una oportunidad. Nunca lo habíamos hecho, ya vio que no tenemos experiencia, me apoya Cagarcía, besando la cruz. ¿Cuánto deben los jóvenes bandidos?, juega a compadecerse el comandante. Ciento cuarenta y nueve, informa un achichincle, con la cuenta en la mano. Voy a darles una oportunidad, muchachos: paguen ese dinero, llévense sus juguetes y no quiero volver a verlos por aquí. Entre nuestras monedas, juntamos quince pesos. ¿No traes billetes?

Ni uno. Entonces sí ni modo, vamos a consignarlos. ¡Llamen a la patrulla!

Esta mañana había estado a punto de cometer dos grandes errores, pero me quedé en uno y eso nos ha salvado. Salir con la chamarra de cuero fue una temeridad, si ya desde ayer mismo sabía que iba a sonsacar a Cagarcía para que fuéramos a afilar las uñas. A esas cosas no va uno vestido de maleante. Primer error, le dicto al subconsciente: un ladrón de mi edad se disfraza de hijo de familia, no de pandillerito. Primer acierto: regresarme, después del desayuno, a agarrar el reloj que mis papás me dieron en Navidad. Déjanoslo, concede el comandante, y mañana regresas a recogerlo, previo pago del dinero que debes. Ya en la calle, apenas nos hablamos. Le pregunto si vio cuando agarré la brújula y se queda mirándome, como para que no se me olvide que la idea fue mía y la cagué. No eres malo, muchacho, me mira fijo desde la perrilla, pero te falta técnica, confías demasiado en tu talento y ya ves lo que pasa, pendejo. Me suelta un zape y apenas hago caso porque estoy aterrado imaginando cómo nos habría ido con el reloj de Snoopy.

—¿Cómo te vas a ir? —suelto luego de un rato de silencio.

—¿Irme adónde? ¿Al carajo? ¿A la cárcel? ¿Otra vez? —lo dicho, está enojado.

—A tu casa, no mames —dejamos las monedas a cuenta del adeudo, no traemos un centavo.

—Pues a pata, baboso. A menos que me robe un coche en el camino. ¿Tú?

—De aventón, aunque llegue a las tres.

—A los rateros nadie les da aventón.

Llego a las dos y media y Alicia está furiosa. ¿No me dijo temprano en la mañana que teníamos comida con Xavier y unos gringos? Es que yo en la mañana estoy dormido, le explico sin mucho éxito. Teníamos que estar a las tres de la tarde en no sé qué restorán del centro y ahora por mi culpa vamos a ir llegando a las quinientas, poniendo nuestra cara de tarugos porque al niño se le olvidan las cosas. Cómo me gustaría darle gracias a Alicia por sus regaños, luego de imaginarme encarcelado entre puros maleantes peores que yo. Esta vez, por lo menos, me tranquiliza que me llame niño, aunque con ironía, porque los dos sabemos que en el fondo me considera un escuincle cagón, no el joven delincuente que acaba de salvarse de una consignación penal y dos horas más tarde se embuchaca un cocktail de camarones en su papel de hijo de familia. How old are you?, se interesan los gringos, do you have any hobby? He's fourteen, se adelanta Xavier, and he likes motorcycles, as you can see, señala mi chamarra. Where did you get that jacket? In San Francisco, gruño como un Hell's Angel y por cinco segundos me miro caminando de regreso por Market, pero vuelve el recuerdo del supermercado y hasta los camarones me saben mal. He logrado salvarme del Cuco, el Bóxer, el calvito del Woolworth, los vistas aduanales y los chacos del Jacomeco, y vengo a caer en un supermercado. Por una brújula y unos reflejantes.

Serán como las cinco de la madrugada cuando los camarones vuelven por la revancha. Hace quince minutos empecé a vomitar y ahora mismo lo logro por tercera vez. Lo peor es que no hay forma de faltar a la escuela. Tengo examen de Historia, es el único diez al que puedo aspirar sin endrogarme con el Espíritu Santo. ¿No te supieron mal los camarones?, me interroga Xavier, en cuclillas al lado de mí, empeñado en que le abra los labios para empujarme un vaso lleno de leche que no quiero probar porque ahorita me da asco y se me hace que voy también a vomitarla. Me duele la cabeza, estoy mareado. Vuelvo a la cama y duermo un par de horas. Cuando llego al examen, encuentro a Cagarcía y le ruego que vaya en mi lugar a pagarle la deuda al comandante. Traigo todo el dinero, puede quedarse con sus plumiles con tal de que rescate mi reloj. Acabando el examen, ya me anda por correr a vomitar. Luego paso por el supermercado, en el segundo asiento de un trolebús que va medio vacío, y no puedo evitar que medio desayuno termine en el piso, ni que después se deslice hacia atrás como un río caudaloso al momento en que avanza el trolebús y dos guapas de falda tableada pegan un brinco para esquivar la ola. Ya no sé si me muero de la vergüenza, el asco o el dolor de estómago, aunque tengo el consuelo de saber que esta vez no es mi culpa.

Fueron los camarones, le cuenta Alicia a una de sus amigas. Estoy en su recámara, derrumbado en la cama, enterándome ya de que no va a ir a su clase de yoga por quedarse a cuidarme. Necesito que salga, para poder llamarle a Cagarcía, pienso y pienso, entre náusea y náusea. Debo de estar dormido como un oso cuando el teléfono vuelve a sonar, porque no escucho ni un solo timbrazo y apenas resucito a la hora en que Alicia se planta a media puerta y me anuncia muy seria que tengo una llamada. ¿Quién es?, me extraño todavía, tallándome los ojos y exagerando un poco el malestar. Te llama el comandante de Aurrerá, dice y hace una mueca que está a medio camino entre sorpresa y amenaza, mientras yo me maldigo porque si dos personas nunca debían haberse conocido, ésas son mi mamá y el comandante del supermercado.

¿Quién le dio mi teléfono?, quisiera reclamarle, pero no pudo ser otro que Cagarcía. Necesita saber si autorizo a mi amigo para que se le entregue mi reloj, además de la mercancía que ya está pagando. Cuando cuelgo, ya tengo a Alicia encima. ¿Desde cuándo me llevo con comandantes? Cuento que el otro día rompimos un shampoo, mientras jugábamos con los carritos del supermercado, y tuve que dejar mi reloj en garantía. ¿Y qué no las botellas de shampoo son de plástico? Pues sí, claro, pero ésta era de vidrio y había que pagarla y no teníamos suficiente dinero. Entre más me defiendo, menos la calmo, pero me deja en paz cuando mira el reloj y se acuerda que tiene que darme unas pastillas. Yo nada más te advierto: llego a caerte en una fechoría y te juro que ves pa qué naciste.

Nunca he entendido eso. Si me rompe la boca con un palo o me mete a estudiar en una escuela militarizada, ¿automáticamente voy enterarme para qué nací? Cuando Alicia se indigna dice cosas que ella tampoco entiende, o que nada más ella entiende de esa forma. El chiste es que las dice con unas ganas que me espanta peor que si le entendiera. Tiene los ojos de un azul tan intenso que el puro centelleo te pone entre la espada y la pared. ¡No veas al techo!, se queja de repente, a mitad del regaño, y yo prefiero que me crea un lunático a que sepa qué tanto me intimidan sus ojos. Es como si estuvieran en todas partes. Si anda de buen humor, el mundo entero sonríe con ellos. Y si se enoja, no hay ni dónde esconderse. Llevo toda la vida intentándolo y hasta la fecha no me sale bien. Esta vez, por ejemplo, la he cagado con la botella de shampoo, pero me veo tan mal que ya me dejó en paz. La escucho hablar con no sé qué doctor, y un minuto más tarde llamar a Maritere para pedirle un té de manzanilla y otro vaso de leche porque el niño tiene una intoxicación salvaje. Dos noticias buenísimas: me ha vuelto a llamar niño y está muy preocupada por mi salud. ¿Qué va a importarle ya una pinche botella de shampoo?

Mañana tengo examen de Taller, le recuerdo cuando la veo llegar detrás de Maritere, una cargando el té y la otra la leche. Ya te he dicho que traigas una charolita, sonríe amabilísima para que no parezca que la regaña. No me atrevo a explicarle que saque lo que saque en el examen voy acabar tronado porque tengo dos ceros detrás. Preferiría decírselo ahora que estoy enfermo, para que vaya haciéndose a la idea de que en esa materia hubo complicaciones de fuerza mayor. Lo menos que tendría que pedirles a esos camarones sería que me sacaran del problemón en el que me metieron. Duérmete un rato, me tapa con las sábanas y me acaricia un poco la cabeza, en lo que Maritere se lleva taza, vaso, plato y cucharita, y yo entreabro los párpados para verle las piernas cuando nos da la espalda. Voy a ir a la farmacia, regreso en un ratito, murmura Alicia y me da un beso en la frente. ¿Me das más té?, suplico, imitando la voz de un moribundo. ¡Maritere!, ya se levanta a llamarla, ¿te encargo otra tacita para el niño, porfa?

## 17. Sauna para los tímpanos

Ya los conozco. Nunca van a decirme cómo hicieron para localizar al comandante. No creas que soy tonta, me echó encima los ojos Alicia, varios días después de que le juré que era cierta mi historia del shampoo, lo que pasa es que he estado esperando a que vengas y me cuentes la verdad, porque eres mentiroso. Además de ladrón, ¿verdad? ¡Maleante! ¡Vándalo! ¡Escoria! ¡Carne de presidio, eso es lo que fue a dar a mi casa, caramba!, seguía quejándose mientras íbamos juntos por la trastienda del supermercado. ¿O es que creía yo que iba a salvarme de volver a mirarle la jeta al comandante? No lo hagas, muchacho, me dio la mano al fin, tus padres son personas muy decentes, no merecen pasar por estas situaciones. ¿Ves cómo me avergüenzas?, me dio un pellizco Alicia, de regreso en el estacionamiento. ¡Allí están tus porquerías!, me soltó entre las manos la bolsa con la brújula, los reflejantes y los plumiles, ¡sólo eso me faltaba, tener que andar cargando con tu botín!

Dime una cosa, ¿qué te falta en la casa? ¿Te hemos negado algo, alguna vez? ¿No se te dado todo lo que has querido? No sé si me fue peor con Alicia o con Xavier, pero saqué boleto para los dos shows. ¿Por qué lo hice? No sé. Tampoco sé por qué se me ocurrió pintar al Bóxer en la escalera, ni por qué me peleo con los vecinos echándoles bombitas de gasolina, ni por qué grito tantos insultos pendejos desde el Opel de Frank o el Renault de Alejo. ¿Esperas que te admiren tus amigos por eso? ¿De cuándo acá la gente admira a los payasos? Se siente muy valiente, el muy baboso, lo interrumpía Alicia, que seguía furibunda por el papelazo. Ya no voy a poder ir a ese súper, se quejó varias veces, porque van a decir mira, ahí va la Ladrona Mayor. ¿Y yo qué me he robado, a ver, dime, Xavier? ¿Cuándo has visto que tu papá o yo nos quedemos con algo que no es nuestro? ¿De dónde sacas esas mañas malditas, por el amor de Dios?

Es el colmo, de veras, lamentó Alicia, unos días después, aunque tampoco tanto porque sonaba como resignada. Bueno, pues menos mal, descansó sin embargo Xavier cuando vio el boletín y contó sólo tres materias reprobadas. Después del incidente del supermercado, la noticia ha caído en blandito. Allá en el Instiputo, Melaordeñas me entregó el boletín y me felicitó delante de todos, sin que nadie se riera ni aplaudiera, pero luego volvió a la cantaleta de que otra vez quiero tapar el pozo después del niño ahogado. Y como Alicia es la primera interesada en llenar de cemento ese pozo de mierda, me inscribió en dos cursitos de regularización. O sea que a lo largo de tres cuartas partes de las vacaciones voy a tener cita en el Instiputo. De nueve a once, de lunes a viernes.

Ya sé, suena asqueroso, pero lo es mucho menos que cualquier día de clases en el Instiputo. Me levanto más tarde, salgo una hora antes del mediodía y ya no tengo que estudiar en las tardes. Por otra parte, nada calma mejor los nervios de mi madre que inscribirme en un curso de lo que sea. Se entusiasma como si fuera ella quien recibiera una oportunidad. Así me dijo, luego de ir a dejar el cheque. Mira, Xavier, te voy a dar una oportunidad. Desde entonces se ha ido relajando el menú de castigos, aunque no acaban de soltarme la moto. Sábados y domingos, solamente. Más cuando me la saco a escondidas, que son dos o tres tardes por semana. A veces, al salir de la segunda clase, me voy a recorrer calles y tiendas, o me regreso rápido a la casa y salgo como loco en busca de Mina. Claro que si *realmente* estoy como loco, me encierro como un monje entre mi cuarto, el baño y la azotea, esperando el glorioso momento en el que Maritere deje en paz el quehacer y se meta un ratito bajo la regadera.

Nunca he logrado verla, pero sigo intentándolo. El baño está en mitad de los dos cuartos, a un lado del garage. En el de la derecha duerme Edmundo, que tiene dieciocho años y me cae mal. Supongo que a los dos nos gusta Maritere. Yo podré ser el hijo de la patrona, pero él duerme al ladito y es su amigo.

Los sábados, cuando Edmundo tiene su día libre y mis papás se van solos al cine, la espío todo el tiempo y le pido que suba con cualquier pretexto. Trae el vestido corto y se le asoman unas piernas buenísimas. Me gustaría decirle no te vayas, quédate a ver la tele, quítate el delantal, pero en vez de eso le miro los muslos de una manera tan descarada que es como si dijera mamacita, qué piernas tan sabrosas, déjame acariciártelas. Ella se pone roja, qué se le ofrece, joven. ¿Te encargo mi merienda, por favor? Pero es que son las siete… ¿la quiere tan temprano? Es que ya tengo sueño. Ahorita se la traigo, da media vuelta y me deja en el cuarto, derritiéndome. Por fortuna, los sábados se baña ya en la noche. Si mis papás se fueron a las cinco y media, calculo, no van a volver antes de las nueve, así que si a las ocho Maritere ya acabó con los trastes de la merienda, en media hora se estará bañando.

Hace dos meses que llegó Edmundo. Tres semanas después, ya había heredado mi bicicleta de panadero. Entre lunes y viernes, a la hora en que Maritere se mete a bañar, él agarra la bici para ir a la tortillería más cercana, que de todas maneras está lejísimos. Así que espero a verlo desaparecer para ir a encaramarme junto a la ventanita del techo de su baño. Siempre llevo un espejo, pero ella abre la llave de agua caliente con la ropa puesta, y para cuando entra, ya encuerada, mi espejito lleva rato empañado por una inmensa nube de vapor. Pero la oigo cantar, y luego enjabonarse, y meterse en el chorro soltando pujiditos de satisfacción, y cantar otra vez, uf, mamacita. Tiene como veinte años, puede que más, pero apuesto a que igual le gustaría darse una vuelta en la moto conmigo. No va a pasar, ya sé, pero siempre que la oigo cantar en cueros se me ocurren decenas de películas, muy parecidas todas aunque jamás iguales. En el campo, en mi cuarto, en su baño, quitándose los mismos calzoncitos que corro a manosear cuando ni ella ni Edmundo están en la casa. Me gusta oler su toalla, meterme entre sus sábanas, mordisquear el cepillo de dientes que deja en su buró, sobre el vidrio y las fotos de su familia.

Soy un inadaptado, insiste Alicia, pero hay que ver lo bien que me adapté a vivir castigado. Nunca estudio, siempre tengo algo nuevo por hacer. Experimentos de toda clase. Derretir caramelos, intentar nuevas mezclas de pólvora, recortar las mejores hojas con encueradas y pegarlas en mi pornocuaderno, pensar en otras formas de poner colorada a Maritere. Algunas tardes me entretengo fumando flores de bugambilia en la azotea trasera, a un lado de la otra puerta de mi recámara, que es tan grande como la de Xavier y Alicia. O sea enorme, tapizada de pósters y repleta de distracciones. Solamente de verla, cualquiera sabe que ésa no es la recámara de un buen alumno, y todavía menos de un buen instiputense. Pero soy una estrella en los cursos de regularización, así que cada nueva semana le llego a Alicia con nueves y dieces, para que vaya de una vez sabiendo que si el Bóxer me niega la reinscripción no será porque yo no estudie ni mejore sino porque me odia, pobre de mí.

—¿Que yo te firme qué? —respinga el Bóxer. —Mira que hay que tener la cara dura para venir a pedirme un aval, después de la bajeza que me hiciste. Óyelo de una vez: mientras yo siga a cargo de la secundaria, nunca vas a volver a inscribirte aquí.

—Sigue con tus estudios, presenta tus exámenes extraordinarios y ya veremos cómo lo arreglamos —me promete el director general. —Por lo pronto te espero la semana próxima, para que me platiques cómo vas en los cursos.

—A mí Gómez Novoa me dio su palabra —ya se esmera Xavier en platicarle a Alicia sin que lo escuche yo. —Dice que lo recibe, pero sólo si saca más de ocho en los tres extraordinarios.

Cada lunes me planto a esperar al director, a un metro de la puerta de su oficina. Cuando por fin me llama se porta muy amable, ni parece que sea el jefe del Bóxer. Le enseño mis exámenes calificados y me habla del valor del esfuerzo en las personas jóvenes. Tiene la voz tipluda y nerviosa, pero sonríe fácil y cree que todo el mundo merece una segunda oportunidad. La pregunta que habría que responder es por qué no puedo ir a buscar ese chance en un lugar tantito menos apestoso. Por más que le doy vueltas, no encuentro la manera de proponérselo a Alicia y Xavier. Ella está esperanzada en reinscribirme ahí porque ya se imagina las referencias que daría de mí el Bóxer, si le llamaran de un colegio serio.

O sea que el Instiputo es lo único *serio* a que uno como yo puede aspirar. Si de verdad corrijo mis errores y demuestro sincero arrepentimiento, van a darme el derecho de volver a la cárcel por un año más. Como buen condenado, voy a contar los días que me falten.

## 18. Atributos del sujeto

—¿Bueno? —corrí al teléfono, levanté la bocina, le hice la seña a Alejo de que se callara. Son las seis de la tarde del viernes, Alicia ya se fue y ni ella ni Xavier van a volver hasta que cenen juntos en casa de mi abuelo.

—¡Adivina quién soy! —voz de mujer. ¿De veras me conoce?

—No sé, tú dime —siento que me sonrojo. Una vez más, hago la seña de que no estén chingando. Frank, que estaba metido en mi recámara, se asoma cuando escucha mi tono de voz.

—¿Con quién hablas, pendejo? —me grita, el muy imbécil.

—¡Que se callen ya! ¿Bueno? —me desespero, qué tal que es una guapa y quiere andar en moto.

—¿De verdad no te acuerdas de mí? —no parece que lo diga de broma.

—¿Quién eres? —Alejo y Frank me están mirando quietecitos, pero ya viene Harry por las escaleras. Si uno de mis amigos llega a visitarme, Edmundo y Maritere dejan pasar después a los que van llegando.

—¡Tu prima, la de Huajuapan! —la información va entrando por la oreja y el coco la digiere como un gran bocado. Para cuando termino de conectar neuronas, ya una mano me arrebató el teléfono.

—¡Te sale pus del hoyo, mamacita! —le grita Harry, en mis meras narices, y en un segundo cuelga.

Era mi prima, estúpido, le repito con la mano en la frente, y lo más que consigo es que vuelva a revolcarse de risa, por delante de Frank y Alejo. ¿Cómo supiste, tose Alejo, carraspea, se le atora la voz, que a su prima le sale pus del hoyo? Me gustaría reírme, pero me estoy cagando. Van a crucificarme mis papás, si les llega este chisme. Basta con que la prima le diga a su papito lo que le gritó Harry, voy calculando, para que a más tardar mañana en la mañana Xavier y yo estemos hablando muy seriamente del hoyo de mi prima de Huajuapan. ¿Está buena, siquiera?, me palmea el hombro Frank, pero estoy ocupado maldiciendo a Harry. ¿Yo cómo iba a saber que era tu prima la purulenta?, se excusa sin parar de reírse, creí que hablabas con Mina la Cochina, ya ves que a ella le escurre el espermanganato de mitrozote. Lo peor de este momento no es que Harry me haya encajado el cuchillo en la más fresca de mis heridas, sino tener que hacer como que no me afecta y seguir con el drama de mi estúpida prima que en realidad me importa un carajo, qué culpa tengo yo de que se haga la interesante en el teléfono. ¿Entonces qué, está buena la mamacita?, vuelve al ataque Harry. Nomás de imaginarlos husmeando aquí mañana, si es que Alicia y Xavier tuvieran el mal gusto de traerlos a comer, gritando cosas sobre Mina y yo, siento un escalofrío a media espalda. Nada me jodería más el fin de semana que tener que aguantar a esos tíos metiches preguntando qué pedo con Mina. Son la gente más aburrida del mundo, cómo será la cosa que hasta a mi abuelo lo matan de hueva.

Pero yo estaba en Mina. Harry no suelta en el tema del hoyo con pus y yo le sigo un poco la corriente, no sea que se imagine que ese chiste que acaba de hacerle a Mina me reventó el hocico. Sigo sin reponerme. Por más que quiero verlo con sentido del humor, bailan en mi cabeza como marionetas las figuras de Mina, el Tlacuache y nada menos que el repugnante Sucres. Sucedió hace tres días: Sucres había ido a comer a casa del Tlacuache, parece que son primos o algo así. Cuando los encontré, en una curva de San Buenaventura, estaban junto a Mina, que me hizo señas para que me parara. Iba a decirle que traía prisa, cuando se adelantó con una pregunta. ¿Es cierto que eres el campeón de materias reprobadas de todo tu colegio?

Ya no recuerdo qué le contesté. Un segundo antes de que me la soltara, ésa era la pregunta que más temía oír de Mina la Vecina, pero apenas habló mis ojos se clavaron en sus manos.

Traía una revista abierta por en medio, con la foto de una pareja desnuda. Quiero decir, desnudos y cogiendo. No me di cuenta ni en qué momento se nos acercó Sucres, hasta que se metió entre Mina y yo para quitarle la revista y abrirla. ¿Ya viste esto, Campeón? Cierra eso, chilló Mina, que están pasando coches. ¿Qué es lo que no te gusta, la postura? ¡Ya dámela, baboso!, se abalanzó Mina y le quitó la revista de vuelta. Ven, Emilio, se le pegó al Tlacuache, vamos a seguir estudiando para el examen de Biología. Ahorita vengo, dije, y salí disparado con la moto. De regreso los vi de nuevo ahí, hojeando su revista de cagada. Intentaron pararme, pero pasé volando entre los tres. Fue como si los viera compartiendo pupitre en el Instiputo. Mina, el Tlacuache y Sucres rezándole a San Juan Bautista de la Salle.

Nunca he tenido una revista como ésa. Una cosa es que la mujer pose desnuda delante del fotógrafo y otra que ya de plano se la estén tiroteando. Ni siquiera había visto unas fotos así. Si todavía quieres que se les vea más, necesitas usar un microscopio. Me gustaría decir que ahora mis pesadillas están llenas de imágenes como ésas, pero tal vez lo cierto sea que pesadillas y fantasías se me juntaron en la misma película. Paso horas, por las noches, imaginando a Mina desnuda entre los tipos que más aborrezco. Platican y hacen chistes entre todos mientras se turnan para cuchiplanchársela. Híncate, puta, gritan, y ella obedece a todas sus órdenes con una sonrisota y muchos pujiditos. Qué calentura triste, la mía, me digo todavía un mes después de que la vi cargando la revista de la chichona y el pitudo. No sé si fue peor eso o verla convertida en amiguita del lambiscón de Sucres.

Lo único bueno de encontrarte en la calle a otro maldito alumno del Instiputo es saber que las reglas no son las mismas. El Tlacuache y Emilio son dos personas tan diferentes como el Sucres que va en el Instiputo y el que se pone a hojear pornografía con Mina. Y ni se diga yo, con moto aquí en el Club y portafolios en el Instiputo. Según Xavier y el director general, la reinscripción ha sido una oportunidad para empezar de cero. Borrón y cuenta nueva, me ofreció, aunque no todos estaban de acuerdo. Es decir, nadie estaba de acuerdo. Cada día que voy por el pasillo, recién bajado del coche de Xavier, me sorprendo pensando en mis enemigos. Profesores, alumnos: nunca habían sido tantos. La diferencia es que antes yo me sentía especial. Si esperaba unas horas, podía tener la suerte de irme con Mina a pasear en la moto, y ahora no tengo nada porque si pienso en Mina cierro los ojos y no veo más que a Sucres y el Tlacuache, de perrito tras ella. De pronto se me ocurre que a los del Instiputo les sucede conmigo lo que a mí con Mina. Ya no se puede hacer borrón y cuenta nueva.

Qué lástima que viven tan lejos, dice el tío encajoso al fin de la comida, si no nos quedaríamos aquí, con el cariño que les tenemos. ¡Qué suerte!, me relajo en perfecto silencio y les pido permiso para irme a encerrar a mi recámara, pero Alicia no me da alternativa. Dondequiera que vaya, tengo que ir con mi prima. Llévala a conocer la colonia, me sugiere Xavier y yo le echo unos ojos de pistola que le sacan la risa. ¿Cuántas veces le he dicho que por donde la veas mi prima es una papa? ¿Quiere que mis amigos me agarren de puerquito? En todo caso, nunca me acusó. El episodio del hoyo con pus se borró para siempre en cuanto se largaron de regreso a su rancho. El problema es que no sé estarme quieto, excepto cuando hay que tomar apuntes o hacer una tarea. Como si de repente se me fuera la fuerza. Quisiera estar afuera todo el tiempo, ya me aburrí de pasarme la vida encerrado y fingiendo que estudio.

Si observamos con lupa el curso pasado, y luego éste, parece obvio que estoy un poco mejor, pero Alicia y Xavier sólo ponen la lupa sobre la tinta roja. Cinco materias, cuatro, nueve, siete. Son muchas reprobadas, de cualquier manera. Los fines de semana las paso negras para que Xavier me deje ir a una fiesta con mis amigos. O a un festín, si se puede, pero seguimos sin dar con las putas. Lo bueno de este curso es que el Bóxer se fue. Me gusta figurarme que por mi culpa: lo imagino firmando su renuncia nada más enterarse que a pesar suyo me reinscribieron. Juá, juá, juá, Bóxer puto, ¿no que no?

También cambié de amigos y enemigos. Cagarcía se inscribió en otra escuela, el Cachetes de Yoyo siguió en Segundo B y en su lugar nos ha tocado *Clemente*, que hasta el curso pasado nomás nos daba historia y ahora es el titular de Tercero B. No se llama Clemente, pero así le decimos porque es muy parecido a un verdugo que sale en la televisión. Le faltan el chicote y las cadenas, pero igual es malvado como el de la tele. Insulta, pone apodos, reparte zapes y hace burlas macabras de quien puede; lo que si no le falta es sentido del humor, y a lo mejor por eso no me cae tan mal. Varias veces he usado la clase de Historia para según yo demostrar que el último lugar puede ser el primero, cuando le da la gana. Siempre creí que un profesor de Historia tan bueno como él sería un estupendo titular, pero empiezo a creer que me detesta.

No es un problema nuevo. Cuando dicen que estoy distraído, es porque ando pensando en cosas divertidas. Y cuando creen que por fin me concentro, lo que hago es aplicarme a planear cómo hacer realidad lo que se me ocurrió. O intentarlo ahí mismo, cuando se puede. ¿Cómo me iba aguantar la tentación de escribirle una esquela de muerto a Clemente? ¿Y cómo no enseñarla, ya que la había acabado? No recuerdo muy bien qué tanto puse, pero sí que tenía su apodo y sus dos apellidos, y que decía "sus amigos, familia, compañeros y alumnos participan de su fallecimiento cagados de la risa". Eso fue lo que creo que me hundió, porque lo repitió en voz alta con una sonrisita de malvado de telenovela, después de comprobar —con la ayuda de Sucres, que sacó dos cuadernos de mi pupitre y corrió a su escritorio: mire, señor— que la letra era mía, por más que yo siguiera negándolo.

Pero no hubo castigo, y yo entonces creí que en cierto modo le era simpático a Clemente, tal vez porque le había hecho gracia su esquela. ¿Ves lo que esto demuestra?, preguntó sin perder la sonrisa de labios apretados, como si se estuviera aguantando la risa. Tú fuiste quien pintó la pared de la escalera, y ahora tampoco tienes el valor civil para reconocer tus fechorías. No lo insulté, le dije, en un impulso. Ya lo sé, no dejaba de sonreír, si me hubieras insultado no estarías aquí. Sabes con quien te metes, ¿verdad, Sujeto?

Siempre me había hecho gracia que para regañarnos usara ese "sujeto" en vez de nuestro nombre, hasta la tarde en que se anotó el récord de endilgarme una tercia de reportes de indisciplina en menos de un minuto. Fue bien fácil: el primero me lo puso por nada, y los dos que siguieron sólo por reclamar y seguir reclamando. Según el reglamento, tres reportes de indisciplina valen por una expulsión de tres días. Y si a los tres que me puso Clemente se sumaban los dos que ya tenía, no iba a haber forma de sacarme del hoyo. Lo pensé de camino hacia la dirección, donde ya me esperaba el *Cadáver:* un mamón que quedó en lugar del Bóxer al que no se le arrugan los bigotes de foca para expulsarte de un chingadazo. Cuando menos pensé, tenía en las manos mi segunda carta de suspensión, efectiva a partir del día anterior a mi cumpleaños. Tu mamá ya está al tanto, se complació en informarme el Cadáver.

Son todos enemigos, me desonsolé. Alumnos y maestros unidos en un solo equipo que se ha propuesto echarme a la calle. Y ahí estaba, sentado en la banqueta de una calle vacía a tres cuadras del Instiputo, chillando con la cara entre las manos porque no podía creer que el cabrón de Clemente me hubiera hecho expulsar por sus puros huevotes. No dudo que supiera que iba a ser mi cumpleaños, si por algo le llaman *Clemente*. Sabe que una injusticia descarada duele más que un castigo merecido. Es como si dijera bienvenido a mi ley, aquí la gente vale lo que yo quiero. La diferencia es que antes no lo sabía. Yo creía que el puto de Clemente estaba de mi lado, rumié unas cuantas veces, secándome las lágrimas, como para acabar de certificar que no tengo abogado y los jueces me odian por deporte.

No sé fumar, pero estoy aprendiendo. Hace días que Alicia y Xavier organizaron una fiesta en la casa, así que entre la sala y el comedor dejaron varias cajetillas de cigarros para los invitados. ¿Veinte, treinta? No sé, me robé tres y las guardé en el fondo del Compartimento de Experimentación. Y ahora que estoy aquí de vacaciones por cortesía de Clemente y el Cadáver, me salgo a la azotea con un libro en la mano y las tres cajetillas en las bolsas, más una carterita de cerillos Talismán. Ya me fumé tres Camel y dos Kent, voy por ahí del segundo Marlboro mentolado. ¿Querían castigarme por nada? Pues no. Aquí está el delito. Si hasta antier me fumaba las plantas del jardín, ahora sólo por eso me atasco los pulmones de tabaco. Hace cuatro cigarros que dejé de toser, pero igual es probable que sean seis. ¿O cinco? ¿Siete? De repente no tengo la menor idea, ni la puedo tener porque estoy regresando merienda y desayuno en un mismo paquete. Siento además punzadas en la cabeza, como choques eléctricos en espiral, más un dolor agudo que va creciendo adentro. Voy a gatas de la azotea a la cama, sin que me vean Maritere y Edmundo porque están ocupados echando chisme abajo, en la cocina. Escondo de una vez cigarros y cerillos, me arrastro hacia el lavabo, hago buches, me remojo la cara y regreso gateando hasta la cama. Lo último que pienso antes de desmayarme es que desde mañana voy a tener quince años.

## 19. Hágase la agujerina

Apostaría mi moto a que Clemente no cree en la astrología. Hace dos navidades, alguien le regaló a Xavier un libro del tamaño de un atlas que fue a parar de golpe a mi recámara: *The Compleat Astrologer*. Si Clemente leyera ese libro, o cuando menos se fijara en las páginas donde aparecen los atributos típicos de cada signo, sabría que James Bond también es Escorpión. No es que me le parezca, pero él tampoco tiene la costumbre de perdonar a sus enemigos. Y como últimamente yo los colecciono, cada día me dan algo menos de miedo. Ninguno aquí sabe las cosas que hago con mis amigos. A veces sueño con que llego en la moto al Instiputo, echando caballitos delante del Cadáver. ¿Qué me ves, bigotón putirrín?, me le planto sin más. Pero otro día —debería decir otra noche— no es él a quien me encuentro, sino al Jacomeco y el Gamborindo con chacos y cuchillos. Sueño que me madrean con todo y moto, ya van dos pesadillas de las que vuelvo con los ojos mojados porque me la incendiaron y no pude evitarlo.

Finalmente, mis peores enemigos no son Clemente y el Cadáver, sino el Gamborindo y el Jacomeco. Me llaman en las tardes para amenazarme. Nos la vas a pagar, oigo que gruñen y cuelgo de inmediato. El día que me agarraron, a la salida de uno de los exámenes extraordinarios, vi que en la puerta estaba la secretaria del director general y supe que era la última oportunidad de evitar que me reventaran la madre. Brinqué para zafarme y grité suéltenme, suéltenme, mientras el Gamborindo me atinaba un rodillazo en medio de las piernas. Alcancé a oír que ya la secretaria les gritaba dejen a ese muchacho, y el instinto me dijo que era el momento exacto para dejarme caer sobre el pavimento. Para cuando llegó mi salvadora, los maleantes daban vuelta a la esquina. ¿Estás bien?, me tomó del brazo izquierdo, y yo planté mi jeta de santo masacrado. Yo sé bien quiénes son, refunfuñó, temblando de indignación, pero no recordaba sus apellidos. Date una vuelta entonces por la enfermería, me aconsejó, en cuanto se dio cuenta de que yo no pensaba delatarlos. James Bond no es acusetas, me repetía en silencio. Pero ni falta que hizo. La mañana siguiente, en cuanto el Gamborindo llegó al examen, la secretaria misma fue a sacarlo de ahí. Le anularon sus cuatro *extraordinarios* y ya no pudo terminar el curso. Al Jacomeco le negaron la reinscripción. Y desde entonces andan tras de mí, según ellos con chacos y cuchillos. Yo me encargo de cortarte los huevos, para que ahora sí grites y te revuelques, me prometió hace poco el Gamborindo. Escuché solamente el principio y colgué, pero Xavier estaba en la otra extensión. Diez segundos más tarde, ya venía por mí para interrogarme. ¿Quién es ese fulano? ¿Desde cuándo te llama? ¿Por qué no me habías dicho?

¿Para qué, si de todas maneras no me van a creer?, me quejé al fin, muy oportunamente, ¿no dicen que yo cuento puras mentiras? Ni se imagina el pinche Gamborindo el gran favor que me hizo con esa llamada. En lugar de enchilarse conmigo, Xavier se fue contra mis enemigos. Y aquí es donde me sale el escorpión: era el mejor momento para incluir a Clemente en la lista. ¿O no me había expulsado por nada, y de todas maneras Alicia y Xavier creyeron lo que dijo, no lo que yo expliqué? Unos días más tarde, a la hora de depositarme en el Instiputo, Xavier estacionó su coche nuevo y se dispuso a hacer su primera visita a Clemente. Nada me hace sentir mejor por la mañana que bajar del tremendo carrazo, pero ver a Xavier detrás de mí me mojaba las manos y la espalda. Clemente se quejó hasta donde pudo, aunque Xavier me dejó defenderme. Luego vino su turno y por primera vez vi a Clemente dejarse arrinconar.

—Me dice mi hijo, profesor, que usted lo obliga a recoger la basura.

—Bueno, es una medida disciplinaria.

—No, profesor, eso es un abuso. Yo no traigo a mi hijo a este colegio para que aprenda a recoger basura. Si así fuera, yo mismo le enseñaría. Y me dice, además, que cuando se negó a obedecerle usted le dio un buen golpe en la cabeza.

—Su hijo, señor, es indisciplinado y yo tengo que…

—Usted tiene que respetar a sus alumnos, profesor, ya le dije que mi hijo viene aquí a aprender, no a que lo traten mal.

Hasta luego, profesor, le dio la mano, helado, y me abrazó después muy cariñoso. Hasta la noche, hijo. Pórtate bien, ya sabes. Un par de palmaditas en la espalda, una sonrisa. ¿Ah, verdad, putos?, rugí para mis adentros y me instalé en la fila, muy campante. Si al gordito Rendón lo llama *Redondón* y a Pérez de Calleja *Perro Callejero*, calculé, embravecido de haber visto su jeta descomponerse frente a la de Xavier, a mí sí me la va a tener que pelar. Ya iría con el chisme al salón de profesores, se enterarían todos de que mi padre está de mi lado. ¿Ah, verdad, putos?, gruñí otra vez al final del recreo, mientras los observaba salir en bolita, listos para seguirnos pastoreando.

Hay algunos que no me caen mal. El *Búho*, por ejemplo, enseña Química y es un tipazo. Repruebo igual con él, pero me hace reír en cada clase. Tiene sangre ligera, tanto que no le importa que le digan Búho. Le divierte que se lo griten desde el patio, como un pujido a todo volumen: *¡Buuuuuuuuho!* Sonríe, alza la mano, responde con un chiste si se le ocurre pronto. El de Literatura es buena persona, y además su materia es entretenidísima. Cada vez que nos deja de tarea leer una novela, me vuelve la cosquilla de escribir historias. Casi no lo hago ya, desde que vine a dar al Instiputo, pero hay días en que algo se me ocurre y me siento a escribirlo, a escondidas de todos. Me parece rarísimo que en una escuela tan ojeta como ésta te pongan a leer un libro como *El lazarillo de Tormes*. Lo malo es que no siempre hago los trabajos, así que saco dieces y ceros. Pero en Historia nunca tengo menos de ocho, a pesar de Clemente. Ésa y Literatura son las únicas dos materias que me convencen de estudiar en mi casa. Y tampoco es que estudie. Me entretengo leyendo, mato el tiempo. Sobre todo si Alicia me está viendo. Afortunadamente no se fija en que siempre es el mismo libro de Historia. Me lo sé de ida y vuelta: cada vez que Clemente regala puntos a quien contesta sus preguntas difíciles, yo soy quien se los lleva. Y de pronto me sobran, porque ya tengo nueve o diez en la lista. A ver, que me repruebe el recabrón.

Pero igual es la guerra. Clemente y el Cadáver no dejan pasar una oportunidad, y menos todavía mis dizque compañeros. Cada vez que me sacan de una clase, y la última quincena fueron veintidós, no falta quien se lance a abrir mi portafolios para robarse el sándwich de mermelada que Alicia me hace todas las mañanas. La semana pasada lo cerré con llave y los muy muertos de hambre lo forzaron con un desarmador. Por eso ayer mejor cambié de táctica. Sabía que Clemente iba a sacarme, nada más se enterara que llegué con el boletín sin firmar, así que no habría cómo salvar el sándwich. Si ya estaba perdido, calculé, bien podía prepararlo especialmente para el ratero, así que en la mañana me fui a dar una vuelta por la cancha de fut. A esas horas, los mozos no han limpiado todavía los mojones que dejan los tres perros que por la noche cuidan el Instiputo. Agarré un par de varas al pie del arbolazo y atenacé con ellas una caquita suave como mantequilla. Aguantando las náuseas, unté la mierda dentro del sándwich, donde la mermelada de fresa podía disimular el color y la peste. Acomodé los panes, los volví a abrir y vi que no era mucho lo que unté, así que de una vez le puse dos pedazos, para que el saqueador no se quedara con la curiosidad de enterarse a qué sabe la caca. Una vez que Clemente me sacó del salón, fui saltando de gusto por el pasillo, y ya en las escaleras me ganó la risa sólo de imaginar que ninguno querría recibir veinte sándwiches gratis a cambio de tragarse uno de mierdelada. ¿Cuántos me habrán robado, entre agosto y enero? ¿Diez, quince, veinticinco? Se los regalo, pues. Ya no me deben nada.

Lo anuncié hoy, al final de la primera clase. El que se haya robado mi sándwich de ayer, cuénteme a qué le supo la cagada de perro. No me creen, al principio, pero el chisme se corre y dos clases más tarde me cae encima Fergas, decidido a romperme el hocico. Fargas, es su apellido, pero le dicen Fergas. ¿Qué le echaste a ese sándwich?, me ladra, mientras los dos rodamos por el piso y yo le grito pinche ratero comecaca. Eres un cerdo, ruge, pero yo le repito que él es un muerto de hambre y que seguramente su familia come, cena y desayuna en un tiradero de basura. Cuando alguien grita que ahí viene Clemente, Fergas y yo saltamos hacia atrás y corremos a nuestros pupitres. Tengo rasgado el cuello de la camisa y a él le brotan las lágrimas del berrinche, pero Clemente ni cuenta se da. Fergas no va a contarle que eché caca en mi sándwich, ni yo voy a rajarme de que él me lo robó. A mano, comecaca, muevo los labios para que me entienda, pero el Zorro no cree que la bronca vaya a morir aquí. ¡Zzzzz!, pela los dientes y sacude los dedos de la mano derecha, qué se me hace que ahora sí a la salida van a darte tus buenos fergazos… ¿Tú crees?, me hago el valiente. ¡Puta! Si yo fuera él, ya te estaría haciendo tragar una cubeta llena de pinche estiércol. Le diría que estoy cagado de miedo, si ayer mismo no hubiera escuchado a Xavier contarle a Alicia cómo puso al Gamborindo, la última vez que llamó para asustarme. Tengo tu dirección, le advirtió, y se la recitó de memoria. No quisiera tomar medidas drásticas, ahí tú dirás qué hacemos, terminó de asustarlo. Desde ese día no ha vuelto a llamar.

El Zorro, cosa rara, está en Tercero B y no es mi enemigo. Además, tiene un buen sentido del humor. Podría ser actor de teatro, si quisiera. Por lo menos habemos dos personas que nos reímos mucho de la forma en que dice las cosas. El otro es nada menos que Abel Trujano y hace unos días empató mi marca. Once materias reprobadas en una quincena. Clemente le hizo burla, pero nadie se rió porque Trujano es cinta negra de judo, mide más de 1.80 y está mamadísimo, además de que pesa un montón de kilos y nunca le ha temblado la mano para romperle la madre a nadie. Hace un par de semanas se atravesó la uña y el dedo con la punta de su navaja suiza. ¡Mira!, me dijo, riéndose, nada más desclavó el metal del pupitre y alzó las manos para que todos viéramos que la punta salía por la yema. Hasta ese día, nadie jugaba tan bien como él a dar piquetes ciegos entre los cinco dedos separados. Podría ser un gañán, si no fuera también un niño consentido. Tiene quince años, igual que yo, pero nomás de verlo crees que le anda pegando a los dieciocho. Cada quincena nos topamos al final de la fila, junto a otros tres o cuatro que también coleccionan materias reprobadas. Los campeones, se burlan Clemente y el Cadáver. Yo todavía planto cara de mustio, aunque ya me dé igual si las voladas son seis o nueve, pero Trujano está cagado de la risa. Le divierte que todos se den cuenta de que le vale pito reprobar, y hasta cuando Clemente lo cagotea le aguanta la mirada, levantando la ceja por encima de una de esas sonrisas congeladas que gritan y celebran me-la-pe-las. Es algo así como una mueca de sorpresa exagerada. Si a alguno entre nosotros lo mira así, es señal de que va a ponerle sus madrazos. O mazazos, que son los que Abel da. Qué noticia de mierda para Clemente que sus dos enemigos se estén haciendo amigos.

Los demás me detestan, y en los mejores casos no les importo. En realidad, está de moda fastidiarme. Profesores y alumnos creen que soy el perfecto mal ejemplo. Anteayer, Cagarcía me dijo en el teléfono que yo no tengo amigos en el Instiputo porque es un desprestigio llevarse conmigo. No te lo había contado, pero eso es lo que dicen, se disculpó. Solamente Trujano y el Zorro son lo bastante fuertes para aguantar tamaño tatemón. De otro modo, asegura, serían parte del equipo contrario. Aunque tampoco juegan en el mío. Son cabrones y joden, pero me hacen reír y yo les correspondo con mis mejores chistes. Nos ponemos apodos, de repente, aunque Trujano tiene la costumbre de responder con fuego de artillería. La última chingadera me la hizo en el concurso anual de declamación.

—*Escucha a los demás* —alzó la voz, frente a toda la clase —*incluso al torpe e ignorante, también ellos tienen su propia historia* —y esto lo declamó ya señalándome con la mano derecha, risueño como el resto del salón.

—Que cagado, pendejo —le reclamé después, aunque igual me reía porque al final el chiste no era malo y quien me lo decía está empatado conmigo no sé si en la ignorancia o la torpeza, pero sí en el talento para echar la hueva. No acaba de estar claro quién de nosotros dos es el huevón más grande de Tercero B.

Lo que sí todos saben es que en antipatía ni quién me gane. Siempre que me peleo con algún pendejete, el resto del salón se pone de su lado. Quiero decir, ocho de cada diez. Si ayer logré librarme de la furia de Fergas, hoy pasé la mañana soportándolo a él y otros cuarenta y tres, o sea los que firmaron la petición. Ni siquiera intentaron esconderse de mí. Al contrario, Sucres y Monterrubio la redactaron y me la leyeron. Después se la pasaron a los de atrás, y así la carta fue por todo el salón. De los cincuenta y dos alumnos de mi clase, sólo nueve no firmaron la carta. Es decir, no firmamos. Muy respetuosamente, según decía el escrito, los pinches lambiscones se dirigían al Cadáver y su jefe para informarles que ya no aguantan al alumno (aquí entraban mi nombre y apellidos), por lo cual les pedían que fuera expulsado del salón o la escuela, según ellos creyeran conveniente. A la hora del recreo, Sucres mismo se encargó de llevarla a la dirección, no sin antes mirarme, señalarme y reírse con la boca como mamando pito. Jo, jo, jo, rebuznó y salió como pedo a buscar a la secretaria del Cadáver.

Me he gastado el recreo masticando la rabia. Una vez más, queda claro que estamos en guerra. Sólo faltó que Trujano y el Zorro firmaran, aunque me habría gustado que agarraran la carta y la rompieran, no que se la pasaran al de atrás. Cuando llega la hora de la salida, me entero de que el chisme ya fue a dar hasta Alicia. Viene y me lo repite, trabada del coraje. ¿Cómo es posible que tantos compañeros se hayan puesto de acuerdo en contra mía y firmen una carta para que me expulsen? No lo puede creer, dice. Es el colmo, caramba. Para suerte de todos, no vamos a la casa sino a un restorán. Venimos con Celita, que opina que hay que ver la clase de personas que serán esos niños, tú qué sabes, Alicia, de quién es la culpa.

Xavier también está muy preocupado. Le llamó el director general, me explica. No va a tomar medidas, por supuesto, pero creyó prudente informar a Xavier del problema. ¿Voy a salir ahora con que además del profesor titular tengo a toda la clase queriéndome correr? Me faltan unos meses para terminar, alzo los hombros y miro hacia el suelo. No me siento orgulloso de que tantos idiotas me detesten, ni me dejan tranquilo las caras de tristeza y preocupación que intercambian Alicia y Xavier en la mesa, mientras Celita encuentra la manera de mantener el tema de la conversación lejos del Instiputo, mis calificaciones y esta fama de bicho indeseable que hoy por primera vez aterriza en la casa. Y como hoy es cumpleaños de Celita, termina la comida, vamos juntos al cine y ni quien hable más de la carta de mierda. Ya en la noche, al final de la merienda, me asomo a la escalera y oigo a Xavier decirle a Alicia que cómo va el muchacho a poder estudiar tranquilamente si tiene en contra a más de cuarenta escuincles desgraciados. Ya te he dicho, mujer, hay que meterlo en un colegio mixto.

No tengo edad para un colegio mixto, insiste Alicia desde la primaria. Y como a mí me da mucha vergüenza que sepan que gran parte del problema está en la desastrosa ausencia de mujeres, tengo que hacerme el desinteresado y dejarla que siga equivocada. Para colmo, planea inscribirme después en La Salle, que es como el Instiputo, pero a lo bestia. Sólo de imaginarme a mil quinientos pendejos juntos y ninguna mujer me dan ganas de huir de mi casa, pero me queda viva la esperanza de saber que en La Salle no se aceptan alumnos con materias pendientes. Cuando uno pasa al fin el extraordinario, ya no hay lugar para inscribir a nadie, y yo veo muy difícil que no repruebe cuando menos un par de materias. En un descuido, acabo en una prepa mixta. Me encantaría saber qué se siente no odiar la vida de ocho a dos, de lunes a viernes, del primero hasta el último minuto. No tener que pararte de la cama con ganas de chillar, ni salir de la casa con el aguijón tenso porque ya viene la hora de pelear contra todos y contar los minutos que aún faltan para irse a la chingada de esa jaula asquerosa. No tener que mentir todo el tiempo y de todas las formas porque estás castigado en todas partes. No vivir asustado porque una manadita de gañanes opina que tu miedo es divertido. ¿Y todavía así no tengo edad para un colegio mixto?, me doy de topes nada más de pensarlo. Yo diría que a mi edad soy demasiado viejo para tener que estar entre hombres que se pican el culo a toda hora y se sacan la reata a media clase, cuando no se la jalan y se vienen, o hasta se van al baño y se echan la mano. Y ni modo de contarle eso a Alicia. Ni siquiera a Xavier. Quiero un colegio mixto, eso es todo.

En realidad, ninguno de mis enemigos sabe que nací exactamente a la mitad del signo de Escorpión, pero abusan de mi ascendente Acuario, y eso a los escorpiones no nos gusta. Somos amigos leales y enemigos impredecibles, según leí en una cajetilla de cerillos Talismán que todavía guardo, para fortalecerme. ¡Todo guardas, caramba!, se queja Alicia cuando ve mi recámara llena de cajas de todos los tamaños, encimadas o amontonadas entre los muebles. Lo que Alicia no sabe es que arriba, junto a los tinacos, tengo una colección de alacranes. Cinco botes muy bien escondiditos, cada uno con su alacrán adentro. Todavía no sé si echarlos en el escritorio de Clemente o en las mochilas de Sucres y Monterrubio. Mientras armo ese plan, me entretengo mojándoles suéteres y cuadernos con gotitas del único invento que me ha salido cien por ciento efectivo: la *agujerina*. Para llenar un frasco de vidrio donde cabían cincuenta pastillas de Valium —cortesía de Celita, que dona sus envases a mi laboratorio— tengo que preparar dos tubos de ensayo con *agujerina*. Según dice el manual de instrucciones de mi Juego de Química, se prepara una solución saturada de una materia sólida disolviéndola en agua, mientras hierve. Luego se le echa más, y más, y más. Cuando ya tarda mucho en disolverse, es que la solución está lista. En cuanto a la materia prima de mi experimento, la compré en una tlapalería. Por quince pesos regresé a mi casa con un bote de cuatrocientos gramos de hojuelitas de sosa cáustica. Basta una sola gota de *agujerina* para que en unos pocos minutos la tela se haga dura como cartón y acabe convertida en agujero. Así como los pegamentos dicen que sirven para pegar madera, cartón, plástico, hule y tela, la *agujerina* afecta pantalones, camisas, suéteres, cuadernos, libros y hasta mochilas. Si no tuviera la fama que tengo, empaparía la silla de Clemente de *agujerina*. ¡Mire, señor, otra vez ya me echaron ácido en la ropa!, chilló Sucres ayer, a la salida, y Clemente hizo un gesto de incrédulo burlón. Si tengo que elegir, prefiero a un bravucón que a un acusetas, y estoy seguro de que mis alacranes piensan igual.

## 20. Oda a la gonorrea

Parece, dice Alicia, que soy así a propósito. Unas veces se queja por mis alcances y otras porque de mí ya nada le sorprende, pero yo digo que si supiera todo tendrían que ponérsele los pelos de punta. Por eso me parece que exagera. Es mentira que yo sea así por fastidiarla. Si por mí fuera, nunca se enteraría. Mis vecinos, por suerte, no son acusetas. En esas cosas somos inflexibles: pobre del que se raje con su mamá, porque va a maldecir el día en que a la puta vieja se le ocurrió traerlo a este mundo de mierda. Así le gusta a Frank amenazarte. ¡No me faltes al respeto, hijo de la chingada!, te grita a media jeta para que no se escuchen ni tus disculpas. Se supone que Frank es la peor amistad de San Pedro y Trujano la peor del Instiputo, pero si eso es verdad entonces sus papás tendrían que pensar lo mismito de mí, que les vengo pisando los talones en la lista de malas amistades.

Tal vez lo peor de mí resulten mis juguetes. La moto, el rifle, el Juego de Química, el cuaderno de encueradas y todo lo que sirva para hacer fuego, y mejor todavía explotar. En diciembre, septiembre y abril celebro Navidad, Independencia y Semana Santa comprando cuetes en el mercado de San Ángel. Voy en viaje especial, con mis secuaces. Compramos *chifladores, brujas* y cuetes chinos, pero mis favoritas son las *palomas*, tanto que llevo más de dos años intentando hacer una, sin atinarle aún a la mezcla perfecta de ingredientes. No sé qué pasa ahí, creo que no muelo bien las pastillas de clorato de potasio. Mientras lo logro, compro los *palomones* más caros que encuentro, ésos que cuando estallan hacen salir a los vecinos a la calle, como si hubiera que contar los cadáveres. Mirarlos asomarse a las ventanas, y después a la puerta, es una de las recompensas que reciben los que participaron en el atentado. Si estoy de buenas, reparto cuetes entre los más chicos, que son quienes se atreven a lanzarlos al garage de los maricuchos. Si me hacen enojar, voy por las dos botellas, les pongo gasolina, corro hasta la azotea y las echo a volar. ¡Fuego, cabrones! Saco después el rifle de rigor y disparo contra el primero que se asoma. No sé por qué me pasa, pero una vez que meto el diábolo en su sitio no quiero nada más que enterrárselo a quien me puso así. Mi frase favorita en estos casos es la misma que uso en el Instiputo cuando termino de perder la paciencia: *Me vas a recordar toda tu pinche vida.*

Anteayer en la noche casi lo conseguí. Me había peleado con la mitad de los vecinos, casi todos más chicos, y entre ellos el de al lado, que se llama Tizoc y es un traidor simpático. Te hace reír, a veces, pero también sabe hacerte rabiar. Mientras Xavier y Alicia merendaban en casa de mi abuelo, Tizoc y sus amigos llevaban media hora fastidiando allá afuera. Cuando llegaron Alejo y Frank, ya tenía preparadas un par de bombas de gasolina. Alejo agarró el rifle, Frank esperó detrás y yo me conformé con observarlos: ninguno de los dos apuntaba a la hora de jalar el gatillo. Cuando llegó mi turno, les juré que Tizoc se iba a acordar de mí toda su pinche vida. Te voy a dejar tuerto, jijo de la tiznada, rumié nada más vi que por segunda vez se asomaba por sobre una bardita, donde estaba agachado al lado de otros dos enemiguitos. Cuando volvió a asomarse, disparé contra el bulto. Para suerte de todos, Tizoc alcanzó a ver el cañón apuntándole y giró la cabeza lo suficiente para que el diabolito se le fuera a incrustar muy cerca de la nuca.

¡Ya me diste en la madre, pinche ojete!, chilló Tizoc, trotando hacia la puerta de su casa, con la mano en el cuello y la camisa manchada de sangre. Ahora sí se va a armar un desmadre, peló Alejo los ojos y los dientes, mientras Frank se aplicaba a cagotearlo: Cómo serás pendejo, no te devolví el rifle para que se lo dieras a este pinche orate. Si por un inocente *palomón* Don Maricucho había sacudido a Frank de las solapas, ¿qué no iba a hacerme el papá de Tizoc por haberle metido a su retoño un pedazo de plomo en el cuello? Un minuto más tarde ya sonaba el teléfono. Le llama la señora de aquí junto, me avisó Maritere desde la sala, mientras Edmundo subía la escalera para anunciarme que el papá de Tizoc estaba con su hijito allá afuera, en el coche. Iban camino del hospital, pero antes el señor quería hablar conmigo. En vez de eso elegí contestar el teléfono. Me estaba defendiendo, le expliqué a la señora, destrozaron tres vidrios de mi casa a pedradas y había otras dos sombras tirando municiones. Casi todo mentira, pero qué iba a decir. Una cosa era agujerar el cuero de su niño y otra irle con el chisme de que lo vi aventar la piedra que rompió el primer vidrio (que en realidad fue el único, pero el número tres sonaba bien). Para cuando colgamos, ya su marido y su hijo estaban en la ruta del hospital.

—¿Y ahora qué vas a hacer? —se preocupó Alejo, mientras oíamos discos en la sala de atrás, donde está el aparato de sonido que Xavier me prohibió usar con mis amigos y yo ni un solo día le he hecho caso.

—¿Mañana? Irme al tenis temprano, por supuesto. Hay Copa Davis y no tengo boleto, si no llego un rato antes me quedo afuera.

—¿No les vas a decir a tus papás? —se divertía Frank, meneando la cabeza.

—¿Cómo crees? —salté, me sacudí. —Mi papá tiene un desayuno en el centro y va a dejarme allá antes de las nueve. Para cuando se asomen los papás de Tizoc, yo voy estar bien lejos de sus chismes. Con suerte y mi mamá también habrá salido.

—¿Y cuando vuelvas qué, pinche estúpido? —peló Alejo los ojos.

—No sé, pendejo —volví a acalambrarme. —Pero de menos ya no estarán tan enojados. Eso, claro, si no se muere el pinche Tizoc.

Un par de horas más tarde, cuando ya el chiste de la muerte de Tizoc empezaba a dejar de ser chistoso, Frank logró averiguar que había vuelto sano y salvo a su casa. Lo anestesiaron, le sacaron el diábolo y le pusieron una curación. Y ayer, cuando volví de la Copa Davis, me tocó a mí enfrentar el paredón. Dos semanas sin manejar la moto y dos meses de no tocar el rifle, más otros castiguitos que me preocupan menos.

¿Para eso me pasé del principio al final del partido de dobles azotándome porque según yo me iban a mediomatar? Apenas puedo creer que haya logrado que me dieran permiso de venir a los últimos dos partidos. Pero me moví rápido. Nada más me dejó Xavier afuera del estadio, me escapé a visitar a Celita y le solicité su amable patrocinio para el boleto del día siguiente. Y como a Xavier no le gusta el desperdicio, acabaron dejándome venir. Siempre que uno me da un permiso indebido, el otro le reclama con las mismas palabras. ¡Claro, por eso está como está!

De niño, me asustaba casi todo. No podía siquiera imaginarme lo que me iba a pasar si me expulsaban unos días del colegio, o si mandaba a un niño al hospital. Y ahora que esas cosas me suceden, Xavier y Alicia no saben qué hacer. Regaños y castigos ya no me hacen efecto. Vamos a ver quién se cansa primero, me ha amenazado veinte veces Alicia, y ahora resulta que le falta fuerza. Yo en su lugar también me habría cansado. ¿Para qué quiere que le diga la verdad? ¿Le serviría de mucho saber que nunca quise meterle a mi vecino un diábolo en el cuello, sino en un ojo, para que se acordara por siempre de mí? ¿No le basta con el montón de chingaderas de las que de por sí se va enterando? Tú te burlas de mí, me regaña, furiosa. Qué más quisiera, pienso. Hace días que cargo en el portafolios un boletín con ocho materias reprobadas y tengo que inventar algo que me salve. La quincena pasada reprobé cinco, pero llegué con una tarjetita que traía una nueva calificación y la firma del profesor de Geografía. O sea la de Trujano, que me ayudó con una letra elegantísima. A la mitad del segundo partido, se me ocurre la revolucionaria idea de llenar cuatro nuevas tarjetas con patrañas. En cuanto esté en la casa me pondré a ensayar firmas, planeo y me relajo lo suficiente para pensar en nada más que el partido de tenis.

Detesto ser tan tímido. Hay docenas de niñas en la Copa Davis y no me atrevo ni a verles los ojos. Miro al suelo, si alguna se me acerca, y me maldigo luego porque ya sé que de todas maneras nunca le voy a hablar. No se me ocurre ni por dónde empezar, menos después de todo lo que pasó con Mina. O lo que no pasó, que es lo que más me duele. Es como si me hubieran aceptado en un club y luego me quitaran la credencial. Por eso, mientras vuelvo, me entretengo metiéndome en problemas. No es que lo piense así, pero así es. ¿Cómo pudo caberme en la cabeza que Alicia iba a tragarse esas cuatro tarjetas escritas con mi letra, que como ella bien dice es espantosa, y firmadas con otros garabatos horribles? ¿Y ahora qué voy a hacer?

Lo único que a todos nos gusta del Cadáver es su nueva secretaria. Llegó hace un par de meses, ya no es tan nueva. Tendrá catorce, cuando mucho quince años. Me gustaría hablarle, pero es que no soporto que me mire con lástima, ni con indiferencia. En realidad, me ha mirado solamente dos veces. La primera fue para darme dos copias del último reporte de expulsión. Era obvio que todo mi problema le tenía sin cuidado. Y hoy que ya no hay más tenis y Alicia ha decidido visitar al Cadáver, su secre me miró como a un limosnero. Supongo que era fácil leerme el pensamiento. "Ya quiero sincerarme contigo…", le había dicho a Alicia veinte minutos antes, cuando vi que ya no iba a poder evitar la visita maldita. Luego solté la sopa de las tarjetas falsificadas, no lo fuera a decir delante del Cadáver.

¡Debería acusarte, por maleante!, me pellizcaba el brazo mientras esperábamos, y yo habría pagado porque Isabel, que es el nombre de la secretaria, nunca me hubiera visto en esa situación. Pobrecito, diría, vago, burro y encima regañado. ¿De dónde saca Alicia que los maleantes van por la vida poniendo cara de niño pendejo? Según ella, sólo quiere saber si a estas alturas vale la pena que me sigan pagando la colegiatura, o si ya perdí el año y de una vez me puede ir inscribiendo en una escuela militarizada. No me lo creo. Lo que pasa es que ya no sabe con qué asustarme. Yo le juro que voy a acabar el curso y en agosto estaré en preparatoria. ¡No me hagas reír!, ataca, con los ojos echando fuego después de que el Cadáver le aseguró que no ve en mí ninguna mejoría, ni voluntad de enmienda, ni una buena actitud hacia mis compañeros y maestros. Ay, sí, pinche Cadáver, pícate el culo, pensaba yo con todas mis fuerzas mientras el viejo puto nos echaba a perder el mes entero. Nunca he visto que Alicia se ría después ni antes de pedirme que no la haga reír. Lo que más le da rabia, se quejó a la salida de la oficina del Cadáver (cuando Isabel me había visto ya por tercera vez, un poquito con asco pero ya no con lástima), es que yo le dijera que quería sincerarme cuando de todas formas me iba a descubrir. ¿Pensaba acaso que era tan idiota para creerse que esas cochinas tarjetas las habían firmado mis profesores? Mentiroso, hipócrita, inútil, bruto, me fue llamando conforme iba bajando las escaleras, ansioso por llegar de vuelta al patio y largarme al salón.

Siempre creí que me iban a correr de la casa cuando me descubrieran falsificando firmas. Nunca lo había hecho. Soy un fracaso como dibujante, imito mal hasta mi propia firma. Es la una de la tarde y estoy de buen humor, aunque sé que en la noche va a granizar cagada. Cuando uno es aplicado, cree que los reprobados están siempre tristísimos, o deberían estarlo, y que si están contentos es porque de seguro no tienen vergüenza. Pero no es que no tengas, sino que no te queda. La vergüenza se acaba, o se agota, o será que la llaman de otras partes. Siempre que una mujer que me gusta se acerca, no hay monstruo más horrible que la vergüenza. Por esquivarla soy capaz de todo, y esa es la mejor prueba de que tengo vergüenza, sólo que no la llevo al Instiputo. La poca que me queda en el portafolios me la gasto en sentirme cucaracha cada vez que Isabel me ve en aprietos.

Estoy de buen humor gracias al Búho. Una de las materias que más se me complica es la suya, no porque sea malo el profesor sino porque yo vivo en la luna. No sé nada de Química, de agosto para acá. Si tuviera en verdad que sincerarme, diría que la Tabla de Elementos me parece un poquito menos clara que la pared de un calabozo vietnamita. O sea que si quiero una oportunidad de pasar Química, necesito estudiar en mi casa lo que va del curso, y como eso jamás va a suceder, me había resignado a tronar la materia hasta el último día. Pero el Búho llegó con la noticia de la química orgánica. Un asunto completamente nuevo. Si no aprendieron nada, nos recordó, éste es su chance para empezar de cero. O, en mi caso, para evitar el próximo cero, y hasta aspirar al diez, por qué chingaos no, me desafié, pelando ojos y orejas para cachar hasta las últimas palabras del Búho y darme el lujo de tomar apuntes. A veces hay que hacerlo, aunque sea uno el alumno más holgazán del mundo, para que a los ojetes les quede claro que uno reprueba porque le da la gana, no porque sea el bruto que ellos dicen. Al final de la clase, le llego al Búho con varias preguntas. En la última lo hago levantar las cejas, apenas le menciono las dos palabras que no me imaginaba pronunciando. ¿Y quién será el valiente que tache de burro a un alumno que se interesa en corroborar si la última línea del pizarrón quiere decir trimetil pentano?

Cuando Alicia me da la bienvenida de regreso a La Gran Cagotiza, me calma recordar que la inocente está un poco atrasada. Si lo que dijo el Búho es verdad, de ahora en adelante no vuelvo a reprobar su materia. Por lo menos mientras no me pregunten nada relacionado con la tabla periódica de elementos. Como siempre, termino prometiendo que voy a mejorar, pero ahora es un poquito más posible que otras veces y eso me hace pensar que a lo mejor la rueda de la fortuna está dando la vuelta y ya me toca un cambio de vida. ¿Sabes por qué te va a ir mejor ahora?, me dio unas palmaditas en el hombro Trujano. Pues porque ya ni modo que te vaya peor, se carcajeó, meciéndose de atrás para adelante. Pero tiene razón, está difícil que mi vida empeore, y eso que yo me pinto para lograrlo. ¡Te pintas solo!, me recrimina Alicia, nada más me descuido y la conversación se va por un camino inconveniente. Que son la mayor parte, por eso hay que esquivarlos con elegancia. Y ella también ayuda, ni modo que le guste seguirme cagoteando mañana, tarde y noche, y cada vez volver a encabronarse porque es que no es posible, qué es lo que te ha faltado para que seas así, mentiroso, ladrón, indolente, tramposo, holgazán, falsificador, vándalo, majadero, gañán, desobediente, ¿cuándo en la vida has visto que tu padre o yo tengamos, además, instintos asesinos?

Por eso digo que ellos también se cansan, yo en su lugar ya estaría hasta la madre. Y así como logré endulzarme el ánimo a pesar de las ocho reprobadas, los chismes del Cadáver y las tarjetas falsas, Alicia tiene una última esperanza: el ya famoso examen de admisión a La Salle. Lo peor de estar en un lugar tan pinche como el mío es saber que no puedes pedir nada, y que si te atrevieras serías un cínico, por más que eso que sueñas con pedirles sea la única solución posible y sin ella te sientas en la cárcel. La pura idea de prepararme para ir a caer en La Salle me suena terrorífica. ¿Cuándo se ha visto que la gente haga examen de admisión para ganar lugar en una cárcel? Dicen que hay nada más cuatrocientos lugares y en mi puro salón habemos diecisiete solicitantes. No creo que una pequeña decepción pueda hacerle muchas cosquillas a Alicia, después de todo lo que ya ha aguantado. Si el semestre pasado lo terminé otra vez con tres reprobadas, ¿es deveras difícil calcular que así voy a acabar el pinche curso? Hago cuentas y encuentro que apenas un milagro me libraría de reprobar Química, por más que hiciera magia con la química orgánica. ¿Qué hace uno como yo en un lugar como la prepa de La Salle, otra vez entre puros hombres de mierda? ¿Cuál es la gracia de ir a estudiar la prepa entre los enemigos de la secundaria?

La verdad es que todo puede siempre estar peor. Si te cortan un brazo, les queda aún el otro. Si faltan los dos brazos, tienen dos piernas listas para amputar. También están los dientes, las orejas, la lengua, un ojo, el otro, y todavía entonces todo podría ser peor. De eso me encargo yo, tendría que decir, pero ni falta que hace. Desde que puse un pie en un colegio, colecciono problemas con las ganas que otros juntan nueves y dieces. Y eso sin contar las enemistades que me gano por mi fatal sentido del humor. No me puedo callar los chistes, los apodos ni los versitos que se me van ocurriendo. Cuando lo pienso, ya metí la pata. ¡Tú y tus chistes pesados!, se queja Alicia, y cuando le respondo que ya no los cargue dice no seas idiota y vuelve a cagotearme. O sea que yo soy la mejor prueba de que mi vida puede siempre estar peor, y haría lo que fuera por demostrarlo.

*Brillaba aquella diosa cual ninguna*
*y su hermosura cautivome harto.*
*Díjome así, bajo la media luna:*
*"Son trescientos, y vos pagáis el cuarto."*

*No quisiera contar con cuánta gana*
*recorrí su tesoro revendido,*
*y empollado mi pájaro en su nido*
*saqué mucho provecho de mi lana.*

*Besaba ya mi boca sus cavernas*
*cuando supe que aquella baba fría*
*no era lo que creí, saliva mía,*
*sino pus escurriendo por sus piernas.*

*Tanto me cautivó su pestilencia*
*que me bebí toda la mengambrea.*
*¿Qué me importa lo que diga la ciencia*
*si es tan dulce esta rica gonorrea?*

Ya sé, nadie me dijo que lo escribiera. Se me ocurrió y no
pude resistirlo. *Oda a la gonorrea*, le puse. No había ni terminado
cuando se la enseñé al Zorro y a Trujano. Al principio se rieron,
pero luego a Trujano le dio por hacerse el interesante y me pidió
diez pesos por no llevarle el papel a Clemente. Era una broma,
como me dijo luego, pero entre broma y broma el papel se me-
neaba como bandera. Lo tenía entre dos dedos de la mano izquierda, por encima de su cabeza, mientras con la derecha me empu-
jaba hacia atrás. Un peso, pues, hizo la última oferta y yo pensaba
ya en canjearle los versitos por el único peso que traía cuando una
voz al fondo me dejó tieso. Tráiganme ese papel, nos exigió Clemente, y hasta entonces Trujano me lo devolvió. ¿Qué iba a decir
ahora? Como todos los profesores titulares, Clemente nos da clase de moral, pero al sexo nunca se ha referido. No sé qué va a
pensar. Además es un chiste, no creerá que me gusta chupar pus.
O tal vez sí lo cree, porque luego de terminar de leerlo se pone
serio, como para que yo me acabe de dar cuenta de que esa sonrisota era de victoria, no porque le encontrara gracia a mis versitos.

—¿Cuántas veces al día te masturbas? —le brillaban los
ojos, se estaba divirtiendo.

—Ninguna, profesor —me ardía la cara del chingado
bochorno. ¿No entendía que era broma, carajo?

—¿Qué tu papá no te ha llevado con mujeres? —como diría Celita: Trágame, Tierra.

—No, profesor —fuimos con tu mamá, pero estaba ocupada, tenía que haberle dicho.

Otra vez la sonrisa. Me tenía en sus garras, y a lo mejor por eso en lugar de mandarme a la Dirección me pidió que volviera a mi lugar, mientras iba doblando el papel con los versos y se lo echaba en una bolsa del saco. Listo, ahora además de todo depravado, iban a decir Alicia y Xavier. ¿Y si acababan por llevarme a un psiquiatra? ¿Y quién dice que no me hace falta? En lugar de ponerme una chinga en caliente, el verdugo me dejó ir a mi casa con todo y paranoia. Para qué iba a apurarse, si ya tenía el papel en su poder. Antes de comenzar a masticar la carne de sus víctimas, Clemente se relame los bigotes. ¿Por dónde empezaré, canturrea, el pellejo, los huesos, las entrañas? ¿Qué dice el reglamento del Instiputo de los versitos porno? ¿Qué va a decir Xavier cuando le llamen? Nomás de imaginarme a Clemente recomendándole que me lleve a un burdel siento un ataque agudo de esa vergüenza que según Alicia ya se me terminó. Sólo eso me faltaba, que mi papá me llevara de putas. Ándale, hijito, vamos a que cojas. Acuérdate de hacer pipí al final, para que se te salgan las infecciones. Pensándolo mejor, lo que me da no son ataques de vergüenza, sino escalofríos. Me horroriza la idea de que Xavier me lleve de la mano a perder el quintito. Si me voy a estrenar, que sea a escondidas de él. Y si es posible que también sea pronto.

—¡Con que tenemos un poeta en la escuela! —ocho y cinco de la inmunda mañana. Nomás me vio en la fila, Clemente me mandó con el Cadáver. Ya en su oficina, reconozco el papel sobre el escritorio. ¿Lo habrá visto Isabel?, me aflijo inútilmente porque voy a morirme sin saberlo.

—No, profesor —lo miro de reojo, no tiene la expresión de quien te va a expulsar definitivamente. Con suerte sólo va a llamar a Xavier.

—Siéntate ahí. Vas a escribir debajo de tu obra maestra lo que voy a dictarte —me corre un sudor frío por la espalda, mientras en el estómago ataca un batallón de mariposas.

—Sí, profesor —saco la pluma, aprieto las mandíbulas.

—Yo soy quien escribió estos versos. Punto y aparte. Tu nombre y tu firma. ¡Isabel! ¿Me regalas un sobrecito? —por una vez, detesto que la llame.

—¿Nada más uno? —no me mira, tal vez porque ya sabe lo que hice y le dan asco los degenerados.

—Ahora vas a escribir el nombre completo de tu mamá, y debajo la dirección de tu casa.

—¡No, profesor! —pego un brinco, no pueden hacerme esto.

—¿Prefieres que te expulse de una vez? —alza las cejas, de repente muy serio —Con este papelito me bastaría. Tú dices…

—Está bien, profesor —no me van a expulsar, respiro, ésa es una ganancia.

—Se lo vamos a mandar por correo, para que vea lo que hace su angelito en horas de clase —ya sonríe, contento de mirarme la jeta de aflicción mientras dobla el papel con los versos y lo mete en el sobre. —Puedes irte a tu clase, poeta.

¿Cuanto tiempo se tarda una carta en llegar? El Zorro dice que una semana, Trujano que tres días y yo no sé si celebrar que ya viene Semana Santa y con suerte podría interceptar el sobre, o lamentar que entre jueves y sábado no habrá correo. ¿Y si llega después? El Zorro jura que la única forma de salvarme es agarrar a besos a Maritere y volverla mi cómplice. Trujano piensa que es mucho más fácil sobornar al cartero. Y como no me atrevo a ninguna de esas cosas, voy a acabar rezando por que la carta llegue entre lunes y miércoles, por el amor de Dios.

Ya sé que estoy muy mal, pero ahora más que nunca puedo estar mucho peor. Soporto hasta ir a dar a La Puta Salle, con tal de que ese sobre no termine en las manos de Alicia. ¿De qué tanto te ríes, pinche traidor?, le reclamo a Trujano y él más se carcajea. Luego se calma, se me queda mirando y repite: *Ya tenemos un poeta en la escuela*. Vuelve a reírse, entonces. ¡Bravo, maestro!, grita. Oiga, Maese, ¿por qué no nos declama un bonito poema de su inspiración? No aguanto más y me gana la risa. Y luego me da risa que me dé tanta risa. Y eso al Zorro y Trujano los hace reír. Como diría Alicia, qué poca vergüenza.

## 21. Mio Cid Volador

Me miro en el espejo y certifico que ya no soy un moco. La chamarra de cuero hace milagros, aunque el corte de pelo no le ayude. Maldigo al huelepedos ése de René Farrera por mandarnos al pinche peluquero cada par de domingos. Cuando llega la hora de entrar a misa, me quito el casco perseguido por la sensación de que el casquete anuncia a un pobre pendejito. ¿De qué sirve dejar de ser un moco, si va uno a convertirse en pendejito? Sucres y Monterrubio, por ejemplo, son pobres pendejitos. El Tlacuache también. Tipos que sólo sirven para robarles los apuntes en la última semana del semestre (ya los tengo estudiados, cada uno me debe una compensación). Puede que según ellos sea yo un pendejazo, pero quién toma en serio a un pendejito. Ahora que si tuviera que ilustrar la definición de pendejito en algún diccionario enciclopédico, pondría una foto de René Farrera. Para cuando el verdugo de mi personalidad termina de jodérmela son ya casi las diez y sale como pedo de mi casa para ir a peluquear a Farrera. Peluquero y barbero: han de entenderse bien. ¿Y eso es lo que Xavier quiere que sea yo, un pendejito igual a su lambisconcito? Pues ni madres, me digo y hago esfuerzos enormes para olvidar las pestes que este corte de pelo dice de mí. Hasta hoy, mi pretexto es que en el Instituto se prohíben terminantemente las melenas. ¿Qué voy a hacer cuando entre en la prepa? ¿Un plan para matar al peluquero?

No sé nada de homosexualidad, pero ya me di cuenta que los colegios de hombres y el casquete corto están bien lejos de ser sus antídotos. Según Xavier, el pelo largo es para señoritas. Pues sí, me gustaría explicarle, pero para atraer a las señoritas. En las que a mí me gustan, por lo menos, el casquete funciona como repelente. Me gustaría decir que me corto así el pelo por mi voluntad, pero a ver quién jodidos va a creerme. No hay que ser adivino para saber que al pobre pendejito del casquete sus papitos lo traen marcando el paso. ¡A los quince años!, chillo y me escandalizo, pero ellos no se bajan de su burro. Me vas a perdonar, remata Xavier, no hay lugar para más mujeres en la casa. Nada más oír eso, me torturo adaptando sus palabras a la realidad: no hay lugar para las mujeres en mi vida. Pero como tampoco puedo amargarme todos los días y las horas del año con el asunto del corte de pelo, salgo a la calle y en un rato se me olvida, porque lo único cierto es que hago cualquier cosa para contradecir la opinión de mi estúpido corte de pelo. ¿Qué me dirían Alicia y Xavier si les contara que en San Francisco me correteó un mayate con todo y mi casquete dizque tan varonil?

Cuando puedo, me llevo a mi recámara las revistas de Maritere, para leer artículos del tipo "Y tú, ¿crees en el amor a primera vista?". Ya sé que esas revistas no son para hombres, pero a veces traen buena información para los que creemos en asuntos como el amor a primera vista. Claro que lo que cuenta no es lo que uno crea, sino lo que le consta. ¿Cómo va a convencerse de que existe ese amor tan absurdo quien no ha caído en él redondo y enterito? Y eso es a lo que voy. Es la noche del viernes y estoy con Frank y Alejo, recargados los tres en el Opel, cuando el amor pasa de largo por San Pedro. Va en una bicicleta, camino al Triangulito. No sé ni qué decir, odiaría que supieran lo que ahora estoy pensando. Por suerte, Alejo se me adelanta. ¿Quién es la de la bici?, le pregunta a Frank. ¿Ya te gustó, güey?, se entromete Memito, es la nueva vecina, se mudaron enfrente del Triangulito. ¿Cuánto me das si te consigo su teléfono?

Apenas los escucho. Siguen hablando y es como si no fueran ellos sino un radio prendido detrás de la pared. No hablo, ni me muevo, ni me atrevo a mirar hacia allá. Debo de tener todos los pelos de punta, pero es de noche y se me notarán menos. ¿O sea que la chica de la bici va a vivir a una cuadra de mi casa? No sé si la vi bien, pero por el momento vuelvo la vista hacia el lado contrario, donde San Pedro topa con la Once y se asoman las rejas blancas de mi garage. Pero es justo por ahí que vuelve a aparecer la bicicleta. Y ahora sí de verdad no sé qué hacer. La oscuridad, al menos, evita que ella sepa si la miro, mientras pasa bajo la luz del poste frente a la Calle Nueve, pero en vez de ignorarnos deja ir un "buenas noches" que me pega como un escopetazo. ¡Fuuuuummmmm!, se me enciende el coco y es como si las buenas noches de la nueva vecina me llevaran con ella en la bicicleta no por San Pedro sino por los aires. Señoras y señores, bienvenidos a nuestro biciplano.

¿Pero qué ñoñerías estoy pensando? Pasa de medianoche y no paro de oír el eco del saludo de la chica sin nombre. Nadie lo dijo, yo no lo pregunté. Pero ya es sábado y estoy de vacaciones, tengo el día completo para volver a hablarle. ¿Le hablé, por cierto? Ya no estoy tan seguro, pero recuerdo que me faltaba el aire. Lo más probable es que no me haya oído.

—¿No te acuerdas de mí? —me acercaré sonriendo, en cuanto la vea.

—¿Quién eres? —sonreirá, divertida.

—Hola —le extenderé los brazos abiertos. —Soy el vecino que anoche mismo se enamoró de ti.

Duermo poco y a ratos. Siento la tentación de escurrirme a la calle para ir a ver la casa donde vive, ahorita que San Pedro está vacía. Amanece y yo sigo haciendo planes. ¿Debería salir primero con Tazi, peinadito para que no se le resista? ¿Con la moto, quizá? ¿Solo, mejor? No han dado ni las nueve cuando suena el teléfono. Es Frank. Pregunta si voy a ir con ellos a ver jugar a Alejo y a Fabio con Pumitas en la cancha del Colegio Americano. ¿Regresamos temprano?, me preocupo, en el nombre de mis planes. ¡Claro, imbécil! Es futbol americano, ni modo que lo vayan a jugar de noche. ¿Se te arruga la cola, o no te dejan ir tus papacitos? Ni modo de contarle que el verdadero miedo está en quedarme aquí, topármela en la calle y no saber qué hacer. No me gusta el futbol americano, pero en un día como hoy cualquier pretexto es bueno para huir de San Pedro. No estoy listo, me temo. Ya en la tarde me tocará decidir, pero por si las moscas salgo a la calle con pantalones nuevos, chamarra de cuero, cien gramos de *The Dry Look* y mi playera favorita. *California is for Lovers.* ¿Qué tal que me la encuentro?

Ni me he enterado del pinche partido. Es como si flotara sobre el pasto y después sobre el coche. Frank se burla de que descubrió a Fabio enlodándose el jersey y los pantalones para que pareciera que jugó, pobre güey. Tampoco a Alejo lo sacaron de la banca, pero a mí me da igual su conversación. Me hago el dormido para poder pensar, y cuando ya se me tuercen las tripas porque estamos a cinco minutos del Club, Roger checa una llanta delantera y decide que es hora de visitar la vulcanizadora. En media hora va a estar lista la llanta, oigo que dicen y me bajo del coche con el aliento recuperado. Con suerte, en treinta y cinco minutos voy a poder confirmar la existencia del amor a primera vista. No la he visto de día, no sé su nombre, cómo me voy a haber enamorado de ella. ¿Y si sí, qué?, me insisto sin poder evitar la sonrisa que desde ayer traigo pegada en la jeta. ¡Cierra el hocico, güey, pareces idiota!, se pitorrea Alejo desde un columpio y yo le tiro un nuevo escupitajo cada que el balanceo me lo acerca. Es un parque pequeño donde esperamos a los vulcanizadores, así que Harry y yo vamos tras los demás para gargajearlos. Ya con la boca llena de chile piquín, la baba sale roja como sangre y deja luego manchas asquerosas, le explico a Harry mientras compro dos bolsitas de polvo manchador. Él se ríe de un modo muy extraño, pero no le hago caso. En realidad, no dejo de pensar en la nueva vecina. Por eso no me paro a preguntarme qué tanto haría Roger con la misma señora que me vendió el piquín, ni se me ocurre mirar para arriba cuando paso debajo de un árbol muy grande, y en realidad justo debajo de él, que abre la boca fingiendo un espasmo y me baña de algo muy parecido al vómito. Palanqueta de cacahuate masticada, me explica Harry, doblándose de risa, y yo corro a buscar alguna llave de agua, nada más de tocarme la cabeza, mirarme la playera y descubrir que estoy más embarrado de lo que creí.

Diez minutos más tarde ya vamos en el Opel, ellos haciendo chistes del palanquetazo y yo acostado en el asiento de atrás. Según les digo, vengo así escondido para que no me vean Alicia y Xavier, si llegamos a cruzarnos con ellos, pero lo cierto es que no puedo permitir que la nueva vecina me vea vomitado.

Si llegamos hasta casa de Frank, por lo menos ya habremos pasado el Triangulito.

Entré en la regadera con todo y camiseta. Cuando salí, sin rastro de palanqueta, supe que estaba listo para ir a conocerla, pero antes de eso no era mala idea que supiera que existo. Me puse mi segunda playera favorita y fui a sacar la llave de la moto del buró de Xavier. Se fueron a una boda en Cuernavaca, para cuando regresen el mofle y el motor estarán bien helados. Saco la moto, arranco, me detengo en San Pedro y la miro a lo lejos. Está entre puros niños, como Blanca Nieves, pero en cuanto aparezco se me dejan venir. Dame una vuelta, ándale, tú me lo prometiste desde el otro día, me suplica Fernaco y yo le digo súbete. La observo de reojo, desde dentro del casco: me está mirando. Meto el clutch, la primera y acelero un poquito más de la cuenta, lo suficiente para que se levante la rueda delantera y salgamos los dos de caballito, con Fernaco agarrado de mí como trapecista. La veo de nuevo: suelta la carcajada. Qué risa más bonita, yo quiero una igual.

Volvemos. No la veo. Me esfumo. Doy una vuelta solo por San Buenaventura y entiendo que la moto ya hizo su trabajo. Es hora de saber cómo se llama, qué edad tiene y si le gustan los perros afganos. Por lo pronto, ya sé que cuando se ríe le brotan dos hoyuelos de lo más favorables para el amor a primera vista. Vente, Tazi, lo llamo, vámonos a la calle. Camino por San Pedro sin ver hacia adelante, como si cualquier cosa, pero me estoy quebrando de los nervios. Consulto por tercera vez la hora en mi reloj y me detengo ahí, como si lo estuviera ajustando, mientras compruebo que en el Triangulito no está Alejo, ni Harry, ni Frank, ni Fabio, ni nadie que me estorbe. Necesito ganar algo de tiempo antes de que me vean junto a ella. Van a joder, seguro. ¿Qué voy a hacer si a alguno se le ocurre gritarme ya cógetela, güey? ¿Ir por el rifle y dejarlo tuerto? ¿Echar mis alacranes en su cama? Respiro hondo, sacudo la cabeza, me pellizco el copete para buscar posibles plastas de fijador. La única ventaja del maldito casquete es que se seca pronto.

Me acerco al Triangulito por detrás de Tazi, que viene levantando la pata en cuanto árbol, poste, puerta y llanta se cruza en su camino, así que hago como que no lo veo. Cuando menos lo espero, Blancanieves y sus siete amiguitos se están riendo de un chiste que no entiendo. No quiero leche, gracias, grita Memo, y ya voy enojarme cuando miro a mi izquierda y descubro que Tazi acaba de mearse sobre una pila de paquetes de leche. Miro hacia los enanos, luego a lo ancho de San Pedro y San Buenaventura, por ahí debe de andar el repartidor. Me vuelvo de regreso a los enanos y me pongo el dedo índice sobre los labios para pedirles que no nos acusen. Y ahí están los hoyuelos, decididos a hacerme flotar sobre San Pedro. Es la segunda vez que me sonríe.

Sigo de largo. Imbécil. Estúpido. Qué te costaba cruzar la calle, saludarla y presentarte. Y ahora qué voy hacer. Camino hasta la orilla de San Buenaventura y recuerdo que estoy paseando a Tazi. ¿Adónde quiere ir Tazi? Al Triangulito, claro, con todos esos árboles. Ella está en la otra orilla y de algún modo vamos para allá. Pero con calma, no se vaya a dar cuenta. Qué tal que se me asoma alguno de los síntomas del amor a primera vista. ¿Tartamudeo? ¿Torpeza? ¿Silencio escandaloso? La llaman por un nombre que no alcanzo a entender. Es en ese momento que la veo venir. Princesa, digo con la boca tiesa y las rodillas flojas. Me asombra que aun así sea capaz de dar tres, cuatro, cinco pasos al frente. ¿Lo puedo acariciar?, alza las cejas y me mira de frente, mientras dentro de mí resuenan los aullidos de una jauría de lobos alados. Me encantaría responderle con alguna ocurrencia divertida, pero en vez de eso digo saluda, Tazi.

Sheila. Se llama Sheila. Me lo ha dicho mientras acariciaba al perro. Tiene un hermano grande y una hermanita en quinto de primaria. Se mudaron el jueves, van a pasarse la Semana Santa desempacando cosas y acomodándolas. No trae el pelo corto ni largo, pero sí algo ondulado, castaño oscuro. ¿O claro? No sé bien, todo se me confunde. Tiene los ojos del color del árbol que está detrás de ella, sólo que muy brillantes. Y más cuando se ríe, que es como si encendiera las luces del mundo. O como si de pronto cayera yo en la cuenta de que hasta ayer mi vida pasaba en blanco y negro. Cada vez que la escucho decir algo, vuelve a inventarse el sonido en estéreo. Luego pela los dientes para hacer burla de algo que no le gusta y siento un aguijón que me cruza la nuca, tanto que me hace sacudir la cabeza. ¿Tienes frío?, vuelve a pelar los dientes y yo le digo no, cómo crees, lo que pasa es que acabo de caer fulminado por un rayo de amor. En realidad le digo no, gracias. ¿Que cuántos años tengo? Yo quince, ¿y tú?

¡Catorce años! Lo dicho, por supuesto. Cayó del cielo. ¿De dónde más podría haber caído un amor a primera vista? Cumple quince en agosto. No recuerdo qué dice *The Compleat Astrologer* sobre la relación entre león y escorpión. No me importa, igual hay un destino que se está cumpliendo. Tenía que estar escrito en alguna parte que cuando más abajo estuviera vendría Sheila a sacarme del hoyo. Cuando se va (la llaman en su casa, va a ir al cine con sus papás), Tazi y yo damos la media vuelta y abrimos las alas. Cuatro saltos más tarde, sobrevolamos el jardín de Sheila y desaparecemos tras la copa del árbol donde nos conocimos. Puedo ver las montañas, los océanos y la circunferencia de la Tierra, que ahora mismo me cabe en un puño. Puedo hacer que las alas se conviertan en hélices para seguirla como un ángel protector, pero en vez de eso enfilo hacia mi casa porque me urge estar solo y saltar en la cama como un endemoniado, a ver si así de menos se me quita el temblor de manos y rodillas.

¿Se llama Chile, dices?, se burla Cagarcía en el teléfono, ¿y qué, ya te enchiló? Sheila, pendejo, ese, hache, e, i, ele, a, Sheila. Vive a una cuadra y media de mi casa. Antes de que la nombres, no se te olvide lavarte el hocico. ¿Y la vas a seguir, como a Chacal?, si fuera él, yo también me estaría retorciendo de envidia. Afortunadamente, no conoce a Sheila. Ni la conocerá. De otra forma no le estaría contando. Aunque igual no es gran cosa lo que puedo contar. Si hablara del amor a primera vista, se cagaría de risa a mis costillas. ¿Qué tal está de nalgas?, me pregunta el imbécil y le miento la madre. ¡Quieto, Nerón!, se ríe de vuelta y me dice que estoy enamorado. Ay, no mames, intento defenderme, si apenas la conozco. ¿Y eso qué, güey?, se hace el conocedor, yo sé lo que te digo, estás enamorado y ahora ya te chingaste. ¿Y eso por qué?, me extraño. ¿Cómo por qué, baboso? ¿Tú crees que va a pelarte? La primera ventaja de Cagarcía es que ya se salió del Instiputo. Su segunda ventaja está en que vive cerca de Coyoacán, lejísimos del Club y el Triangulito. La tercera es que cada vez que me harta sólo tengo que colgarle el teléfono. Y ya, vuelvo a las nubes, donde me espera Sheila pelándome los dientes, y un instante después con los hoyuelos disparando estrellas. Me dan ganas de salir a la calle sólo para contar los pasos que hay de su puerta a la mía, pero la tarde ha sido tan perfecta que me da miedo echarla a perder. Necesito, además, tiempo para pensar. Solamente el trabajo de repetir su nombre en mi cabeza me mantendría ocupado por semanas. Malas noticias para el Instiputo: mi cabeza está llena, favor de no insistir.

Me despierto el domingo con la impresión de haber soñado toda la noche con ella. Desayuno sin hambre, miro el reloj cada quince segundos. No llega el peluquero, ya son las nueve y media. Si le pido permiso a Xavier para salir a andar en la moto va a decirme que tengo que esperar, y yo cruzo los dedos para que llame y diga que lo planchó un camión y no puede venir. Nueve cuarenta y cinco. Nueve cincuenta. Tengo en la mano el bote de *The Dry Look* cuando se oye el timbrazo. Muy tarde se me ocurre desconectar la electricidad, inventarme un catarro, cualquier cosa que me salvara del casquete. Voy a salir tardísimo, a este paso. Retrasado y pelón, me atormento y escucho el timbre otra vez. Xavier y Alicia están en el jardín de atrás, Maritere y Edmundo se fueron a sus casas desde ayer en la noche. De mí depende que entre el peluquero.

El teléfono suena a las diez y veinte, cuando *The Dry Look* ya hizo su trabajo y es hora de poner al fin el casco sobre mi sana y salva cabellera. ¿Cómo que nadie abrió, si aquí estamos?, frunce el ceño Xavier. Ahorita ya es muy tarde, se rasca la cabeza, tenemos misa de once. ¿Al mediodía, entonces? Me carga la chingada. Tengo que ver a Sheila, antes de que me dejen como sargento. Doce y media te quiero aquí en la casa, me advierte nada más cuelga el teléfono, ni un minuto más tarde, y a ver si también llegas a tiempo a la iglesia. Haciendo cuentas, tengo una hora con diez minutitos para encontrar a Sheila e invitarla a dar una vuelta en la moto. A la una de la tarde voy a estar pelón: tendría que dejarme el casco puesto.

Doy dos vueltas entre la Calle Ocho y la Veintiséis y Sheila no aparece por ninguna parte. Once y cinco: enfilo hacia la iglesia, sometido por una deliciosa temblorina. No soporto que nadie me oiga cantar, por eso lo hago tanto cuando vengo en la moto. Shalalalalá, voy gorjeando como un enamorado de película. *Sheilalalalá.* Ya en la iglesia, me dedico a buscarla no muy discretamente y acabo por hacerme el disimulado cuando me topo con la cara de Mina. ¿Y esa quién es?, me divierto pensando mientras cuento los minutos que faltan para que sean las once cuarenta y cinco. Otros días me espero a ver pasar el gustado desfile de guapas y mamones, pero ahora tengo prisa, así que salgo por delante de todos y echo a andar el motor allí mismo. Háganse a un lado todos, que voy por Sheila. Tres minutos más tarde ya pasé por mi casa y doy vuelta camino al Triangulito, como si me constara que Sheila está esperándome con las tripas volteadas y un tambor en lugar de corazón. La miro al fin, y entonces me pregunto si soy yo al que saluda con la mano. ¡Yo! En medio de nosotros, a la entrada de la Calle Nueve, está Fabio bajando del coche de Frank. Acelero, como si no lo viera, y en un tris ya me enfreno delante de Sheila.

Quienes se burlan de los que creemos en el amor a primera vista juran que eso sucede nada más en el cine. ¿Y qué me pasa entonces cuando la miro desde dentro del casco y la cabeza me da tantas vueltas que esto ya no es mi vida, sino el cine? Puedo escuchar los coros celestiales atrás de nosotros, mientras nos preguntamos cómo estamos y yo junto la fuerza para invitarla a dar una vuelta. ¿Ya conoces el Club?, hago esfuerzos por parecer normal. Mi papá es socio, aclara, con los hoyuelos puestos. Yo decía la colonia…, le sonrío, ¿no quieres que vayamos a dar una vuelta? ¿En la moto?, se asusta, se emociona, se embellece.

—¿Vas a subirte con este pendejo? —se ríe Panochillo, detrás de mí.

—No seas grosero, niño —debería decir *detrasito de mí*, si basta un estirón de la pierna derecha para hundirle el zapato en la panza, a ver si así se enseña a hablar con propiedad delante de las damas.

—Chinga a tu madre, güey —chilla y se hace bolita en la banqueta, y yo que soy galante meto el clutch y acelero para que Sheila no oiga sus pendejadas.

Está bien, se entusiasma, ¿dónde pongo los pies? Llamo a Memo. ¿Te encargo mi casco? Si voy a dar la vuelta con Sheila mínimo quiero oírla, y que me oiga, y que nos vean todos de una vez. Entérense, pendejos, esta va a ser la madre de mis hijos. Y allá vamos, bajando de la Doce a la Trece por una curva larga que la deja mejor abrazada de mí, así que cuando cruzo por la Quince siento que ya volamos por encima de los coches, y por eso no alcanzo a darme cuenta, más que por el espejo retrovisor, de que pasé a un ladito de Alicia y Xavier. ¿Como iba yo a percatarme de nada, si además de velocidad y dirección tengo que ir controlando la altura sobre el piso? Me gusta mucho cómo manejas, me dice de repente en el oído, ni tanto que queme al santo ni tanto que no lo alumbre. ¿Qué dices?, me hago el sordo. Estoy hecho un idiota, más todavía desde que en el camino apareció Mina y se nos quedó viendo, como si no acabara de entender que nadie la ha invitado a esta película. Yo le sugeriría que se fuera a ver pitos y panochas con Sucres y el Tlacuache. Por un instante logro ver a las dos en el retrovisor: la pura diferencia me marea.

Hay coches que sólo entran en la Calle Veintiséis para dar vuelta en U por San Buenaventura, yo prefiero seguirme hasta el final y cruzar por el campo hacia el camino que va a Tepepan. Quiero decir que preferiría seguir de largo hasta Xochimilco antes que regresar a dejar a Sheila. Por lo pronto, el camino de arena nos deja ir derrapando como en el cine, y de pronto flotando como en los sueños. ¿Nos regresamos ya?, rompe el encanto, si mis papás se enteran que estoy aquí me matan, te lo juro. ¿Te sientes bien?, me paro, antes de dar la vuelta. Yo me siento increíble, me aplica los hoyuelos, pero es que mi papá no se puede enterar de que estoy en Tepepan con un desconocido en una moto. Perdón, con un vecino, pela los dientes y es como si llenara el tanque de la moto con gasavión. Me pregunto por qué nadie le cree al que se ha enamorado a primera vista cuando cuenta que está pasando los mejores momentos de su vida. ¿Siente miedo el actor cuando se acerca el fin de la película? ¿Y cómo va a acabarse la película, cuando llegando de regreso a San Pedro veo que en la banqueta están sentados Fabio, Alejo y Frank?

Bienvenido al futuro, me digo cuando Sheila se baja, se despide y me da la espalda. De ahora en adelante van a verme con ella, les dice mi sonrisa a Alejo y Fabio, que no pueden hablarme porque ayer en la tarde me enojé con Frank. O en fin, él se enojó conmigo. Necesitaba que le prestara la moto y yo dije que no por una pendejada, ni modo de explicarle que estaba reservándola para Sheila. Y ahora ya se da cuenta de todo, así que menos va a dejarlos saludarme. Se acerca Memo y me devuelve el casco, cuando escucho otra vez la voz de Sheila. No sabe si contarle a su papá, pero quiere medirse mi casco. Se lo ofrezco y la ayudo a ponérselo. ¿No te importa que para otra ocasión use tu casco? *Otra ocasión*, escucho repetir al coro celestial, por más que atrás resuenen las carcajadas, mientras Sheila levanta el visor y opina que se siente como astronauta. Se lo quita, me lo devuelve, se despide otra vez y se encierra en su casa. ¿De qué mierda se ríen esos güeyes?, le pregunto en secreto a Memito y él me pide perdón. Ya tengo el casco puesto cuando entiendo por qué me está explicando que él no tuvo la culpa, pero ya ves cómo es el pinche Frank. Me lo quito de golpe y alcanzo a ver el rastro de tantos escupitajos que ya ni me molesto en tratar de contarlos. ¡Gargajearon a Sheila!, me escandalizo. ¿Qué se supone que debería hacer un caballero en estas circunstancias?

En mala hora me pusieron a leer el *Poema del Mio Cid.* Si por mí fuera, trataría a los ojetes que escupieron mi casco igual que el Cid a los infantes de Carrión, pero si lo intentara sucedería justo al revés, así que me conformo con la confirmación: se retuercen de envidia, jua, jua, jua. Con el casco atorado en el brazo izquierdo, me estiro para ver el reloj y encuentro que me quedan quince minutos para gastármelos entre las nubes. ¡Vas mejorando!, me grita Fabio, poco antes de que Frank le ponga un zape por hablar con fantasmas. ¿Voy mejorando, dice? ¿Quiso decir que hacemos buena pareja? Tienen suerte que esté así de contento, de otra manera ya andaría pensando en clavarles un diábolo en un ojo. Pues sí, la gargajearon, pero esos gallos iban para mí. Se rieron, además, pero quién no se habría reído en su lugar. Voy pensando estas cosas de camino a Tepepan, mientras repito exactamente el recorrido que acabamos de hacer Sheila y yo. ¿Qué querría decir con eso de que *ni tanto que queme al santo...*? ¿Algo sobre nosotros? Debería dudarlo, pero creerlo me hace sentir tan bien que me doy vuelo con el tema del cine. Pueden, si quieren, gargajear mi casco, pero no el interior de mi cabeza, donde Sheila no para de pelar los ojos y reírse de todo porque está entre las nubes, como yo. Y a lo mejor por eso se me quita el coraje. A mis sueños no llegan los gargajos de nadie.

Tampoco estoy seguro de que me envidien, pero yo sí que me envidio a mí mismo. No acabo de creerme lo que pasó. Apenas me preocupa recordar que el Cadáver echó una bomba en el correo, porque ya lo he pensado y puedo imaginarme a Xavier insistiéndole a Alicia en que esas cosas son normales a mi edad. A mí me pasó igual, le diría también, y de seguro le daría alguna risa leer la *Oda a la gonorrea.*

—Maestro, ¿qué nos dice de su ópera prima?

—Yo diría que compuse ese poema en un momento de iluminación, ya que al día siguiente conocí a la que luego sería mi esposa. ¿Verdad, Sheila?

—Lo felicito, tiene usted una esposa guapísima.

Estaría dispuesto a aceptar que cuando pela los dientes puede verse un poquito cachetona, aunque no sin dejar perfectamente claro que es uno de mis gestos favoritos. Pero de ahí a decir que Sheila está gorda, o siquiera *gordita*, hay la distancia ideal para invocar a mis instintos asesinos. Según Xavier, Sheila es una piernuda. Que chiste, gruñe Alicia, si a esa edad todo el mundo tiene buena pierna. Creo que empiezo a entender a mis amigos. Sienten celos de Sheila, igual que Alicia de ellos, cada vez que le quitan mi compañía. Y eso que a mi mamá no le presto la moto. ¿Gorda, Sheila? No mamen. Van tres veces que escucho la palabra y me hago el sordo, pero tiemblo de rabia. ¿Quién es esa gordita?, eructó Frank anteayer en la noche, y yo me hice el pendejo aprovechando que en aquellos momentos estaba pendejísimo. Y tampoco es que ya se me haya quitado, yo diría que se ha venido agravando. Apenas si recuerdo los regaños de Xavier por regresar al cinco para la una. O sería que apenas si me regañó, luego de haberme visto con Sheila y entender las razones del retardo.

Me le entregué al verdugo de las tijeras con la cabeza en blanco y los ojos cerrados solamente para seguir mirando a Sheila en el retrovisor, abrazada de mí delante del desfile de pendejetes a lo largo de San Buenaventura. Me habría gustado disfrutarlo en detalle, pero estaban tan lejos como coches y calles desde la ventanilla de un avión. Pueden estar matando un niño a cuchilladas allá abajo, que de todas maneras no vas a enterarte.

Los domingos comemos casi siempre en el mismo restorán italiano. Alicia no perdona el filete, Xavier se engolosina con el antipasto y yo puedo tutearme con Jesucristo si me invitan un plato de risotto. Y hoy el risotto sabe como un beso de la mujer de mi vida. Besos con champiñones, carne, pera, camarones, almejas y Coca-Cola helada en el día de nuestra primera aventura. Algo que nadie sabe, solamente tú y yo, le confieso en mitad de la selva mientras muerdo el risotto y lo arrastro a lo largo y ancho del paladar, como si lo estuviera pintando. Xavier quería comer en otra parte y yo le supliqué venir aquí. Más que por el risotto, quería imaginarme cómo podría ser una noche cenando junto a ella en una de esas mesas arrinconadas, alumbrados por unas cuantas velas. Para cuando termina la película de la cena con Sheila (hemos vuelto en la moto a medianoche, recién nos despedimos tras estar un buen rato agarrados de las manos en una orilla del Triangulito, a la luz de la luna), ya es hora de pedir el postre. Como siempre, quiero profiteroles. Alicia y Xavier saben que es uno de los pocos restoranes donde no estoy fregando con que ya me aburrí.

—Déjalo, está soñando con la piernuda —el comentario me hace aterrizar de golpe.

—¿Cuál piernuda? —frunzo el ceño y enarco las cejas, pero ni así Xavier se traga mi extrañeza, tan extraña.

—¡No te hagas! ¡Mustio, hipócrita! —se ríe Alicia y yo me siento incómodo, aunque de cualquier modo nada me guste más que oírla mencionar. —¿Cómo se llama la chica ésa, por cierto?

Es como si la sangre corriera más rápido nada más aparece Sheila en la pantalla. Y como ella es la estrella de la película, el destino conspira para que a mí su nombre se me aparezca a toda hora y en todo lugar. ¿Cómo no iba a correr más rápido la sangre, si hay un complot de signos del destino apuntando a mi encuentro con Sheila? Juraría que los astros nos envían mensajes para que nos reconozcamos uno al otro. Sólo de haberles confesado su nombre siento olas agitándose de las tripas al hígado, mientras mis pies se levantan del piso y vuelo a lomos de una brisa exquisita. ¿Cómo no voy a estar enamorado, si su nombre ya se hizo palabra mágica? ¿No viene su sonrisa tras de mí como una medialuna en el desierto? ¿Qué diría el Cadáver si supiera que el autor de la *Oda a la gonorrea* se nos esta poniendo romanticón? *¿Sheila se llama, dices?*, arruga la nariz Alicia, como a punto de hallarle algún defecto. ¿Y yo cómo le explico que a estas alturas sería capaz de fundar un fan club dedicado a cada uno de sus peores defectos? Si pudiera encontrarlos, cosa que dudo mucho, una vez que a mi madre se le ha ocurrido comentar que a esa Sheila no le vendría mal perder cinco kilitos, y entonces me enfurezco dos malditas veces: una por lo que escucho y otra por lo que no puedo decir. Nada avergüenza tanto al caballero andante como tener que hacerse el pinche sordo cuando se dicen pestes de su amada. Pero Alicia es celosa, me tranquilizo. Tiene que darle miedo imaginar que cualquier día de estos podría despertar convertida en abuela.

¿Qué me decías?, sacudo la cabeza, ya en el coche. Estamos a unos pasos del cine, pero no he terminado de entender. ¡Ay, caramba, de veras contigo!, abre la puerta y baja por delante de mí. ¿Qué me costaba hacerle caso y bajarme a comprar los boletos, mientras ella acompañaba a Xavier a estacionar el coche? Perdón, no la oí bien. Venía medio dormido, intento disculparme, pero igual la disculpa suena un poco a reproche. Ni modo que le diga que todavía no acabo de perdonarla por el chiste de los cinco kilitos. Debería agradecerme que estuviera en la luna y no rumiando cosas en su contra por faltarle al respeto a su nuerita. Y ese es mi gran problema, paso mucho más tiempo imaginando las cosas que viviéndolas. Cuando llegue la hora de casarme con Sheila, no va a hacer falta ni un solo ensayo. Y eso que hace tres días no la conocía.

Ya sé que todavía no la conozco, acepto en el teléfono, la mañana siguiente, aprovechando que Alicia salió y no tengo que estar esperando al cartero en el garage. Ni modo de seguir guardándome la historia de ayer a mediodía, era como haber vuelto de Júpiter y no poder correr a contárselo a nadie. Le llamé a Cagarcía nada más vi que Alicia se metía en su coche. Pero una cosa es conocerla poco y otra muy diferente, ya le explico, que no la reconozca. ¡No seas mamón!, se burla, y después canturrea que estoy enamorado. ¡A huevo, güey! ¿Y qué? ¿Tú sabes cómo es Sheila, siquiera?, recupero el ataque y siento de regreso el golpe de la brisa que llega con su nombre. ¿Sheila Qué?, me interrumpe Cagarcía. ¿Qué de qué? ¿Cómo que qué de qué? ¿Cómo se apellida? ¿Antes o después de casarse conmigo? ¿No sabes su apellido, verdad, pendejazo? Claro que lo sé, imbécil, pero no te lo voy a revelar, me río estudiadamente, para que Cagarcía no esté tan seguro, pero es verdad. No me sé su apellido. Tampoco sé si acaso tenga novio, y me da tanto miedo la respuesta que no me atrevería a preguntárselo. Pero sé lo que tengo que saber, que es lo mismo que me confiesan las entrañas cada vez que algo me la recuerda. O sea todo el tiempo, ya que no hay nada que no me la recuerde. Es como si me hubiera dado una enfermedad. ¿Qué le pasa a su hijito?, preguntaría el psiquiatra, preocupado. Se me quedó pendejo, le explicaría Xavier, mire nomás la cara de bembo que se le hizo.

Hablar con Cagarcía, contarle cinco veces cada cosa que Sheila me dijo, más lo que yo le dije, más lo que pensé luego, más lo que pienso ahora, me recordó lo incómodo que es tener que callarse el amor: la única noticia sobre uno mismo que vale la pena, y por supuesto la más importante. ¿Sabes qué es lo que sí te envidio?, suspira Cagarcía, que tu vieja está aquí, por lo menos; puedes verla, aunque nunca te vaya a pelar. La mía está en Tijuana, y tampoco es mi novia, así que estoy más jodido que tú. ¿Jodido yo?, me río y no hago caso a la voz medio ronca de Cagarcía, que ya se hace el profeta y me anuncia que Sheila va a hacerme sufrir. Yo sé lo que te digo, insiste, canturreando, arrastrando las sílabas, esa Sheila te va a romper el corazón. Ay sí, no seas mamón, sigo la cancioncita, y un instante más tarde ya estoy de vuelta con la película del fin de semana.

—¿Y está buena, siquiera? —ya se había tardado. Alguien dentro de mí quisiera responderle que sí, que está buenísima...

—¿Qué te importa, pendejo? —...sólo que el caballero nunca permitiría que el nombre de su dama quedara salpicado por las babotas de cualquier calentón.

—Está bien, sólo dime una cosa: ¿se te para cuando la ves venir? —otra enorme ventaja del teléfono es que no compromete al caballero a estamparle un gargajo en el ojo al grosero que está del otro lado de la línea.

Me doy cuenta que acabo de estrenar un lado flaco. Puedo aceptar que me hagan pedazos, incluso que me humillen y me rompan la jeta, pero no que se metan con Sheila. En mi vida puedo ser como el Lazarillo o el Buscón, sólo que si a un imbécil se le ocurre hacer chistes a sus costillas me transformo en Rodrigo Díaz de Vivar. ¿Sabes qué, Cagarcía...?, susurro en un principio. ¡Chingas a tu madre!, pego el grito y le cuelgo el teléfono. Lo que no sé es qué voy a tener que hacer cuando empiecen a hacérmelo en mi cara. ¿Pasarme la existencia madreándome con amigos y enemigos, de ahora en adelante? ¿Y si se entera Sheila?

Es como si trajera dentro del coco un motor que no puedo parar. Hace tres días que vivo en estado de alerta, alguien tuvo que haber sumido el botón de emergencias y desde entonces sigue trabado. Juraría que llevo desde el viernes dando vueltas en la rueda de la fortuna, a la velocidad de la montaña rusa. El mundo es todo nuevo, la calle resplandece desde que sé quién puede estar ahí. Ayer mismo, cuando volvía de casa de Celita con Alicia y Xavier, pasamos como siempre frente al Triangulito y a mí se me hizo un hueco en el estomago sólo de ver las luces encendidas en la casa de Sheila. ¡Shhhh!, me ordeno,

¡shhheilencio! Es como si encontrara otra palabra mágica, porque ya la repito del jardín al garage, igual que si tuviera que aprendérmela. Y es que es así la cosa, no puedo permitir que todo San Pedro me vea pasar y diga mira, lo traen de nalgas. Mientras llega el cartero y puedo al fin salir a la calle, me dedico a escribir en un cuaderno. Vuelve Alicia, me ve y me dice sal un rato a la calle, si quieres, pero llevo una hora dándole vueltas a la *Operación Sheilencio: cómo llegar a Sheila sin que se entere toda la manada*. Según mis cálculos, sólo la moto sirve para tomar distancia de los pinches chismosos, mientras ella termina de hacerse mi novia.

—Mi papá va a matarme, si se entera.

—¿Si se entera de qué, mi amor?

—De que vengo llegando a Cuernavaca con *mi* novio, en *su* moto.

Si hasta ayer mi enemigo era el peluquero, ahora al que quiero ahorcar es al cartero. La una de la tarde y yo sigo metido en el garage. Afortunadamente están las rejas, puedo ver un pedazo de San Pedro y la Once sin tener que salir a la calle. Hace un rato pasaron Memito y Panochillo. Estuvieron ayer en la tarde con Sheila, ya todos se enteraron de que me la llevé hasta Tepepan. Soporté con trabajos la tentación de preguntarles qué les dijo de mí, pero ni falta que hizo. Memo jura que estaba muy emocionada y que no hablaba más que de nuestros derrapones en la arena. Por mí, lo habría escuchado veinte veces seguidas, pero preferí hacerme el desinteresado porque al final dijo algo que no creí. Para mí que Memito lo inventó nada más por checar la cara que ponía cuando me lo dijera. Se estaba riendo, aparte, cuando lo dijo. Lástima que sea novia del Cachumbio, repitió, por si no lo había escuchado. Lástima, le sonreí, haciéndome el pendejo con todas mis fuerzas.

El cartero llegó a la una y media. Traía un sobre del banco y otro con el recibo del teléfono. Le di las gracias y me preocupé, nada más verlo y acabar de entender que no voy a atreverme a ofrecerle un soborno. Qué tal que luego le va a Alicia con el chisme. Ya sé que es muy difícil, pero uno nunca sabe. Si para el miércoles no llega la carta, voy a tener que hacerme el enfermo para quedarme el lunes en la casa. Cuando salgo a la calle ya van a ser las dos. ¿Y tu vieja, güey?, pregunta Fabio desde su ventana, pero yo no contesto porque estoy al principio de la *Operación Sheilencio*, aunque igual tuerzo todos los dedos de la mano para que el pinche Fabio no se quede sin que le pinte sus mocotes. Tragas, pendejo, muevo los labios, muy despacito para que me entienda. Abusado, me grita, te la van a bajar. Después se ríe y cierra la ventana. Lo dicho, pues, de ahora en adelante todos van a pegarme en el lado flaco. Hago como que nunca los oí, pero lo que me dicen se va arrumbando en el fondo del coco. Es un fantasma al que no quiero ver, por eso soy tan bueno a la hora de fingir que me da igual. No sé a quién preguntarle de quién es el volkswagen que está parado afuera de la casa de Sheila. ¿No es el mismo que estaba ayer en la noche? Me acerco al parabrisas y alcanzo a leer una credencial. No reconozco el nombre, pero la foto me voltea las tripas. Ni para qué engañarme, es la jeta del pinche Cachumbio.

Hasta hace dos minutos ni su nombre sabía. No está en mi división, tiene diecisiete años. O puede que dieciocho porque ya terminó la preparatoria. ¿Cómo voy a creer que Sheila se fijó en ese vejete? ¿Y qué tal si es amigo de su hermano? En todo caso vive muy lejos, creo que más allá de la Dieciocho. Técnicamente, no es nuestro vecino. Tampoco nuestro amigo. No me caía mal y ahorita voy que vuelo para hacerme su peor enemigo. Suponiendo que por estos momentos no sea más que amigo de mi cuñado, quién me dice que no va a ver a Sheila con ojos cogelones. Si yo fuera mi suegro, le prohibiría andar con esas amistades, refunfuño a las seis de la tarde porque volví a pasar por su casa, el coche sigue allí y Sheila ni se asoma. No me es difícil ir y venir, ahora que mis amigos me tienen congelado y sólo hay que aguantar a los escuincles. ¡Sheilo!, me gritan, pero yo me hago güey. ¡Sheilo, tu vieja está con el Cachumbio!, me anuncia Tizoccito desde una de las ramas del árbol gigantesco que está en medio del Triangulito, como si desde arriba pudiera verlos. ¡Mira, ya están fajando!, se hace el chistoso luego y yo no lo soporto, así que me regreso a mi garage y espero

a que oscurezca, echado entre la moto y la pared, sobre el tapete donde Tazi se pasa las mañanas.

Han pasado diez horas desde que Cagarcía lo profetizó,
y ya Sheila me está haciendo sufrir. Nadie ha visto que estoy
aquí tirado, dejándome arrastrar al purgatorio por los ecos de
la voz de Fernaco. ¡Miren, se están besando!, da el pitazo. ¿Ya
ves, güey? ¿No te dije que el pinche Cachumbio se la iba a coger?, se emociona Tizoc y a mí me pega duro el arrepentimiento. Debí haberle metido el diábolo en el ojo. ¡Otro besote!,
vuelve a gritar Fernaco, mientras se acercan Memo y Panochillo,
que es un niño torcido de la Calle Ocho: tortura a las arañas y
se ríe como degenerado. Es más, ya se está riendo. No quiero
escuchar más. Aprieto las mandíbulas, me tapo los oídos y dejo
ir un zumbido desde la garganta. Dzzzzdzzzzdzzzzdzzzzzdzzzzzz.
Si tuviera otra mano, la usaría para limpiarme las lágrimas. A
veces, el amor a primera vista te afloja el lagrimal en unas cuantas horas. Setenta y dos, de la noche del viernes a la de hoy.
Suspira uno más fuerte después de haber chillado, pero igual ya
se fueron los mirones.

—¿Qué pasa, Sheila? ¿Por qué no me haces caso?

—Perdón, Cachumbio, estaba distraída.

—No me digas mentiras, lo que pasa es que sigues soñando con tu aventura de ayer en Tepepan.

No lo entiendo, por más que me esfuerzo. ¿Cómo es
que no ha acabado ni de desempacar la mudanza y ya es novia
de un güey que vive en la Dieciocho? Pasan las horas y yo con
trabajos me he movido del suelo del garage al de mi recámara.
¿Qué hago, Sheila?, me angustio, me atormento, me exprimo
el lagrimal y me voy resignando a no dormir en toda la noche.
Necesito hacer algo y no sé qué. No mañana, ni la semana que
entra, y ni siquiera en unas pocas horas. Necesito hacer algo en
este momento. Me lo repito entre las once y las tres (qué vergüenza la mía, los momentos no duran cuatro horas). De repente suspiro un par de veces, pero ya no por Sheila sino por
mí, que estoy poniéndome unos pantalones negros por encima
de la pijama azul. Luego los calcetines, los zapatos y la chamarra negra. Hace cinco minutos que llegué hasta el buró de Xavier

y le saqué la llave de mi moto. Alicia despertó, casi al final, y le expliqué tosiendo que había ido por el Histiacil. Ten cuidado, rumió medio dormida, no vayas a volver a equivocarte. Tiene tres años ya que confundí la botella de Histiacil con la de Micotex y todavía se acuerda. ¿Qué prefieres, me preguntó Xavier aquella vez, mientras seguía rugiendo del ardor de cogote, un pie de atleta en la garganta o una tos en las plantas de los pies?

Vuelvo a reírme mientras voy deslizándome por los escalones, con los tenis colgando de una mano y el casco de la otra. Si hasta hace un rato andaba suspirando, ya estoy de vuelta con la taquicardia. Bum, bum, bum, bum, retumban mis adentros a la hora de meter la llave de la reja, correr el pasador y empujarla despacio para que no despierten Maritere y Edmundo. Ya con la moto afuera, la empujo por San Pedro con el motor callado todavía. Me detengo en la Nueve sólo para decirme que no sé por qué estoy haciendo esto. Pero me siento bien de estar haciéndolo, así que arranco y acelero de pronto, sin siquiera bajar la velocidad cuando paso por casa de Sheila. Tampoco me desvío un rato después, cruzando la Dieciocho. ¿Qué ganaría con ver el coche del Cachumbio, si no voy a atreverme a prenderle fuego? De regreso en San Pedro, paro la moto junto al Triangulito y camino hasta el árbol sólo para mojar mi herida con limón. ¿De modo que es aquí donde se besan? No lo sé. No los vi. No me consta. No tendría ni por qué preocuparme.

—¿Otra vez desvelándote, Sheila?

—Perdóname, papito. Se me espantó el sueño. Es como si zumbara algo en el aire…

—¿El aire de este cuarto… o el de la calle?

Un minuto más tarde puedo gritar su nombre. No me daba la gana regresar a mi cama, así que me desvié por la carreterita que va a San Pedro Mártir. No hay una sola casa, sólo árboles y plantas y de repente milpas (cuando nos aburrimos, venimos en las tardes a robarnos elotes de los maizales). El faro de la moto no ilumina gran cosa, pero me sé el camino curva por curva. Me da por suponer que cuando esté de vuelta en la recámara voy a saber qué hacer con mi sheilencio. ¿Se supone que debo cruzarme de brazos y dejar que el Cachumbio termine de quitármela? Pescado de esta idea voy de vuelta a la casa, con la garganta seca de ir gritando su nombre por el camino. ¡Hasta mañana Sheilaaaaaa!, me desgañito por última vez, con la esperanza de que entre tantos gritos alguno haya logrado meterse entre sus sueños. Doy una última vuelta al Triangulito y me paro delante de su puerta. Pensándolo mejor, tendría yo que estar enojadísimo y aquí estoy de chillón. Pinche chillón. Meto primera, suelto de golpe el clutch y acelero hasta el fondo; el resultado es un caballito espectacular que me lleva sobre la rueda trasera hasta la casa de los maricuchos. Tendría que intentarlo un día de estos, de preferencia con Sheila mirándome. Cuando cierro de vuelta la reja de la casa, ya entiendo que la *Operación Sheilencio* tiene un nuevo objetivo. Todavía no sé cómo, pero voy a tener que tumbar al Cachumbio. ¿A poco el Mío Cid se tiraba a chillar por doña Ximena? Me da un poco de pena reconocer que no eran ni las cinco cuando caí dormido como un pobre infeliz que no tiene una Sheila por quién azotarse. Aunque eso sí, a las ocho ya estaba despierto, calculando de qué hora a qué hora trabajará el cartero. Lo primero que tengo que hacer, calculé, si de verdad pretendo sacar de la jugada al Cachumbio, es no dejarme intimidar por él. Tiene que verme como una pinche hormiga, pero ya debería preguntarse cuándo sería la última vez que vio a una pinche hormiga equipada con pinzas, cola y aguijón.

Estoy en el garage cuando los veo pasar de la Once a San Pedro. No vienen abrazados, ni de la mano, pero se ve clarito que son novios. Para colmo, ella trae la falda corta. Tiene razón Xavier, qué piernones. Cuando el Cachumbio mira hacia mi casa, yo me agacho detrás del coche de Alicia. La gran ventaja de los alacranes no es que sean ponzoñosos, sino que son chiquitos y no hacen ruido. Un güey de dieciocho años no ve venir a un moco de quince, me reconforto, rechinando los dientes como un mastín furioso metido en el pellejo de un alacrán. Prefiero creerme así que verme en el espejo y descubrir que no soy más que un pobre zopenco enamorado que sale a gritonear a media madrugada y se esconde en su cueva la mañana completa. Debo reconocer que mi estado mental y espiritual, redacto en la cabeza cuando la humillación deja de arder, es tan maravillosamente agridulce que ni en sus peores ratos deja de parecerme preferible a mi vida anterior, con todo y navidades, cumpleaños, vacaciones. Lo cambiaría todo por estos cuatro días, aunque esté allí la sombra del Cachumbio. No puede ser tan malo el pinche mundo si apenas a las once de la mañana ves pasar esas piernas por tu puerta.

Me preocupan sus piernas. Más todavía desde el momento en que el Cachumbio cometió su primer error estratégico, mientras yo me anotaba el primer acierto. Eran las cuatro y media de la tarde, salía yo a la calle hasta esa hora porque esperé al cartero hasta las cuatro y nada, nunca llegó. Pasaría de largo, no habría ni un solo sobre para nosotros. El caso es que acababa de llegar al Triangulito cuando apareció el coche del Cachumbio. Se estacionó afuerita de la casa de Sheila, tocó el timbre y en lugar de esperar allí parado se acercó al Triangulito para hacerse el galán delante de los niños. ¡Voy a cogerme a esa pinche gordita!, dijo como en secreto pero a muy buen volumen, cubriéndose la boca con la mano izquierda mientras usaba la otra para sobarse el pito. Y yo tuve el acierto de hacerme el sordo, mientras echaban fuego mis entrañas y el aguijón se me iba llenando de ponzoña.

No digo que se me haya bajado el berrinchazo, pero también recuerdo que lo tengo pescado de los huevos. Sólo falta encontrar una manera de que esa información llegue hasta Sheila sin que tenga que salpicarme las manos. Por ahí de las seis, el Cachumbio sale de vuelta a la calle. ¡Ya me voy a Acapulco!, anuncia el muy idiota y se sube corriendo a su coche: Segundo Gran Error. No anuncia uno delante del enemigo que va a dejar un rato el campo de batalla. ¿Qué hago aquí?, me regaño y pego la carrera hacia la casa. Alicia está arreglando el botiquín, va a pasarse la tarde completa acomodando frascos y cajitas por orden alfabético. ¿Puedo sacar la moto?, le suplico, haciendo cara de niñito hambreado. Ándale, pues, se ríe de mis gestos, pero no vengas después de las ocho. ¿Ya te llevas el casco? ¿Quieres otro traguito de Histiacil? ¿Traes llaves de la casa? ¿Y por qué tan peinado, qué vas a ir a echar novia? ¡Voy a echarme un traguito de Micotex!, me escabullo, escaleras abajo, antes de que a mi madre se le ocurra acordarse de los kilos de Sheila, sólo eso nos faltaba. Con el Cachumbio lejos tengo que ser el Príncipe de San Pedro, me animo en el espejo del bañito de abajo, mientras exprimo un par de espinillas que Sheila de seguro no querrá conocer. Seis minutos más tarde, ya sus hoyuelos y sus dientes pelones me dicen que le encanta la idea de ir a dar una vuelta en la moto. Pero rápido, antes de que venga mi papá, me apura mientras le acomodo el casco y ajusto la correa. Qué ojos, Sheila, me gustaría decirle, pero en vez de eso me tardo de más, para seguir mirándola de cerca. Menos mal que pensé en las espinillas.

—Te presento a mi novio, papito.

—¡No me digas que tú eres el famoso Cachumbio.

—Ay, papá, por favor… ¡El Cachumbio nunca ha sido mi novio!

Ninguna hora de las veinticuatro me gusta más que las seis de la tarde. Es casi como el día, pero ya se fue el sol. Se parece a la noche, pero todo está claro. Y Sheila no es mi novia, pero viene conmigo. Qué me importa el Cachumbio, si el que se fue a la playa pintó su raya, muevo los labios al cruzar la Dieciocho y mirarla de reojo voltear a la derecha. Sólo falta encontrar la manera de que Sheila me abrace igualito que ahora, nada más que sin moto. Pero en eso no pienso por ahora, mientras tomo las curvas y salto los topes buscando el mejor modo de no quemar al santo ni dejarlo a oscuras, para que al fin del viaje mi pasajera vuelva a la realidad hechizada por el efecto alfombra mágica. Lo digo yo, que vuelo como un jeque por los cielos de Ankara y Estambul bajo el Efecto Sheila, que transforma mis ruedas en turbinas. Cómo no iba a volar Física otra vez, si estoy tan ocupado descubriendo una nueva fuente de energía. ¿O será que es la química eso que me convierte en otra persona?

Los reprobados y los francotiradores no tenemos la fama de personas sociables. Sufrimos, de repente, para encontrar un tema de conversación. Y cuando lo tenemos, nos queda la sospecha de que estamos diciendo puras estupideces. ¿Qué tengo que decir para que a Sheila nunca vaya a ocurrírsele que soy un pobre imbécil? No mames, me estremezco, nada me da más miedo que desilusionarla. ¿Pero a mí quién me dice que ya se ilusionó, si es la novia del pinche Cachumbio y ya van cuatro veces que voltea a ver a un lado cuando pasamos por la Calle Dieciocho? Las dudas y los diablos me pasan como ráfagas y punzadas eléctricas a las que doy la espalda como puedo porque estoy demasiado entretenido pasando los mejores minutos de mi vida. ¿Quién, que me vea la cara, va a creer que la moto me interesa nada más por la moto? En realidad, lo que tengo es dos motos y el modelo con alas casi no me permite distraerme en augurios amargados. Ya sé que es divertido el modelo con ruedas, pero no hay nada igual a ir planeando por los cielos de San Buenaventura a las seis de la tarde, con el viento a favor y las nubes debajo, acojinando la escenografía. ¿Sería cursi decir que un amor como el mío no se atreve a asomar la nariz a la calle sin una cámara de cine en la mano?

Es una lástima que me fallen los diálogos. No estoy nada seguro de que sería amigo del pendejito tieso que le presento a Sheila en mi lugar. ¿Y qué voy a contarle? ¿Qué hace no muchos días mandé al pinche Tizoc al hospital? ¿Que soy autor de la *Oda a la gonorrea*? ¿Que según todo el mundo paso lista en el bando de los inadaptados? ¿Que hasta las ñoras me cuelgan apodos? ¿Que una vez me agarraron robando en el súper? ¿De qué hablan las parejas como Sheila y yo? ¿De qué le habla el Cachumbio, por ejemplo? Él nunca va a quererla como yo, qué más da de qué le hable.

—No te vayas, mi amor, saluda a mis amigos.

—¿Por qué será tan tímido tu esposo, Sheila?

—Perdónalo, es que es francotirador.

Preferiría tener que pelear con el Gamborindo y el Cachumbio juntos a seguir batallando contra mi timidez. A veces, cuando vengo en el trolebús que pasa justo enfrente del Instiputo, me entretengo jugando a las *vencidas de ojo* con los pasajeros. Es decir, contra ellos. Los miro de uno en uno directito a los ojos, fijo, sin parpadear, hasta que dejen de sostenerme la vista. Como el camino es largo y hay tráfico en las calles, para cuando me bajo ya he sido declarado campeón del trolebús. Los he vencido a todos, inclusive a esos niños endemoniados que te aguantan la vista por minutos. Lo malo es que no sé de cuántos trolebuses tendría que ser campeón para tratar a Sheila como me gustaría. ¿Cómo me gustaría? Yo que voy a saber. Igual que en las películas.

## 22. Sheilacadabra

Como en los chistes, tengo dos noticias: la mala es que ya es lunes y el sobre del Cadáver sigue sin llegar; la buena es que el Cachumbio se nos va sin escalas a chingar a su madre. Hace un rato que Sheila nos confesó que va a mandarlo al diablo. Así dijo, además. Mañana mismo voy a mandarlo al diablo, por estúpido. Me quedé con las ganas de preguntarle por qué esperar de aquí hasta mañana, si sería tan sencillo cortarlo por teléfono. O mejor todavía, ir todos juntos a incendiar su casa.

Ayer firmé la paz con Frank, así que hoy en la tarde ya tenía a mis amigos de regreso. Yo diría que ha sido una maniobra espectacular. Eran como las ocho de la noche y andaba yo tristeando por el Triangulito, con el pretexto de pasear a Tazi, cuando Roger llegó a rescatarme. Qué haces ahí, pendejo, vente a la casa un rato. ¿Y tu hermano? Mi hermano que se joda, tú ven. Poco rato más tarde salimos Frank y yo a caminar. Dime una cosa, se me quedó mirando, te trae pendejo Sheila, ¿verdad? ¿Y tú qué crees?, le aguanté la mirada, como en los trolebuses, hasta que le acabó de dar la risa. ¿Ya sabes que es la novia del Cachumbio, el de la Veintitrés?, me informó luego con el ceño fruncido, como si también fuera su problema, y de eso me valí para soltarle todo lo que sabía.

No podemos dejar que nos hagan eso, repitió Frank, meneando la cabeza, si a ti te gusta Sheila y te trae de nalgas y vives en la Once y yo vivo en San Pedro esquina con la Nueve, dime cómo carajo vamos a permitir que venga un comemierda de la Veintitrés a llevarse a una vieja de San Pedro. De la Dieciocho, güey, lo corregí mientras le daba un zape, y a Sheila no le vas a decir vieja. ¿Dices que dijo que se la va a coger? Pues vamos a ver quién se coge a quién, se quedó maliciando por un rato, sin que yo me atreviera a interrumpirlo porque algo me decía que la conspiración estaba en marcha y había que dejarla andar solita. El hermano de Sheila es amigo de Roger…, habló por fin, y a él tampoco le gusta que su hermanita ande con el Cachumbio. ¿Qué edad tiene su hermano?, me interesé de un brinco. No sé, como dieciocho. ¿Los mismos que el Cachumbio? Yo supongo que sí. ¿Y está de su tamaño? No sé, pero hace pesas y está mamadísimo. ¿Cómo se llama? Sé que le dicen Toby, nada más. Pero es buen tipo. ¿Y cómo no, pendejo, si es mi pinche cuñado?, lo interrumpí, no sé si para hacerlo reír o para celebrar lo buena que sonaba la idea de emparentar con ese tal Toby. ¿Te digo algo, cabrón?, me dio dos palmaditas y se agarró de mi hombro, tú ya ni te preocupes, que a ese pobre Cachumbio se le va a aparecer Satanás encuerado, por andar de hocicón… Y si no, yo me encargo de romperle su madre.

La mafia se tomó poco menos de veinticuatro horas para hacer su trabajo limpiamente. Mi primera sorpresa había sido dar unos cuantos pasos sobre San Pedro, ya pasadas las nueve de la noche, y encontrarme a la banda del Opelazo reunida alrededor de una mujer. Roger, Alejo, Harry, Fabio, Frank y en medio de ellos Sheila: fulgurante, llorosa y furibunda. No lo podía creer, decía, pero ni modo que su hermano le contara mentiras. ¿Ya te sabes el chisme?, se secó las mejillas y se me acercó sola, como cuando te anuncian que alguien se murió. ¿Qué te pasó?, me quedo quietecito, en lugar de tomarla por los hombros, pero ya se adelanta a ponerme al día. ¿Es tu amigo el Cachumbio?, me pregunta dulcísima, como si a mi respuesta fuera a darme un besote. ¿El Cachumbio?, me trabo una vez más, no, ¿por qué? ¿Creerías que el muy imbécil anda diciendo que se acostó conmigo?

—Aguante, don Rodrigo, no se deje vencer por la iracundia.

—¡Por mis barbas que le corto los huevos!

—¿Y si mejor se calla, pa que no se le asuste doña Ximena?

Mi indignación sólo conoce un límite, y ése es mi timidez. En vez de encabezar el linchamiento del Cachumbio, me contento diciéndole que estoy de su lado. Pendejo, pendejo, pendejo. Roger, en cambio, levanta la voz y la hace sonreír. ¡Es mi enemigo acérrimo!, jura y besa la cruz. Y yo pienso no mames, ¿quién empezó este chisme? ¿Ahora resulta que soy uno más? Pues sí pinche baboso, por no echarle los perros en caliente, me recrimina Frank, cuando Sheila ya está de regreso en su casa y yo de todos modos vengo dando brinquitos por San Buenaventura. Es como si de golpe se hubieran extinguido todos mis problemas. Si mañana llega la carta del Cadáver y yo estoy en la escuela y Maritere se la entrega a Alicia, le tendré que jurar que se la copié a alguien. Y ya. Si repruebo unas cuantas materias al final del curso, tendré que presentar los extraordinarios y no podré inscribirme en La Temida Salle, así que habrá que dar con otro colegio, mixto quizás. Y ya. Pero si Sheila seguía con el Cachumbio, entonces sí que el mundo se iba a acabar. Ahora ponte abusado, pendejo, me previene Frank, no sea que venga otro y te la baje. Y por cierto, se para, me sonríe, perdona los gargajos en tu casco. Eran para ti, no para tu señora. Le sonrío de regreso. ¿Te cuento algo?, le digo, sólo por ganar tiempo. Cuando menos lo espera, ya le estampé el primero en la cabeza. Cálmate, le suplico, nada más me doy cuenta que mi saliva se le balancea como un arete, tú sabes lo que es un gallo entre amigos. ¿Qué cosa?, me sonríe, como pidiendo que le explique el chiste. No ha visto lo que le hice. Nada, que ya me voy, doy media vuelta y pego la carrera, antes de que me pongan una chinga en mi casa. Voy cruzando la reja cuando me llega el grito, así que cierro y corro por delante de Tazi, entre tropiezos y risotadas. ¡Vas a ver, pinche cerdo!, sigue gritando Frank a media calle. Menos mal que no dice mi nombre.

¿Qué significa ponerse abusado?, me interrogo en la cama, a medianoche. ¿Qué necesita hacer un loco en una moto para ir tras una chica como Sheila? En teoría, tendría que ser fácil, me decía hace un rato, tratando de quitarme el coraje y la risa que me dio ver entrar a Tazi gargajeado. Quise decir, bañado en gargajos. No tengo que pensar por mucho rato para encontrar la forma de gargajear a Frank de regreso. Se me ocurre vaciarle una cubeta llena desde mi azotea, o mandarle una caca por correo, pero pienso de vuelta en qué hacer con Sheila y se me acaba la imaginación. Como si un mal espíritu se adueñara de mí. *¡Sheilacadabra!*, dice y me convierte en zombi. Pero no me doy cuenta porque de sólo respirar su aire ya todo se acomoda ante mis ojos y cada nueva curva de San Buenaventura es parte de la misma sonrisa del destino.

Regreso al Instiputo armado de un nuevo caparazón. Vengo llevando desde febrero la cuenta de los días que me faltan para acabar el curso. Cada día que pasa, le pongo un nuevo tache al calendario. (Soy un poco más fuerte, según yo.) Y ahora que nada de lo que hagan o digan me preocupa, ya no pienso más que en el mes de junio, cuando sean vacaciones y yo vaya a buscar a Sheila todas las mañanas y nos vayamos juntos a cualquier parte. El boliche, las lanchas, Coyoacán, Xochimilco, las momias del Carmen. ¿Qué tal si la llevara en tiempos de exámenes a caminar por Plaza Universidad?

—¿Me invitan a tomar un café con ustedes?

—¡Profesor Búho! ¿Qué anda haciendo por aquí? Le presento a mi novia. Sheila, el Búho.

—¡Qué guapa, mucho gusto! Quiero felicitarte porque tu novio es el mejor estudiante de la química orgánica en la historia de nuestra escuela.

Cada tarde que vuelvo del Instiputo me sorprende que no haya noticias del correo. Si Maritere no me hubiera cachado tantas veces ya viéndole las piernas, cuando no los calzones, me atrevería a pedirle que escondiera la carta del Cadáver. No sé cómo explicarlo, pero entre ella y yo flota una corriente eléctrica con los polos enrevesados, igual que mi trabajo de febrero para Taller de Electricidad. Otro poco, me regañó La Rata, luego de reprobarme, y te llevas la instalación del edificio. Exageraba, claro, pero yo no exagero si digo que entre Maritere y yo brotan chispas de calentura cruda. Puedo esperar tres horas en la escalera, con plumas y cuadernos repartidos en varios escalones, con tal de verla bajar o subir, y entonces contemplar esas piernotas a cinco o diez centímetros de distancia, y un tantito más tarde los calzones, las ingles, el inicio carnoso de las nalgas, mientras ella se cuida de no pisar los cuadernos abiertos y sus caderas son un mecanismo que hace de mi cabeza un péndulo candente. Por todo esto no puedo contar con ella. Me gusta nuestro juego, además. Si le pidiera que agarrara ese sobre, tendría que enseñarle el contenido. Ay, qué pinche cochino, diría, y lo que me interesa no es que lo diga, sino que lo imagine. Que se vaya la cama recordando mi sombra en la ventana de la regadera, tal vez adivinando que entre todo el vapor que la ocultaba yo afinaba el oído y la nariz para gozar callado del placer de escuchar y oler de cerca a una mujer completamente en cueros. El goteo en el piso, los suspiros, los jadeos, los charcos, la fricción de la toalla sobre la piel. Alguien dentro de mí quiere que se dé cuenta: ése que, si le hablara, sólo sabría llamarla Mamacita. Resoplando, quizás. ¿No es cierto que también a ella la he mirado como a los pasajeros del trolebús? ¿Y que a veces, cuando sube a llevarme la merienda a mi cama, le reviso las piernas con descaro total, como si hubiera allí varias líneas escritas y yo tuviera que leerlas todas? ¿Qué pasaría si un día se vieran en la calle Sheila y Maritere y se contaran todo lo que saben de mí? Por más que eso parezca tan difícil —imposible, ojalá— prefiero que ninguna de las dos sepa que soy autor de la *Oda a la gonorrea*.

¿Y si no lo mandó?, se rasca la cabeza Trujano, cuando hacemos las cuentas y quedamos de acuerdo en que catorce días son ya muchos para una pinche carta, aunque les quites tres de Semana Santa. O sea que me gustan estos días no solamente porque Sheila está en ellos, sino porque cada uno que pasa estoy más cerca de las grandes noticias. Cinco o seis en total, cada una esperando detrás del escenario para entrar en acción y al final entre todas sacarme de problemas. La última clase. El último examen extraordinario. El último día de esperar esa carta. La última hora de plazo para inscribirme en la Universidad La Salle. El primer día de clases en un colegio mixto. El primer mes como novio de Sheila. Es como si se fueran abriendo las compuertas que llevan hasta el calabozo y por cada una entrara un golpe de aire fresco. Me acaban de entregar el boletín con solamente cuatro materias reprobadas, más un resplandeciente diez en Química. Si eso no me permite negociar una tregua de quince días con Alicia y Xavier, a partir de hoy me llamo Dimetil Hexano. Abel Trujano, en cambio, la tiene muy difícil. Hace varias quincenas que es suya la corona del Peor del Salón y Clemente le tiene más tirria que a mí. Siempre lo está jodiendo, y ese güey no es la clase de persona que soporta que un pendejo lo trate a lo pendejo. Me lo dice de nuevo, ese pinche Clemente me tiene hasta acá arriba, me cae de madre que me las va a pagar.

Si quieres lo pintamos en las escaleras, lo hago reír, pero quiere que lo oiga porque ya tiene un plan. Tú no conoces a mi papá, se sonríe, y ese profesor menos. Según cuenta, su padre está cagado de verlo reprobar de esa manera, le encantaría encontrar un culpable que no fuera su hijo, y ese papel le queda pintado a Clemente. ¿Qué va a hacer tu papá?, me pongo serio cuando lo veo perfectamente circunspecto. ¿Qué va a hacer mi papá con qué?, habla golpeado, sigue furibundo. Con Clemente, susurro, como si de repente recordara que estamos en mitad de su clase, ¿lo va a mandar matar o va a aplicarle un corte de cojones? Qué idiota eres, se ríe con la mano en la cara, pero no andas tan lejos de la verdad, se me están antojando esos huevitos para desayunármelos el próximo domingo. ¿Gustas unos Tompiates a la Clementina?

¿Qué tiene de graciosa la clase de hoy, Sujeto? ¿Eres débil mental o nada más pareces? ¿Cuándo fue la última vez que te pusiste a dieta? En vez de amilanar a Trujano, cada nueva pregunta de Clemente lo empuja a una insolencia más descarada. Se le ha plantado enfrente, a unos treinta centímetros de su nariz. No solamente lo mira a los ojos, sino que alza las cejas, entrecierra los párpados y hace boca de fuchi para embarrarle entero su desdén. Lo ve de arriba abajo, no como a un profesor sino como a cualquier capataz respondón. Atrévete a pegarme, comemierda, eso es lo que dice con la mirada. Por un momento pienso que va a expulsarlo, pero tiene que ser difícil hacer eso con un monote de ese tamaño cuando te está mirando de ese modo. Regresa a tu lugar, le ordena un par de veces, y cuando al fin Trujano le hace caso se va hasta su pupitre checándolo de reojo, con el mismo desprecio. A la hora del recreo, los dos nos carcajeamos de la cara de espanto que ponía Clemente cuando Trujano se le plantó delante. ¡Te la jalaste!, pela los ojos el Zorro, ¿viste dónde tenía los huevitos el pinche profesor? Y eso no es nada, profetiza Trujano, vas a ver dónde va a tenerlos después. ¿No habíamos quedado en que íbamos a guardarlos en un frasquito lleno de formol?, reclamo, y a partir de esas risas no hablamos de otro tema que la manera ideal de castrar a Clemente de modo que le duela mucho y por mucho tiempo. ¿Cuántos días te imaginas que aguantaría ese güey con los huevos en un tornillo de banco? ¡De uno en uno, mejor! ¿Tú cada cuántas horas le darías una vuelta al torniquete? ¿Yo? Cada cinco días. Media vuelta, no más. Total, quién tiene prisa.

Yo sí que tengo prisa, pero no lo parece. Frank se burla de lo lento que soy para arrimarme a Sheila. En las fiestas lo pienso mínimo media hora antes de decidirme a pedirle que baile conmigo. Estaría de acuerdo en que es una gordita si no hubiera que competir con tantos para bailar con ella. ¿Gordita? ¡No me jodan! La he llegado a sacar hasta tres veces en la misma fiesta, pero nunca bailamos más de dos canciones. ¿Se dará cuenta de que desde que llega hasta que se va no le quito los ojos de encima? Según yo soy discreto, pero a veces me queda la sensación de que me está esquivando. ¿Por qué no le preguntas?, insiste Frank, no sé qué ganas con vivir hecho un imbécil por una pinche gorda que nomás te utiliza. ¿Por una qué, pendejo?, me alebresto otra vez, como si compitiéramos a ver si ellos se cansan primero de llamarla gorda, o yo de defenderla con los ojos de fuera y el aguijón en alto, de una vez te lo advierto, hijo de la chingada, no vas a hablar así de mi mujer.

A ésta no vayas a prestarle la moto, me advirtió anteayer Frank, delante de los otros, que estuvieron de acuerdo, excepto Alejo, que dijo ¿sabes qué?, por mi regálasela, me vale madre. Tuve que hacerme entonces el muy enojado. Es mi vida, grité, qué les importa. ¡Ay, sí, putito, es mi vida, es mi vida!, se pitorrearon Fabio y Harry en equipo, mientras yo me aguantaba las ganas de contarles que hacía varios días le estaba dando clases de manejo a Sheila. Si todo salía bien, para el día siguiente la verían llevándome y trayéndome por San Buenaventura, mis manos en sus hombros, mis pies junto a los suyos, mientras se me transforma en chica Bond. Lo peor de todo fue que salí buen maestro y empieza a repetirse la historia de Mina. Damos un par de vueltas y me pide la moto. No me tardo, sonríe, pelándome los dientes por debajo del casco, y regresa media hora después. ¡Es mi vida!, me remeda Harry nada más me descubre esperando a Sheila. Y yo no digo nada porque tiene razón. Es mi vida y se joden, nomás eso faltaba.

Gordita tu mamá: pinche vieja marrana. ¿Ya viste esta navaja? ¡Te la voy a clavar en un ojo! Debo reconocer que de repente me paso demasiado tiempo defendiéndola. ¿Caería enamorada de mí, si lo supiera? No lo creo, pero sigo esperando a que me conozca. O a que conozca la parte de mí que daría cualquier cosa por verla sonreír y tiembla nada más de oír su voz. Lo que sí creo, por eso, es que no importa cómo, y ni siquiera cuándo, porque Sheila va a terminar queriéndome. Es como si lo hubiera leído en un libro, igual que ésos que leen el último capítulo antes de la primera página de la novela. ¿Para qué iba a pasarme tanta cosa, sino para encontrarme al final con Sheila?, me digo y me parece de lo más razonable, aunque me cuido de ir a contarlo. Tú no entiendes, me quejo, cada vez que me informan que la vieron paseando a otro pendejo encima de mi moto. Nadie entiende al amor, ése es el chiste. Prefiero que la moto esté en manos de Sheila a andar en ella solo sin saber dónde está. Cuéntame qué se siente, se burla Harry, que las viejas te quieran nada más por tu moto. Sólo si tú me cuentas, contraataco, qué se siente que no te quiera nadie. Explícale, es tu vida y es tu vieja, se ríe Alejo atrás, junto a los otros. Tú cállate, güerito, o te quito el chupón, desvío la broma y me escapo del tema por un par de minutos.

Tengo que ir a mi casa, maldigo nada más veo pasar a Xavier en el coche, con mis tíos y mi prima de Huajuapan. ¿La que tenía el hoyo con pus?, hace memoria Alejo y se tuerce de risa cuando se lo confirmo. ¡Ya llegó Moby Dick!, grita Harry con todas sus fuerzas y yo corro a callarlo. No seas imbécil, güey, le echo ojos de pistola y me empeño en taparle la boca. ¿Entonces no está buena?, lamenta Alejo con la jeta de un niño recién desengañado, qué pinche decepción. Lo que sí no me espero es que entrando en la casa Xavier me dé una puñalada por la espalda. ¡No me digas que estabas con tu novia la gordita!, se hace el gracioso delante de todos y a mí se me hunde el mundo a media sala. ¿Cuál gordita?, me extraño, con cara de fastidio. ¡No te hagas, canturrea para colmo Alicia, la piernuda que anda contigo en la moto! A partir de este puto momento, La Gordita se vuelve el tema preferido de mi tío y mi prima, que trepada en la báscula pesa lo que tres Sheilas con todo y mi casco, si no con todo y moto. Pero le llama gorda, la infeliz, y ni siquiera puedo defenderla. Me daría lo mismo que dijera eso y más, si mis papás no me obligaran a aguantarlos. ¡Pero si son más cursis que una cama con cortinas!, me quejé en la mañana, en cuanto supe que iban a venir. Pues ni modo, te aguantas como nosotros, me sentenció Xavier y aquí estoy, aguantando.

*Si-Shei-li-ta-se-fue-ra-con-o-trooo*, cantan a coro Fabio, Frank y Harry desde la reja. Cuando salgo a callarlos, tranquilo porque adentro la canción no se entiende, me cuentan que está armándose una fiesta. No puedo ir, me lamento, tengo que estar con las putas visitas. ¿Ah, no?, se extraña Frank. ¿Y si la fiesta fuera en casa de Sheila? ¿Es en serio?, me engarroto al instante. ¿Hoy en la noche hay fiesta en casa de Sheila? Lo de menos sería pedir veinte minutos para sacar a Tazi y comprobar que es cierto, pero Alicia seguro me pediría que llevara a mi prima, y esa función no se las voy a dar. Me agarrarían la vida entera de puerquito. Así que cuando al fin Alicia me sugiere que me lleve a pasear a la Flor más Pulposa de Huajuapan, le explico enfrente de ella y sus papás que no puedo porque voy a ir a una fiesta. ¿Con permiso de quién?, se interesa Xavier, mientras el tío de mierda vuelve a joder con el tema de la gordita. Déjalo, me defiende chingándome, va a cenar tocino. Y yo guardo un silencio entre cobarde y heroico, porque sé que si digo lo que pienso voy a quedarme aquí jodido y castigado, por grosero. Ándale, pues, se afloja al fin Xavier, que ya se resignó a cargar con ellos hasta entrada la noche, despídete de todos. ¿Y por qué no te llevas a tu prima?, mete la pata Alicia, pero ya me adelanto a explicarle que voy con puros hombres y son medio groseros, y además voy a andar en la moto, y no tenemos suficientes boletos, y mi primita no conoce a nadie. ¿Qué quiere que le explique, con un carajo? Déjalo que se vaya, interviene la tía, está en edad de andar echando novia. Bendita seas, pienso y le doy su beso. Adiós tío. Adiós prima. Salúdenme al carajo, ahora que lo vean.

¿Te le vas a lanzar hoy en la noche?, vuelve a la carga Frank. Hace un par de semanas que me trae asoleado con la misma canción. Le he dado una docena de pretextos, desde que ando pensando con calma lo que voy a decirle hasta que estoy leyendo una novela de terror y eso me trae nervioso, últimamente. ¡No seas puto!, me regañan Alejo y Fabio, y Harry les explica que quien me trae así no es Sheila, sino su hermano Toby. ¿Y no será que es Sheilo, el güey ése?, los hace reír Frank, a medio Triangulito. Sheila se está bañando, sale a decirnos su hermanita de diez años, pero igual le pidió que nos dijera que todavía falta la música. ¡Tus discos!, brinca Frank, y es como si el arcángel San Gabriel bajara de las nubes a anunciarme que *en la fiesta de Sheila van a sonar mis discos.* Es tu noche, me anima, camino de la Once. Ya lo sé, aúllo casi, aunque en el fondo me ilusione menos de lo que me preocupo. Nada me garantiza que hoy va a bailar conmigo, ni que voy a atreverme a soltarle la sopa, ni que después me va a decir que sí. Una parte de mí quisiera convencerse de que aún falta tiempo para que me conozca y decida mejor, otra opina que ya se me quemó el arroz, y otra cree firmemente que ahora mismo, las siete y veinticinco, empieza la gran noche de mi vida. En todo caso lo que siento en el estómago, mientras voy escogiendo música para hoy, no son ya mariposas sino una plaga entera de langosta. Más que al gastroenterólogo, tendría que llamar al fumigador. ¿Están bien éstos?, titubeo, cuando veo que Frank los revisa meneando la cabeza. Si ni con esta música le llegas, voy a pensar que eres un pobre pendejo, te lo juro, sentencia y alza la mano derecha, como si hablara delante de un juez. Yo le digo que sí, pero no sé. Temo que no esté lista la cámara de cine.

No es que seamos muchos, pero sí demasiados. En dos horas de fiesta, le he contado diez parejas de baile. De Roger hasta Frank, pasando por Alejo, Fabio y no sé cuántos amigos de Toby. Además de un intruso cuya presencia me provoca una mezcla de mal humor y náuseas. Cómo será de odioso, que le dicen el Cólico. Su casa está a la orilla del Viaducto, pero viene a San Pedro todas las tardes desde el día en que vio a Sheila en el Triangulito. Fabio se lleva bien con el Cólico, Alejo lo soporta, Harry no le hace caso y a Frank le caga tanto como a mí. Es ruidoso, traidor y se cree muy simpático, pero ya se hizo amigo de Sheila y no hay cómo evitar que la saque a bailar y hasta se atreva a meter mano entre mi música. Tú clávate en lo tuyo, me tranquiliza Frank, yo me encargo de vigilar al Cólico para que no se robe ninguno de tus discos. ¿Y si me roba a Sheila?, me doy de topes, encerrado en el baño para no ver que siguen bailando juntos. No sé si lo que más me preocupa es que baile media hora con cualquiera o que no baile ni un minuto conmigo. Espérame un ratito. Ahorita que regrese. Me llama mi mamá. Voy al baño. Baila con otra, entonces, me ha sugerido Alejo, pero yo sólo quiero bailar con Sheila. No hay otra para mí, le digo cada vez, solemnemente, como si hiciera méritos para ganármela.

Cuando salgo del baño, la veo por fin a salvo del Cólico. Ahora baila con Frank por segunda vez, aunque los noto muy platicadores. Casi ni bailan, de todo lo que hablan. Lo que más me preocupa es que volteen a verme y sigan discutiendo, como si fuera yo parte del tema. ¿Qué me ves, güey?, le hice la seña a Frank mientras movía los labios, pero ni me peló. Estaba entretenido explicándole a Sheila no sé qué cosa, y de repente era ella la que le hacía las aclaraciones, como si se estuviera disculpando por algo. Cuatro veces ya van que se pone la mano sobre el corazón, moviendo la cabeza para hacerlo entender algo que a Frank parece preocuparle. Termina la canción y Sheila deja a Frank para ir a la cocina. ¿Le hablaría del Cólico, tal vez? Cuando la veo venir y sonreírme sin pelar ya los dientes, casi con seriedad, es como si escuchara atrás el grito: Cámara… acción.

—Perdona que tardara tanto en bailar contigo, pero es que no he podido sacudirme al Cólico. No entiende que no quiero nada con él.

—¿Sabes, Sheila? Tengo algo que decirte. Perdóname, ya no puedo esperar: te amo.

—Ya te estabas tardando. Dame un beso.

Empiezo por las cosas cotidianas. ¿Fue tu idea esta fiesta? ¿Y a quiénes invitaste? Pero hay algo atorado entre nosotros y Sheila no lo quiere disimular. Atrás, junto a los discos, Frank me hace un par de señas, pero no entiendo o no quiero entender. ¡Dice que ya le dijo!, chilla Harry, tratando de imitar la voz de Sheila, y luego me señala. Espérate, me frena en seco ella, antes quiero que hablemos de una cosa. Por la cara que pone, sé que está a punto de caérseme el mundo. Me han llegado rumores, no sé si sean ciertos, de que te gusto, ¿sí? ¡Te han llegado qué cosas!, me gustaría gritar, pero en vez de eso me he quedado tieso. ¿Es cierto lo que dicen?, me busca la mirada, ¿que te gusto?

Tantas veces había filmado esta escena que ahora no sé qué hacer, y es que en ninguna de ellas me miraba así. No contenta ni triste, ni siquiera apenada o afligida, sino más bien incómoda y demasiado amable, como si fuera yo damnificado y ella viniera a darme una cobija. Cuando digo que sí, asintiendo primero, luego tartamudeando, la veo tragar saliva y me voy resbalando de aquí al infierno. Me caes muy bien, repite, eres muy buen amigo, pero no siento nada por ti. Me lo explica y se toca el corazón, como lo hizo con el chismoso de Frank. ¿Hablaban de mí, entonces? ¿Y yo qué se supone que le diga? ¿Que se fije en lo que hace, no vaya a arrepentirse? ¿Que no sabe lo que hace? ¿Que yo no sé qué voy a hacer sin ella? No le voy a rogar, pero tampoco quiero morir callado, así que agarro fuerzas para avasallarla con unas líneas dignas de hacerla sollozar, pero al abrir la boca me salen tres palabras tan imbéciles que sólo servirán para que me repita el mismo rollo, tocándose otra vez el corazón. *¿No podemos intentarlo?*, eso fue todo lo que logré decirle. Como te digo, me da mucha pena pero no siento nada por ti, aunque te quiero mucho como amigo, la escucho sermonear y descubro que ya no me preocupa saber que estoy bailando como un oso, y de hecho no me preocupa nada. Ya se derrumbó el mundo, qué más puede pasar si de cualquier manera no podemos intentarlo.

¡Baila conmigo, Sheila!, se mete entre los dos el Cólico, pero ella dice déjanos, estamos ocupados, y se queda conmigo por una canción más, sin que ninguno abramos ya la boca. Una vez que se va, me derrumbo sobre un sillón de su sala. ¿Un cigarrito, para los nervios?, viene y me ofrece el chismoso de Frank, y yo sin más lo enciendo. No sé si quiero ahorcarlo o darle las gracias. Mi único motivo de tranquilidad es que por una vez no tengo que ocultar lo que yo sí que siento por ella, aunque de nada sirva a estas alturas. ¡No chingues!, chilla Frank, ¿solo le dijiste eso, *no podemos intentarlo?* ¿Qué más le iba a decir, lloriqueo, *no me dejes, mi amor?* Quiero irme y no me atrevo. Quiero quedarme y no lo soporto. Alguna vez Xavier habló de enviarme a España a hacer la prepa, en una de éstas no es tan mala idea. Vámonos, me levanto y Frank me sigue. Hasta mañana, Sheila, se despide él, y yo me escurro solo hacia la calle. Si quiere, que se quede con mis discos, pero que no me vea las lagrimotas. ¿Gustas otro cigarro?, me alcanza Frank. No, gracias, ladro, para que sepa que no me tiene contento. Perdóname, pendejo, me da un par de palmadas, pero tenías que escuchar la verdad, lo que te dijo Sheila ahí adentro lo sabía todo el mundo menos tú. ¿Qué ganabas con hacerle al idiota?

Sobreviví al domingo soportando los chistes de Harry. Ándale, güey, ¿podemos intentarlo? Me sentía tristísimo, pero igual parecía adormilado. Lo peor vino después, la mañana del lunes. Volver al Instiputo sin la ilusión de Sheila en la cabeza fue como regresar al calabozo del que no iba a salir, aunque saliera. Sin Sheila todo el mundo es una misma celda, me decía en la fila, camino del salón, arrastrando los pies y pensando en las cosas más deprimentes que se me ocurrían. Nunca voy a besarla, ni a acariciarla, ni va a enterarse de tantas películas que filmé en mi cabeza para nada. Nunca, nadie, ninguno, nada: puras palabras trágicas, como si en vez de decirme que no, Sheila se hubiera muerto. Pero qué voy a hacer, si ya me dijo todo lo que no siente. No hay remedio, ni modo. Eso calma los nervios. Donde no hay solución ya tampoco hay problema, ¿o sí? Y de los otros, ya me dan igual. Mi único problema de verdad era Sheila y ya dejó bien claro que no me quiere. Debería darme risa pensar que estoy tan pinche salado que no me quieren ni mis problemas.

## 23. Te vinielon a matal

La semana pasada me robé los apuntes de Física de Monterrubio. Antes había asaltado la mochila de Sucres y me encontré con los de Matemáticas. Que no digan que no estoy preparándome para los exámenes. Fuera de eso, paso días asquerosos, tardes de no hacer nada y noches de suspiros en puro blanco y negro. Lo poco que quedaba de color lo descubrieron Alicia y Xavier, adentro de mis hojas de laboratorio. Hacía dos semanas que saqué del cajón el cuaderno repleto de pegotes de encueradas y lo metí en el fondo del portafolios. De dos sobres con hojas de laboratorio, uno tenía además mi álbum de mamacitas. Al día siguiente, camino de la escuela, Xavier me aconsejó que eso no es malo, mientras no me distraiga de mis estudios. ¿Y ya viste que el cuaderno no es mío, ni tampoco las hojas de laboratorio?, hice un último esfuerzo por engañarlo. Está bien, alzó las cejas, se encogió de hombros, entonces dile eso a tu compañero, es natural que vea revistas como éstas, pero es enfermo que las traiga en recortes. Hice como que entraba al Instiputo y me salí a buscar un basurero. Se me seguía quemando la jeta de vergüenza cuando aventé el cuaderno por la rendija y al fin me resigné a vivir en blanco y negro. ¿Qué más podía pasarme? ¿Que reprobara el curso? Peor sería que pasara todas las materias y Alicia me inscribiera en un nuevo colegio para hombres.

¿Alguien fue a ver las listas de La Salle?, pregunté una mañana, entre dos clases, a Sucres, Monterrubio y otros dos. Primo, se dicen, los muy mamones. Nos vamos a La Salle, ¿verdad, primo? Yo había ido a La Salle la tarde anterior: vi mi nombre, pero ninguno de los suyos. ¿Te aceptaron… a ti?, arruga Monterrubio la nariz. ¿Van a esperarte a que repitas tercero?

A mí no sé, le embarro en la carota, pero a ti segurito no te esperan. De mi salón pasamos pocos aspirantes, y lo mejor de todo es que en las oficinas confirmaron que necesitan el certificado de secundaria un mes antes de que empiecen las clases. O sea, una semana antes de los exámenes extraordinarios. De otra manera, pierdo mi lugar. Alicia me agarró otra vez de bajada. Que sólo espera que no los defraude. Que si voy a acabar sin reprobar ninguna. Que debería tener cuando menos un ocho de promedio. Que mi papá me tiene Un Sorpresón, pero sólo si paso las materias.

Como todas las noches, al fin de la merienda me levanté para ir a ver televisión, pero Alicia y Xavier me detuvieron. Querían hablar seriamente conmigo. Ya no eres un niñito, empezó él, y ella me recordó que en menos de seis meses voy a cumplir los dieciséis años. Les han llegado quejas de algunas salvajadas mías en la moto, y ya van varias veces que él o ella me ven pasar zumbando por San Buenaventura. ¿Zumbando yo? Calma, que no te vamos a regañar. Al contrario, queremos darte un premio. Pero claro, los premios hay que ganárselos, si no no serían premios sino donativos. Y en esta casa, acuérdate, me sonríe Xavier, no se dan donativos a vaguitos. ¿Me van a dar dinero? Sí, cómo no, suelta la risa Alicia, y tu paleta de limón. ¿Van a comprarme una moto más grande? Esa es otra, por cierto, aunque no andas tan lejos de la verdad: si pasas las materias, nos entregas la moto y te damos a cambio un coche nuevo, para que tengas en qué irte a la prepa. ¡Pero es que no me pueden quitar el regalo de mis catorce años!, me defendí, aunque sin muchas ganas. Ya te dije, no te hagas el sordo. Hay un coche esperándote, pero antes de eso tienes que entregarnos las calificaciones y la moto.

—¡Mira, Cólico, qué lindo está ese Mustang convertible!

—Hola, Sheila, ¿no quieres ir al cine conmigo?

—Está bien, pero sólo si me perdonas por las estupideces que te dije en mi casa. ¡Claro que sí podemos intentarlo!

No sé por qué no hacen mejor las cuentas. En Química no alcanzo ya a sacar un promedio más alto que cinco, y en el primer semestre tengo tres. Aun si me sacara diez en el examen no aprobaría la calificación final. Y Matemáticas no paso ni rezando. Suena bien esa historia del coche, pero no es para mí. Soy un vago de moto y chamarra de cuero. Si me dan ese coche y se lo presto a Sheila, va a acabar agarrándolo para llevar al cine al pinche Cólico. ¿Cuántas piensas tronar?, me le acerco a Trujano. Todas, por supuesto, me responde al instante y se ríe con todas las ganas del mundo. Y lo peor es que es cierto. No he conocido a nadie a quien la escuela le valga tanto madre como a Trujano. Pero tiene su plan y le está funcionando:

Esta mañana bajo del coche de Xavier y me encuentro a Trujano esperando en la puerta del Instiputo. No entres, güey, ven conmigo. Créeme, yo sé lo que hago, no te conviene que te vean leyendo el papelito que te voy a enseñar. ¿Interceptaste la *Oda a la gonorrea?* Cállate y lee, no digas pendejadas, que se nos hace tarde. Lo leo y no lo creo. ¿Qué es esto?, me sacudo, mientras cierro la carta y se la devuelvo. ¿No leíste, Sujeto?, se ríe otra vez y me pasa la carta para que la relea. ¡Ay, ojete, Sujeto! ¿Esto es una demanda? Algo así. El papá de Trujano hizo no sé qué trámite en la Secretaría de Educación Pública, para quejarse por los malos tratos de Clemente. "Humilla a sus alumnos, abusa de ellos y los ridiculiza hasta el extremo de golpearlos en la cabeza si no se le someten, demostrando con ello no la conducta de un educador, sino la de un homosexual insatisfecho." Huevos, alzo las cejas, ¿qué vas a hacer con esto? Nada, sonríe, haciendo cara de héroe justiciero, entregarle su copia a Clemente. A ver, que me vuelva a colgar un apodo, que me dé un chingadazo con su llavero, que haga otro chistecito con mi apellido.

Lástima que dibujo tan mal. Si pudiera, pintaría a Clemente como vampiro, con las patillas largas y el semblante mortuorio, leyendo la demanda del señor Trujano. Es como si a mitad del primer párrafo le hubieran encajado una estaca en la espalda. ¡Muere, conde Clemente, por los siglos de los siglos! ¡Sagrado corazón de Jesús, en vos confío! Al fin de la lectura, le sonríe a Trujano. Todos los profesores están de mi lado, así que no te creas que me preocupas, se va engallando, pero Trujano sólo saca otra copia y le pide que firme de recibido, por favor.

Cualquier aclaración, le explica todavía, puede hacerla ante la Secretaría de Educación Pública, o con los abogados de su familia. Cuando llega la hora de volver a formarnos, al final del recreo, ya varios profesores señalan a Trujano y mueven las cabezas. Allá arriba, el Cadáver se hace el desentendido, pero bien que nos mira de reojo. Demasiado risueños, desde hoy en la mañana. Faltan tres días para exámenes finales, en setenta y cuatro horas voy a salir de la última clase de mi vida en esta empacadora de carne de cañón. Y antes de que eso pase, me ha tocado ver al Conde Clemente quedarse sin sarcófago a media mañana.

Ahora sí, ya era hora, celebro a media tarde, cuando tacho la hora sesenta y nueve. Logré formar completa mi carta astral, siguiendo el instructivo y las tablas del libro, pero lo que no sé es interpretarla. Van dos veces que leo el capítulo sobre las progresiones y me quedo en las mismas, pero de cualquier forma calculo que mi suerte tiene que estar cambiando. Necesito probar, le expliqué ayer a Alejo, que en mi planeta hay vida después de Sheila.

Si le preguntan a Alicia o Xavier, soy un inadaptado porque siempre me junto con la escoria. Mis amigos opinan que la influencia nociva soy yo, aunque igual los divierto también por eso. A Alejo no le gusta que vengamos gritando desde su coche, pero después de un rato de oírnos insultar a cantidad de gente desconocida, termina gritoneando las mismas cosas. ¡Cierra la boca, pinche escuincle culero! ¡Qué nalgotas tiene tu noviecita, puto! ¡Ya trabajen y cómprense un coche, huevones! Chorros de salsa catsup, huevazos, pedradas, cada tarde que vamos en el Renault o el Opel sembramos el terror entre Insurgentes y San Fernando. Los hago reír mucho, de repente, y ellos me hacen reír igual a mí, pero alguien muy adentro se está cobrando todas las que le han hecho en el Instiputo. Si mi furia no puede llegar hasta el Bóxer, Clemente o el Cadáver, quiero ser peor que todos ellos juntos.

¡Vamos a hacer leyenda!, se trepa Frank de un brinco atrás de mí, diecinueve horas antes de que suene la última campanada de la secundaria. Pasamos junto a Sheila ya metiendo tercera, Frank la saluda con la mano izquierda y yo sigo de largo como si no la viera. Después de eso, la vida parece tan barata que acelero por San Buenaventura como si nos viniera persiguiendo el demonio. Esto es hacer leyenda, según nosotros. Correr, tomar las curvas y rebasar como si en una hora cupieran más suicidios que minutos. Reírnos de las caras de las señoras cuando nos ven haciendo caballitos y nos acusan con los vigilantes. Ay, mira cómo tiemblo, les decimos cuando nos amenazan con prohibirnos el tránsito por la colonia. ¿Y si transito qué, me van a fusilar?, trato de ser lo más insolente que puedo, así que mientras me hablan meto clutch, acelero y los callo con el motor. No se oye, les explico, de lo más sonriente. Se acabó el Instiputo, eso es lo que no entienden. Si tuviera cien kilos de pólvora, los regaría por todo San Buenaventura y prendería un cerillo para celebrarlo. Ya me cansé de esperar que me quieran, ahora nomás espero que me aguanten. Y si no que se jodan. Cada vez que lo digo, Frank se ríe y grita a huevo, yujú, acelérale más, no seas putito.

Cuando estalló la última de las bombas, Alicia se quedó mirando al piso. Tres materias tronadas. Qué tristeza le va a dar a tu padre, se fue enojando poco a poquito, él que tenía tanta ilusión de comprarte tu coche. ¿Y con La Salle qué vamos a hacer?, se desesperó luego, porque claro, otra vez va a tener que ir a poner su carota de palo en los colegios, a ver dónde se dignan aceptar al tarugo de su hijo, que es un alumno irregular, caramba. Me avergüenzas, de veras, echó pestes de mí de la tarde a la noche. ¿Quién podía asegurar, además, que voy a pasar los extraordinarios?

Ya inscrito en los dos cursos especiales, resignado a pasarme las vacaciones en las odiadas jaulas del Instiputo, me encontré el primer día con tres gratas sorpresas. La primera, que en los dos cursos estaría con Trujano. Las otras eran dos mujeres de quince años que también se inscribieron con nosotros. Hace un par de semanas, en los mismos pupitres había estudiantes jugando a medirse los pitos con escuadras, cuando no a puñeteársela debajo del pupitre, y ahora que están aquí dos alumnitas resulta que sólo hay perfectos caballeros. ¿No se dan cuenta, digo? Unas pocas mujeres hacen que un calabozo se confunda con una isla encantada.

A Trujano lo reprobaron todos, pero él dice que va a terminar bien. Fue mala voluntad, puede probarlo. Mientras tanto, ya se inscribió en La Salle. ¡Qué!, respingo, ¿a poco te dejaron inscribirte con diez pinches materias reprobadas? No es la misma Salle, me ilumina, sino una prepa mixta que está en el Pedregal. No es así lasallista-lasallista, y ni siquiera estricta, pero tiene ese nombre, y además queda cerca de nuestras casas. No importa si no tienes el certificado, ellos igual te esperan hasta noviembre. Y si esta información me calma los nervios, habría que ver lo que hace por Alicia. Cuando vamos y encuentra que ya puede inscribirme y olvidar el problema, ella y yo entramos en un nuevo idilio. Me permite que saque la moto en las tardes, intercede por mí delante de Xavier cuando pido permiso para ir a una fiesta y me ofrece, si paso las materias, convencerlo de llevarme con ellos a Los Ángeles. ¿Qué más puedo pedir?, me felicito y algo se me atora, porque ya sé que estoy haciendo trampa.

Si ando con este humor y saco puros dieces en los cursos no es solamente porque vaya a entrar en un colegio mixto, sino porque el domingo antepasado di los pasos que más temía dar. Es decir los precisos para tocar el timbre de esa casa, tragar saliva y decir hola, Sheila, ¿te acuerdas de mí? La sonrisa que siguió a mis palabras le devolvió el oxígeno a la atmósfera. ¿Qué más le iba a decir? ¿Déjame ser tu amigo? Al contrario. Ya sabe que la quiero, ahora voy a insistir. Fue eso lo que pensé, y en ese instante regresé exactamente adonde nos habíamos quedado. Con la sola alegría que le dio verme ahí se cerraron todas las cicatrices y fue como si nunca me hubiera dicho que no sentía nada por mí. La diferencia es que ahora no me asusta que sepa lo que sabe. La quiero. ¿Y qué? ¿Acaso no me vio chillar, fumar y maldecir mi suerte en la sala de su casa? Si ella se cree segura de lo que dijo, yo digo que no sabe lo que dice. ¿No me quiere? No es cierto. ¿Cómo no va a quererme? En todo caso yo para intentarlo no necesito andar pidiendo permiso.

No es que me gusten tanto las dos compañeras, pero ayer demostré que su pura presencia me da poderes sobrenaturales. Salíamos de la clase de Química cuando Trujano me recetó un patadón en las puertas del ano. Fue como si una fuerza extraordinaria me levantara del nivel del piso, y sin embargo seguí caminando, sin siquiera quejarme ni mirar para atrás. Cómo, si ya sabía que atrasito venían Helena y Nilda. Prefería que me creyeran de hierro a que me vieran lloriqueando en el suelo, así que di la vuelta a las escaleras y me tiré detrás a revolcarme como Dios mandaba. Nada más me encontró, a Trujano le dio un ataque de risa. Ya se me había pasado el dolor y al muy hijo de puta las risotadas no lo dejaban describirme las caras que pusieron las dos cuando me vieron despegarme del suelo y regresar a él como si nada. ¿Qué tienes ahí?, me le acerqué un rato después, puse la uña del dedo índice derecho junto a un barro asqueroso que le había salido debajo de la boca y se lo degollé de un solo rasguño. Y así se van las tres últimas horas de la mañana, entre el lunes y el viernes, antes de regresar volando al Club, sacar la moto e ir a buscar a Sheila.

Trujano ya trae coche, así que hay días que me deja en mi casa a las doce y media. Frank insiste en que sigo cagándola en grande, pero qué quiere que haga si estoy en el mejor verano de mi vida. Total, digo, si Sheila no me pela ya veré luego qué me encuentro en la prepa. Pero no es cierto, a quién creo que engaño si me paso las tardes haciendo berrinchazos por los chistes que inventan a sus costillas. Si estamos en el cine y sale una gordota, no falta quien me avise. Mira, a ti que te gusta el jamón. Y no digamos si por casualidad se cuela en la pantalla un hipopótamo. Ándale, Sheila, ¿no podemos intentarlo?, se luce Harry y me echa a perder la película. Vas a ver, pinche imbécil, cuando vuelvas a pedirme la moto. Lo malo son las risas de los otros. Ni modo de pelearme con todos y regresarme a pata como pendejo. Pero al final sí hay modo, y ése empieza por pelearse con Frank. Nada muy complicado, entre tantos corajes, porque últimamente paso más tiempo defendiéndola que entreteniéndola.

Hasta hace poco tiempo nunca me había trepado en un árbol, pero desde que Harry acostumbra subirse al del Triangulito para tallar a navajazo limpio mi nombre y el de Sheila entre corazoncitos y nuevos apodos, yo tuve que enseñarme a subir a las últimas ramas para borrarlo todo con un cuchillo. De otro modo, los niños se subirían al árbol y leerían a gritos lo que Harry escribió, a quince metros de la casa de Sheila. Treparme hasta allá arriba, por encima de tantas azoteas, me hace verme de pronto como el héroe al que tarde o temprano Sheila va a querer. También me sentía así en la tarde del sábado, cuando fuimos a dar la vuelta juntos y nos salió un perrazo en el camino. Era un bóxer, por cierto. Debe de haber alguna antipatía natural entre esa raza y yo, porque apenas lo vi que acercaba el hocico bien abierto a la pantorrilla de Sheila, metí la mía y la agarró de lleno.

—¿Es grave, Don Rodrigo? ¡Sangra mucho!

—Nada importante, doña Ximena, fue sólo una mordida de bóxer envidioso.

—Oh, Dios, qué buen vasallo. Y lo ha hecho por mí…

Más que afligirse, Sheila se carcajeaba. Le hacía gracia verme saltar sobre la pata sana, en cuanto me bajé y descubrí que apenas soportaba el ardor. Perdona que me ría, me agarraba del hombro, pero es que es muy chistosa tu forma de brincar. No se preocupen, se nos acercó el dueño, aquí está la libreta con sus vacunas. Luego nos explicó que el animal es un poco nervioso. Ya lo vimos, peló Sheila los dientes y volvió a carcajearse. Me habría gustado alzarme el pantalón para que viera qué chistosos agujeros, pero sentía húmedo el calcetín y preferí esperar a volver a San Pedro para asustarla en grande, y con suerte agarrarla de enfermera. Si eso pasaba, pensé cuando llegamos al Triangulito, era capaz de ir a buscar al perro para arrimarle la otra pantorrilla. Finalmente, había hecho un buen trabajo. Nada más levantarme tantito el pantalón, confirmé que había sangre suficiente para hacerla abrazarme y angustiarse por mí. Más arriba tenía tres boquetes. Parecían más grandes de lo que eran, pero ya no sangraban. Si eso me había hecho con todo y pantalón, imaginé esperando que ella lo imaginara, ¿cómo habría quedado la pierna de Sheila, con sus bermudas sobre la rodilla?

Cuando menos pensé, Sheila se echó a llorar. ¿Ya viste esto?, gruñó, delante de la puerta de su casa. En unos seguditos, mi pantorrilla había pasado de moda. ¿Y cómo no, si Sheila estaba llorando? Me acerqué a la pared, mientras ella arrancaba el papel de ahí para ponérmelo frente a los ojos. *WANTED*, decía en medio, debajo de una caricatura mía que nadie más que Harry pudo haber dibujado, pero toda la letra era de Frank. Decía también mi nombre y según esto mis características. "Le gustan las gorditas y las sube a su moto para cuchiplanchárselas", escribió entre otras cosas, pero ésas fueron las que la hicieron llorar, mientras a mí me hervía la sangre del coraje y se me derretía la cara de vergüenza. Por no hablar del ardor en la pantorrilla, que ahora se sumaba a los demás: era como si Frank me hubiera mordido. ¿Y no la mordió a ella?, respingué, de regreso en mi casa porque a Sheila ya se le hacía tarde para ir al cine. Según los niños, había sido el mismo Frank quien pegó ese papel a un lado de su puerta. Yo lo mato, le prometí al final, aunque no estoy seguro de que me haya escuchado. Daba lo mismo, de todas maneras. Dije que iba a matarlo, desde niño mis padres me enseñaron que con esos asuntos no se juega.

¿No te vas a lavar la pierna, güey?, se asustó Roger, luego de ver las tres heridas juntas, pero me le escapé. Ni modo de aclararle que me la iba a lavar luego de haber matado a su hermano. Xavier y Alicia estaban en el cine, así que abrí su cómoda sin preocuparme. Moví los dos cajones de hasta abajo, metí la mano adentro y saqué las dos cajas. En una estaba la pistola descargada que alguna vez Xavier me enseñó para que viera que me tenía confianza. Smith and Wesson, .38 especial. La otra caja era igual de pesada, tendría dentro cuando menos cincuenta, sesenta balas. Me ardía igual la pierna que el orgullo, y eso no iba a aliviarse si no ponía a Frank en su lugar.

O sea en el panteón, me prometí otra vez al salir de mi casa, con el revólver envuelto en un suéter. No iba a pensarlo más, dije que iba a matarlo, así que fui directo hasta su puerta y toqué el timbre muy solemnemente. ¿Y si mejor le daba en una pierna, para que se enseñara a respetar? Estaba en esa duda cuando salió su hermano Betito y me explicó que Flank se fue al Cine Pedlegal con Loyel, pelo al lato leglesan. ¿Todo el chingado mundo se había ido al cine, menos yo? Esperaría, entonces. Me senté justo enfrente de la casa. ¿Y si nomás le daba un buen sustito? Diez minutos más tarde, ya había vuelto a mi casa con todo y pistola. Saqué las balas, puse todo en su sitio y fui por el alcohol. Tenía que limpiarme la pantorrilla y no había nadie que me fuera a ayudar. Pensándolo otra vez, si a Sheila le importaba tan poquito verme el tobillo empapado de sangre, ¿por qué tenía yo que sufrir por sus lágrimas? Para que se arreglaran Frank y Sheila, no hacía falta más carne agujerada.

No lo digo, pero me voy rindiendo. Cuando ya celebraba la noticia de que Sheila le había dicho que no al Cólico, tampoco le tembló la voz para contarme que había conocido a no sé qué pendejo y se habían gustado al instante. Y por mi mordidón ni quien preguntara. Todavía no acaba de valer madre la gran ilusión, oigo su voz y se me doblan las rodillas, pero igual no es lo mismo. Si le presto la moto, es capaz de llevársela dos horas. Y si se descompone, la deja en cualquier parte y me manda un recado para que vaya por la llave a la casa de sepa el carajo quién. ¿Sepa el Carajo Quién? Ese soy yo, al final.

¿Qué más quieres saber?, se desespera Frank en el billar, una vez que hemos vuelto a hablarnos y le conté lo de la Smith & Wesson. Creo que no me cree, porque se ríe mucho cuando me oye decir que esperé diez minutos en la banqueta para meterle su chingao plomazo. Desde que presenté los extraordinarios me levantaron todos los castigos, así que en vez de estar chillando por Sheila paso las tardes ensayando carambolas. Me salen más *corbatas* que *ranversés* y con los *tiquis* soy menos fino que un cachalote, pero yo a lo que voy es a reírme. Frank es malo tirando y bueno aconsejando, Fabio saca provecho de esos consejos y Alejo se desgasta imaginando tiros de fantasía que muy de vez en cuando le cuajan. Yo soy mejor hablando que jugando, así que mi trabajo es distraerlos con apodos y chistes; y cuando me hacen burla con el tema de Sheila ya me gana la risa y en lugar de enojarme los ayudo. Sin el amor, soy otra vez aquel inadaptado al que le da lo mismo que le llamen rufián, desvergonzado, vándalo, vago, bueno para nada. Y en vista de que terminé la secundaria y todavía no empiezo la preparatoria, ya siento comezón por meterme en problemas. Suspiro de pensar en la oferta imposible que me habían hecho Alicia y Xavier. ¿Pensarían de veras en comprarme un coche? ¿Puedo hacer algo todavía, quizá? Ya estoy en prepa, digo, qué más quieren que haga. Se los cuento y se ríen. Y tu paleta de limón, dice otra vez Alicia. ¿Entonces qué? ¿Van a dejarme ir a la prepa en la moto?

Hace ya varios meses, un borracho fue a estrellarse en el coche de Alicia y lo mandó directo contra el de Xavier, justo cuando acababa de comprarlo. No le hizo mucho daño, pero el de ella quedó como acordeón. Al día siguiente, saliendo del taller, Alicia se quejaba del dineral que iba a costar arreglarlo. No hay que echarle dinero bueno al malo, filosofó Xavier, ese carro ya no va a quedar bien. Poco rato más tarde ya estábamos en una agencia de coches nuevos, y a la semana Alicia estaba estrenando uno más padrotón que el que le habían chocado. Eso me hizo pensar que a lo mejor tenían razón en el Instiputo cuando decían que era yo un pinche junior. Pinche junior pendejo, decían, pero en lo último no siempre estoy de acuerdo. ¿Tenían razón también los pinches profesores cuando salían con que Trujano y yo éramos herederos y nunca íbamos a tener que trabajar? Otro de los secretos que Xavier me ha enseñado son las acciones que guarda en el librero. Si mis cuentas no fallan, esos papeles valen tanto como otra casa tamaño Calle 11 número 1.

—Llévate estas acciones, hijo, que ya son tuyas.

—¿Y eso por qué, papá? ¿Qué voy a hacer con ellas?

—Cómprate una casota como la nuestra, para que la disfrutes con Sheila y los niños.

¿Qué día entras a clases? ¿De agosto o de septiembre? ¿Cuándo vence tu pasaporte? ¿Te gusta el amarillo? ¿Todavía te interesa conocer Disneylandia? Son tantas las preguntas que Xavier me dispara que con trabajos le respondo la mitad. ¿Piensa llevarnos a un hotel amarillo? Habríamos ido a Europa, me recuerda, si no hubieras salido con tu batea de babas de las tres materias. Me siento un poco mal, pero la paso bien. El Búho es todavía mejor maestro en los cursos de regularización, y a Clemente no volvimos a verlo. Poco antes de los exámenes extraordinarios, el Instiputo y el papá de Trujano llegaron a un arreglo de caballeros: una mañana, lo llamó el Cadáver y le pidió que fuera con su secretaria. Vas a dictarle todas tus calificaciones, lo instruyó, con esa jeta chueca que ponen los que están tragándose la mierda. ¿Cuáles calificaciones?, se extrañó todavía Trujano. Las que quieras, o las que más te gusten, le sonrió con fastidio, nomás que sea rápido, para ir ya tramitando tu certificado. A cambio de esos ochos, nueves y dieces, el papá de Trujano retiró la demanda. Tanta risa me dio y tanto lo gocé que es como si me hubiera pasado a mí. A la hora de la hora, se burlaba Trujano, acabamos cogiéndonos a Clemente. Contra el pronóstico de toda la manada, no fui yo, ni Trujano, sino Fergas quien reprobó tercero de secundaria. ¿Ya ves, por comecaca?, me quedé con las ganas de decirle. Por increíble que suene, dentro de tres semanas voy estudiar en una prepa mixta, donde no me conocen ni me han visto jamás ir por la vida trapeando el suelo con mi amor propio. No saben quién es Sheila, Clemente, el Cadáver o el comandante del supermercado.

¿Sabes qué no me gusta de tener que irme una semana entera a California?, me sincero una noche con Frank, regresando los dos de una fiesta muy cerca de la Veintiséis a la que Sheila nunca llegó. Ya sé, sonríe, dispara, te preocupa Carlos Juan Agustín Agapito Edelmiro Herculano. Triste y amargamente, lo corrijo. El imbécil que está saliendo con Sheila se llama José Marco Valentín Jacobo Palero Zurbarán, pero entre sus pendejos amiguitos es solamente Marco Valentín. Un galancete que vive en Coyoacán y va entrar a tercero de prepa. Sus amigos traen chacos y macanas en el coche, viven en la Campestre Churubusco y tienen fama de hijos de la chingada. ¿Y para qué te quedas, resopla, a poco te calienta quedarte a ver cómo el simpático Marco Valentín acaba de bajarte a tu vieja? No es vieja, ya te he dicho. Tampoco es tuya, así que no me chingues. ¿Y entonces qué, me rindo? ¿Prefieres esperarte a que ese güey se canse de fajársela? Te lo advierto, pendejo, no vas hablar así de Sheila. Perdón, quise decir que si vas a esperar a que tu buen amigo Marco Valentín se aburra de cogérsela. ¿Sabes qué, güey? No voy a discutir, chinga a tu pinche culo.

Me gustaría pensar que el paisaje cambió desde el momento en que empezamos a hacer las maletas, pero ni en el avión ni en el hotel conseguí sacudirme al fantasma de Sheila con su nuevo novio. Hasta entonces, lo que yo ambicionaba era conquistarla con las reglas de gente como Marco Valentín. Lo detestaba, pero seguía pujando por parecerme a él. De pronto me sentía un pendejito, y a lo mejor por eso todo el entrenamiento en los trolebuses no me sirvió de nada en el mundo de Sheila. Cierto que tengo algunos buenos discos, pero voy sospechando que debería estar escuchando otras cosas. En tres meses cumplo dieciséis años, tendría que estar haciendo más ruido. De esa música que uno todavía no escucha, pero ya sabe que en cuanto la oiga va a reconocerla. Cuando niño, tampoco sabía qué iba a encontrar en las jugueterías gringas, pero jamás salí defraudado. Por eso pienso que el paisaje cambió para siempre cuando puse un pie dentro de esa tienda de discos en Hollywood Boulevard. No conocía nada, o casi nada, pero estaba sonando una canción que me tenía rebotando en el suelo. No entendía la mitad de la letra, y ni falta que hacía porque decía I'm eighteen, and I don't know what I want, y yo que todavía no he cumplido los sixteen menos podía saber lo que quería, aunque sí que era urgente y estaba todo ahí.

Mira nomás qué tipo tan asqueroso, arrugó la nariz Alicia, no me vas a decir que quieres ese disco, ¿o sí? Llévate eso de aquí, me despachó Xavier, no me enseñes las porquerías que compras. Le había preguntado a la empleada cuál era el disco que estaba sonando. It's a classic, sonrió, y al instante me puso entre las manos un disco de Alice Cooper. Pero si ni siquiera te consta que sea bueno, trató de disuadirme la buena de Alicia cuando ya su tocayo la sacaba del juego. ¡Escucha la canción que está sonando!, intenté demostrarle. Debo de haberla visto como a un ser de otro mundo, porque se carcajeó y me dijo qué bobo eres, y luego ándale pues, a ver en qué mugradas botas tus dólares.

Me gustaría comprarle algún regalo a Sheila, pero me temo que a ella no la haría bailar el *Alice Cooper's Greatest Hits*, y menos a su amigo Marco Valentín, con esa jeta de galán dominguero. Siento como si hubiera descubierto un tesoro, tanto que me entretengo imaginando ya no el sonido de mis nuevos discos, como el de los que no alcancé a comprar. Cientos, quizá. O miles, cómo voy a saberlo. Ni siquiera me atrevo a predecir si Alicia y Xavier estarán listos para ver en su casa ciertas portadas. Lo que más les molesta de Alice Cooper es que se pinte párpados y pómulos. Además, me recuerdan, como si hiciera falta, ¿qué no sabes que Alice es nombre de mujer? ¿Y a mí qué, si nomás lo voy a oír?, miento, porque si yo supiera cuál es el maquillaje que usa para pintarse lágrimas como ésas, sería muy capaz de comprarlo a escondidas. ¿Qué podría llegar a pensar Sheila de un tipo que se pinta como Alice Cooper? Nada mejor de lo que pienso yo de Marco Valentín, me digo cuesta abajo en el Matternhorn, abrazado de Alicia, gritando junto a ella, que goza como nadie de los juegos mecánicos. De vuelta en el avión, voy saboreando por anticipado la vida que me espera de ahora en adelante, pero no he visto nada. Alice Cooper es el puro principio.

¿Qué vas a hacer mañana en la tarde?, me sorprendió Xavier al poco tiempo de que regresamos. Nada, ¿por qué?, me hice güey porque iba a ser ya viernes y esperaba tener la casa sola para llamar a Frank, Alejo y Harry. No podían seguir viviendo así, tenían que escuchar el disco de Alice Cooper. Voy a necesitar que me acompañes, sentenció, como siempre que quiere darme a entender que no me va a servir contradecirlo, y antes de ver la jeta que ya estaba plantándole soltó la frase mágica: *te conviene*. Desde entonces lo sigo, lo interrogo, lo acoso, lo extorsiono, le ruego y nada, está terco en que tengo que esperar.

Son por ahí de las cuatro y media del viernes cuando mi padre se aparece en la casa. Ya vámonos, Alicia, se desespera desde la sala, y desde la recámara mi madre le pregunta si no será muy tarde para ir a ver coches usados. ¡Coches, dijo!, me trabo, me sacudo, me río cuando observo que a Xavier le ha ganado la sonrisa. ¿Van a comprarme un coche?, se me salen los ojos y ya grito apúrale, mamá, que se nos hace tarde. ¡Ahora sí tienes prisa!, baja riéndose, mientras cierro los ojos y me imagino cómo llegaría a la prepa manejando mi coche. Quizás acompañado de una o dos de mis nuevas compañeras. No es que las pueda ver, porque no las conozco, pero sí que veo a Sheila muerta de la envidia.

—¿Quién es esa piernuda que está en el parquecito?

—No hagas caso, mi amor, es sólo una vecina.

—Pues se ve que le gustas, porque no deja de mirar tu coche.

En el camino vamos discutiendo. Xavier opina que me conviene más una carcacha, para que en ella aprenda a manejar, y si la trato bien me compra luego un carro mejor. Alicia dice que tampoco tendría que ser un vejestorio, aunque ni eso merezca después de reprobar tantas materias. Cuando llegamos a la agencia de coches, pregunto por la zona de autos usados y me desaparezco de la escena. Vuelvo poco más tarde, dudando entre un ocho cilindros viejito y otro de cuatro no tan veterano, sólo que mis papás no están interesados. Te vas a conformar con lo que se te dé, me sermonea Alicia mientras el vendedor le da a Xavier una carpeta llena de papeles. ¿Ya está aquí la factura?, hojea y se la topa. Nissan Motors, alcanzo a leer y ya se me revuelven las tripas nada más voy oliéndome el engaño. Miro a Alicia primero, luego a Xavier. Se sonríen, me sonríen, como si hubieran hecho una travesura. En eso, detrás de ellos, se detiene una nave amarilla. ¿Es… nuevo?, titubeo, como si no fuera obvio que hasta las llantas brillan. ¿Es para mí?, me trabo. Es tu coche, ándale, me anima Xavier. ¿No te gusta?, se extraña Alicia de ver que no me muevo. Ahora ya puedes ver por qué te pregunté si te gustaba el color amarillo, se delata Xavier cuando ya entré en el coche y acaricio el volante, la palanca, los botones, el freno. Ahora sí, me repito en silencio, se acabó el Instiputo. Hasta nunca, Clemente, Sucres, Monterrubio, Cadáver. Tengo otra vida y soy otra persona.

Es como si me hubiera fugado de la cárcel. Hace un buen rato que anocheció, pero yo sigo dentro del garage y del carro con Alejo y Frank. Ha pasado un par de horas desde que mis papás salieron hacia casa de mi abuelo y no van a volver antes de medianoche, pero Alejo tampoco quiere bajarse. Vamos a estrenar coche, se felicita porque va imaginándose la clase de desmadres que se acercan. Si quieres que te diga la verdad, alza los hombros Frank, este coche es la prueba de que tus padres son unos irresponsables. Cuando por fin bajamos, insisto en que nos falta lo mejor. Solamente que tengas tres putas en tu cuarto, se la jala Alejo, maravillado aún por la noticia del milagro amarillo que ha terminado de llenar el garage. Di dos vueltas al Club con mi papá de maestro, hasta que reventamos porque ni él ni yo soportamos los nervios del otro, les explico y ya Frank se ofrece a darme clases, a partir de mañana. Pero igual ni lo escucho porque mañana sigue estando muy lejos y yo tengo esta prisa por llevarlos a Júpiter, así que pongo el disco y desaparezco. Tres minutos más tarde, bajo de vuelta y descubro que Frank ha tenido el buen gusto de volver a poner la primera canción. Él, que va a cumplir eighteen, tiene que sentir pelos, cómo no.

Mary Quant Pastel Crayons, dice la tapa del estuche metálico que se esconde en la cómoda de Alicia. Cuando me ven bailar con la cara invadida por lágrimas moradas y ojeras negras, dudan entre reírse y admirarse. Pero me vale madre su opinión y ya se dieron cuenta, porque en vez de escucharlos agito la melena: una peluca vieja que Alicia ya no usa y al poco rato me la peleo con Alejo, Frank y Harry, que acaba de llegar junto con Fabio y opina que ese disco está cabrón. ¿Y a este güey qué le pasa?, se escandaliza Fabio, y por toda respuesta muevo los labios con la tercera canción: I'm a killer and... I'm a clown. Alejo se pregunta si voy a andar así en el nuevo coche y Frank jura que a huevo, para que Sheila diga ¿ya viste a ese pendejo, mi Marco Valentín? Todos se ríen, pero yo no contesto. Me importa poco Sheila y todo lo que pueda pensar de mí. Me da igual la opinión del mundo entero, cuando menos mientras suene este disco y yo pueda seguir sacudiéndome. Perdónenme, les lanzo un alarido para que apenas me oigan porque puse el volumen hasta arriba, estoy muy ocupado en el stage.

¡Rompemadres!, se maravilla Frank, canción tras canción. I've been waiting so long to sing my song, se desgañita al lado de Alice Cooper y una vez más estira la mano para dármela. No mames, qué chingón, te la sacaste con este disco. Ya lo hemos escuchado tres veces completito y vamos por la cuarta cuando se cuela el ruido de la reja. ¡Mis papás!, pego el grito y en cosa de segundos apagamos las luces y el aparato, corremos por la sala y nos atropellamos en las escaleras. Luego ellos se deslizan por la azotea, en camino hacia los tinacos, la jardinera, el árbol y la esquina de San Pedro y la Once, mientras yo me desvisto, escondo la peluca y me meto debajo de las sábanas. ¡Ya llegamos, sabandija!, pega el grito Xavier desde media escalera. ¡Shhhht, caramba! ¿No ves que está dormido el pobrecito?, susurra Alicia y lo hace reír. No vaya a despertarse el angelito, se pitorrea llegando a su recámara y mi respiración recupera su ritmo. No les habría gustado verme pintarrajeado en la cama, ni me hubiera servido de gran cosa explicarles que yo también esperé mucho tiempo para cantar mi canción

Cuando apagan la luz, me levanto a cerrar la puerta del cuarto y me encierro en el baño a borrar de mi jeta cualquier semejanza con Alice Cooper. Aun así, me miro diferente. Como si el estudiante que salió del Instiputo y el que va entrar a hacer la prepa en La Mixta Salle fueran no nada más distintos sino también perfectos extraños. Es decir que tengo una prisa loca por echar tierra encima del pasado y empezar a partir de Alice Cooper. Perdón, me equivoqué, no era yo el que creyeron sino el que desde ahora van a ver.

## 24. El músculo del amor

Maritere cambió desde que llegó Norma. Casi no hablaba entonces (excepto con Edmundo, a puro secretearse) y ahora ya no paran de reírse. Si tuviera que armarme una con las dos, le pondría a Norma los labios, la cintura y las piernas de Maritere. Quedaría una súper mamacita, pero igual a ninguna le diría que no. Mientras todavía duran las vacaciones, voy y vengo en pantuflas por la casa, para que no me escuchen cuando me acerco a una recámara, o a la cocina, o a donde sea que una de ellas esté de rodillitas, o nomás agachada, y se me hace el milagro de verle los calzones. Prefiero los de Norma, que son chiquitos, pero no me disgustan los de Maritere. Sueño que se los quito, o me paso las horas imaginándolo. Al principio trataba de que no me vieran, pero ahora es al contrario. Me les quedo mirando, como a los pasajeros del trolebús, sólo que en este caso no pretendo ganarles, sino algo así como hipnotizarlas.

En el librero de Xavier está la historia de la vida de Charles Manson. Se entrenaba la cárcel, mirando fijamente a una hoja blanca pegada a la pared, sin parpadear por minutos y horas. Así las miro, siempre que me sorprenden con los ojos clavados en sus piernas. ¡Mamacita!, les grito desde adentro. Como decía el Cadáver, en perfecto silencio. Me dan escalofríos, pero lo disimulo porque también me pasan otras cosas, como esta calentura que ya hace tiempo puede más que yo: no sólo no le gusta que la esconda, sino que exige ser reconocida. Mírame, estoy caliente, le confiesan mis labios cada vez que se dejan mordisquear por mis dientes cubiertos de fierros ortodónticos. ¿Cara de niño yo? Vamos a ver si es cierto, me digo ya en el baño, solo otra vez pero tampoco tanto porque nomás de estarlas piensa y piensa ya puedo oler sus piernas, arrímate, acuéstate, acomódate, murmuro muy quedito, aunque tampoco mucho porque también me excita pensar que alguna de las dos está allá afuera y por casualidad anda caliente. No va a pasar, ya sé, pero en mi mente pasa tan seguido que ya no sé por dónde salir de esta película.

Los viernes son grandiosos, no se diga los sábados. Edmundo se va todo el fin de semana, mientras Norma se turna con Maritere para quedarse sola por una noche. Cuando llega la hora de subirme la cena a la recámara, llevo ya un largo rato ensayando las miradas del día. La semana pasada estuve enfermo, así que Maritere subió de menos siete veces a traerme frutitas, pastillas y vasitos con Sidral Mundet. Hoy que la vi llegar con la mesita de la merienda, ya estaba preparado. Tenía entre las piernas una revista abierta por el medio: el *Penthouse* que me había robado cuando Frank me pidió acompañarlo a la peluquería. Era una tal Patricia la Pet de ese Month. Se parecía un poquito a Maritere, sólo que no tenía calzones que enseñar. Al contrario, se ayudaba con cuatro dedos de las manos para que se le viera más adentro. Agarré la mesita, la sostuve en el aire y sentí un delicioso escalofrío cuando junté el valor para pedirle que me ayudara con la revista. Sí, joven, me respondió entre dientes y la alzó mientras yo acomodaba la mesa sobre mis piernas. No pelaba los ojos, pero tampoco le quitaba la vista de encima a *Patricia*. Me la devolvió abierta, le di las gracias y la vi salir de mi recámara sólo para después, casi inmediatamente, repetirme la escena en la cabeza con Maritere totalmente encuerada.

—Oiga, joven, ¿qué dice esa canción?

—Dice que tengo un músculo de amor.

—Y si lo tiene ahí, ¿por qué no me lo enseña?

La gran ventaja de que se queden solas en viernes y sábado es que nunca están solas mientras se enjabonan. Dos veces he apagado el calentador para ver si consigo mirarlas sin vapor de por medio, pero con agua fría no se bañan. De pronto me conformo con que canten, aunque a Norma hasta hoy no se le haya ocurrido. Paso la tarde dando vueltas al Club con mis amigos en el coche amarillo (Frank en plan de maestro madreador: ¡Te dije que no frenes con el pie izquierdo, güey!, me pega en la cabeza como si se tratara de abollarla), y por ahí de las ocho me aparezco en la casa, listo para jugar al Hipnotista Calenturiento. Mirarla fijamente. Un ratito a los ojos y otro a las piernas, con la revista abierta sobre las manos para que no le quede la menor duda sobre las cosas que estoy pensando. Espiarla de la sala a la cocina, por la rendija abierta entre un par de sillones, merendando solita con tamañas piernotas, quién pudiera ser silla. Apostaría, he acicateado a Alejo, con Harry carcajeándose detrás, a que hueles y lames la silla donde se sienta Marina. Parece un chiste, claro, porque la pobrecita de Marina no es muy distinta de la bruja Hermelinda, pero yo bien que espero hasta el domingo, cuando ninguna de las dos está, para oler sus zapatos y su ropa interior y meterme en sus camas y besar sus almohadas y hasta ir coleccionando en diferentes frascos unos pelos de más de cincuenta centímetros y otros que con trabajos pasan de quince, regla en mano: Maritere y Norma, que no lo saben pero son mis amantes y a estas alturas ya me gustan igual. Con Norma todavía no me atrevo a sacar la revista, quizás porque es un poco menos tímida y yo qué voy a hacer si me dice algo.

El chiste es dar los pasos de uno en uno. Cada nueva ocurrencia me trae pensando por decenas de horas. Me digo que si ya tantas veces he conseguido verles los calzones, y ellas lavan y planchan los míos, qué más da si una noche me ven sin pantalones. Qué vergüenza, me río, pero también me angustio de pensar cómo le voy a hacer el día que encontremos a las putas. ¿Me atrevería a encuerarme delante de una de ellas? ¿Y si sólo por eso no se me para? Me han contado montones de historias así. Por eso luego digo que si me da vergüenza que Norma y Maritere me vean en calzones, voy a pasarla mal en el hotel, o el burdel, o donde sea que te lleven esas putas sabrosas a las que un día de éstos vamos a encontrar. Necesito entrenarme y he comenzado por ejercitar la imaginación. Me quiebro la cabeza buscando una coartada para que piensen que es casualidad, y hasta ahora la única que me convence es poner de pretexto que ya era muy tarde cuando subió a recoger la charola. ¿Qué tan tarde sería, o tendría que ser? ¿Me le haría el dormido? ¿Iría y vendría en calzones, como si cualquier cosa? ¿No me han visto ya en toalla, saliendo de bañarme? ¿No sé yo a lo que huelen cuando se bañan, y hasta cuando duermen? ¿Y por qué entonces me arrepiento después y me juro que nunca voy a hacer eso, en el nombre del Padre, del Hijo y del Espíritu Sheila?

¿Vas a prestarle el coche a la Sheilonjas? Tanto me lo preguntan que no me extrañaría que cruzaran apuestas. Ahora ya no me quejo por el apodo. Desde que se hizo novia de Marco Valentín me he quedado sin fuerzas para defenderla. Lo saben todos, hasta los más chiquitos. Y cómo no, si Memo los descubrió. Vengan, gritó una noche, no hace mucho, allá adentro está Sheila fajando con su novio. Para cuando llegué, ya estaban allí Harry, Frank y Alejo. La música se oía hasta la calle y la cortina estaba descorrida. Había una hilera de niños apostados sobre la reja del jardín de Sheila, comentándose a gritos las incidencias de la noche de faje. Adentro estaban ella y Mariluchi, bailando con dos güeyes mientras otro ponía la música. ¡Ya le agarró una nalga!, gritaba Memo y yo miraba de reojo, sólo para enterarme amargamente que a Marco Valentín no le bastaba con abrazar su espalda, sino que encima se la acariciaba. Al otro Mariluchi le tenía puesto el freno de mano, pero el comemierda ése del Valentín estaba besuqueándose nada menos que con la mujer de mi vida. ¿Y si no era ésa la mujer de mi vida?, me permití dudar mientras pujaba por demostrarle a Harry que me valían madre sus chistecitos. ¡Oye, Marco Valentín, cógetela en el jardín!, canturreó un par de veces desde el triangulito, y los niños siguieron detrás de él. O-ye-Mar-co-Va-len-tín... Me habría gustado llegar a mi casa y correr a abrazar a Maritere, pero en vez de eso me encerré en mi cuarto a berrear como niño desamparado. ¿Era Mi Sheila esa mujer cachonda que se daba besitos de más de tres minutos, la canción completita, con el pendejete ése de Marco Calentín?

Harry tiene razón, pensé al día siguiente, por mí que se la coja en el jardín. Pero unos días después me la topé en San Pedro y se me fue la sangre a los pies. Venía yo saliendo con el coche cuando la vi sonreírme con hoyuelos y dientes y nariz arrugada. Felicidades, me lanzó otra sonrisa quebradora cuando salí para dejarla entrar, qué coche tan bonito. Prendió el radio, quitó el freno de mano, metió velocidades. Luego agarró el volante, lo giró varias veces y me miró a los ojos.

¿Puedo?, peló los dientes, alzó las cejas. ¿Y yo qué iba a decirle? ¿No, cómo crees? ¿Sí, cuando quieras? Devolví la sonrisa justo antes de yo mismo sorprenderme por decir lo que dije: Otro día, Sheila… Dolió un poco al principio, pero luego de ver sus ojos de sorpresa y escucharla un poquito indignada decir que cómo no, un treinta de febrero, no me tembló la voz para darme el gustazo de ofrecerle tal-vez-un-veintinueve. Nada más arranqué hacia casa de Alejo, me pregunté si Sheila considera que vamos a poder intentarlo un veintinueve o un treinta de febrero.

¡Venga esa mano!, celebró Frank más tarde, apenas se enteró. Eso sí es tener huevos, opinó frente a todos los demás y fue como una transfusión de respeto. Sólo espero que no se les ocurra la estupidez de creer que en el fondo no hago sino esperar que Marco Valentín desaparezca del panorama para ir detrás de Sheila como un perro hambreado, porque ésa es la verdad y me empeño en taparla como si fuera el último secreto detrás de mis calzones cagados. ¿O será que tal vez no hago más que esperar al primer día de clases para lanzarme a buscarle un reemplazo a la señora de Palero Zurbarán?

Me faltan diez semanas para cumplir los dieciséis años. Mientras eso sucede, no estoy autorizado a usar el coche más allá de los límites del Club. Aun así pasamos tardes divertidísimas dando vueltas y vueltas a la colonia. Cuando hay suerte, llevamos o traemos vecinas. Cuando no, que es el enorme resto del tiempo, me dedico a asustarlos improvisando lances suicidas al volante, como agarrar las curvas pegados a la izquierda o correr en zigzag entre gritos y golpes de todos para todos. Algunas vecinitas, para nuestra desgracia las más apetitosas, nos ven pasar y hacen caras de fuchi. Dirán que somos como un kínder ambulante, pero ésa es una entre el millón de cosas que en los últimos meses han dejado de preocuparme. Es más, por una vez no me preocupa nada. Miro hacia atrás y es como si el recuerdo de la secundaria estuviera tan lejos que no logro entenderlo. ¿Qué hacía yo parado días enteros en mitad del patio? ¿Cómo es que en media hora de limar un pedazo de metal, casi al final de la última semana, no logré controlarme y evitar el impulso de saltar por encima de Monterrubio decidido a marcarlo para-toda-la-vida? ¿Qué hice para que ni eso me saliera bien? ¿Y no es cierto que odiar es agotador?

Ni madres, les insisto cada vez que sugieren que vayamos al cine o al billar en mi coche. Necesito el permiso de manejo, de otro modo Xavier me haría picadillo si algo le pasa al coche afuera del Club. El primer gran problema es que me conocen. Soy el menos prudente. El sonsacador. El francotirador. ¿Cómo voy a arrugarme para ir a dar la vuelta a Tlalpan, cuando menos? Y ahí aparece el otro gran problema: yo también me conozco. Basta con que me pase tantito de la raya para que me desboque totalmente, y es por eso que desde media tarde andamos dando vueltas por San Ángel. Son ya casi las ocho y yo le dije a Alicia que iba a estar de regreso a las ocho y media. Espérense, les pido, sin embargo, tengo que ir a cumplir un juramento, y arranco hacia la tienda de don Paco: aquel viejo siniestro que tan mal me trataba cada vez que llegaba a comprar algo. Si Xavier me mandaba por sus Raleigh, él me decía toma, pinche escuincle vicioso. Si quería dos chicles de veinte centavos, me llamaba tacaño y me echaba a la calle sin vendérmelos. Una vez a las puertas de la miscelánea, lo veo parado detrás del mostrador y voy bajando el vidrio de mi ventanilla. ¡Don Paco!, pego el grito. El tendero me mira, afina la vista y se esfuerza por captar mis palabras: ¿Se acuerda de mí? Sonríe al fin y asiente, igual que un abuelito cariñoso. ¿Ah, sí?, alzo la voz de nuevo, ¡pues chingue a su madre!

El kínder ambulante vuelve al Club a las ocho cincuenta, luego de haber tomado un camino lo suficientemente largo para incluir dos escalas técnicas: una en las hamburguesas del Tomboy, de donde hemos salido un instante después armados con un par de botellas de hule —mostaza y salsa catsup—, y la otra en una tienda donde compramos dos docenas de huevos. Para cuando bajaron de mi coche, ninguno había parado de reírse. Fueron de menos diez huevazos espectaculares, más las descargas rojas y amarillas. Para colmo, Fabio sacó los brazos por la ventana y le dio un empujón a un bicicletero. ¡Suelo!, gritamos todos. Y yo digo que me habría encantado inscribirme en un kínder con ese plan de estudios.

¿Voy a estudiar, al fin? Según yo, sí. En una escuela mixta necesito ser todo lo contrario del holgazán que fui en el Instiputo. Ahora va a haber motivos, me aseguro, y hasta me felicito porque no voy a estar en el mismo salón que Abel Trujano. En vista de que no conozco a nadie, no sólo es más probable que me porte bien, sino además no va a quedarme otra que arrimarme a las nuevas compañeras. Si yo fuera mi padre o el tuyo, se divierte opinando Trujano, habría pagado porque nos pusieran en salones distintos. Y no son dos, ni tres, sino siete. En total, más de trescientos alumnos, solamente en primero de preparatoria. Según Frank, debería calcular más o menos un veinte por ciento de guapas y un ochenta por ciento de pendejos peleándoselas. Lo bueno, añade Alejo, es que hay un diez por ciento de gorditas, para ti que te gusta la chuleta grasienta. Grasa la que te sale de esas mil cuatrocientas espinillas, ataco de regreso, pero Alejo ya grita le-do-lió, le-do-lió, y lo peor es que es cierto. Como si fuera mucho pinche mérito aprovecharse de un caballero.

Lo que yo no sabía era que el mundo iba a hacerse tan grande. Nada más dieron las nueve y media de la mañana del primer lunes en La Falsa Salle, Abel Trujano y yo descubrimos que habíamos ido a dar al Jardín del Edén. Mi salón es un poco aburrido, no hay una sola que le gane a Sheila, pero ya en el descanso vemos pasar delante de nosotros un desfile increíble de prospectos de madres para nuestros hijos. De repente, la vida es un concurso de belleza. Según decía el folleto, la escuela tiene diez mil metros cuadrados de jardines y el director insiste en que no hay prefectos. Se supone que somos personas responsables, así que cada uno decide si entra a clases o no. ¡Allá viene el Cadáver!, me provoca Trujano y yo caigo en la trampa porque me tiro al piso como un delincuente. No sería tan extraño que cualquier noche de éstas todavía soñara con Clemente, pero pasan los días y me voy curando. Desde los caminitos de piedra de La Antisalle, cada recuerdo gris del Instiputo parece tan remoto como la preprimaria. Nadie se forma en fila, nadie viene a joderte, nadie anda vigilándote para que entres a clase.

¡Vamos a pasar lista!, me convence Trujano en un instante, nada más de enseñarme las llaves de su coche. Es apenas el segundo descanso y ya suena la hora de darnos a la fuga. No vamos al billar, ni al boliche, sino a todas las escuelas cercanas, mixtas y de mujeres. Siempre hay varias afuera, y como van cambiándose nunca sabes lo que te va a esperar en la próxima vuelta. Por eso dice Abel que hay que pasarles lista. ¿Yo, que hasta hace unos meses vigilaba de lejos la oficina del difunto Cadáver nada más para ver a su secretaria, voy a pasar tres años de mi vida entre cientos de chicas como ella, sin tener que pelearme ni mentarme la madre con nadie? De esto último ya no estoy tan seguro, desde que vi salir de Primero B nada menos que al Cólico. Solamente de verlo e imaginármelo rechazado por Sheila, me dan ganas de ir a darle las gracias a Marco Valentín. Te vomito, pendejo, refunfuño entre dientes. ¿A quién le hablas?, se extraña Abel Trujano. A un imbécil, le explico, déjame que termine de guacarear. ¿Le reviento el hocico?, se ofrece, medio en broma, si quieres le refundo un cuetón de diez pesos por el culo. Todavía no, respondo muy en serio, deja que él valga al menos veinte pesos, para que nos convenga. Me gustaría pensar que me odia más a mí que yo a él, pero la competencia está reñida. Si existiera un botón para borrar al otro de este mundo, lo habríamos apretado a la velocidad de un matamoscas.

Se acabaron los sándwiches. El juego es que aquí piensen que eres gente grande. Si alguien quiere insultarte, le basta con decir pobre inmaduro. Tampoco hay profesores titulares. Cada mañana, el profesor de turno prende la tele y aparece una alumna junto al director. Muy contentos los dos, como para que no se nos olvide que vinimos a dar a un colegio buenísima onda. Es como si nos dieran la feliz bienvenida a un comercial de Margarina Primavera. No sé explicarlo bien, pero algo en mis entrañas se revuelve nomás de imaginarme jugándole al maduro con la chica sonriente del circuito cerrado que nos invita a todos a participar en no sé qué torneo de basquetbol. A mi lado se sienta una tal Josefina, que en pocas horas se ha hecho popular, aunque igual con trabajos me dirige el saludo. Algo me dice que le caigo mal. Pero no importa, es más que suficiente con que sea mujer. Hay, además, maestras de Lógica, Historia, Geografía y Dibujo. Nadie les dice así. Tampoco profesora, ni miss, ni señorita. Mariví es Mariví, Carmen es Carmen y al profesor de Actividades Estéticas no le molesta que lo llamemos Jerry, por el ratón. Todo muy bien, pero me siento niño entre tantos que quieren ser maduros. Si ellos se están cayendo del árbol, yo prefiero seguir entre las ramas. Fuera de mis amigos, que tampoco son buenos para hacer amistades entre los populares, los de mi edad me ven como a un intruso. O así me siento yo: extranjero a toda hora. Para colmo, es Xavier quien me trae al colegio. ¿Y mi coche? Bien, gracias, en el garage.

Llevamos cuatro días de clases cuando al fin Josefina se preocupa por mí. Estuvo oyéndome moquear por media hora, hasta que hizo una jeta de fastidio y me dio un kleenex, como regañándome. Y yo me derretía no sé si de vergüenza o de coraje. Me habría gustado atreverme a devolvérselo, todavía mejor cargado ya de mocos, pero sigo creyendo, no sé cómo, que en un descuido voy a hacerme popular, o por lo menos a conseguir novia. No en mi salón, que está repleto de mamonas, pero sí en cualquier otro. El de Abel, por ejemplo, es rico en princesas, pero la que me gusta va en Primero C. Tiene una colección de suéteres verdes y una sonrisa que me deja flotando sobre el pasto, así que entre nosotros la llamamos Green. La sigo desde lejos, suspirando, por más que Abel se burle y me empuje hacia ella cuando pasa cerquita, qué pinches nervios. ¿Por qué no le hablas ya?, se desespera. Ni modo de explicarle que sólo de acercármele se viene abajo el mundo y yo no quiero más que correr a esconderme. ¿Qué espero? Como siempre, la perfecta ocasión. La mañana nublada en que Green y yo nos topemos en uno de los jardines, y no haya nadie más y tengamos que vernos frente a frente. Sonreírnos. Reconocernos. Decirnos que esperamos mucho tiempo para al fin encontrarnos y ya no separarnos nunca más. ¿Y cómo sé todo eso, si no me he ni enterado de su nombre? ¿No decía lo mismito de Sheila, hace menos de un mes? ¿No lo diría de otra, si se fijara en mí? Por supuesto que no. En mi película sólo hay una mujer. Está en todos los libros y en todas las canciones y en la televisión, las tiendas, las paredes, los postes, las esquinas. Es como si el destino se llenara de signos, flechas y líneas punteadas que me llevan hacia Ella, que se ha pasado toda la vida soñándome. Y aunque no lo parezca, tiemblo de la impaciencia. Nadie imagina todos los alaridos que se ocultan tras el silencio de los tímidos. Dejaríamos sordo al universo entero si nos lo propusiéramos. Cada día que salgo de la casa me digo que ahora sí van a enterarse de lo poco que me parezco al que ellos creen que ven, pero la pura idea de que vuelva a pasarme lo que en el Instiputo me deja quieto y mudo como una pared. ¿Por qué no hay una clase donde aprenda uno a tratar a las personas del otro sexo? Juro que estudiaría mañana, tarde y noche.

He hecho algunos amigos entre los vagos de mi salón. El Moco, el Muecas, el Ratón de Alcantarilla. Entre todos me llaman *Cabaretero*, según ellos porque ya desde el lunes traigo cara de golfo desvelado. También me duermo en clase, bostezo a toda hora, me hacen preguntas y me agarran distraído. Cada día son más los que se ríen por eso. ¡Ya sal del cabaret!, alza la voz alguno y ahora hasta las mujeres lo celebran, pero igual no me importa porque lo que yo espero no es que me quieran ellas, sino nada más Green, que tiene el pelo oscuro, los ojos luminosos y una sonrisa que me corta el aliento. Afortunadamente, no logro imaginármela cantando en el jardín con los galanes bobos de mi salón. Llegan con sus guitarras y vuelven locas a las más aburridas con canciones pendejas que escurren melcocha. Y yo, que tengo un tino ideal para soltar el mojón en la sopa, quise hacerme el gracioso preguntándoles si se sabían alguna de Alice Cooper. Guácala, opinó la simpática de Josefina y les pidió una según ella romántica, mientras yo me hacía señas con el Muecas para escaparnos de esa punta de cursis. Voy a cantarles una que compuse yo, nos amenaza Tony, que es como el primo pobre de los Bee Gees y se siente la estrella de la rondalla. Sólo falta que todos se agarren de las manos y canturreen a coro *¿De qué color es la piel de Dios?*

El Muecas tiene cara de rock star. Como yo, se vomita en los galancitos trinadores y es incapaz de hacer esos numerazos. Sé que a Alicia la tranquilizaría mucho verme cantando en una estudiantina, bien peinado y fajado, amable y desenvuelto como Tony, que tampoco ha cumplido los dieciséis y le anda por hacerse licenciado. Supongo que por eso me ven raro: soy el menos maduro en no sé cuantos metros a la redonda y lo único que me inspiran sus canciones melosas son unas ganas locas de mearles la guitarra. Pero no se dan cuenta porque el Cabaretero sigue bostezando y cuando suelta un chiste solamente se ríen los antisociales. Ni siquiera al Ratón de Alcantarilla, que daría lo que fuera por ser un galancito, le hacen gracia mis bromas. Y menos todavía la última, que consistió en soltarle en media cara una descarga del gas lacrimógeno que acababa de darme Abel Trujano.

¡No puedo creer que seas tan escuincle! ¿Qué no sabes que puedes dejarlo ciego? ¿Cómo pudiste ser tan inconsciente? ¿De qué escuela primaria te escapaste? Ya les dije que fue un accidente, pero entre los galanes y las modelos se pusieron de acuerdo para crucificarme. Creí que iba a toser, o a estornudar, no a derrumbarse como un mono de trapo. Chillaba sin parar, mientras el Moco y yo lo cargábamos hasta el jardín. Perdóname, seguía yo diciéndole, ya sé que la cagué, soy un idiota, te prometo que no lo vuelvo a hacer, mientras me preguntaba cómo iba a arreglármelas para evitar que se armara un escándalo y la noticia llegara a mi casa, nada más regresara de dejar al Ratón. Lo llevamos en el coche de Abel, chillando todavía y detestándome con toda su alma, pero sin reclamarme. De vuelta en el colegio, el mozo de la entrada leyó mi credencial y me mandó con el director. Te está esperando, dijo, como si ya supiera lo que venía.

¿Crees tú que sea justo que la madre del chico al que le echaste el gas en plena cara me reclame y me insulte en el teléfono? Algo hay en el regaño del director general que me devuelve un poco del aliento perdido. Bigotón, de ojos vivos y sonrisa pronta, el señor que aparece todas las mañanas en la televisión del colegio me está hablando con mucha gentileza para creer que va a expulsarme para siempre. Tres días, una semana, juro que no me quejo, me prometí en secreto y le di la razón con la misma insistencia que él usaba para recriminarme la injusticia que cometía con él la mamá del Ratón de Alcantarilla. ¿Te imaginas la gravedad de la lesión que le causaste a tu compañero? ¿Sabes que su familia está considerando demandar al colegio? ¡Tuvieron que llevarlo al hospital, para evitar que perdiera el ojo! Esto último no acabo de creérmelo, pero me mortifico tan notoriamente que el director me pide que me calme. Hasta donde me han dicho, le hicieron algo así como un lavado oftálmico y ya está de regreso en su casa, así que ahora vas a llamarle a la madre y a explicarle qué fue lo que le hiciste a su hijo. Dile a mi secretaria que te comunique.

¿Señora Alcantarilla? ¿Cómo sigue el tuertito?, me esfuerzo por quitarme la preocupación, mientras la secretaria me echa ojos de pistola y mueve la cabeza, como diciendo yo ya te habría expulsado, pinche delincuente. Buenas tardes, señora, me encojo en el teléfono, compungidísimo, le quiero suplicar que me perdone, yo soy el compañero que le hizo daño a su hijo con el gas lacrimó. Chale, qué pinche genio, refunfuño aliviado. ¿Qué dijo la señora?, pregunta el bigotón, un poco más tranquilo que hace rato. Me colgó, profesor. Pues claro, y con razón. Sí, profesor. ¿Ya ves lo que ocasionas? Sí, profesor. ¿Y qué piensas, entonces? Que fui muy inconsciente y muy irresponsable, profesor. Pues qué bueno que sepas verlo así, porque eso va a ayudarte a pensar las cosas. Sí, profesor. Voy a encargarte entonces que reflexiones y aprecies lo que tienes en la vida, no vayas a perderlo por una tontería. No, profesor. Puedes irte a tu clase, y échale muchas ganas al estudio.

Me ha sonreído, además. Tendría que haber llamado a la policía y en lugar de eso hasta me dio la mano. Qué importa si de vuelta en el salón sigo siendo el villano del día y la cara de fuchi de Josefina me mira como si me hubiera descubierto cocinando un bebé con cilantro y cebolla. ¿Qué quiere que le diga? ¿Siento mucho que fuera el Ratón y no tú? ¡Josefina, Josefina, se echa pedos y se orina? Sé que esta Salle es falsa porque funciona exactamente al revés que el Instiputo. Si el director descubre a unos alumnos en la cafetería cuando todo el colegio está en clases, les pide que le inviten un café y se sienta con ellos a platicar. Si hay un inadaptado, son los demás quienes lo sufren a él. O será que me estoy haciendo un conchudazo, porque ya cada día me importa menos lo que piensen o digan los Niños Cantores de la Falsa Salle y el Coro de Fanáticas Josefinas. Diría que el Instiputo me hizo gañán, si no hubiera hecho tanta tarea por mi cuenta. En momentos como éstos, cuando todos los otros se preguntan por qué hago las pendejadas que hago y me miran con asco, o lástima, o desprecio, me pregunto si no alguien dentro de mí no acaba de salir del Instiputo.

Disfruto que me planten esas jetas porque es como si me estuvieran dando un reconocimiento al mérito de haber sobrevivido al reglamento imbécil de esa escuela de mierda y salir convertido en lo contrario de lo planeado. Me gustaría estar a la altura de la confianza que me mostró el simpático bigotón, pero lo más que logro es huir del salón en busca de una rebanada de paz. Ya sé que tengo entraña de maleante y en el último año he mandado a tres güeyes al hospital: el del gas lacrimógeno en los ojos, el del plomo en la nuca y un quemado al que casi sin querer le dejé caer un chorro de gasolina en el pantalón. Me tranquiliza que mis compañeritos de Primero G no hayan visto al vecino con la pantorrilla convertida en antorcha, ni a su hermano tirarse encima de él para apagar el fuego. Con un poco de suerte, me prometo, no lo volveré a hacer. Es más, renuncio al plan de echar agujerina en los asientos de mis compañeros. Voy subiendo los escalones de piedra, entre jardines y árboles que no entienden mis odios idiotas, en pos de la guarida indispensable donde ya espera Abel, tumbado como un muerto.

"Éste es el lugar de reposo y descanso de las almas abandonadas. Abandonadas por una sociedad que les es hostil. Hostil por el oprobioso mercantilismo. Mercantilismo que estudió Marx. Aún no se sabe si las teorías de Marx fueron acertadas, pero lo que sí se sabe es que éste es el lugar de reposo y descanso de las almas abandonadas. Abandonadas por una sociedad que les es hostil. Hostil por el oprobioso mercantilismo. Mercantilismo que…". Luego de repetirlo decenas de veces, logro que Abel reaccione con un grito destemplado. ¡Ya cállate, carajo! Tres minutos después, vuelvo a la carga. Son puras pendejadas, ya lo sé, pero es que ése es el chiste. Además, tampoco es un escondite. Al contrario, el Lugar de Reposo y Descanso es el palco imperial de La Espectacular Salle. Si esto fuera un autódromo estaríamos a media peraltada, en la primera fila. Por aquí pasan todas las guapas del colegio y nos miran tendidos en el pasto, al lado de unos bloques de piedra que son nuestro sofá, cuando la hueva pasa y estamos animosos porque viene el descanso y con él nuestras musas.

Olga, Patricia, Elena, Mónica Uno, Martha, Lilia, Mayela, María Luisa, Maribel, Begoña, Mónica Dos, Verónica, Eloísa. Por eso cuando acaban los descansos el Lugar de Reposo y Descanso se transforma en asilo para viudos. ¿Vas a entrar?, frunzo el ceño y arrugo la nariz para que Abel entienda que le pido su apoyo como socio de este selecto club, pero tiene Deportes y quiere ver a sus compañeritas en shorts. Camino de la calle me topo con el Muecas, que va para San Ángel con el Moco en un Mustang que tiene toda la cara de ser de su mamá. ¿Pueden dejarme entonces en el Billarama?, me entusiasmo de pronto, aunque de todos modos nada me garantice que mis amigos vayan a estar allá. Vámonos, sonríe el Muecas y en un minuto ya volamos en camino a mi mesa favorita. Está justo delante del ventanal, nadie la quiere porque desde la calle se puede ver a los jugadores, pero igual nuestras madres no pasan por aquí.

Ahí lo están esperando, al pinche vago, le dice el Moco al Muecas cuando me ve asomarme por la ventanilla a saludar a Frank, que ya me vio, tiene el taco en la mano y lo está usando para señalarme. No, pero sí, le explico mientras bajo del coche, cierro la puerta y pego la carrera. Si a Frank, Alejo y Fabio les da risa encontrarnos aquí a estas horas, ya quiero ver sus jetas cuando sepan que vengo de mandar a otro güey al hospital, librar una expulsión que ya creía segura y prometer que voy a portarme bien. Como quien dice, carambola a tres bandas. Eso hay que celebrarlo, dirá Frank, pero yo me pregunto qué voy a hacer cuando la suerte se me desaparezca. Salir del Instiputo fue como liberar a una jauría de lobos hambreados.

Nadie como ellos sabe todo lo que he soñado con mañanas como ésta. Una vez más, mis compañeros se cagan en mí, pero ahora ya no estoy parado a medio patio sino bailando al lado de la mesa porque hice dos al hilo y voy por la tercera. Señoras y señores, les anuncio, con la voz de un maestro de ceremonias, con ustedes, Su Alteza, el Ranversé.

## 25. Avenuzaje tortuoso

De todos los regaños de Alicia, ninguno me perturba como los añejados. Como si los metiera en un cajón, para el día en que se ofrezcan. Cuando ya te empezabas a defender del apañón del día, te saca un crimen de hace cuatro meses y lo usa como palo para noquearte. Ya sé que eres uno de esos morbosos que coleccionan fotos de fulanas sin ropa, me disparó ayer mismo, nomás me vio ponérmele gallito por una discusión sin importancia. Y ni digas mentiras, que yo misma las encontré en tu portafolios. Mamá, yo ya le expliqué a mi papá. ¿Y qué me importa a mí lo que hables con tu padre, si a mí nadie me tiene consideraciones? Para colmo, llevan días peleados. ¡Ya te pusiste rojo como manzana!, me remató después, y yo seguí negándoselo no sólo porque ése era mi papel, sino también porque ése no era mi cuaderno. ¿Dónde viste mi nombre?, la desafié, y seguro debió de darle gusto porque al rato ya estaba risa y risa. No puede darse el lujo de pelear contra mí cuando ya trae la bronca con Xavier.

Tu madre es muy celosa, me explica y yo me aguanto las ganas de decirle que de repente siento unos celos iguales. Siempre que llega tarde, me da por sospechar. A lo mejor es mi imaginación, pero eso de que tome clases de francés en las noches y nunca haya traído un cuaderno ni un libro a la casa me suena demasiado familiar. Si mi defecto es ser muy mentiroso, el de Xavier es no saber mentir. Se le olvidan las cosas, se contradice fácil, y para colmo luego le gana la risa. A veces hasta a Alicia le hace gracia, ya sabemos que es parte de su encanto. Pero igual lo acorrala con reclamos añejados, y si la hace enojar peor para él. ¡No ha nacido quien me mande, fíjate!, lo ametralla en el colmo de la indignación, cuando le brota fuego por los ojos azules y es como si los cielos se vinieran abajo.

Lo que más me preocupa a estas alturas no es que me crean morboso sino inexperto. ¿Eres quinto, verdad?, jodían todo el tiempo en la secundaria, pero me daba igual porque ya se notaba que ellos eran tan quintos como yo. Abel y sus amigos son diferentes. Quizá no sean más grandes, pero son más rufianes y se les nota. Hablan de sus amigas y sus ligues como si ya cogieran desde los seis años, y eso me deja en gran desventaja. Me acomoda mejor ser ñoño entre los malos que malo entre los ñoños, porque al menos así me voy desañoñando, pero el caso es que siempre termino haciendo amigos entre los peores bichos de cada lugar. No ya los más temibles, que nada más por eso me harían respetable, sino los puros casos perdidos. Esos que los maestros usan de ejemplo para llamar la atención de las ovejas que amenazan con descarriarse. Mercancía defectuosa, diría Clemente, lavándose las manos luego de una mañana dedicada al trabajo extenuante de convertir a niños en carne de cañón. Abel y yo pasamos las treinta y tres materias de la secundaria, pero nunca el control de calidad. ¿Y aun así soy quintito? Qué vergüenza, me digo, y me niego a que Abel y sus amigos me lleven con las putas, como si fuera su hermanito cagón. Nadie sabe la cantidad de madrugadas que me he pasado imaginando piernas, tetas, nalgas, ombligos, vulvas, ojos, caricias, cuartos de hotel, pasillos burdeleros y camas de agua con espejos en el techo. ¿Y no es verdad que lo quinto se nota? ¿Quién me dice que una muy buena desquintada no me daría valor para sacar del juego a Marco Valentín?

—¿Alguien te ha dicho lo rico que hueles, Sheila?

—Ay, ya me puse roja como manzana.

—Espera, no te vistas. Déjame que te siga masticando.

Ya está. Las encontraron. Tal parece que Roger averiguó la calle donde trabajan y llevó a Frank y Fabio a conocerlas. Cobran ciento cincuenta, con todo y cuarto. Mucho dinero para hoy en la noche, pero no tanto de aquí al próximo sábado. Ayer Xavier le puso gasolina a mi coche y le cupieron ciento cinco pesos. Se lo pregunto a Alejo: ¿Tú qué preferirías, ser quintito con coche o cogelón a pata? Si en un mes se te acaban seis tanques, equivale a dejar de coger cuatro veces. Todavía no se me hace conocerlas y ya hablo de ellas como si desde el próximo sábado fueran a sustituir al billar, el boliche y el cine juntos, pero ya damos vuelta en un par de esquinas y no puedo evitar el grito triunfador: ¡Mamacitas a la vista! De hecho, son como diez, cada una en su coche, de repente en pareja. Lo de menos es detenernos a su izquierda, en doble o triple fila, pero se pierde toda la panorámica. Luego de un par de vueltas a la manzana, Alejo se estaciona y me bajo con él a preguntar. Lo malo es que me tiembla la voz, además de las manos y las patas. Lo que me habían dicho: ciento cincuenta. ¿Por cuánto tiempo?, me hago el interesante, aunque tartamudeo de verle las piernotas, la faldita, el escote. Un palito, me explica, un palito bien rico. ¿Y eso qué incluye?, toma su turno Alejo. Ya sabes, papi, chupetón y posturitas, le sonríe la mujer y yo estoy tan caliente que no sé si escucharla me enciende o me congela o las dos cosas. Puta madre, me temo que esas piernas me van a reventar el termostato. Ándale, papi, yo te trato bien. Es que ahorita no traemos dinero. Mentiroso, no te hagas, ahí lo traes, ¿a poco eres quintito? Paso, le digo a Alejo cuando nos alejamos del primer coche, pinche vieja mamona. Dice mi hermano que te tratan mejor cuando les cuentas que es la primera vez, me alecciona, pero yo igual opino que eso es indigno. La pura idea de que me traten como a un niño baboso cuando voy a hacer eso es una humillación que nomás de pensarla me sonroja. Si yo no le tuviera pavor al ridículo, y no fuera tan bueno para hacerlo, ahora mismo estaría besuqueándome con Sheila y no buscando putas de coche en coche. Por lo pronto, no debería quejarme. Dice Alejo que la del Mustang está como para venirse en seco, y yo opino que en seco ni los tacos. Nunca las había visto de tan cerca. Yo tampoco, hasta que conocí a tu mamá. De regreso hacia el Club, Fabio cuenta la historia de un compañero suyo de tercero de prepa que fue con sus amigos a desquintarse y encontró a su mamá chambeando ahí. ¿Y qué, le hizo un descuento especial? ¿Seguro que eso no te pasó a ti? ¿Cuánto le pagarías a una como tu jefa? ¡Dile que entre los cinco le llenamos el tanque! En resumen, una noche gloriosa. Cuando llegamos a la fiesta en el Club, Sheila ya va saliendo con Marco Valentín y yo vengo cagado de la risa, y más risa me da pensar que nadie sabe de dónde venimos. ¿Sabes qué, pinche Alejo? Quiero una de doscientos, ¿me entiendes? Una princesa que me cobre doscientos entre el montón de guarras de ciento cincuenta. ¿Y por qué no de una vez se los ofreces a Sheila, para que vaya armándose la subasta? No me digas, ¿así se conocieron tus papás? Mi mamá era la dueña del burdel, pregúntale a la tuya, que era su empleada. Desde el triste rincón de los cuentachistes, vemos pasar el resto de la fiesta ya no con la esperanza de ligar hoy, sino que pasen pronto estos siete días para que en vez de fiesta haya festín.

¿Pero cómo le voy a hacer *eso* a Sheila?, me martirizo a ratos, sólo que no termino ni de pensarlo cuando ya me ensordecen las carcajadas de mi ángel de la guarda. ¡Qué pendejo!, repite y se dobla de risa, golpeándose las piernas con las palmas. Y es que el amor me ha vuelto la clase de pendejo que hace cambiar de bando a su ángel de la guarda. ¡Vete a coger, por Dios!, me grita el mío, pero yo insisto en verlo diferente. Mis amigos no saben con quién van a casarse y eso yo lo veo claro como el traje de novia que Sheila va a ponerse, pero igual es verdad que le tengo rencor. ¿Vas a negarte un rico palito despechado?, se finge incrédulo el demonio interno, una vez que termina de desabrocharse las alas y la aureola de ángel de la guarda. Supongamos, comienzo a negociar, que le pinto los cuernos a mi futura esposa, por lo que me haya hecho con Marco Valentín, ¿quién me dice que no le va a llegar el chisme? Vuelven a mi cabeza una tras otra las muecas de fastidio que plantaba Sheila para tratar de zafarse de mí. Luego las sonrisitas que se le salían siempre que me pedía prestada la moto, y hasta las sonrisotas que, según me contaron no sé ya cuántas veces, traían sus amigos de la Calle Trece, Dieciséis, Veintitrés, Veintiséis, cuando iban y venían con ella en mi moto mientras yo la esperaba sentado en la banqueta, contento solamente de saber que iba a volver a verla, así fuera por los treinta segundos que le tomaría devolverme la moto y desaparecérseme. Más que por calentura, me justifico, tengo que hacerlo por dignidad. ¿Entonces qué, mi reina?, ensayo ante el espejo con porte de padrote trotamundos, ¿de a cómo es el sabroso palito vengador? Usted véngase y vénguese, mi rey, responde Sheila desde un calabozo y en ese punto me despierto de un brinco. ¿Cómo esperan que estudie, si ni dormido logro salirme del tema?

Llegué a pensar que en una escuela mixta iba a ser estudioso y hacendoso, pero eso sólo es cierto cuando están las mujeres presentes. Odiaría pasar por burro en el colegio, así que en todo caso hago lo suficiente para reprobar poco. Dos materias al mes, tres de repente. Nada que no se pueda controlar. La diferencia es que en el Instiputo yo no faltaba a clases, y aquí no paso lista ni en la mitad. Con tantas tentaciones, lo raro es que siquiera ponga un pie en el salón. El billar, el boliche, los jardines, los otros colegios, el Lugar de Reposo y Descanso: demasiadas opciones para un solo exconvicto. Acuérdate, aconseja Abel Trujano, que Dios ayuda a los malos cuando son más que los buenos.

Tiene que ser un batallón de diablos chocarreros el que viene pisándome los talones desde que conocimos a las señoras putas. ¿Y si meto la pata?, me arrincono, buscando una salida para posponer justo aquello que ya no puede posponerse. Pospone uno tareas, apuntes y hasta exámenes, pero nunca una cita de colchón, alardeo entre Alejo, Frank y Harry, aunque luego en la casa me regresan las dudas. ¿Por qué he de desquintarme con una de esas viejas que cobran por coger, cuando duermo tan cerca de Maritere? Porque ni modo que vaya y le ofrezca dos billetes de cien a Maritere por un rico palito en mi recámara. Pero lo pienso mucho, sobre todo si estoy en mi camita y la miro pasar con la falda cortita y esos piernones locos que en silencio me ruegan que los agarre a besos y los deje brillosos de saliva.

A veces se me ocurre que mi cabeza se parece a esos cines donde hay función corrida y pasan tres películas en una misma tarde. Nunca logré que Alicia me llevara, siempre ha dicho que están llenos de ratas. Sólo que en mi cerebro pasan películas totalmente distintas entre sí. Una cómica, otra de terror, después un musical. Para colmo, a media noche hay función para adultos de muy amplio criterio. (Tampoco he estado en una de esas funciones: tengo cara de escuincle, aunque eso no me quita las esperanzas.) Y el lío del asunto es que por mi cabeza las funciones pasan en pedacitos, sin respetar horarios de programación. Si estoy cerca de Sheila, los violines arrullan a las ratas y yo floto entre nubes como un cursi de mierda. Si vengo con Alicia, soy como un locutor que no se calla nunca. Si estoy con mis amigos, me porto como un aspirante a malviviente. Y en la noche, en mi cama, o en la mañana, a veces, o también de repente a media tarde, arranca la función de cine erótico. Que es la que más disfrutan las ratas, porque en esos momentos pierdo completamente el control y me dejo ir, igual que en una moto, sobre los pensamientos más cochinos que pasan frente a mí, como un largo desfile de mamacitas con más cola que cuernos. Casi nunca me atrevo a meter a Sheila en estas películas, y cuando lo hago me da cruda moral. Me parece abusivo de mi parte, pienso, y ahora son las ratas quienes se carcajean. Además, no me gusta la pura fantasía. Prefiero fantasear con las cosas posibles, o siquiera cercanas: pensar que en un descuido podrían sucederme. Siempre que Alicia dice que soy de mente calenturienta, siento como si ya con eso me absolviera de ser un pinche caliente. Pero no sé evitarlo, y en el fondo no quiero.

Pasar la madrugada haciendo planes para salir del baño a la hora en que Maritere sacude mi recámara. Pasar la tarde caminando por las calles del centro, mirando piernas y con suerte calzones bajo las escaleras eléctricas de un almacén. Pasar el rato en busca del volumen dos de *Memorias de una pulga*. Pasar las manos por las piernas de una extraña en la calle, escucharla gritar y pegar la carrera como un delincuente. Pasarme la película diez, veinte, ochenta veces, y en cada una ir un poco más lejos, como si en vez del cine estuviera en el teatro y los protagonistas se fueran calentando y atreviendo a más cosas en cada función. Pasarme de la raya siempre un poquito más, como cuando Xavier y Alicia cenan en casa de mi abuelo mientras yo me deleito merendando en la cama y esperando a que suba Maritere o Norma, recoja la charola y pueda ver que entre las manos tengo nuevos recortes de encueradas. Pasar a un lado del puesto de periódicos y pararme a comprar una nueva revista para mi colección y hacerme el distraído mientras pienso que piensan pinche escuincle morboso, ¿qué edad tendrá? En resumen, un monstruo me domina y yo soy ese monstruo.

Según nos dijo Alejo que leyó no sé dónde, para alcanzar mayor placer en el acto sexual necesita uno dejar de masturbarse a lo largo de diez días seguidos. O sea, ser un héroe. En mi humilde opinión, lo más sabroso de las cochinadas es pasarse las noches imaginándolas. Yo diría que el gran placer sexual está en hacerse ciento veinte chaquetas pensando en una cosa, ir a hacerla después y repetir las ciento veinte chairas anteriores cotejándolas con las originales. El problema de mi película porno es que no puedo ni tocar el tema sin entrar en escena. Me vuelvo brusco, torpe, titubeante, traidor, atrabancado, cobarde, estúpido, tímido, desvergonzado, todo junto y a la misma hora. No sé ni qué decir, así que sólo miro para sentir sus nervios, sus ascos, sus miedos. Puedo pasar la última hora del viernes y las cinco primeras del sábado imaginando todo lo que Norma le habrá dicho de mí a Maritere. Danzan en mi cabeza las palabras cochino, asqueroso, enfermo, caliente, chaquetero, morboso, puerco, inmundo, qué no daría por poder oírselas. Pero lo que es a mí no me oye nadie. Asisto a la función de cine para adultos igual que un polizonte que ha entrado sin pagar y se esmera en pasar inadvertido. ¿Caliente yo? No mames, cómo crees. ¿Tengo de plano cara de pobre imbécil o me ves muchos granos en la cara?

Pobre Alejo. Le encanta hablar de putas y de sexo, y para colmo tiene cordilleras de barros en la cara. Ya nada más por eso, le hemos hecho la fama de chaquetero. Y ni modo, alguien tiene que tenerla. Es como si la vida fuera un campamento y al de la mala fama le tocara cargar la tienda de campaña. Fue eso lo que nos dijo Doña Puta el sábado pasado: Mírenlos, si ya vienen como tiendas de campaña...

—¿Señorita Sheila? Soy Maritere, la recamarera de Calle Once número uno.

—¡Shhht! Estate quieto, Marco Valentín, tengo que contestar, ¿bueno?

—Nomás quería decirle que ya sé que le gusta la moto del joven, pero tenga cuidado porque es rete cochino y no vaya a hacerle algo.

No quiero ni pensar en la cara que Alicia me pondría si llegara a enterarse del guión de mi película de medianoche. Ella cree que conoce a mis peores demonios, y para bien de todos se equivoca. Lleva como cinco años diciendo por motivos diferentes que yo estoy en la edad de la punzada, y hasta ahora le viene a dar al clavo. Cualquiera se equivoca cuando cree que comprende lo que pasa en el coco de quien está en la edad de la punzada. Me encantaría meterme en la cama de Norma, o en la de Maritere, o en la de Green, o en la de Sheila, cómo chingados no, y preguntarle detrás de la oreja, con menos voz que aliento, si de casualidad siente las punzaditas.

Si hubiera que elegir a alguna ganadora entre mis películas preferidas, diría que hay un empate técnico en el primer lugar. De un lado, *El corazón esquivo de Sheila*. Del otro, función corrida con las actrices más sabrosas y atrevidas del mundo, en el papel de cada una de las mujeres que me gustan, cogiendo como locas para mí, o conmigo, o con quince pendejos si se le da la gana a mi imaginación. Ahora que si preguntan cuál creo que es mejor, tendría que decir que la de mis amigos. Que, por cierto, a las ratas les divierte, aunque quizás no tanto como aquélla del amplio criterio. El problema es que faltan cuarenta y ocho horas para que se me junten esas dos películas, y en un descuido también la de Sheila. Sólo cuando me da la calentura se me esfuman los miedos de que esa expedición termine convertida en historia de horror. Debo reconocer, por otra parte, que hay miedos que calientan. Como esas pesadillas que te hacen sentir mal porque te ves de pronto caminando sin ropa entre la gente, pero entonces despiertas y dices puf, qué rico. Qué cachondo. Qué excitante la forma en que se me quedaba viendo la vecina. Y qué sabroso el miedo a que nos descubrieran. Lo que no sé muy bien es cómo equilibrarme cuando regresa el vértigo.

De niño tenía miedo de los remolinos. Según me habían dicho, aun sabiendo nadar se lo llevan a uno para adentro, al fondo del océano o al centro de la Tierra o al infierno. Cada vez que comienza la función para adultos siento que caigo entero en esos remolinos, la cabeza y el cuerpo me dan vueltas y en lugar de luchar para salvarme braceo y pataleo en dirección del mismo remolino. Es como si el pavor que me da hundirme fuera muy poca cosa frente a las ganas de saber qué se siente. Y sin embargo sigo preguntándome si a la hora de la hora tendré el valor siquiera de bajarme los calzones enfrente de Miss Puta. Sé que lo voy a hacer, aunque luego no sepa qué hacer con la vergüenza. Pero otra vez, yo no sé si la idea me asusta o me tienta. Las dos cosas, seguro. Ése es el chiste. Y lo sé porque es miércoles, son las diez de la noche y estoy solo en la cama de Alicia y Xavier, que fueron a una fiesta y van a regresar de madrugada. Solo en su cama, pero no en la casa: de la cocina llegan los ecos de las risas de Norma y Maritere.

Cuando es hora de traer la charola con la merienda, o de volver por ella un rato después, casi siempre quien viene es Maritere. Creo que ya las dos se saben de memoria mi colección de fotos de encueradas, lo que no sé es si captan el mensaje. Que es muy simple, además.

—¿Te importa, Maritere, que esté yo tan caliente esta noche?

—¿Se siente bien, joven?

—¿Qué quieres que te diga, Mamacita? Me siento como tú vas a sentirte en mi imaginación, en cuanto te me salgas por esa puerta y yo cierre los ojos para desnudarte.

No es que vaya a hacer nada, ya lo sé, pero igual se me antoja. ¿Y de verdad no pienso hacer nada? ¿Qué sería "no hacer nada"? ¿No atreverme a tocarla? Yo supongo que sí. Nunca me atrevería. ¿No proponerle nada? Puede ser, y tampoco me atrevo. ¿No enseñarle nada? Un momento. Esa regla la he roto como veinte veces. ¿Qué me dirían Alicia y Xavier si supieran que, encima de *otra vez* coleccionar recortes de encueradas, se los enseño a Norma y Maritere? ¿No es verdad, por lo tanto, que ya salté, saltamos, una barda que nunca debimos saltar? Saben que soy caliente y eso ya tiene olor de intimidad. Las he oído bañarse, mientras respiro su mismo vapor. Me he metido en sus camas, igual que ellas cambiaron y lavaron y doblaron y tendieron las sábanas de la mía. Lavan mis pantalones, olisqueo sus vestidos. Si ellas sacan las manchas de mis calzones, yo me pongo los suyos de antifaz. ¿Y esa costumbre dizque infantil de sentarme a escribir en la escalera y mirar para arriba cada vez que pasan? ¿Van a decirme que no se dan cuenta? Voy juntando argumentos como quien necesita reclutar a una pandilla entera de maleantes. Es posible que me odien y me tengan asco, pero yo pienso que les da cosquillas porque eso me convence de seguir adelante con el plan de esta noche.

Hay una gran distancia entre verle los calzones a Maritere mientras lava la alfombra de mi recámara y correr a bajárselos hasta las rodillas. ¿Pero cómo le explico a esa piernuda que siempre la imagino mejor sin calzones, es decir sin los míos, metido entre las sábanas y escuchando su voz mientras usa mi mano para acariciarme? No puedo desnudarla, así que me desnudo por los dos. Y es cuando más bonita se ve, por eso en vez de Norma le digo Mamacita y arrastro cada una de las consonantes como si fuera víctima de una larga punzada. ¿Norma, dije? ¿No estaba en Maritere? Dirían que estoy loco si confesara que presiento las cosas. O quizá sea que una parte de mi cerebro está atenta al más mínimo sonido y reconoce algunos sin que yo me dé cuenta, o casi. Una respiración, un ritmo de pisadas, un tosido, yo qué voy a saber. Pero si el nombre Norma se entrometió en mis pensamientos sobre Maritere varios segundos antes de escuchar sus pisadas en el pasillo y verla aparecer a media puerta, algo me dice que la sentí venir. Ay, qué miedo. Ay, qué rico. Como si de repente me hubieran inyectado el suero de la angustia y un instante después el suero del descaro.

Norma es algo más alta que Maritere, y hasta puede que un poco más bonita. No deja de ser raro, como todo desde que se plantó en la puerta y en lugar de correr hacia las escaleras entró como si nada en la recámara, que me venga a dar cuenta de los ojos bonitos de Norma en estas circunstancias tan bochornosas. Le entrego la charola, extiende los bracitos hacia mí, le digo gracias, me contesta de nada, me despido con un hasta mañana, Norma, y ella da media vuelta para soltar el buenas noches, joven, que me deja temblando en mitad de la cama de

Alicia y Xavier, totalmente desnudo en medio de un zumbido que aturde a la vergüenza y me pone a volar porque nunca en mi vida me había pasado esto. Dejar que la persona que tanto te calienta te mire como tanto te avergüenza. Arriesgarte a que luego te delate. Preguntarte de nuevo por qué decidió entrar. ¿Sería porque no me vio taparme? Si no supiera toda la burla que me harían Alejo y Frank, les contaría que acabo de pasar el examen. Estoy listo para conocer a Miss Puta, necesito que sepa que no le tengo miedo. Y si lo tengo, me importa muy poco. Si no, que le pregunten a Norma. Ninguna otra mujer me conoce mejor.

La Dizque Salle tiene un gran defecto, que es la hora de entrada. ¿Cómo esperan que pueda uno pensar a las siete y media de la maldita y puta madrugada? Me he pasado la noche recordando las miradas de Norma, su voz, mi poquita vergüenza. ¿Hay alguien más que haga eso? Ni cómo enterarse. ¿Soy un degenerado? Yo creo que Norma piensa que sí, porque en el desayuno me saludó sin levantar la vista, y luego Maritere me miraba con asco, o con horror, o con morbo, igual que a una serpiente detrás de una vitrina. ¿Podría ser que estuviera celosa? No lo creo, carajo. Quién sentiría celos de un degenerado. ¿Y si le cuenta a Alicia? Las dudas van y vienen por mi cabeza como duendes en una pesadilla porque estoy más dormido que despierto. Cada que abro los ojos un poquito, noto que el pizarrón está más y más lleno de fórmulas y números que el profesor de Física se esmera en explicar allá, en otro planeta, donde no hay una Norma ni una Maritere y dos más dos dan cuatro y parece tan fácil, aunque tampoco para resolverlo dormido, ¿verdad? Abro los ojos grandes, sin preocuparme mucho que todos se den cuenta de que estaba dormidísimo y alguien le explique al maestro que por eso me llaman Cabaretero. Después de todo lo que hice ayer y a poco menos de cuarenta horas de todo lo que voy a hacer mañana, ni dormido consigo pensar en otra cosa.

No sé cómo perdí la bonita costumbre de hacerme muy amigo de las muchachas de la casa. Nos divertíamos mucho, cuando era niño. Y ahora nos pervertimos, por lo visto. O en fin, por lo enseñado. De regreso en la casa, ya cerca de las dos, me encierro en mi recámara a esperar lo peor. ¿Cuál de las dos me habrá acusado con Alicia? ¿Las dos juntas quizás? ¿Norma llorando, Maritere rabiando, Alicia echando lumbre por los ojos? No suena así su voz cuando llega, se asoma a la escalera, me da las buenas tardes y me llama a comer. Córrele, hijo, que tengo mucha prisa, me grita, canturreando. Ándale, hijito de tu peloncita, me apura una vez más, encantadora, y yo bajo corriendo como el niño que ella piensa que soy. Gracias, Norma. Por favor, Maritere. Me esmero en parecer un chico educado, y sobre todo un hombre agradecido. Norma no ha visto nada que Miss Puta no vaya a ver mañana, y a pesar de eso me guardó el secreto. Maritere también. Seguro que lo hablaron, son muy amigas. Por eso me pregunto quién de las dos me va a subir y bajar la charola, cuando volvamos a quedarnos solos. ¿Va a querer postre, joven?, pregunta Maritere mientras Alicia va a contestar el teléfono, y de repente se le escapa una risita. Sí, por favor, le digo, ya sin el "Maritere" porque con esa risa me acaba de decir que lo sabe todo. No nada más se rió, también se puso la palma en la boca, como cuando alguien va a decir algo indebido y se detiene a tiempo. El gesto que hace quien se obliga a callar y quiere que se note. La risita. ¿No les doy miedo, entonces? ¿Asco tampoco? ¿Me perdonan por eso que hice ayer? ¿Me van a perdonar si vuelvo a hacerlo?

La mañana del viernes me despierto temprano. Ni siquiera Xavier se ha levantado. Pero ya hay luz, así que me levanto por un libro. Se llama *El loco* y está metido entre mis cosas del curso pasado. Tiene dentro cuatro billetes de cincuenta pesos y uno de cien. ¿Habrá alguna que cobre trescientos pesos? Trato de distraerme, abro el libro en la marca de la última lectura y no entiendo un carajo. No quiero entender, pues. Gibrán Jalil Gibrán me tiene deslumbrado desde hace tres semanas, pero no puede entrar en mi función de medianoche, aunque sean las seis de la mañana. Saco el dinero de ahí, regreso el libro a donde estaba y abro el Compartimento de Experimentación, donde guardé *Memorias de una pulga*, forrado como todos los libros de la secundaria: plástico transparente y papel manila azul, tapizado de escudos del Instiputo. No debería leer estas cosas, me detengo a mitad del primer párrafo, voy a perder la fuerza para hoy en la noche. Además, ese libro es veneno. Yo digo que es el libro-diarrea, porque mientras lo tienes en las manos con trabajos logras salir del baño. Pero eso va a acabarse nada más me le vaya encima a Miss Putita y me vacune contra la pendejitis. Según yo, a los güeyes que ya cogieron se les nota de aquí al centro de Tlalpan. Un kilómetro y medio, si te vas por Tezoquipa, que es donde está la casa de Morris Dupont, un güey que es más o menos de mi edad y no me cae muy bien, por mamón. O sea por mamón él y por mamón yo. Si él vive en una casa de cuento de hadas, con alberca cubierta y campo de golfito, yo soy motociclista, francotirador y lanzador de bombas incendiarias. Y ahí está lo que digo, un güey con mi currículum no puede ser quintito. Es una ley que cualquiera conoce: todos los chicos malos ya cogieron. Cuando Alicia se acerca a despertarme, tengo el libro dentro de las cobijas. Me levanto de un salto, cosa rarísima, y le doy un besito cariñoso; corro a la regadera, me sumerjo bajo el chorro caliente marchando y canturreando *to-dos-los-chi-cos-ma-los son-bue-nos-pa-ra-el-pa-lo*.

Ella coge, tú coges, yo cogeré, conjugo para mí mientras la maestra de Geografía nos dicta no sé qué características de las lluvias de monzón. ¿O son vientos? *Who cares!*, me río para adentro. *Hoo-kers? Hoo-kers to-nite!* ¡Yo cogeré, señoras y señores! Púdranse con sus huracanes de monzón, tengo temas urgentes que atender. ¿Qué me dicen de la conservación de la especie? Siento la tentación de contárselo todo a Abel Trujano, al Muecas o a la Rata de Alcantarilla, que ya me perdonó el chistecito del gas lacrimógeno. Se zurrarían de risa a mis costillas: ¡Muy buenos días, profesor Venerius! Me llamarían Burdelero en lugar de Cabaretero. Ya bastante me expongo compartiendo estas cosas con mi gang, para encima quemarme en La Mamona Salle, donde todos son cool y no hay más grande insulto que "inmaduro". Huy, sí, pendejos, ahora que al fin madure voy a cantar mamadas en el jardín, agarradito de la mano con ustedes. Hoy soy un inmaduro, el lunes que regrese van a leerme en los ojos el "ya cogí".

Hace varias semanas que fuimos a una fiesta en el Pedregal y yo llegué con la chamarra rojiblanca que Alicia me compró tres días antes, así que entré con pose de piloto de fórmula uno. Era en un jardinazo, al lado de una alberca en forma de ocho. ¿Cómo iba a imaginarme que andando por la orilla de la alberca, entre los pinchecientos asistentes, la mano de un imbécil iba a empujarme al agua? Lo peor fue que en lugar de reírme y ponerme a nadar, salté de vuelta arriba, corrí al jardín y me paré entre Frank y Harry, como si nada, escurriendo chorritos y gototas de la cabeza a los pies. Y el colmo: la chamarra nueva decolorándose. ¿De qué te ríes, pendejo?, le gritó Frank a uno de los babosos que estaban festejando mi metida de pata, y a los cinco minutos tuvimos que largarnos antes de que volviera el ofendido a rompernos la madre con su pandilla. Llegué a mi casa todavía mojado, decidido a olvidar esa noche de mierda, pero el lunes temprano resonó en el salón la pregunta gritona de Josefina: ¿No fuiste tú al que echaron el sábado a la alberca?

No soy el peor alumno del colegio ni voy a clases sólo para hacer enemigos, ya sé que ya pasaron los días del Instiputo, y de repente los veo tan lejanos como el dolor de muelas de hace un mes, pero de ahí a tener algún prestigio en La Madura Salle hay dos reencarnaciones de distancia. Claro que tengo amigos, unos antisociales y otros aspirantes a delincuentes, como serían mis casos. Pero igual somos hijos de familia, ninguno tiene prisa por asaltar un banco. Aunque eso sí, no faltan aptitudes. Cada vez que me roban un espejo del coche, armo una expedición para conseguir otro. Es asunto de honor, les explico al llegar al lugar de los hechos. Ellos me esperan, yo me encimo en alguno de los carros menos iluminados de la colonia y giro raudamente el desarmador. Luego corro de vuelta y arrancamos cagados de la risa. ¡Misión cumplida!, celebramos de vuelta en el Triangulito.

Alicia y Xavier no han dejado de temer que mis vecinos sean una mala influencia para mí, y yo insisto en que soy peor influencia para ellos. Llevo años esmerándome por conseguirlo, con la imaginación trabajando a deshoras en planear los siguientes atentados. Y aunque no tengo planes, mi trabajo es meternos en problemas. Como lo ha dicho Roger, un día de éstos vamos a acabar en el bote por culpa de este güey. Y yo me río, claro, como si el primer socio de un selecto club me colgara una condecoración, pero igual sé que no es suficiente. Hay que hacer nuevos méritos. Si ya todos le avientan huevazos a la gente, quiero lanzar el próximo contra un policía. Me dan miedo las drogas, pero si me gustaran prendería los churros afuerita de alguna comisaría. Ya sé que por muy poco dinero podría comprar un espejo robado y ahorrarme el riesgo de ir a dar a la cárcel, pero por qué he de ahorrarme la emoción. Ese hueco abismal en el estómago que te llena de miedo como el Látigo, el Pulpo o la Montaña Rusa, multiplicado por los años de cárcel o las balas que nos esperan si algo sale mal. Puede ser peligroso, insiste Alejo, y un minuto más tarde ya está en el ajo.

Recogemos a Roger en la Universidad. Sale a las ocho, ya estaba esperándonos. ¿Dónde va a ser la fiesta?, dispara, con las cejas alzadas porque sabe muy bien adónde vamos. No es fiesta, le recuerdo, es festín. ¡A huevo!, grita Frank, que no se expone a nada porque no trae dinero. Y ahí vamos, con los nervios de punta pero igual, como siempre, jodiéndonos de todas las maneras posibles. Cualquier cosa que digas será usada en tu contra para hacer chistoretes a tus costillas, y más ahora que la ocasión invita a desquintarse. Siento el hueco en la panza nada más Frank apaga el motor del Renault de Alejo y pregunta quién va a bajarse primero. No quisiera dejar tan pronto el coche, pero tampoco aguanto que se me adelanten, ni estaría dispuesto a perderme un instante de los preparativos del festín. Diez segundos después, ya estamos en la calle Roger, Alejo y yo. Él nos lleva cuatro años y sabe cotorrearse a las putitas; Alejo y yo no sabemos decir más que ¿cuánto cobras? ¿Vas a ir, papacito?, me insiste la señora del Mustang azul, con esas caderotas de orgasmo prematuro que hasta hace poco me tenían echando humo, pero no le hago caso porque ya no me gusta. Después de siete días con sus noches de soñarla empiernada conmigo, la he visto gritonearse con otra mujer y en ese mismo instante perdió toda su magia. ¡La verga!, repetía, en mi mera jeta. Vete con ella, imbécil, se desespera Roger, es la única que cobra doscientos, las demás son de ciento cincuenta. Dije que no, yo no, a lo mejor a Alejo sí le gusta. ¿Y por qué no te gusta? Pinche vieja vulgar. ¿Quién es vieja vulgar? Ésa, la de doscientos, pinche vieja vulgar. ¿Y qué esperabas, principutito? ¿No oíste cómo hablaba, pinche Roger? La discusión se corta porque Alejo ya se arregló con una. Va a subirse en su coche, nosotros lo seguimos. ¿Saben por qué este güey no se quiso tirar a la del Mustang?, entra Roger al coche, risa y risa. ¡Que porque es muy vulgar, hazme el puto favor!

Esperamos muy poco, unos cuantos minutos, antes de ver salir a Alejo de regreso. Venía serio, pálido. ¿Quién te cogió?, preguntó Roger en cuanto abrió la puerta y todos nos reímos menos él. Vámonos, dijo y se sentó a mi lado. ¿Qué te pasa?, brinqué, pareces muerto. Nada, estoy bien. ¿Cómo vas a estar bien, si estás helado? Te vale madres, vámonos. ¿Te la cogiste o te echaste a correr para que no te viera el pitito?, se burló Roger y él dijo cómo crees, pero tampoco fue la gran cosa. ¿Que no fue la gran cosa? No mames, pinche Alejo, lo empujamos y nos turnamos para darle sus zapes. ¿Quién va a querer perder su calentura, si ya vamos de vuelta con las santas pirujas que nos aguardan?

¿Qué descuento nos haces con credencial de estudiante?, se le adelanta Roger a la que me gusta. Dizque cobra doscientos, sin prisas y bien rico, papito, yo no te hago descuentos de estudiante pero sí te doy precio por los dos: si se animan, les cobro trescientos cincuenta. Regresamos al coche. Roger no tenía planes de entrar en el festín, pero si yo le presto cien pesos él pone los cincuenta que traía. No sé bien qué decir. Por un lado, prefiero no tener que irme solo con ella en el coche. Por el otro, me molesta la idea de que Roger se tenga que tirar a mi vieja, carajo. Pero si se lo explico va a volver a burlarse. Como dijo hace rato, ¿quién le contó a este güey que vinimos a conseguir esposa?

El caso es que acepté, y como soy idiota y no tengo remedio, corrí a subirme por la puerta trasera. Nada más arrancamos, Roger, que por supuesto viene de copiloto, ya la está manoseando por todas partes. Le acaricia las tetas, le soba las piernotas, mete la mano en medio, se le encima a mi vieja. Y yo callado, aparte. Muerto de miedo atrás. Peor todavía cuando se para y dice ya llegamos. Bájense, papacitos. Entramos en un edificio ligeramente más sucio que viejo. De esos que a media-noche los pasillos siguen oliendo a fritanga. El del departamen-to huele más bien a orines de gato, pero si me preguntan pien-so que apesta a coito. ¡A ver, niños, cayitos!, nos exige una gorda, ya en el departamento. ¿Cayitos?, me sacudo. Que te caigas con el billete, güey, me explica Roger, riéndose de mis nervios. Una vez que le pago a la gorda jodona, la piernuda nos sienta en la sala y corre una cortina para tapar la cama que está al fondo. ¿Es decir que entre el cogelón que espera y el que está a medio palo no se interpone más que una cortinita? La respuesta la tiene la piernuda, que nos mira y pregunta quién va primero.

En la sala no nada más estamos Roger y yo. Hay otras tres mujeres que hablan de sus asuntos sin importarles mucho nuestra presencia. Roger, amabilísimo, me deja ir por delante, pero en ese momento se le queda mirando a otra de las colegas y pregunta si puede irse con ella, en lugar de esperar a la mía. Claro que sí, ratifica la gorda, nomás que haya una cama des-ocupada. Y eso seguramente me tranquiliza, pero qué tan tran-quilo puedo estar cuando ya la piernuda se quita el vestido y me apura: ¡Encuérate, papito! ¡A huevo, fuera ropa!, grita Roger detrás de la cortina, y para colmo hace reír a las putas. Me digo que yo estoy bien entrenado en eso de encuerarme sin vergüen-za, así que en un minuto ya estoy en pelota, justo a tiempo para mirar a un lado y encontrarla quitándose la faja. Dónde estaba esa panza, me interrogo, angustiado.

A partir de este punto, mi cuerpo ya no hará más que caer en picada en dirección al centro de la Tierra. ¡Ah, qué sa-broso rechina ese catre!, sigue gritando Roger allá afuera. Es decir, aquí adentro, cruzando la cortina. ¡Échele ganas, puto, no me haga quedar mal! Lo escucho y ya no sé si llorar o cagar-me de risa a medio tormento. Ahora entiendo qué fue lo que congeló a Alejo. ¿Es tu primera vez?, me sonrió de ladito. ¡Cla-ro que no!, respingué, haciendo cara de hombre de mundo. ¿Cuántas veces lo has hecho?, pujó entonces, embarrándome sus pezones puntiagudos. Dos, con ésta, pujé por mi parte. ¿Y por qué tan poquito?, gimió. ¿Qué te importa?, pensaba, mientras me encogía de hombros, como si a mí esas cosas me dieran igual. ¿No es la gran cosa, entonces? Lo sería, seguro, si pudiera probarla en la cama de Norma o Maritere. Ya Roger se metió en no sé qué cuarto, pero igual ellas siguen platicando. Apúrale, papito, no te distraigas.

Y no paran de hablar. Hace cinco minutos que bajé de la cama a un sillón de la sala, intentando olvidar la vergüenza fresquísima de ver a dos de mis anfitrionas pasar frente a mi cama mientras apenas recogía mi ropa. ¿Ya te lavaste el pito, cochino?, me intimidaba una y ya la otra se asomaba a lanzarme un rollo de papel higiénico. Y aquí están de regreso, desbordantes de profesionalismo. Le expliqué al cliente ése que por hora cobramos cuatrocientos. ¿Y a poco lo del cuarto no se lo cobras? Es que él quería en su casa, entonces yo le dije sólo que me cooperes con lo del taxi, y si está lejos son cien pesos más. Me siento tan incómodo que ya por dentro me ganó la risa. Si me fijo, todas estas escenas sirven mejor para reírse que para traumarse. En realidad, sigo siendo quintito. Este palo no vale, me repito, estirando la hora dentro de la cabeza para no preguntarme qué carajo está haciendo el pendejo de Roger con esa pinche puta, llevan quince minutos y yo sigo esperando. Mi consuelo es que voy a verle la jeta recién salido del *cogitorium*. Cuando le agarre el brazo va a traerlo todavía más frío que el de Alejo, porque hasta donde vi su vieja estaba horrible.

¡Horribles tienes las nalgas, güey!, me hace burla, de regreso en la calle. Contra lo que creí, salió del cuarto con tamaña sonrisa. Claro que él no era quinto, como nosotros. Qué sabroso palito, fue lo primero que comentó, mientras yo repetía me estafaron, carajo. Son apenas las once y ya vamos de vuelta para el Club. Alejo sigue triste, yo prefiero hacer todos los chistes que puedo. Es hora de burlarse de los otros, y ésa es una de mis habilidades. Por lo menos que vean que lo he tomado con sentido del humor. Que no digan ay, pobre, ya se decepcionó de la vida y el amor. ¿Que no lo diga quién? Siento un escalofrío al darme cuenta que sin saberlo estoy pensando en Sheila. Por eso digo "de la vida y el amor". Así habla ella cuando está en plan sarcástico. Enojada. Como tendría que estar si llegara a enterarse que me fui de putas. No sé por qué de pronto como que se me antoja que lo sepa. Es un antojo imbécil, pero al fin un antojo. ¿Y quién ha dicho que hasta los antojos tienen la obligación de ser inteligentes? Por lo pronto, no quiero saber de ellos. Cuando estaba detrás de esa cortina sucia, nada se me antojaba más que meterme en mi cama y despertar quintito, como toda la vida. Y ese antojo ya no puedo cumplírmelo.

No sé qué me quitaron, pero igual me hace falta. Tampoco me imagino que todo lo que acaba de pasar pueda ser divertido para nadie, pero después de tantas gracias y carcajadas, la historia de esta noche será el chisme de moda la semana que viene. Y yo no lo sabré, porque ni modo que me lo platiquen, hasta ocho días después, cuando mire pasar a Sheila con su hermano Toby por San Pedro y él me salude con un ¡Hola, Virginio! que hará a Sheila soltar la media carcajada. ¿Será que se enteró? ¿Y cómo no? Pero eso acabará por ser muy poca cosa. Darme cuenta que a Sheila no le importa si me voy con las putas, tanto que le da risa, será apenas un malestar menor, algo así como un hipo de corta vida, comparado con el horror inesperado de ver caer tu mundo sin mover un dedo.

Si reuniera en un solo dolor las punzadas de cien muelas podridas, tal vez podría ir imaginándome lo que de aquí a unos meses va a pasar. Pero esas cosas no hay quien las imagine, por eso cuando pasan nadie puede creerlas. Por ahora no sé, y eso me angustia estúpidamente, las grandes cantidades de inocencia que todavía tengo por perder. Cuando lo sepa, me enteraré también que la inocencia deja a su paso huecos que la amargura invade para hacer su nido. Será por esos días que frases de este tipo —hoy me parecen cursis, pobre de quien las diga en mi presencia— me harán llorar a solas y de repente a gritos, una vez que despierte horrorizado en mi primer infierno para adultos. ¿Qué más me dará Sheila, para entonces?

# III

Where is pointless to be high,
'cause it's such a long way down.
DAVID BOWIE, *All the Madmen*

## 26. Con las plumas de punta

Contra lo que esperábamos, la onda calenturienta no disminuyó después de aquella noche de festines frustrados. Al contrario, creció. Y mejoró, también. ¿Sería el azar, quizás? Según yo sí. Cumplí dieciséis años dos semanas después de la expedición, y como ya es costumbre fue un día memorable. O en fin, una noche. Una sola bastó para echarme a perder. Total, si ya no hay Sheila, qué más da que me siga haciendo mala fama, pensé después, a la hora de caerle a Frank con la noticia.

No te creo, se rió. Te lo juro, besé la cruz, convencidísimo. No te persignes para esas mamadas, volvió a reírse Frank, y además son mentiras. ¿Por qué iba yo a inventar? ¿Dices que viste pelos en el teatro? Fue en la última escena del primer acto. Las actrices se paran delante del público, totalmente encueradas, y también los actores. ¿Qué dijo tu abuelita? En el momento, se quedó como tiesa, luego estaba enojada, igual que mi mamá. ¿Encuerada, dijiste? No, ésa era tu mamá. ¿Ya oíste, Alejo? Dice este güey que llevó a su abuelita a ver pelos al teatro. Yo no dije eso, imbécil. Perdón, dijo a ver pitos. Cunden las risotadas, pero ya les dejé la mosca en la oreja. Si en el teatro se ven esas cosas, ¿te imaginas lo que habrá en el burlesque? ¿Y vas a entrar con esa cara de escuincle? Pues con ella fui al teatro y vi pelos, tú dirás.

Fue de camino al teatro, con Xavier, que pasamos enfrente del burlesque. Veníamos del estacionamiento, un poco a la carrera, como siempre. No me pude parar a mirarlas con calma, pero de lejos se veían buenísimas. Había fotos, dibujos, letreros con sus nombres y una fila de depravados en la taquilla. Qué no habría dado por ser uno de ellos, pero pasé de largo como si no los viera. Luego vino la obra, los encuerados y la vergüenza con la pobre de Celita, indignada hasta el tuétano por todos esos pelos al aire. Claro que me gustaba lo poco que había visto, pero nomás de volver a pasar por las mágicas puertas del burlesque ya no pude pensar más que en atravesarlas.

¿No van a ir a la fiesta?, se acercó Toby al coche, el sábado siguiente, y Fabio le contó que íbamos al burlesque, nada más por joderme. Ya les gustó la onda de las putas, comentó y se asomó a mirarnos las caras. Abusados, muchachos, no vayan a pegarles una enfermedad, aconsejó con tono de boy scout y dio un paso hacia atrás para dejarnos ir. Traíamos anteojos, boinas, abrigos y unas barbas postizas para el que más las necesitara. Si la vez de las putas yo venía con miedo, la del burlesque no tenía duda de que nos esperaba una noche que nunca olvidaríamos.

El circo del burlesque se divide en mitades: la derecha y la izquierda, separadas por una pasarela que nos deja en equipos enemigos. Había mucha gente, así que entramos en el montón. Luego vino una especie de bienvenida musical muy cursi, que los hizo mirarme entre la desconfianza y el reproche. ¡Qué pinche corriente eres!, meneó la frente Alejo, pero de pronto el teatro se oscureció y bajo un reflector apareció Ingrid, con un vestido más que transparente y unas nalgas tamaño familiar. Fue entonces cuando supe por qué los de la izquierda y los de la derecha no pueden ser amigos: la encueratriz se va siempre del lado de los que más aplauden. ¡Vente pacá, mamacita, los de allá son putos!, ruge un borracho al otro lado del teatro. ¿Quién te contó que acá está tu mamá, güey?, le grité de regreso, y a partir de ese instante risas y calenturas compitieron para hacernos felices como nadie podía imaginar. Nada más se metió de vuelta Ingrid, totalmente encuerada y sin un solo pelo que esconder, Alejo se paró y vino a abrazarme. Gracias, me repetía, no sabes lo que has hecho por nosotros. ¿Cómo no iba a saberlo, si a mí también los ojos se me salían y me dolía el estómago de la risa y no era una encuerada, sino doce las que iban a pasar? Al fin de la función, me ardían también las palmas, del puro esfuerzo por aplaudir mejor que los de la derecha. Estaba ronco, aparte, de pegar tanto grito.

No esperaba prestigio del nuevo pornochisme, pero es mejor que cuenten que los llevé al burlesque y no que me llevaron con las putas. Si me preguntan, ésa es la diferencia entre tener quince años y dieciséis. Llevar o que te lleven. Para el caso, llevo desde los ocho conociendo el Centro, nunca he entrado a un tugurio de pirujas y ficheras pero sé por dónde irme para llegar a varios que desde media calle se ven siniestros. La Burbuja. El Ratón. El Balalaika. Saliendo del burlesque nos fuimos hacia allá, pero no hubo manera de entrar. En un descuido di tres pasos con Alejo hacia dentro del Balalaika y vi a un par de gorditas con la falda muy corta bailando cada una con su sombrerudo. Entonces nos sacaron, en parte porque Alejo tiene cara de niño, aunque también un poco por mis barbas: de lejos se notaba que eran postizas. No queremos beber, me defendí, nomás vamos a echar un bailecito. Licencia de manejo, cartilla, pasaporte, tráiganse un documento donde salga su foto y diga que ya tienen dieciocho años, me empujó el de seguridad hacia la calle. ¿Por qué no mejor vamos con las putas?, se quejaba ya Fabio, caliente como todos. ¿Por qué va a ser, pendejo?, lo regañé de pronto, metido en el papel del Cabaretero, porque tus putas cobran ciento cincuenta pesos y usan faja para esconderse la barriga, y aquí por cinco módicos pesitos te echas un rico raspe en la pista de baile, y si está bien panzona ni cuenta te das.

De niño nunca supe lo que estaba de moda entre mis compañeros. No me atraían los juegos, ni los programas de televisión, ni los asuntos más populares entre la manadita. Se me ocurrían ideas estrafalarias, como jugar a hacer un circo de papel o construirnos un club de cartón. Ahora sigo muy lejos de la moda, tanto en el Club como en The Flashy Salle, pero sé varias cosas que a mi edad muchos siguen sin averiguar, y cada día que pasa me entero de más. Podría recitar de memoria los nombres y apellidos de cuarenta encueratrices famosas entre los cabareteros. Sé quitar una llanta, echarla en mi cajuela, zafar el gato y dejar el coche sobre tres ruedas y dos ladrillos en cinco minutos. Cine, música, libros y noticias de la página roja: todo me lo devoro como si el mundo fuera a acabarse mañana. Y lo cierto es que el mundo acaba de inventarse, desde el día en que el Búho nos dio la última clase especial de Química, días antes del examen extraordinario. Más que dar clase, dedicó la hora entera a platicar. Nos dio consejos. Nos hizo reír. Y yo tomé esos últimos momentos —había dos mujeres y un profesor simpático: no parecía aquello el Instiputo— como el arranque de una historia distinta. El principio del mundo, si me preguntan. Tendría compañeras, coche, libertad, amigos nuevos, fiestas, sexo, bebidas, desveladas. No podía estar más emocionado. Y ahora que ya he probado un poco de todo eso, puedo decir que nada cambió tanto las cosas como el descubrimiento de la banda sonora que me acompañará de aquí en adelante.

Fue un día entre semana que llegué con el disco. Apenas tuve mi permiso de manejo, agarré el coche y me lancé a buscarlo. Había visto aquella portada en una tienda de discos de San Diego, pero Alicia opinó que ya tenía bastante con su tocayo melenudo, que se pintaba párpados y pestañas, para además cargar con la música de ese afeminadazo pelirrojo. Dos semanas después maldecía la hora en que consulté a Alicia sobre ese disco que dejé en el estante. Porque si el de Alice Cooper, que era bastante menos atrevido, sonaba así de bien, ¿cómo no sonaría el del tal David Bowie?

¿Ya viste el disco que compró este imbécil?, le anunció Harry a Fabio, del Triangulito hasta la Calle Nueve. Me lo arrebató nuevo y lo alzó por encima de su cabeza. Después lo pensó bien y me lo dio, con asco. ¿Vas a tu casa a oír a ese putote?, se carcajeó, marcando su distancia. No seas pendejo, Harry, me defendí, el mundo no se acaba en las cumbias que baila tu mamá en el Balalaika. ¿De verdad vas a oír a ese pinche asqueroso? ¿Y tú qué crees, estúpido? Lo que creo es que te gusta el consomé de murciélago. ¡Pero si voy a oírlo, no a tirármelo! Cuando logré escapármeles, llegué a poner el disco decidido a taparles el hocico. Había leído un artículo en el periódico y otro en una revista que hablaban maravillas de ese álbum. Un clásico, decían. Una joya. No sería el más nuevo, pero sí estaba entre los más gustados. Puse el disco, subí el volumen hasta donde pude y me quedé tieso entre las bocinas. Quiero decir, completamente tieso.

Con la quijada caída y el espinazo vuelto gelatina, escuché el primer disco del resto de mi vida seguro de que estaba llegando al futuro. Me bastaba esa música para dejar atrás el resto de mi historia. Por mí, que me aplicaran la ley del hielo. No iba a darle la espalda al futuro con tal de que el pasado me perdonara. Más que indignarles, a Xavier y Alicia les preocupó la portada de Bowie. ¿Qué le ves a ese tipo?, insistía Xavier. Lo escucho, ya te dije, lo calmaba de nuevo, aunque en vez de calmarse iba alterándose. No quiero saber nada, oye las porquerías que quieras, yo no me echo un centavo a la bolsa por tratar de que seas gente normal, ¿o es que no te das cuenta que te hacen daño esas cochinadas? Me lo decía, al final, como un consejo, aunque igual lo gocé como un degenerado. Lo verdaderamente asqueroso sería que escuchara la misma música que mis papás. Entre más les disgusten mis discos, mejor. De eso se trata el cuento. Que se espanten y teman que por oír mil veces el *Aladdin Sane* va uno a agarrarle el gusto al caldo de vampiro.

Nadie dejó de hablarme por David Bowie. Al contrario, ya tenían por dónde estar jodiendo. Pero me daba igual, y hasta me divertía contraatacar haciendo burla de la música que le gusta a Fabio. Todo lo que repitan más de cincuenta veces en el radio, ésas son sus canciones. Cuatro días después del primer disco, estrellé el coche contra una pared. Mientras llegaba Alicia, me fui a meter en una tienda de discos donde encontré la colección entera. Todo Bowie. ¿Qué iba a hacer? ¿Esperar a que Alicia me anunciara que iba a pagar toda la compostura con mis ahorros? Nunca he tenido ahorros, afortunadamente, pero traía el dinero exacto para llenar el tanque de gasolina. Cuando Alicia llegó ya había puesto mis cosas en una bolsa grande, como ella me pidió, antes de que viniera la grúa por el coche. En el paquete estaba un disco nuevo: *The Rise and Fall of Ziggy Stardust and the Spiders from Mars*. ¿Cuánto dinero tienes?, quiso saber Alicia cuando ya había acabado con el regaño. Me busqué entre las bolsas: cinco pesos. En cuanto alunizamos en la casa, me encerré a oír el disco sin que me interesara nada más. La Salle, el coche, Green, Sheila, mis amigos, Alicia, Xavier, toda mi vida se diluyó debajo de esos gemidos animales, magnéticos, hipnóticos, de modo que si en algo más pensaba era en ser Ziggy Stardust y tocar la guitarra como pinche maniático en yombina.

Afortunadamente Sheila nunca me vio caminar por San Pedro con la cara pintada, la peluca de Alicia, los pantalones recortados en tiras y agujeros en toda la camiseta. Duró poco esa moda, lo suficiente apenas para que mis amigos terminaran de darme por perdido. No había remedio, yo quería ir más lejos y cada vez me preocupaba menos lo que pudieran opinar de mí. ¿No era cierto, al final, que había hecho el ridículo cantidad de veces sin quererlo? Cuando menos ahora podía decir que todo era a propósito. Cansado de que tantos atorrantes lo traten como idiota, el loco se presenta en sociedad. ¿Qué me miran, putetes? ¿Nunca antes habían visto de cerca a un perturbado?

A lad insane? En el extremo opuesto de Bowie está mi familia paterna. Apostaría a que Xavier no me deja traer el pelo largo sólo por evitar que mis tíos lo critiquen. Y es que eso pasaría, la mayoría son amargados, o envidiosos, o pueblerinos, o todo al mismo tiempo. Discuten sin parar, casi siempre de cosas que no saben. Tratan mal a sus hijos, varios de ellos. Los castigan horrible, y de repente los ridiculizan. Tengo una colección de primos traumaditos, y lo sé porque escucho a Xavier contarle a Alicia todo lo que les hacen y les dejan de hacer. Pobres muchachos, dicen, los están criando como animalitos. Es como si su vida pasara en blanco y negro, o cuando menos yo así los imagino. Algunos me caen bien, y a ésos de repente los miro en colores. Como mi prima Ariana, que es un encanto, aunque el papá sea un ogro berrinchudo. O mi tío Guillermo, que es coronel y tiene sentido del humor y ya dijo que va a ayudarme a sacar la licencia, y con suerte también la cartilla. Para el caso, ninguno me conoce, ni me imagina caminando de noche por San Buenaventura con esa indumentaria que los tendría hablando pestes de mí por meses, qué delicia. Cada vez que mis tíos amargados y mis tías chismosas opinan que algo o alguien está mal, adivino que es justo lo contrario. Xavier dice que a los parientes no los escoge uno, pero yo digo que nunca es muy tarde para escoger a los que te caen mal y añadirlos a tu lista negra.

Teóricamente, estaba castigado. Iba muy mal en un par de materias y había chocado el coche por venir en sentido contrario, pero esa Navidad, con esa música, era digna del principio del mundo. De semana en semana caía sobre las monedas de la cocina, o bajo el manto protector de Celita, o donde fuera que encontrara apoyo para seguir comprando los álbumes de Bowie. *Hunky Dory, The Man Who Sold the World, Station to Station, Diamond Dogs, Low*, me daba algún orgullo secreto pensar que sólo a mí me gustaba esa música. O sea que en ese aspecto, por lo menos, ni mis amigos se me parecían. Si antes me avergonzaba la posibilidad de que otros me creyeran un animal raro, a partir de esos días terminé de entender que tal vez mi destino era ser anormal. ¿Cuántas veces había intentado lo contrario? ¿No era normal el niño de trece años y cincuenta y un semanas que se asombraba delante de todos por sus once materias reprobadas? Lo que sé, al fin, es que me sale mal ese papel. No acabo de creérmelo, y los demás menos. Me encantaría tener una guitarra eléctrica para decepcionarlos a volumen de lesión cerebral.

Soy el único hijo de dos desobedientes. No ha nacido quien me mande, insiste Alicia. Y Xavier aborrece a los lambiscones. (No sé cómo soporta a René Farrera.) De niño, un profesor le dio una bofetada delante de todos y él respondió con un patín en la espinilla; luego se echó a correr hacia la Dirección. A veces hago bromas, pucheros, méritos, berrinches, o simplemente digo mentiras con tal de que en mi vida se haga lo que me da la gana. Me enojo como Alicia y los mando al carajo como Xavier. Sólo que eso mi abuelo no lo sabe, de otro modo tal vez no me daría regalo de cumpleaños. Cuando al fin voy a alguna cena en su casa, me llama y vamos juntos a su despacho. Saca el regalo, me lo extiende y se queda mirando. Luego dice algún chiste y se regresa a pelear con sus hijos. Este año me dio un libro suculento, no sé muy bien por qué: *Antología de cuentos de misterio y terror*. Trae, además de cuatro de Edgar Allan Poe, uno que narra un descuartizamiento. De ésos que lees y se te quita el hambre. ¿Será que me conoce, aunque nunca en la vida hayamos platicado de nada en especial, yo diría de nada en absoluto? ¿Me habrá heredado el don de la truculencia? Con razón se le salen los ojos de coraje, igual que en una historia de terror, cuando se enoja con alguno de sus hijos o nietos. Y eso sí que no puedo permitírmelo. Nunca lo he hecho enojar, desde que con cinco años intentó darme un zape correctivo y Xavier le detuvo la mano. A éste lo educo yo, le advirtió, muy gallito, y esa tarde nos corrió de su casa. Más de un año nos tuvo congelados, así son los corajes de mi abuelo. Delante de él me porto como un pendejito, abro la boca sólo para decir que sí, que gracias y que todo estuvo muy rico, aunque el atole me quemara la boca y los tamales supieran a culo y yo quisiera estar en cualquier lado menos ahí. Pero a veces me toca obedecer, meterme de regreso en los zapatos del hijo de familia y olvidarme del aprendiz de rufián. El muchachito tan bien educado que conoce mi abuelo no se divertiría gritando obscenidades en el burlesque, ni usaría los crayones de su madre para hacerse otra cara encima de la suya. Es una lástima que entre mi cumpleaños, mi santo y Navidad no pudiera pedir los dos regalos que más me interesan: una guitarra Gibson y una caja de Mary Quant Pastel Crayons. Seguro que mi abuelo no domina esas marcas.

Si yo fuera Xavier, no me daría ninguna libertad. Yo con coche y en un lugar como La Permisiva Salle no puedo acabar bien. Me gusta ver mujeres, jugar billar, boliche, tirar huevazos, echarme sobre el pasto del Lugar de Reposo y Descanso de las Almas Etcétera, y tantas otras tentaciones urgentes que con trabajos me permiten recordar que además, por cierto, estoy en primer año de preparatoria. Puede que sea por estas y otras ocupaciones tan absorbentes que no me he ni enterado de lo que está pasando en mi casa. Y no voy a enterarme hasta que el mundo se me venga abajo. Van dos veces que Alicia me pregunta si he notado los cambios de mi papá. Como que últimamente se enoja muy fácil. Llega tarde a la casa, casi siempre quejándose del día maldito que pasó en el banco. ¿Y así esperan que un día yo también sea banquero? Según Xavier, las próximas vacaciones va a conseguirme chamba de office boy. Qué quiere que le diga, soy capaz de quebrarme una pierna por no ir a dar a ese banco de mierda. Lo cierto es que nunca antes habíamos estado tan lejos. Xavier de Alicia, yo de los dos.

Tengo algunas sospechas, pero no sé. Preferiría no enterarme de nada. Encontré un cassette raro entre los de Xavier.

Música muy moderna para ser suya. El clásico regalo de la novia melosa, con la palabra Love en letras más grandes. ¿Quién me dice que no tiene Xavier alguna amante cursi por ahí? ¿Trajo tal vez la cinta para acordarse de ella el sábado en la tarde, cuando tiene que padecer a su familia? Xavier dice que Alicia es muy celosa, pero no es cierto. Lo que pasa es que no sabe mentir, y Alicia tiene olfato de sabueso. Te hace preguntas de doble intención, te lanza buscapiés, te arrincona; y si encuentra algo chueco te hace pomada. Tiene uno que pulir muy bien cada patraña para que no lo agarren con los dedos en la puerta. ¿Qué habría dicho Xavier si yo le hubiera preguntado quién le dio ese cassette? No quise averiguarlo. En vez de eso saqué con los dedos un pedazo de la cinta magnética y lo estiré como si fuera un chicle. Repetí varias veces la operación para estar bien seguro de que esa cinta nunca volverá a sonar.

Pero el resto del tiempo soy un inconsciente. Xavier dice que sufro de pereza mental y yo digo que no y hasta me enojo, pero lo cierto es que se queda corto. Hace más de dos años que padezco de hueva general. Que es como una anestesia local en todo el cuerpo, incluyendo la mente y el alma. Mi cerebro desecha automáticamente cualquier idea que pueda hacerlo preocuparse, sufrir o trabajar. Excepto cuando alguno de esos quehaceres coincide con la sombra de una mujer. Y digo que es la sombra porque lo hago tan mal que al cuerpo nunca llego. ¿Cómo es que me pregunto cuándo voy a poder besar a una, si no me atrevo ni a saludarlas de beso? Esta parte de mí sí que la odio. No sé cómo consigo verme aún más estúpido delante de la mujer de mi vida que en casa de mi abuelo. Será que al menos ahí no digo estupideces, ni me trabo, ni tengo tanto miedo de cagarla. ¿Por qué con ellas nunca grito, canto y bailo igual que en el billar, el boliche, el burlesque? ¿Y ahora quién es la mujer de mi vida? ¿Estaré condenado a casarme con una del Balalaika?

Lógica. Matemáticas. Literatura. Historia. Actividades Estéticas. Ésas son mis materias. Me incomodan, en cambio, las que contienen la palabra "Física", desde la Educación hasta la Geografía, pasando por la Física a secas. Dice Xavier que la pereza mental acarrea a su vez pereza física: creo que ésa es la única fórmula que entiendo. Además, para colmo, tengo cero en Contacto Físico. Ni siquiera recuerdo cuál era el nombre de la mujer de la faja. Estaba tan nervioso que lo olvidé más pronto de lo que lo oí. No se me olvida, en cambio, que Roger dijo qué bonito nombre y yo pensé no mames, cómo eres pinche cursi y lambiscón. Ya sé que si en lugar de encuerármele a Norma le hubiera dicho que me gusta su nombre, sería un poco menos difícil que una noche se metiera en mi cama y me hiciera el milagro, pero igual no me atrevo. Menos con Maritere, que tiene un nombre tan aburrido. En todo caso tendría que decirle ¿sabes que cuando escucho tu nombre me caliento? Maritere, ¿me puedes ayudar con mi tarea de Exhibición Física? ¿Qué me diría ella? Nada muy cariñoso. Va a ver con su mamá, pinche cochino. Pero no me lo han dicho, y eso quiere decir que el juego sigue. Xavier no se imagina la cantidad de horas que dedico a pensar en los antojos físicos. Y si a eso le sumamos las que me quita el tema del amor, más lo que invierto en la pura vagancia, con trabajos me queda tiempo para dormir. Dejar el Instiputo por un colegio mixto equivale a saltar del Canal de Desagüe a la Costa Azul, ni modo de evitar que uno se vuelva loco de alegría y termine educándose en otros lugares. Si fuera necesario ser honesto, confesaría que todo lo que sé de Física lo aprendí en una mesa de billar.

Hay días en que todo me sale bien. Nada me hace sentir más importante que cuando alguien opina que soy un pinche vago. Pero también hay días en que amanezco pasado de fino. Hago pasar las bolas por los huecos más estrechos sin que se toquen, me lleva el carajo. Siempre que una pelota pega en la banda sin rozar a otra que está muy cerca de ella, los vagos del billar decimos: *corbateó*. Y es por eso que algunas mañanas me despierto metido en el papel de Rey de la Corbata. Quiero decir que salgo de la casa medio dormido, llego tarde a La Salle y me encuentro que afuera está Alejo esperándome. Vámonos al billar, me sonsaca. ¿Tan temprano?, repelo. ¿Cuál temprano, si lo abren a la misma hora que la escuela?, me hace reír, sonámbulo, y al diez para las ocho la primera *corbata* me obliga a despertar. ¡No mames, no es posible!, rezongo a la tercera y a partir de la quinta ya empecé a reírme. Y si en ese momento nos vamos al boliche, es seguro que va a haber menos chuzas que splits y más canales que spares. A donde vaya, todo va a salir mal. Como si un dios maligno hubiera decidido divertirse midiéndome el aguante frente a la adversidad. ¿Pero quién es, por cierto, La Adversidad? ¿Ese fantasma con aliento de vómito que pegó la carrera por la puerta de atrás en cuanto me vio a salvo del Instiputo? La adversidad es una carambola imposible. Una chuza robada por el diablo. Un triste logaritmo inoperante. Pienso que la conozco, y ella a mí, pero seguro estoy exagerando. Dudo que sea digno de que La Adversidad me vea de frente y pronuncie mi nombre. Esas cosas suceden, ya lo sé, pero no a las personas como nosotros. ¿Cómo somos nosotros? Muy poco parecidos, según yo, a los protagonistas de los dramones. Muy lejanos, espero. Sé que Xavier es tesorero del banco y a veces lo entrevistan en los periódicos, pero de ahí a creer que nuestra vida se parece a una película hay más distancia que entre Sheila y yo. Lo que en el fondo creo, aunque no me dé cuenta ni por supuesto me anime a decírmelo, es que tengo el futuro asegurado. Lo decían los maestros del Instiputo. Según ellos, por eso no estudiaba. Y tenía que haber sido al revés, porque si el cuento del futuro seguro pasa por convertirme en banquero, preferiría estudiar para asaltabancos.

Y sin embargo me hace sentir seguro que Xavier me platique de lo bien que le va, tanto que además quieren construir una casa. Siempre que escucho que hablan de Parque Vía Reforma me da emoción y miedo al mismo tiempo. No sé bien si es promesa o amenaza, ni me figuro en qué me voy a convertir. ¿Traeré un carrazo, entonces? ¿Me vestiré de traje? ¿Tendré el acento de un pendejito engreído? ¿Acabaré peinándome los pelos para atrás? Estas y otras preguntas van a venirse abajo de un día para otro, junto al resto de mis seguridades. Mi vida está muy cerca de partirse en dos y yo sigo creyendo que es y será la misma, por qué habría de pasar otra cosa. Mi soberbia de hijito de familia debería recordar que la desgracia se manda sola. Cualquier noche la encuentras recostada en tu cama o guardando su ropa en tus cajones o amargando la cena antes siquiera de que la preparen, como un dolor de muelas inmune a los dentistas que bien puede durar el resto de tu vida. Unas veces punzándote, otras martirizándote y algunas otras disimulándose por la dulzura de cierto buen momento, pero siempre ahí detrás, respirando en tu nuca con ese aliento a azufre que amarga hasta un pastel de fresas con betún.

## 27. Un pesito pal refresco

Me estoy adelantando y eso es trampa. Tendría que decir que a mis dieciséis años y cuatro meses conozco la desgracia solamente en pequeños episodios y dosis moderadas. Mi primera desgracia, hasta hoy invencible, ha sido la de ser un bicho raro. Por más que a veces crea que el destino es injusto y estoy pagando por lo que no hice, también es cierto que de todas maneras les quedo a deber. Sé que me lo merezco, poco o mucho pero me lo gané. Llamé a La Desgracia por su nombre, o no supe pararla cuando la vi venir. En todo caso yo no tengo la culpa, esto les pasa a todos los bichos raros. Y al final es posible que nadie más que yo pudiera remediarlo. Lo que me desconcierta es cuando la desgracia llega sola, sin mirarte siquiera pero igual arrasándote como una ola de veinticinco metros de altura. Una desgracia que llega y te engulle, igual que la ballena del cuento que Xavier se tomaba nunca menos de veinte noches en contarme, a la hora de irme a dormir. ¿Cómo iba yo a creer que un episodio así pudiera estar en el libreto de mi vida, si en lugar de angustiarme por la suerte del pobre muñeco mentiroso me quedaba dormido a la mitad de cada episodio?

Las peleas entre Xavier y Alicia forman parte de esa zona tramposa de la desgracia donde uno es inocente y paga como si fuera culpable. Lo peor es que esta vez no se pelearon por cualquier mamada. Alicia iba a llevar los trajes de Xavier a la tintorería cuando encontró en un saco la nota de otra pinche tintorería. "Abrigo de mujer", decía, y estaba a nombre de una empleada conocida. ¡Oye tú! ¿Desde cuándo vistes a tu secretaria?, le gritó en el teléfono, después de hacer saber a la putita del abrigo sucio, con una irreprochable amabilidad, que esta vez le urgía mucho hablar con su marido. Sucedió en la mañana, cuando yo estaba en La Cándida Salle, pero en la noche llegó Xavier y se gritaron cantidad de cosas. ¿Quién te crees para hacerme una escena de celos estúpidos a media junta?, intentaba Xavier el pleito ratero, pero con esa nota lo tenían pescado de los huevos, igual que a mí cuando falsifiqué las firmas de los maestros del Instiputo.

Hace ya dos semanas que no se hablan, pero han ido aflojando la tensión. Ya me sé las etapas de memoria. Los dos primeros días, Xavier se va a dormir a la sala y no se sienta ni a desayunar. Luego ya cenan, desayunan y ven tele juntos, pero no se dirigen la palabra. Al final de la bronca, se mandan los mensajes de paz conmigo. Dile a tu papá que ya está la comida. Pregúntale a tu madre si va a ir mañana a casa de tu abuelito. Saber que hoy en la noche van a cenar los dos con mi abuelo y algunos de los tíos me devuelve un poquito la tranquilidad. Están a un par de días de hacer las paces, así que ya no va a ser necesario que se cancelen nuestras vacaciones. Tenía rato que Alicia hablaba maravillas de las playas de Baja California Sur, según no sé qué amiga le platicó, y ahora voy a ir con ellos a Cabo San Lucas, durante toda la Semana Santa. Nunca viajan sin mí. El año antepasado se pelearon en Houston y pasaron dos días enojados. Lástima que esta vez no pudimos ir juntos al Astroworld, que fue donde tuvieron que contentarse.

¿No llamó tu papá?, pregunta Alicia desde la escalera, poco antes de que dé la medianoche. ¿Qué no cenó contigo?, me extraño, ya asustado porque no sé si habrán vuelto a pelearse y ahora sería peor: adiós Cabo San Lucas. No llegó, lo estuvimos esperando. ¿No llegó ni llamó… mi papá? Lo más fácil sería sospechar que anda de fiesta con la golfa del abrigo, porque hace tiempo somos dos los celosos, pero también sabemos que uno como Xavier no se desaparece porque sí. Cuando al fin decidimos dormirnos, ya pasadas las tres de la madrugada, yo me voy a la cama preguntándome si Xavier no llegó porque va a irse a vivir con su secretaria y éste es el primer paso de la separación. Poco rato más tarde mi inconsciencia automática ya logró desplazar esos temores. Me duermo bien seguro de que cuando despierte Xavier va a estar aquí como todos los sábados.

Nueve de la mañana, recién abrí los ojos y me topé con una mirada de angustia. Tu papá no llegó, me dijo, ya sin tiempo para darme los buenos días. ¿Y qué vamos a hacer? Esperarlo otro rato, por lo pronto. ¿Y si no viene? Va a haber que hablar al banco, yo supongo. ¿Y por qué no llamamos de una vez? Hay que esperar, qué tal si le causamos un problema. ¿Esperar hasta qué horas? Ya son casi las siete de la noche cuando nos decidimos a llamar. Media hora después, llegan dos detectives del banco y nos hacen decenas de preguntas. Oficialmente, al fin, Xavier está perdido. O desaparecido. O muerto, yo qué sé. Una vez más, nos vamos a la cama con el alma en un hilo. Mañana en la mañana viene tu tío Carlos muy temprano. Tú te quedas aquí, yo me voy a ir con él a recorrer delegaciones y hospitales. ¿Y si voy con ustedes? Tienes que estar aquí, por si alguien llama o viene tu papá.

Me paso la mañana del domingo imaginando desenlaces posibles, la mayoría buenos y tranquilizadores. Me he dicho varias veces que de algo va a tener que servir el apoyo del banco, tratándose de alguien como Xavier. No sólo es tesorero y subdirector, sino también amigo muy cercano del marido de la hija de don Miguel, que es el dueño del banco. Todos los días comen, o juegan ajedrez, o mínimo se llaman para contarse chismes de otros subdirectores. "La pandillita", les llama Xavier. Fue por esa amistad que una vez don Miguel fue a cenar a la casa, hace como cuatro años. Y ayer mismo en la noche Alicia llamó a casa de Juan Antonio, el yerno, para contarle lo que estaba pasando. ¡Qué barbaridad!, se asombró, muy amable, según me contó Alicia, y le ofreció que haría todo lo humanamente posible para dar con Xavier. Yo creo que don Miguel debió de darle alguna comisión especial, quiso adivinar luego, no muy convencido. Y ahora que se fue Alicia me vuelve a la cabeza un dato que no encaja: Juan Antonio le dijo que vio a Xavier el viernes y comieron juntos, pero según recuerdo estaban peleados. ¿No se hablaban desde hace dos meses y de repente fueron a comer? Todavía este miércoles Xavier me dijo que seguían enojados. Según alguna vez comentó con Alicia, don Miguel y su yerno creen que Xavier se pasa de arrogante. Y como él no soporta a los lambiscones, antes se mete un tiro que transformarse en su pinche súbdito. ¿O sea que mi padre es un mamón porque no se arrodilla frente a los mamones?

Alicia regresó con los ojos llorosos, no sé si más tranquila o más nerviosa. ¡Hijo!, grita y se le va el aire, desde las escaleras, ya encontré a tu papá. Corro a abrazarla, contento al instante. ¿Dónde está? ¿Cómo está?, la tomo de los hombros, sacudiéndola casi. Ay, ni me digas, se le cae la mirada, los brazos, yo diría que el alma, y se suelta llorando como una niña. ¿Qué le pasó?, me trabo, le busco la mirada, ¿está vivo? Le gana la sonrisa, me acaricia la cara y dice que está bien, pero no puedo verlo. Desde el viernes lo tienen detenido en los separos de la Procuraduría.

Esto no puede ser, intento convencerme, es un error que se va a corregir a más tardar mañana. Trato de contagiarle un poco de mi alivio cuando me pide que la deje hablar. Tal parece que el banco ha acusado a Xavier de abuso de confianza, y de paso a René Farrera. ¿Y a poco eso no lo sabía Juan Antonio ayer? Pues sí, pero ni modo de volver a llamarle. Además, dice apenas y se suelta llorando, además, se me abraza, solloza, además ya salió en los periódicos. Una cosa espantosa, me explica, en uno de ellos dice que tu papá es un "funcionario chapucero". A cada nuevo trozo de información que escucho, voy hundiéndome en un agujero negro. ¿Es decir que la fuerza con la que hasta ayer mismo yo contaba para protegernos es la que ahora puja por hundirnos? ¿Mi papá contra el banco y en la cárcel?

Ya no pienses, hijito, me da un par de palmadas en el brazo, salte un rato a pasear a Tazi, yo necesito hacer unas llamadas. ¿Está bien mi papá? ¡Ya le llevé sus tortas!, me sonríe con la cara mojada, sí, bueno, ¿licenciado? Me escurro hacia la calle, camino por San Pedro y Memito se acerca a darme una primicia: Tizoc anda diciendo que tu papá está en la cárcel. ¿Mi papá? Será el suyo, por andar padroteando a su mamá, me carcajeo en falso, con las piernas temblonas y el corazón latiéndome a galope. Doy media vuelta y enfilo hacia el campo. Sigo a Tazi entre árboles y arbustos, mientras digiero lo que me contó Memo y vuelvo a arrepentirme por no haberle sacado el ojo a

Tizoc. Ahora tendría que arrancarle la lengua, pero eso sería tanto como reconocer que es cierto lo que cuenta, y algo así no lo haría delante de nadie, amigo o enemigo o su chingada madre. Nomás eso faltaba, que encima de pasarme lo que me está pasando tuviera que aguantar chistecitos pendejos sobre el asunto. No sé qué sea un abuso de confianza, pero Alicia me dice que es una cosa grave y no van a dejarlo salir con fianza. ¿Entonces qué, va a quedarse en la cárcel? Dios quiera que no, hijo, voy a ver si mañana hablo con don Miguel. ¡Vas a ir a ver al viejo! Pues sí, si me recibe. Pero antes necesito hablar con tu papá.

Llevo más de cuarenta horas raras al hilo y es como si flotara en una historia que no es la mía. Diría que es una puta pesadilla si tan sólo pudiera terminar de creérmela. Siempre que uno recuerda alguno de esos sueños, le parece asombroso que inclusive dormido se tragara tamañas incongruencias. Y esto no me lo trago, no solamente porque es muy difícil, si tampoco me da la gana tragármelo. No sé qué sea, pero no lo acepto. Es como si tuviera a La Desgracia tocando en mi puerta y pensara que basta con no abrir para hacerla correr hacia la del vecino. Siempre creí que en una situación como ésta chillaría, gritaría, me volvería loco inmediatamente, y en vez de eso me digo, como si ya escuchara el consejo de Xavier, que todo va a arreglarse de aquí a mañana. Como si por un par de días el planeta se desviara ligeramente de su órbita y al tercero pudiera realinearse como si cualquier cosa y aquí no pasó nada, ladies and gentlemen. Eso es lo que pretendo, pero dentro del coco la paranoia avanza y va creciendo igual que una bola de nieve. Si salió en los periódicos, me alarmo, no se va a componer tan fácilmente. ¿O espero que mañana publiquen las noticias sobre el banquero tontamente calumniado? ¿Que llame don Miguel y pida una disculpa y todo el mundo de regreso al trabajo? ¿Que Juan Antonio haga *todo lo humanamente posible* para meter reversa a la desgracia?

El lunes, de camino a La Sensata Salle, me digo que primero dejo de ir a clases antes que soportar su compasión. Afortunadamente, nadie lee los periódicos. O los leen y se callan el hocico, que al menos para mí es más que suficiente. Excepto

Abel Trujano, que de pronto me cuenta que escuchó por ahí que a mi papá lo habían demandado. No mames, le sonrío, como si en realidad esperara que la falsa noticia fuera parte de un chiste más elaborado del que tendremos que acabar carcajeándonos. ¿No era tu papá, entonces? A huevo que no, güey, alzo los hombros, enarco las cejas, agito la cabeza como preguntándome de dónde se le ocurren esas mamarrachadas. No es que me haya propuesto ser un actor hasta con mis amigos, pero tampoco es la primera vez. Si algo he aprendido de colegio en colegio es a ser diferentes personas, según caigan las balas en uno y otro lado. Y como ahora llueve por todas partes, no queda más que atrincherarse solo y esperar a que pase lo peor. ¿Qué es lo peor, en el caso de Xavier? Nada me da más miedo que averiguarlo. Por eso mi estrategia está en negarlo todo y echarme a correr. Esto no está pasando. No, por favor. No a mí. No a Alicia. No a Xavier. Hasta el viernes pasado éramos la familia más normal del mundo, cómo es que a estas alturas somos el chisme más caliente del año. Yo qué sé lo que digan en La Salle, en el Club, en el banco, entre las amigas de Alicia o las cuñadas de Xavier. Por mí que digan mierda, con tal de no enterarme. Ya bastante jodido está el paisaje para encima colgarle comentarios ojetes. Y con su compasión ya saben lo que pueden hacer.

Cada que vuelve Alicia de la Procuraduría, siento un vuelco violento dentro de mí. Antes de que me cuente cualquier cosa, ya sus ojos dijeron que nada va mejor y es la hora de darme las malas nuevas. Ya hablé con tu papá, me dice, con los ojos inyectados y la expresión completamente descompuesta. Lo detuvieron el viernes en la tarde. Cuando habló con los periodistas, tenía tanto coraje que habló de no sé qué negocios chuecos de don Miguel, a costillas de los accionistas del banco. Platicaron un rato, a través de la ventanilla del juzgado. Ahí Xavier le contó que un día antes del arresto tuvo la mala pata de ponérsele al brinco a don Miguel. Incluso se atrevió a pedir que lo liquidaran y advertir que de todas maneras la Comisión Nacional Bancaria tenía que enterarse de no sé cuántas anomalías que estaban sucediendo en el banco. Luego, el viernes, comió con Juan Antonio, que le había llamado para reconciliarse. Pero casi no hablaron, porque Judas Antonio estaba muy nervioso. Jugaron unas cuantas partidas de backgammon y a las cuatro Xavier se devolvió a la calle. Le extrañó que su *amigo* no lo acompañara, como siempre había hecho, hasta la puerta, sino que lo dejara en el elevador. Hacía tiempo que los dos trabajaban en distinto edificio, aunque en el mismo banco. Camino a su oficina, Xavier notó que un tipo lo seguía, sin quitarle los ojos de encima. ¿No sería un asaltante? Por si las moscas, apretó el paso, y para su sorpresa y desconcierto no fue mucho antes, sino poco después de atravesar las puertas del banco que el extraño corrió a pescarlo del brazo, junto a otros dos que ya lo estaban esperando. Tenía que acompañarlos, le dijeron. Tengo que dar un curso, justo a esta hora, les explicó Xavier. En un rato regresa, le prometieron mientras lo encerraban en el coche que los llevó a la Procuraduría. Cuando supo de dónde venía la acusación, se lanzó a decir todo lo que no debía.

Don Miguel estará temblando del coraje, imagínate ahora cómo nos va a ir. ¿Pero de qué lo acusan? ¿Te acuerdas cuántas veces nos contó de las comisiones que le daban los bancos afiliados por conseguirles buenas tasas en los préstamos? ¿Cómo no iba a acordarme, si hasta le hacía burla por tanto repetirlo? Pues ahora resulta que don Miguel ya no se acuerda de eso y lo acusa de abuso de confianza, que es como el fraude, pero más complicado porque para que salga necesita el perdón de la parte acusadora. ¿Perdón por qué?, me indigno, pero de nada sirve. Mi teoría del tonto malentendido acaba de venirse abajo en pedacitos. Todo lo que fue incierto por tres días se me hizo real de golpe, a medianoche, cuando Alicia por fin llegó a la casa y me sacó de dudas, aunque ya no de angustias porque ahora sí no sé ni por dónde moverle. ¿Y no era don Miguel quien repetía delante de sus empleados que en este país es imposible hacer una fortuna honradamente? ¿Qué va a pasar si el viejo tiene tanto coraje que decide aplastarnos con matamoscas? Seguro tendrá alguno de nuestro tamaño: eso es lo que Xavier no calculó.

Las horas se hacen largas en la casa, cada tarde esperando a que Alicia me llame, o que llegue con una noticia mejor.

En La Pesada Salle no quiero ni pararme. Si hasta ahora nadie fuera de Abel me ha dicho nada, mañana podría haber nuevos curiosos y yo ya sé que pase lo que pase no voy a contar nada, ni a aceptarlo, ni a dejar de reírme si me lo preguntan, con mi famosa cara de no-mames-cómo-crees-a-mí-jamás-me-pasan-esas-cosas. Soy el mismo zopenco que hace unos meses se cayó en la alberca y regresó volando con sus amigos, pretendiendo que lo que todos vieron jamás había pasado, o le había pasado a cualquier otro menos a él, que estaba tan campante con las manos metidas en las bolsas, empapado de pies a cabeza, como si nada hubiera más normal en el mundo que un pendejo escurriendo chorros de agua a media fiesta. No sé cuántos lo sepan, pero al menos Abel y Tizoc me pueden ver así, chiflando muy contento en la cubierta de un barco que se hunde.

¿Y no es cierto también que me paso esas horas tan jodidas escuchando mis discos de Bowie? ¿Necesito volverme loco y llorar y gritar y berrear porque la vida es dura y el destino negro y no sé a dónde vamos a ir a dar? Si antes nadie sabía lo que siento, ahora ni yo mismo consigo verlo claro. Es como si estuviera cayendo una tormenta y ya supiera que al salir a la calle voy a encontrar un mundo totalmente distinto del que conocía. Y eso es lo que no puedo soportar. Si me vieran con lástima y yo me diera cuenta, temo que nunca más volvería a ser el que era. ¿Y cómo no dejar de ser el que eras cuando tu padre va a dar a la cárcel y tu mamá se pasa llorando hasta las horas en que tendría que dormir y no hay siquiera hermanos que se aflijan contigo?

Por lo pronto, el billar me recibe con los brazos abiertos. Si mis amigos saben lo que me pasa, no me verán al menos lloriqueando ni dirán pobre güey, cuánto sufre. Para el caso, prefiero que se crean que todo me da igual, o que estoy tan cabrón que ni las peores noticias me pandean. ¿Y no hacía lo mismo desde niño, cuando mi gran orgullo era saber que podía resistir los peores tratos sin abrir ni la boca, porque no era un rajón ni lo sería jamás? La diferencia es que en aquellos tiempos era sólo mi vida escolar la que se tambaleaba, y al volver a mi casa todo estaba en su sitio, como siempre. De lo

que ahora se trata es de que nadie sepa que acaba de quebrár-
senos el *siempre*.

El miércoles Alicia llega pálida. Son las seis de la tarde
y está desconsolada. Tu papá, se interrumpe, se traba, sollozan-
do. ¿Qué tiene mi papá?, salto con el aliento de pronto cortado.
No sé si está buscando las palabras o nada más la fuerza para
soltármelas, pero no bien las dice y le ganan las lágrimas encuentro que no entiendo lo que es *formal prisión*, pero ya me
supongo que es lo peor. ¿Y eso qué?, hago un esfuerzo por to-
marlo a la ligera. ¿Cómo qué? ¡Va a seguir encerrado!, me pega
el grito Alicia y yo me abrazo a ella más que nada porque no sé
qué hacer, como no sean preguntas idiotas. ¿Y ahora por cuánto tiempo? Cómo voy a saber, sigue llorando, le van a abrir un
juicio que puede durar años. ¡Años! ¿Cómo años? ¿Por qué, si
no ha hecho nada? ¿Y qué vamos a hacer? ¡Tengo que hablar
con él! ¿Cuándo puedo ir a verlo? No hay respuestas, por ahora.
Y cuando lleguen no van a gustarme. ¿Qué es la formal prisión?
No sé, pero lo entiendo. Significa que de hoy en adelante las
noticias más tristes y descorazonadoras van a ser cosa de todos
los días. Si mi papá está formalmente preso, Alicia y yo tenemos
que acostumbrarnos a vivir maldiciendo nuestra suerte, que a
partir de este día podrá ser mala, fatal o trágica, pero la buena
se nos acabó. Somos, a partir de hoy, formalmente infelices.

No sé si en realidad quería que llegara el nuevo sábado.
Por supuesto que tengo unas ganas enormes de estar con Xavier,
pero la pura idea de verlo y saludarlo y abrazarlo en la cárcel me
hace temer que no estoy a la altura. ¿Cómo hago, por ejemplo,
para decirle cuánto me duele lo que le está pasando y qué contento estoy de verlo otra vez y no soltarme entonces lloriqueando como un huerfanito? Pero ni modo de decir no voy. Al
contrario, me levanté a las siete pensando solamente en que iba
a verlo, sólo que ahora ya no estoy tan seguro.

Cualquiera que me viera diría que tengo una suerte
envidiable. Hace ya una hora y media que estoy aquí a la vista,
con mis dieciséis años al volante de un coche último modelo,
estacionado a media avenida. Es decir, a unos pasos de las puertas de la cárcel. Miro a la gente que entra y sale de la visita, y

sobre todos ellos me llama la atención una señora gorda y risue-
ñota que está parada al lado de la entrada. Trae cargando una
bolsa vacía y una canasta que no se cansa de balancear. Recién
salió de ver a su marido, o a su padre, o a su hijo, o a su hermano.
¿Cómo le hace para estar tan campante? ¿Será una desalmada
total, o es la pura costumbre? ¿Se acostumbra uno a vivir de esta
manera? Solamente pensarlo me provoca un ataque de escalofríos.
No quiero acostumbrarme y aprender a reírme a las puertas de
la maldita cárcel. No quiero contentarme con mi infelicidad.

Cuando al fin sale un par de policías a vocear mi nombre, ya estoy odiando a la de la canasta como si se tratara de la
más vil de todas las mujeres. Cierro la puerta, voy tras los policías. Ándale, güero, me anima uno de ellos, pa que vayas a visitar a tu jefe. Cruzamos puertas chicas y grandes, pero invaria-
blemente pesadas y ruidosas. Todo es horrible aquí, parecería
que cada detalle fue diseñado para que el huésped sepa que
llegó al peor hotel de la ciudad. Se escuchan gritos, chistes,
dichos, carcajadas, pero en mi coco hay música siniestra. Lo que
yo oigo, al final, es un gran mazacote de ruidos inconexos,
mientras los vigilantes me llevan de una aduana a la otra con
las manos prendidas de mi pasaporte, como si fuera un escapu-
lario. ¿Será que el pasaporte no me deja terminar de creerme
que estoy donde estoy? Me quito los zapatos, vacío las bolsas de
los pantalones, pásale por acá, güerito. Un pesito, mi güero, pal
refresco. Órale, pinche güero, qué te vas a invitar. Me hago el
ciego y el sordo, no quiero ver las celdas ni a sus huéspedes, no
quiero saber nada de estos muros horrendos ni de la gritería que
me acompaña desde que atravesé la primera puerta. Voy como
un zombi tras el policía que al fin me deja al otro lado de una
doble reja. Ya fueron a llamar a tu jefe, me informa, da la vuelta y desaparece.

Pelo los ojos: nada a mi alrededor se parece a la cárcel
que había imaginado. Esto es como una vecindad enjaulada.
Veo niños corriendo y señoras que entran y salen de las celdas,
entre decenas de hombres uniformados como empleados de
limpieza. Presos, me digo, nunca había visto a un preso. Xavier
tiene unas cuantas novelas de prisiones y yo las he leído una tras

otra. ¿Y no era en *Papillon* donde a los presos se les llamaba *duros*? Pero no los veo bien, ni pienso casi en ellos porque me he concentrado en prometerme que pase lo que pase no va a ganarme el llanto delante de Xavier. Me vuelve a la memoria, por un instante, cierta noche, camino al hospital: tengo seis años, el maxilar quebrado y la sangre no para de brotarme, pero igual me la bebo por no ensuciar el coche del doctor. Si a los seis años ya sabía tragar sangre, a los dieciséis tengo que ser capaz de tragarme las lágrimas cuando mire a Xavier con su uniforme. Y de pronto ahí está, resplandeciente con la ropa nueva que Alicia le compró y acaba de estrenar. Se ve tan bien que no me queda más que devolverle la sonrisa tristona con la que me recibe, justo antes de soltar cuatro palabras mágicas que nada más de oírlas me habrán devuelto entero a mi papá: *Ya soy duro, hijo.* Se me sale una risa de muelas apretadas, luego nos abrazamos como si yo fuera niño otra vez y él estuviera al lado de mi cama diciéndome que todo lo soñé y eso me pasa por tomar Coca-Cola en la noche, ya duérmete, mi hijito, fue todo pesadilla, aquí estoy yo contigo. Pero igual no lloré. Creo que ni siquiera se me quebró la voz, aunque dentro de mí resonara un estruendo insoportable y todo pareciera indicar que estamos ya los tres, Alicia, Xavier, yo, chapoteando en la panza de la ballena.

Todavía no estamos en la cárcel-cárcel, me explica Xavier luego, en la celda donde nos esperaba Alicia, sino en el área de nuevo ingreso, un dormitorio aparte, donde estará mientras lo clasifican. ¿Cómo los clasifican? Según la renta que puedan pagar. Una celda alfombrada, individual, sale tan cara como rentar una buena casa, le explicó a Alicia no sé qué abogado, y aparte hay que pagar porque no haga crujía. ¿O se dice fajina? Confundo las palabras que todavía no acabo de aprender. Preferiría jamás haberlas escuchado. Alicia y Xavier hablan del abogado que contrató el banco, que dicen que es un lobo de los tribunales, y de la licenciada del Ministerio Público, que es una vieja bruja, espanta y se pone unos trajes aún más feos que ella. Siempre que su marido o yo estrenamos ropa, Alicia viene a darnos un jalón suavecito en las dos orejas. Pa que te dure, dice, con una sonrisota. Hoy lo intentó con la chamarra nueva de

Xavier, pero casi al final se detuvo solita. Ay, Dios, que no te dure, agachó la cabeza, dejó caer las manos y se soltó llorando. La abracé, entonces, y Xavier también. Nos abrazamos muy fuerte los tres y en esa confusión me permití soltar unas cuantas lagrimitas discretas que en un tris me sequé con la manga. Tenemos que estar juntos, nos repite Xavier y ya me da consejos que solamente sirven para hacerme crecer el nudo en la garganta. Vas a ayudarle en todo a tu mamá, ahora que eres el hombre de la casa. Como si él nunca fuera a regresar.

Supongo que es un sábado como todos los sábados, pero yo igual lo veo pálido, deslavado, como aquellas mañanas que pasaba parado en el patio del Instiputo. Sólo que hoy es Xavier quien está castigado, y nosotros con él, y no hay nada que hacer por el momento, y ni siquiera hacernos una idea de cuánto va a durar este momento donde hasta hoy ya caben dos sábados horrendos. ¿Cabrá un mes, por ejemplo? ¿Tres, cinco, siete, nueve, cuántos meses nos tocan en el purgatorio? Pensarlo me marea. No soy capaz de imaginar un mes entero sin Xavier en la casa y el mundo en su lugar. Odio dejarlo ahí, tanto como volver por patios y pasillos y salir a la calle donde me espera el coche del niño rico que dejé de ser, para que el lunes vuelva a La Mamona Salle y me entregue a mentir con toda mi alma para que nadie dude que mi vida es igual y sigo siendo el que era la semana pasada. ¿Quién era yo? ¿Quién soy? Esas preguntas valen para Xavier, yo no soy más que su hijo y eso es igual a cero. Si alguna vez creí que yo era importante por la importancia que tenía Xavier, hoy, tendido en mi cama a medianoche, me repito que nunca fue Xavier tan importante como desde que es *duro* y me lo dice con una sonrisa. Cierro los ojos y lo miro tan claro que dudo que algún día llegue a olvidar nuestro encuentro en el patio de la cárcel. Nunca antes lo había visto tal como es. Así, con la sonrisa y el chiste en su lugar, para echarle siquiera un cubito de azúcar al trago más amargo de este mundo. Ya soy duro, hijo, me acompaña la frase por la noche y me despierta a la mañana siguiente. Ya soy duro, hijo. Cuando al fin lo repito sin que se me remojen los ojos, entiendo que también me estoy haciendo duro.

## 28. En inglés le llaman *Goofy*

Le pegas en la orilla a tu tiradora, pero te cuidas de agarrar mucha bola, más o menos tres cuartos, puede que cuatro quintos a la derecha, para que salga bien el efecto, le explico a un fugitivo de La Distante Salle, tras sugerir que agarre firme el taco y le dé un jaloncito a la hora de pegarle a la bola. El chiste es aprenderse esos secretos en los billares del centro de Tlalpan, donde no falta un vago que te dé los consejos, y después ir a mamonear con ellos al Billarama del Pedregal. Tengo tiempo de sobra, además, Alicia pasa el día entero en la calle. Primero porque va a ver a Xavier y lo acompaña toda la mañana, después porque le toca andar entre abogados y papeleos. Hay días en que llego al billar a las ocho y voy saliendo por ahí de las seis. Pasan mis compañeros, mis amigos y sus compañeros y yo sigo jugando a la carambola. Después llego a la casa y me encierro a oír música en la sala de atrás. De pronto se aparece Alicia y me regaña. Tu padre allá encerrado y tú de fiesta, reclama y me desvivo por explicarle que una cosa es oírla y otra bailarla, pero con eso no hago más que ponerla peor. ¿Qué diría si supiera que pasé el día completo en el billar?

El consuelo de siempre: por más que me regañe se queda corta, si sumamos todo lo que no sabe que hice. Hasta a Norma le consta que cuando ella no está me brotan cuernos. Ahora, además, tengo que demostrarle a medio mundo que mi vida es igual y no ha pasado nada: soy el mismo aprendiz de rufián que le embarraba tiza al taco de billar haciendo jetas de dichoso puñetero. Si Xavier es capaz de sonreírme y hacerme reír en las horas más negras de su vida, yo puedo disparar huevazos desde el coche a la gente que sale de trabajar, fantaseando que alguno consigue hacer blanco en la bruja del Ministerio

Público o el feroz abogado del viejo Miguel. Y si alguien me pregunta por mi papá, ya me puse de acuerdo con Alicia: Xavier está tomando un curso en San Francisco, invitado por el Bank of America. Si me lo creen, qué bueno; si no, me vale pito. Xavier se fue a estudiar a California, nadie me va a sacar de esa verdad.

La pobrecita Alicia sólo tiene una vida. No hay otra donde pueda reírse y olvidarse y jugar a que nada nos está pasando. ¿Ya hiciste tu tarea?, me pregunta al llegar, como si recordara que recién se acabaron los jitomates; yo le digo que claro, desde en la tarde, y nos sentamos juntos a ver la tele. Ay, tu papá, suelta de rato en rato, a mitad del camino entre el suspiro y la preocupación. Ay, Dios. Ay, hijo. Ay. Trato de distraerla, finjo que me hace caso y sigue concentrada en sus aflicciones. Qué bonito, responde. Qué bien. Qué interesante. Ahí me cuentas después. Para colmo, Xavier puso las cosas —el dinero, los trámites, su defensa— no en las manos de Alicia sino en las de su hermano Adolfo, que ni a ella ni a mí nos hace gracia. Es Adolfo quien trajo al abogado, así que cuando Alicia necesita dinero o averiguar qué tal va el caso de Xavier, tiene que soportar los malos modos del cuñado bilioso, que si hubiera torneos de antipatía ya tendría hasta el garage repleto de trofeos.

Nunca antes había sido así de libre, lástima que las horas vengan emponzoñadas. Es como si tapara cada ventana al mundo con fotos de lugares maravillosos, excepto una que está demasiado alta y ancha para poder cubrirla. No tengo que asomarme para saber que al otro lado, y debajo y encima y alrededor, el único paisaje es el del purgatorio. Alguna vez, con seis o siete años, le pregunté a Celita cuánto tiempo pasaban los pecadores en ese lugar. Hasta que quiera Dios, me reveló. Pensé entonces que aquél sería de seguro un plazo larguísimo, pero tampoco tanto. Hay días que me saben a semanas y entre un domingo y otro podrían caber años, pero igual pasan las tardes vacías y uno las va llenando de lo que puede, como una tina con el tapón mal puesto: nunca vas a acabar de llenarla, pero puedes gozar del agua calientita sin pensar demasiado en el agujero. De otra manera va a seguir creciendo y voy a terminar yéndome yo también por ese hueco. No ha pasado siquiera una semana desde que la mujer risueña de la cárcel me horrorizó con esas carcajadas y ya lloro de risa con mis amigos en el billar de Tlalpan, y al salir repartimos huevazos por las calles, y les grito putitos a los policías, y volvemos al Club con una fiesta dentro de mi coche.

Si antes era ruidoso ahora soy explosivo, pero igual sobra tiempo para pensar y yo lo mato devorando libros. Encontré en el librero el Código Penal y desde entonces no paro de leerlo. Hasta ahora me lo he soplado un par de veces y estoy en la tercera. Ya sé la diferencia entre caución y fianza, puedo entender por qué Xavier sigue encerrado y qué es lo peor que pueden hacerle. Y eso me tranquiliza tanto como leer las instrucciones de un juego raro en el que participo contra mi voluntad. Por lo menos sé dónde estoy parado. O tirado, tal vez, pero peor era no saber ni eso. Puedes estar tirado en el fondo del hoyo dos días, tres, una semana; tiene que haber una hora en la que te levantes y te vistas y salgas a la calle a ver qué está pasando. Lo malo es que Xavier no puede ir a la calle y yo, para enterarme de lo que pasa, tengo que ir a la cárcel a recordar quién soy y cuánto valgo.

Y sin embargo son las mejores horas de la semana. Por más que el viernes en la noche lance huevos y grite pendejadas con Alejo, Harry, Frank y Roger, o me escape a una fiesta donde me encuentro a todas las vecinas que me gustan, la hora de estar con Xavier es como una celebración en mitad de las nubes, tan lejos de la cárcel como del mundo. No esperaba que nada fuera de este modo, pero la última tarde nos reímos tanto con los chistes de Xavier que fue como una noche de champaña sin champaña. Su celda no es muy grande, pero es toda para él. En la parte de abajo está su cama, la litera de arriba le sirve de bodega, ropero y alacena, a un ladito del baño, pero hay una cortina que lo tapa todo. Al otro lado está una mesa para cuatro, varias sillas y una televisión más chica que una caja de zapatos. En la casa la usaba como juguete, Alicia se la trajo junto con varios libros. La alfombra es espantosa, aunque mucho mejor que el piso de cemento. Nada hay que sea bonito, pero la cárcel es uno de esos lugares donde las cosas simples se vuelven valiosas. Nada más de pasar a un ladito de las rejas donde, según contó Xavier, están los asesinos y los asaltantes —a algunos los encierran de diez en diez y los traen a madrazos el día y la noche— y llegar a la zona donde está mi papá, siento que estoy entrando en uno de esos condominios de Palmas y Polanco donde hace un par de años Xavier y Alicia tenían ganas de irnos a vivir. La celda de Xavier es un penthouse de dos plantas en Monte Elbruz, si se compara con los calabozos donde están castigados varios presos de la crujía de al lado.

Vengo por el pasillo y a mi costado izquierdo se abren unos pequeños agujeros en forma de rectángulo sobre el muro de piedra. De cuatro de ellos cuelgan, sostenidas por un pedazo de hilo de costura, otras tantas cajitas de cerillos vacías y entreabiertas. Un pesito, mi güero, me suplican. Nos tienen apandados, somos más de cuarenta en este cuarto. Deja una monedita, mi güerito. Las primeras dos veces, me espeluznaron. Luego nos hemos ido haciendo amigos. No les veo las caras, dice Xavier que sudan como caballos y se turnan para ir tomando el fresco por el agujerito que les sirve también para pedir monedas. Yo hago como si fueran cada vez los mismos. Igual me pasa con los policías: todos traen uniforme y para colmo gorra, así que a todos les llamo Oficial. Voy dejando un pesito en cada mesa y entro en cinco minutos. ¡Ése mi güero!, me recibe tras la última puerta un preso que va y viene cargando una corneta por toda la cárcel. A ése le doy dos pesos para que me acompañe hasta la zona residencial, aunque hay días en que no se aparece y me voy solo. Entonces aprovecho para tomar el camino largo y asomarme a los otros dormitorios. Tan mala no es mi suerte, me reconforto luego de ver cómo es la cárcel para los que no pueden pagar la renta de un penthouse en Polanco.

Además de soltar un dineral por librarse de los tres meses de fajina —cuentan que son más de quince horas diarias de trabajos forzados y patadas constantes—, Xavier cubre una cuota semanal por pasar lista sin salir de su cuarto, más otras que en conjunto sirven para que no lo estén jodiendo. Cada vez que los presos que administran el dormitorio le ofrecen un boleto para una rifa, debe entender que es una cuota obligatoria, equivalente a comprar protección. Si no compras boleto, no te extrañe que te hagan una revisión y con cualquier pretexto vayas a dar a un calabozo donde el agua te llega a la cintura y las ratas se asoman por la ventanilla. Cada día que voy, Xavier nos cuenta cosas increíbles, desde historias de presos que no van a salir de allí en cuarenta años hasta los casos de otros que salieron envueltos en una sábana. Antes, cuando volvía de la oficina, sus historias eran de viejos aburridos que le hacían la vida de cuadritos en un lugar aún más aburrido, y ahora habla de asesinos y narcotraficantes y gángsters, que por si fuera poco son sus vecinos y lo saludan todas las mañanas y cualquier día se sientan a contarle su vida.

Siempre llega la hora de ir a comprar refrescos para todos. Xavier me hace la seña y se escapa conmigo a la tiendita. Me pregunta cómo voy en la prepa y si hay muchachas guapas, por casualidad. Me cuenta un par de chistes para adultos; me señala a los presos que han sido personajes de alguna historia que ya nos contó; me presenta de paso a los que lo saludan y me cuenta después por qué están presos; me pide que le tenga mucha paciencia a Alicia y no la haga enojar, ni sea respondón, ni esté triste por esto que nos está pasando; me sugiere que vaya a fiestas y baile y me divierta, aunque Alicia me lo tenga prohibido. Invéntale a tu madre que vas al cine, sonríe y me ve sesgado, como si fuera otro de mis amigos. ¿Crees que estoy muy contento metido aquí en el bote? Cuando ustedes se van, le dan a uno ganas de ahorcarse. Yo no juego backgammon aquí dentro porque esté muy feliz, pero tengo que hacerme ligero el encierro. Hay que tratar de estar contentos, hijo, ya cambiarán las cosas después. Y es como si en lugar de oír lo que me dice me dedicara a cargar combustible. Es domingo, cuarto para las tres, ya se acerca la hora de salida y voy a estar sin verlo de aquí al próximo sábado, por eso lleno el tanque de todo lo que él quiera platicarme. Con esa gasolina puedo llegar al viernes sin pensar demasiado en lo mal que nos va. Ya sé que los domingos quieren verlo también amigos y parientes, pero la hora de los refrescos es nada más que nuestra. Diez minutos como ésos son bastantes para hacerme pensar que soy tan duro como Xavier espera. Y mejor todavía: para hacerme dejar de pensar. Qué más da si la herida se me pudre, me conformo con que ya no me duela.

He mejorado poco en el billar y todavía menos en las materias. Estuve yendo a varios repasos de Lógica, no sólo porque hacía varios meses que no entendía un carajo, sino principalmente porque la profesora es una mamacita y cada tarde llegan alumnas distintas. Supuestamente basta con una sesión, pero yo asisto a cuatro y acabo haciendo magia con los silogismos. Invento las premisas más disparatadas y me divierto haciéndolas funcionar, aunque la maestra diga, divertida, que caigo en el sofisma, porque entonces me lanzo al ataque mayéutico y le rocío una salva de preguntas mamonas. Pero el resto del tiempo no estoy ahí ni cuando estoy ahí. Green se ha hecho novia de un caribonito por el que todas andan rebotando y ahora cuando entro a clases ya rara vez entiendo de qué hablan los maestros; menos aún recuerdo en dónde nos quedamos la última vez que les hice caso. Afortunadamente, La Hospitalaria Salle no te pide más que una credencial para entrar y salir entre las siete y media y las dos. Como un club deportivo donde la disciplina más apasionante consiste en recostarte sobre el pasto del Lugar de Reposo y Descanso a ver pasar el desfile de concursantes que aspiran a ganarse un lugar como madre de tus hijos. ¿O no es cierto que a veces la pelea se pone reñidísima?

Tiro la hueva como un heredero justo cuando mi herencia tiene más prisa por hacerse chiquita. Invento chistes y me vuelvo simpático desde dentro del vientre de la ballena. No me sangra la boca ni me escurre la ropa ni sé cómo es la cárcel. El hijo del banquero va por la vida fresco y desmadroso, inmune desde luego y para siempre. Algunas tardes saco la moto y corro como loco por San Buenaventura, y luego más despacio si es que las guapas andan por la calle. Muy pocas me saludan, aunque yo sé cómo se llaman todas. Frank les avienta besos, pero yo me controlo porque hay una que ahora me gusta más. Tanto que en realidad a lo que salgo es a buscarla a ella. Paso diez, treinta veces por su casa, esperando agarrarla al salir o al llegar. Era amiga de Sheila, aunque tampoco mucho. Ella nos presentó. Es Cecilia, me dijo, tiene quince años. Desde entonces, cada vez que la veo le encuentro más encantos. Los domingos, Alicia y yo salimos de la cárcel camino de la misa de las cinco, y después vamos siempre a casa de Celita: no me queda esperanza de llegar a la misa de siete en el Club. Según me ha dicho Frank, van tres veces que ve a Cecilia en esa misa. Para cuando llegamos a mi casa ya son casi las nueve de la noche: faltan once horas para volver al billar, trece o catorce para echarme en el pasto.

Para asombro de quienes ya me van conociendo por vago, saqué diez en el último trabajo de Historia. Muy buena redacción, me dijo la maestra al devolvérmelo, y esa pura opinión me llenó de esperanzas, aunque también de dudas. A finales de mes va a haber exámenes finales y yo no tengo más que buena redacción. Durante un par de meses fui la estrella de la clase de Matemáticas, pero hace tres que no entiendo ni madres. Tengo dieces en noviembre y diciembre, luego cinco y después ceros al hilo. En Física lo mismo, pero sin dieces. ¿De qué me va a servir la buena redacción cuando me pidan que calcule qué tanto se acelera la masa y cómo es que la frena la fricción atmosférica? Pero si ya en los tiempos del Instiputo esas obligaciones me venían guangas, hoy no tengo ni tiempo para pensar en ellas. Me siento de repente a estudiar Geografía y cuando menos pienso ya estoy hojeando el Código Penal. Entre las cosas que me cuenta Xavier y lo que leo en esos artículos, voy construyendo historias en mi cabeza, imaginando cómo podría irme si en lugar de estudiar la preparatoria me adiestrara como secuestrador, contrabandista, traficante, abigeo, falsificador, adúltero perjuro y lo que resulte. Voy sumando condenas, descontando atenuantes y sumando agravantes como si fuera yo el fiscal y el defensor y el juez y el acusado. Si lo único que tengo, se me ocurre, es buena redacción y ya leí tres veces el Código Penal, ¿quién me dice que no sirvo para abogado?

Un día de éstos van a acabar en el tambo, insiste Roger cagado de risa cada vez que se entera de nuestras aventuras en Tlalpan y San Ángel. Yo me río con él, como disimulando que las palabras tambo, preso, rejas, juzgado, celda y otras por el estilo se me atragantan. Hasta donde he leído, la mayoría de las cosas que hacemos no se pagan con cárcel, sino con una multa. A menos que un huevazo en la camisa se considere daño en propiedad ajena. Cierto que si tiramos a uno de la bici puede ser eso y además lesiones, y de una vez asociación delictuosa, pero todavía falta que nos agarren. Por lo pronto, manejo como camionero prófugo. Nada es más divertido que sorprender a mis pasajeros aventándole el coche a los autobuses, brincándome semáforos, trepando con el carro a la banqueta y corriendo detrás de los futbolistas, en mitad de algún parque donde la gente se nos queda mirando con una mezcla de estupor y espanto. ¡Pónchales el balón!, grita Frank, entre los alaridos de los otros y el ruido de la música, que va sonando a máximo volumen. Lo pienso una vez más: puede que no resulte tan difícil acabar en la cárcel cualquier día de éstos. Nadie mejor que yo sabe de qué se trata ese tema del tambo, sólo que enfrente de ellos me gana antes la risa que el temor. ¿Alguien quiere jugar a los maleantes invencibles? Que no vaya más lejos: I'm the man.

Tizoc, Memo, Fernaco, Panochillo y varios otros niños se pelean por ir con nosotros en el coche. Les encanta gritar pinche bola de putos en las esquinas y joder a quien pueden con insultos, proyectiles y a veces hasta zapes muy bien puestos. Y hoy que es viernes y vengo por dinero para alcanzar a Alicia en casa de mi abuelo, tres niños me interceptan en el Triangulito. Te cooperamos para la gasolina si nos llevas a echar desmadre a Tlalpan. Es la una de la tarde, si me ponen diez litros los llevo a dar la vuelta hasta la una y media. ¡Una cuarenta y cinco!, ruge Memo, con el billete entre las dos manos. Súbanse, pues, acepto. Pero igual de camino paso por mi casa y subo a Tazi en el asiento trasero. Traigo dos niños a mi derecha y otros dos a los lados del perro, cada uno en posesión de su ventanilla. ¿Qué me ve, pinche viejo pedorro?, grita Memo de un lado, mientras del otro Panochillo prodiga señas con las manos. Toma, güey. Mocos, pinche pelón. Chupas, vieja chichona.

Cargamos gasolina en Calzada de Tlalpan. Quedan cinco minutos, les anuncio, pero ni caso me hacen porque ya Panochillo aprovechó que pasamos el tope para estirarse entero por la ventanilla y sorrajarle a un niño de uniforme escolar y mochilita la mejor cachetada que he visto en mucho tiempo. Métete ya, carajo, grito y cambio a segunda, moviendo la cabeza porque no sé si reírme o asustarme por el niño chillón que dejamos atrás. Todavía mis amigos y yo lo pensamos dos veces, o al menos una y media, pero a los niños les importa un carajo. Creen que todo se vale. No es que yo sea mejor, ni que me asuste lo que acaban de hacer, pero pienso estas cosas mientras en el espejo confirmo que hay un coche siguiéndonos. ¿Será mi paranoia? Me detengo un segundo, antes de dar la vuelta en San Fernando y dejo que el extraño se nos empareje. Y aquí están ya: son dos, enojadísimos. ¿Qué le hiciste a mi hermano, hijo de la chingada?, rebuzna el del volante mientras el otro saca de la guantera una pistola.

Arranco sin pensarlo, decidido a treparme en todas las banquetas de Tlalpan, si es necesario, con tal de escabullirme del hermano rabioso. Entro de vuelta en la gasolinera y salgo a la calzada sin detenerme en la luz roja, pero se pone verde en un instante y ya los traigo detrás otra vez. No logran rebasarme, antes que eso les meto unos cerrones asesinos que los niños celebran como si fuera el circo. La corretiza sigue por San Fernando, vuelve al centro de Tlalpan y sale a más de ochenta kilómetros por hora camino, al fin, del Club. Si de aquí a veinte cuadras no logro sacudírmelos, es mejor que me alcancen llegando a la caseta de vigilancia, ni modo que allí saquen su pistola. Después de todo, fue un asunto entre niños, yo nada más venía manejando y por supuesto nunca vi la bofetada. Huí porque sacaron la pistola, qué tal que nos querían asaltar. Pienso y planeo en ráfagas brevísimas, mientras esquivo obstáculos y acelero, todavía con la esperanza de perdérmele al pinche pistoludo. Ya les llevo una cuadra de ventaja cuando miro a lo lejos mi oportunidad: si consigo cruzar Calzada de Tlalpan un poquito antes de que pasen los coches y camiones que vienen del semáforo, van a quedarse atorados un rato. Tengo que cruzar antes de que esos güeyes vengan a plomearnos, me insisto ya muy tarde porque estamos a una pequeña cuadra de distancia, treinta, cuarenta metros cuando más, y un coche igual al mío se aparece en mitad de la trayectoria: cataplúm.

No solamente incrusto mi defensa en el centro de su puerta trasera, también incrusto al carro inoportuno en el muro de la casona de la esquina. El ruido de los fierros y cristales retumba en mi cabeza y es como si la escena estuviera pasando en cámara lenta. Cada uno se agarra como puede, excepto Tazi, que va a dar hasta el radio y termina cayéndonos encima. Crish, crash, crush. Después el rechinido de la rueda al dar vuelta entre tantos metales retorcidos. Tric, trac, truc. Junto a nosotros pasan el hermano enchilado y su amigo, con la pistola de seguro escondida. Van cagados de risa, comenta Memo. Pero ya se me acercan dos policías y me conformo con que no estén aquí los vengadores del niño cacheteado porque puedo escuchar a dos pinches mirones metiches repetir que veníamos echando carreras. ¿Y usted qué va a saber?, le gruño a uno y al otro lo hago a un lado, necesito acabar de entender qué pasó.

No hay sangre, por lo pronto. Mi coche se ve nuevo desde atrás, pero de frente está para llorar, aunque no tanto como el de los otros. ¿Está mal que eso me haga sentir mejor? ¿De verdad pienso que ellos tuvieron la culpa? No es que lo piense, es que lo necesito. Le entrego mi permiso a un policía y corro hasta el teléfono de la esquina, con los papeles del seguro en la mano. La una y cuarenta y cinco. Es muy temprano para encontrar a Alicia en casa de mi abuelo. ¿Qué hacemos?, me pregunta Memo, entre compadecido y asustado. Váyanse al Club a pie, ¿pueden llevarse a Tazi? ¿Necesitas alguna otra cosa? Sólo eso, que se lleven a Tazi a mi casa, ya viene el del seguro y ése me va a ayudar. Hay un señor que sigue jodiendo con que veníamos echando carreras. Dile que digo yo que chingue a su madre. Pero es que se lo dijo a los policías. Pues entonces que chinguen a su madre los policías.

La prueba contundente de la inutilidad de los permisos es mi permiso para manejar. A los dieciséis años puedes ir al burlesque y al coitódromo, pero no porque tengas el permiso de nadie, sino porque casi nadie te ve. Pinche escuincle baboso, dicen los adultos, y eso te deja espacio para saltarte cantidad de bardas, pero ninguna de ellas con permiso. Y hay que ver los permisos que te dan. Vete pues a la fiesta, pero te quiero de regreso a las doce. Escucha tus disquitos en mi aparato, pero sólo cuando esté yo en la casa. Llévate el carro, pero vete despacio. Nadie más que un putito puede hacer caso de esas instrucciones. ¿Acaso en el burlesque las artistas se quitan lo de arriba pero no lo de abajo? Más que eso: abren las piernas para que se les vea hasta la vejiga. Y no es que nadie les diera permiso. Por eso no me extraña tanto que me digan que el seguro no ampara permisos de manejo.

¿Y para qué les llamas antes que a mí, zoquete?, me arrasó Alicia a través del teléfono, pero entonces ya estaba en la delegación y el del seguro acababa de irse. ¡No me chingues que no tienes licencia!, rezonga el licenciado, detrás del escritorio. Pásale para atrás, menea la cabeza. ¿Para atrás dónde?, salto. Aquí atrás, no te asustes, todavía no vamos a consignarte. ¿Todavía? Métete ahí, mi güero, detrás de la puertita. Vas a estar en custodia, eres menor de edad. Putos dieciséis años. El que venía manejando el otro coche ya tenía veintidós y está afuera, en la calle, con sus chicharroncitos y su Coca-Cola. Y yo aquí en un cuartito de un metro por dos, con media puerta y vista a los escritorios. Órale, güero, viene el licenciado, te toca declarar, vamos a levantar el acta de una vez. Respondo las preguntas como un robot, no quiero ni pensar en cómo me va a ir apenas llegue Alicia. Putos dieciséis años.

Lo que más me preocupa, en realidad, es justo lo que hasta hoy me trajo sin cuidado. Las materias, las clases, los exámenes. Hoy fue el último día de la primera vuelta. Todavía en la mañana estaba rellenando tres hojas de sandeces para la prueba de Geografía. Una de las preguntas tenía que ver con los vientos de monzón, y como hasta la fecha no sé qué es un jodido viento de monzón, me tomó un párrafo de cuarenta líneas terminar de explicarlo, con la mejor redacción que encontré. "Por su naturaleza impredecible y su origen marcadamente tropical, los vientos de monzón tienen características disímbolas y sería fantasioso tratar de enumerarlas", empezaba diciendo y terminaba igual, sin haber dicho nada. ¿Qué tal que a la maestra le daba hueva leer los exámenes y los calificaba con el empeño que yo pongo en su materia? No es que lo espere, pues.

Voy que vuelo para segunda vuelta y no tengo ni apuntes, ni coche, ni cabeza para ponerme a estudiar. De repente me late que este choque no es más que otro escalón en mi caída. Me pegué en la cabeza, reboté y no he dejado de caer, ni me figuro cuántos escalones faltan para llegar hasta el fondo. No sé cuál sea el fondo, pero seguro que para allá voy.

¿Por qué no les dijiste que no estabas dispuesto a declarar hasta que tu abogado estuviera presente?, lamenta Alicia, más preocupada ya que furibunda. ¿Cuál abogado?, me río casi. ¿Y por qué crees que vino tu tío Carlos?, me compadece entonces, o se compadece ella de sí misma. ¿Y cómo iba a saber que iba a venir?, me defiendo pero de nada sirve. Según vino a decirme el tío defensor, voy a quedarme aquí hasta la madrugada, y después de eso van a transferirme al Consejo Tutelar. ¿Y eso qué es?, me horrorizo. Lo que antes se llamaba Tribunal de Menores, me explica mientras me da una palmada. ¿O sea al Tribilín? ¿Van a encerrarme en el Tribilín? Resulta que el juzgado de la delegación no tiene facultades para liberarme, así que tengo que ir al Consejo Tutelar para Menores Infractores. Unas horas, nomás, y te vas a tu casa. De turno en turno, mi tío Carlos se encarga de calmarnos a Alicia y a mí. Pasada medianoche se aparece Roger: viene a verme un ratito, mientras me llevan a clavar al bote. Alicia se despide, mi tío Carlos al fin la convenció de que no tiene caso seguir aquí. Al fin solo con Roger, dejo que se me salgan las primeras risas de la última decena de horas. No se ha acabado el mundo, finalmente. Aparte, todos van a querer enterarse qué tal me fue en el bote.

Nos recogen pasadas las cuatro. Somos dos pasajeros, por el momento. El otro es un greñudo de mi edad que también estrelló su cochecito y llegó muy risueño a la delegación. Venían sus amigos, entre ellos dos piernudas que no paraban de hacerle señitas. Nunca nos presentamos en la camioneta, pero luego de un rato de platicar con él caigo en la cuenta de que éste es nada menos que el famoso Kikis. En La Sociable Salle se habla de pronto de él y otros rufianes que llegan con pandillas a armar bronca en las fiestas. Pero el caso del Kikis lo recuerdo porque, según se cuenta, traía una metralleta en la cajuela y una escopeta abajo del asiento. La Salle es de putitos, se burla. ¿Y dónde estudias tú?, me río. En el Westminster, que es también de putitos, sólo que ahí estoy yo, que soy cabrón. ¿No tienes que estudiar en estos días? Claro que no, la escuela me la pela, sigue burlándose. Para cuando llegamos al Tribilín, la camioneta viene llena de presos. Los del fondo, esposados, van directo a la Grande. O sea con Xavier. Quién me dice que no voy a volver a verlos en un par de semanas.

Entre dos policías nos bajan de uno en uno, con la mano en la espalda o agarrados de la cintura. No me voy a escapar, le advierto para que me suelte el cinturón. Órale, pues, güerito, tú que corres y yo que te meto un plomazo. La entrada es muy moderna, casi diría bonita. Cristales, mostradores, colorines, hasta que nos desviamos por un corredor feo con tufo de humedad. Llegamos a un cuartito: somos cinco. Pero el Kikis se siente muy sabroso y les habla a los guardias como si fueran sus pinches empleados. Lo regañan, le gritan, le dan el uniforme, lo obligan a doblar su ropa y la mía, mientras yo me doy cuenta de que el overol caqui que me dieron me llega cuando más a media pantorrilla. Dejo hasta los zapatos en ese cuarto y voy descalzo al lado del Kikis al dormitorio cinco, una estancia grandísima con las luces prendidas y camas alineadas en varias filas. Por lo que alcanzo a ver, muy pocos pasan de los doce años. Otros tendrán no más de siete, ocho. El edificio es viejo, yo digo que apestoso. Duérmase, pinche adicto, mire nomás los ojos que trae, me ruge el vigilante y yo cierro los párpados hasta que se va. ¿Hay chinches en la cama o son mis nervios? ¿Las sábanas están manchadas de amarillo porque se percudieron o porque unos las mean y otros no las lavan? ¿Podrá dormir Alicia, tan solita en la casa? A ella que tanto le divierte el beisbol tendría que venir a pasarle esto: dos hombres embasados en una misma entrada.

Despierto a la segunda parte de la pesadilla entre una gritería que me aturde primero, me horroriza después y al final me da náuseas. Me he parado de un brinco, ya con el vigilante jodiendo con que fuéramos todos al baño. Hay niños de seis años aquí encerrados. Niños que a los ocho años inhalan resistol y a los diez ya traen cara de imbécil. La náusea viene nada más pongo un pie dentro del baño y descubro que está de moda orinar en el piso. Algunos asquerosos incluso se han cagado delante del lavabo. ¿Y yo vengo descalzo a chapotear allí? Doy media vuelta, como si ya saliera, y hago mi mejor cara de recién meado. Preferiría beberme los míos antes que ir a nadar entre los suyos. No han terminado de esfumarse las náuseas cuando ya el miedo llega a joder la mañana. Recién salí del baño y el dormitorio, voy detrás del prefecto que ya nos forma en fila a medio patio. Miro a uno y otro lado: todos son más chiquitos que yo. Excepto los de un par de filas, al fondo: varios de ellos me están observando con unas sonrisotas que estoy seguro no son de bienvenida. Ya con todos formados, el prefecto decide que me cambie a la fila de enfrente. Por si no me habían visto, ahora cruzo por la mitad del patio con mi overol chiquito y mi cara de yo-no-soy-de-aquí. ¡Pinche güero burgués!, grita alguien por ahí. Listo. Saqué boleto. Van a madrearme pronto estos hijos de puta. Siempre creí que en un lugar como éste los tendrían a todos calladitos, y resulta que estamos en posición de firmes en el patio y ni así dejan de gritar los ojetes. ¿Quiénes son los *bomberos*?, le pregunto al que está adelante de mí. Los niños más chiquitos, me explica, son bomberos porque mean las sábanas. ¡Esos bomberos putos! ¡Bomberos hijos de su pinche madre!, siguen gritando en una y otra fila. No me imagino nada más espeluznante que ser un bomberito en el Tribilín.

¿Sabes mover las manos?, me había preguntado el Kikis al llegar, pero no le entendí. Que si sabes pelear, se explicó. Más o menos, le dije para no decir nada, mientras me preguntaba cómo voy a saber mover las manos si ni siquiera sé lo que es "mover las manos". Yo sí me los madreo, mamoneó el Kikis, aunque sean muy cabrones y tengan toda la vida en el bote. Según mi tío Alfredo, los fanfarrones son los que caen primero. El problema es que ya rompimos filas, a él ni quién le haga caso y a mí se me dejaron venir los más gallitos. Dos de ellos, altos y bien mamados, se me plantan enfrente. ¿Que por qué estoy aquí? Ni modo de contarles que choqué mi coche, así que de la manga me saco una madriza. Me peleé con un güey y me acusó, les digo. ¿Y qué, eres muy chingón?, se me queda mirando el que parece líder de la pandilla. Si fuera tan chingón estaría en mi casa, me hago el gracioso y ninguno se ríe. Chingón pa los madrazos, no te hagas pendejo. Más o menos, reculo y acabo de cagarla. ¿Más… o menos?, se burla. ¿Cómo la ves si te das un tirito conmigo? Puedo ya imaginarme chorreando sangre a la mitad del patio cuando escucho que alguien vocea mi nombre. ¡A enfermería!, repite la voz, a tiempo apenas para evitarme la calamidad de llegar en camilla a donde voy. Según me cuenta un niño en el camino, el grandote que iba a pelear conmigo lleva ya cinco ingresos al Tribilín y ha asaltado no sé cuántos bancos. Me encantaría verlo mover las manos en la jeta del Kikis, a ver si como ronca duerme el mamón.

Al del brazo enyesado que trató de escaparse saltando de una barda lo llaman *Supermán*. Otro tiene las dos muñecas vendadas, aunque aclara que sólo se cortó una vena de la izquierda. En la cama de al lado, tan sano como yo pero igual recostado, habla otro alumno ilustre del Tribilín: tiene diecisiete años y once meses, llevaba tres semanas en la Grande cuando lo transfirieron para acá. Está en observación, explica. Puede ser que lo manden de aquí para el psiquiátrico. Desde los doce asalta tiendas y farmacias, está aquí por clavarle un par de cuchilladas al vecino. Lo que más me sorprende es su tranquilidad. Habla de asaltos, robos y puñaladas como yo de La Salle, el Club y el Instiputo. Cosas que pasan, nada muy especial. Supongo que se nota mi cara de pendejo, así que ya ni trato de disimularla, pero insisto en el cuento de que me encarcelaron por un pleito afuerita de la prepa. ¿Dónde estudias?, pregunta el de las cuchilladas. ¿Espera que le diga que soy alumno de La Salle del Pedregal? Y sin embargo dudo que me crea si digo Prepa 5, que es donde van los más ojetes y cabrones. Prepa 6, primer año, le malinformo con la boca chueca. Como si en vez de mí fuera cierto maleante con una cicatriz de navaja entre boca y oreja. Prepa 5, sonríe, se levanta y me extiende la mano acuchilladora. ¿Y el vecino está muerto?, le pregunto después. No sé y me vale verga, se alza de hombros. Por un segundo, juraría que escucho hablar al Kikis. Y quién sabe si cuando yo les hablo no hago los mismos gestos de suficiencia. Ya me di cuenta, al fin, de que en este lugar no sobreviven más que fantoches y cabrones. Lo que no sé es si tengo la suficiente fantochería para que alguno piense que soy cabrón. Puede que lo consiga aquí en la enfermería, pero allá afuera soy fantoche difunto.

Una buena razón para hablar con la boca entrecerrada es evitar que se me vean los *frenos*, pero el doctor me pide que le pele los dientes. ¿Y esos fierros qué son?, se extraña él y más me extraña a mí que el encargado del examen médico no conozca los *frenos*. Es ortodoncia, escupo. Odio que me pregunten por el tema. ¿Ya viste lo que tiene éste en los dientes?, llama el doctor a uno de los enfermeros y entre los dos se asoman a mi boca como si adentro hubiera una lombriz con alas. ¿Tienes piojos, ladillas, crestas, sífilis, gonorrea? De poco sirve lo que yo le diga, porque de todos modos me obligan a bajarme los pantalones, empinarme y dejar que me observen el ojete con su linternita. Aprieta, afloja, tose, me va ordenando mientras miro el reloj en la pared y advierto que son tres y veinticinco. Es decir, cinco para las nueve si mi cabeza no estuviera al revés. Según prometió ayer mi tío Carlos, a las nueve iban a venir a sacarme. Más vale que se apuren, antes de que me manden otra vez al patio.

Vente acá con nosotros, me invita el Kikis. Tenía rato hablando con un señor de traje azul marino y sienes rasuradas. Me lo presenta: es policía judicial. Va a acompañarnos mientras estemos encerrados. Y es como si de pronto saliera el sol y no estuviera ya en el purgatorio sino en un parque de diversiones. El judicial nos entretiene con historias de robos, fugas y asesinatos, mientras vamos pasando por escritorios donde llenan formatos con nuestros nombres y nos hacen preguntas repetidas. Al final, nos invitan a tocar el piano. El judicial y el Kikis se ríen de que todavía no sé lo que es *tocar el piano*. Y cuando ya me entero porque la secretaria me ha entintado las yemas de los diez dedos y los aprieta uno por uno contra una ficha de cartón blanco, no sé si avergonzarme o enorgullecerme. Me imagino contándole a Frank, Abel o Alejo que recién toqué el piano en el Tribilín y alguien dentro de mí se revuelca de risa. No mames, ya soy duro, me confieso al oído. Xavier va a regañarme cuando se entere, pero un rato después va a ganarle la risa. Nunca creí que fueran necesarias tantas risotadas para sobrevivir a la tristeza.

No es que esté uno contento con ser infeliz, sino que nadie puede serlo a toda hora. Excepto Alicia, que desde hace dos meses y una semana está triste veinticuatro horas diarias. La miro al otro lado del cristal, llenando un formulario junto al tío Carlos, y me pongo a saltar con los brazos abiertos, pero ella está ocupada y nada la distrae. La imagino pensando en Xavier, en el coche, en los trámites, en cómo estaré yo, demasiadas ideas flotando en su cabeza para que se dé el tiempo de levantarla y verme de uniforme. Por lo menos que vea que estoy bien, aunque no sé si sea conveniente que sepa que la estoy pasando bomba. Lo que hasta hace dos horas parecía un calvario se ha transformado en recorrido turístico. Ver a Alicia con Carlos allá afuera, y a mi lado al agente de la guarda, me hace sentir que estoy de paseo y al mismo tiempo en medio de una aventura. Pero la diversión termina cuando nos llevan al dormitorio.

Ésta va a ser tu cama, me sentencia un empleado del área de nuevo ingreso. Ya sé que aquí las camas están limpiecitas y el piso de los baños reluciente y tal vez nadie vaya a tocarme un pelo, pero la idea de quedarme hasta el lunes me deja congelado. ¿Qué va a decirle Alicia a Xavier? Y para colmo están las regaderas: ni en la nueva sección del Tribilín hay calentadores. Vengo a enterarme de eso cuando estoy bajo el chorro y me da por jadear y pegar de brincos. Mala táctica para un aprendiz: los duros no se bañan en agua calientita. Menos aún se quejan si está fría. ¡Ya, pinche burguesito!, se burla uno de los recién llegados. Apenas tarda el Kikis en seguirlo: ¡Que traigan una tina para la princesa!, alza la voz, con las manos en forma de megáfono. ¡Oh, chingá!, refunfuño muy tarde porque ya me pusieron una etiqueta como la que en San Pedro tiene Maripepe. Necesito largarme, no me puedo quedar aquí hasta el lunes.

¿Quién va a ser el valiente que me va a acompañar en este experimento, un niño o una niña?, desafía el payaso a todo el público del auditorio. Pasa del medio día, hace un calor de mierda y estoy desesperado en mi butaca. Allá, del otro lado, están las niñas. Serán no más de treinta, las suficientes para alebrestar a los ¿ciento cincuenta, doscientos, trescientos niños y jovencitos, como yo? Pero yo ya me voy y no tengo paciencia para entretenerme con las señas y guiños que van y vienen de uno al otro lado del teatro. Le pregunto la hora al agente guardián: doce y cuarto. La hora en que vienen a llamar al Kikis porque ya se va libre, y yo nada. Arranca la función de teatro guiñol y estoy solo en la última fila, con las manos sudando de la ansiedad porque no sé ni a qué hora se cierran los juzgados, pero sí que después de las dos de la tarde ya no se puede visitar a Xavier. Alicia de seguro que se truena los dedos y rebota en el techo de los nervios. Nada más que la vea, se me va a aparecer el diablo sin calzones, pero ya me da igual. Necesito largarme al carajo de aquí.

Pensándolo mejor: el carajo es aquí. Dónde más, me pregunto, con el aliento entero de regreso nada más oigo que vocean mi nombre. Respiro en el camino de la salida, casi abrazo al empleado que me devuelve ropa y zapatos, incluso me da risa quitarme el par de botas viejas y apestosas donde traía metidos mis pies sin calcetines, burguesito mamón. Llegaron por mí quince minutos después de que el Kikis se fue sin despedirse. Ya te vas a tu casa: qué chingonas palabras. Y por si fuera poco, Alicia me recibe con no sé cuántos besos y un espectacular apretón de costillas. Hijo, ¿estás bien? ¿Dormiste? ¿Desayunaste? ¿Cómo te sientes? Toma este sándwich, mientras, y toma para que te compres un refresco. Pero córrele, que ya va a dar la una y tu pobre papá está allá esperándonos. Corro hacia la tiendita por una Coca-Cola igual que un fugitivo del carajo. Una cosa es que a uno lo manden para allá y otra muy diferente es que se quede. Miro a un lado el estadio de beisbol. Parque Delta, se llama. Desde el patio del Tribilín se alcanza a ver nomás una esquinita, con todo y reflectores. Y yo creyendo que el carajo estaba lejos, como si mi papá no tuviera una suite en otro hotel de la misma cadena.

Del carajo al carajo se hacen veinte minutos. Parecerían pocos, pero alcanzan de sobra para una regañada y el relato de nuestras historias paralelas. Mientras yo daba vueltas en círculo por el cuartito de la delegación, Alicia iba en la grúa con mi coche colgando detrás, junto a dos policías encargados de meterlo en el corralón. Vaya con los muchachos, señora, le aconsejó el agente del Ministerio Público, y allá en el corralón se arregla para que le devuelvan su vehículo. ¿Con quién iba a arreglarse? No alcanzó a preguntarlo, pero en vía de mientras ya se había ganado a los policías. Tiene usted una voz rete dulce, le dijo el del volante, de seguro que canta muy bonito. Cantaba un poco, cuando era jovencita, confesó Alicia, como si cualquier cosa, y luego ya no pudo echarse para atrás: la trajeron cantando entre Tlalpan y Buenavista, con largas rondas de aplausos y elogios. Cuando miro sus fotos de veinteañera, me imagino a Xavier urdiendo un plan para robársela de Hollywood. De muy niño, pensaba que todas las mamás cantaban y bailaban como la mía. Cada vez que salíamos a carretera, Alicia nos cantaba por lo menos la mitad del camino. Xavier le hacía segunda, era como su alumno aventajado, mientras yo no paraba de reclamar porque no me gustaba el repertorio. Puras canciones viejas, repelaba, y ella seguía cantando, no faltaba más. Pero igual nunca me la había imaginado cantando en una grúa. Según cuenta Celita, Alicia ganó varios concursos de aficionados y alguna vez cantó en la XEW. Después de eso, ella misma le puso un hasta aquí: no quería vedettes en la familia.

      ¿Y por qué les cantaste?, me revuelco de risa, ya llegando a la cárcel. ¿Cómo no iba a cantarles, si me iban a ayudar y yo tenía prisa por regresar a la delegación? Por si eso fuera poco les dio un propinón, así que en un par de horas ya estaba de regreso con la misión cumplida. Va a ser un dineral lo que cueste el arreglo, me advierte y me hago el sordo. ¿Qué canciones cantaste? Las de mariachi, claro, y unas cuantas románticas. José Alfredo Jiménez. Agustín Lara. Gonzalo Curiel. Ferrusquilla. ¿Nada de blues? ¿Nada de Frank Sinatra? Ay, hijo, no seas bobo, me sonríe, meneando la cabeza, los policías no oyen a Frank Sinatra.

## 29. El arte de la fuga

Alicia conoció a Xavier en el Banco de México, más de diez años antes de mi llegada. Fue ahí donde los dos hicieron sus amigos. Por eso mis poquitos amigos y conocidos de la infancia eran hijos de gente que había trabajado en el Banco de México. O como ellos le llaman: Banxico. Algunos van a ver a Xavier, aunque ninguno llega con sus hijos. Además, no es lo mismo. Cada vez que me encuentro con los hijos de Rosalinda, que eran mis amiguitos hasta los doce años, jugamos a que todo sigue como antes, pero luego ya no volvemos a vernos. Este domingo fui a dar a su casa porque salí del bote junto a sus papás y Alicia se quedó otra hora con Xavier. Según el reglamento, los hombres tienen que salir a las tres y las mujeres pueden quedarse hasta las cuatro. ¿Es verdad que chocaste?, me preguntó uno de ellos, y ya con eso tuve para contarles todas mis peripecias en el Tribilín. Me miraban de pronto con los ojos saltones, y un instante después se doblaban de risa. Nada más les faltaba aplaudir.

La historia de mi encierro suena muy divertida porque puedo contarla desde afuera, pero ellos sí que saben dónde fue a dar Xavier y me caga la madre que me compadezcan. Prefiero ser payaso y hacerlos reír, que digan a este güey todo le vale pito, y no que piensen pobre, qué lástima me da. Eso nunca, no mames. Y eso es lo que me empeño en explicarle a Alicia un par de días después, cuando ya estaban calmadas las aguas porque Xavier, en vez de regañarme, opinó que era muy buena suerte que no me hubiera pasado nada, y que todo ese asunto del Consejo Tutelar tenía que servirme mucho como experiencia. Todo muy bien, hasta que a Rosalinda se le ocurrió opinar diferente. ¿Cómo es que yo, en lugar de estar avergonzado, hablo de mi aventura en el Tribilín como si fuera gracia? ¿Me siento héroe, o maleante, o tal vez orgulloso de haber hecho amiguitos entre los delincuentes?

Mis pleitos con Alicia son cada día más espeluznantes. Según ella, su amiga es mi madrina y me quiere mucho, pero yo digo que mi única madrina es mi abuela Celita y estoy hasta el copete de que su amiga se meta en nuestra vida. Para mí que te tiene envidia, se me sale opinar y ella se me enfurece como si fuera yo Judas Antonio. A mis amigas las dejas en paz, te lo advierto, Xavier, alza la mano por vigésima vez y yo me digo que eso me pasa por confiar en chismosos. Además, ¿qué te metes en mis conversaciones? Ni modo que me tape los oídos, me exaspero y ahí vamos otra vez. Baboso, idiota, con quién crees que hablas, pelado, majadero, otra de ésas y te volteo la boca pa la nuca. Odio que nos peleemos y termine poniéndome un superchingapack, pero hay cosas que no me puedo callar. Ya no tengo doce años y la prueba es que su amiguita del alma me considera mala influencia para sus hijos. ¿Acaso yo había dicho alguna vez que doña Rosalinda me parece una pésima influencia para mi mamá?

Ya supe que te fuiste con no sé qué mujeres de la calle, me disparó un día Alicia hace algo más de un mes. Y resultó que Efrén, hijo de Rosalinda, juega futbol americano con Fabio y él le contó que fuimos con las putitas. De ahí hasta mi mamá, el chismazo llegó de bajada. Son mentiras de Fabio, me reí. En esos temas todo el mundo inventa, ¿no es cierto? La convencí porque ella quería creerme, pero desde ese día no ve con buenos ojos a Fabio. Cree que es un mentiroso o un traidor, pero yo digo que una cosa es contarse las aventuras entre amigos y otra ir a platicárselas a tu mamá. Fabio es un hocicón, Efrén es un traidor. No es la primera vez que va y me acusa con Rosalinda, y ella viene y le cuenta todo a Alicia. A ver, ¿cómo no va a tenerle envidia esa señora a mi mamá, si se pasa la vida platicándole las hazañas de sus querubines, pero de mí le cuenta puros chismes nefastos? Desde que entré en primaria no se ha cansado Alicia de ponerme de ejemplo a los hijos perfectos de sus amigas, como si no supiera yo lo que dicen y hacen cuando su mamacita no se entera. Pero no soy rajón, y eso es muy importante entre los duros.

Me he pasado los días relatando mis aventuras en el Tribilín y cada vez me quedan mejor. A veces pienso que debería escribirlas, pero divago mucho si lo intento. Prefiero divertir a gente como el Muecas, Abel Trujano y la Rata de Alcantarilla, que la han pasado en grande con mi narración y hasta es posible que me respeten más. Tampoco es que sea mucho, a estas alturas, en la segunda vuelta de exámenes finales. Y me importa muy poco que otra vez el examen de Geografía trajera la pregunta sobre los vientos de monzón y yo ni siquiera eso averigüé. Va a haber un tronadero espectacular, pero ni eso termina de quitarme el sueño porque ya me di cuenta que mi especialidad es sobrevivir. Lo que no entiendo es por qué me suceden estas mierdas. Por qué a mí, me pregunto desde los siete años, y a estas alturas creo que ya lo sé. A uno le pasa lo que tiene que pasarle, y si son tantas cosas tan jodidas entre tantas tan buenas, debe de ser porque a uno le tocaba contarlas.

Nunca he dejado de escribir historias, pero ahora lo hago menos que de niño. Me siento ingenuo, torpe, cursi, cada vez que releo lo que escribí dos meses atrás. O dos días, si es como mi poema de amor a Cecilia. Quise hacerlo canción y quedó peor. Qué no daría Harry por encontrarse ese papel en mi cuarto y leerlo en voz alta a medio San Pedro. Cuando un libro me gusta, termino fusilándole el estilo. No es que me salga igual, por supuesto. Sale una porquería, casi siempre, como cuando canta uno bajo la regadera. El chiste no es que salga como el original, sino jugar a que es el original. Soy Edgar Allan Poe y tengo un gato emparedado en mi recámara. Soy Carlos Fuentes y vivo prisionero de dos brujas que son una misma mujer. Soy Jorge Ibargüengoitia y he venido a contarles la crepitante historia de las hermanas Baladro. Me llamo Anthony Burguess y soy el biógrafo de Alex De Large y su pandilla de traidorcitos. No son pocas las veces en que me robo las palabras de ellos para ganar prestigio en un mundo donde básicamente estoy desprestigiado desde los seis años. Y yo sigo insistiendo en que las cosas tienen que pasar por algo.

Unos días después de mi aventura en el Tribilín, Fabio llegó con una gran noticia: nos ofrecen trabajo de medio tiempo, pagan un dineral. *Nos ofrecen* me huele a manada, se hizo el chistoso Alejo, ese trabajo no es para ex presidiarios. A huevo, lo secundan Fabio y Roger, los pinches ex convictos se van a lavar platos y escusados. Finjo que no me afectan sus pendejadas, pero pienso en Xavier y es como un gancho al hígado. Mi problema está ahí, sigue creciendo. ¿A quién hay que matar?, me intereso al instante porque quiero pagar el arreglo del coche y los exámenes extraordinarios. Al día siguiente, Fabio, Frank, Roger y yo estamos en la sala de espera de una compañía de seguros jurídicos. Todos de trajecito, peinados, los zapatos brillosos y las uñas cortadas. Bienvenidos, muchachos, nos dice una mujer piernuda y oficialmente amigable. Empezó hace medio año, como vendedora. Ahí donde están ustedes me inicié yo, y en dos meses me dieron mi primer ascenso. ¿A quién hay que matar?, pregunta Fabio, siempre tan ocurrente, y la mujer suelta la carcajada. Me encanta, Fabio, que seas tan entusiasta. Aunque parezca broma, ése es el verdadero espíritu del vendedor. Que nada te detenga, que no te gane el miedo, que cada día te impongas una meta más alta. Mírenme a mí, si no. Así como me ven, soy la gerente más joven en la historia de la compañía. ¿Se dan cuenta, muchachos? De aquí a unos cuantos meses, tú, tú, tú y tú podrían hacer pedazos mi récord. Yo les digo una cosa: si eso no los motiva, pobrecitos de ustedes.

Pero ni falta que hace la motivación, con tamañas piernotas delante y esa lluvia de pesos que brota de sus labios y nos empapa de una fe instantánea. Hago cuentas secretas y me miro ganando una fortuna de aquí a seis meses. Voy a viajar, me digo, y a cambiar de coche. Voy a poder comprar todos los discos que se me antoje. Cuando Xavier regrese, va a encontrarme vendiendo seguros jurídicos igual que tortillas. Basta con que me aprenda un par de páginas donde está todo lo que hay que decir. Buenas tardes, señora. ¿Me permite que le haga una pregunta? Su coche... ¿tiene seguro? ¿Cobertura completa? Pues qué bien, porque ya sólo le falta la otra mitad de su protección. Es decir, no la que se ocupa de los fierros retorcidos, sino del bienestar de la persona. Si usted sufre cualquier accidente, necesita de cuando menos un experto en servicios jurídicos. Yo le vengo a ofrecer toda una compañía.

De regreso los hago carcajear con el discurso que según yo voy a soltarle al papá de Cecilia cuando pida su mano. Mire usted, don Cecilio, quiero que sepa que yo disfruto de una posición solvente y puedo darle a su hija muchas comodidades, gracias a los dieciséis mil clientes que he logrado reunir con mi negocio de seguros jurídicos. Puta, sí, cómo no, se atraganta de risa Roger, y de una vez le enseñas tu uniforme del Tribilín. Y le cuentas que diste un concierto de piano, sigue la burla Frank, pero en el fondo todos nos creemos que acabamos de dar con una mina. ¿Habría ido yo a dar al Tribilín con un seguro como los que desde mañana voy a vender por decenas? La comisión que ganas por un solo seguro vendido, calculo, alcanza para pasarnos diez horas en el billar del Pedregal y más de veinticuatro en el de Tlalpan. Puedes entrar siete veces y media al burlesque, o ir a echarte un palito y una hamburguesa, o ir a ver diecisiete películas al cine Tlalpan. Si en un día vendes cinco seguros, no nada más vas a vivir como quieras, también vas a tirarte a la piernuda de la oficina. Entre tanto optimismo, recuerdo apenas nebulosamente que de aquí a una semana van a entregar las calificaciones. Me queda, sin embargo, la esperanza de que al calificarte sean tan comprensivos como el coordinador, que una tarde me descubrió cerrando de un balonazo el gabinete de la televisión, me llevó a su oficina y preguntó si de casualidad hago lo mismo con los muebles de mi casa. Platicamos un rato y me dejó ir. ¿Me va a tratar así la maestra de Geografía, aunque esté destinado a morirme sin saber qué chingados es un viento de monzón? La Salle del Pedregal, líbrame de todo mal. Juan Bautista de La Salle, no me dejes en la calle. Compañía de seguros, ven y sácame de apuros.

Pasé la noche recorriendo rascacielos. Las grandes oficinas se abrían a mi paso, una vez que el gerente, o el director, o el dueño se enteraba de las grandes ventajas que ofrecían mis seguros jurídicos. Y todo por un precio menor al diez por ciento de lo que gastan en una cobertura "completa". ¿Sabe, señor director?, para nosotros lo que cuenta es la persona. ¿Cómo vería que alguno de sus seres queridos tuviera que pasar por la experiencia de un arresto, con todos los dolores de cabeza que un problema como esos implica? Estaba por vender un paquete de quinientos seguros jurídicos cuando Alicia llegó a despertarme. Levántate, que ya vienen por ti. ¿Quién viene? Tus amigos. ¿Qué hora es? Ya son las ocho, córrele. Poco rato más tarde vamos todos camino de la compañía. Ninguno nos sabemos de memoria el rollo que tenemos que decir, pero ya nos dijeron que de todas maneras van a llevarnos a ofrecer las pólizas.

Mucha suerte, muchachos, échenle ganas, nos animó por última vez la vendedora estrella, con las piernotas de oro descubiertas. Ahí te los encargo, Contreritas, le gritó al del volante nada más arrancamos: ocho pendejos en un solo Volkswagen. Son nueve y media apenas y ya hace un calorón. ¿Qué opinarán los altos funcionarios cuando nos vean entrar en su oficina con el traje arrugado y la camisa empapada en sudor? Contreritas es otro vendedor estrella, por eso le dan coche. Si de aquí a un par de meses ofrezco resultados, seguramente a mí me darán otro. Voy a dejarlos un ratito aquí, anuncia Contreritas y ya Fabio va abriendo la puerta. ¿Aquí dónde?, titubeo. Aquí aquí, me muestra la banqueta, los dejo a que practiquen con la gente que vean llegar al mercado, yo en un rato regreso, voy a ver a un cliente. ¿Y quién nos va a comprar? No se muevan del estacionamiento, van a ver que en un rato llega más gente. Y así nos deja afuera de un mercado de mierda, que para colmo está en casa de la chingada. Según nos instruyó, hay que agarrarlos a la hora que bajan del carro, porque cuando regresan ya vienen muy gastados. Pura psicología, compañero. Frank y yo nos miramos sin decirnos lo que estamos pensando, aunque seguro que es la misma cosa. ¿Quién le dijo al pendejo ése de Contreritas que vamos a pelearnos los clientes con acomodadores y lavacoches? ¿Éstos eran los altos directivos que iban a interesarse por nuestras pólizas? Antes de entrar de lleno en la decepción, nos escapamos a una miscelánea, compramos dos refrescos y una bolsa gigante de papas adobadas y muy discretamente nos tumbamos debajo de un árbol. El dinero y el éxito bien pueden esperar a que termine la hora del lunch.

Hora y media, dos horas, dos tres cuartos. El récord hasta ahora son tres horas y diecisiete minutos esperando a que venga Contreritas a sacarnos de otro de sus infiernos. Tiene un tino especial para encontrar los estacionamientos más sucios y ruidosos. Nada más de bajar donde huele a pescado, o a fruta podrida, o a caño destapado, miro a Frank y me río con él. Fabio, Roger y otros dos vendedores salen a talonear muy obedientes, mientras nosotros damos vuelta a la cuadra y en vez de preguntarle a nadie si acaso tiene asegurado el coche, nos dedicamos a averiguar dónde queda el billar más cercano. Ayer mismo intenté con los seguros, pero me da vergüenza y se me nota. Además, casi nadie es amigable. La mayoría te evita y se sigue de largo, como si les hubieras pedido limosna. A los últimos dos les mentamos la madre, por mamones. Métase un dedo entonces, pinche viejo payaso, fue mi último argumento de venta.

Llega el viernes y esto ya es un horror. Frank se quedó durmiendo. Ahí le dicen a Contreritas que renuncio, gruñó desde la cama y me dejó a mi suerte. Roger vendió dos pólizas en la semana, Fabio una. Pero ni eso me anima, y al contrario. Contreritas nos deja a un lado del mercado de La Viga y yo sé que no voy a vender un carajo con este pinche olor a camarón y huachinango embarrado en la piel de los pulmones, así que igual me escurro de la escena sin que Roger y Fabio se percaten. Ayer que me escapé al billar con Frank, volvimos media hora después de que llegara por nosotros Contreritas. ¿Sabes qué, compañero?, me advirtió en la mañana, tienen que estar ahí donde yo los dejé, y apúrate a vender para que no te vayan a recoger la papelería. ¿Es decir… a correrme? ¿Quién le dijo al putito Contreritas que podía regañarme, o amenazarme, o tenerme esperando como su pendejo en lugares tan pinches que ni su puta madre los soportaría? Entre más me lo pienso, más coraje me da. Voy caminando solo por la avenida, en línea recta hacia cualquier parte. Al principio, quería escaparme un ratito. Ahora estoy decidido a no volver. Que espere Contreritas, no faltaba más. Que me busque, si quiere. De todas formas no

va a volver a verme. Cada cuadra que paso es como si arranca-
ra otro eslabón. Hoy cumplí una semana, y para celebrarlo ya
me voy. Día de entrega de calificaciones: no seré yo quien vaya
a recogerlas. Camino de Calzada de la Viga a Calzada de Tlalpan
por la banqueta lateral del Viaducto, y se siente tan bien que
me importa muy poco lo que pase en La Justiciera Salle o en el
pedorro coche de Contreritas. Estoy huyendo y todo me da
igual. Traigo mis papas y mi Coca-Cola, subo a lo alto del paso
de peatones y grito que renuncio, renuncio, renuncio. Contreritas, Piernotas: clávense sus seguros por el mofle.

Voy caminando por Calzada de Tlalpan y es como si
anduviera por otra ciudad donde no hay aflicciones ni problemas. Puedo ir adonde quiera, o tirarme en un parque, o perderme entre calles misteriosas, cualquier cosa menos pensar en todo
lo que me falta. La familia, el colegio, el trabajo: cuando nada
funciona, queda el consuelo de que nada te importe. Mis últimas monedas las gasté en un refresco, no puedo ni tomar un
camión y eso curiosamente me tranquiliza. Voy pateando los
botes con la alegría del que no tiene nada por perder. Llevo tres
horas sin parar de andar y es como si mis pies tuvieran ruedas.
Pienso que igual podría seguir así hasta entrada la noche. Al
menos mientras dure esta caminata seré no más que un vago
sin problemas.

Cuando llego a San Pedro y Calle Nueve traigo los pies
hinchados y la ropa escurriendo de sudor. Necesito contarle a
Frank de mi renuncia, pero él tampoco está. De todos mis
amigos sólo encuentro al más nuevo: se llama Napu y ya desde
hace días que duerme junto a Tazi, sólo que al otro lado de la
reja. Le he dado de comer y desde entonces no se me despega.
Me defiende, también, y por si fuera poco es un perro muy
guapo. Saco a Tazi a la calle, ya no aguanto las patas pero tampoco quiero estar en mi casa. Caminamos apenas lo necesario
para tumbarnos en el llano de atrás. Estar con ellos dos en medio de magueyes, árboles y pedazos de roca de mi tamaño me
ayuda a figurarme que el mundo es más sencillo. Donde estamos
ahora Tazi, Napu y yo no hay seguros jurídicos, ni calificaciones,
ni juzgados penales, y sin embargo me estoy preocupando. De-

bería llamarle a Abel Trujano, para al menos saber cómo estuvo la entrega de calificaciones, pero no voy a hacerlo porque ya decidí darme una tregua. Quiero que pase un tiempo, luego ya veré qué hago. Estoy de vacaciones, mientras tanto. Tazi anda distraído con unos arbustos, pero Napu me pone toda su atención. Se me sienta delante con sus ojos clavados en los míos, como si fuéramos amigos desde niños y pudiera leer cada uno de mis gestos. Nada querría más que estirar este rato delicioso como un cuento sin principio ni fin, hasta que el mundo fuera otra vez simple y no hubiera tantos cañones apuntándome. ¿Y sería quizá mucho mejor el mundo si yo supiera qué es el viento de monzón y fuera declarado el mejor alumno de La Orgullosa Salle? Nada es mucho mejor cuando tienes a tu papá en la cárcel y a tu mamá llorando el día entero, y eso no va a arreglarse poniéndome a estudiar. Si no estudié cuando lo tuve todo, menos ahora que todo se nos cae. ¿Será que ya me estoy inventando el pretexto que va a ser necesario para justificar las reprobadas?

Suena como a cinismo decir que es una corazonada, pero tampoco es un cálculo exacto: sólo sé que hasta acá llega el olor a trinitrotolueno. No sé si troné tres o seis o más. No lo quiero pensar, tengo más que bastante con el líquido frío que me escurre del cerebro al estómago cada vez que regresan esos malos augurios a recordarme que mi tranquilidad está un rato más cerca de caducar. Y a pesar de eso sigo extendiéndola, por más que sea en el fondo una tranquilidad demasiado intranquila. Alicia cree que sigo yendo a exámenes, y está tan ocupada con los asuntos de Xavier y la casa y las mamonerías de su cuñado Adolfo, que apenas tiene tiempo para distraerse en asuntos tan poco relevantes como La Tonta Salle.

Se va siempre temprano y vuelve de noche, igual de triste pero más cansada. La semana pasada estuvo algo contenta. El abogado andaba tramitando un recurso de amparo que nos había dado muchas esperanzas. Si lo otorgaba el juez, podía ser que el juicio continuara sin tener que encerrar a mi papá. Pero el viernes supimos que se lo habían negado. Cuando la vi llegar, traía las mejillas hinchadas debajo de unas gafas oscurísimas. Sentí un escalofrío nada más de pensar que mi mamá tenía facha de viuda. Luego, al día siguiente, me tocó ir a la cárcel. Se abrazaron los dos con toda el alma, llorando como niños delante de mí. No acabo de saber qué me pegó más fuerte, verlos así de tristes o así de cariñosos. No digo que no sea yo un cobarde, pero puta la gracia que me hace darle otra vez en la madre a mi madre con más noticias tristes, como tienen que ser las de La Infausta Salle.

Según le he hecho creer a Alicia, Alejo es quien me ha estado llevando a presentar exámenes. Si cuando menos tuviera mi coche, ya me habría lanzado a recoger las calificaciones, y en vez de eso me he pasado los días posponiendo el momento de la verdad. ¿Por qué no vas en moto?, sugiere Harry, yo puedo acompañarte. No me dejan usarla, desde que tengo coche. ¿Y no te la has robado como cincuenta veces? Pues sí, pero nomás para andar en el Club, ¿qué tal que me pasa algo, con la suerte que traigo? Pues sí, pero igual puedes ponerte un madracísimo en San Buenaventura.

El camino a La Salle del Pedregal pasa por seis semáforos y un bosquecito. Que en realidad no es más que un cerro bardeado, pero le llaman bosque y hay gente que hasta va de día de campo. Nos habíamos ido por San Fernando, cruzamos Insurgentes y subimos por Santa Teresa cuando se apareció un letrero que me trajo de vuelta el recuerdo del Tribilín: Colegio Westminster. ¿Qué no era allí donde estudiaba el Kikis? En todo caso, ya me había pasado. Dimos la media vuelta y agarramos el camino del Cerro de Zacatépetl. A los cinco minutos ya me estaba quitando el casco delante de La Implacable Salle. Y esto último lo supe nada más me pusieron entre manos la boleta de calificaciones: de diez materias, tengo cinco tronadas.

El problema, me explica el coordinador, es que como bien sabes el colegio está incorporado a la UNAM, y la UNAM no permite que presentes más de dos exámenes extraordinarios por semestre. ¿Y eso qué significa?, me acongojo de golpe, con las piernas temblonas y la tripa volteada. Significa que tienes que repetir el curso, sentencia el director, que está a su lado y me mira con una rara mezcla de reproche y compasión. ¿Que qué?, se me va el aire. No hay nada por hacer, es una pena, pero también va a ser una lección, me da un par de palmadas el coordinador. ¿Reprobé el año, entonces? No puede ser. No me pueden seguir pasando estas mamadas. Y otra vez, ¿por qué a mí? ¿Qué tengo de especial para que la desgracia se sepa de memoria mi nombre y apellidos?

Vámonos, le susurro a Harry sin mirarlo. ¿Cómo te fue?, sonríe. ¿Qué chingaos te importa, pendejo?, le respondo mientras prendo el motor de un pedalazo. ¿Y esa moto?, se interesa de pronto Josefina, que está con dos mamones a un lado de nosotros, recargados en la puerta de un coche. Habrá unos diez o quince alumnos en la calle, vienen a tomar cursos para exámenes extraordinarios. ¿Qué chingaos te importa, pendeja?, me gustaría haberle contestado, pero en vez de eso metí primera, aceleré y solté el clutch de madrazo. No quiero hablar con nadie, y menos con alumnos a los que nunca más voy a tener que ver. Vete más lento, idiota, me grita Harry mientras doy la vuelta y dejamos atrás Paseo del Pedregal. No imagino qué hacer ni a dónde ir ni cómo explicar esto que me pasó. Tomo otra vez Camino de Santa Teresa y pasamos de nuevo por el Westminster, Harry clavándome las uñas en los hombros porque tomé las curvas algo rápido, yo como hipnotizado porque no he terminado de creer que pasó lo que un día tenía que pasar. Haciendo cuentas, ya llevaba tres años en la cuerda floja. ¿O debería decir en la cuerda huevona? Esto no sucedió, me repito volando por Insurgentes hacia la carretera a Cuernavaca. ¿A dónde vas, idiota?, chilla Harry. A Acapulco, le grito, y cállate el hocico o acelero más. ¿Sería tan mala idea, finalmente? No me disgustaría que en medio del camino entre Iguala y Chilpancingo viniera un camionzote y nos planchara. O por lo menos me parece más fácil que darle la noticia a mi familia. Se suponía que *eso* nunca iba a sucederme, y ahora ya no es *eso*, sino *esto*. Me desvío en el camino a las Fuentes Brotantes, aunque sea el peor día para ir a conocerlas. Vamos por un paisaje demasiado bonito para verse tan feo, pero hay un velo negro entre el mundo y mis ojos. Todo se ve tristísimo, lejano, inalcanzable. Es como si estuviera en una cápsula y allí fuera a quedarme para siempre. Vuelvo a la casa cerca de la una y encuentro a Maritere lavando la alfombra. Por una vez, mirarle los calzones me deja indiferente. ¿Quién va a llevar petacas al purgatorio?

Pasé tres años de mi vida estúpida soñando con fugarme del Instiputo, y ahora que puedo hacer lo que me da la gana no consigo escaparme de mí mismo. Ya van dos tardes que vamos al cine y no me entero de qué se trata la jodida película. Les conté a mis amigos que terminé con cinco materias reprobadas, pero a nadie le he dicho cuál es la consecuencia. Se supone que Alicia debería enterarse primero, sólo que no sé cómo, dónde ni cuándo voy a soltarle este asco de noticia. Si el castigo es tan grande como creo —correrme de la casa, mandarme a un internado— prefiero que suceda lo más tarde posible. Me voy acostumbrando a esperar a que Alicia se vaya para sacar la moto y dar vueltas no exactamente al Club, sino a la Calle Trece. Cuando hay suerte, Cecilia sale al jardín y se tira en el pasto a leer o dibujar o algo así, yo qué voy a saber. Supongo que está mal que me conforme con pasar por ahí y alzar la mano. Entre más la saludo, menos me atrevo a meter freno y clutch y decirle hola, cómo has estado, ¿qué estás haciendo? En vez de eso me encierro en mi casa a escribir cosas de ella que nunca tardo mucho en hacer pedacitos. ¿Qué le diría, de cualquier manera? ¿Le contaría cómo es el Tribilín, cómo se entra de visita a la cárcel, cómo le he hecho para que en mi casa no se enteren de que reprobé el año?

Tres semanas después de que las calificaciones se entregaron oficialmente —es viernes, son las nueve de la mañana— Alicia encuentra demasiado raro que en mi colegio no las hayan repartido y yo no sé qué hacer ya para convencerla de que es lo más normal. La miro caminar hasta el teléfono, con un recibo de La Salle en la mano, y pienso seriamente en pegar la carrera hasta la calle, pero en vez de eso me tumbo en la cama. ¿Qué le digo? ¿Qué invento? ¿Y si me hago el enfermo? Muy tarde para todo: ya la escucho decir ¿cómo? y ¡no puede ser! cuando la secretaria de la dirección le informa que las calificaciones tienen exactamente veintiún días de haber sido entregadas. Alicia lo repite para que yo la escuche, pero yo la interrumpo con una orden extraña. Si para algo no estoy es para darle órdenes a nadie, y menos a mi madre, ya lo sé, pero adentro de mí suena la marcha fúnebre y yo tengo que dar una noticia.

—Cuelga el teléfono —mi voz es seca y dura, como si fuera Alicia la castigable.

—¿Qué cosa dices? —ya se enojó, y eso que aún no se entera.

—Que cuelgues el teléfono, por favor —me levanto, camino hasta el pasillo, ya la miro de frente. Ahora resulta que soy valeroso.

—¿Y por qué he de colgarlo, tú, tarugo? —le refulgen los ojos, y si no me apabulla es porque no ha acabado de comprender el tono fatalista de mi voz.

—Porque reprobé el año, mamá —disparo, y al fin cuelga. Sus ojos son dos soles azules que en un instante se hacen meteoritos y ya no sé qué hacer porque de todas formas van a caerme encima.

Alicia me regaña como nunca. Su ira no tiene fin, aunque sí mi paciencia. Me siento demasiado del carajo para aguantar un día como hoy. Pido perdón por todo, pero de nada sirve. Para colmo de males, planea llevarme a ver a Xavier, y después a comer a casa de mi abuelo. Mientras sigue la lluvia de reproches, me digo que no voy a fumarme el camino a la cárcel y a casa de mi abuelo y de regreso al Club sin cambiar de regaño. Me pregunto si le dará por soltar la verdad enfrente del abuelo, el primito y la tía, pero ya da unos pasos atrás y amenaza con regresar a la ofensiva, nada más entre y salga de la regadera porque ya son las diez y se hace tarde. No bien se encierra Alicia en su recámara, sin que por eso pare de maldecir al mundo entero en mi nombre, corro hacia mis dominios, cojo papel y pluma y me hinco a escribir a un lado de la cama.

Ya sé que no merezco todo lo que tengo, empiezo. Ni la casa, ni el coche, ni el amor de mis padres. Perdonen que me vaya, pero me da vergüenza mirarlos a la cara. Voy a buscar trabajo, a ver si así me gano algunas de las cosas que hasta hoy no he sabido apreciar. Perdón por ser ingrato, sólo espero encontrar ese trabajo y un día merecer todo lo que me han dado.

Es un papel pequeño en el que escribo, así que con trabajos me queda espacio para poner mi nombre. Me acerco a la recámara de Alicia y escucho el chorro de agua pegar sobre el mosaico, así que no lo pienso dos veces: doblo en dos el papel, lo deslizo debajo de la puerta del baño y pego la carrera en sentido contrario. Sigo por la azotea, salto la jardinera, me descuelgo a la calle abrazado del árbol de la entrada. Todavía no me han visto, ni ya me van a ver porque corro hacia el llano con el bueno de Napu, que estaba dormidito a un lado de la reja y ahora viene saltando junto a mí. Si le diera por ir a perseguirme, Alicia buscaría en casa de Frank, Harry o Alejo, no en el llano de atrás, y eso me tranquiliza a los pocos minutos. Me gustaría decir que camino sin rumbo pero en realidad busco un escondite para poder mirar hacia la calle, no sea que a mi madre se le ocurra salir a patrullar por la colonia. Sería bueno saberlo, cuando menos. Nunca me había escapado de mi casa. Tampoco imaginé que cuando lo intentara iba a dejar atrás un papelito cursi y mentiroso. ¿Qué trabajo voy a ir a buscar? ¿Otra empresa de seguros jurídicos? Si en la escuela no estudio, ya parece que voy a trabajar. ¿O alguien duda que soy un huevonazo?

Han pasado unos quince minutos desde que me escapé cuando me topo con un gran mirador: tiene un árbol que sirve de camuflaje y una roca volcánica donde puedo sentarme a observar el paisaje de San Buenaventura y la Trece, algo así como quince metros allá abajo. Nadie mira los montes cuando va manejando. Más me preocuparía que Cecilia me viera acá trepado, pero estoy bien cubierto. Napu se me acurruca sobre la pantorrilla y yo le rasco el cuello y las orejas mientras le voy contando mis penas. No tengo casa, ni familia, ni escuela, ni coche, ni dinero, ni novia, ni un carajo. No sé ni dónde voy a dormir hoy. Y aquí estoy, vigilando la casa de Cecilia, que con trabajos sabe cómo me llamo y está todavía más lejos de mi alcance que el segundo año de preparatoria. Finalmente me suelto chillando. Por qué yo, siempre yo, me lleva la chingada. Por qué así, por qué ahora, por qué tenía que pasar todo junto, por qué de veras no me plancha un camión.

Vuelvo a la casa dos horas después. No está el coche de Alicia en el garage, pero tampoco quiero que me vean entrar. Desde que se fue Edmundo, hace como tres meses, Norma y Maritere se pasan casi todo el día en la cocina. Me meto en la recámara de Alicia y le agarro doscientos pesos prestados. Total, ya qué más da ser un poquito peor. Después vuelvo a la calle y corro por San Pedro, hasta que oigo la voz de Frank llamándome. Tiene a Roger y Harry en su recámara: los tres sueltan la risa nada más les explico que acabo de fugarme de mi casa. ¿Dónde vas a dormir?, pela los ojos Frank. No sé, me encojo de hombros, traigo doscientos pesos. Puedes quedarte en el coche, si quieres. ¿De verdad, en el Opel? Claro, nomás no vayas a mear los asientos. Media hora más tarde me les desaparezco. Ahorita vengo, digo, antes de que me vea su mamá. Quiero que nadie sepa dónde estoy, aunque en la noche venga a dormir en el Opel. ¿Y qué voy a hacer mientras? Nada más llego a Calzada de Tlalpan, corro al puesto a comprar un periódico. Necesito olvidar, me aconsejo, como si fuera un médico, y abro la cartelera de los cines.

Hace dos meses fue cumpleaños de Alicia, y como siempre fuimos al teatro. Ella no quería ir, Celita y yo la llevamos a fuerza. Era una obra chistosa, pero Alicia seguía muy seria en su butaca. Hasta que el teatro se caía de las risas y a ella se le escapó una carcajada. No había ni acabado de soltar el aire cuando le vino el arrepentimiento. ¡Tu papá allá encerrado y yo aquí riéndome!, gimió y se echó a llorar en ese instante. Debe de ser por una cosa así que no logro disfrutar la película. Y eso que es la segunda de la tarde, pero es que no me puedo concentrar. Salgo del cine con la vista perdida, voy caminando de banqueta en banqueta con la cabeza dándome vueltas. No me preocupa tanto qué voy a hacer ahora, o al rato, o mañana, sino qué voy a hacer para volver. Ya la cagué otra vez, me desespero, soy incapaz de vivir sin problemas.

Llego a otro cine, resignado a pasarme la tercera función perdido entre mis íntimas telarañas. Ahora que lo recuerdo, había un vendedor, el consentido de Contreritas, que me recomendó esta película, aunque no estoy seguro de que sea la misma. Nos contó que una tarde andaba en la depre, se metió a ver no sé qué película de Woody Allen y todavía en la noche, ya en su cama, seguía con dolor de estómago de risa. Lo que no sé es qué dosis de chistes necesito para cambiar de humor en un día como hoy. La función va a empezar a las nueve y media, queda más de una hora para decidir. ¿Qué tal si está buenísima y me la echo a perder nomás por amargado? ¿Y qué más voy a hacer, de aquí a que den las doce de la noche y me vaya a dormir al Opelazo? ¿Meterme en otro cine? Para colmo, sigo madreando a mi madre. Su marido encerrado y su hijo perdido: qué chingón se la pasa, ¿verdad? Me pregunto si no preferiría tener un hijo reprobado que uno desaparecido. No es que piense largarme por mucho tiempo, pero ya estoy cagado de castigarme solo. Puedo ir a donde quiera, hasta la hora que quiera, el problema es que dentro de mi cabeza sigo haciendo el trabajo de Alicia. Traigo una sucursal suya en el coco, en la fachada hay un letrero luminoso que dice Abierto 24 horas.

—¿Bueno? —trago saliva, me temo que es la única palabra que no me va a gritar.

—Soy yo, mamá —suelto casi en secreto, esperando a que arranque la tormenta.

—Ah, sí. ¿Qué se te ofrece? —no lo puedo creer, suena a que está enojada pero tranquila.

—¿Puedo regresar a la casa? —la voz me tiembla tanto como las rodillas.

—Tú sabrás. De aquí nadie te ha corrido —pensé que andaba irónica y ahora juraría que está hasta cariñosa.

—¿Voy para allá, entonces? Estoy aquí en San Ángel —me vuelve el aire, junto con la voz.

—Ándale, pues, acá te espero. Ten cuidado, ya es tarde.

Lotería: prefiere al reprobado. Woody Allen va a tener que esperar, solamente pensarlo me recuerda que el mundo no se ha acabado. ¿Y ahora qué voy a hacer? ¿Irme a barrer las calles? Por supuesto que no. Voy a entrar otra vez a primero de prepa. Y antes de eso, ojalá, Xavier va a regresar con nosotros y mi vida será otra vez la que era, me convenzo en silencio, agarrado de un tubo del camión donde vengo recorriendo Insurgentes y mirando las luces de Villa Olímpica. Lo ideal en este caso, se me ocurre, sería que me inscribieran en un colegio como el del Kikis. Un lugar donde acepten hombres, mujeres y rufianes. Pero ella va a querer que me inscriba en La Salle de verdad. ¿Y cómo sé qué va a querer Alicia, además de voltearme la boca pa la nuca? Ahora es cuándo, después de tantos años de anunciármelo, me resigno por fin, al bajar del camión. Es un camino largo de la esquina de San Fernando hasta la casa, solamente esta noche se me está haciendo corto. Podría tomar un taxi, pero va a ser mejor si devuelvo siquiera cien pesos de los doscientos que le clavé a Alicia. Además, necesito pensar. ¿Qué le digo de las cinco materias? ¿No podía concentrarme? Ya la conozco, va a mandarme al carajo. Nunca me ha permitido que use de excusa mi pendejez. Piensa que no soy tonto, le indigna que insinúe lo contrario. ¿Ah, sí?, dice, pues ahora te fastidias: de aquí no sales hasta que te concentres. ¿Y si me echo la culpa? Eso es mejor, en los casos extremos. Antes de que tus padres te cagoteen, te adelantas a cagotearte solo. Es como si dijeras por mi culpa, por mi culpa, por mi Grande Culpa. Y ellos fueron también al catecismo, ni modo que no aprecien el detalle. Le doy vueltas y vueltas a la situación, mientras subo por San Buenaventura y llego hasta San Pedro con los huevos montados en las anginas. Claro, no tengo anginas, pero para ese caso tampoco estoy seguro de tener tantos huevos. Y los que tenga me los van a cortar.

Subo las escaleras, como dicen, con el rabo metido entre las piernas. La luz de su recámara está encendida, así que ya la llamo para no darle un susto de más. Mamá, digo dos veces, pero no me contesta. En lugar de eso se me planta en su puerta, mirándome de frente, ya no sé si enojada, tristísima o contenta. Yo supongo que todo al mismo tiempo, aunque doy unos pasos y se me quita el miedo, porque ya abre los brazos apenas antes de que me cuelgue de ella y me aprieta con todo el corazón. Como si las materias reprobadas y la fuga no fueran ya mi culpa, sino tan sólo dos desgracias más entre todas las que nos han caído. Ya sé que lo que viene va a ser un asco, de seguro van a quitarme el coche y a meterme en la peor de las escuelas, pero igual no me importa. La noticia es que el mundo no se acabó.

¿Cuándo iba a imaginar tamaño abrazo, si me esperaba ya tamaña cagotiza? Algo me dice que a pesar de todo, aunque toda la vida esté al revés, Alicia y yo somos los más felices mientras dura el abrazo, y hasta un poco después porque un abrazo así tiene que ser mucho más importante que unos vulgares vientos de monzón.

## 30. Pasabola y ranversé

Agosto 25, ocho de la mañana. El patio es como un zócalo entre dos edificios, un taller de dibujo en forma de cubo y una cafetería-mezzanine con un balcón que mira hacia nosotros y le sirve a la directora de escenario. Tres metros por debajo hay —habemos, qué vergüenza— tres filas disparejas, una por cada curso de preparatoria. ¿Y dónde voy a estar, sino en la primera? Miro a mis compañeros, vestidos como yo de azul y gris. Siento como si hubiera vuelto a la primaria: desde entonces no me ponía uniforme. El consuelo es que hay niñas y todas llevan falda tableada. Niñas y niños, eso es lo que veo. A menos que voltee la cara a mi derecha, sobre la fila del segundo año, que es donde yo tendría que formarme. Me detengo a pensarlo: estoy mintiendo. La última vez que estuve formadito y uniformado no fue en primaria, sino en el Tribilín. Imposible negar que he mejorado.

Xavier ni se inmutó cuando se lo contamos. Ya esperaba que reprobara el año. ¿Te acuerdas que te dije que dejaras la escuela por un tiempo, si querías?, sonrió y Alicia pegó un salto en el aire. Nomás eso faltaba, que anduviera de vago y con permiso, le reclamó a Xavier, pero él sabía su cuento. Vas a meterlo en una buena escuela, le pidió a mis espaldas (y yo escuché que Alicia se lo contaba a una de sus amigas), no importa lo que cueste. ¿Y el dinero?, se angustió mi mamá, pero al final estuvo de acuerdo. Si lo perdíamos todo, me quedaría al menos la buena educación. Lo supe días más tarde, cuando llevaba siete prepas visitadas, empezando por La Tronada Salle.

Alicia se asustó de ver que en el jardín había una parejita besuqueándose. Ni creas que te voy a reinscribir aquí, sentenció, para mi tranquilidad. Si iba a empezar de nuevo, tenía que ser en un nuevo colegio. El problema, señora, le explicó el director, es que vienen muy tarde a atender este asunto. Hace un par de semanas, tal vez habríamos podido ayudarle a salvar el curso. ¿Ya oíste?, me pellizcó al instante mi mamá, mientras el director le daba su opinión: era mejor que repitiera el año. Podían aceptarme, como cosa especial.

El problema de ir y venir por los colegios de la mano de un alumno tan especial como yo está en que Alicia se sonroja muy fácil. Cada vez que en alguna escuela le informaban que no aceptan alumnos repetidores, se le subía el color, así que estaba ya de sobra recordarme que soy su vergüenza. Lo dice con desprecio, subrayando la e, como si fuera a empezar a cantar. Me daban ganas como de remedarla, pero me habría volteado la boca pa la nuca. Eres mi vergüeeennza, carambadeverascontigox'vier. Siempre es así: se acelera al final y se come la a, como si en vez de hablar soltara chicotazos al aire. Y yo no me atrevía ni a sugerir el nombre de una escuela, para que no dijera que era un cínico. Nomás eso faltaba, que el niño reprobado dispusiera lo que había que hacer. ¿Y qué íbamos a hacer si nadie me aceptaba? Esa pura pregunta la trajo dos semanas de un humor que no mames, así que un día tuve la ocurrencia de buscar el teléfono del colegio del Kikis. Buenos días, le dije muy formal a la secretaria, llamo para saber si aceptan a un alumno que repite primero de prepa. Podríamos inscribirte para el curso que empieza ya en agosto, pero antes tu mamá tendría que hacer cita con Miss Alpha. ¿Con Miss Who? Qué alegría. No sé ni cuántas veces le di las gracias. Colgué el teléfono con la sonrisa de un alumno premiado. ¿Y ahora cómo le iba a contar a Alicia?

—Es el colmo que a estas alturas no te pueda inscribir, caramba —se quejó, ya en la tarde, cuando salíamos de ir a ver a Xavier.

—Hay una escuela donde me aceptarían, pero no quiero ir porque dicen que es demasiado estricta —lancé el anzuelo, tanteando mi fortuna.

—¿Qué escuela es ésa? —se me quedó mirando con el ceño fruncido.

—El Westminster —respondí con desprecio calculado.

—¿Ah, sí? Pues si te aceptan, ahí te voy a meter. Y te lo advierto: pobre de ti donde me salgas con que son muy estrictos. Más te mereces, por holgazán.

Al día siguiente llegamos al Westminster. Miss Alpha resultó una especie de Alicia Profesional. Le habló de disciplina y reglamentos, me advirtió que la suya era una escuela seria y por ningún motivo se me iban a ofrecer las libertades que había tenido en La Difunta Salle. Luego miró el examen que me hicieron antes de entrar a verla. Para mi buena suerte, no aparecían ahí los vientos de monzón: era apenas la prueba de matemáticas de tercero de secundaria y me calificaron con un ocho que al menos le ahorró a Alicia el último bochorno. ¿O sea que en esta escuela estudia el Kikis?, me extrañé a la salida. No podía ser que un gañán de ese pelo pasara por el filtro de Miss Alpha, calculé, ya medio arrepentido de ver la pinta estricta de la directora y enterarme que iba a usar uniforme. ¿Sería que me atraparon entre las dos? Adiós billar, me dije, adiós boliche, mientras Alicia se escandalizaba por el precio de la inscripción y la colegiatura. Tengo que consultarlo con tu papá, sacudió la cabeza, ¿ya ves lo que haces con tus tonterías? ¿Cómo es posible que la pura inscripción salga más cara que todo el año en La Salle? Pero yo la conozco tan bien como a Xavier: iban a terminar por inscribirme en el colegio de esa Miss Alpha. "Una señora muy agradable, y sobre todo muy bien vestida", la describió mi madre ante Xavier, que no dudó un segundo. Métalo en el Westminster, insistió, ya veremos qué hacemos si todo sigue mal. Ay, ni lo quiera Dios, se afligió mi mamá, y así fue como vine a dar aquí.

Me siento como un niño grande castigado. Haz de cuenta que me porté mal y ahora sólo por eso estoy en secundaria. Por si quedaban dudas, no han pasado ni cinco minutos desde que entramos en el salón de clases y ya miro llorar a una compañerita porque un patán con cara de niño le pegó un balonazo en media jeta. ¡Cállate ya, pendeja!, le grita, carcajeándose, y yo me escandalizo porque una escena así jamás la habría visto en La Caballerosa Salle. ¿Qué edad hay que tener para chutar una bola de basquet sobre la cara de una mujer? ¿Diez años, once, cinco? Doce ya me parecen demasiados, pero es muy tarde para arrepentirme.

¿Quiénes son los galanes y quiénes las modelos en un lugar como éste? No es que extrañe La Salle, pero me siento raro. Además, casi todos se conocen desde que estaban en primaria o kinder. Hace tres meses iban en secundaria y no se han dado cuenta que llegaron a prepa. Los maestros los tratan como escuincles y ellos les corresponden haciendo pendejadas de escuincle cagón. Tanto trabajo que me había costado desaniñarme allá en La Anciana Salle y mira dónde tuve que acabar. Pero hay una ventaja, ya me di cuenta. En La Surtida Salle podría haber habido decenas y decenas de guapas, cada una lejísimos de mi alcance, y aquí son muy poquitas pero están cerca. Mejor dicho, está cerca la que me gusta.

La tengo a metro y medio. No sé de dónde venga, porque también es nueva, pero ya sé su nombre y lo oigo resonar desde el fondo del cráneo. Ana G tiene el pelo castaño, las piernas largas y una cierta mirada de puchero, como si alguien le hubiera arrebatado su muñeca. Luego sonríe bonito y se ríe mejor. Cada vez que alguien dice algo gracioso, miro hacia su lugar y es como si saliera un sol secreto. Lástima que hasta ahora no se me ocurra nada para hacerla reír. ¿Es bonita? No sé. Yo diría que sí, pero si la analizo le encuentro defectitos. Un poco flaca, comparada con Sheila. Me gusta menos con los anteojos puestos. Cuando está seria parece enojada. Pero después sonríe y alguien dentro de mí canta we-can-be-heroes-just-for-one-day.

Hice examen de inglés y me clasificaron en el cuarto nivel. *Higher*, le llaman. No me faltan las ganas de ir a buscar al maestro Melaordeñas para embarrarle el resultado en la jeta. ¿Ah, verdad, puto? Pero ni falta que hace, porque aquí tengo a la temible Miss Eileen. Una señora flaca, seca y biliosa que disfruta poniendo en ridículo a los malos alumnos. Es inglesa y apenas si le entiendo. Si estudiara con ella Melaordeñas, ya le habría plantado sus orejas de burro. Y si yo hubiera conocido a Miss Eileen en las épocas negras del Instiputo, seguro que me habría martirizado, pero ya estas alturas me da igual lo que diga. Tampoco soy el único que le cae mal. En su clase cabemos alumnos de primero, segundo y tercero de prepa, así que hay holgazanes y desmadrosos suficientes para ponerla loca sin mi ayuda.

En el salón habemos tres repetidores. Uno recién cumplió diecinueve años, trae la melena no sé cuántos centímetros abajo del hombro y podría pasar por guitarrista de David Bowie. El *Galletas*, le llaman, y se nota que vive en otro mundo. El otro reprobado, quién iba a imaginarlo, es nada menos que Morris Dupont: Archiduque de Tlalpan, Marqués de Tezoquipa y Príncipe de Club de Golf México. Antes ni nos pelábamos, ahora ya no nos queda otra que saludarnos. En realidad no sé si sea mamón, pero eso es lo que jura mi vecino Tizoc. En una de éstas ni debería creerle. Pinche pigmeo intrigante, ahora que me acuerdo. Morris viene de otro Instiputo, que es una pinche fábrica de acólitos, pero siquiera tuvo la dignidad de reprobar el año. Y eso lo sé porque a la Miss de Historia se le ocurrió juntarnos en equipos de cuatro, y resultó que en uno de ellos acabamos los tres repetidores.

—Puta, ya me chingué entre puros reprobados —reclamó al enterarse Mamilio, que es como le llamamos al desmadroso que se sienta atrás de mí. Parece niño bueno, pero es un cabrón.

—¿Qué te pasa, güey? Estás con pura gente experimentada —salgo en nuestra defensa, mientras Morris se ríe y el Galletas contempla la ventana.

—A huevo, puro fósil —se lamenta Mamilio, pitorreándose.

—Fósiles mis huevotes. Para que sepas, niño, estamos estudiando un doctorado en primero de prepa.

Como siempre, yo soy el que termino pagando por mis chistes. Y de paso el tal Morris, que ni la boca abrió más que para seguirse carcajeando. Más que mamón, parece un cinicazo. Total, que no termina el segundo día de clases y ya nos hacen fama de doctores. Para colmo, se me ocurrió pedirle a Mamilio que fuera más discreto delante de la Miss, que hasta hace media hora no sabía de dónde vengo. Nadie es discreto aquí, y menos

Mamilio, que en el apodo lleva la fama. Le encanta hacer mamadas a costillas de quien se deje o se descuide. Para el final del día, medio salón me llama doctor y me habla de usted. Mucho gusto, doctor, sea bienvenido a este humilde recinto, me hace uno caravanas, mientras otro pide un aplauso para el excelentísimo académico y hace la finta de que me entrevista. Usted que es un experto en primero de prepa, ¿qué consejos nos puede dar a los jóvenes?

El primer día salí medio desconsolado. Muchos mocos para tan poco pañuelo, le conté a Harry entre risa y bochorno. Yo que era un pinche moco en La Señora Salle, soy un ruco aburrido en el Westminster, me dije ya en la noche, temiéndome lo peor porque nunca en mi vida he sido popular en un salón de clases. Y hoy que es martes de menos he salido del Westminster risa y risa con eso de que soy doctor. Llego a la casa y suena el teléfono: es Abel Trujano, que como yo tronó primero de prepa y acaba de inscribirse en el Loyola, el más famoso de los resorts con fachada de escuela preparatoria. Está feliz allí, dice que ése es el único colegio donde el alumno puede conservar la esperanza de hacerse novio de una de sus misses. ¿Y yo qué tal? No sé. Chistoso, de repente. Son puros pinches mocos, ¿no? En el Loyola no, se ríe, tiene cuatro maestras buenísimas y en el salón hay tantas mamacitas que hasta le entraron ganas de estudiar. ¿Ya encontraste a tu Green en el Westminster? ¿Que si ya encontré qué? No te me hagas pendejo, ¿ya estás enamorado? No mames, cómo crees. Claro que no te creo, seguro que entre tantas niñitas de uniforme ya hay una que te trae babeando mocos. Jua, jua, jua, alcanzo a oír y cuelgo la bocina.

Cuando el teléfono vuelve a sonar, Alicia lo intercepta y yo voy detrás de ella. Es para mí, le aviso, pero me equivoco. Es una de esas llamadas extrañas que en un par de segundos la ponen tensa. ¡Ay, no! ¡Cómo!, dice casi gritando, pero ya con la voz a medio quebrar. Siempre que pregunta eso en el teléfono —¿¡Cómo!?— ya sé que sucedió alguna cosa seria. Muertos, accidentados, rara vez menos que eso. Sólo que ahora se le salen las lágrimas y voltea a ver al techo. Ay, Dios, gime, ¡y Xavier! Sé que no habla de mí, sino de su marido. La escucho con los pelos de punta, pero me tranquilizo nada más entiendo que el tema no es exactamente mi papá. Es más, ya me di cuenta de lo que hablan. Tuvo que ser hoy mismo, en Cuernavaca. Hace tres días que dos de los hermanos de Xavier llevaron a mi abuelo a refundir a un pinche asilo allá. Según ellos, le iba a hacer bien el clima. Y Alicia todavía no cuelga el teléfono pero tengo clarísimo que el muerto es él. Resulta que mi abuelo Ezequiel se murió sin saber hasta dónde fue a dar su hijo Xavier. Se lo ocultaron, no querían preocuparlo. Y ahora está muerto, le doy vueltas al coco, su hijo no va a poder ir a su entierro. Y yo no quiero ir, aunque sea su nieto y me diera regalo en mi cumpleaños.

Alicia se derrumba al lado del teléfono. Era la única nuera que cada semana se tomaba una copa de coñac con él. *¡Salud, doctor!* es una de las frases con las que crecí, pero a partir de ahora de cuatro abuelos no me queda más que una, que afortunadamente vale por seis. Mis primos, casi todos, detestaban a mi abuelo Ezequiel porque los regañaba o los pendejeaba, pero conmigo siempre se portó bien. Regalito habla, claro. Todavía no acabo de soltar la *Antología de cuentos de misterio y terror*. Y es más, he disfrutado con la boca cerrada las pedorrizas que les ha puesto enfrente de todos a tres tíos cagantes y un primo mamoncito. Me encantaba que los corriera de su casa a media mesa. Pues te largas, gritaba, con los ojos de fuera y las manos tanteando por un proyectil.

¿Yo te llamo y me alcanzas allá, chiquito?, se asoma Alicia a la puerta de mi recámara. Ya se vistió de negro y trae gafas oscuras. Como ella dice, qué suerte la suya de perro bailarín, caramba. Sólo que ahora no es eso lo que dice, sino qué desgracia. Cómo voy a contarle qué pasó al pobre de Xavier, se quejaba hace rato en el teléfono, mientras al otro lado Celita hacía maromas para consolarla y terminaba de tragarse la noticia. ¿Qué siento yo? No sé. Una cosa muy rara que no es tristeza pero se le parece. Todavía no acabo de imaginar el mundo sin los gritos de mi abuelo Ezequiel.

Alicia mandó el coche a la agencia y nos lo devolvieron reluciente. Cofre, salpicaderas, batería, parrilla, defensa, radiador: todo nuevo. Cada vez que le juro que le voy a pagar todo lo que gastó en la compostura, me responde con un "¡anda, tú, cómo no!" y suelta una risita entre burla y reproche. Gracias a eso puedo ir hoy a alcanzarla a casa de mi abuelo, que está apenas un poquito más cerca que la del carajo. Son ya casi las siete cuando llama. ¿Estás bien? Yo sí, ¿y tú? ¿No estás impresionado con lo de tu abuelito? Estoy bien, dime. ¿Puedes pasar por tu primo Luchito en el camino para acá? Claro que sí, allá vamos, le prometo no sin cierto entusiasmo porque de menos voy a ir acompañado. Luchito es mucho más vago que yo y en su casa le ponen unas chingas que dan pavor: el papá se lo cuenta a sus hermanos y así he acabado por saberlo yo, que casi siempre estoy al día con las conversaciones entre Alicia y Xavier. O estaba, hasta hace cinco meses y doce días. Desde entonces mis padres hablan solos, en una celda muy lejos de mí. Y mañana, cuando hablen de mi abuelo, yo voy a estar en un salón del colegio Westminster, buscando la sonrisa de esa tal Ana G a la que cada día le veo menos defectos.

Luchito estudia en un internado. Es la tercera vez que lo encierran, una por cada año que reprobó. Por culpa de su ejemplo me daba tanto miedo entregarle las calificaciones a Alicia. ¿Y el internado?, le pregunto luego. Me queda una semana de vacaciones, alza los hombros resignado a su huerfanoide suerte. No quiero imaginar cómo será la vida sin estar cerca de una sola mujer entre lunes y sábado. Encima de eso, luego se porta mal y lo castigan todo el fin de semana. No se me olvida el sábado que fui por él con sus dos hermanas y nos dijeron que se iba a quedar. Pobre güey, pensé entonces, y ahora será él quien piense eso de mí. Pobre güey, con su jefe en el bote. ¿Y si le diera envidia, de lo mal que lo tratan en su casa? Por lo pronto, venimos de lo más divertidos. Nadie habla de mi abuelo —a él le caía gordo y a mí nada más me simpatizaba— hasta que, en el camino, le pregunto si piensa que los veterinarios tienen yombina en su consultorio. Lo recuerdo, de niño, atendiendo perritos, pero cuenta Xavier que en otros años también atendió vacas y caballos. A Luchito se le ilumina la mirada: ¿Tú crees que haya yombina en casa de mi abuelo?

No sé muy bien qué haríamos con ella, pero en cuanto llegamos a nuestro destino formamos un equipo que lleva a cabo la Operación Yombina. Según oí gemir a la tía Nena, el cuerpo de mi abuelo no va a llegar antes de medianoche, así que sobra tiempo para ir a meter mano en su botiquín. Hay mucha gente ya, pero casi ninguno se acerca por aquí. Está oscuro, además. Voy llevando y trayendo los frascos entre la estantería y la ventana, donde hay luz suficiente para poder leer las etiquetas. ¿Cuál podrá ser el nombre del medicamento? ¿Yohimbina, Jumbina, Yombínex? Ni modo de pedírsela a la tía Nena o al primito Raimundo. Además, los dos primos son enemigos desde chiquitos. Se recagan la madre, y si pueden se agarran a madrazos. Por eso nos conviene que sea Luchito el que vigile el pasillo, ya sabemos que así cuando menos Raimundo no se nos va a acercar. Sería catastrófico que en un día como hoy le fuera con el chisme a la tía Nena de que estamos buscando unas pastillas para calentar vacas. ¿Y qué voy a decir, que es nuestra herencia? Aunque lo más extraño no es que nos interese la yombina, sino que la busquemos precisamente hoy, en el velorio de nuestro abuelo. Qué poca madre, me cae, menea la cabeza Luchito y nos vuelve a ganar la carcajada. ¿Pensará en mí, tal vez: "con el papá encerrado y el abuelo muerto, a mi primo todo le vale madre"? Prefiero que crea eso a que me compadezca. Hazme un favor, Luchito, le he pedido, busca "Yombina" en ese libro gordo que es como un diccionario de medicinas.

Te vas a ir a dormir a casa de tus primos, me instruye Alicia para mi decepción, porque no he terminado de buscar la yombina y no voy a tener otra oportunidad. Mañana tempranito te me vas a la escuela, ya veremos qué hacemos para que puedas ir al entierro. ¿Al entierro?, arrugo la nariz. ¿No quieres ir? ¿Tú qué crees? Está bien, pero vete a la casa cuando salgas de clases. Dos minutos más tarde, ya vengo de regreso con Luchito. No paramos de reírnos de la yombina que nunca encontramos. Vemos tele después, en la recámara de sus hermanas, y nos contamos chismes de familia. Los tres son divertidos, pero ya me anda porque sea mañana: mi tercer día en el colegio Westminster.

No me acomoda la fama de burro, para el caso es mejor el prestigio de vago. Por eso les explico que estudié un doctorado de Física y Geometría en su modalidad de carambola simple. ¿Cuándo vamos al bicho?, intento desafiarlos, pero sólo Mamilio me entiende. Los demás nunca han ido a un billar. ¿Ya oyeron?, vocea Mamilio en dirección al techo, con las manos haciendo una bocina, este güey se pasó un año entero practicando el billar de bolsillo. Otra de ésas, le advierto, sin que pueda escucharme Ana G, una mamada más y voy a jugar pool de bolsillo en tu hocico. Y esos zapatos de gamuza guinda, contraataca Mamilio a todo volumen, ¿por lo menos te acuerdas en qué pinche burdel te los cambiaron? ¿Entonces qué, le sacas a ir al bicho? Yo no, ¿y tú? Vamos mañana, yo llevo mi coche. ¿Y tú crees que nos van a dejar salir? ¿Y tú crees que les vamos a preguntar? ¿Aprendiste esas cosas en el doctorado? A huevo, la materia se llamaba Teorías de Liberación de los Cuerpos Cautivos. Según Morris, él estudió lo mismo, solamente que en un campo de golf. Y ése es su gran problema, porque en lugar de coche tiene chofer. Un chofer que es su cómplice, pero tampoco tanto para esperarnos afuera del colegio y llevarnos a todos al billar. Cuando llega la hora de probar quién es quién, habemos cinco vagos en camino al billar, entre ellos el golfista Morris Dupont.

Intenté el ranversé y salió con trabajos un tiki corbateado, me divierte alardear, y Mamilio se esmera en declamar mi currículum de doctor en Física y Geometría, egresado de la Universidad del Tribilín. Sucedió hoy, a la hora del primer descanso. Estábamos planeando el escape al billar cuando se apareció nada menos que el Kikis, listo para informarles dónde nos conocimos. ¿Es cierto que el tal Kikis se hizo tu amigo en el Tribunal de Menores?, se interesó de pronto Morris Dupont, con la sonrisa a punto de hacerse risotada. A huevo, le sonreí. ¿Qué hicieron? Casi nada. Matar cada uno a un pinche preguntón, ¿por qué? ¿Y ya sabe Miss Alpha que eres ex presidiario? Lo único que Miss Alpha no sabe es hacer carambolas como ésta, mira. Déjame adivinar, deduce Mamilio, allá en la cárcel te llamaban el Caquitas. No te confíes, me había aconsejado el director de prepa, sólo porque una vez tomaste las materias y crees que sabes más que tus compañeros. Piensa que si supieras, estarías en segundo. ¿Crees que aprendiste un par de cosas en el curso anterior? Trata entonces de usarlas en tu favor. Repasa, pon a prueba tus conocimientos. Y es lo que estoy haciendo en el Billarama. Despliego mi modesto manejo del taco y dejo que imaginen cuántas mañas nocivas pudo haberme enseñado el Tribilín. Ni modo de contarles que sábados, domingos y días festivos asisto puntualmente a un curso de altas ciencias carcelarias donde he ido perfeccionando, entre otras cosas, el arte delincuente de hacer creer a todos que aquí no pasa nada.

La Salamandra tiene las greñas largas y pelirrojas, pero visto de frente justifica totalmente su apodo. Se lo colgaron rápido, al segundo día, y él lo tomó con una sonrisa. Debería decir: con una sonrisa de salamandra. Tiene quince años, pero aparenta mínimo diecisiete. O será que es distinto a los demás, no solamente porque es chileno, vivió en Estocolmo y habla sueco; también porque se nota que es un mariguanazo. Mis padres son psicólogos, nos explica tocándose la sien con un dedo, por eso no nos ponen límites de conducta. La Salamandra fuma en su recámara y bebe ron o vodka mientras estudia. Luego, cuando termina, se prende algún churrito y escucha uno tras otro sus discos de Frank Zappa. Dice que David Bowie es *un culeao talentoso* y está seguro de que puede convencer a Miss Alpha de que se fume un churro con él. Eso sí, es malísimo para la carambola. Según él es por tanto jugar pool. No mames, Salamandra, arruga la nariz Mamilio, el pool es de albañiles. A huevo, güey, se esfuerza para hablarle en mexicano, ¿no ves que mi familia es socialista? ¿Y a poco no te habías dado cuenta que a este cabrón lo sacaron de un cuento de Mafalda?, pruebo a hacerlos reír y funciona al instante. De *Condorito*, imbécil, se defiende el chileno, pero de menos Mamilio y yo estamos muy de acuerdo en que ese pinche pájaro es un pendejazo. ¿O sea que en tu país se ríen de los chistes de *Condorito*?, ya lo agarra Mamilio de bajada. Y en el tuyo se ríen de doña Florinda, no me jodas. Ándale, güey, te toca tirar, a ver cuándo me enseñas a poner ladrillos.

Visto de frente, con el taco en la mano y el cigarro en la boca, apuntando a la bola con un ojo cerrado, la Salamandra podría pasar por matón en alguna historieta del tipo *Lucky Luke.* Cuéntanos, lo fastidia Mamilio, qué se siente ser una caricatura de ti mismo. Cuéntanos qué se siente que te den por el culo, sella la Salamandra su primera carambola. Un minuto más tarde ya lleva tres al hilo. ¿Ves cómo sí sabía? A huevo que sabías, pinche presidiario. Escucho la palabra y trago saliva. Esta vez no me ha dado la gana reírme. ¿Qué tiene de gracioso ser presidiario?, me preguntaba ya cuando llegó mi turno. ¿Ya te dio miedo, puto?, me devolvió Mamilio a la realidad. Claro que me da miedo, tendría que haberle dicho. Me jode la marrana que mi vida se esté desbarrancando sin que pueda ni meter una mano. Me da miedo quedarme en la calle. Me da miedo acordarme que algunas noches suena el teléfono y Alicia lo contesta y le dicen no sé qué mierdas de Xavier y sus secretarias, nada más por joder. Me da miedo que un día llamen para informarnos que mi papá amaneció acuchillado. Si tanto lo detestan sus enemigos, ¿qué de raro tendría que contrataran a un asesino? Se te frunce el culito, ¿verdad?, se pitorrea Mamilio. ¿Qué qué qué? Hazte a un lado, Mamilio. Carajo, Salamandra, quita tus putas nalgas de la mesa, ¿qué no ves que estoy dándole su clase de billar a este pendejo? Hago rodar el taco bajo la suela del zapato izquierdo para embarrarle la punta de tiza, me acomodo con medio torso en la mesa, el pie izquierdo en el aire y apenitas la punta del derecho en el suelo. La mano izquierda firme sobre el fieltro, el meñique apuntando hacia la inmensidad, en el acto de agradecer al Creador que me haya hecho un lugar en el Westminster. Cierro un ojo, sonrío, me acaricio el colmillo con la lengua. Sé que voy a fallarla, pero nadie dirá que me faltó estilo.

## 31. Esqueletos al sol

No sé por qué mi vida tiene que ser tan rara. Nadie que yo conozca conoce el Tribilín, ni la cárcel, ni le ha ido tan bien y tan mal como a mí, en tan poquito tiempo. ¿Soy yo el raro y por eso me pasan esas cosas? Puede que mi destino sea el primer torcido. Te va bien, te va mal, no puedes controlarlo pero al final del día ya tienes una historia por contar. Insisto en que las cosas no pasan nada más a lo pendejo. De otro modo, la mierda estaría mejor repartida. Frank iría a ver a su papá a la cárcel, Alejo reprobaría el año, Harry habría ido a dar al Tribilín, Sheila le habría dicho que no a Fabio. ¿Por qué jodidos le ha de pasar todo eso a uno solo, y ese uno he de ser yo, con un carajo? Si las historias fueran espíritus, diría que me buscan y me alcanzan y me suceden porque creen que no voy a dejarlas morir. Mejor dicho, saben que no me atrevo.

De niño, mi mayor diversión era que me llevaran al autocinema. Con un poco de suerte la película era sólo para mayores, y entonces entre Alicia y Xavier me escondían debajo de las cobijas. Te vas de contrabando, me susurraba Alicia en el oído, y yo daba por hecho que aquélla era una misión muy peligrosa. Cuando al fin arrancaba la película, ya me había hecho una tienda de campaña con las cobijas y desde allí admiraba la astucia de James Bond, que como yo vivía de contrabando. Otros niños juegan a eso con sus hermanos y vecinos, yo tenía que hacerlo todo a solas, y a lo mejor por eso me lo tomé a pecho. Para valer la pena, una vida debe ser digna de contarse, me digo cada vez que me va mal, porque ya sé que los destinos torcidos se parecen a la rueda de la fortuna. No importa qué tan arriba o abajo estés, de todos modos vas a dar la vuelta. A veces sientes que es la montaña rusa, pero despué de un rato abre los ojos y verás que es la rueda de la fortuna. Me doy esos consejos, siempre que necesito curarme de un coraje, o de una decepción, o de un temor. Hay siempre mucho de eso en las vidas raras. Pasa uno tanto tiempo junto al miedo que le agarra confianza. Cuando en seis meses te suceden varias de las cosas que más miedo te daban en la vida, y sin embargo sigues como si nada, te das cuenta que el miedo, ese gigante malo que te jodió la infancia, no es más que un gran bufón. ¿Estás ahí, mamón? ¿Escuchas lo que digo, Miedito Pocos Huevos? ¿Y ahora con qué me quieres asustar? ¿Qué es lo peor que según tú puede pasarnos? No me engañas, bufón, ya nos está pasando. Hace rato que la rueda de la fortuna se nos hizo montaña rusa, y a cada nueva vuelta se me revuelve menos el estómago. No digo que me guste, sino que ahora ya sé que lo peor que podía pasarte casi nunca es lo peor que puede pasarte. Si Xavier no pagara lo que paga en la cárcel, podrían sucederle cientos de cosas peores. Ni siquiera la muerte es lo peor que podría pasarte. Excepto, por supuesto, si el que muere es James Bond. Mientras eso no pase, no hay por qué tener miedo.

—¿Para qué quieres ir a un panteón? —Frank había aceptado acompañarme a comprar un disco, la idea de ver tumbas le atrae bastante menos.

—Mi mamá me pidió que vaya a ver la tumba de mi abuelo. Un tío mío le compró dos floreros y no saben si ya los colocaron. ¿Te dan miedo los muertos, putito? —sé lo que voy a hacer, le miento con cuidado para que no se huela nada raro.

—¿Y no puede ir tu pinche tío huevón a checarlo? ¿Está creyendo el güey que somos sus pendejos? —ya se ríe, es como si aceptara.

—O sea que el putito sí tiene miedo —doy vuelta a la derecha, donde el letrero anuncia Constituyentes Poniente. Hasta mis catorce años me trajeron aquí cada semana, llegaría lo mismo si no hubiera señales.

—No mames, cómo crees. Los muertos me la pelan, como tú. Nada más no te tardes, que ya está oscureciendo —no me creyó un carajo, pero ya sabe que va a divertirse.

—¿Oscureciendo a las cinco? ¿Ves cómo se te arruga el chimuelo, putito?

Estaba en secundaria cuando encontré mis dos primeros huesos. Alguna vez, Celita me explicó que cuando no se paga la perpetuidad los huesitos del muerto van a dar al osario siete años después. Sólo que algunos de ellos se caen en el camino, o quizás a los tipos que los desentierran les da hueva llevarlos hasta el osario. El caso es que si buscas, los encuentras. Frank pregunta otra vez dónde está la chingada tumba de mi abuelo, se nota que le caga estar aquí, y si lo hace es nomás para que yo no pueda llamarlo miedoso. Vamos entre las tumbas, sobre el pasto crecido. Agárrate un bastón como el mío, le sugiero, con la vara apuntándole como un fusil. No es muy fuerte, pero tampoco lo uso para apoyarme. Muevo el pasto y las ramas, necesito encontrar un hueso largo antes de que este güey acabe de aburrirse. La vez pasada, cuando venía con Alicia y Xavier, metí los huesos de contrabando al coche, y al día siguiente los llevé al Instiputo. El profesor de Biología dijo que muchas gracias y me enseñó otros fémures, ya barnizados, que tenía guardados en un casillero. Llévate ésos, me instruyó después, y ponlos de regreso donde los encontraste. Recuerdo que esa tarde jugué a los femurazos con el Jacomeco, hasta que las espadas acabaron de hacérsenos astillas. Qué pinche desperdicio, recuerdo y me sonrío porque debajo de una lápida rota se asoma ya mi excalibur de calcio y fósforo.

—¿Qué haces, pinche asqueroso? —el espanto de Frank me confirma que estoy haciendo lo correcto.

—¿Ya viste, güey? ¡Un fémur! —lo levanto, como una antorcha olímpica.

—¿Sabes que eso se llama profanación de tumbas? ¿Quieres ir otra vez al Tribilín? —ahora intenta reírse, pero le están ganando los nervios.

—¡Atrás, puto! *Touché!* —apenas lo he rozado con la punta del hueso y da un salto en reversa, espeluznado.

—Me vuelves a tocar con esa chingadera y te parto la madre, te lo advierto —nunca lo había visto tan asustado, me está entrando un ataque de risa.

—Vámonos ya, antes de que nos vean —me quito el suéter y lo uso para envolver el fémur.

—No mames que te vas a llevar ese hueso —se congela, me apunta con el dedo cuando me ve meter la llave en la puerta.

—Mira, güey, ven a ver —me ha tomado no más de veinte segundos quitarle la perilla a la palanca de velocidades y encajar el huesote en su lugar.

—Estás pendejo, güey. Eso que estás haciendo es una pinche falta de respeto —me hace cara de viejo regañón, pero le sigue ganando la risa.

—Dime, ¿cuándo habías visto un coche como el mío? Cuatro velocidades, palanca al piso de legítimo fémur de difunto. ¿Te das cuenta que es único en el mundo?

—Únicos mis tanates, imbécil, no me subo a ese coche si no sacas ese hueso de ahí. ¿Sabes la maldición que puede caernos? —al fin se pone serio. Hora de negociar.

—¿Te importa si me llevo el hueso en la cajuela?

—Está bien, pero no me toques con él o te rompo el hocico a femurazos.

¿Por qué no lo barnizas?, sugiere Alejo, a la tarde siguiente, cuando el hueso ya es la palanca oficial de mi coche. ¿Qué ganaría con pintarlo o barnizarlo? ¿Que se viera un poquito menos tétrico? No ganaría, entonces: perdería. Lo que más me divierte de mi nuevo accesorio es la cara de horror que cada quien le planta. Alicia ya lo vio y amenazó con echarlo a la calle, pero es igual con todos: al principio se asustan, se incomodan, se asquean; ya más tarde se ríen. Nunca falta uno que se ponga solemne y te pregunte si te gustaría que alguien hiciera eso con tus huesitos. Por mí que se preparen una sopa, alardeo, con tal de que se esperen a que esté bien helada la mercancía. El chiste de asustar a los demás está en poder echarles encima nuestro miedo, como un bulto de carne agusanada. Ahí te va mi terror, te lo dejo en mitad de un cuarto oscuro para que lo recibas con todos los horrores. ¿Qué miedo me va a dar un pinche hueso, luego de todas las historias espantosas que Xavier me ha contado sobre la cárcel? Lástima que no pueda, por ejemplo, hablarles del intento de fuga del mes pasado.

Fueron tres y los agarraron a media madrugada, medio muertos de miedo en la azotea. Les metieron unos cuantos balazos, pero seguían gritando cuando los amarraron para bajarlos. Dice Xavier que se podía oír cuando los arrastraban de los pies, la cabeza chocando en cada escalón, y así fueron dejando de gritar. Para cuando llegaron a la enfermería, los tres eran cadáveres. Se pelearon, según dijo el periódico. Me encantaría que la maldita cárcel estuviera muy bien pintada y barnizada, pero la idea es que uno sienta miedo. Que sea tan horrible como el peor de los sádicos imaginaría. Y es por eso que no pinto mi fémur. Quiero que lo espantoso siga siendo espantoso, y que aun así se entere del poquitito miedo que me da. ¿Cómo está, doña Fría? ¿Sigue bien su negocio? ¿Y hace cuánto que no se la cogen, oiga?

La ventaja de conocer el infierno es poder compararse con los recién llegados y ya sólo por eso sentirse mejor. Tengo un primo chillón de veintitantos años que se priva de horror cuando pasa por las aduanas de la cárcel, así que cada vez me espera a media entrada, para que yo me entienda con los celadores. ¿Tenía yo esa jeta el primer día, cuando todo lo que hoy me parece normal era una pesadilla incomprensible? Desde entonces mi mundo sigue igual, si no peor todavía, pero la pesadilla dejó de ser extraña. Lo raro desde aquí es recordar las fiestas en la casa, donde Alicia y Xavier bailaban como estrellas y a mí me atormentaba una vergüenza que hoy me parece estúpida. Es como si lo hubiera soñado. Peor todavía, como si desde niño hubiera estado siempre visitando la cárcel y no existiera otra forma de vida. O como si en la puerta de la casa estuviera un letrero que dijera *Prohibido todo intento de llevar una vida normal.*

Como su nombre lo indica, mi primito Raimundo pertenece a otro mundo. Es hijo único, mimado y manipulador, aunque no igual que yo. Antes era la adoración de mi abuelo, que fue como su padre porque mi tía Nena no tardó en separarse de su marido y volver a su casa con el chamaco. Al final creo que no se soportaban. Ya no aguanto a este cerdo, explotó mi abuelo cuando Alicia le preguntó por qué se iba al asilo en

Cuernavaca. Nadie lo dice claro, pero lo que se cuenta es que mi abuelo tenía más ganas de irse al carajo que a Cuernavaca. Ya no leía el periódico. Se quedaba dormido en todas partes. Nadie le hacía caso. Se largó y se murió, qué otra cosa iba a hacer. Se tomó unas pastillas, según dicen, aunque todos lo niegan porque es lo que les toca. ¿Suicidarse mi abuelo? De ninguna manera. Eso es oficialmente imposible, pero si me preguntan diré que lo recuerdo como un viejo orgulloso, sarcástico y gruñón. Le apasionaba tanto discutir y pelear sobre el significado de las palabras que era cosa normal verlo pasar de la sala al despacho, y luego regresar cargando el tumbaburros. *Chochocol*, lo llamaban sus amigos, nunca he sabido muy bien por qué. Es un pájaro, según dice Xavier, pero en la casa no hay un diccionario tan grande como el que le gustaba usar a mi abuelo cuando quería pendejear a sus hijos. Estoy a punto de cumplir diecisiete años y sigo sin saber cómo es un chochocol y qué tanto le afectan los vientos de monzón.

Antes, a Raimundito lo veía solamente cuando íbamos a casa de mi abuelo, pero desde que estamos sin Xavier la tía Nena no perdona un domingo para ir a visitarlo. Cada semana vamos por ella y su hijo, que afuera de su casa ya no es el niño díscolo que rompe sus juguetes primero que prestarlos, ni el perdedor rabioso que destroza su mesa de ping-pong a raquetazos. Finalmente, si mi papá está en la cárcel, al suyo lo enterraron hace unas semanas. Es lo malo de los padres-abuelos, llegan muy tarde y se van muy temprano. El asunto es que ni a él ni a mí nos va bien, pero no nos quejamos. Dan las tres de la tarde del domingo y estamos en la calle. Alicia y la tía Nena salen hasta pasadas las cuatro, tenemos algo más de una hora para explorar el rumbo con mi coche, y eso a él le parece divertido. Nunca peleamos mucho, para eso estaba su enemistad famosa con Luchito, que las dos madres hacían crecer porque se detestaban todavía más que ellos, pero hasta hace unos meses yo tenía la orden estricta de Xavier de tratar al primito Raimundo con pinzas: Ten cuidado con ese escuincle consentido. Desde muy chico le gustaba el chisme y yo habría querido cualquier cosa menos que me armara uno con el Chochocol. Nos tratábamos bien, pero hacía falta estar juntos y jodidos para volvernos algo así como amigos, o cómplices, o aliados en desgracia. Damos vueltas por avenidas anchas, horribles y desiertas, en busca de algún puesto de periódicos. Raimundo quiere ver noticias de futbol, yo voy tras las de rock. Nunca encontramos nada, y qué bueno porque Raimundito siente tanto interés por David Bowie como yo por el deportivo Cruz Azul. Si no fuéramos primos, nunca en la vida nos habríamos conocido.

No sé qué sea peor: estar, como Luchito, preso en un internado, o vivir en la casa de tu abuelo y aguantar a seis tíos que la llaman su casa y entran y salen de ella cuando se les antoja, con todo y sus familias. En realidad, ninguno de los dos tiene casa. A Raimundo los tíos lo pedorrean cada vez que quieren, y hasta a la tía Nena, que se deja porque no le queda otra. Le salen tíos y primos por todas partes, y cada uno es un chismoso en potencia. Cualquiera en su lugar sería un pinche monstruo, pero sigue cagándome jugar ping-pong con él. Se carcajea cuando te ve perdiendo, y si le ganas se enfurece como si se lo hubieran cogido. Pobre cabrón, me digo, lleva toda la vida correteado por intrusos, chismosos y mandones. Yo ya habría incendiado la mesa de ping-pong.

Afortunadamente, ninguno de mis tíos tiene las llaves de mi casa. Jamás me han regañado, aunque un par lo intentaron y yo me defendí delante de Xavier porque si hay una casa en el universo donde yo siempre fui totalmente inocente, ésa es la de mi abuelo. Cuando menos hasta la Operación Yombina. Pocas veces mis tíos se paran en la mía, y su más grande autoridad ahí es la de conseguir que les sirvan un whisky en cinco minutos. Nunca somos los mismos con la familia en casa que los tres solos, por eso a veces me harta que los domingos haya tíos, primos, amigos y medio pinche mundo visitando a Xavier. Alicia y yo llevamos carnitas, chicharrón, papas fritas, es como si tuviéramos una pequeña fiesta cada domingo. Pero lo que me caga es que me den consejos. ¿No ven quién está ahí, pendejos? No soy huérfano, tengo a mi papá. Nadie va a sustituirlo, y ahora menos. Sólo que Alicia no opina lo mismo. Nuestros pleitos son cada día más horribles, y nos peleamos casi todos los días. Un domingo, muy seria, me informa que en lugar de esperarla voy a irme con su amiga Rosalinda, y ella más tarde pasará por mí. No va a ir tu tía Nena, así que dejas el coche en la casa y te vas con Efrén y Rosalinda.

Hace tiempo que renunció a seguirme pidiendo que los llamara padrinos. ¿Cómo cree, si cuando hice la primera comunión llamaba ya a los dos por su nombre? Es como si a Xavier le dijeras *esposo*, le he explicado diez veces y cada una se ha reído igual. Ay, hijo, qué bobo eres. Es buena gente, Efrén, pero hoy sí no es su día. Cuando menos lo espero, ya está el inocentote pidiéndome cuentas sobre cómo me llevo con mi madre. ¿Que qué?, gritan mis cejas. No le puedo decir al pobre de Efrén las palabras que vienen a mi cabeza. Siento una tentación muy poderosa de mandarlo al carajo, pero yo sé que fueron Alicia y Rosalinda quienes lo enviaron a la guerra sin fusil. Eso ya lo arreglamos con mi papá, le explico muy sonriente. Él todavía se empeña con un par de avanzadas en mi cancha, pero mi defensiva es contundente. No vamos a tratar Efrén y yo los asuntos que son de mi padre y mi madre, aunque sea mi padrino. Le sugiero que hable directamente con Xavier, para que él sepa qué consejos darme. Todo muy suavecito, porque esto no es por culpa suya ni mía. Seguro hoy en la noche va a darse un agarrón con su mujer. ¡Mira qué papelazo me mandaron hacer tu amiga y tú! Y yo lo siento mucho, pero hasta donde sé padrino sólo hay uno y se apellida Corleone. A ése sí que le haría todo el caso del mundo.

Perdóname, no era ésa mi intención. Ya sé que no eres huérfano, pero creí que unos buenos consejos no iban a estar de más. Fue idea de Rosalinda, Efrén te quiere mucho, ya sabes. ¿No te acuerdas que de muy niño te decía Piolín, como el canarito? A veces, al final de un gran pleito, Alicia se arrepiente y le da por hablarme con dulzura especial. Hace un par de semanas que me pidió disculpas porque no puede controlar sus nervios. Le habría dicho eso a Efrén, en mi defensa, pero era tanto como reconocerle el derecho a regañarme, que en este mundo sólo le pertenece a tres personas, y una de ellas no lo usa porque es mi mera abuela. Los demás, pasen a otra ventanilla.

Los pleitos con Alicia son terribles porque, como dice ella, mido fuerzas. O sea que no me callo, me enterco hasta la muerte, igual que el Chochocol. ¿Y qué dice Xavier? Que no puedo ganar: es suicida ponérmele al brinco a mi madre. ¿Y no era todavía más suicida ponértele gallito a don Miguel? ¿Ya ves por qué haces enojar a tu madre, estúpido? ¿Quién te crees que eres para regañarme? Perdón, yo sólo dije que vengo de una estirpe de suicidas. Cállate ya, baboso, que ahí viene tu mamá. Dale un abrazo y pídele perdón, aprovechando que estoy yo presente. Y no discutas ya, por favor, aunque tengas razón. Yo, que tengo razón, ve nomás dónde estoy. Como tú dices, por no saber callarme.

Cuando le pedí a Alicia el permiso para ir al tenis hoy, que es domingo, creí que iba a indignarse. Tu padre allá encerrado y tú feliz en la Copa Davis. Empieza hasta las once, le expliqué. Vete entonces a verlo tempranito, a las ocho; te estás con él hasta las diez y pico y te vas a tu tenis. Así de fácil. Me da un poco de pena dejar a Alicia sola con el paquete, pero también me atrae la idea de estar dos horas nada más con Xavier. Siempre voy con Alicia, tenemos que ir al patio para poder hablar los dos nomás. Cuando quiere, es un tipo divertidísimo. Hace ya varios meses que da clases de Historia y Matemáticas. Va y viene por la cárcel y se entera de cantidad de cosas, tantas que ya de pronto me pregunto si no sería posible dedicarme a abogado y novelista. Son ocho y veinticinco de la mañana, voy cruzando una aduana tras otra con una alegría rara porque venir así, por mi cuenta, a mis horas, es un acto increíblemente adulto. Buenos días, mi güerito. ¿Qué pasó, mi Diablito? Camino por la cárcel saludando a asesinos y ladrones que llaman profesor a mi papá, reparto monedas entre los apandados y escucho que vocean a Xavier, nada más ven que vengo por el pasillo. Saludo muy sonriente, pero voy dando pasos largos y apurados. Tenemos un par de horas, ya quiero estar con él. Doy la vuelta, enfilo hacia la celda y a lo lejos lo miro salir de ahí a toda velocidad, junto a una mujer. Se ve joven, bonita y buenota, pero tampoco quiero conocerla. Entro solo en la celda y me topo con dos vasos de jugo. Dos carpetas. Dos juegos de cubiertos en la misma mesa. Lo que más me molesta, y hasta me asusta, es verme en el papel de mi papá. Por una vez, no soy yo quien se esconde y se escapa y se hace el pendejo. Por una vez soy juez, fiscal, detective, testigo, y tengo a mi papá como acusado. Lo miro aquí, delante, jadeando porque vino tan pronto como pudo, con su pálida cara de palo y unos ojos de culpa que jamás le había visto.

—Hijo, ¿a qué hora llegaste? —por lo visto, soy ciego o soy idiota, pienso ante su sonrisa de casualidad. Falsa sonrisa, falsa casualidad.

—Ahorita. ¿No me viste? —en vez de sostenerle la mirada, me quedo contemplando los jugos de naranja, un poco para ver cómo me los explica y otro poco para que no se dé cuenta del berrinche que estoy haciendo por su culpa.

—Tenía tanta sed que hasta pedí dos jugos —éste sería el momento en el que Alicia me soltaría la bofetada. Cínico, mentiroso, gritaría.

—¿Dos carpetas, también? —yo no puedo gritarle, pero tampoco voy a quedarme callado. Detesto ser adulto y tener a mi padre como un adolescente pescado de los huevos, poniendo esa carita de yo-no-pude-haber-reprobado-once-materias que tan malos recuerdos me trae.

—Son para el desayuno. Tómate de una vez el jugo de naranja, ándale —¿y qué dijo? ¿Ya engañé a mi pendejo, pasemos a otro tema? Me quedo tieso, respiro un par de veces con todas mis fuerzas, como si no estuviera muy seguro de poder detenerme a tomar aire mientras le hablo a mi padre como un padre.

—Mira, papá, te voy a suplicar que no me trates como si fuera estúpido —se lo digo despacio, en voz muy baja, pero estoy que me sale espuma por la boca. —¿Crees que no me di cuenta que saliste volando de aquí con una señora?

—Hijo, era una visita, no tiene nada de malo que la gente venga a verme, y ni modo de prohibírselo.

—¿Y entonces por qué mientes y te escondes? Ya te pedí que no me trates como niño. Soy hombre, como tú. Puedo entender las cosas, pero no entiendo nada si te portas como si fueras yo y me dejas a mí en tu papel. No voy a regañarte, no puedo castigarte, no voy a ir de chismoso. Es tu vida, allá tú. Sólo dime una cosa: ¿vas a dejarnos a mi mamá y a mí por la señora ésa de la minifalda? —hasta aquí llego, una palabra más y me suelto chillando y lo mando al carajo y me largo a mi tenis, pero como dice él, en alguien tiene que caber la prudencia.

—No, hijo, cómo crees —se le sale una risa entre franca y nerviosa. —Ustedes dos son todo lo que tengo en la vida. No te imaginas cuánto me tranquiliza que me digas que eres hombre y me entiendes.

Lo abrazo, pretendiendo que me convenció. Antes que hombre soy hijo de los dos. No acaba de gustarme que de pronto me trate como si fuera cómplice suyo. ¿Qué le parecería que yo le presentara galanes a Alicia, ahorita que está sola? No es lo mismo, dirá, porque no le conviene que sea lo mismo, por eso ya no sigo con el tema. Solamente le pido que sea prudente con sus visitas, y si puede les diga que se busquen otra cosa que hacer el domingo. ¿Entiende que no quiero quedarme sin familia? Sí, hijo. No, hijo. Claro, hijo. No te preocupes, mi hijito. Afortunadamente, lo que sigue es el tenis. Un partido de Copa Davis, que además es el cuarto de la serie, es más que suficiente para sacarte los fantasmas del coco. Fantasmas de putitas piernudas y tetonas que sobre mi cadáver se van a convertir en madrastras.

Sólo eso me faltaba, vuelvo a pensar en la tribuna del estadio. Como siempre, estoy solo en mi lugar. O más exactamente en un estupendo lugar del que espero no vengan a quitarme, porque el mío está lejísimos, en la parte más alta, y a mí me gusta estar a un lado de la cancha. Llevo exactamente la mitad de mi vida de conocer hasta los últimos rincones de este estadio. Debo de haber pasado cuando menos seis vacaciones completas y no sé cuántos cientos de sábados encontrando escondites y pasadizos en todo el Deportivo Chapultepec. Lo más fácil es entrar por la cancha, cinco minutos antes que los jugadores, y agarrarse un lugar cerca del juez de silla, de preferencia atrás de la hielera. Hace apenas tres años, todavía saltaba a la cancha al final del partido, para darle la mano al jugador y salir en la tele, si era posible. Ahora que soy adulto y regaño a mi padre, me conformo con una Coca-Cola, una bolsa de papas y un paquete de olvido tamaño familiar. A las dos de la tarde, con la serie empatada a dos puntos, salgo a dar una vuelta por el club y la cabeza se me llena de recuerdos. Hace años que no vengo a nadar. Guácala, cada día se mete más gente en la alberca. En el chapoteadero hay más mocos que agua. De repente me acuerdo del día en que mis amiguitos y yo nos impusimos la difícil misión de lanzar una flota de submarinos en la alberca más grande. Soltamos tres mojones y salimos corriendo porque ya no queríamos seguir nadando en esa alberca de mierda. Me río solo entre las canchas de badmington, hasta que veo el reloj y me suelto corriendo hacia las escaleras. De niños, nos gustaba echar carreras contra el elevador, y ahora voy a ganarle una vez más porque ya va a empezar el segundo partido y necesito entrar antes de que me cierren la puerta de la cancha. ¿Te gusta mucho el tenis?, se extrañó el otro día la Salamandra cuando supo que el viernes no iba a ir a clases por la Copa Davis. Ver a Raúl Ramírez en un quinto partido de la serie y estar ahí sentado en primera fila es como acompañar a David Bowie a uno de sus conciertos en el Hammersmith Odeon. Un partido como éste, según yo, es la más grande aventura que puedes vivir sin tener que esconderte de la policía.

En realidad, me paso el día entero vigilando que no se acerque un vigilante. Sobre todo si ya salté a la cancha y soy uno de los que van corriendo en la bola que carga en hombros al ganador, y si más tarde encuentro la forma de colarme a la rueda de prensa. Y a las seis de la tarde, en casa de Celita, tengo una gran historia por contar. Estuve ahí, a un ladito de todo, devorándome instante por instante, como si luego hubiera que presentar examen. Alicia llega luego y yo modero un poco el tono del relato para que mi entusiasmo no la saque de quicio. Detesto que me diga o me insinúe que me da igual todo lo que nos pasa. Cómo va a darme igual, si la encuentro llorando a toda hora y me hago el ciego cuando vuelve de la calle y le da un trago a la botella de anís. Preferiría que se la acabara, si eso sirviera para alivianarla. No vayas a decírselo, me advirtió Celita, pero ayer vino a verme tu tío Alfredo y comentó que ve muy mal a tu mamá. Él dice que parece diez años más grande, aunque ya ves cómo es de exagerado.

Me le acerco, a la hora de saludarla, y veo que tiene los pómulos hinchados. Más las ojeras, más la tensión constante, día y noche. No sería yo hijo suyo sino de la gran puta si encima le viniera con chismes de Xavier. Tiene uno que vivir a la orilla del miedo para que se le quite lo hocicón.

## 32. Super Fun Pack

Ayer fue mi cumpleaños y Xavier me buscó en la mañanita. Hace un mes que además de dar clases trabaja en la oficina del subdirector. De ahí llamó para felicitarme. Te espero aquí mañana, para que Alicia y yo te demos tu regalo. Y yo tenía miedo de que llegara mi maldito cumpleaños en estas circunstancias, igual que ahora me hiela la sangre pensar que va a venir Navidad y Xavier va a seguir allí metido. De los últimos cuatro cumpleaños, tres me los he pasado con el alma en el piso. Mejor dicho, con el corazón trapeando los meaderos del Tribilín. Ya en la noche, Rosalinda y Efrén me invitaron a cenar con sus hijos. Alicia como siempre llegó con el pastel de fresas y betún que cada año me compra en La Gran Vía. Luego puso y prendió las diecisiete velas, esos detalles nunca se le escapan. Si yo fuera uno de ellos y me viera, diría pobre güey, tiene el coche, la moto y la casota, pero está tan jodido que si no es por nosotros se quedaría sin fiesta.

Lo malo de moverte en mundos tan distintos es que nunca se encuentran, y si se encuentran nomás no se entienden. Me temo que una fiesta con todos mis amigos acabaría por dejarme sin amigos. Gracias, repetí no sé cuántas veces, tratando de no ver su puta compasión. Es como si supiera desde ahora, y de hecho desde ayer, que nunca más estaremos así. Me cantan y me aplauden porque les caigo bien y me va mal y son buenos católicos, pero saben quién soy, llevan toda mi vida comprobando que me encanta meterme en problemas y en lugar de callarme sobre mi vergonzoso paso por el *Tribi*, lo cuento como si fuera una gracia. Cada vez que me ven, suena la alarma: he ahí una mala compañía. Y lo peor es que tienen toda la razón, nada en la vida me parece mejor que cada día ser un poco más rufián. Pero ayer en la noche eso no se notó. Puse el switch en la opción *boy scout* y me porté como la víctima que soy. Risueño, agradecido, platicador, cuentachistes, aunque lo cierto es que estaba más contento entre más se acercaba la medianoche y terminaba mi asqueroso cumpleaños.

Me lo estaban salvando, finalmente, pero mi mente andaba en otra parte. Que es donde igual volaba la de Alicia, por más que se esforzara en cantar *Las Mañanitas*. Es la primera vez que me paso un cumpleaños sin ver a mi papá. A mi madre esa clase de pensamientos se le quedan por largo tiempo en la cabeza, como las reumas que le vienen a Celita. Yo los pienso, me duelen y salgo disparado del escenario. A veces me persiguen las ideas truculentas, el chiste es tener hacia dónde escaparse, sólo que para Alicia no existe ese lugar. Su condena es vivir metida en el problema, como en un calabozo. No tiene una pandilla de amigos en el Club, ni seis horas al día en el Westminster, ni el nuevo disco de David Bowie. Nada que la distraiga, la ilusione, la haga reír siquiera. Excepto yo, que a veces lo consigo, más las horas que pasa con Xavier: dos o tres cada día, de lunes a domingo, sin excepción. A veces se me ocurre que mi mamá es la única persona en este mundo capaz de hacer las cosas *sin excepción*. Nunca falla, es más firme que un soldado, y también más mandona que un coronel. Vive, como ella dice, al pie del cañón.

Y aquí estamos los tres, jugando como niños en la cárcel. Ellos detrás de mí, él buscando una cosa en su alacena mientras ella termina de vendarme los ojos. ¿Ya estás listo?, pregunta mi mamá, pero Xavier no espera mi respuesta y me agarra con fuerza la mano izquierda. Estate quietecito, ordena Alicia, mientras me hace pasar los dedos por algo así como un brazalete. ¿Un reloj? ¿Para mí? Mierda, cómo me aguanto las ganas de chillar. Ni siquiera lo he visto y ya adivino que es un relojazo. Los conozco, carajo. Y en efecto, me quitan el pañuelo de los ojos y puedo ver a Mister Watch en mi muñeca.

Algo que de ocho meses para acá me hace temblar las piernas es abrazarme junto con ellos dos. Es como si los tres fuéramos uno y ese uno sangrara por no sé cuántas partes. Todos vienen y dicen que nos acompañan y que entienden lo dura que está la situación y que necesitamos ser muy fuertes, pero ninguno sabe lo que pasa aquí dentro, y cuando los abrazo siento como si ahora lo supiera y el mundo, aunque torcido, fuera mío. Nada parece entonces más absurdo que no poder largarnos juntos a la casa, pero como decía, esas ideas las desecho pronto. Hoy estamos contentos, además. No hay más pastel de fresas, pero es un cumpleañazos. Y eso aún sin calcular que para el lunes próximo podré ver a Ana G desde la madurez enrelojada de mis diecisiete años.

—Me voy, ya se hizo tarde y me están esperando en mi casa.

—¡Qué bonito reloj!

—Míralo bien, Ana G, y desde hoy te lo digo: este reloj es el que voy a usar para llegar a tiempo a nuestra boda.

Nunca me fijo mucho en lo que dice, pero no se me escapa ni un soplo de su risa. Sobre todo si yo la provoqué, así que a toda hora me esmero en conseguirlo. Y el viernes hago cuentas a partir de las dos de la tarde, cuando me están faltando sesenta y seis horas para volver a estar a metro y medio de ella, que es algo así como diez años luz arriba de lo que otros llaman *la cima del mundo*. Me he pasado la vida odiando las escuelas y hasta ahora descubro para qué sirven. Los tipos como yo van al colegio para poder pasarse cinco o seis horas diarias persiguiendo al amor de su vida.

¿Ya se habrá muerto Sheila?, pregunté la semana pasada, más por curiosidad que interés verdadero. Cada día que pasa, es como si la sombra de Ana G fuera encogiendo la imagen de Sheila. ¿No sabías?, quiso burlarse Fabio, ¡se va a cambiar de casa! Justo cuando iba a preguntar adónde, una fuerza secreta me tapó la bocaza: cuidado con lo que hablas. Ojalá que sea lejos, opiné, tan sonriente como pude. Se va a la Veintitrés, nos puso al día Roger. Pinche hueva de calle, es como una barranca pavimentada, comenté con desdén calculado. A ver si así adelgaza, dispara el pinche Frank y en lugar de saltar a defenderla me uno a la carcajada. ¿Y qué harías si se pone buenísima?, se ensaña Fabio, pero es como si hablara de Mina la Mortecina.

Le prestaría mi coche, yo creo, para que fuera al cine con Marco Calentín. Nada festejan tanto los amigos como que les regales un chiste a tus costillas. Por mi parte, celebro calladito que a partir de Ana G ya no tienen por dónde ladillarme. Les he dicho su nombre —ni modo de aguantarme, ya bastantes misterios tengo que mantener— pero no la conocen, ni saben dónde vive, ni lo sé yo, siquiera. Y en el Westminster nadie se huele nada. Desde que el *calzón chino* se puso de moda, están muy ocupados correteándose como treceañeros.

Te llegan cuatro o cinco por los lados, luego otros tantos adelante y atrás. Dieciocho, veinte manos peleando por pescarse de tus calzones. Agarrar, desgarrar, arrancar: ésos son los tres pasos que dejan en las manos del que jaló más fuerte un trofeo asqueroso. El calzón en jirones, de pronto crayoleado de chocolate amargo, va de gira por todo el salón. Mira esto, Cocodrila: los calzones cagados de la Salamandra. Afortunadamente, a Ana G no la llaman por apodo, y por eso también no puedo permitir que la respeten a ella y a mí no. Desde que entré en el West se me ha quitado un poco lo rufián, pero tampoco puedo convertirme en putito sólo porque me estoy enamorando de la risa más linda del Colegio Westminster y alrededores. Entre más tiempo paso cerca de ella, menos límites tienen esos alrededores. Quiero decir, al fin, que esa mujer me gusta demasiado para dejar que una pinche pandilla de pendejos caguengues me haga esa chingadera del *calzón chino* delante de ella. Ni muerto, pues, me juro, nada más viene Morris y me anuncia que estamos en la lista de las próximas víctimas. De aquí al viernes seguro ya te descalzonaron, calcula divertido. ¿Y a ti no, güey?, me río. Sí, si me matan antes. Pues a mí igual, nomás eso faltaba. En realidad no sé cómo le voy a hacer para evitarlo, pero eso no tendría que ser problema para un ex presidiario que defiende su casa con bombas incendiarias y dispara su rifle pensando en dejar tuertos a los vecinos. Me basta con saber que pase lo que pase no me van a hacer eso delante de Ana G.

Lo más sencillo es no meterte en problemas, me había aconsejado la Salamandra. Desde que se lo hicieron viene a clases nomás con pantalones, y lo peor es que todos lo sabemos.

Los mismos que trataron de hacerle calzón chino por segunda vez se vengaron gritando que no trae calzones. Y ese lujo tampoco puedo dármelo. ¿Qué pensaría de mí Ana G, si supiera que no uso calzones? Lo mismo o algo peor que si los viera rotos y crayoleados. Al día siguiente, llegué al Westminster con calzones nuevos. A ver, hijos de puta, si se atreven, me decía mientras bajaba del coche y caminaba del estacionamiento al patio, con la mano derecha metida en el bolsillo del pantalón, manoseando una falsa pistola de juguete. Es una baratija, a lo mejor, pero hace su trabajo. La sacas, la levantas, disparas el gatillo y brota una navaja espectacular. *Krrrrikkk*, suena el fierrazo. Leí en una revista que las navajas son más impresionantes que las pistolas, aunque no decía nada sobre las navajas de muelle. Aprietas un botón y ya el puro ruidito del resorte le congela la sangre al más valiente. No es lo mismo, además, enseñar un juguete para boy scout que sacar otro sólo para facinerosos.

Ándale, hijo de puta, y te marco el hocico para que me recuerdes el resto de tu vida, le advierto, muy teatral, con la navaja al frente recién desenvainada, al más adelantado de los que vienen a descalzonarme. Doy un paso adelante y lo veo titubear. ¿Qué te pasa, pendejo?, se extraña. Pinche loco furioso, murmura otro mientras los miro como si calculara dónde voy a clavarles la estocada. ¿De qué lado quieres el recuerdito?, bravuconeo de vuelta cuando veo que recula, traga saliva y mira hacia atrás. Les dije que estos güeyes no se aguantan, grita como si nada, mirando hacia los otros, y se va caminando por donde vino. Siempre supuse que las navajas de muelle hacían milagros, pero esto ha sido como meterme en una película. Imagino a los presos de verdad aplaudiendo desde sus calabozos. Así se hace, mi güero, me felicita una boca chimuela mientras en la pantalla se me ve caminar completamente solo por el patio. Ya sé que los vaqueros no son muy de navaja, pero se escucha música de Ennio Morricone.

Cada semana veo tres o cuatro películas. A veces más, aunque tengo que ir solo. No siempre entiendo, de repente me duermo, pero insisto en fumarme todas esas historias lentísimas que a mis amigos los sacan del cine. Ay, sí, pinche mamón, tú nomás de Polanski para arriba, canturrea Fabio para hacerlos reír. ¿Sabes qué, pinche hijo de Chuck Norris? Hablamos cuando sepas quién es Istvan Szabó. Claro que sabe, güey, se mete Alejo, si es el camote de la tal Ana G. A huevo, añade Frank, y tiene un vergorrón de este tamaño. ¡Ya se callan, carajo!, pego el grito y acepto que vayamos a ver otra de las mamadas de películas que hacen reír a Fabio, con tal de que después caigamos al billar. Cuando voy solo al cine, salgo con la cabeza cargada de fantasmas. No tanto porque nadie me acompañe, sino porque son las películas más densas y a veces, si son buenas, te estrujan y te dejan en la luna.

El domingo pasado di con un cine de lo más truculento donde pasaban *El bebé de Rosemary*. Llevé a mis primas y su hermano Luchito a la última función, para estar bien seguro de que esa noche nadie iba a dormir. Si en la escuela nos hablan de Kepler, Sócrates y Magallanes, yo elijo que la vida me la expliquen Herzog, Scorsese, Truffaut, Kubrick, Wenders: nombres que he ido aprendiendo en mis expediciones a la Cineteca. Guardo la cartelera, subrayo, planeo mi semana con la programación en la mano. Fue así que me enteré del ciclo de películas de Woody Allen. Después de la primera, donde un ladrón imbécil me hizo reír hasta el dolor de estómago, supe que antes volvía a escaparme de la casa a quedarme sin ver las que faltaban. Desde el segundo día, he estado acompañado por las carcajadotas de mi gang. Alejo, Roger, Fabio, Harry, Frank y yo, todos meados de risa tarde tras tarde. Y luego, ya en la calle, con el ji-ji-ji afuera y adentro varios litros de mala leche, la película sigue en el camino hacia el supermercado. *Fun Pack* es la canasta de cartón que trae catorce huevos. Que no está mal, acepto, pero se ahorra más con el *Super Fun Pack*: nada menos que treinta proyectiles listos para armar un peliculón. Cada uno de nuestros objetivos participa con todo su entusiasmo en una nueva escena que nunca olvidaremos, les explico, engolando la voz, como si fuera el guía en un parque temático. ¡Ay, sí, "con entusiasmo", hijo de la chingada!, respinga Fabio, que al principio se niega a participar y al final los agarra de dos en dos y termina tirando el último huevazo. Entusiasmo rabioso, acepto, pero igual entusiasmo. Claro, porque el hueveado daría cualquier cosa por romperte la madre, pero va a conformarse con mentártela. ¿Tú has mentado una madre sin entusiasmo?

Una vez que se agota el *Super Fun Pack*, nos desquitamos de la frustración repartiendo blasfemias en lo que resta del camino al Club. ¿Qué me ve, viejo puto? ¡Qué buenas nalgas tiene, señorita! Qué tal, señor, buenas tardes, señora, ¿serían tan amables de decirme dónde está la Calzada de la Verga? ¡Quítese, pinche ruca nalgapronta! Podía ser tu mamá, me regaña Harry, todavía carcajeándose. O la tuya encuerada, disparo de regreso en medio de una salva de risotadas. ¿Qué nos ves, pinche escuincle culero? Oye, güey, me interrumpe Alejo con un zape bien puesto. No me pegues, imbécil. Oye, güey, hazme caso, ¿cuánto dinero traes? Quince pesos, ¿por qué? Yo aquí traigo otros quince, ¿cuánto nos costaría otro *Super Fun Pack?*

—Vengo furiosa, mami, ve nomás cómo estoy.

—No llores, Ana G, ¿qué te pasó?

—¿Creerías que una pandillita de idiotas me estrelló un huevo en mi vestido nuevo? Pero ya sé quién iba manejando, es un estúpido que va en mi salón y todo el día se hace el chistoso.

Insisto: cada uno de mis mundos es tan distinto al otro que la espantosa idea de que un día se juntaran equivale, en mi vida, al fin del mundo. La cárcel, el Westminster, el Club y mi cabeza: ninguno de esos mundos se conoce de cerca. Soporto cualquier cosa menos que la mujer de mis sueños crea que soy el gañán que me he empeñado en ser. Para ella soy simpático, ocurrente, amigable, decente y la chingada, por eso el rufián no entra en el Westminster. Anda afuera, de pinta con el Kikis, tirando diabolazos a los transeúntes.

—¿Por qué haces esas cosas, mi amor? ¿Estás enfermo?

—Perdóname, Ana G. Es un odio que viene del pasado y hasta hoy no he podido acabar de enterrarlo.

—¿Y no serías capaz de enterrarlo por mí?

Al rufián no le gusta que Ana G me acompañe, pero ya va entendiendo que no puedo evitar a ese fantasma. La traigo en la cabeza día y noche, no hay siquiera un minuto donde no se aparezca y me diga aquí estoy. En la casa, la cárcel, la calle, el cine, el baño, el dentista. No paramos de hablar, Ana G y yo. Mientras tanto el rufián ni abre la boca, pero tiene su plan. Sabe que soy un tímido y no voy a decirle nada de esto en su cara y va a llegar la hora en que la cague. ¿O no es cierto que es mi especialidad? El rufián quiere verme gritando en el burlesque, no escribiendo cartitas de amor. ¿Pero qué es un rufián con navaja de muelle frente a la espada de un caballero andante?

—Necesito un favor: ¿me ayudarías a hacer la tarea de Literatura?

—Claro que sí, Ana G. ¿Ya leíste los libros?

—Los leí, pero no sé por qué siento que sólo tú me puedes explicar el *Amadís de Gaula*.

¿Cómo se llama, dices? Ah, sí, ya sé quién es: el güerito del coche amarillo que a cada rato pasa por mi casa, me saluda y se pone todo rojo. Eso fue lo que dijo Cecilia, según Roger, cuando le habló de mí. Me recagó enterarme, pero me consolé pensando que de todas maneras apenas la conozco. Cada que lo recuerdo me vuelvo a sonrojar, y eso que me enteré hace como tres meses. Nunca sabrá Cecilia que le hice dos poemas y una canción, y qué bueno porque estaban más cursis que una declaración de amor a la bandera. Pero eso ya pasó, y yo quiero que nunca vuelva a pasar. Delante de Ana G no soy un tímido. Cree, como casi todos, que nada me preocupa. Qué papelón haría si me pusiera rojo porque me saluda, o me mira, o me encuentra mirándola. Peor si me ven los otros y se huelen que me trae bien imbécil. Si en el Club y La Salle y el Instiputo me he chamuscado en grande con mis pendejadas, nadie en el West lo sabe. Puedo empezar de nuevo, soy como un preso que se fugó del bote, se mudó de país y se cambió de nombre.

¿Es cierto que te gusta Sheila Torres?, preguntó de la nada Morris Dupont y me puso de golpe a tartamudear. Si ya se estaba riendo al hacer la pregunta, se revolcó en el piso cuando vio mi reacción. Quiero decir, se revolcó de risa sobre el asiento trasero del coche. Íbamos él y yo con Oliveros, subiendo hacia el Ajusco: había nieve arriba y eso era un buen pretexto para escapar del West en misión alpina. Me gustaba, le aclaro, hace un montón de tiempo, pero eso no termina de pararle la risa, sino un poco al contrario. Hace como tres horas, ¿no, pendejo?, ahora pega palmadas en el asiento. Hace como tres horas que no te estoy pelando, Morris. ¿Pero qué tal a Sheila Gorilla? ¿Por qué gorila, güey? ¡No mames, la defiendes! No la estoy defendiendo, sólo quiero entender por qué gorila. Nomás quería saber si la defendías, perdóname, nunca quise ofenderla, sólo dime si es cierto que hasta te hicieron una canción.

*Si Sheilita se fuera con otro...*, decía el coro de su puta canción, que era como el corrido de *La Adelita* pero con otra letra. *...si por mar en un buque ballenero, y si por tierra en mi moto rojá*, me cantaban entonces y yo decía no mamen, no se dice *rojá*, rojás tienen las nalgás, pinches analfabetos. El caso es que hasta hoy me la siguen cantando, pero a Morris le cuento que ya no me acuerdo. Es el último día de clases de diciembre y Ana G tuvo el pésimo gusto de no venir. Por eso me escapé, la verdad. El Westminster parece un kindergarten cuando no está Ana G, y entonces yo me digo, ¿qué estás haciendo aquí? ¿Qué chingaos esperas para correr hacia una cabina telefónica y transformarte en *Superrufián?*

Morris viene con gripa, pobrecito. Hemos bajado de la nieve al Pedregal con las ventanas delanteras abiertas, para que de una vez se cure o se muera, y así de paso se nos ha terminado esa conversación inoportuna sobre el Corrido de Sheilita Torres. Suban los vidrios, nos suplica Morris, no sean hijos de puta. ¿Ah, sí?, canta Oliveros, pues entonces te voy a abrir la puerta. Luego agarra una regla T de entre los dos asientos y la saca por la portezuela entreabierta. Para cuando llegamos a San Fernando, la regla T parece un zapapico. Pégatele a ese güey, ordena Oliveros mientras saca los hombros por la ventana. Cuando ya estamos cerca, alza la regla T y clava el zapapico sobre la espalda de un bicicletero. Lo miro retorcerse, meter freno, detenerse, mentarnos la madre, retorcerse de vuelta, bajarse de la bici. No hay sangre en la herramienta, le reclamo al verdugo, tenemos que ir por una de metal. Y otra vez Morris sólo para de carcajearse para estornudar. ¡Te vas a morir, puto!, diagnostica Oliveros y opina que a la regla le hace falta filo. Es modelo amateur, necesitamos el profesional.

La cuenta empieza a las dos de la tarde, cuando Morris se baja, quince minutos después de Oliveros, y el Westminster desaparece de mi vida en lo que resta de este año de mierda. 402, anoto en mi cabeza. Es demasiado tiempo. ¿Qué voy a hacer yo ahora, cuatrocientas dos horas sin ella? Navidad en el bote. Año Nuevo en el bote. Va a haber más lágrimas que focos y esferitas. Me estoy acostumbrando a saltar todo el tiempo de mundos y humores. Puedo chillar de risa a las dos y cuarto y de tristeza a las dos y dieciocho. Y al revés, por qué no. Supongo que si metes toda la información en una misma bóveda, los llantos y las risas van aprendiendo a hacerse compañía. Cómo será de extraña mi vida últimamente que cambiaría una gira completa de Bowie por cenar en la casa con mis papás y lo que más me caga son las vacaciones. ¿Ya me oíste, rufián? ¿Cómo la ves? ¿Crees que puedas ganarle la guerra a Ana G?

Xavier me recomienda que vaya a todas las fiestas que pueda, pero Alicia me las sigue prohibiendo. No están las cosas para andar festejando, dice. Cuento que voy al cine, como él me aconsejó. Lástima que la última función empiece a las diez y las de medianoche sean porno. Ni modo que le diga a mi mamá que vamos a ir a ver *Emmanuele Negra III* y salgo hasta las dos. Si me invento unos tacos a medianoche, puede que acepte que vuelva a la una. Ya sé que está jodido tener que irse a las doce y media de la fiesta, o al diez para la una, si es en el Club, pero es lo más que voy a sacarle a Alicia. Sólo que nada de eso puedo contarlo, porque entonces tendría que explicarles por qué Alicia no quiere que vaya a fiestas, y si un día me descubre no va a bajarme de hijo malagradecido. Además, para qué quiero fiestas, si en ninguna voy a encontrarme a Ana G.

Vamos a la posada de la Veinticuatro, insisten Frank y Fabio, pero Harry y Alejo prefieren, como yo, que nos larguemos ya al autocinema. Lo de menos, por fin, es que seamos tres contra dos, sino que vamos en el coche de Alejo. Como pinches viejitos, se queja Frank, ya camino al autocinema, aunque igual viene cagado de risa. Faltan dos días para Navidad, pero ése es uno de los datos estorbosos que salir con mi gang me ayuda a olvidar. Dentro del coche somos todos como alumnos de primero de secundaria. Harry se sienta atrás, junto a Frank, y en el primer descuido le da una deshuevada perfecta. De ésas que no te dejan sin hijos, pero qué tal se te sacan los ojos de sus órbitas. Yo, que vengo adelante con Alejo, me encargo de narrar la madriza de atrás, y una vez que llegamos Frank agarra mi asiento, amenazando todavía a Harry. Vuelves a deshuevarme y te rompo la madre, cabrón, le grita alzando un dedo. Shhh, carajo, nos van a sacar, se desespera Alejo, mientras nos miran los del coche de al lado. ¿Ah, sí?, sonríe Frank, pues diles que volteen para otra pinche parte si no quieren que les rompamos el hocico. De pronto me pregunto qué habría hecho Xavier si cuando me traían al autocinema nos hubieran tocado unos vecinos así. ¿Y usted qué ve, pendejo, qué se le perdió?, habría gritado alguno como nosotros, con la ventana del coche entreabierta. Y él nos habría corrido de ahí, aunque ya a la distancia le gritáramos cantidad de mamadas, porque hasta el día de hoy seguimos sin romperle la madre a nadie. Supongo que por eso tampoco nos la han roto. Ni siquiera nos han lanzado huevazos, y tampoco tirado de la bici. A mis diecisiete años, esa marca lo vuelve a uno paranoico. Sabes que tienes cuentas pendientes y no piensas pagarlas. Vas por la vida como un inquilino escondidizo. Si ves un chingadazo con mi nombre, dile que no me has visto, no sabes dónde vivo y es más: ya me morí. ¿O es que no ven que llevo la vida de un putito?

La madriza se anuncia a medianoche. Todos quieren quedarse a ver la última función, que termina a las dos de la mañana, y a mí Alicia me va a colgar de los huevos si le llego hora y media después de lo que me dejó. Cuando ya no me quedan argumentos, saco el del niño bueno: ¿No ven que mi mamá está sola en la casa? Si quieres, tomo un taxi y la entretengo mientras ves la película, me estampa Frank el primer fregadazo, creyendo que es un chiste y me voy a reír, pero caigo en la lona y me levanto echando espuma por la boca. ¿Qué te pasa, Panchito barato?, le lanzo un gancho al ego, y por toda respuesta me mira a los ojos, alza el puño derecho y lanza el primer y último golpe de verdad. Me lo atina en la boca exactamente, y al instante la lengua reconoce el sabor saladito de los labios. Es oficial: me reventó el hocico. Además del ardor, estoy atarantado. Siento una mezcla de coraje y vergüenza con algo así como tranquilidad. (Te lo dije, rufián, un día de éstos alguien iba a romperte esa bocaza.) Se lo floreaste, güey, comenta Fabio en voz no muy bajita. ¿Saben qué?, mejor vámonos, propone Alejo, mañana tengo que ir a jugar tenis y estos pendejos ya se pelearon. Como nadie contesta, en dos minutos vamos para afuera. ¿Cómo es que mis amigos, Xavier, Alicia y yo podemos tener toda la razón y opinar diferente sobre el mismo tema? ¿Quién soy para obligarlos a regresar temprano? ¿Y quién sería si me importara un pito que mi mamá esté sola en la casa y mi papá en el tambo? ¿No me dijo Xavier que fuera a fiestas? Tengo media hora entera para pensar, mientras estamos de regreso en el Club, apenitas a tiempo para evitarme una segunda bronca en la primera hora de este día. Perdóname, no quería lastimarte, rumia Frank cuando bajo del coche y yo no le contesto. Me hice el dormido desde que salimos por pura dignidad. Me reventó el hocico, ¿no? ¿Entonces ya qué más? Nada, te lo partieron y ahora te lo callas, si no quieres que acaben de floreártelo. Por otra parte, es como si el madrazo me hubiera acomodado las piezas del cerebro. Sabía lo que hacía cuando le dije *Panchito* a Frank. Era obvio que me iba a dar un chingadazo en el hocico, y para eso lo hice. Sólo si nos peleábamos era posible que nos regresáramos. No sé ni cuánto me habría costado un taxi desde el autocinema hasta mi casa, pero esa cantidad seguramente vale por dos o tres madrazos como el que me tocó. Es lo que haría el taxista, si no le pago, me divierto pensando, ya en la cama, contento de hacer cuentas y encontrar que ya faltan menos de trescientas horas para volver a clases. Me levanto, voy a tientas al baño, cierro la puerta y prendo la luz. ¿Cómo voy a explicar esas tres cortaditas en la boca? Estábamos jugando en el autocinema, Alejo tiró un golpe en el aire y a mí se me ocurrió meterme en medio. Nadie creería que Alejo me madreó a propósito. Un buen amigo es el que inventa una coartada para justificarte por haberle partido el hocico, tendría que decir el evangelio. Afortunadamente, desde que nos pasó lo de Xavier no hemos vuelto a ir a misa en la iglesia del Club. Detestaría llegar con el hocico roto.

Siempre fue divertido salir con mi mamá de compras navideñas. No había querido ir porque tenía alguna esperancita de poder ir los tres, sólo que los juzgados están de vacaciones y ya Xavier nos dijo que en las noches de Navidad y Año Nuevo la visita se extiende hasta las diez de la noche. ¿Y si hacemos de cuenta que estamos en Manhattan y ya es la medianoche?, propongo y ella dice que soy bobo, pero al final está de acuerdo conmigo. Jugaremos a que esto es Nueva York. Ya le han hecho no sé cuántas invitaciones para pasar Navidad y Año Nuevo con ésta y aquella familia hospitalaria, pero tenemos casa y vamos a cenar con mi papá y ninguno va a ir donde no vaya él, sólo eso nos faltaba. Dando las diez nos vamos a dormir, o todavía mejor, a ver tele en la casa. Hago la cuenta: a las diez de la noche del día veinticuatro, van a faltarme doscientas setenta y cuatro horas.

El de los presos es un mundo chiquito. Les llegan unas cuantas noticias de la calle y todas las escuchan con caras de niño. Quieren estar al día con el mundo de afuera y si una vez lo logran es en Navidad. Cuelgan algunos focos y cantidad de adornos bastante feos que a la hora buena sirven lo mismo. Choco mi vaso lleno de Coca-Cola con decenas de presos que vienen a brindar con sus esposas. Gente que un año atrás me habría hecho correr despavorido y ahora me dan abrazos como si fueran parte de mi familia. Cada uno, a nuestro modo, andamos de paseo por una pesadilla de la que nadie sabe cuándo va a despertar. Por lo pronto, Xavier nos parte el pavo mientras cuenta una historia de su infancia que hasta a Alicia la tiene tirada de la risa. Por no hablar de Celita, que contra la opinión de su hija y su yerno decidió celebrar Navidad con nosotros y se está carcajeando a media cárcel. Nos han dado regalos de esos que son tan feos que te conmueven más que si fueran bonitos. Y al final de la noche, cuarto para las doce en Nueva York, nos repartimos cada una de las compras que en la semana hicimos Alicia y yo. Como ella dice, una cosa es que no estemos de fiesta y otra que nos echemos solos la sal. ¿Con lo mal que nos va y encima sin regalos? Una vez más, sólo eso nos faltaba.

Es como si la celda fuera una cápsula separada del mundo y en ella celebráramos lo que queda de vida. Xavier contó unos chistes que me recuerdo a cada minuto para poder llevarlos al Club y al Westminster. Unas joyas de chistes, dos de ellos sonrojaron a mi madre y pararon los pelos de mi abuela. ¿Cómo cuenta esos chistes delante del niño, Xavier?, le reclamó, para suerte de todos porque basta una queja como ésa para hacer de los dos una pareja cómica. Xavier se luce hablando de mí como si fuera carne de burdel, y ella vuelve a llamarme niño o muchachito. ¡Semejante lenón!, se burla ahora Xavier y la hace dar un brinco en su lugar. ¡Xavier, por favor!, lo regaña con tanta propiedad que es como si estuviera ovacionándolo. Bien que se lo merece: está en su noche estrella, es Santa Claus llegado no del cielo, sino directamente de Las Vegas.

De regreso en el coche no lo digo, porque no tiene caso incomodar a Alicia, que aun creyéndolo no lo aceptaría, pero a las doce y cuarto de Nueva York puedo decir que acabo de pasar una gran Navidad. En lugar de eso le comento que el año que viene no va a poder ser peor que el que se está acabando y ella dice ay, hijo, gimiendo casi, pero se recompone un momento más tarde. ¡Reza por tu papá!, me pide muy en serio, como si fuera yo su último recurso. Soy muy malo para eso, de cualquier manera, aunque por estos tiempos lo intento un poco más. Dos o tres días rezo, luego ya se me olvida. Yo no soy como Alicia. Ella puede pasarse meses desesperada, castigándose hora tras hora; yo con dos horas tengo. Día y medio, si acaso. Tres, si reprobé el año. La ventaja de estar enamorado es que tiene uno muy poquito tiempo para atender el resto de los problemas. Esto de traer metida a Ana G en la cabeza es como ir por la vida con un botón de escape siempre disponible. No importa dónde esté ni qué tan mal me vaya, oprimo ese botón y me brotan dos alas para ir adonde quiera en ese mismo instante. ¿Tendría que aclarar que siempre quiero ir al mismo lugar?

Nunca me habría atrevido a esculcar en sus cosas, pero sí en los registros de inscripción a la hora en que no está la secretaria. ¡Lotería!, celebré esa mañana, poco antes del principio de las vacaciones. Llegandito a la casa me le fui encima al directorio telefónico. Según yo, Ana G vive cerca de la Cineteca. Podría ir una tarde a buscar la calle, pero si me la encuentro voy a ponerme la quemada del año. Además, algún día va a tener que invitarme a su casa. Y por eso tampoco quiero llamar, oír su voz y colgar. No es que no me den ganas, sino que creo con todas mis fuerzas que el año próximo va a ser mejor que éste, y eso tiene que incluir a Ana G. Voy a llamarle cuando me dé su número, igual que cualquier día voy a poder ir con Alicia y Xavier al cine, ni modo que sigamos toda la vida así. Tiene que pasar algo, me digo todo el tiempo y es como si rezara. Que pase algo en el juicio. Que pase algo en el West. No necesito más, pero que pase algo, lo que sea. Y que pase esta mierda de temporada que va a dejarnos locos a Alicia y a mí.

Es medianoche, no hay quien pueda vernos. Napu me mira como si ya supiera lo que le estoy contando y en qué va a terminar. No sé ni qué edad tenga, pero parecería que creció conmigo. Hay días en que dejo salir a Tazi y se van los dos juntos a vagar. Ya una vez desaparecieron por tres días y volvieron oliendo como a establo. Tiene que pasar algo, vuelvo a explicarle a Napu, que está tendido a un lado de mí, los dos solos a medio Triangulito. Mañana es Año Nuevo, Napu, le recuerdo, y él es tan sabio que hasta me hace creer que no se había enterado. De repente me extiende la mano derecha, yo le tomo las dos y me las planto en cada uno de los hombros. Ya abrazados, lo aprieto fuerte contra mí. Tiene que pasar algo, Napu, le repito como si suplicara. Cuando alguien se me acerca con una cierta prisa, peor todavía si pretende pegarme, Napu le gruñe como bestia silvestre. Y ahora que estoy chillándole en el hombro puedo escuchar su corazón latiendo, sus chasquidos de lengua, su respiración. No está afligido, pero está conmigo. Ya me mueve la cola y yo le rasco el cuello con las dos manos. Tiene que pasar algo, ya verás.

## 33. Nube abajo

El profesor Coyoma es alpinista, y además de eso nos enseña Física. Es joven, yo diría, pero barba y bigote lo hacen ver algo serio. Unas veces aguanta nuestros chistes, otras dice ya basta, se me salen de clase. Nunca se enoja mucho, así que cada vez que me corre aprovecho para hacer un poquito de teatro. Reclamo y hago algunas payasadas, hasta que viene y me saca a empujones. Todo por divertir a Ana G. A veces, cuando hay tiempo, Coyoma nos platica de su viaje al Aconcagua y promete que un día va a organizar una excursión al Iztaccíhuatl sólo para nosotros. No sólo yo le insisto, sino otros seis o siete, entre ellos Ana G. ¿Dos o tres días con ella, en la alta montaña? Por mí, que fueran años. Que en el Westminster cuenten la leyenda de los compañeritos que desaparecieron en el Iztaccíhuatl y años después volvieron con dos hijos.

¿Qué estupideces dices?, se burla Harry. Ya sabes, su señora del Westminster, lo pone al día Frank. ¿Cuál señora, Don Ano?, la pesca Harry al vuelo. No estés chingando, güey, lo prevengo, según yo seriamente. Está bien, Ano Lindo, digo Ana Linda, perdón, Analindísima, mira, ya se me está parando el pito. Y eso es todos los días. A él siempre lo jodemos con Mariluchi desde que Tizoccito y sus amigos anduvieron diciendo que hablaba mucho de él con sus hermanas. El problema es que a Harry le vale madres, o cuando menos eso nos hace creer, y a mí Ana G me trae pateando botes. Ahora que tiene moto no se la presta a nadie, y a mí menos. Las motos no se prestan, me sonríe y supone que es chistoso porque apenitas Frank ha manejado más mi moto que él. No se me despegaba, por entonces, pero no necesito su jodida moto. La tragedia de Fabio y Harry es que ninguno de los dos es mujer, porque harían una pareja ideal. Deja mi moto, Fabia, no porque seas mi esposa la vas a manejar. Espero no te importe, mi querida Enriqueta, que te descuente mil pesos al mes por el lugar que ocupas en mi coche. Perdóname, manito, sigue Harry burlándose, pero no sé si sepas que yo estoy a favor del ojetismo. Según yo, el ojetismo no se practica entre los ojetistas, pero Harry es tan bueno como ojete que no sabe lo que es una excepción. ¿Sabes cuál es el lema de los ojetistas?, me recuerda y me gana la risa, porque además del lema dijimos que ésa era la primera y última línea del reglamento: *El que se chinga, se chinga.*

Y ése eres tú, manito, alza los hombros Harry delante de Klaus, uno de sus amigos del Colegio Americano a los que hace reír hablando como naco, pero le sale mal. En un descuido, acaba remedando a Fabio cuando se pone bravo y pregunta *qué pedo* con una voz gangosa más corriente que los recortes de galleta. Y eso lo sé porque Frank y yo somos clientes de la fábrica de galletas: por cincuenta centavos te dan un cucurucho repleto de pedazos de todos los tamaños. Cuando ya no hay dinero ni para el billar, Frank y yo nos pasamos la tarde dando vueltas al Club con dos gloriosos pesos de recortes de galleta. No seas imbécil, yo sé lo que te digo, me aconseja, si te sigues tardando con esa Ana G va a llegar otro güey y te la va a bajar. Es que en el West no puedo, me justifico, todo el mundo está viendo y son unos cabrones, qué quieres que haga. ¿Cómo qué quiero que hagas, pendejo? A mí me vale madre, por mí que se la cojan todos menos tú. ¡Cállate, pinche idiota! Por eso digo que el idiota eres tú, que no te atreves a llegarle a tu vieja. ¿Y tú qué, güey? ¿Yo qué de qué, pendejo? ¿Cuándo se casa tu primita con Erni? ¿Ya sabe que te gustan los hombres?

Frank está peor que yo. Se le ocurrió clavarse con su prima y recién supo que se la bajó el Erni. Si él ahora me advierte que estoy cagándola con Ana G, yo también le advertí que el puto ése del Erni no me daba confianza. Cómo crees, se burlaba, si él es como mi hermano mayor. Ese ojetito no es hermano de nadie, le dije todavía el mes pasado, y el muy idiota fue y los presentó. Es mi prima, le comentó después, pero va a ser mi esposa. Yo por lo menos tengo la esperanza, él ya dejó de hablarle hasta a la prima. Por eso digo que hay que trabajar solo. No me imagino hablando de Ana G con Morris, el Buck, la Salamandra, Oliveros, Mamilio… Me harían polvo entre todos. Igual que Harry, empezarían por llamarme Ano G, y cada vez lo harían delante de ella. Ese solo detalle bastaría para que el West se convirtiera en la versión mixta del Instiputo. El Westmonster, no mames.

Sé que no tengo nada con Ana G. En realidad hablamos muy poquito, aunque también me las he ido arreglando para arrimármele con todo y pupitre, hasta quedar ya no un poquito atrás sino justo a su lado. Ni un metro nos separa: cómo no iba a morir por regresar a clases. Por triste que sea el resto de mi vida, cada una de estas horas al lado de Ana G vale por veinticuatro en el penthouse del reino celestial. Eso es lo que no sé explicarle a Frank, y a lo mejor tampoco a mí mismo. Hay que tener fe, Lichita, le dicen una y otra vez a Alicia, que detesta en secreto que la llamen Lichita y les sonríe con los ojos mojados. Frank nunca entendería, y no voy a ser yo quien le dé antecedentes, por qué razón la mía es una fe así. Nunca voy a llegar al West con un ramo de rosas en las manos, ni le voy a escribir un poema de amor, y aun si se lo escribo no se lo voy a dar, que no me chingue. Por una vez la escuela es un lugarazo, soy capaz de estudiar con tal de que me dejen estar todos los días mirando al Universo desde lo alto de mi pupitrono. Sorry, rufián, me estoy aclimatando.

¡No me digas lo que tengo que hacer! Puta, cómo me gusta contestarles así. A veces me hacen burla y me remedan, pero eso vale pito a estas alturas. No me van a decir lo que tengo que hacer, y en una de éstas sólo porque lo dicen voy a hacer lo contrario. Por joder, nada más. El problema es que nada de todo eso se lo podría explicar a Miss Alpha. Eran como las once cuando los maldecidos escuincles de la primaria vieron que nos saltábamos la barda del colegio y les dio por gritar como si les hubiéramos metido el dedo. Y lo peor es que estaban tan lejos que ni las putas caras alcanzamos a verles. Tú no quieres tener un enemigo de prepa cuando estás en primaria, nos recuerda Oliveros, a unos metros de la oficina de Miss Alpha.

Total, nos agarraron a los cinco minutos del pitazo. De repente se nos apareció el Coyote, que es como el caporal de Miss Alpha, acompañado por la secretaria. Súbanse, ordenó ella, y los cinco cupimos en el asiento trasero del coche.

Desde entonces nos tienen esperando. ¿Y si nos corren?, se ensombrece Mamilio. A huevo que nos van a correr, se ríe Morris, a quien nada le importa en cualquier circunstancia. Oliveros se burla junto a él, pero el Buck hace rato que tiene la cabeza entre las manos, y yo estaría igual si no fuera porque se corrió el chisme y van tres veces que viene de visita Ana G, junto a su amiga Lili. Les decimos que estamos arrestados y que van a mandarnos a las Islas Marías. Pobrecitos delincuentes, nos compadecen muertas de la risa y nos desean una pronta libertad. Ya cerca de las tres, delante de Miss Alpha, se me enciende una luz en la cabeza. No puedo permitir que me expulsen de aquí. Necesito meterme en el papel del hijo sufridito que soy, y mejor todavía en el de cucaracha. Misión: sobrevivencia, me digo apenas antes de levantar un dedo y recibir el visto bueno de Miss Alpha para hablar por nosotros. Antes que nada, explico, somos tontos pero no reincidentes. Si fueran reincidentes, ni los recibiría, me interrumpe y respiro. Sabemos que hemos puesto el peor ejemplo y que nos merecemos la expulsión, pero estamos felices en este colegio y queremos pedirle una oportunidad, por supuesto después de disculparnos por el error tan grande que cometimos.

Por la cara que he puesto, dirá Morris más tarde, cualquiera pensaría que iban a condenarnos a la silla eléctrica. El chiste es que a las tres salimos indultados. No mames, güey, resopla el Buck al regresar al patio, yo sigo con los huevos en la garganta. Déjame adivinar, lo interrumpe Mamilio, los escondiste ahí para que no te los cortara Miss Alpha. ¿Seguro son los tuyos?, se pitorrea Oliveros, mientras en mi cabeza se va armando la historia divertida que le voy a contar a Ana G. Es un trabajo lento, complicado. De aquí a mañana voy a interrumpirlo sólo para dormir, aunque con la esperanza de soñar en lo mismo.

Oye, ¿no quieres ser mi abogado?, me zarandea Lili en la clase de Inglés. Ella, Morris y yo vamos con Miss Eileen, a

Ana G le tocó dos niveles abajo. Para cuando la veo, ya le han contado todo sobre nuestra fuga, pero ella insiste en conocer mi versión y yo pienso que tengo que ser un pendejazo para querer fugarme del Westminster. Si de mí dependiera, no sería colegio, sino internado. ¿Vas a ir a la excursión?, me pregunta Ana G a la salida y es como si un arcángel me levantara en vilo. ¿Cuál excursión?, salto, un poco delatándome. La del Popocatépetl. ¿Cuándo? ¿Con quién? ¿No estabas en la clase de Física de ayer? ¿No te acuerdas que estaba arrestado? Y ahí está de regreso la luz del mundo. ¿A quién hay que matar para hacerla reír así todos los días?

—Me encantaría verte en esa excursión, ¿sabes?

—Yo puedo ser tu guía, Ana G.

—Está bien, pero sólo si me prometes que vamos a perdernos tú y yo en ese volcán.

¿Cuándo sería eso?, frunce el ceño Alicia, ya sabes que los sábados y los domingos tienes a tu papá esperándote. ¿Y si faltara de este sábado en quince?, le hago cara de niño menesteroso. Díselo a tu papá, a mí ni me metas, alza las manos y es como si me diera un regalazo. Hijo mío, tu papá y yo pensamos que le caería bien a tu aprovechamiento escolar que pasaras un sábado con nuestra nuera. Ya sé que es egoísta pensar en estas cosas cuando Alicia no para de hablar con tíos, abogados y pendejos diversos del caso de Xavier. Está desesperado, alza la voz hasta que se le quiebra, lleva ya casi un año ahí encerrado, nadie sabe lo que estamos viviendo. Sus palabras entran en mi cabeza como en una gran fiesta donde bailan hasta dos o tres horas después de la media noche, pero también bailamos ahí Ana G y yo, así que me desvelo dándole vueltas a una película donde el final feliz comienza en un volcán y después de eso todo va a tener que arreglarse. Sucede en las películas y nos lo creemos, por qué no ha de pasar en nuestra vida.

El profesor Coyoma es convincente, pero a la mayoría le importa un pito el Popo. Ayer leyó la lista y no estaba ninguno de mis amigos. Tampoco Lili, así que no tendremos gente que nos distraiga. Había esperado una oportunidad y la tengo en las manos, me despierto pensando y de inmediato temo que ya se me hizo tarde. Prendo la luz: las cuatro de la mañana. Una hora más tarde me levanto a bañarme. No han dado ni las seis cuando ya voy camino del Westminster. La cita es a las ocho, pero me da la gana anticiparme. Quiero ver este día cuando empieza, y eso es fácil de hacer desde una calle atrás de la cancha de futbol del Westminster, donde se pueden ver el Ajusco, el Izta y el Popo como en un mirador para turistas. Cuando al fin amanece, una franja naranja dibuja el horizonte como un trazo de fuego. No sé si lo he visto antes, ni me importa. De todos modos siento como si el Universo se estuviera inventando. Salgo del coche, me paro en la calle. A estas horas hay unos ventarrones de miedo, es como si las criaturas de la noche se retiraran tempestuosamente. Como el fin de una historia y el principio de otra. Se me ocurren inicios de poemas y al minuto me parecen cursísimos. Para cuando prendo otra vez el motor, cuarto para las ocho, llevo más de hora y media comprobando con el radio encendido que hoy es el día. Mi día. Cada canción que suena se refiere de algún modo a nosotros. Todo coincide, todo se acomoda, me digo un segundo antes de subir al camión del Colegio Westminster que va a llevarnos al Popocatépetl, y entonces comprobar que Ana G no se va a sentar conmigo, sino junto a Del Gallo y Argüelles, que por el día de hoy son los que más ruido hacen. Es por supuesto el peor momento para enconcharse, pero yo tengo un detector de malos ratos que me permite hacer las pendejadas justo a la hora más inoportuna.

Argüelles va conmigo en primer año, es algo así como un galán simpático. Del Gallo está en segundo, pero se lleva bien con Coyoma. Los dos hacen reír a Ana G diciéndose mamadas en español con acento alemán. Ay, sí, pues, qué chistosos, pinches monos, me encelo y me encabrono en perfecto silencio. Y así llegamos a las faldas del Popo. Hay que ir por un camino de arena suelta mezclada con cenizas, eso hace más sencillo acercarme a ella. Pero no le hablo, me lleva el carajo. Me falta el escenario del Westminster para encender mi show. Subimos dos, tres horas y yo sigo callado como acólito. Algunos se han quedado en el camino, pero ella y yo seguimos hacia arriba. Hace ya dos semanas que prometimos armar una guerrita de bolas de nieve. ¿Prometimos? No sé. Uno recuerda mal las cosas que escuchó cuando estaba en la luna, pero si las palabras vienen de Ana G, soy capaz de tomarme cualquier hasta mañana como la más solemne de todas las promesas.

Mañana es hoy, me animo cuando la miro despegar hacia abajo. Si la subida fue lenta y atormentada —los pies se hunden a cada paso hacia arriba, es casi nada lo que se va avanzando— el camino de vuelta es como un premio. Baja uno dando saltos espectaculares, a una velocidad que corriendo jamás alcanzaría. Si arriba no sirvieron las guerritas, la comida y el orgullo de haber llegado hasta el albergue para juntarnos tan siquiera un poquito, ahora vamos volando cuesta abajo y una vez que la alcanzo me lanza una sonrisa de bienvenida. ¿Qué tal si les ganamos?, me propone, señalando hacia Argüelles y Del Gallo, que nos llevan más de una alberca olímpica de ventaja. ¡Vamos!, le ladro casi, con los ojos saltones porque ella no lo sabe pero le estoy haciendo una promesa. Mañana es hoy, carajo, y hoy venimos saltando juntos por los aires. Diría que somos inmunes a la gravedad si no voláramos así de rápido, con la arena brincando a nuestros pies y nuestros perseguidos cada vez menos lejos. ¿Y qué tal si mejor no los alcanzáramos?, se me ocurre y me digo que en una de éstas hay que meter un poco más el freno, pero es tarde para eso porque miro a mi izquierda y Ana G gira igual que un rehilete. Se ha tropezado con alguna piedra y ya cae de cabeza sobre la tierra, pero sigue girando, da otras dos volteretas, aterriza por fin sobre su espalda y una piedra tamaño balón de basquetbol le golpea la cabeza, que se sacude como en cámara lenta.

¿Estás bien, Ana…?, murmuro a dos pulgadas de sus ojos, que se abren un instante para reconocerme y se cierran como un telón al fin del primer acto. Estamos los dos solos a la orilla del camino empinado. La tengo entre mis brazos, pero me valgo del izquierdo completo para hacerle una cuna a su cabeza. Tiene una herida grande en lo alto de la frente, donde hace diez segundos seguro había más pelo. Miro hacia atrás: ahí se acerca Coyoma. Se oyen también las voces de Argüelles y Del Gallo, que ya suben de vuelta para alcanzarnos. Estiro como puedo la mano derecha, tomo de entre las piedras un buen mechón recién desprendido y lo aprisiono dentro de mi puño. Para cuando ellos llegan y me la quitan, hay una parte de ella que se queda conmigo.

No sabría decir cuánto tiempo pasó mientras venían Coyoma y Del Gallo. Nunca la había abrazado, ni visto tan de cerca y a los ojos, ni acariciado la cabeza y la espalda y el brazo y la manita entre desfallecida y temblorosa. Dormida entre mis brazos, cómo iba a imaginarlo. Por un instante pude verme en sus ojos y era como si al fondo de esa luz estuviera la entrada a un mundo escondido. ¿Tú quién eres?, le preguntó a Coyoma. Se quejó un rato, musitó no sé cuántas incongruencias y aceptó levantarse, con el apoyo de Coyoma, Del Gallo y yo. Coyoma traía venda y botiquín, así que en diez minutos Ana G quedó lista para bajar con Del Gallo de un lado, Coyoma del otro y yo detrás, carajo, pero de todas formas no me les despego. Traigo el agua y el botiquín conmigo, soy el fantasma que abre la cantimplora cada quince minutos y se la pone enfrente del piquito.

—Diles que ya se vayan y cuídame tú solo.

—Tienes los labios fríos, Ana G.

—Nada que no se arregle con uno de tus besos.

Desde que volvió en sí no ha parado de hablar. Pero está un poco lejos de sus cinco, es como si viniera borracha. Se ríe sola y hasta se carcajea, mientras le voy cubriendo las espaldas y no pierdo detalle de sus divagaciones. Si pudiera, la vendría grabando. Coyoma ya nos dijo que es normal que divague luego de un golpe así, a tanta altura sobre el nivel del mar. Mientras hablaba, yo cerraba los ojos y en su lugar podía ver al cirujano dándome los detalles sobre el estado de salud de mi esposa.

—¿Y la niña, mi amor?

—Nació pesando tres kilos y medio, está igualita a ti, Ana G.

—Ven, quiero que le hagamos un hermanito.

La tarde está fresquísima, y hasta un poquito helada. El tipo de frescura que se te viene encima en cuanto abres la puerta del congelador. Una delicia aquí, ahora, junto a Ana G que vuelve a tomar agua y me dedica dos sonrisas al hilo. Soplan vientos polares encima de estas nubes, y yo que voy surfeando en una de ellas no rezo ya porque Ana G mejore, sino para que nunca se acabe este momento. ¿Por qué nadie me dijo que hoy iba a celebrarse mi cumpleaños? ¿Cómo es que en el peor año de mi familia paso la mejor tarde de mi vida?

Ya sé que no está bien que piense en estas cosas mientras ella delira con el coco rajado y una venda sangrada alrededor, pero Ana G se va a recuperar en dos días y a mí no va a quedarme más que seguir cayendo. Si alguno aquí se asomara a mis ojos podría verme rebotar hacia lo hondo de un desfiladero, aunque en cámara lenta. Floto, resbalo, ruedo, me despeño contento como un niño que salta sobre su cama porque no solamente no me duele, sino encima me gusta y quiero más. Soy ese trapecista que se mece en el aire para alcanzar las manos de la mujer con alas. Yo la he visto volar, a mí nadie me engaña. Yo la tuve en mis brazos y de inmediato supe que podía morirme entre los suyos. Yo la abrazo de nuevo cada vez que le toca beber un poco de agua, por más que entre Coyoma y Del Gallo se las arreglen para acapararla. Por una vez, quisiera ser boy scout. Háganse a un lado, Hugo, Paco y Luis: ya llegó el chico malo con la ambulancia.

Subimos al camión y en el radio se escucha *Me caí de la nube.* ¿Ya oíste?, me le acerco, ¡tu canción! ¿Cuál canción?, pega un brinco. Déjala que se duerma, me echa a perder la escena el profesor de Física, decidido a frenarme la aceleración. Pero es tarde para eso, lamento celebrando. Hoy que la vi volar y caer a mi lado he volado y caído por mi parte, aunque el hueco es tan hondo que podría seguir cayendo por días, meses y años sin alcanzar el fondo del precipicio. Es como si al perder el conocimiento me hubiera hipnotizado, o poseído, o atrapado en su órbita igual que un remolino interplanetario. Nadie me vio caer, sangrar ni desvariar, y sin embargo lo hago a cada instante desde que vi mis ojos al fondo de los suyos y ya no quise moverme de ahí.

Supongo que además de egoísta tiene que ser bien raro que hable así de un accidente que pasó hace tres horas, pero es

que no es tan fácil resbalarte a las cuatro y a las siete seguir
volando por los aires. Hasta hoy, yo no sabía que hubiera pruebas tan contundentes de la existencia de ángeles y arcángeles.
No es la primera vez que me sale lo cursi, pero es que ahora ni
cursi me parece. Al contrario, me estoy quedando corto. Siento
como que acabo de mirar un ovni. Correría a contarle a medio
mundo, si no supiera que van a burlarse.

Subo al coche y arranco antes que todos. Tengo prisa
por desaparecerme para poder tocar, mirar, olisquear, besuquear
el mechón castaño de Ana G. De los treinta que fuimos, soy el
único que ha bajado del Popocatépetl armado de un trofeo.
Miro el retrovisor: hay que ver la sonrisa de estúpido que traigo.
No sé qué sea el amor ni cuáles son sus síntomas, pero si esto
no es eso ya pueden ir llamando a los enfermeros. Estoy enamorado, me confieso al oído. Lo repito más fuerte. Estoy enamorado como un imbécil, me carcajeo, aplaudo, grito, aúllo, maúllo,
canturreo, grazno, ladro, relincho, rebuzno, gruño, rumio. Subo
y bajo del Cerro del Zacatépetl, perdido entre las calles que le
dan vuelta, con la sagacidad de un zombi anestesiado. Alguien
dentro de mí quiere seguir mirando al resto del mundo desde
lo alto de alguna montaña. Es el último gran momento del gran
día, cuando todavía no empiezo a torturarme con las primeras
dudas del galán sacatón.

(¿Debería llamarle? ¿Y a qué número? Ya sé que está en
el pinche directorio, pero yo necesito que ella me lo dé. No me
atrevo a llamar y confesarle que saqué su teléfono de ahí. Qué
tal que dice pinche metiche, pinche lambiscón, pinche degenerado, pinche encimoso.)

—Llámale, no seas puto —se desespera Frank, que conoce mi colección completa de pretextos cobardes.

—Ay, sí. ¿Y qué le digo? —las nueve de la noche, ando
paseando a Tazi y un consejo de amigos no me cae mal.

—Es muy fácil, pendejo. Te le plantas enfrente, la miras
a los ojos y dices: Ana G, ¿no podemos intentarlo? —esto último lo suelta como una cantaleta afeminada.

—¿Sabes qué? Vas y chingas a tu madre —ya sabía que
antes o después iba a soltar su comentario chaqueto.

—Dile que yo la llevo al West en mi moto, pero se tiene que ir sentada en mi palanca —Harry se nos ha unido, urge cambiar de tema.

—Por una mamadita la llevo yo en mi coche —ahora se acerca Fabio, ya le cayó otra caca a la sopa.

—¿Y para qué va a darte mamaditas —vuelve al ataque Frank— si tiene a su pendejo que la lleva por nada adonde quiera, y hasta le presta el coche para que salga con otros cabrones?

—Mira, Frank —ya nos vamos saliendo del asunto, manos fuera de Ana G, pendejos: —yo sé que es muy difícil para ti, pero no todas son como tu mamá.

—Está bien —me interrumpe, con los brazos en alto. —Solamente una cosa: ¿No podemos intentarlo?

De todas las mamadas que me pueden hacer, sólo hay una que está prohibida estrictamente: ay del traidor que le hable de Ana G a Morris Dupont. Frank y Alejo jamás lo han saludado, pero él y Harry son socios del club. Juegan tenis, a veces. Seguido me amenaza con delatarme, pero sabe en la que se metería: estaba con Tizoc cuando le metí el diábolo en la nuca. Me dan escalofríos sólo de imaginar lo que Morris haría con esa información. ¡Adivinen quién trae de nalgas a este güey!, canturrearía delante de todos. Ana G tardaría poco menos de veinte segundos en saberlo. ¿Qué se hace en esos casos? ¿Negarlo todo? ¿Reventarle el hocico a cada burlón? No acabaría nunca, y de cualquier manera perdería a Ana G. Ya sin mi gang, camino ensimismado hacia la casa en compañía de Tazi, Napu y Gumas, que es flaco, jorobado y tiene todos los dientes chuecos, pero se ha hecho buen amigo nuestro. Ya en el garage, me tumbo con los tres sobre el tapete de Tazi. A Frank le conté un poco de lo que sucedió en el volcán milagroso, y a estos tres sí que quiero darles detalles. No van a aconsejarme, pero escuchan mejor y no hacen chistes malos, ni buenos, ni tengo que advertirles lo que les voy a hacer si me traicionan.

No me gusta ponerme a soñar pendejadas. Lo evito mientras puedo, o cuando puedo, pero siempre termino dándome por vencido. A partir de ese punto, ya no paro. Me invento fantasías sin parar y vivo solamente para alimentarlas. Es como si invitara a su fantasma a acompañarme veinticuatro horas diarias. Hablo con ella y respondo por ella. Pasamos todo el día platicando del tema del amor, repetimos escenas y las perfeccionamos, aunque a veces también las empeoremos, solamente por darnos el gusto de volver a vivirlas y emocionarnos tanto o más que la primera vez. ¿Y cómo no soñar a cada instante, si la he tenido así como la tuve y en cada nuevo sueño se me abraza y me trata como a su héroe?

¿Le llamo o no le llamo? El lunes muy temprano, el profesor de Física nos informa que Ana G está en su casa y mañana o pasado va a regresar a clases. No estaría de más que se comunicaran con su compañera, remata el profesor y a mí me faltan fuerzas para preguntar su teléfono. Sería suficiente con que me oyera Morris, Mamilio, Oliveros o el Buck para sacarme la rifa del tigre. Seguro que a ninguno le pasaría de noche mi preocupación: ¿desde cuándo soy yo tan educado? Claro, ya tengo el número. Puedo llamarle cuando me dé la gana, porque además me lo sé de memoria, pero el amor me está haciendo putito. O será que estoy cómodo soñando y por ahora quiero seguir así. Todos los días imagino la historia para poder vivirla como si me estuviera sucediendo y a todas partes ir con las hélices puestas. Robarme las canciones línea por línea y creer que después de nosotros ya nadie más podrá llamarlas suyas. Por eso digo, mejor no le llamo.

Ten huevos, dice Frank, como dando una orden militar. Me miro en el espejo y repito que estoy enamorado y dentro de seis días mi papá cumple un año de estar en la cárcel. Desde entonces, Alicia y yo vivimos encerrados en un calabozo, aunque no se me note y vaya y venga como si nada. Estoy harto y podrido de tener huevos. Quiero unos pocos sueños, mientras me duren. Pensar en Ana G, soñar con ella, es como abrir en este calabozo una enorme ventana con vista panorámica a la playa.

## 34. Amarrando navajas

A veces uso el suéter color gris, pero el chaleco azul me queda mejor. De una u otra manera, llevo camisa blanca de manga larga. Nadie me puede ver el antebrazo a menos que yo mismo se lo enseñe. De pronto me arremango un poco el puño, nada más por hacerme el interesante. Me miro en el espejo: no se me nota mucho ni con las mangas arriba del codo. Podría ser un tatuaje, pero es algo mejor: una herida, y pasado mañana una costra, y la semana que entra una cicatriz.

Xavier usa rasuradora eléctrica, no sé para qué quiere navajas de afeitar. Tomé prestada una y me encerré en el baño a dibujar una A sobre la piel de mi antebrazo izquierdo. Un trabajo algo lento, para que no arda tanto. Va uno rascando suave, aunque con insistencia. La piel se puso roja, se me hinchó de a poquitos, se cortó al fin después de mucho insistir, hasta que el trazo fue tomando forma y apareció una A de color rojo intenso. Si por mí fuera, escribiría todo su nombre con mi sangre, y no en el antebrazo sino a media frente. Sólo que la intención no es contárselo al mundo, y ni siquiera a ella. Lo que quiero es sentirla conmigo, que su recuerdo duela y se inflame y sangre y deje cicatriz sobre cicatriz. Que cada día entre en la regadera y la herida me vuelva a arder como el demonio y yo diga qué rico, quiero más de este ardor, dónde está la navaja para escribir encima de la costra, no "aunque duela" sino por eso mismo. Que duela y arda y sangre y ya nunca se borre. Tengo toda la tinta que se ofrezca.

Sheila se cortó el pelo. Demasiado. La vi hace pocos días, en una fiesta del Pedregal. Le dije a Alicia que iba al autocinema y me dejó volver a las dos, así que tuve tiempo para observarla. Como una catarina debajo de una lupa. Como los alacranes que hasta el año pasado coleccionaba en botes de metal. Como una extraña, al fin. Trae un corte de pelo tan espantoso que juraría que es otra persona, no sé si una señora prematura o algún ejecutivo copetón. Y sin embargo pasa cerca de mí, dice mi nombre y las piernas se me hacen de chicle. Las manos sudorosas, el hueco en el estómago, la quijada oxidada y la lengua de trapo. *¿Alashola?*, fue lo que me salió cuando quise decir hola, Sheila. Luego no sé por qué me sentí bien cuando vino conmigo su hermano Tobi. Ándale, me animó, saca a bailar a mi hermana.

—Aprovéchate ahora que no está Marco Calentín —me secretea Fabio pero no le hago caso porque advierto, a mi lado, que Tobi le hace una señita a Sheila y apunta con el dedo hacia mí, mientras ella pone cara de fuchi y sus labios dibujan un ya-por-fa-vor que me cambia el boquete en el estómago por un asquerosísimo calor en la cara. Debo de estar morado, no sé si del berriche o la vergüenza.

—Oye, güey, dime la verdad —me arrastra Alejo, agarrado del brazo: —¿se te para el pitito cuando bailas con Sheila?

—Te gusta imaginártelo, ¿verdad, putón? —le hablo como un robot, mientras recorro con la yema del pulgar la herida en mi antebrazo. A. A. A.

—¿No podemos intentarlo? —pega el gritote Harry, esperando que brinque a taparle la boca y yo ni caso le hago. Tener el dedo en la A de Ana G es igual a poner un pie en otro planeta. Nadie puede alcanzarme. Soy invencible.

—Aguas, pinche gritón, que si se enoja Sheilo te va a partir la madre —disparo al fin, y es como si estuviera reclamándole a Sheila por cortarse así el pelo. Me cae que por detrás parece un güey.

—¡Sheilo, cógetelo! —vomita Harry, cagado de risa. Según él, ya me di por vencido. Según yo es al revés. Me estoy reconciliando con mi amor propio. Ya no pueden joderme con el tema de Sheila, y de Ana G no saben más que lo que les cuento. Y en realidad lo único que cuento bien son las horas que faltan para volver a verla.

—Felicidades, cabrón —me da la mano Frank, casi solemnemente: —ya superaste a Sheila, eso hay que celebrarlo.

No sé beber. El Año Nuevo antepasado me tomé un par de cubas y a los quince minutos estaba guacareando en el lavabo de la casa de Leslie. Qué mierda estar mareado y tener que limpiar, no sólo porque Leslie es mi prima más guapa, sino porque tengo años jugando al ajedrez con su hermanita Esther. Nunca hablamos, pero nos divertimos. O en fin, nos divertíamos, porque tiene ya un año que mi familia vive engarrotada. Si antes de todo esto no sabía beber, ahora menos. Alicia no se duerme si no llego, ya quiero ver la cara que va a hacer si aparezco apestando a fiestón. ¿Desde cuándo hay cantina en el autocinema? De cualquier forma voy entre la gente igual que si estuviera completamente pedo, chocando poco menos que a propósito porque traigo la vista medio perdida. No sé qué tan difícil sea toparme aquí con Ana G, pero estamos en una fiesta de paga. Puede venir cualquiera y eso la incluye a ella, en mi cabeza.

—¡Hola! ¿Qué haces aquí?

—¡Ana G! Estaba aburridísimo, hasta que te encontré.

—¿Y entonces por qué no me sacas a bailar?

Francamente, prefiero no encontrármela. No con Harry tan cerca. Tampoco si me tengo que largar a la una y media. En mi imaginación, me la he encontrado en fiestas, cines, boliches, tiendas, parques, semáforos, iglesias, banquetas, camellones y en fin, hasta en la mesa de mi puta casa, y tantas cosas lindas nos hemos dicho que el día que la encuentre de verdad voy a soltar puras estupideces. Sheila debe de estar pensando que ando así por su causa. Van como cinco veces que le paso enfrente. La diferencia es que ahora me da igual lo que piense. Soy el pinche loquito de la fiesta, ¿no? Me parece genial, ahora dejen que siga con mi asunto. ¿Estás aquí, Ana G? ¿Cuándo vas a quitarte la pañoleta?

¡Mi salvador!, dijo como cantando y se me abrazó. Sucedió el miércoles, a la hora de encontrarnos afuera del salón. Había faltado a clases lunes y martes, mientras se reponía de las heridas en la cabeza. Y llegó y me abrazó, y la abracé también. Dos abrazos en una semana, pensé cuando acabé de reponerme, no pueden ser pura casualidad. ¿Vas a contarme bien todo lo que pasó?, me rogó en el descanso, y todo sucedió tal como en las películas de mi imaginación. Es decir, fue mejor, porque esta vez era ella quien estaba inventando la historia. Me agarró a la salida: Ven, no te vayas, cuéntame. Aló, la Dulce Poli llamando a Supercan. Mis poderes son muchos, pero ninguno alcanza para oponerme al más pequeño de tus deseos, soñaba yo en decirle mientras iba junto a ella a la cafetería. No sé por qué le preocupaba tanto saber qué cosas dijo cuando estaba inconsciente. Lo que sé es que acudió a la ventanilla correcta. Podía haberme pasado la tarde entera describiéndole cada detalle de la tarde en el Popo. Solamente explicarle cuándo, cómo y por qué logré quedarme con un mechón suyo me habría tomado el resto del día. Y es que si yo tuviera que narrarle completa mi versión, habría que empezar por la historia de mi alma, y ya entrados en gastos la de mi vida. ¿Cómo, de otra manera, iba Ana G a entender quién salvó a quién? Si yo fuera Miss Alpha, le daría una medalla de puntualidad por llegar tan a tiempo a mi destino. ¿Me captas, Ana G? Estas cosas no pasan porque sí. ¿Sabes cuál es la probabilidad de que la sombra de un planeador te alcance a la mitad del desierto? Y sin embargo nos encontramos. Qué quieres que te diga, tuve que ir a caer al Tribilín y reprobar primero de prepa antes de conocerte. ¿No te dice algo eso, mi amor? Y ahí vamos otra vez: nada más hablo de ella y empiezo a fantasear como un imbécil. Pero se siente bien, se vuela lejos. No siempre los imbéciles salimos tan imbéciles como el imbécil que nos menosprecia.

Mi mamá va a servirme en escabeche sobre una cama de arroz y zanahorias y con una manzana en la boca, la hice reír a la hora de despedirnos. Salimos a las dos, pero ella espera siempre hasta las tres, cuando se van los camiones del West. Cinco para las tres, me alertó entonces, ¿a qué hora te esperaban en tu casa? Como a las dos y media, me reí, se sonrió. Está bien, se despidió por última vez, dile a tu mami que estabas conmigo. Dile a tu mami, dijo. Que estabas conmigo. Tu mami. Conmigo. Desde entonces no duermo media hora seguida. Paso las noches haciendo trapecismos entre sueños conscientes e inconscientes, como si fueran parte de una misma película. Tu mami. Conmigo. Dile. Llegué a mi casa como a las tres y media, con el cuento antiquísimo de la llanta ponchada, y ella de todas formas me paró una chinga, y a mí de todos modos se me resbaló. Cómo me habría gustado seguir las instrucciones de Ana G: Fíjate, mamacita, que estaba con tu nuera, y por cierto, te manda saludar.

Mira, dijo también, se alzó la pañoleta y me enseñó un poquito de su herida. ¿Qué opinaría si viera mi antebrazo? Mira, Ana G, así tengo el corazón. ¿Estoy muy mal si por tercera vez agarro la navaja y vuelvo a dibujar sobre la herida? Parecería la punta de una flecha, si no tuviera esa rayita en medio. Frank jura que estoy mal de la cabeza, Alejo opina que es una perversión y Harry insiste en que eso de navajearse solo nada más lo hacen los pobres pendejos. Fuckin' loser, no good motherfucker, trata de intimidarme y en vez de eso me da la razón. Cuando uno se enamora como yo de Ana G siente orgullo de ser lunático por ella, para ella. Tú qué sabes de amor, le reclamo al mamón, si nunca te has sacado el pito de la boca. Jua, jua, jua, opina Frank y me da una palmada, como si celebrara que todavía no estoy del todo idiotizado y la prueba es que lo hago reír. A partir de este punto, ya no discuto: me basta con pedirle, si intenta decirme algo, que por favor se saque el pito de la boca. Ya, pinche Harry, me secunda Alejo, no estés hablando con la boca llena. ¿Ah, sí, güey, pinche Alejo traidor?, chilla Harry y empieza a carraspear, como ya preparando un gargajo gigante. ¿Qué diría Ana G si se enterara que, además de marcarme su inicial con navaja y traer en el coche un fémur de palanca, todavía me enfrento a mis amigos a gargajo limpio? Pinche naco, diría, y tendría razón. Pinche Naco Panchito, para servir a usted. Una cosa es que quiera ser decente y otra que haya dejado de ser rufián.

Las muchachas lo saben mejor que nadie. Les tocó soportar a la versión más silvestre de mí. Si entre Sheila, Mina y Ana G se han turnado para ir conociendo al romántico tímido, Norma y Maritere tratan con el caliente desvergonzado. Es como si una fuerza irresistible me arrastrara a dejar salir al chimpancé. No sé pasar junto a ellas sin mirarles las piernas, ni mirarles las piernas sin darle alas al pito. Se me ocurren escenas de pura fantasía, como las dos desnudas en mi cama, y otras más realizables, como las dos vestidas espiándome en el baño mientras me la acaricio como un chango. También por eso me hice el corte en el brazo, no está de más toparme con el casto recuerdo de Ana G cuando me estoy quitando la ropa. Funciona sólo a veces, pero ya es algo. Nada detesto más que el cargo de conciencia por la calentura. Lo bueno es que la culpa se va en cinco minutos: lo que tarda la calentura en regresar. Qué difícil vivir enamorado y no dejar de ser un pinche caliente. Y de lo otro ni hablemos: mi papá allá encerrado, mi mamá llore y llore y yo acá jaloneándomela. Maritere, murmullo, Maritere, qué rico, Maritere, voy subiendo el volumen y lo que más me prende es pensar que me escucha desde la cocina y entiende todo lo que estamos haciendo. Después, como es costumbre, me arrepiento. ¿Qué voy a hacer ahora que Ana G se convierta en mi novia y venga de visita a mi casa?

—Pssst, señorita, ¿sabía que su novio es un degenerado?

—¿Y usted cómo se atreve…?

—Oiga esta grabación, mire estas fotos, tengo todas las pruebas y voy a denunciarlo.

Prueba. Denuncia. Amparo. Sentencia. Apelación. Caución. Prisión. Visita. Agente. Defensor. Juzgado. Acusación. Careo. Fianza. Juez. Dormitorio. Comando. Fajina. Arresto. Rancho. Acta. Interrogatorio. Revisión. Instancia. Absolución. Méritos. Confesión. Multa. Artículo. Condena. Reclusorio. Incomunicación. Transferencia. Hace tanto que vivo oyendo estas palabras que ya sueño con ellas, empezando por la última. Según se enteró Alicia, el juzgado que lleva el caso de Xavier y Farrera va a transferirse a otro reclusorio. Es decir que lo van a cambiar, quién sabe a dónde. Me lo contó llorando, angustiadísima. ¿Qué tal si está mejor?, quise animarla. ¿Cómo va a estar mejor?, se le quebró la voz y volvió a llorar. ¿Y yo qué iba a decirle? ¿No seas tan pesimista? Llevo un año anunciándole que todo va a arreglarse en dos semanas, y ahora nos salen con que en vez de soltarlo van a transferirlo. Me pregunto cómo hace la calentura para atraparme de todas maneras, si en el fondo mi vida está jodida y no tengo razones para reproducirme. ¿Por qué no me calienta más meterme un tiro?

Para ratos como éstos también sirve la A de mi antebrazo. Cuando acabe esta pesadilla de película, Ana G va a esperarme a la salida. No podemos pasarnos toda la vida así, tiene que haber un cambio en la fortuna, una buena noticia entre tantas nefastas. Si pudiera contarle a Ana G todo lo que me pasa, exceptuando el capítulo de la calentura, me quedaría el consuelo de saber que existe alguien de mi especie que me entiende tan bien como Napu. Cada vez que le enseño la A, le da un par de lamidas solidarias. ¿Dónde dejaste a Tazi?, le pregunto desde hace un par de días. Se desaparecían y volvían juntos, hasta que Napu regresó solo. ¿Y si está con el Gumas?, duda Harry, pero al Gumas lo vi pasar en la mañana. ¿Ahora encima de todo voy a perder a Tazi?

Napu me ve de un modo muy extraño. Hoy que me iba corrió junto a mi coche y se paró en la casa de Morris Dupont. Es como si supiera algo que yo no sé y no encontrara cómo decírmelo. O será que yo quiero pensar eso. No consigo aceptar que las malas noticias siguen llegando y lo que viene va a ser aún peor. Es lo que teme Alicia y ya no sé cómo contradecirla. ¿Qué voy a hacer si Tazi no regresa? Lo peor es que no voy a hacer ni madres. El mundo entero puede venirse abajo y yo no sirvo para detenerlo. Soy uno de los cuerpos diminutos a los que el monstruo aplasta sin darse cuenta. Ven acá, Napu, cuéntame. ¿Dónde dejaste al güero?

Si de por sí mis días eran raros, ahora sin Tazi son como de Júpiter. Tardes largas y huecas, no me dan ganas ni de ir a la calle. Ni siquiera las piernas de Norma y Maritere consiguen distraerme de la preocupación. Mi papá en otra cárcel, quién sabe dónde, y Tazi para siempre quién sabe dónde. Cuando era niño, me parecía rarísimo que un juguete dejara de fabricarse. Pensaba que las cosas llegaban para siempre, tenía que existir alguna ley que obligara a los fabricantes a seguir produciendo las mismas autopistas y los mismos muñecos, y yo sospecho que alguien dentro de mí sigue pensando igual porque lo que me duele y me sorprende y me fastidia más es ver cómo mi mundo va desapareciendo, cuando según yo estaba aquí para siempre. ¿Qué pasa si a Xavier lo encierran seis, ocho años? ¿Desapare-

cería entero nuestro mundo? ¿Buscaríamos trabajo Alicia y yo?
¿Viviríamos de arrimados en casa de quién? ¿Sería Xavier capaz
de suicidarse?

Siempre sentí atracción por las historias negras. Me gusta que a los héroes les vaya mal. ¿Será por eso que una parte de
mí se siente heroica y se ve en el espejo con el orgullo de un
brujo en la hoguera? No sé ni cómo paso las materias. Se hace
uno muy mañoso en la preparatoria. Repruebo tres o cuatro y
Alicia ni se entera. Cada vez que me dan las calificaciones, las
devuelvo sin firma y nadie dice nada. Bendito seas, Westminster. Al menos por ahí no me graniza mierda. ¿Y yo qué puedo
hacer, insisto? Lo de siempre: tirarme a imaginar historias donde me desquito del mundo. Nada me gustaría más que sentarme a escribir una novela que suceda en la cárcel, con narcotraficantes y asesinos y secuestradores. Una historia mucho peor
que la mía, llena de los horrores que Xavier nos platica sábados
y domingos.

Lili se ríe mucho cuando le hablo de mis novelas trun-
cas. No creo que se imagine que sólo se las cuento para que se
lo diga a su amiga Ana G. Las empiezo con mucho entusiasmo,
como si fueran un juguete nuevo, y unos días después las voy
dejando porque al fin el juguete no salió tan bueno. Me gustaría sentarme a escribir una historia que fuera entretenida como
una moto, para que al día siguiente (y a la semana, al mes, al
año próximo) me quedaran las ganas de seguir con ella. Ya sé
que antes tenía la vida resuelta, pero ahora tengo algo que contar.
Algo que nadie ha visto desde donde estoy yo, que no puedo
cambiar nada de lo que pasa y me voy deslizando cuesta abajo
como en un tobogán. Lo peor está en camino, anuncian los letreros pero no explican más. Cuidado, Precaución, Peligro, Dis-
minuya su velocidad: nada de eso nos sirve, a estas profundidades.

Tan malo soy para leer las señales del camino que sólo
una semana después de ver a Napu correr cada mañana junto
a mi coche y pararse en el mismo lugar, comencé a sospechar
que el amigo de Tazi quería decirme algo. ¿Qué tanto me miraba desde esa esquina, que no daba ni un paso más allá luego
de haber corrido tres cuadras al lado de mi carro? Eran las siete

y media de la mañana, podía tomarme quince minutos para seguir a Napu camino del Viaducto.

Dejé el coche escondido en la cerrada y fui detrás del perro, que seguía esperándome en la esquina. Se echó a andar, nada más me vio venir. No sé qué vengo haciendo, pensaba yo siguiéndolo, pero él sabía tan bien a dónde me llevaba que en diez minutos ya se había detenido frente a una casa azul inconfundible. Di unos pasos atrás: la tercera de arriba para abajo. No podía ser otra que la casa del Cólico. Cuarto para las nueve, vi en el reloj cuando escuché el primer aullido de Tazi. Luego otro, y otro, y después dos ladridos que no podían venir de nadie más. ¿Qué iba a hacer? ¿Pelear solo contra ese hijo de puta y su familia? ¿Alertarlos, para que se llevaran a Tazi a otro lugar? Me eché a correr, por fin. Tenía que volar al coche y al colegio, ya vería qué hacía después para recuperar a Tazi de las garras del Cólico de mierda. Puedo entender que alguna vez quisiera quitarme a Sheila, que igual ni mía era. ¿Pero a Tazi?

A dos días de mi descubrimiento, Napu seguía corriendo por delante de mí en la mañanita. Había ido con Frank y Alejo a la casa del Cólico, pero nadie salió a abrirnos la puerta. Según nos dijo el niño de la casa de al lado, el Cólico llevaba una semana intentando vender a Tazi. Familia de ladrones, les grité varias veces en el interfón, pero ni así salieron a dar la cara. Mañana voy contigo, me prometió Alicia, y si puedes consígueme el teléfono de tu amigo el robaperros. ¿El Cólico, mi amigo?

Antes de que me dieran su teléfono, ya se había aparecido en el Westminster. Oliveros y Morris llegaron a avisarme. Eran dos, preguntaban por mí. Vente conmigo, se acercó el Pato Góngora, que venía a rescatarme al lado del Galletas. Hay quienes se impresionan por el Mustang del Pato, pero a la mayoría le impacta más el coche donde viajan sus guardaespaldas. Gracias a eso, entra y sale del West sin que nadie lo joda. Una vez que los cinco estábamos arriba, el Pato hizo una seña a sus cuidadores y salimos detrás del cochecito del amigo del Cólico. Paseamos diez minutos con ellos atrapados entre el coche del Pato y el de sus guarros. De vuelta en el Westminster, Pato se emparejó a su lado. ¿Qué te pasa, pendejo?, le sonrió. Estaba blanco del terror, el puto, pero igual se atrevió a amenazarme. Yo nada más te advierto que a mi mamá no vas a llamarla ratera, chilló, pero el Galletas no tardó en fulminarlo con la respuesta. ¿Sabes qué, pendejete? Tu mamá es ratera, y además puta. De poco les sirvió salir huyendo, si los guarros del Pato se fueron tras ellos. No van a hacerles nada, me explicó, solamente los van a seguir un ratito, para que se acalambren. ¿Y a mi perro?, salté, ¿qué tal si le hace algo? Claro que va a hacerle algo, volvió a reírse el Pato, te lo va a devolver de aquí a mañana.

Por mí puedes echarme al Pato Góngora con todo y sus guaruras y no te tengo miedo, me dice por lo bajo el pendejo del Cólico, mientras Alicia acaba de entenderse con su mamá. Lo rescataron, dice. Hace ya dos semanas que le dan de comer, como si no supieran dónde vive, y no supiera yo que intentaron venderlo. Yo tampoco te tengo miedo, pendejo, le sonrío al salir, ya que Alicia pagó por todo el alimento que juran que le dieron. No va a tocarme un pelo ahora, ni después, pienso nomás de verle la jeta de putito bravucón. Está muerto de miedo, va a soñar que lo sigue un batallón de guarros con metralletas, pero no queda tiempo para celebrarlo porque apenas volvemos al coche con Tazi, Alicia suelta las malas noticias. Vio a Xavier tras la reja del juzgado. Estoy en un infierno, le confesó entre dientes, como si hubiera gente vigilándolo. Nada más me lo cuenta y se suelta llorando como niña, y yo no quiero ya ni platicarle todo lo que pasó hoy al mediodía, si de cualquier manera los guaruras del Pato no sirven para rescatar a Xavier.

Ya le dije que es un infierno, licenciado. Me cuenta mi marido que ese lugar es como un campo de concentración. Debe de ser la octava o novena llamada, de Celita al abogado, pasando por Adolfo, Rosalinda y Juan de la Chingada. La señora del Ministerio Público, que es un pinche esperpento bigotón, dice que el director de la nueva casa es un muchacho de lo más humano, tanto así que los presos que se portan bien obtienen un permiso especial para pasar el fin de semana en su casa. ¿Cómo entonces Xavier dice que es un infierno? Según Alicia, duerme en el suelo, en una celda para cuatro personas donde meten a nueve. No ha podido contárselo muy bien, parece que hay *ore-*

*jas* en todas partes. Quisiera no escucharla, no enterarme de nada. Hace diez horas me sentía poderoso y ahora soy otra vez una hormiga esperando a que la aplasten.

## 35. Trágame, Tierra

La cárcel es pequeña, puede uno pasarle por enfrente y no saber qué hay en ese edificio. Excepto por las bardas de seis o siete metros, con alambres de púas y torres y casetas en lo alto. El día de visita, el patio se convierte en una plaza llena de pordioseros, y nosotros entre ellos. Cada preso puede extender una cobija para que su familia se siente junto a él, en el suelo. Ten cuidado, me advierte Xavier, en voz bajísima, moviendo apenas labios y mandíbula, todos esos que pasan caminando son *orejas*, y el de aquí atrás también, y el de allá enfrente, y quién sabe quién otro. En cada celda hay cuando menos un *oreja*. Si comentas que te hizo mal la cena, al día siguiente viene el director y te rompe la madre delante de todos. ¿Con que no te gustó nuestro menú?, se extraña, muy sonriente. Unas veces son sólo golpes y patadas, pero otras da tubazos y palizas tan largas que las reparte en varias sesiones. Tiene a varios marranos que agarran a la víctima mientras él se divierte rompiéndole la crisma a medio patio. Sus incondicionales tienen permiso para salir los fines de semana, mientras a otros los tiene en Cuernavaca, trabajando en la construcción de su casa. No voltees ahorita, me previene Xavier. Ese que está allá enfrente, al lado de la puerta, es el director.

Una vez que termino de hacer girar el coco cronométricamente, me asombra descubrir que el monstruo tiene pinta de galancito. Qué edad tiene, pregunto, sin mover un milímetro los labios. ¡Veintitrés años!, me asombro en voz más alta. ¡Cállate!, me regaña Xavier entre dientes, sin dejar de sonreír igual que un maniquí, pero ni eso le quita los ojos de miedo. Ayer mismo, me explica, le soltó una patada en la mano porque lo vio metérsela en la bolsa. ¿Él a ti... te pateó? ¿Y por qué no se pueden meter las manos en las bolsas? ¡Que te calles, te digo!, pega un brinco, mira atrás y a los lados. Aquí te mediomatan por cualquier cosa, me susurra al oído, te descuidas tantito y este infeliz te deja tullido.

El infeliz se llama Arsenio Loperena. Maneja un Porsche blanco que estaciona del otro lado de la calle y acostumbra pasearse con sus novias por el patio de la cárcel mientras reparte órdenes entre sus lambiscones. Es mamón, altanero y pocas pulgas. Se nota que se pasa las horas levantando pesas y viéndose los bíceps en el espejo. Es de esos que te sacan la pistola porque te les quedaste mirando. Según Xavier nos cuenta de a poquitos, con un sigilo ya de por sí espantoso, Loperena te puede sorrajar una sola patada, o darte con varillas de construcción hasta hacerte perder el conocimiento. Entonces te echan agua y ya despierto te siguen pegando. O te dejan tirado en las regaderas y al día siguiente vuelven a madrearte. ¿Por qué? Por cualquier cosa. El tal Arsenio es un enfermazo, basta con que le cuenten que te quejaste de una pendejada para que te acomode la madriza de tu vida. Si, como Xavier dice, vino a dar al infierno, el diablo es el mamón del Porsche blanco.

No sé si sea otra forma de evitarme pensar en lo que más me inquieta, pero imagino a Arsenio Loperena como el villano de una historia espeluznante. Lo vigilo de reojo, tapándome la cara para que ni Xavier sepa lo que hago. La novia está muy guapa y trae la falda corta, pero seguro es de esas que se calientan con los pederos y los empistolados. ¿O será que con ella es todo un caballero? ¿Un cursi? No lo creo. Es muy mamón para eso. Lo imagino mejor cacheteándolas que besándoles la mano. ¿Se dará cuenta la tontarrona ésa de la minifalda de que el aire aquí dentro se corta con cuchillo? Tal parece que siempre son distintas, le gusta presumirlas delante de los presos. Pero apenas las ven de pasadita, nadie quiere ganarse una paliza por mirar unas piernas, aunque sean las únicas y estén muy buenas. Loperena se debe de sentir muy cabrón cuando ve que ninguno se atreve a mirar, a lo mejor por eso le gusta traerlas. Le excita que le tengan todo este miedo, que lo envidien y lo odien y le teman sin levantar la vista del piso. Que una mirada suya los haga sudar frío. No mires para allá, me sacude Xavier, tú no sabes lo que es el acomplejado ése.

Me levanto, camino hasta la entrada y doy la media vuelta, como quien no quería más que estirar las piernas. No es un patio muy grande, quienes caminan tienen que hacerlo alrededor de presos y visitas. Un círculo de trapos, fritangas y gente en posición de limosnero. En vez de ver al mamón Loperena, trato de imaginarme cómo nos ve desde donde está. Seremos unos doscientos cincuenta, entre visitas y presos, tendidos en el centro del patio. No sé si parecemos más lanzados, damnificados o menesterosos, pero seguro que causamos lástima. No a él, por supuesto, que nos mira a sus pies. Rendidos. Cabizbajos. Temerosos. ¿Estaría así el Cólico cuando traía detrás a los guarros del Pato Góngora? Para saber cómo se siente Loperena, tendría que multiplicar por cien el gusto que me dio asustar al Cólico. Me volvería entonces un sádico de mierda, calculo y de inmediato me pregunto qué siento de saber que Xavier está en manos de un sádico de mierda.

El Westminster está a tres cuadras del Periférico. La cárcel, a una cuadra. En medio hay seis kilómetros, así de cerca estamos. Cada mañana salgo de mi casa de niño rico a mi colegio para niños ricos, mientras allá Xavier vive como el más pobre de los pobres. Paso lista sin falta en el paraíso, donde la pura cercanía de Ana G me alivia las angustias y las humillaciones y la mala conciencia, hasta olvidar a ratos que el infierno funciona de cualquier modo y allí es donde se juega mi destino. Es como si las horas del colegio fueran tiempo robado a la desgracia, pero resulta que hoy, lunes por la mañana, no soy yo sino Morris el desgraciado. Hace un año que mi papá está en la cárcel, pero el suyo está muerto desde ayer. ¿O sea que el desmadre que echamos juntos la semana pasada fueron horas que Morris le robó a la desgracia? ¿De qué tamaño será mi desgracia? ¿Por qué ni siquiera eso puedo saber?

Félix Cuevas - Insurgentes - Altavista - Calzada del Desierto. Los cinco que Miss Alpha comisionó para ir al entierro en nombre del Colegio vamos casi al final del cortejo. Al cruzar Periférico, mi mente se desvía por un rato a la cárcel. Si me bajara ahora de este coche, llegaría caminando en diez minutos, pero voy a un entierro y no puedo evitar preguntarme, entre dos escalofríos, qué tan lejos estamos de acabar enterrando a mi papá. Cuánto más va a aguantar. Cuánto nos falta.

Nunca antes había estado en un entierro. Ayer mismo, en la cárcel, Alicia traía cara según yo de panteón, pero nomás de ver a la mamá de Morris entiendo que me equivoqué de cara. Alicia la tendrá de horror, de angustia, de dolor, pero no de esperanzas perdidas. Una cosa es que la desgracia te tenga en el suelo igual que a un limosnero, y otra muy diferente que te pisotee. Miro a Morris echando un puñito de tierra sobre el ataúd, y luego otro, mientras toma la pala y escarba y la descarga, qué trabajo de mierda, me repito, aterrado de sólo recordar lo cerca que estoy yo de su lugar. Pueden matarlo ahorita y estar yo aquí mañana, con la pala en las manos. Pero puede que no, ésa es la diferencia. De regreso en el coche, decidimos hacer una escala en los sopes de Coyoacán. Ninguno quiere hablar del tema del panteón, Mamilio y Oliveros vienen muy ingeniosos y la risa del Buck es como pegajosa. ¿Quién diría que venimos huyendo de la muerte?

¿Por qué no aprovechaste de una vez para enterrar tu palanca de velocidades?, secretea Mamilio detrás de mí. ¿Te refieres a Eufemio?, me tardo en responder. Llegamos a la última clase del día, me cagaría que el profesor de Lógica me sacara por estar platicando, con lo poco que he visto hoy a Ana G. ¿Es Eufemio tu fémur? No sabía su nombre, resopla Mamilio, aguantando la risa, ¿todavía lo traes? Ya no, luego te cuento, trato al fin de callarlo pero el profesor Davis ya me está señalando la puerta. ¿Y por qué sólo yo?, me quejo y me entusiasmo cuando Davis se va sobre Mamilio. Fuera de aquí los dos: mi pan de cada día. Puede que ya no sea el peor de los alumnos, pero problemas nunca van a faltarme. No quiero imaginar el berrinchazo que va a hacer Alicia si encima de todo lo que nos pasa la llaman del colegio por mi culpa. Hace un año tiraba yo la hueva en el jardín, en la carota del director, y ahora tengo que andar escondiéndome como niño de secundaria para que no me acusen con mi mamá.

Lo más raro es que me divierta tanto. Es como si estuviera de vuelta en secundaria, sólo que con amigos y mujeres y sin tantos putitos lambiscones. O sea, en el paraíso. ¿Y Eufemio, pues?, insiste Mamilio, escondido a mi lado detrás del pedestal del astabandera. Eufemio en paz descansa, junto las manos, como si rezara. ¿Qué le pasó, no mames?, frunce el ceño y le explico que todo sucedió el sábado pasado: iba con mi mamá en el coche discutiendo y en lugar de aventarme a mí por la ventana la agarró con el bueno de Eufemio. Mamilio no termina de reírse. ¿Tu mamá tiró a Eufemio?, repite y yo lo alcanzo con las carcajadas. Ya estuvo bueno de canillas, dijo y aventó a Eufemio a su jodida suerte. Luego por qué nos va como nos va, sacudió la cabeza, como si de repente se preguntara por qué me permitió que trajera ese fémur ahí durante tanto tiempo. Seis meses, poco más. Para cuando se le ocurrió tirármelo, mi hueso era famoso en todo el Westminster. ¿Es de verdad?, se acercaban los niños, a la salida, ¿cómo lo conseguiste? Se lo arrancó a un maldito escuincle preguntón, le gustaba asustarlos a Oliveros. Es el de su abuelita, les informaba Morris.

A ver si un día de éstos vamos al panteón, tanteo, qué tal que damos con una calavera. Estás pero pendejo, se ríe de mí Mamilio, ahí me cuentas después cómo se va a llamar tu calaverita. Suena el timbre de las dos de la tarde y mi cómplice sale volando hacia el patio, mientras yo pelo el ojo en busca de Ana G. Necesito decirle hasta mañana, pedirle sus apuntes, preguntarle si hay algo más de tarea, irme de aquí a mi casa con las hélices puestas, repitiendo su nombre en voz tan alta que la gente me mire y diga pobre loco, se le fue todo el pedo, cree que la Virgen le habla. ¿Y quién quieren que me hable, las putas? Para eso hay que esperar hasta la tarde, cuando llegan volando en sus escobas.

Siempre que voy a casa de Celita me tomo cuando menos media hora para dar vueltas a la manzana de atrás. Tengo mis candidatas, aunque dudo que un día me atreva a irme con una. Van dos veces que sueño que voy solo y termino cogiendo en el hotel. Yo cogiendo, no mames. Sin nadie que me espere, ni se entere, ni pueda preguntarme qué tal me fue. Sé cuál es el hotel porque van varias veces que las sigo hasta allá, con todo y cliente. Solamente pensar que la misma mujer pasa con uno y otro por la administración me hace sudar las manos de la ansiedad. Desde que a Norma la reemplazó Lucía, una señora seca y tartamuda, Maritere la usa de chaperón. Si sube a mi recámara, trae a Lucía con ella. Es como recibir una inyección de antídoto contra la calentura. Para el caso, prefiero ir a dar vueltas a la esquina de Pánuco y Villalongín, donde hasta me saludan de tanto que me han visto por ahí. Ándale, güero, dicen, ya deja de dar vueltas, que te vas a marear. Anímate, güerito, yo te trato sabroso, sin prisas. ¿No vas a ir, papacito? Órale, son trescientos y tú pagas el cuarto. ¿Otra vez tú, papito, no te aburres?

Voy a estudiar a casa de unos compañeros, le aviso a Alicia al final de la tarde, para que no sea raro que me vea volver pasadas las nueve. Son las seis y despego a solas con la única misión de mirar, fantasear y de pronto preguntar. Odio que me hagan burla porque no me decido, y en realidad odio que me recuerden. Saben mucho de mí, aunque ni me conozcan. Nadie más en el mundo se entera de que vengo a mirarlas. Vigilarlas. Seguirlas. Igual que los psicópatas y los degenerados, que les hablan sin verlas a los ojos y las miran de lejos agarrándose el pito. Alguien dentro de mí quisiera parecerse a esos asquerosos que no sienten vergüenza ya por nada, o la sienten y ya con eso se calientan. No sé por qué la tarde me da tantas ideas, y más después que empieza a hacerse noche. Algunas veces no han dado las siete y en la esquina de Pánuco y Villalongín ya hay tres o cuatro chicas vaciladoras. De repente una nueva, o una antigua que vuelve, o una que va a venir no más que algunas noches, cómo adivinarlo. ¿A poco no te gusto?, me sonríe Renata, como si ya supiera que es la gran favorita de mi imaginación. No me alcanza el dinero, le explico, cabizbajo, desde la ventanilla de mi coche. ¿Ya ves, por gastar tanta gasolina?, se ríe, ponte a ahorrar, yo aquí espero, mi amor.

Empecé mis ahorros hace diez meses y hace cinco que casi me los acabé. Llevaba unas semanas juntando billetes de diez, veinte y cincuenta pesos, hasta que abrí una cuenta en el banco. Luego Alicia me dijo que Efrencito andaba vendiendo su guitarra eléctrica. Dile que espere un poco y yo se la compro, me entusiasmé, nada más recordar que estaba a dos semanas de mi cumpleaños. Haciendo cuentas ahora, podría haber usado ese dinero para tirarme seis veces a Renata. Cuando por fin tenía la guitarra, me enteré que faltaba el amplificador y ninguno es barato. La cuenta se quedó con cuatrocientos pesos, desde entonces no he vuelto a ahorrar un centavo.

A veces, en las tardes, se me ocurre sacar mi dinero del banco e ir corriendo a buscar a Renata. Sus piernas. Su cintura. Su sonrisa. El problema es que el banco lo cierran a las tres y yo a esas horas soy un caballero andante, incapaz de pensar en cochinadas. Para cuando las brujas me ponen a soñar, tengo que esperar doce largas horas para que abran el banco, y luego el día entero a que vuelva Renata. No digo que de noche no piense en Ana G, excepto cuando estoy en la esquina de Pánuco y Villalongín, rendido ante los muslos de Renata que ya se trepa al coche de un pobre imbécil y se lo lleva directo al hotel. Me estaciono a dos metros de la entrada, cruzo hacia allá como cualquier peatón y descubro a Renata recargada en la puerta que conecta al hotel con el garage. Parece que ahí se paga por el cuarto, concluyo cuando miro al pobre imbécil exprimir la cartera frente al encargado, pero ya no me importa porque ahora me sonríe. Renata. Me ha sonreído Renata. Hizo después un gesto de ya ni modo, mi amor. No es que quisiera irse con cualquier pendejete, sino que se resigna y me lo hace saber. ¿Sabrá cómo me ha puesto su sonrisa? En lugar de mirarme con desprecio porque ya se dio cuenta de que la ando siguiendo, me recuerda que va a pensar en mí cuando esté encima de ella el pobre imbécil. ¿Y qué decir de mí, que me gasto las horas merodeando el hotel de las putas, donde jamás he entrado porque soy un miedoso que se conforma con imaginar lo que tantos imbéciles van y hacen con Renata?

¿Qué haría un caballero en esta situación? Lo mismo que un caliente: refundirse en el coche y esperar, con la vista clavada en el retrovisor, el instante en que pise su dama la calle para ofrecerle su cabalgadura. Casi todos los clientes acaban y se largan, mientras ellas regresan caminando a sus puestos en la

calle de Río Pánuco, a tres cuadras de ahí. No sé por qué me
excita de este modo ver cómo son las putas cuando no están
puteando. Cómo cruzan las calles, se compran unas uvas o una
Coca-Cola y a los cinco minutos ya tienen al desfile de calientes
haciéndoles la misma pregunta. Son trescientos, mi amor, me
informa nada más la veo salir, meto reversa y le corto el camino.
Ya sé que son trescientos, todavía no los tengo, pero puedo lle-
varte a la oficina, me detengo, buscando su risa, y no te cobro
nada. ¿No serás un maniático peligroso?, se asoma, me calibra,
cierra un ojo, se ríe, menea la cabeza. No más de lo que ves, alzo
los hombros y la miro subir, con tamañas piernotas, al mero
centro de mi espacio vital. ¿Qué, quieres ser mi amigo?, se des-
pereza sobre el asiento, como si así me agradeciera el ride. Viene
recién cogida, pienso una y otra vez, mientras se me ocurre algo
que decirle. ¿Eres tímido, amigo?, me extiende la mano, mucho
gusto, Renata, para servirte. Yo soy Jorge, le miento, como si así
me protegiera de algo. Ya ponte a ahorrar, Jorgito, me da un
pellizco suave al despedirse, como si se tratara de casarnos. Se me
hiela la sangre en ese instante. Mientras Renata baja de mi coche,
sus colegas me miran, divertidas. Pinches putas siniestras, termino de asustarme, nada más imagino que se juntan para ir a ver a
Ana G y le dicen que soy el novio de Renata. Porque eso es lo
que dicen, mientras cierro la puerta. Dile adiós a tu novio, Renata. Ya no seas tan ingrata, Renata. Vete de aquí, amiguito, se
regresa a pedirme, antes de que estas viejas te agarren de bajada.
Be-so, be-so, canta una, mientras otra se mueve como violinista.
Cuando llego a mi casa, ya cerca de las diez, todavía me pega el
calor en la cara de pensar en el show que armé en Pánuco. ¿Qué
voy a hacer si un día vengo con Ana G y me topo con las colegas
de Renata? Ya sé que es muy difícil, pero igual me preocupo. Me
hacen sentir culpable. Y después, ya muy noche, vuelven los ecos
de esas risotadas ya no para joderme, ni para avergonzarme. Al
contrario, me gusta recordarlas, y tanto lo hago que de aquí a un
par de días no sabré si me acuerdo de lo que me dijeron o de lo
que inventé para entender lo que me dio la gana. Ya ponte a
ahorrar, Jorgito, insisto en susurrarme en el oído, con la mano
enconchada y la cabeza bajo las sábanas.

—¿Quiénes son esas viejas que te saludaron?

—¿A mí, Ana G? ¿Y desde cuándo me llamo Jorgito?

—¿Y tú crees que Renata sí se llama Renata?

Morris también tiene guitarra eléctrica. *Con* amplificador. Van tres veces que intento invitarlo a tocar en mi banda, pero antes me pregunta si ya me compré el amplificador y se caga de risa a mis costillas. Un *ampli* puede costar muchos miles de dólares, fanfarronea Oliveros, pero igual con quinientos consigues uno bueno. Hago las cuentas: es un dineral. Por esa cantidad podría pasar tres noches sin salir de la cama de Renata. Pero también sin amplificador. Dice Alicia que debería ir tomando unas clases de guitarra española, sólo que ni cagando voy a aceptar que me enseñen las mismas canciones que tocaban los galancitos del salón en La Melosa Salle. Antes muerto, chingao.

Según Harry, bastaría con que Ana G dijera que le gustan las canciones románticas para que yo corriera a formar un trío. Con ustedes, Los Años Querendones, anuncia y me señala. Muy chistoso, pendejo, le reclamo sin ganas porque en el fondo quiero seguir hablando de ella, y además lo que dice Harry es cierto. Y hasta se queda corto. Por Ana G yo puedo ser capaz de aprenderme completo el repertorio de Julio Iglesias, aunque no sé muy bien qué haría después. En mis sueños la miro tocando el piano eléctrico a mi lado. Siempre feliz, sonriendo, como si la canción no terminara nunca. O como si la vida no fuera más que un infinito comercial de Coca-Cola.

En realidad no está justo a mi lado, sino a la orilla, y desde ahí me mira todo el tiempo, como si en vez de estar los dos en una banda fuéramos algo así como un dueto romántico. No sé muy bien quién canta, tendría que ser yo pero mi voz no sirve para eso. Nunca alcanzo los tonos, cuando no me doy cuenta me lo dicen. Cállate ya, carajo, cantas horrible. Pero si estoy con la guitarra en las manos tendría cuando menos que hacer coros. Cualquier chillido puede calificar, sobre todo si hacemos música densa, sólo que entonces ya no consigo ver en la foto a Ana G. Algo me dice que mis sueños y los suyos no caben en el mismo comercial, pero los caballeros sólo sabemos ver los hilos del destino que favorecen nuestra cruzada, el resto son las trampas del demonio. En mi cabeza, nuestra banda toca la música más rompemadres de este mundo y… Miento. Si fuéramos tan buenos tocaríamos como el Velvet Underground, pero Ana G sería entonces una combinación de diosa y bruja, no la nuera de Alicia y Xavier. Y yo andaría picándome los brazos, qué me iba a preocupar si Ana G me miraba o se hacía señitas con el baterista. Hago un esfuerzo para imaginar a la banda del comercial de Coca-Cola tocando una canción como *All Tomorrow's Parties* y me dan como ganas de vomitar. Son otros tiempos, trato de consolarme, pero en el comercial que tanto me entretengo imaginando nos parecemos menos a Lou Reed y Nico que a Paul y Linda McCartney. En un descuido, estamos vestidos de rojo. Cantamos algo así como *No somos más que dos cocacolitas en el supermercado del amor.*

Cuando volví del sueño, ya había comenzado una nueva película de horror. No todo el mundo quiere saber las cosas tal como son. Yo, por lo menos, habría preferido seguir dándole vueltas al comercial de las cocacolitas y no enterarme de una verdad tan idiota. Fue como un golpe seco en la cabeza: toma, güey, para que andes soñando pendejadas. Toma, ingenuo. Toma, papanatas. Toma tu Coca-Cola, perdedor. Para colmo, era viernes. Estábamos formados en el patio, ya ni siquiera me acuerdo por qué. Supongo que hasta entonces no me había enterado, y luego ya ni cómo enterarse de nada. ¿Es verdad, Ana G?, abrió Mamilio unos ojos tan grandes que la desgracia se anunció sola. ¿Qué es verdad?, me fingí distraído, tras la oreja del Buck. ¿Ya le viste el anillo a Ana G?, señaló él con las cejas y fue como si jalara una palanca hidráulica que me dejó el estómago vacío. A ver. Déjame ver. Yo también quiero ver. Qué anillo tan bonito. ¿Cuándo te casas?

Lili se sabe la historia completa, pero no me atreví a preguntarle. Tampoco quería oírla. Si es verdad que Ana G va a casarse en septiembre, para qué saber más, refunfuñé, juntando las mandíbulas como si otra vez fuera a triturar el dedito del Cuco. ¿Qué te pasa?, se me acercó Lili. Nada, se me olvidó hacer la tarea de Lógica y hasta ahorita me acuerdo. Lili no me lo ha dicho, pero muere por Morris. Llegué a pensar que en un golpe de suerte podíamos aliarnos. Yo le llevaba a Morris y ella traía a Ana G. Y ahora ese anillo no dejaba duda de que todos mis sueños eran tan idiotas como un romance entre cocacolitas. Me escapé del Westminster antes del mediodía, llegué a la casa y me senté a escribir una carta. Amor Mío, empezaba diciendo, y lo demás era por el estilo. Por momentos me preguntaba incluso si se la mandaría, pero era demasiado. Una carta como ésa no se la puede uno mandar a nadie, si no quiere quedar como un pendejazo. Aunque igual quedé así, la diferencia es que nadie lo sabe. Fui al cine solo y no entendí los chistes de la película. Fui con Alejo y Frank al billar y no anoté una sola carambola. Pasé el fin de semana con el coco flotando entre nubes donde su nombre estaba escrito y tachado. "Éste ya no es el mundo de Ana G", se escuchaba al comienzo de la película y a partir de ese instante la pantalla quedaba toda en blanco. Como si una señora de túnica y guadaña diera la bienvenida a un porvenir donde ya no hay figuras, ni color, ni sonido.

Es aquel chaparrito de los pelos parados, me explicaba Xavier, discretamente, y a mí nomás de verlo me ganaba la risa. ¿Es el que se robó la bicicleta…? Shhh. Sí, el de la bicicleta, dejó ir una sonrisa. No sé por qué me parecía gracioso que después de robarse la bici la cambiara por una bolsa de mota, si de cualquier manera no me imagino cuánto vale la mota, ni sé de qué tamaño era la bolsa, ni cómo estaba la bici robada. Creo que fue mi primera risa de verdad desde que supe lo de Ana G. No me había resignado, como creí al principio, cuando escribí mi carta de seis páginas y terminé con un adiós chillón que a estas alturas ya tendría que haber emborronado y desaparecido. Porque el domingo, al salir de la cárcel, ya sabía que no iba a darme por vencido. Si el caballero andante la había rescatado de las cenizas del volcán furibundo, ¿por qué no iba a salvarla del altar de Satán? Regla número uno, me dije al comenzar la mañana del lunes: *Amarás a Ana G sobre todas las cosas.*

¿Por qué será que si uno se enamora casi nada sucede porque sí? Es como si una gran conspiración manejara las leyes del azar y su nombre estuviera en todas partes y cada uno de los sucesos de mi vida fuera parte de un plan para llegar a ella.

Xavier fue a dar al bote y yo también sólo para que al fin nos conociéramos. Prefiero pensar eso a seguir sospechando que hace un par de semanas el destino dio un giro en contra nuestra. ¿Basta una vuelta chueca para que nada vuelva a salirte derecho? Desde que trasladaron a Xavier, el resto de la vida ha estado chueco, no es la primera vez que me pasa. Cuando todo va mal y nada sale bien lo que yo hago es pensar que está granizando. Parece que se cae el mundo a pedazos, o que el cielo se va a venir encima, y a lo mejor hay árboles tirados y ríos desbordados y casas inundadas, pero el granizo tiene que parar. Me acuerdo de ese sábado en la madrugada, cuando esperaba la hora de salir hacia el Popo y me decía que esos amaneceres son la única garantía sobre la Tierra. Mañana va a haber uno, y pasado mañana otro, estemos o no ahí. No sé qué tanto bueno pueda suceder cuando acabe de caer este granizo, necesito aguantar para enterarme. Y yo siempre he aguantado, ¿no es verdad? Ya puede llover mierda, que yo igual lo resisto pretendiendo que estoy bronceándome en la playa.

¿Y quién me dice que una granizada no puede convertirse en huracán y llevarse mi vida como un puño de arena, adiós, nunca existí, nací desvanecido? ¿Cómo voy a saber lo que es aguantar vara, si aun a pesar de todos los pesares tengo mi coche y soy alumno del Westminster? ¿Qué voy a hacer cuando todo se acabe? ¿Dónde puedo encontrar la garantía de que Xavier no va a salir del bote con los pies por delante? Creía que mi vida andaba mal hasta que llegó Alicia del juzgado y se me echó a llorar en el primer abrazo. Tu papá, repetía, ay, tu pobre papá. ¿Mi papá qué?, empecé a desesperarme, pero ella estaba como hipnotizada. Y yo tuve la culpa, sollozaba otra vez, por estúpida. Otro poco y lo matan, hijo, movía la cabeza, como si viera todo en una pantalla y le costara trabajo creerlo.

¿Qué le hicieron, mamá?, la tomo de los hombros y escucho ya el bum-bum del corazón. Lo golpeó el infeliz de Loperena, me explica, entre furiosa y angustiada, cuando supo que yo me había quejado con el juez por el estado de esa cárcel maldita. ¿Le pegó otra patada?, trato de disminuirlo, para ver si me calmo, hasta que Alicia toma un poco de aire y me cuenta que no fue un solo golpe, ni una simple golpiza, sino un rato bien largo de insultos, puñetazos y patadas. Para que se te quite lo rajón, le gritó, entre otras cosas. No sé por qué eso de rajón le duele más a Alicia que lo demás: cada vez que lo dice le gana el llanto y ya no puede hablar. ¿Y cómo está, mamá?, la vuelvo a sacudir con los dos brazos y ella jura que bien, luego que mal y al final que no sabe. Camina con trabajos, se fatiga al hablar. Tiene algo en las costillas, ojalá no también en los pulmones. Loperena le daba los madrazos mientras dos lambiscones lo detenían. ¿Qué hago si me lo matan, hijo?, se le salió al final. Ay, Dios, qué estoy diciendo, se persignó y miró para arriba, tenemos que sacar a tu papá de ahí.

A mitad de la tarde del domingo sé que sólo algo peor puede pasarnos, y eso es que Loperena asesine a Xavier. Diez años de sentencia en cualquier otra cárcel serían poca cosa frente a lo que en tres meses puede pasarle aquí. Cada vez que hay un muerto, abundan los testigos que "lo vieron pelear con sus compañeros", aunque no identifican a ninguno. Y ay del que se le ocurra contar otra versión, porque al día siguiente amanece tieso, con una explicación idéntica. No es un secreto, aparte, que a Loperena le divierte mucho reventarle la madre a la gente. Por la jeta que planta cada vez que confirma cuánto le temen, los presos que ha golpeado deberían estar agradecidos de que no les vaciara el cráneo a tubazos, si allí dentro es el dueño de todas las vidas y puede hacer con ellas lo que se le antoje. Miro al hijo de puta manosear a la novia de hoy ante la admiración de sus gorilitas, mientras a pocos metros Xavier avanza paso a paso por el patio, haciendo cuanto puede porque no se le noten los dolores. Es como un viejecito con miedo de temblar, arrastrando una escoba de pared a pared. Como cavando el hueco para su tumba. Pero no va a morirse, para eso tiene al miedo. Ni una palabra digas de esto que me pasó, ni a tu mamá ni a nadie, la previene Xavier, al despedirnos. Y otra cosa, se rinde, habla con don Miguel. Pregúntale qué quiere, dile que estoy dispuesto a ceder lo que tenga que ceder, necesito salir de este lugar antes de que me maten. No digas esas cosas, brinca Alicia, pero Xavier sabe que tuvo suerte y duda que la vuelva a tener.

Ya van dos que se mueren luego de una golpiza. Y él está lastimado, pero entero. ¿Qué vas a hacer tú sola con Xavier?, le sonríe, como si con un gesto transformara el temor en buen humor. ¿Qué haríamos los dos solos?, me pregunto en la noche, ya metido en la cama y tan lejos del sueño como de la alegría. ¿Será que ya acabó de granizar o es el principio de un gran huracán? ¿Fue hoy quizás el peor día de nuestras vidas? ¿Voy a quedarme huérfano de aquí a un par de semanas?

No sé qué hacer con estos días raros. Tantas cosas nos han salido mal que tendría que ser un poquito optimista y pensar como los apostadores que ya viene la mía, ya me toca, pero desde que vi a Xavier en ese patio entendí que lo peor de la desgracia es que no tiene fondo. Te puede ir peor y peor y peor y peor y peor. Te puede ir mal por años, o por décadas. Solamente los muertos tocan fondo, escribo en mi cuaderno. Podría ser el principio de una novela. Las palabras del director de un hospital psiquiátrico donde se experimenta con los internos. Uno de esos doctores que se interesan más por saber cuánto dolor aguanta el paciente que por curarlo. Pienso en esas mañanas deliciosas de La Holgazana Salle, cuando podía pasarme las horas panza arriba en el sol, inventando tormentos junto a Abel Trujano. Sólo que entonces no sabía quién era Arsenio Loperena. Me parecía de lo más gracioso que a un fulano le prensaran los huevos y cada nuevo día le dieran una vuelta a la palanca. O sólo media vuelta. O un cuarto de vuelta. A ese tormento lo bautizamos como *Omelette prensado*. Y ahora que quiero usar esas ideas me parecen estúpidas. Arsenio Loperena jamás se tomaría la molestia de adaptar un tornillo de banco para hacer tortillitas de testículo.

El verdugo que invento en mi cuaderno tiene una sed de sangre que en lugar de saciarse sigue creciendo. Lo calienta la sangre, cómo no. Lleva una vida cómoda, tiene un carro importado y sus mujeres son lo bastante bonitas para poner más locos a los locos, pero lo que le gusta es castigar. Un par de bofetadas, un tubazo en la espalda, un hierro al rojo vivo sobre el pecho. No sé por qué me alivia exagerar. Es como si escribiendo historias de quemados y mutilados estuviera anulando la posibilidad de que algo así le pasara a Xavier. ¿Quién va a creerle a un loco, o a un presidiario? Lo que diga el demente que lo mate va a ser lo que publiquen los periódicos. Me gustaría encontrar la manera de contar lo que pasa desde el suelo, en el patio de la jodida cárcel de Tizapán. Contar la humillación, el miedo, el desconsuelo, la caída en picada de todo lo que uno creció creyendo que era para siempre. ¿Por qué me pasan, pues, tantas cosas torcidas? ¿Es porque estoy salado, nada más, o de verdad después me tocará contarlas?

¿Te acuerdas del muchacho de la bicicleta?, me recibe Xavier el sábado siguiente, repuesto de los golpes pero con las ojeras que parecen moretones. ¿El que cambió la bici por la bolsa de mota?, le sonrío y me mira como si alguien le hubiera vuelto a pegar. Lo mataron, me informa, con los ojos brincando hacia los lados. Se detiene, saluda a un par de presos y espera a que terminen de alejarse. Son *orejas*, se explica. Andan muy ocupados desde que el de la bici se les murió en el viaje de la ambulancia. Como siempre, dijeron que se había peleado con otros internos, así que ahora se encargan de cazar chismosos para ganarse un fin de semana en su casa. ¿Y por qué le pegaban?, le he preguntado por tercera vez. Cuando pasan los últimos soplones de la fila, me cuenta que al muertito lo agarraron inhalando el cemento del taller. Loperena lo supo y se le fue a tubazos, junto con otros cuatro que al principio nomás lo detenían y al final competían por patearle el estómago y la cabeza. Le pegaron de día y de noche, y de día y de noche, hasta que a la tercera mañana descubrieron que estaba agonizando. Le echaban agua, le seguían pegando y él ya no se movía, así que lo mandaron al hospital. Hace dos días que regresó el cadáver y Xavier sigue sin poder dormir. Es como si siguieran golpeándolo y gritándole, para que nadie dude lo que le espera al próximo desobediente. Aquí duermes con miedo, me explica más tarde, nunca sabes quién va a armarte una intriga con tal de quedar bien con Loperena. Yo me cuido de no meter la pata, sigue hablando de lado, mirando hacia otra parte, pero aquí no hace falta ni el motivo. Te pegan porque quieren y te matan si se les da la gana. No eres nadie, eso pueden probártelo.

## 36. Always crashing in the same car

La noticia me cae como un relámpago. La escucho congelado, o mejor, chamuscado por el rayo que dos segundos antes me atravesó los sesos. Pensé que Alicia me iba a regañar, y al final eso habría preferido. Me lo soltó tal cual: tenemos que mudarnos. ¿Adónde? Eso quién sabe. Si de aquí a una semana no encontramos adónde, vamos a irnos a vivir con Celita. Cuando salga Xavier ya buscaremos casa, o lo que sea. ¿Es decir que nos vamos en…? Dos semanas y un día, cuando más. Va a haber que almacenar todos los muebles, alza las cejas, preocupadísima, tu papá insiste en que contrate el servicio completo, para que no tengamos que hacer talacha, pero yo digo que es mucho dinero. ¿Qué va a pasar entonces con la casa?, busco salir del pasmo, pensando un poco en Napu, que otra vez va a quedarse en la calle. Como nosotros, claro. Siéntate, me acaricia la cabeza, voy a contarte cómo están las cosas. Volvió a hablar con el juez, pero no se quejó más de Loperena. Según le dijo, es fácil absolver a Xavier en la primera instancia, pero el tal don Miguel no va a quedarse con los brazos cruzados. Apelaría, claro. Terminaría encerrándolo cinco o seis años, le sobran las influencias y el dinero. Tengo muchas presiones, señora, le confesó al final. Fue entonces cuando Alicia se decidió a llamar a la oficina del viejo y pedir una cita con él.

Fue una entrevista, cuenta, muy desagradable. Tal parece que al viejo le da también por la sed de sangre. Se ensañó con Alicia, no movió ni las cejas cuando le describió la clase de prisión donde está mi papá. Era como si Alicia no pidiera ya por su libertad, sino por su vida. Llévese lo que quiera, don Miguel, aceptó, pero no deje a mi hijo sin su padre. Y fue así como perdimos la casa, junto al terreno y un montón de dinero que Xavier tuvo la mala puntería de guardar en el banco. Voy a acabar con la vida de banquero de su marido, le había dicho hace un año y lo estaba cumpliendo. Cuando salió de esa pinche oficina, Alicia no sabía si llorar o celebrar su suerte. Nuestra suerte. ¿Será que despertamos del huracán para certificar que no tenemos dónde caernos muertos, ni existe nada más del que era nuestro mundo hasta el año pasado? No abro la boca, pero la miro con los ojos tristísimos que va a plantarme Napu cuando lo dejemos. ¿Y qué quieres? ¿Que maten a tu padre? Meneo la cabeza. Igual que a ella, me alegra la noticia, pero atrás suena música trágica. Es como si nos fueran a lanzar. O como si de pronto descubriéramos que nuestra casa nunca fue nuestra casa. Que todo era mentira, empezando por ese cuadro a media sala donde parezco el hijo de un hacendado. Un príncipe de pueblo con la ropa prestada y el jardín de cartón.

Los días que siguen son una pesadilla. Como si cada cuarto fuera un dibujo y alguien fuera borrándole los trazos. Un día se va el piano, otro la sala y otro más la recámara. Mientras eso termina de pasar, espero hasta que Alicia tenga algún compromiso y se desaparezca por un par de horas, para agarrar la moto y salir a dar vueltas por San Buenaventura. Nada más de ir hasta la Veintiséis, mirando todo lo que voy a perderme, maldigo mi destino con la boca cerrada, para que el pasajero no pueda escucharme.

¡Mira: Paula!, me avisa Harry, y por unos instantes el mundo es una sola melena rubia que nos ignora a huevo y a propósito. Paula y su amiga Diana vienen rodando a veinte kilómetros por hora en una bicimoto medio destartalada. No pienso permitir que nos ignoren, le anuncio de repente, con la voz tan resuelta que se agarra con fuerza de mi chamarra negra porque ya sabe que voy a asustarlas. Van dos veces que les pasamos cerca y lo primero que hacen es pegar el grito. Luego Paula nos mienta la madre con el claxon. Pi-pi-pi-pi-pi, suena, y es como si estuvieran aplaudiéndonos. En el tercer intento vuelven a gritar, pero no hay tiempo para el pi-pi-pi-pi-pi porque se me ha ponchado la llanta trasera y ya nos deslizamos sobre el lado derecho de la moto. Es seguro que vamos a rompernos la madre, sólo falta saber de qué manera. Le doy vuelta al manubrio y alcanzo a dar la media voltereta para caer sobre el costado izquierdo, después sobre el derecho, y así hasta detenernos a media avenida. Cierro los párpados, los abro, los vuelvo a cerrar, mientras reviso qué es lo que me duele. ¿Los brazos, nada más? Ardor, más que dolor. Tengo varios raspones, casi nada. Harry, en cambio, se levanta del pavimento con las rodillas escurriendo sangre. Parece que sus piernas protegieron las mías, pero igual no me atrevo a preguntarle porque le veo la jeta y está chillando. Creo que nunca lo había visto llorar y no estoy muy seguro de no tener la culpa, así que miro atrás para hacerme pendejo y me topo con los ojos de plato de Diana y Paula. Les sonrío como haría un tipo duro y les aviento un beso con la mano derecha, esperando que noten que estoy sangrando y nada que me quejo.

De regreso en San Pedro corro a guardar la moto, mientras a Harry se lo lleva su mamá al hospital, con todas esas piedras encajadas en las rodillas. ¿Estoy salado, entonces? No tanto, comparado con Harry. Una llanta ponchada y unos pocos raspones son un precio bastante razonable, después de todo lo que nos ha pasado. Pero no me convenzo. Por más que quiero verle el lado bueno, mi vida sigue siendo un despeñadero. Qué más da que me salve de un par de madrazos, si ahí vienen otros peores porque sigo cayendo en picada. Si voy al West, no logro concentrarme más que en el detestable anillo de Ana G. Si regreso a la casa, me toca ver cómo se desintegra el que era nuestro mundo. Y si voy a la cárcel es para resistir las humillaciones y atragantarme el miedo de Xavier, que apenas puede hablar sin mirar a los lados y todavía respira con trabajos. El granizo es tan fuerte en estos días que quisiera dormirme todo el mes de mayo; tendría cuando menos que haberlo intentado la mañana del primer martes del mes.

No sé cómo pasó. Un taxista venía por el carril central de San Fernando y de la nada dio vuelta en U. Yo venía a su izquierda y me lo llevé no sé cuántos metros hasta incrustarlo en un coche estacionado. Iban a dar las ocho de la mañana y Alicia ya me estaba crucificando por la línea del teléfono. ¿Y la licencia, entonces?, me orillaba, y yo me resistía a reconocer que la perdí hace más de cinco meses, poco después de que el tío Guillermo me la dio. ¿Tres coches desmadrados y yo sin licencia? Tengo que estar salado, por supuesto.

En un par de semanas me he quedado sin coche y sin casa, llevo catorce meses sin mi papá, terminando este curso voy a perder a la mujer de mi vida. Hace apenas dos años me sentía miserable porque Sheila y yo no íbamos a poder intentarlo, cómo iba a imaginarme la clase de miseria que venía en camino. Pa acabar de joderla, voy muy mal en el West. Si no me revalidan las materias pasadas en La Remota Salle, puedo volver a reprobar el año. Y lo mismo le está pasando a Morris. Una de dos, andamos en la luna o en el desmadre. Salimos buenos para esas dos cosas, aunque yo no termine de explicarme cómo hago para divertirme tanto en los días más negros de mi vida. Hace un año y dos meses, me daba horror la risa de la mujer del preso y ahora yo soy capaz de carcajearme hasta en el mismo patio del Campo de Exterminio Arsenio Loperena. La tristeza y la risa terminan entendiéndose como jarabe y tos. Ninguno de los dos es lo bastante fuerte para vencer al otro y al final se resignan a convivir. No me río para decirle a nadie que estoy contento, sino para saber que sigo vivo, todavía me muevo, y la prueba es que me ganó la risa.

Sigo esmerándome en divertir a Ana G, pero ese anillo como que me desinfla. Cada mañana, Morris pasa por mí con el señor Mendoza, su chofer, que es casi igual de desmadroso que él, así que le decimos *Mendocita*. De camino al Westminster gritamos pendejadas contra cualquiera que se cruce en el camino y llegamos a clases chillando de la risa. Es como si oprimiera un botoncito y el resto de mi vida se borrara para dejarme con el puro colegio. ¿Y no es justo eso lo que está pasando? Todo desaparece delante de mis ojos, lo que queda del mundo va siendo devorado por un océano negro que cada día me deja en una isla un poco más pequeña. Pero algo ha de quedar, me reconforto. Ni modo que nos trague el mar enteros. Antes, cuando la escuela era un lugar abominable, los pensamientos negros venían de lunes a viernes, entre ocho de la mañana y dos de la tarde. Ahora vienen después, cuando llego a la casa y la encuentro tan grande como el día en que Xavier nos trajo a conocerla. Está otra vez vacía, recién cargaron con camas y cómodas. Me gustaría quemarla, antes de irme. No dejar nada atrás. Evaporarnos. Cualquier cosa menos salir así, de noche casi, Alicia y yo sentados en la cabina de una pick up, con unas cuantas cajas atrás. Su coche no ha salido del servicio, el mío está chocado y el de Xavier lo tiene don Miguel. Preferiría venir con Alicia en la moto y no en esta jodida camioneta donde me siento como pinche cascajo.

Se acabó el Club, me digo, con la vista perdida entre las luces del Estadio Azteca. Vamos en una fila lenta por Viaducto Tlalpan, escapando para siempre del sur, camino al último de nuestros refugios, que es el departamento de Celita, en el número 32 de la calle de Río Nilo. A sólo media cuadra de Río Pánuco, intento reanimarme. Si Ana G va a casarse, yo voy a ser vecino de Renata. Ya sé que no es lo mismo, pero es mejor que nada, y últimamente me contento con eso. Tan poquito me queda por perder que ya no me interesa obedecer siquiera a la regla número dos: *Amarás al amor como a ti mismo*. Esta noche, el amor viaja en una de nuestras maletas, dentro de un inocente bote con legítimo pelo castaño rescatado del Popocatépetl.

Vuelvo la cara atrás, conforme se despeja el tráfico que corre para el Centro y se van extinguiendo en la distancia las luces que eran parte del paisaje. Mi paisaje. ¿Qué tanto ves, hijito?, sonríe Alicia, me da unas palmaditas. Nos miramos y tragamos saliva. No queremos llorar, así que sonreímos. Después de tantos meses de vivir la desgracia sin meter ni las manos, estamos haciendo algo para que se termine. Es como si lo hubieran secuestrado, le digo ya cruzando Paseo de la Reforma, quédense con la casa pero devuélvannos al que la compró. Maldita casa, refunfuña Alicia, pregúntale a tu padre cuántas veces le dije que no quería irme a vivir allí. Siento la tentación de responderle que para mí fue exactamente lo contrario, pero no estoy de humor para pelear. Además, acabamos de pasar a metro y medio de Renata y sus amigas. O sea que ya llegamos. No se ha acabado el mundo. La casa de Celita es todavía mi casa.

La mañana siguiente es algo extraña, pero no me disgusta. Salgo antes de las siete porque el Westminster está lejísimos, pero llego muy rápido porque hago lo que Alicia me prohibió. Te vas en camioncito, me había sentenciado, ni se te ocurra pedir aventón. Llegué a Reforma y en un tris ya me habían levantado; esperé diez minutos a la entrada del Periférico y al final me dejaron a tres cuadras del West. Vi llegar a Mamilio, el Buck, Morris, Argüelles, Oliveros y Ana G desde los ventanales de nuestro salón y me vino la idea de que quizá no todo estaba perdido. Es como si me hubieran aplicado una purga asesina y recién despertara sin retortijones. No tengo nada, pero gracias a eso también se me fue el miedo a quedarme sin nada. Ya pasó. Ya dejó de dolerme, por ahora. Tengo otro día grandioso por delante, y hoy en la tarde voy a ir a darme vueltas a Reforma, Florencia, Insurgentes, Sonora, Ámsterdam, Plaza Río de Janeiro. Es temprano, tengo el cerebro limpio, por eso ni menciono Río Pánuco.

Nunca había vivido en un lugar céntrico, es lo más parecido a ser turista sin salir de tu ciudad. A las cuatro, Celita se sienta a ver telenovelas. Alicia llega tarde, se pasa el día entre notarios y abogados, además de ir a ver a Xavier. Voy a buscar un libro, anuncio por ahí de las tres y media y me desaparezco hasta la noche. Tazi consiguió asilo en casa de mi tío Guillermo y a Napu le va a dar de comer Harry, así que no hay ni perro que me ladre. Voy a tiendas de discos, parques, almacenes, tabaquerías, librerías, sin pensármelo mucho porque me sobra el tiempo y no traigo dinero. Pateo botes, me robo chocolates, quito las infracciones de los parabrisas y voy juntando cuatro, cinco, quince, treinta, cincuenta, ochenta y siete: momento de empezar la colección.

Afortunadamente yo no participé en los torneos de relojazos que tanto disfrutaban Morris y Oliveros, hasta que se quedaron sin reloj. No sé si sea por el momento en que me lo dieron, o porque si despierto a media madrugada se parece a la luz al final del túnel, pero yo a ese reloj lo cuido como al último amuleto sobre la tierra y por ahora es mi única compañía. El de Morris también era electrónico y Oliveros le abrió un hueco en la carátula. Pak, pak, pak, pak, trrrakkk. Así suena un duelo de relojazos. Se trata de probar una de dos, que tu reloj es más resistente o que te sobra lana para comprar otro, y yo de nada de eso estaría seguro. Lo único bien claro es que mi colección de infracciones acaba de llegar a las ciento cincuenta. No tendré en qué caerme pinche muerto, pero nada más hoy he perdonado treinta mil pesos a los infractores.

Esto de ser vecino de Renata me tiene más inquieto que contento. Ya había decidido seguir ahorrando para comprar el amplificador y me vengo a vivir a media cuadra de Río Pánuco. O sea que todavía no empieza a oscurecer y ya la calentura flota en el aire. ¿O será que se junta el monóxido de la fila de coches que va formándose a un lado de la banqueta? Las vigilo escondido entre un poste y un árbol, al otro lado de la calle. Me da vergüenza que me vea Renata, ahora que me conoce y hace ya dos semanas me sugirió que ahorrara. ¿Qué va a decir? ¿Que soy un muerto de hambre, un tacaño o un escuincle cagón? ¿Y qué diría Alicia si pasa por aquí y me ve regateando con Renata? ¿Y si mañana voy temprano al banco y saco de una vez los cuatrocientos pesos? La idea no es tan mala, pero hay que trabajarla. No puedo ir a las nueve a ningún banco porque al Westminster entro a las ocho, pero este jueves salgo a las doce. Me entusiasmo. Lo dudo. Me extorsiono. Calculo. Me intimido. Divago. ¿Me vería con mejores ojos Ana G si tuviera una banda y fuera el guitarrista? En un arranque purificador, salgo corriendo en dirección a casa de Celita. Necesito sacar de la maleta ese bote de amor vitaminado que resguarda el mechón de Ana G.

¿Encontraste tu libro, niño?, me alcanza en la recámara la voz de Celita. ¿Cuál Renata?, trato de protegerme y ya la cago. ¿Qué dices? ¿Que cuál libro? ¿Cómo cuál libro? Espérame tantito, la detengo, mientras saco el mechón y lo miro a la luz de la lámpara del buró. Es su pelo, me digo varias veces, como si hiciera falta convencerme, hasta que miro por encima del hombro y descubro a Celita detrás de mí. Te fuiste de parranda, ¿verdad?, qué libro ni qué nada, me sonríe, ansiosa como siempre de encubrirme. Un poquito, me río, mientras guardo el mechón bien adentro del puño cerrado. ¿Quién es esa Renata?, tira un segundo anzuelo y yo me siento mierda en ese instante. ¿Cuál Renata?, me extraño, descuelgo la bocina y me pongo a marcar. Salúdame a Renata, se despide Celita y va riéndose sola por el pasillo.

Mi coche ni siquiera está en el taller. Tampoco hemos hablado de quedarme en el West o cambiarme otra vez. Esos y otros proyectos están esperando a que salga Xavier de esa cárcel de mierda, así que ya dejé de preocuparme. Igual la paso bien si vienen mis amigos para llevarme al cine o al billar, o si me voy en Metro hasta la Cineteca, o si me quedo a seguir aumentando mi colección de infracciones piadosas. No es que estemos contentos, Alicia y yo, sino algo parecido. Estamos impacientes, como si ya lleváramos días y días avanzando en la cola para una gran función y estuviéramos a dos metros de la puerta. Por lo pronto, en el West me han dado una noticia que indica que el destino se me está enderezando. Estas cinco materias que pasaste en La Salle del Pedregal ya están acreditadas, me felicitó el director en su oficina, ¿cómo vas con las cinco que te faltan? Por una vez, todo me sale bien. Tengo dos reprobadas, podría pasarlas en segunda vuelta. Y Morris está igual: lo salvó esa oficina de revalidaciones que dirige el Espíritu Santo en persona. Aunque lo que uno siente en estos casos es que lo rescató un comando suicida. Yo todavía no puedo creerlo, se ríe para dentro, vamos a terminar primero de prepa. ¿Tú sí te acuerdas cómo eran las vacaciones sin exámenes extraordinarios? Claro que sí, en primaria.

Morris y Mendocita me dejaron en la esquina del banco. Todavía no sé qué voy a hacer con mis últimos cuatrocientos pesos, pero se siente bien traer la bolsa llena sin que nadie lo sepa. Miro pasar camiones y peseros con la palabra Zócalo por delante y me viene la idea de darle su chance al discípulo fiel de Ziggy Stardust. Voy cantando y bailando por la banqueta de Calzada de Tlalpan, I could play the wild mutation as a rock and roll star, me da igual que la gente se me quede mirando. Y es más, de eso se trata. ¿Qué tal si de una vez me lanzo al Centro y doy el primer pago del amplificador? En el camino echo un par de vistazos al libro y los cuadernos que vengo cargando: todos están forrados con imágenes de conciertos de rock. Todavía hace dos años, Xavier y Alicia me los forraban con un papel azul tapizado de escudos del Instiputo, por debajo del plástico transparente. La diferencia es que ellos los forraban para protegerlos, y yo lo hago pensando en que se vean chingones. Cuando llego a la tienda de instrumentos, traigo a Bowie de frente nomás para que sepan que no vine con ganas de tocar cumbias. Su puta madre va a bailar la *Pollera Colorá*.

Es lo mismo, me dice el empleado cuando insisto en que quiero un amplificador para tocar rock ácido. Cómo va a ser lo mismo, no mames, pienso mientras lo sigo y lamento con toda mi alma no haber nacido cerca de King's Road. Pero ahí están, hay cuatro o cinco que bien podrían salir en la portada del *New Musical Express.* ¿Cuánto dice que cuestan? Se me va el alma al piso: el más barato me saldría en el doble de lo que ya pagué por la guitarra. Tienda tras tienda, voy haciendo el ridículo delante de mí mismo, más todavía cuando pregunto cuánto sería el enganche y el empleado me informa que las ventas son todas al contado. ¿Vienes con tu papá?, frunce el ceño y levanta una ceja. Vengo con tu mamá, hijo de la chingada, masco rabia de vuelta en la banqueta, lamentándome ya por haber retirado el dinero del banco. ¿Cuándo voy a juntar lo suficiente para comprar un amplificador, si no tengo ni para hojalatear mi coche? Un hijo bueno iría con Alicia y le daría los cuatrocientos pesos para ayudar a la reparación, pero ya dan las tres y me digo que en no más de cuatro horas va a aparecer Renata en Río Pánuco.

—Espérate. No puedes hacerme eso.

—¿Yo a ti, Ana G? ¿Qué no eres tú la que se va a casar?

—Si tú no me traicionas con esa tal Renata, yo te prometo que no me caso.

Con cuatrocientos pesos puedo llenar tres veces el tanque del coche, o comprarme tres discos importados y dos boletos para cualquier cine. No digo que sea mucho, pero nunca en mi vida había ahorrado nada. Se va uno haciendo avaro cuando ahorra. No logro imaginar a Johnny Rotten ahorrando peniquitos para comprarse un amplificador, pero tampoco me veo robándomelo. Nomás de recordar cómo les va a los huéspedes de Loperena se me quitan las ganas de delinquir. En grande, por lo menos. Dudo que me refundan en el Tribilín por robar infracciones de los parabrisas, no recuerdo que el Código Penal dijera nada de ese delito. ¿Obstrucción de justicia administrativa? Puede ser, pero de todos modos llego a comer cargando treinta y ocho nuevas infracciones. La colección, señoras y señores, ha llegado a quinientas tres multas perdonadas. Un aplauso para el Ángel Anónimo.

  ¿Qué tienes en los brazos?, se asusta Celita. Tengo de menos siete moretones y tres heridas entre codos y muñecas gracias al *roller ash*. Es un juego del West, le explico, sin esperanzas de que me entienda mucho porque es el juego más idiota que conozco, después de los torneos de relojazos. Usamos una mesa o un escritorio y un cenicero de vidrio. Si la mesa es cuadrada, juegan cuatro, y si es rectangular caben seis o hasta ocho. El chiste es que juntemos todos los antebrazos, codo con codo hasta cerrar la cancha para el cenicero. No está claro si gana el que menos cenicerazos recibe o el que más los reparte, pero no hay ojetada más placentera que lanzarlo girando con el antebrazo en camino hacia un codo descuidado. Los golpeados aúllan, gritan, berrean. De pronto se retiran, cuando el dolor se alarga o les sangra la herida por obra de uno de esos ceniceros con la base redonda y orillas puntiagudas que vuelan por la mesa girando como trompos mortíferos. Cuando alguno levanta el brazo de la mesa y deja al cenicero estrellarse en el piso, se le aplican dos penas inmediatas: la primera es correr a robarse un nuevo cenicero en la cafetería, la segunda aguantar un tiro libre directo sin derecho a moverse. Ayer mismo, el Buck se paró de la mesa con un hoyo en el codo, escurriendo sangrita. Por eso me complico para hacerle entender a mi abuela querida cómo es que con tamaño mapa de chingadazos entre codo y muñeca soy en verdad un crack del *roller ash*. Yo, que nunca había sido bueno ni para las canicas, cada día levanto a dos o tres chillones de la mesa, pero eso tiene un precio y la factura está en mis antebrazos. ¿Y con un cenicero te hiciste la letra ésa?, tuerce el gesto Celita. No es una letra, salto, me tapo con la mano, es una costra que me estuve quitando. ¿Quieres una curita?, me cierra el ojo, no te vaya a sangrar esa erre. ¡No es una erre!, grito, como si me encajaran una aguja. ¡Muy bien, patrón, nada más no se enoje!, alza las manos y pela los ojos, que son verdes y hondos y saben demasiado, pero yo me hago güey y espero a que me traiga la curita silbando una canción viejísima de Nico. *Somewhere there's a feather falling slowly from the sky.*

Jugamos *roller ash* con los suéteres puestos sobre camisas de manga larga, pero ni así me libro al ciento por ciento de que me vean la A cuando me sangre un codo y a la fuerza tenga que arremangarme. Celita no imagina el gran favor que me hizo con la genialidad de la curita. Compré luego una caja con veinte, metí cinco en lo hondo de mi cartera y me hice la promesa de nunca más jugar sin taparme la A. No sé cuánto me vaya a durar la letra ahí, pero desde que me la dibujé no pasa una semana sin que la recalque. Casi no duele ya, lleva más de cuarenta días tratando inútilmente de cicatrizar y yo opino que todavía no está lista. Cada vez que le aplico la navaja, intento rascar hondo para que no se borre tan fácil, y ni siquiera con dificultad. Que dure para siempre, tanto así que el reporte del médico forense la mencione como una seña particular.

—No te puedes casar con otro, Ana G.

—Lo dices como si estuviera escrito.

—Mírame bien el brazo: ahí está escrito. ¿Quieres que me lo corte en el amanecer del día de tu boda?

La curita no sólo sirve para taparme la A de los ojos ajenos, sino a veces también de los míos. Odiaría tenerla ahí a la vista si llego a estar desnudo con Renata. Y tampoco me gusta vérmela siempre que pienso en esas porquerías. Al caballero andante le avergüenza aceptar ciertas flaquezas, pero confía en que el amor las disuelva, tal como le ha disuelto los cojones. ¿Qué me diría Ana G si yo tuviera el valor de explicarle las razones por las que no puede casarse? Según Alejo, Harry, Frank y Fabio, tendría que contarle esa historia a un psiquiatra. Pregúntale a Ana G, sugiere Harry, qué opina de tu pinche cicatriz. Me vale madre, güey. ¿Cómo, te vale madre la opinión de Ana G? La de ella no, pendejo, la tuya. La mía me la chupas, puto. La tuya acá la tengo, mamacita. Al caballero andante también le da vergüenza pensar en los extremos a los que hay que llegar para hacer respetar la absoluta pureza de sus intenciones. ¿Qué hace tu madre aquí?, se dicen uno al otro cuando van a dejarme a casa de Celita y se topan con la banqueta de Río Pánuco. Afortunadamente no vi ahí a Renata. Andará en el hotel, me figuro. Una vez que salvé los cuatrocientos pesos de la hoguera fatal de la lujuria, sería una mamada bajarme ahora del coche de Alejo, entrar por el zaguán y volver a salir en busca de Renata. Sería una mamada, me repito, y la cabeza se me llena de fantasmas. Doy media vuelta al fin por el pasillo y corro hacia la calle. Quiero ver a Renata, que se entere que no soy un avaro.

## 37. Dulce cartografía

Tengo que hablar contigo, me sonríe Ana G muy de mañana, apenas se acomoda en su pupitre. No sé si sea bueno para disimular cuando la sangre se me va a los pies, pero si yo fuera ella seguro que me habría dado cuenta. Meto la mano en la bolsa trasera y acaricio los cuatro billetes de cien pesos que llevan ya tres noches sobreviviendo a mis instintos cogelones. Soy inocente, pienso y me acerco a ella. Préstame tu cuaderno, me ordena, divertida, y yo obedezco en ese mismo instante, como si otra vez fuera su enfermero. Diez minutos más tarde, me devuelve el cuaderno con un mapita en la última página. ¿Es una invitación? ¿Voy a verla en su casa? En dos semanas va a ser su cumpleaños, me va explicando mientras leo la dirección y el número que me sé de memoria, a la orilla del mapa que debería llevarme hasta su puerta. Le pido que me aclare un poco el dibujo, a riesgo de pasar por estúpido, con tal de ver sus manos otra vez. ¿Y el anillo?, me entumo, tiemblo, pujo por que me vea tan campante, cuando lo único cierto es que las piernas se me hacen chicle por la divina ausencia del anillo maldito. ¿Ya se echó para atrás? ¿Qué tal si lo guardó, mientras se casa? ¿Traen el anillo puesto a toda hora las que son candidatas a señora? Por si esto fuera poco, es viernes y tengo una cita familiar.

Reza por tu papá, me pidió Alicia hoy en la mañanita, nos vemos a la una en el juzgado. Toma, me dio un billete de cincuenta, coges un taxi, no llegues tarde. No sé ni en qué pensar. Cada cinco minutos abro el cuaderno muy discretamente para volver a ver la dirección, el mapa, el teléfono. Nunca se los pedí, me enorgullezco, vino ella y me lo puso todo en el cuaderno. Si es verdad que Xavier va a salir hoy, de aquí a un par de semanas voy a llegar a casa de Ana G sin tener que esconder la mitad de mi vida y mentir cada vez que me preguntan qué hace mi papá, o dónde está, ya que nunca lo han visto poner un pie en el West. Está en un seminario en San Francisco, sigo diciendo a estas putas alturas. Quién va a creer que un curso para banqueros dure catorce meses, pero igual me conformo con que no me lo digan. Y si, como sospecho, éste es el mejor día del año, a partir de mañana voy a hablar de Xavier como hasta marzo del año pasado, cuando lo más normal era tener tu casa con tu padre y tu madre, como cualquier pendejo de tu escuela o tu colonia. Según Xavier, se me llenaba la boca y hasta me enderezaba cada vez que me daba por especificar que mi papá era subdirector y tesorero de ese banco de mierda. Y ahora me daría asco volver a decir eso. Nada quiero con tantas ganas en el mundo como volver a ser cualquier pendejo. Por lo pronto, en mi panza pelean dos batallones de mariposas: unas quieren quedarse con Ana G, otras llevan la cuenta regresiva que termina a las puertas de la cárcel.

—¿Mami? Soy yo, voy a llegar después de la comida.

—¿Con quién vas a comer, Ana G?

—Con mi novio y mis suegros, vamos a celebrar todos juntos.

No cualquier día llegas a la escena final de una pesadilla. Y ahora, a partir de aquí, volvemos al programa interrumpido hace catorce meses, disculpe las molestias ocasionadas por la interferencia temporal de la desgracia. Hago la cuenta mientras miro de lado el avance del taxímetro: llevo cuatrocientos treinta y ocho días imaginando los momentos que me esperan. Es como si estuviera al fin de un maratón y ya sólo de entrar en el estadio se me fueran la angustia y el dolor y el cansancio y el miedo, luego de tanto tiempo de tenerlos en casa como a unos familiares abusivos. No sé qué siento, de cualquier manera, pero ya reconozco esa sensación espectacular de que la vida es parte de una película. Pago el taxi con gusto y hasta le dejo cinco pesos de propina. Trepo los escalones del juzgado de dos en dos (voy huyendo del sueño, por algo traigo un mapa en la mano) y encuentro a Alicia cerca de la puerta, junto a mi tío Carlos y un par de licenciados. Al otro lado veo a la vieja bigotona del

Ministerio Público, el juez y el abogado del banco: juraría que trabajan en el Instiputo. Alicia se me abraza, me da un beso y se agarra de mi mano, mientras sonríe nerviosa y pela ya los dientes con un brillo en los ojos que casi había olvidado. Rézate un Padre Nuestro, ándale, me sugiere al oído y vuelve la atención al abogado, que va pasando lista al dinero y los bienes que Xavier va a dejar en las garras de esos pinches cabrones para que no lo mate el Loco Loperena. Pero está bien, no importa, me repito y me asomo a ver a mi papá firmar los documentos y devolverlos por debajo de la reja. Son las dos de la tarde y treinta y seis minutos cuando Xavier se da la media vuelta y Alicia y yo nos abrazamos con todas nuestras fuerzas porque ahí está, firmada por el juez, la boleta de libertad de mi papá.

Nos escurren las lágrimas, temblamos, respiramos con fuerza. Ay hijo, gime Alicia, dame un abrazo, hijito, y yo mamá, ya se acabó, mamá, se fue la pesadilla, y no logro creerlo cuando me dice vamos a esperarlo a la calle. No puede ser, no es cierto, cómo voy a creerme que se pare el granizo así como así. Acaban de robarnos en nuestras jetas y nos importa poco. Qué más da eso, carajo. Miro al portón de la cárcel de mierda como si fuera una cancha de tenis y se jugara el punto para partido. Cada vez que se abre, se me abre un boquetón en el estómago. Estaría más tranquilo si no mirara atrás, estacionado al otro lado de la calle, el Porsche blanco de Arsenio Loperena. Espero la mejor de las noticias como si fuera justo lo contrario. Ya lo dice Celita, la mula no era arisca.

Antes de que se asome Xavier, aparece la cabecita idiota de René Farrera. Nunca me cayó bien, y ahora menos. Le aseguró a Xavier que lo iba a compensar por todo lo que nos arrebataron, una vez que estuvieran en la calle, pero yo no le creo y Xavier tampoco. Desde que comenzó la pesadilla, el joven lamesuelas se ha ido transformando en un mamón infumable, según cuenta Xavier, porque hasta ahora quiso darse cuenta de la calaña de bicho rastrero que era su lambiscón de no sé cuántos años. Tiene su capital bien guardadito, Xavier le compartía el cincuenta por ciento de cada comisión. Se abraza con su esposa y sus hermanos, mientras el portón vuelve a entreabrirse y ya sale Xavier, como si nada. Mira a los lados, le dice un par de cosas al abogado y viene para acá, pero voltea a su izquierda y pega la carrera hacia uno de los coches que se van, donde recién subió René Farrera. Diez segundos después, regresa y dice vámonos ya. No sé si está enojado o asustado, pero ya lo conozco. No tengo ni qué oír lo que cuente en el coche, seguro que Farrera se le puso gallito y Xavier ya no quiso decir más. Puede discutir horas sobre cualquier tema, menos el del dinero. Es un tipo orgulloso, mi papá.

Es Xavier, mi papá, me convenzo otro poco mientras lo veo abrazar a mi mamá y de pronto pedirle las llaves del coche porque va a manejar, camino a Río Nilo. Va a dormir con nosotros. Va a quedarse, aunque no tengamos casa. Va a despertar mañana junto a mi mamá y la va a hacer reír sin remordimientos. Va a meterse las manos en las bolsas y a quejarse de todo lo que le dé la gana sin que nadie le esté chingando la marrana. Va a menear la cabeza con una sonrisota cuando conozca mi guitarra eléctrica. Va a rescatar a Tazi del exilio. Va a regresar al fin del falso San Francisco donde con tanta pena lo teníamos. Va a ir de visita al West, para que vea Ana G del suegro que se pierde si se casa con otro que no sea yo. Va a bailar con Alicia en la próxima fiesta de sus amigos y les van a aplaudir, igual que en las películas.

## 38. Los vientos de monzón

Junio 20, nueve de la mañana. Xavier y yo cruzamos la puerta de la cárcel en camino a las mesas de registro donde los policías todavía me recuerdan. ¡Ese güerito!, levantan las manos y las chocan en alto con la mía, como harían dos vagos delante de una mesa de billar. Miro a Xavier, esperando su risa o su sorpresa, pero está en otra parte. Pasó unos cuantos días taciturno, como si eso de andar vagando por la calle fuera alguna aventura interplanetaria. Luego fue acostumbrándose, pero hoy como que ha vuelto a ponerse así. No conoce el camino, nunca antes había estado aquí de visita, pero yo soy experto en la materia. Hace un sol delicioso, para ser tan temprano, o será que venir a ver a sus amigos me da una sensación de aventura feliz que hasta hoy no conocía.

Saludarlos de mano, uno por uno. Escuchar sus historias. Reírme de sus chistes. Brindar con Orange Crush en el patio del tambo. Recordar que hasta no hace mucho tiempo yo estaba decidido a ser un rufián. Cerrar y abrir los ojos para comprobar que por lo menos Xavier y yo no traemos uniforme. Escuchar a Xavier describiendo los múltiples encantos del matón Loperena. Saber que en mi cabeza ese mundo está todavía más lejos de aquí que su jodido campo de exterminio. Proponerme que en unos cuantos días, cuando me haya repuesto del último golpe, regresaré a escribir la novela sobre el médico sádico. Despertar del ensueño calculando que faltan mil cuatrocientas horas para volver a ver a Ana G.

¿24 x 7 + 8? Hace precisamente ciento setenta y seis horas que nos vimos por última vez. Me quedé hasta el final de su cena de cumpleaños no sólo porque no quería irme, sino también para estar bien seguro de que el tal prometido jamás iba a llegar. Lástima que apenitas pudiera hablar con ella, y en lugar de eso me pasara las horas contando chistes con el *Perro* Pérez, no sabía que fuera tan divertido. Fue él quien le preguntó a Ana G si va a inscribirse en el próximo curso, y alguien dentro de mí saltó de gusto de enterarse que sí, porque eso significa, según yo, que no se va a casar, pero me hice pendejo y seguí con los chistes, cobardemente. ¿Vienes solo en el coche de tu mamá?, se sorprendió al salir a despedirme, y a mí me habría gustado decirle que por ella soy capaz de venir en patín del diablo. ¡Qué valiente!, sonrió como una chica Bond, y de nuevo me tuve que callar lo que estaba pensando. No has visto nada, *Sweetie*, me fui gritando por Calzada de Tlalpan, en camino de vuelta a casa de Celita. Llegué doblando de Reforma a Nilo, para librarme de pasar por Pánuco, mientras en mi cabeza Bowie cantaba Oh God, I'm still alive.

—¿Otra vez tú? ¿No entiendes que no quiero hablar contigo?

—¿Pero por qué, Ana G? Soy inocente, no seas tan celosa.

—Está bien, pero júrame que ni en tus sueños vas a tocar a Renata.

Al día siguiente hablé muy seriamente con Alicia. Le dije que quería quedarme en el West, y hasta ofrecí buscarme un trabajo, jua, jua, jua. Para el martes, la cosa era oficial. Xavier me entregó el cheque sin siquiera notar que sonaban violines detrás de nosotros. Esto es a condición de que ya no hagas más estupideces como esa de las mil doscientas infracciones, me advirtió, encabronado nada más de acordarse. ¡Era mi colección!, me indigné de regreso porque me las había tirado todas a un basurero. ¡Ah, cómo eres estúpido!, me había cagoteado aquel día, rojo del corajazo nomás me descubrió todas las infracciones guardaditas en una caja de zapatos. Tu colección… tarugo, repela, en qué cabeza caben esas idioteces. Fue su primer regaño, desde que salió, y se sintió tan bien que ya ni dije nada. Voy mañana al Westminster a inscribirme, le prometí a la hora de la comida. Después Alicia y él volvieron a sus planes. Hay que apurarnos a buscar casa, antes de que acabemos de jorobarle la vida a Celita.

Era miércoles, cinco y media de la tarde, cuando sonó el teléfono. No está, le hizo saber Celita a Harry, pero no va a tardarse. Dígale que es urgente, señora, por favor, le explicó, según ella apurado y con la voz quebrada. ¿Estás segura de que era Harry?, fruncí el ceño mientras marcaba el número, ya pasadas las seis. Era yo, ¿dónde estabas?, oí su voz ya no tanto angustiada como opaca, yo diría que tétrica. ¿Qué pasó?, me asusté, como si de repente me mirara atrapado en la lógica idiota de las pesadillas. Se llevaron al Napu y al Gumas, soltó con una voz todavía más tétrica. ¿Quién se los llevó? ¿A dónde? Fueron dos vigilantes de la colonia: dijeron que los iban a cuidar. ¿Cómo a cuidar? ¿Y no los defendiste? No estaba aquí, me enteré hace un ratito, justo antes de llamarte. ¿Y a dónde los llevaron?, grité como si me encajaran una aguja, mientras en mi cabeza resonaba mil veces la palabra no. No, por favor.

Diez minutos más tarde, cuando Alicia ya me había prestado las llaves del coche para ir a rescatar a mis amigos, Harry volvió a llamar. Según le contó Fabio, un grupo de señoras le pagó dos mil pesos a un par de policías de la caseta. ¿Qué tal si mordían a un niño, o a una persona grande. ¿No eran al fin y al cabo callejeros? Se los llevaron en la camioneta, los bajaron en un terreno baldío y les metieron dos balazos en la panza. Tal parece que no murieron de inmediato. Se irían poco a poco, abandonados entre la basura, con la noche cayéndoles afuera y adentro. Cuatro días más tarde, todavía no acabo de imaginármela y ya sé que esa escena va a acompañarme el resto de mi vida.

Qué importa ya lo que hice cuando colgué el teléfono. Qué más da si agarré el coche de Alicia y el velocímetro llegó hasta 180 mientras pasaba por el Estadio Azteca. A quién más le preocupa que haya entrado en la casa de Calle Once número uno a quebrar los cristales a patadas y rasgar las cortinas con un vidrio roto. O que saliera de ahí hecho un basilisco y corriera de vuelta por el carril de alta velocidad con la esperanza de estrellarme en un poste. O que usara mis cuatrocientos pesos en llevarme a Renata al hotel que está cerca de Río Pánuco y no hiciera otra cosa que chillarle en el hombro como un bebé. Qué más le da mi vida a quien sea, puta madre, seguí chillando dentro del coche, hasta que oí a Xavier pegando en la ventana. Ya le habían contado toda la historia de Napu y el Gumas. Sólo quería abrazarme, recordarme que estaba conmigo en este mundo oscuro y miserable donde unas viejas brujas pueden mandar matar al amigo más grande que has tenido en la vida por dos mil pinches pesos, malditas sean.

He pensado en averiguar sus nombres y quemarles las casas, por ejemplo, pero sé que al final voy a quedarme así porque tampoco quiero terminar pagando esos incendios en el patio de Arsenio Loperena, y porque nada de eso los va a resucitar. Y aquí estoy, en la cárcel, tomando un Orange Crush con los ex compañeros de mi papá, carcajeándonos todos porque, como dice él, la vida es corta y hay que sacarle jugo. Cualquier día estaremos tendidos en el suelo como Napu y el Gumas, moribundos y enteramente solos, preguntándonos cómo pasó todo y a dónde va la sangre que se lleva con ella nuestras últimas fuerzas. Mientras eso sucede, sólo queda la risa, y con suerte el amor, sonrío para mí, pensando en lo que viene nada más pasen esas mil cuatrocientas horas. Y qué más va a venir, con lo putito que eres, me burlo desde adentro porque ya me conozco y sé que a la hora buena voy a meter la pata, qué ganas de sufrir. Pero ya me distraigo porque Xavier hace una mueca conocida. Nadie más se da cuenta, sólo yo sé que va a decir un chiste.

Ya me enteré, por cierto, cuándo vas a salir, le da mi padre un par de palmaditas a un preso que recién se nos unió. ¿Cuándo?, arruga las cejas el señor. ¡Nuuuuunca!, muge Xavier y todos se retuercen de la risa, hasta que no me queda más que acompañarlos. Jua, jua, jua, nos seguimos, broma tras broma, y es como si cada uno se aplicara el ungüento de la supervivencia. A veces lo que importa no es de qué nos reímos sino para qué. Vámonos, hijo, mira el reloj Xavier, ya son las diez y media, tu mamá está esperándonos. Camino a la salida, estas palabras siguen bailando en mi cabeza. Tu mamá está esperándonos. Vámonos, hijo.

Es como si delante de nosotros desfilaran los títulos de la película. ¿Será el fin de la edad de la punzada, o es que así se ve el mundo al final del granizo? ¿Será alguna señal, un símbolo, un anuncio? ¿Será Ana G, que está pensando en mí? ¿Y si fuera el efecto de los vientos de monzón, que como un día acabaré sabiendo son aquéllos que de la nada traen una estación de lluvias torrenciales? ¿Granizará otra vez cuando Ana G por fin me dé a entender que tampoco ella va a poder intentarlo? ¿Seré entonces tan bravo como el último de mis alacranes, que terminó encajándose el aguijón en el centro de un círculo de fuego? ¿Me dará algún consuelo enterarme que un día Alejo y Frank madrearon a Tizoc a mis espaldas, para que no anduviera de chismoso? ¿Tocaré en una banda junto a Morris Dupont o acabaré vendiendo la guitarra eléctrica? ¿Volveré alguna vez a las clases de piano? ¿Y si esas clases me las diera Ana G?

¿Qué esperas, pues?, se agita mi papá desde dentro del coche mientras yo viajo por la enamorósfera, ¿no te dije que tu mamá está esperándonos? Salto, digo que sí, entro, cierro la puerta. Xavier en el volante, Alicia allá esperándonos, junto a Celita. Por lo visto, la Tierra está en su sitio. Xavier arranca el coche, saca el clutch y acelera. Con permiso, anuncio desde lo hondo de mi cabeza, me esperan en la luna. Y despego en perfecto silencio.

*Tetelpan, San Ángel, invierno de 2012*

A tu memoria, Ali, dondequiera que vivas.

Este libro se terminó de imprimir en el mes de
febrero de 2012, en Edamsa Impresiones, S.A. de C.V.
Av. Hidalgo No. 111, Col. Fracc. San Nicolás Tolentino C.P. 09850,
Del. Iztapalapa, México, D.F.